HEYNE <

MIRIAM COVI

Neuanfang AUF WHALE ISLAND

ROMAN

WILHELM HEYNE VERLAG
MÜNCHEN

FSC
www.fsc.org
MIX
Papier aus verantwortungsvollen Quellen
FSC® C083411

Penguin Random House Verlagsgruppe FSC® N001967

Originalausgabe 07/2022

Redaktion: Diana Mantel
Printed in Germany
Umschlaggestaltung: UNO Werbeagentur, München
unter Verwendung von Plainpicture
(Design Pics/Robert Postma), FinePic®, München
Satz: Leingärtner, Nabburg
Druck und Bindung: CPI books GmbH, Leck
ISBN 978-3-453-42570-5

www.heyne.de

Wale sind das Gedächtnis der Erde und Hüter der Zeit.
Wenn es die Wale nicht mehr gibt,
sind die Tage der Menschen gezählt.

Indigenes Sprichwort

Für all unsere wunderbaren Freunde,
die dazu beigetragen haben, dass meine Familie und ich
in Bangkok so glücklich waren.
Aber besonders für Nunu.

1

Ja, Greta hatte erwähnt, dass es auf Whale Island zwar wunderschön, allerdings auch hin und wieder nebelig ist. Aber muss denn schon bei unserer Ankunft so eine dicke graue Suppe über dem Atlantik hängen? Ich ziehe meinen bunt gemusterten Kaschmirschal, den ich mir auf dem Chatuchak-Markt in Bangkok gekauft habe, enger um mich. Der Schal war schon auf unserer schier endlosen Reise hierher mein treuer Begleiter. Auf diesem ganzen langen Weg, von unserem alten Lebensabschnitt in einen unbekannten neuen, hat er mich warm gehalten: Heute, am frühen Morgen, am Frankfurter Flughafen, als ich übernächtigt fröstelnd an einem schlechten Coffee to go genippt habe; dann auf dem Flug nach Halifax, an Kanadas Ostküste, in der Maschine mit der viel zu kalt eingestellten Klimaanlage. Und schließlich in dem schwankenden kleinen Propellerflugzeug, das uns vom Internationalen Flughafen in Halifax zum winzigen Flughafen von Sydney, im Norden der kanadischen Atlantik-Provinz Nova Scotia, gebracht hat. Bei unserer Pinkelpause zwei Stunden hinter Sydney, an einer Tankstelle irgendwo im Nirgendwo, hat mich der Schal vor dem scharfen Wind geschützt – und mir Trost gespendet. Trost, den ich angesichts der weiten Wälder und des endlos langen Highways, der noch vor uns lag, wirklich gebrauchen konnte. Und auch jetzt, auf dem Deck dieser Fähre, als ich meinen vertrauten Schal enger um mich wickele, bin ich dankbar für dieses bisschen Halt.

Dass mir ein Schal, den ich ausgerechnet in Bangkok gekauft habe, Trost spendet, ist allerdings ein wenig ironisch, überlege ich, während ich fröstelnd über die Reling auf die weißen Wellenkämme hinabstarre. Ansonsten verbinde ich kaum noch etwas Positives mit dieser Stadt, die ein paar Monate lang unser Zuhause war.

Nicht zurückschauen, ermahne ich mich selbst. Immer nach vorn sehen. Und so richte ich den Blick entschlossen auf den Horizont, den ich hinter den Nebelschlieren vermute, während sich die Fähre stoisch vorwärtsarbeitet, unserem Ziel entgegen. Der Nebel treibt in feuchtkalten Schlieren über das Meer und hat das Festland mit seinen Bäumen und wenigen Häusern, das wir erst vor wenigen Minuten hinter uns gelassen haben, bereits vollständig verschluckt. Es wundert mich, dass die Fährkapitänin, bei der ich vorhin unsere Passage bezahlt habe, überhaupt genug sieht. Ob diese Fähre oft ausfällt, wenn der Nebel noch dichter ist als jetzt? Nachdenklich löse ich meinen Blick vom Atlantik und betrachte die anderen Fahrzeuge, die sich außer unserem Mietwagen an Deck befinden: Sechs Autos, darunter ein schwarzer Pick-up-Truck, sind hinter- und nebeneinander geparkt. Den meisten Platz nimmt allerdings ein gelber Schulbus ein, worüber ich mich etwas wundere. Ich hätte nicht gedacht, dass der Bus mit der Fähre bis nach Whale Island übersetzt! Hatte Greta nicht erwähnt, dass die Schulkinder der Insel zu Fuß auf die Fähre gehen und der Bus erst am Festland auf sie wartet, um sie zur Schule zu bringen? Aber vielleicht habe ich das auch falsch verstanden. Es war alles so viel in den letzten Wochen, da habe ich bestimmt einiges vergessen. Und zum Glück haben wir ja noch Zeit, bevor es mit der Schule wieder losgeht. Noch liegt der ganze Sommer vor uns.

Wobei ich mir gar nicht so sicher bin, ob das gut oder schlecht ist. Beklommen mustere ich die Windschutzscheibe unseres Mietwagens. Ich kann Feli dahinter nicht erkennen, sondern sehe nur das Grau des Nebels, der sich in der Scheibe spiegelt. Mit einem tiefen Seufzer wende ich mich der Fahrertür zu und steige wieder ins Auto.

»Willst du nicht auch mal frische Luft schnappen?«, erkundige ich mich und versuche, mir weder meine bleierne Müdigkeit nach dieser unendlich langen Reise noch meinen stillen Frust wegen des feuchtkalten Wetters anmerken zu lassen. Es wird hier ganz sicher nicht nur nebelig sein! Sonst hätte sich meine liebe Freundin Greta nicht so Knall auf Fall in diese Insel verliebt. Wobei da natürlich ein bestimmter Mann eine genauso große Rolle gespielt hat. Aber egal – Greta hat geschrieben, dass es hier traumhaft schön ist. Und traumhaft schön sah es auch auf den Fotos aus, die sie mir geschickt hat. Darum versuche ich, Zuversicht zu verströmen – selbst dann, als mich meine Tochter jetzt genervt ansieht und fragt: »Da draußen? In dieser grauen Suppe? Nein, danke!«

»Die Meeresluft ist herrlich«, beharre ich stur. »Es geht wirklich nichts über den Duft nach Salzwasser und …«

»… Fisch«, motzt Feli und rümpft die Nase. »Es stinkt da draußen. Und es ist mir zu windig.«

»Wenn man sich warm einpackt, erfrischt der Wind wunderbar. Komm schon, Feli, sei kein Frosch.«

»Nein, Mama! Ich will nicht! Außerdem siehst du aus, als wärst du in einen Taifun geraten!«

Mit einem leisen Seufzer klappe ich die Sonnenblende hinab und betrachte mich im Spiegel. Meine Tochter hat natürlich mal wieder recht. Leider. Meine schwarzen Locken kringeln sich noch wesentlich wilder als unter normalen Umständen, der Luftfeuchtigkeit sei Dank. Und der Wind hat dazu beigetragen, dass ich tatsächlich aussehe, als hätte mich ein Taifun ordentlich durchgewirbelt. Trotz meiner Erschöpfung und trotz der Angst, die mir seit Wochen in den Knochen sitzt und mich nicht zur Ruhe kommen lässt, bahnt sich ein albernes Kichern seinen Weg aus meiner Kehle hinaus in diesen grauen Nachmittag. Halbherzig versuche ich, meine Locken mit beiden Händen zurechtzuzupfen, bevor ich aufgebe und Feli mit einem breiten Grinsen ansehe.

»Du hast recht, mein Schatz. Ich sehe aus wie nach einem Taifun. Oder, hier in Ostkanada, müsste man wohl Hurrikan sagen. Ja, ich sehe aus wie nach einem Hurrikan.«

Das amüsierte Blitzen in Felis dunkelbraunen Augen entgeht mir nicht, aber es erlischt so schnell wieder, dass ich keine Chance habe, mehr aus meiner Tochter herauszukitzeln. Ein richtiges Lachen zum Beispiel. Wie lange habe ich sie nicht mehr wirklich lachen gehört? Ich muss daran denken, wie wir früher gelacht haben. Richtiges Gelächter, bis uns die Bäuche wehtaten und unsere Gesichter tränennass waren. Wie wir herumgealbert haben. Früher, als wir die Minetti-Girls waren. Nur sie und ich, ein eingeschworenes Team, das die Welt erobert hat – ganz wortwörtlich. Von einem Land ins nächste, die Abenteuerlust im Gepäck. Ich habe immer versucht, meiner Tochter das Schöne an meinem Beruf zu vermitteln: die ewigen Ortswechsel, die zwar kräftezehrend sein können und durchaus Abschiedsschmerz mit sich bringen, aber eben auch so viel Aufregendes bereithalten. Und es gab mal Zeiten, da konnte ich Feli bei jeder Ankunft an einem neuen Ort für das Unbekannte begeistern.

Diese Zeiten sind wohl wirklich vorbei, wird mir mal wieder klar, aber ich verdränge diese negativen Gedanken und sage betont fröhlich: »Du wirst sehen, *cara mia*: Wenn es hier nicht nebelig ist, ist es wunderschön. Und eigentlich finde ich es sogar im Nebel schön. Sieht das da draußen nicht irgendwie wildromantisch aus? Und geheimnisvoll? Glaub mir, Whale Island wird uns beiden ...«

»... guttun, ich weiß!« Jetzt ist es eindeutig Frust, der in Felis Augen aufblitzt, und sie verschränkt ihre Arme vor der Brust und starrt wütend aus dem Beifahrerfenster.

»Ja«, beharre ich stur. »Das wird es. Ganz bestimmt.«

»Ich wüsste nicht, wem auf dieser Welt diese vernebelte Insel irgendwo im Nirgendwo guttun sollte!«

»Feli ...«, seufze ich leise. »Es kann auf jeden Fall nur besser werden als in Bangkok. Da sind wir uns doch einig, oder?«

Felis Kopf wirbelt zu mir herum, sie sieht mich mit einer Mischung aus Wut, Verzweiflung und Angst an, die mein Mutterherz in tausend Stücke zu zerreißen droht. Ich würde sie so gern in meine Arme ziehen, möchte ihr den Schmerz nehmen, den sie mit sich herumträgt – aber ich kann nicht. Denn sie lässt mich nicht. Und ich ertrage es nicht, einmal mehr von ihr weggeschoben zu werden.

»Woher willst du wissen, ob es auf dieser Insel besser wird als in Bangkok? Hmm? Woher, Mama? Und an meiner neuen Schule? Warum sollten mich die anderen Schüler da mögen? Ich bin immerhin nach wie vor dieselbe, egal, an welchen neuen Ort du mich schleppst!«

Zitternd hole ich Luft und versuche verzweifelt, die Fassung zu wahren. Die Starke zu bleiben. Zuversichtlich. Unerschütterlich. Es fällt mir so verdammt schwer.

»Ja, mein Schatz, du bist noch dieselbe. Und dafür danke ich dem Himmel, weißt du das? Und es lag nicht an dir, dass das in Bangkok alles so aus dem Ruder gelaufen ist. Das lag an den anderen Schülern. Und hier, auf Whale Island ...«

»… da wird nichts besser!« Feli schreit plötzlich, und ich zucke vor Schreck zusammen. Sie atmet heftig ein und aus, ihr rundes Gesicht wird von roten Flecken überzogen. »Nichts wird hier besser, Mama! Weil ich dieselbe dicke, fette Loserin bin wie eh und je!«

»Du bist keine Loserin!« Jetzt schreie auch ich. Aufgebracht sehe ich Feli an, will meine Hand ausstrecken, ihr eine der Locken, die so schwarz und unbändig sind wie meine, aus der Stirn streichen, aber sie schlägt meine Finger wütend weg. »Du bist meine wunderschöne Tochter«, sage ich mit bebender Stimme. »Und ganz bestimmt keine Loserin.«

»Aber fett bin ich. Das kannst du ja wohl echt nicht schönreden, oder?« Herausfordernd sieht mich meine Tochter an, und ich weiß einen Moment lang nicht, wie ich reagieren soll. Denn dass Feli in den letzten Monaten stark zugenommen hat – mehr als dass es noch im grünen Bereich wäre –, das wissen wir beide.

»Feli, hör auf, dich als fett zu bezeichnen«, bitte ich inständig, »und hör auf, dich so fertig zu machen! Du bist wunderschön und du …«

»Ach, du hast doch keine Ahnung, Mama!« Feli verschränkt die Arme vor der Brust und starrt wütend aus dem Beifahrerfenster. Verzweiflung schnürt mir die Kehle zusammen. Ich möchte ihr klarmachen, dass sie das absolut Beste in meinem Leben ist und dass ich es niemals zulassen werde, dass ihr noch einmal so wehgetan wird, aber zum einen weiß ich, dass all meine Worte auf taube Ohren stoßen würden.

Und zum anderen hupt jemand hinter mir.

Überrascht sehe ich in den Rückspiegel, als Feli schon ungeduldig sagt: »Mann, Mama, du hältst alles auf!«

Erst jetzt wird mir klar, dass wir bereits angelegt haben und dass sich die Autos vor mir in Bewegung setzen. Der Schulbus ist als Erstes von Deck gerollt, er fährt schon über einen Pier, erkenne ich jetzt, bevor der gelbe Schimmer vom Nebel verschluckt wird. Ein wenig hektisch starte ich den Motor, schalte auf »Drive« und gebe Gas.

Als ich merke, dass ich zu schwungvoll auf die abschüssige Rampe fahre, die zum Pier hinabführt, ist es schon zu spät: Obwohl ich panisch auf die Bremse steige, komme ich auf der schrägen Rampe nicht rechtzeitig zum Stehen und kollidiere mit der Stoßstange des schwarzen Pick-up-Trucks vor mir.

»Mama!« Feli sieht mich so entgeistert an, dass ich sicher lachen müsste, wenn ich nicht selbst so entsetzt wäre.

Und wenn jetzt nicht ein Mann aus dem Pick-up steigen und fassungslos in meine Richtung starren würde.

Ein extrem gut aussehender Mann. Das realisiere ich innerhalb von Sekundenbruchteilen, obwohl mein Gehirn immer noch versucht zu begreifen, was gerade geschehen ist.

»*Merda*«, murmele ich.

»Sagt man nicht«, bemerkt Feli leise. »Auch auf Italienisch wird ›Scheiße‹ nicht besser.«

Aber gerade ist mir meine Sprache völlig egal. Mit zitternden Fingern schnalle ich mich ab und steige aus. Der Mann ist bis zur Rückseite seines Pick-ups gegangen und starrt auf die Delle in der Stoßstange, die wohl von mir stammt. Allerdings erkenne ich da noch ein paar andere Dellen, und die können unmöglich alle von mir sein. Außerdem einige rostige Stellen. Ja, dieser Pick-up ist zum Glück schon in die Jahre gekommen, und man sieht ihm an, dass er im salzigen Klima dieser Insel gefahren wird, was dem Lack nicht unbedingt guttut.

Trotzdem liegt mir natürlich eine Entschuldigung auf den Lippen, aber da sieht mich der Mann schon entgeistert an und fragt ungehalten: »Musste das sein?«

Diese Formulierung lässt etwas in mir durchbrennen. Ich kann es nur auf die Müdigkeit schieben. Und auf die extreme Anspannung der letzten Wochen. Auf meine blank liegenden Nerven, nach all den zermürbenden Diskussionen mit meiner Tochter. Bevor ich mich bremsen kann, herrsche ich den Fremden an: »Ob das sein musste? Nein, das musste es nicht! Aber so ist es nun mal im Leben, oder? Manche Tage sind einfach ein Griff ins Klo! Ach, was sage ich, nicht nur Tage – Monate! Jahre!«

Der Kerl starrt mich ungläubig an. »Ein simples ›Tut mir leid‹ hätte echt genügt«, sagt er langsam und verschränkt die Arme vor der Brust, während er mich mit hochgezogenen Augenbrauen mustert.

»Das hätte ich auch noch gesagt – wenn Sie mich nicht gleich so blöd angeblafft hätten!«

»Was habe ich? Ich habe nur gefragt ›Musste das sein?‹! Das wird man doch wohl fragen dürfen, wenn einem eine Touristin volle Kanne ins Auto knallt!«

»Als wenn eine Delle mehr oder weniger einen Unterschied gemacht hätte, bei der Stoßstange!« Wütend recke ich mein Kinn, um den Größenunterschied wettzumachen, denn der Mann überragt mich ein ganzes Stück.

»Bitte, was …?«, beginnt der Fremde ungläubig, aber da schiebe ich schon trotzig hinterher: »Außerdem bin ich keine Touristin!«

»Na, eine Einheimische sind Sie auch nicht, sonst wüssten Sie, dass man nicht in so einem Tempo auf die Rampe der Fähre brettert!«

»Ähm, entschuldige, Aidan …« Die Fährkapitänin ist aufgetaucht und wirft einen kritischen Blick auf unsere Stoßstangen – leider fällt die Delle bei meinem Mietwagen sehr viel mehr auf als bei dem ollen Pick-up. »Wenn niemand zu

Schaden gekommen ist, könntet ihr die Details dann bitte auf dem Pier klären? Ihr haltet den Verkehr auf.«

»Ja, klar. Sorry, Dottie.« Der Mann sieht die noch recht junge Kapitänin mit den rötlichen Locken an, plötzlich fast freundlich, bevor er wieder mich anstarrt und wirkt, als würde er mich gern in Stücke zerreißen.

Dann fallen mir zwei Dinge gleichzeitig auf: seine geradezu unverschämt hellblauen Augen. Diese hellblauen Augen habe ich schon einmal gesehen.

Und – wie hat die Kapitänin ihn gerade genannt? Aidan.

Porca miseria!

»Ähm«, sage ich und räuspere mich, als hinter uns ein Auto hupt. Der Mann sieht an mir vorbei und winkt dem Autofahrer zu, will sich dann abwenden. Rasch stoße ich hervor: »Sie ... Sie sind nicht zufällig Aidan Cameron?«

Er hält in der Bewegung inne und sieht mich überrascht an. Unter seiner dunkelblauen Baseballmütze ist schwarzes Haar zu sehen. Sein Zehntagebart verleiht ihm, in Kombination mit seinen zerschlissenen Bluejeans und dem Holzfällerhemd, das er offen über einem weißen T-Shirt trägt, einen rauen Charme. Ich schlucke schwer, denn in diesem Moment nickt der Mann und sagt langsam: »Ja, der bin ich. Woher wissen Sie ...? Ach.«

Er bricht ab und betrachtet mich sichtlich überrascht. Seine hellblauen Augen weiten sich ein wenig. Völlig klar, diese Augen habe ich schon einmal gesehen: auf dem Foto, das mir Greta geschickt hat. Da hat er keine Baseballmütze getragen, darum habe ich ihn nicht sofort erkannt. Aber eigentlich hätten mir diese Augen reichen müssen. Die muss man doch sofort wiedererkennen, wenn man nicht blind ist!

»Sie sind ... Stella?«

Ich nicke und zwinge mich zu einem schiefen Lächeln, als

ich ihm die Hand reiche und sage: »Genau, die bin ich. Stella Minetti.«

Aidan schüttelt meine Hand und murmelt: »Halleluja, das kann ja was werden.«

Hinter uns hupt der Autofahrer erneut, und ich denke fassungslos: Wie um alles in der Welt habe ich es bloß geschafft, es mir schon vor Betreten dieser verflixten Insel mit meinem Kollegen und – noch schlimmer! – mit dem Sohn meiner neuen Arbeitgeber zu verderben?

2

Feli mustert mich erschüttert, als ich wieder ins Auto steige und den Motor anlasse.

»Und? Was passiert jetzt?«, fragt sie, und ihre Stimme bebt vor Anspannung. Mitleid mit ihr, wegen der ganzen Aufregung dieses Tages, will in mir aufwallen, aber da schiebt sie schon hinterher: »Das ist sowas von peinlich, Mama, echt!«, und jegliches Mitleid macht wieder purer Erschöpfung Platz – und Wut. Wut auf mich, Wut auf mein zickiges Kind, Wut auf meinen Fuß, der zu spät auf die Bremse getreten hat, und Wut auf diesen Aidan Cameron. Obwohl der am wenigsten dafürkann, ist mir klar, aber ich will trotzdem wütend auf ihn sein. Weil er zu gut aussieht. Er hat schon auf dem Foto, das Greta mir geschickt hatte, attraktiv gewirkt – aber die Realität toppt das Bild bei Weitem. Was vermutlich daran liegt, dass ich auf dem Foto nicht sehen konnte, wie groß er ist. Wie breitschultrig. Wie seine hellblauen Augen aufblitzen, wenn er sich ärgert. Wie tief seine Stimme ist, und …

»Mama!«

»Was denn?« Ich fühle mich sehr ertappt, als ich Feli flüchtig von der Seite ansehe, bevor ich wieder konzentriert durch die Windschutzscheibe schaue, um bloß dem schwarzen Pick-up vor mir nicht noch einmal zu nah zu kommen, als wir nun die Rampe hinabrollen. Außerdem merke ich genau, dass Feli tiefer in den Beifahrersitz sinkt, weil auf dem Pier ein paar Leute stehen, die uns beim Vorbeifahren neugierig mustern.

»Was hat er gesagt?«

Ich seufze tief auf. »Dass er mein neuer Kollege ist«, brumme ich schließlich, setze den Blinker und folge dem Pick-up, der jetzt auf eine ungeteerte Straße biegt.

»Was? Wie?« Feli starrt mich so entsetzt an, dass ich trotz dieser ganzen blöden Umstände kurz auflachen muss.

»Yep«, stöhne ich. »So habe ich ihn auch gerade angeschaut.«

»Welcher Kollege denn?«

»Das da vorn im Pick-up ist Aidan Cameron. Seinen Eltern gehört die *Cameron Lodge*. Und er ist der Küchenchef.«

»Ach du Scheiße.«

»Feli! Ausdrucksweise!«

»Du hast gerade selbst Scheiße gesagt, Mama – beziehungsweise *merda*!«

Ich werfe meiner Tochter einen entnervten Blick zu und behaupte: »Wenn man einen Auffahrunfall hat, dann darf man das sagen.«

»Und wenn die eigene Mutter einen schon bis auf die Knochen blamiert hat, bevor man auch nur einen Fuß auf diese gottverlassene Insel am Arsch der Welt setzen konnte, dann genauso!«

Feli verschränkt die Arme vor der Brust, und zu meiner Bestürzung erkenne ich Tränen in ihren Augen, als ich ihr einen flüchtigen Blick zuwerfe. »Schau doch mal nach draußen! Das hier ist doch ein Witz, Mama!«

Ich weiß, was sie meint, denn wir rollen gerade durch den »Ortskern« von Whale Island. Das zumindest vermute ich, weil es hier zwei Geschäfte gibt, die ich durch die Nebelschlieren hindurch vage erkennen kann: In dem graublauen Haus befindet sich dem Schild zufolge ein Souvenirladen und im gelben Holzgebäude daneben – ah, ja, das muss der berühmt-berüchtigte »Inselladen« sein, von dem Greta mir in einer E-Mail geschrieben hat! Das Sortiment soll ein Sammelsurium an Notwendigem für das Leben auf dieser Insel sein, von Lebensmitteln über Gartengeräte bis hin zu unsexy Unterwäsche (Gretas Beschreibung). Außerdem sind die örtliche Poststelle und ein kleiner Imbiss in dem gelben Haus untergebracht, und vor dem Gebäude gibt es eine Zapfsäule, weil es sich bei dem Laden auch um die »Inseltankstelle« handelt. Das weiß ich ebenfalls dank Gretas Beschreibung, denn klar erkennen kann ich die Zapfsäule in dem ganzen Nebel nicht.

»Aber das ist doch wirklich charmant hier«, versuche ich verzweifelt, diese Insel Feli und mir schönzureden, als wir an einer Holzkirche vorbeikommen, deren Turm schemenhaft und unheimlich aus den Nebelschwaden ragt.

»Nee, Mama. Ist es nicht!«

»Schau mal, da!« Ich zeige auf ein großes und sehr neu wirkendes Schild, das dicht am Straßenrand – und darum gerade noch klar zu erkennen – mit den geschwungenen Worten »The *Cameron Lodge* is waiting for you« in die Richtung weist, in die ich gerade dem Pick-up folge. Unter dem Schild ist ein zweites angebracht, auf dem in leuchtend roten Lettern »Große Wiedereröffnung im August!« zu lesen ist.

»Fahren wir deshalb dem Pick-up hinterher? Weil er auch zu diesem Hotel will?«, fragt Feli ungehalten. Die Art, wie sie »Hotel« sagt, macht deutlich, wie viel sie von meiner neuen Arbeitsstätte hält. Ich kann es ihr nicht verübeln. Mein Kind ist immerhin in 5-Sterne-Hotels in warmen Regionen aufgewachsen. Eine rustikale Lodge auf einer nebeligen Insel im Nordatlantik ist für sie ein völlig fremdes Territorium. Und für mich genauso.

»Genau, deshalb fahren wir Aidan Cameron hinterher«, seufze ich. Und ich wünschte wirklich, dass das anders wäre.

Konzentriert lenke ich den Mietwagen die holprige Straße entlang, und bei jedem Schlagloch merke ich, wie die Stimmung auf dem Beifahrersitz weiter sinkt. Der Nebel trägt wirklich nicht dazu bei, dass sich das ändert, denn anstatt sich endlich zu lichten, werden die grauen Schlieren immer dichter und undurchdringlicher.

»*Porca miseria*«, fluche ich leise vor mich hin, als ich mit dem rechten Vorderrad über das Gras des Straßenrands fahre, weil ich die Kurve im Nebel nicht rechtzeitig wahrgenommen habe.

»Echt schön hier, Mama«, ätzt Feli neben mir. »Wirklich, diese fantastische Aussicht! Ich freue mich auf unser neues Zuhause!«

»Weißt du was, Felicitas? Es reicht!« Ich trete auf die Bremse und starre meine Tochter aufgebracht an. »Ja, das hier wird anders werden als die Hotels, in denen wir bisher gewohnt haben. Aber selbst wenn Greta mir letzten Herbst nicht von diesem Job in der *Cameron Lodge* geschrieben hätte: Wir hätten nicht in Bangkok bleiben können, und das weißt du. Ein Neuanfang war also leider unvermeidlich. Und, ja, diesmal wird unser Neuanfang hier stattfinden, auf Whale Island!«

Feli erwidert meinen Blick mit einer Mischung aus Teenager-Überheblichkeit und mühsam verborgener Überraschung, weil ich jetzt doch laut werde. Bisher habe ich mich sehr zusammengerissen und mir immer wieder gesagt, dass es für Feli alles andere als leicht ist. Dass ich Geduld und Nachsicht haben muss. Aber ich kann nicht immer die perfekte, verständnisvolle Mutter sein. Ich bin müde und ausgebrannt. Und ich mache mir furchtbare Sorgen.

Außerdem bin ich eben dem Sohn meiner neuen Brötchengeber in die Stoßstange gerauscht!

»Tut mir leid, Mama.« Sie hören sich nett an, diese Worte, aber die Art, wie Feli sie sagt, macht mir deutlich, dass sie mal wieder zynisch gemeint sind. »Tut mir leid, dass ich dir solche Probleme bereite. Dass du wegen mir schon wieder umziehen musstest. Du hättest mich einfach nicht bekommen sollen.«

Ungläubig sehe ich Feli an, die ihren Blick abwendet und mit verschränkten Armen in den Nebel hinausstarrt.

»Sag das nie wieder, hörst du?« Meine Stimme bebt, als ich diese Worte hervorstoße. »Nie wieder!«

Ich trete aufs Gas, während in meinem Kopf Felis Worte immer wieder abgespult werden. »Du hättest mich einfach nicht bekommen sollen.«

Mit einem Mal sehe ich wieder den Schwangerschaftstest vor mir. Wie ich vor vierzehn Jahren auf der Angestelltentoilette des hübschen Boutique-Hotels auf Capri gesessen und abwechselnd auf das Muster aus gelben Zitronen auf den Kacheln und dann wieder ungläubig auf die zwei roten Streifen des Urinteststäbchens gestarrt habe, ratlos, wie es weitergehen sollte. Vor allem, als mein Freund Enzo entsetzt gemeint hat, dass er das nicht könne. Vater sein. Dass er zu jung sei. Seine Karriere ihm zu wichtig sei.

Dass ich abtreiben solle.

Damals habe ich Enzo eine Ohrfeige gegeben und unsere Beziehung beendet. Und habe nie wieder Kontakt zu ihm gehabt. Der Feigling hat seine Stelle als Souschef des Restaurants, das direkt neben dem Hotel lag, in dem ich damals gearbeitet habe, ziemlich schnell gekündigt und ist weitergezogen. Erst nach Spanien. Später nach New York, wie ich dank gelegentlicher Internet-Recherchen weiß. Ich habe Enzo nie erzählt, dass ich meine Stelle auf Capri kündigen musste und unser Baby an einem regnerischen Frühlingstag in meiner Heimatstadt Offenburg in Baden-Württemberg zur Welt gebracht habe.

»Du hättest mich einfach nicht bekommen sollen.«

Zitternd hole ich tief Luft, während ich wieder das schrumpelige rosa Baby vor mir sehe, das mir damals, im Krankenhaus, auf meine Brust gelegt worden ist und mein ganzes Leben von Grund auf komplett umgekrempelt hat. Von der Minute an war ich nicht mehr die alte Stella Minetti, die gedankenlos durch die Welt gezogen war, immer auf der Suche nach dem nächsten Abenteuer. Die alte Stella, die Bungee-Jumping ausprobiert hat, die ohne Furcht vor Haien an Australiens Ostküste schnorcheln gegangen und auf Capri ohne Helm mit dem Motorroller herumgebraust ist. In der Minute, als mich das süßeste Baby des Universums zur Mutter gemacht hat, wurde ich eine neue Person. Eine Person mit zahllosen Ängsten. So viel konnte passieren: Meinem Kind konnte alles Mögliche zustoßen – es war so winzig und hilflos und völlig von mir abhängig! Und mir konnte etwas zustoßen. Dieses zauberhafte Wesen hatte doch nur mich, seine Mama – denn der Papa wusste nicht einmal, dass Feli an diesem Frühlingstag ihren ersten lauten Schrei ausstieß (und noch viele, viele Schreie danach ausstoßen würde ...). Mit einem Schlag wurde mir meine Verantwortung voll bewusst: Mir durfte nichts passieren, denn mein Kind brauchte mich. Von jetzt an für mindestens die nächsten achtzehn Jahre. Auch wenn es liebende Großeltern hatte, so war ich doch das einzige Elternteil dieses kleinen Wunderwesens. Und so schwor ich mir damals, noch während meine Mutter, die im Kreißsaal an meiner Seite war, die Nabelschnur durchtrennte, dass ich ab sofort sehr gut auf mich selbst aufpassen würde, damit ich für mein Kind da sein konnte. Und dass ich dieses entzückende Baby Zeit meines Lebens verteidigen würde. Es beschützen und behüten würde, bis zu meinem letzten Atemzug.

Das war die Geburtsstunde der Minetti-Girls. Und ich habe

es jede Minute der letzten Jahre so sehr geliebt, Teil dieses besonderen Duos zu sein. So schwer es als Alleinerziehende auch oft ist – es ist trotz allem etwas Besonderes, wenn man zu zweit als eingeschweißtes Team unterwegs ist. Aber wo ist nur meine fröhliche, unbeschwerte Teampartnerin geblieben? Meine sonnige Feli, die ich nur ansehen musste, und jeglicher Stress im Job oder Ärger über ein paar Pfunde zu viel auf der Waage oder Kummer, weil aus einem Date wieder nicht mehr geworden war, verblasste augenblicklich?

Tränen schießen in meine Augen. Zusammen mit immer dichter waberndem Nebel ist das keine gute Kombination, wenn man versucht, einen fremden Mietwagen über holprige Straßen zu lenken. Aber ich kann nicht anders, ich kann nicht mehr stark sein.

»Vorsicht, Mama!«

Als Feli laut aufschreit, ist es schon zu spät. Aidan hat, im Gegensatz zu mir, sogar die Nebelschlussleuchte eingeschaltet, aber das hilft nicht mehr. Der schwarze Pick-up ist plötzlich direkt vor uns, er muss gehalten haben. Und weil ich gerade dabei war, mir ärgerlich Tränen von den Wangen zu wischen und meine Fassung wiederzugewinnen, bremse ich nicht schnell genug.

Mit einem satten »Rumms« krachen wir zum zweiten Mal an diesem verdammten Tag in die Stoßstange von Aidan Cameron.

3

»Mama!« Feli starrt mich absolut fassungslos an. »Bist du bescheuert?«

»Nein!«, schreie ich zurück. »Nein, bin ich nicht! Ich bin müde, Feli! Und … und … mit den Nerven am Ende! Verdammt noch mal, ich bin nicht perfekt, okay?«

Feli schnaubt und schnallt sich ab. »Nein, perfekt bist du echt nicht, Mama. Du bist so was von peinlich!« Und sie verlässt den Wagen mit einem theatralischen Schluchzer.

Verdammt, ich möchte jetzt auch heulen. Ich bin versucht, meine Stirn auf das Lenkrad sinken zu lassen und einfach so zu tun, als wäre ich nicht hier, aber als ich den Umriss eines Mannes aus dem Pick-up steigen und auf meinen Mietwagen zukommen sehe, ahne ich, dass der Plan nicht aufgehen wird.

Langsam steige auch ich aus. Aidan wirft nur einen flüchtigen Blick auf seine Stoßstange, dann sieht er mich ungläubig an.

»Ich weiß«, sage ich mit belegter Stimme. »Ich bin bescheuert. Das hat mir meine Tochter gerade schon klargemacht. Feli, sag bitte Hallo.«

Ich merke, dass Aidan die Gestalt auf der anderen Seite des Mietwagens noch gar nicht wahrgenommen hat. Er schaut zu meiner Tochter hinüber, die mit verschränkten Armen neben der Motorhaube unseres geschundenen Autos steht und sich offensichtlich weit wegwünscht.

Den Wunsch hat nicht nur sie.

»Hallo«, sagt sie tonlos.

»Hi.« Aidan zögert, dann geht er an mir vorbei, wirft mir einen flüchtigen – und sehr ernsten – Blick zu, bevor er sich durch die schmale Lücke zwischen seinem und meinem Wagen schiebt. Ich sehe, wie er Feli die Hand reicht.

»Ich bin Aidan Cameron.«

Diese kleine Geste, trotz des ganzen Malheurs, das ich verschuldet habe, rührt mich sehr. Er ist nett zu meinem Kind.

»Ich bin Feli«, höre ich Felis Stimme. Sie klingt überrascht. Vielleicht hat sie damit gerechnet, dass dieser Mann uns den Kopf abreißt. Zumindest mir. Dabei bin ich ja schon kopflos genug.

»Freut mich. Du bist dreizehn, habe ich gehört?«

Sie nickt anscheinend, sehen kann ich sie nicht – wegen des Nebels und weil Aidans breiter Rücken mir die Sicht versperrt. Allerdings habe ich gerade gar nichts dagegen einzuwenden, einfach seinen Rücken anzustarren. Er hat einen schönen Rücken. Und es ist leichter, als in seine wutfunkelnden Augen zu sehen, die noch dazu so verwirrend blau und sexy sind.

»Meine Tochter Isla ist auch gerade dreizehn geworden. Sie ist momentan in Halifax, bei den Eltern ihrer Mom, aber sie freut sich schon darauf, dich bald kennenzulernen.«

»Hoffentlich freut sie sich nicht zu früh«, kommt die gebrummte Antwort meiner Tochter.

»Felicitas!«, kann ich mir nicht verkneifen. Was soll das denn bloß? Warum muss sie auf diesem Selbstzerstörungskurs durch ihr Leben brettern?

Ich merke, wie mich Aidan flüchtig über seine Schulter

ansieht, dann wendet er sich wieder Feli zu, und ich höre zu meiner Überraschung ein Lächeln in seiner Stimme. »Dreizehn ist ein herausforderndes Alter. Keine Sorge, Isla ist auch ziemlich oft ziemlich unausstehlich. Ich glaube, ihr zwei werdet euch gut verstehen.«

Ohne auf Felis Reaktion zu warten, dreht er sich zu mir um und kommt wieder zwischen unseren eng an eng stehenden Fahrzeugen hindurch auf mich zu. Weil ich seinen intensiven Blick nicht aushalte, starre ich auf die Stoßstange seines Pick-ups. Soweit ich das in diesem dichten Nebel erkennen kann, ist die neueste Delle nun doch ziemlich tief. Meinen Mietwagen sehe ich mir lieber gar nicht näher an. Wie ich das der Leihwagenfirma erklären soll, weiß ich wirklich nicht.

Aidan ist vor mir stehen geblieben und hat die Arme verschränkt. Weil er die Ärmel seines Holzfällerhemds hochgeschoben hat, fällt mir das Tattoo auf seinem Unterarm auf: »Isla« steht dort in geschwungenen Buchstaben. *Santo cielo.* Ein Mann, der den Namen seiner Tochter auf der Haut trägt. Ich wünschte wirklich, das würde mir nicht so gut gefallen.

Zum Glück verhindert Aidans nächste Bemerkung, dass ich mich an Ort und Stelle in ihn verknalle, nur weil er nett zu meiner unmöglichen Tochter ist und seine eigene Tochter offensichtlich über alles liebt: »Schon mal an einen Sehtest gedacht?«

»Meine Augen sind sehr gut«, fauche ich ihn aufgebracht an und schaue ihm nun doch ins Gesicht. Zwischen seinen schwarzen Augenbrauen hat sich eine tiefe Falte gebildet.

»Den Eindruck habe ich nicht.«

»Es ist mir völlig egal, was du für einen Eindruck hast, Aidan Cameron.«

»Du entschuldigst dich schon wieder nicht? Nicht einmal

für die zweite Delle?« Er fragt dies so ehrlich ungläubig, dass ich fast lachen müsste, wenn er nicht so todernst wäre. Und wenn nicht Felis Stimme von der anderen Seite der Motorhaube käme – diesmal natürlich nicht auf Deutsch, sondern auf Englisch, damit Aidan ebenfalls alles versteht: »Also ICH muss mich auch immer für alles entschuldigen, Mama!«

Ich hole tief Luft und schließe kurz meine Augen.

»Entschuldigung«, sage ich heiser und weiche Aidans Blick aus. »Ich … war abgelenkt.«

»Wegen mir. Eigentlich bin ich mal wieder schuld«, meldet sich Feli erneut zu Wort. »Wie immer!«

»Ach, nun halt doch einfach mal den Mund, Felicitas!«, fahre ich sie an, bevor ich mich zusammenreißen kann. Ich habe mich in den letzten Wochen so oft zusammengerissen. Jetzt geht nichts mehr, das wird mir klar. »Du warst nicht schuld«, schiebe ich mit bebender Stimme hinterher und wende mich dann rasch ab, damit Aidan nicht merkt, wie aufgewühlt ich bin. »Ich bezahle das natürlich. Beziehungsweise – meine Versicherung.«

»Das will ich doch hoffen«, höre ich Aidan hinter mir brummen, aber ich beachte ihn nicht mehr. Mir reicht es für heute einfach. Ich bin es so leid, mich ständig in alle Richtungen verteidigen zu müssen!

»Ist es noch weit bis zur Lodge?«, frage ich dann doch noch, als ich die Fahrertür bereits geöffnet habe.

»Wir stehen quasi auf dem Parkplatz«, bemerkt Aidan trocken und deutet hinter sich. »Der dunkle Kasten da im Nebel ist die *Cameron Lodge*. Ich kann euch erst einmal zu eurem Cottage bringen, wenn ihr wollt.«

»Ja, danke. Das … wäre nett.« Bemüht freundlich nicke ich Aidan zu. Er kann ja nichts dafür, dass ich ihm zweimal hinten reingefahren bin. Im Grunde genommen hat er sich unter diesen bescheuerten Umständen echt nett verhalten. Es gibt bestimmt Leute, die mir beim zweiten Mal wirklich den Kopf abgerissen hätten.

»Du kannst da vorn parken. Wir müssen zu Fuß zum Cottage gehen. Versuch bitte, auf den paar Metern keine anderen Autos zu demolieren, wenn's irgendwie geht, ja?«

»Idiot«, murmele ich leise, während ich mich auf den Fahrersitz sinken lasse.

»Das habe ich gehört. Ich habe nämlich gute Augen UND gute Ohren!«, bemerkt Aidan von draußen, bevor er mit langen Schritten zu seinem Pick-up geht.

»Wer von uns benimmt sich jetzt eigentlich wie eine Dreizehnjährige?«, fragt Feli spitz, während sie auch wieder einsteigt und ihre Tür dramatisch zuknallen lässt.

»Ich«, fauche ich. »Dafür könntest du dich dann zur Abwechslung mal wie eine Fünfunddreißigjährige benehmen, wie wär's damit?«

»Nee, danke. Mein Leben ist so schon öde genug.«

»Ach, Schatz, nichts baut mich so auf wie eine Unterhaltung mit dir«, schnaube ich und fahre dem Pick-up im Schritttempo hinterher, bevor ich so vorsichtig in eine Parklücke rangiere, als hätte ich gerade meine erste Fahrstunde.

»So, das wäre geschafft«, seufze ich erleichtert und stelle den Motor aus.

»Halleluja«, brummt Feli.

Aidan kommt schweigend auf unseren Mietwagen zu und greift ungefragt nach zwei Koffern. Ich will sagen, dass wir das selbst schaffen, immerhin habe ich in den letzten Jahren immer alles ohne jegliche männliche Hilfe geschafft, und darauf bin ich wirklich stolz. Aber die Erschöpfung hängt bleiern an mir, und darum murmele ich nur ein »Danke« und greife nach meinem Handgepäck, während sich Feli ihren vollgepackten Rucksack auf den Rücken schwingt. Wir haben auch noch unbegleitetes Fluggepäck auf die Reise nach Whale Island geschickt, das müsste hoffentlich in den nächsten Tagen ankommen. Während sich in unseren Koffern nur die nötigsten Klamotten und Kosmetika befinden, sind in den Kisten, die noch kommen, weitere Anziehsachen und Schuhe, Bilderrahmen, Fotoalben, Bücher, Felis Puppen und Stofftiere, meine Nähmaschine und all die persönlichen Dinge, die man sonst noch so im Laufe seines Lebens ansammelt.

Langsam und vorsichtig folgen wir Aidan durch den Nebel, der sich kühl und feucht auf meine Haut hinabsenkt und irgendwie seltsam beruhigend wirkt. Gar nicht unheimlich, was eigentlich merkwürdig ist, immerhin dröhnt in regelmäßigen Abständen das melancholische Heulen des Nebelhorns über die Insel, was in Kombination mit den schemenhaften Umrissen des Hotels vor uns wie bei Stephen King wirken könnte. Aber ich fühle mich eigenartig geborgen an diesem Ort, obwohl ich quasi blind einem fremden Kerl hinterherstapfe, der allen Grund hat, wirklich wütend auf mich zu sein. Aber Aidan Cameron macht, trotz seiner rauen Schale, nicht den Eindruck, als wolle er mich im Nebel von der nächsten Klippe schubsen.

Außerdem braucht er mich. Ich bin seine neue Restaurantmanagerin.

Bei dem Gedanken, dass er und ich bald Tag für Tag Seite an Seite werden arbeiten müssen, wird mir ein wenig übel. Das könnte aber auch am Hunger liegen. Ich habe seit der Landung auf dem Provinzflughafen von Sydney, Nova Scotia, nichts mehr gegessen, und das ist schon etliche Stunden und zwei Auffahrunfälle her.

Wir gehen an dem Hotel vorbei, wo uns ein paar erleuchtete

Fenster durch den Nebel zuzuzwinkern scheinen, und folgen Aidan einen Weg entlang, der über Gras führt. Der würzige Duft nach Wald steigt mir in die Nase und mischt sich mit dem Geruch nach Meer, der uns schon begleitet, seit wir auf die Fähre gerollt sind. Das gleichmäßige Rauschen der Brandung sagt mir, dass der Atlantik ganz in unserer Nähe sein muss. Als ich mich frage, ob Aidan mich doch geradewegs auf irgendwelche Klippen zuführt, spüre ich unter meinen Füßen weiche Nadeln und merke, dass wir in ein Wäldchen hineingehen. Der Duft nach Kiefernharz hüllt mich ein und lässt mich genüsslich einatmen. In Bangkok hat es nach Abgasen und dem fauligen Wasser des Chao-Praya-Flusses direkt vor dem Hotel gerochen, hin und wieder auch nach exotischen Blumen im Hotelgarten, aber niemals so sauber und … wunderbar wie hier!

Wir kommen an mehreren Schatten im Nebel vorbei, die nach kleineren Häusern aussehen. Alle liegen dunkel und still da, niemand scheint in diesen Häuschen zu wohnen. Allerdings weiß ich, dass zur *Cameron Lodge* einige Cottages gehören, in denen Gäste unterkommen können – und diese Gäste sind ja noch nicht da. Das sogenannte »Soft Opening« beginnt erst kommende Woche: eine Art Übergangsphase, in der die völlig neu renovierte Lodge die ersten Gäste zu einem Probelauf empfangen wird, bevor es in etwas mehr als drei Wochen, wenn dann hoffentlich die gröbsten Fehler ausgemerzt werden konnten, richtig losgehen wird.

Ich merke, dass Feli hinter mir über eine Wurzel stolpert, und will mich ihr helfend zuwenden, aber sie schnaubt nur ungeduldig: »Schon okay, Mama! Ich kann allein laufen. Und zwar besser, als du fahren kannst.«

»Ha, ha«, gebe ich gekränkt zurück und frage mich einmal mehr, wo das süße Mädchen geblieben ist, das mir zum

Muttertag selbst gemalte Karten mit vielen Herzen und »Mom I love you!«-Schwüren geschenkt hat.

Dass ich im nächsten Augenblick in den Mann vor mir hineinlaufe, hilft nicht wirklich, um Felis spitze Bemerkung zu entkräften.

Aidan dreht sich zu mir um, und ich stehe so dicht vor ihm, dass ich seinen warmen Atem auf meinem Gesicht spüre, als er mit unüberhörbarem Sarkasmus in der Stimme leise fragt: »Vielleicht doch mal zum Sehtest gehen?«

»Es ist hier so nebelig, dass nicht einmal ein Adler die Hand vor Augen sehen kann«, fauche ich gekränkt und versuche, das ironische Schnauben meiner Tochter auszublenden.

»Adler haben keine Hände«, erwidert Aidan trocken, bevor er sich abwendet und sagt: »Wir sind da. Hier ist euer Cottage.«

Langsam und mit reichlich Sicherheitsabstand folge ich ihm auf einen weiteren dunklen Kasten im Nebel zu, taste mich vorsichtig drei Stufen auf eine Veranda hinauf und bleibe stehen, während Aidan eine Tür öffnet und plötzlich Licht angeht – sowohl im Haus als auch draußen, wo eine Laterne an der Außenwand einen goldenen Schein in den Nebel wirft.

»Hereinspaziert«, murmelt er und hält die Tür auf. Beim Hineingehen wird mir klar, dass es sich genau genommen um zwei Türen handelt: eine äußere, die nur aus einem mit Mückennetz bespannten Rahmen zu bestehen scheint, und eine richtige Haustür.

Ich betrete das Cottage, stelle meinen kleinen Kabinenkoffer ab und sehe mich aufmerksam um: Im vorderen Teil des Raums kann man bis nach oben in den offenen Giebel hinaufsehen, wo sich mehrere Querbalken von einer Hüttenwand bis zur gegenüberliegenden erstrecken. In diesem Teil des Wohnraums befindet sich eine gemütliche Sofaecke mit einem Schaukelstuhl, der nahe dem offenen Kamin aus Natursteinen zum Lesen einlädt. Dort sehe ich mich schon sitzen, an nebeligen Tagen wie diesem, wenn ich nicht gerade im Hotelrestaurant bin. Der hintere Teil dieses großen Zimmers hat eine abgehängte Decke, darunter befindet sich die Essecke mit einem rustikalen Holztisch und passenden Stühlen. Man kann von dort in eine offene Küche gehen, wo ich Herd und Kühlschrank erkenne, außerdem ein Regalbrett entlang der Wand, auf dem sich viele bunte Tassen und Teller in der Gesellschaft anderer Küchenutensilien befinden. An der Seite der Küchenecke führt eine rustikale Holztreppe hinauf in das Loft unter dem Dachgiebel, und dort, über der abgehängten Decke im hinteren Teil des Cottages, befindet sich ein Schlafzimmer. Das weiß ich schon von Greta, denn sie hat hier in den letzten Monaten mit ihrem Schatz Duncan gewohnt. Oben steht ein rustikales Ehebett, was ich ebenfalls von den Fotos weiß, die meine Freundin mir geschickt hat, und man kann vom Bett aus durch ein Fenster bis zum Meer schauen – wenn es nicht gerade nebelig ist wie heute. Eigentlich wollten Greta und ihr Liebster auch nach der Geburt ihres Babys in diesem Cottage bleiben, und deshalb haben Duncan und Aidan mithilfe ihres Vaters, Graham Cameron, ein weiteres Zimmer an das Häuschen angebaut. Das ist das Praktische an Holzhäusern, hat mir Greta in einer Mail geschrieben: Man kann sie problemlos erweitern, wenn man möchte. Und so ist mir klar, dass die Tür, die von der Essecke aus abgeht, in Felis neues Zimmer führt. Das Zimmer, das eigentlich das Zimmer von Gretas und Duncans Baby werden sollte – bis sie sich vor wenigen Monaten doch entschieden haben, noch vor der Geburt in ein größeres Haus ganz in der Nähe umzuziehen. Zwar wohnt Duncan, der General Manager ist, nun nicht mehr auf dem Hotelgelände, aber das Haus liegt so nah an der *Cameron Lodge*, dass er mit dem Fahrrad in zehn Minuten hier sein kann.

»Das ist wirklich schön«, sage ich jetzt, mehr zu mir selbst als zu Aidan und Feli, und lasse mich mit einem Seufzen in den Schaukelstuhl sinken. Ich habe das Gefühl, an Ort und Stelle einschlafen zu können, wenn man mich ließe.

»Wo ist mein Zimmer?«, fragt Feli und klingt nicht einmal ansatzweise so angetan von unserem neuen Heim wie ich. Wirklich, viele der Hotelsuiten oder Angestelltenunterkünfte, in denen wir in den letzten Jahren gewohnt haben, waren nicht einmal halb so groß wie dieses Cottage! Außerdem – riecht sie nicht diesen wunderbaren Duft nach frischem Holz? Es ist das erste Mal, dass ich in einem Holzhaus wohne – okay, wenn man von dem Häuschen im Angestelltenbereich des Hotels auf Koh Samui mal absieht, aber da roch es eher nach dem ständig undichten Abwasserrohr als nach dem termitenzerfressenen Holz der Wände.

»Die Tür da vorn«, sage ich und deute in die Richtung der Essecke. Als ich Aidans überraschten Blick wahrnehme, erkläre ich: »Greta hat mir ein paar Fotos per E-Mail geschickt.«

»Ah. Ja.« Er nickt und schiebt die zwei Koffer weiter in den Raum hinein, bevor er seine Baseballmütze abnimmt und sich einmal über den Kopf fährt. Sein Haar ist pechschwarz und sehr kurz geschnitten, nur an den Schläfen schimmert eine Spur Grau. Aidan müsste sechsunddreißig sein, wenn ich mich recht erinnere.

»Greta wollte dich eigentlich unbedingt selbst von der Fähre abholen, aber … sie und Duncan haben im Moment alle Hände voll mit dem kleinen James zu tun«, sagt er dann, und für einen kurzen Augenblick schleicht sich ein fast zärtlicher Ausdruck auf sein Gesicht, der mich überrascht den Atem anhalten lässt. »Der Kleine hat die ganze letzte Nacht mal wieder durchgeschrien, weil er Koliken hatte. Ich weiß ehrlich gesagt gar nicht, wie Duncan das mit dem Soft Opening schaffen will.«

Er starrt zwei Sekunden lang ins Leere, dann scheint er sich einen Ruck zu geben und sieht mich an. »Ähm … Gretas Telefonnummer hast du bestimmt?«

Ich nicke rasch. »Ja, klar. Sie hatte mir heute schon getextet, dass sie es nicht zur Fähre schafft und mich morgen treffen will. Ich werde mich gleich bei ihr melden.«

»Gut.« Aidan nickt und wendet sich ab. »Na dann, kommt erst einmal an. Im Kühlschrank sind übrigens die nötigsten Lebensmittel für den Anfang – Greta hat mich beauftragt, euch ein paar Dinge zu besorgen.«

»Oh, das ist nett, vielen Dank«, sage ich überrascht. Dass Aidan für uns einkaufen würde, hätte ich nicht gedacht.

»Kein Problem. Wie gesagt, es ist nur das Nötigste. Der Inselladen hat zwar noch geöffnet, aber …« Er wirft einen Blick aus dem Fenster und bemerkt dann trocken in meine Richtung: »… an deiner Stelle würde ich das Auto heute nicht mehr vom Fleck bewegen.«

»Hatte ich nicht vor«, erwidere ich mit einem Augenrollen.

»Sehr gut. Ich hoffe also, dich morgen heil im Restaurant begrüßen zu können.« Aidan wendet sich ab und greift nach dem Türknauf, aber ich frage schnell: »Warte mal … morgen schon?«

Erstaunt sieht er mich an. Seine Augenbrauen wandern leicht in die Höhe. »Hattest du vor, erst einmal Urlaub zu machen?«

Irritiert schlucke ich. »Nein, das nicht. Aber … ein freier Tag, um erst einmal anzukommen, einzukaufen, die Insel zu erkunden und so weiter … das wäre wirklich nett.«

Aidan holt tief Luft. Ich sehe ihm an, dass auch er müde ist. Dass sein Tag ebenfalls lang war. Aber mein Mitleid hält sich gerade wirklich in Grenzen. »Ich hatte schon vor einigen Wochen mit dir gerechnet, Stella Minetti. Duncan wollte dich doch eigentlich zu Mitte Juni einstellen, sobald die Schule für Feli vorbei war. Dann hätten wir genügend Zeit gehabt, um alles vorzubereiten. Jetzt ist schon Mitte Juli, und das Soft Opening beginnt in ein paar Tagen, verdammt!«

Er ist ein wenig lauter geworden, und ich merke ihm die Anspannung mehr als deutlich an. Ich verstehe durchaus, was für einen Stress es bedeutet, ein Hotel und ein Restaurant ganz neu zu eröffnen. Da liegen die Nerven immer blank. Aber, *porca miseria*, ich hatte wirklich gute Gründe, warum ich nicht früher kommen konnte!

»Ich weiß das«, sage ich daher ruhig. »Und ich wäre gern schon Mitte Juni gekommen. Aber … es ist etwas Dringendes dazwischengekommen.«

»Ja, das hat Greta schon gesagt«, grollt Aidan und wendet sich wieder der Tür zu.

»Was … was hat sie genau gesagt?«, hake ich schnell nach, und mir schlägt das Herz bis zum Hals. Ich hatte meine Freundin eindringlich gebeten, nicht zu erzählen, was in Bangkok passiert ist und warum wir Mitte Juni noch nicht kommen konnten!

»Nur, dass etwas Privates dazwischengekommen ist und ihr erst vier Wochen später kommen könnt«, brummt Aidan und wirft mir einen flüchtigen Blick zu. »Es geht mich auch nichts an, was los war. Aber jetzt bist du endlich hier, Stella, und es gibt noch unfassbar viel im Restaurant zu organisieren. Darum sehe ich dich morgen um 10 Uhr zu einer ersten Besprechung drüben im Hotel.«

Das ist keine Frage, das ist ein Befehl. Und während mir noch die spitze Bemerkung auf den Lippen liegt, dass er nicht mein Chef ist, öffnet Aidan energisch die Haustür. Bevor er sie hinter sich schließt, reckt er noch einmal kurz seinen Kopf ins Zimmer und sagt: »Falls ihr Hilfe braucht: Ich wohne zwei Cottages weiter.«

Diese Vorstellung hört sich für mich gerade nicht so beruhigend an, wie sie vermutlich klingen soll.

4

Die Morgensonne weckt mich und lässt mich irritiert blinzeln. Wo bin ich? Ein paar verschlafene Sekunden lang starre ich ratlos an die Dachschräge über meinem Kopf, die aus breiten Holzbrettern besteht.

Holz. Richtig.

Mit einem Schlag bin ich hellwach. Ich bin in Kanada! Auf einer kleinen Insel im Nordatlantik, um genau zu sein. Und ich habe in diesem breiten, ebenfalls aus Holz gezimmerten Ehebett im Loft unseres neuen Heims sehr gut geschlafen. Allerdings hätte ich heute Nacht vermutlich überall gut geschlafen – die Anstrengung der langen Reise hat mich gestern Abend fast ohnmächtig auf die Matratze sinken lassen. Das Letzte, woran ich mich erinnere, ist der beruhigend gleichmäßige Klang des Nebelhorns, der mich wie ein Schlaflied ins Reich der Träume befördert hat.

Das gleichmäßige Heulen ist heute Morgen nicht mehr zu hören, fällt mir jetzt auf – und, richtig, der Sonnenschein, der mich geweckt hat, erklärt auch warum: Es ist nicht länger nebelig!

Neugierig setze ich mich auf und starre geradeaus, über das Fußende des Betts hinweg, direkt hinaus auf den tiefblauen

Atlantik, der zwischen einigen Kiefern und Ahornbäumen hindurchschimmert. Ich habe gestern Abend keinen Gedanken mehr an die schweren Vorhänge verschwendet, die ich vor dem bodentiefen Fenster in der Längsseite des Dachgiebels hätte zuziehen können – und so fällt das Licht dieses jungen Morgens nun strahlend hell zu mir hinein und lässt mich begeistert blinzeln. Mein Gott, ist das ein schöner Ausblick! Jetzt verstehe ich, warum Greta eigentlich gar nicht aus diesem Cottage ausziehen wollte, bevor der kleine James geboren wurde. Sie hätte hier als frisch gebackene Mutter gern noch ein wenig gewohnt, hat sie mir geschrieben, aber dann ist ein Haus in der Nähe zum Verkauf angeboten worden, das mehr Platz geboten hat, und Duncan wollte unbedingt diese Chance ergreifen und hat das Haus für seine kleine Familie erstanden. Ich vermute, er wollte auch einfach mehr Privatsphäre für seine Lieben und sich haben. Das kann ich sehr gut verstehen, nach so vielen Jahren in diversen Hotels. Fast überall habe ich bei meinen bisherigen Jobs auf dem jeweiligen Hotelgelände gewohnt. Immer umgeben von Kolleginnen und Kollegen und, weitaus schlimmer, auch von Gästen. Selten kann man wirklich abschalten, selbst an seinen freien Tagen nicht, weil der Job immer in Reichweite ist. Darum war ich anfangs ebenfalls nicht wirklich begeistert, als ich von dem Cottage auf dem Hotelgelände der *Cameron Lodge* gehört habe, in dem Feli und ich unterkommen sollten. Doch Greta hat mir in ihrer E-Mail erklärt, dass die Auswahl an freien Häusern auf Whale Island nicht groß und das Cottage wirklich zauberhaft sei und ich genügend Privatsphäre haben würde. Und, ja, beim Blick aus meinem Bett hier oben muss ich sagen: Greta hatte recht.

Während ich meinen Blick über die malerische Landschaft jenseits meines Dachfensters schweifen lasse, muss ich über Felis und meine Stationen in den letzten dreizehn Jahren nachdenken. In den ersten drei Lebensjahren meiner Tochter haben wir bei meinen Eltern in meinem ehemaligen Kinderzimmer gewohnt. Als meine Kleine gerade zwei Jahre alt war, konnte ich endlich einen Platz bei einer Tagesmutter ergattern und habe wieder angefangen, halbtags zu arbeiten – als Zimmermädchen in einem verschlafenen Hotel in Offenburg. Zwar haben meine Eltern mir versichert, dass sie mich voll und ganz unterstützen würden und ich deshalb noch bei Feli zu Hause bleiben könnte, aber ich wollte finanziell unbedingt auf eigenen Füßen stehen. Es wurmte mich schon genug, dass ich plötzlich die junge, alleinstehende Mutter war, die wieder in ihrem alten Kinderzimmer wohnte. Arbeitslos würde ich nicht auch noch länger als unbedingt nötig sein, das hatte ich mir geschworen! Als ich dann, kurz nach Felis drittem Geburtstag, eine Stellenanzeige des JW-Marriott-Hotels in Kuala Lumpur gesehen habe, dachte ich: Jetzt oder nie. Ich war damals wild entschlossen, meinen Traum, die weite Welt zu sehen, zu verwirklichen – auch als Alleinerziehende. Enzo Cappanelli würde mir diesen Traum nicht zerstören! In Baden-Württemberg hatte ich schließlich nie bleiben wollen.

Italien, das war nach der Ausbildung als erster Schritt gedacht gewesen – mit Heimvorteil, immerhin kommt mein Vater aus Rom. Er ist Mitte der Siebzigerjahre als Bauingenieur nach Deutschland gezogen, hat sich in meine Mutter verliebt und ist in meinem Heimatort hängen geblieben. Ich bin zweisprachig aufgewachsen: Papa hat darauf bestanden, dass ich seine Muttersprache lerne, unter anderem damit ich mich mit seinen Eltern in Rom unterhalten konnte, wenn wir *nonna* und *nonno* in ihrer wunderschönen Dachwohnung mit Blick auf den Petersdom besuchten.

Ja, deshalb war es nicht verwunderlich, dass mich meine erste Stelle im Hotelbusiness nach Italien gezogen hatte, nach

Capri. Und es war genauso wenig verwunderlich, dass ich Enzos Charme erlag, denn südländische Männer haben es mir schon immer besonders angetan. Nachdem sich Enzo dann allerdings als so egozentrisches Arschloch herausgestellt hatte, habe ich mir geschworen, die Finger von zu gut aussehenden dunkelhaarigen Männern zu lassen.

Und so kam es also, dass ich, fünf Jahre, nachdem ich voller Elan meine erste Stelle auf Capri angetreten hatte, unsere sieben Sachen und Klein-Feli packte und nach Kuala Lumpur zog. Meine Eltern waren natürlich nicht angetan davon. Sie wollten ihre Enkelin gern weiterhin bei sich in der Nähe haben – oder zumindest wieder irgendwo in Italien, wo sie uns leicht hätten besuchen können. Ich aber wollte die Welt sehen, nicht nur Italien – deshalb war ich ja Hotelfachfrau geworden: um überall auf diesem Globus arbeiten zu können!

Die Stelle in Kuala Lumpur war allerdings lediglich möglich, weil ich mir dort, in Malaysia, eine Nanny für Feli leisten konnte. Die gute Nunu holte meine Kleine nachmittags aus ihrem englischsprachigen Kindergarten ab und betreute sie in unserem winzigen Angestelltenapartment der weitläufigen Hotelanlage, während ich im Restaurant tätig war. Da ich oft sogar abends und am Wochenende arbeiten musste, hätte ich es ohne Nunu niemals geschafft. Auch mein nächster Job ging nur mit Nanny, diesmal war es Khun Lek, die Feli während unserer Zeit auf Koh Samui nach der Schule betreute. Ich hatte auf der Insel im Golf von Thailand meine erste Stelle als Food & Beverage Manager ergattern können, in einem 5-Sterne-Hotel einer thailändischen Hotelkette. Von Thailand aus gingen wir für zwei Jahre nach Abu Dhabi, als Feli bereits zehn war und zum Glück nach der Schule keine Betreuung mehr brauchte. Und dann bekam ich noch einmal ein spannendes Jobangebot aus Thailand, vom *Anantara Riverside Hotel* in

Bangkok, der anstrengenden Mega-City mit schwülheißem Klima. Und mit unschönen Erinnerungen an die Internationale Schule, die Feli besucht hat.

Ich hätte Nein zu dem Job sagen sollen. Dann wäre alles anders gekommen.

Aber gut, die Vergangenheit lässt sich leider nicht ändern. Dafür habe ich Ja zu diesem Job auf Whale Island gesagt – und heute Morgen, so ganz ohne Nebel, habe ich das Gefühl, dass diese Entscheidung absolut richtig war! Ich rücke näher ans Fußende und schaue mir die Landschaft draußen genauer an, betrachte neugierig die Bäume und Sträucher, die Klippen, die zum Meer abfallen. Sehe nach links, wo der Weg zwischen den Bäumen verschwindet und wohl Richtung Hotel führt, wenn mich mein Orientierungssinn nicht verlassen hat. Dann sehe ich nach rechts und betrachte das Cottage, das einige Meter entfernt liegt. Ob da jemand wohnt? Aidan hatte erwähnt, dass er zwei Häuser weiter lebt. Also nicht direkt neben mir. Zum Glück! Ich lehne mich vor, presse mein Gesicht an die Scheibe und schiele angestrengt an meinem Nachbarcottage vorbei – denn da der Weg eine Kurve macht, kann ich durch ein paar Sträucher und Kiefernstämme hindurch tatsächlich eine Ecke der Veranda des Hauses dahinter erkennen. Und dort habe ich gerade eine Bewegung wahrgenommen. Etwas, das hin und herschwingt. Oh – ein Sandsack. Jemand scheint darauf einzuhauen. Zwar kann ich nicht erkennen, wer das ist, aber denken kann ich es mir schon.

Fasziniert verfolge ich die Bewegungen des Sandsacks, bis dieser nicht länger von Schlägen getroffen wird und langsam ausschwingt. Dafür tritt jetzt ein Mann in mein Blickfeld. Aidan. Mit nacktem Oberkörper und nur in Shorts. Atemlos starre ich seine Brust und seinen flachen Bauch an. Die sehnigen Arme und breiten Schultern. Er streift sich gerade seine

Boxerhandschuhe von den Händen und greift dann nach einer Wasserflasche. Während er in langen Zügen trinkt, geht er die Stufen seiner Verandatreppe hinab und nähert sich somit ein wenig mehr meinem Cottage. Auf einer sonnenbeschienenen Stelle des Teppichs aus Kiefernnadeln bleibt er stehen, reckt seine Arme über den Kopf und streckt sich, immer noch die Wasserflasche in einer Hand. Ich komme mir vor wie ein Spanner, als ich ihn so beobachte, mit weit aufgerissenen Augen an meiner Fensterscheibe klebend, wo das Glas auf Höhe meiner Lippen langsam beschlägt.

Und im nächsten Moment komme ich mir mal wieder vor wie der größte Idiot aller Zeiten, als sich Aidan plötzlich umdreht und durch die Baumstämme hindurch direkt zu meinem Dachfenster hinaufspäht, ganz so, als ob er genau gemerkt hätte, dass er beobachtet wird. Erschrocken weiche ich von der Scheibe zurück, in der verzweifelten Hoffnung, dass er mich aus der Entfernung nicht erkannt hat.

Verdammt, Stella, musste das sein? Mit einem unterdrückten Stöhnen rutsche ich möglichst weit vom Fenster fort und stehe erst auf, als ich sicher bin, dass Aidan mich von unten nicht länger sehen kann. Prompt stoße ich mir den Kopf an der Dachschräge an. Ächzend reibe ich mir den Hinterkopf. Wirklich fantastisch, wie reibungslos mein erster Tag im neuen Job beginnt! Aber es kann ja hoffentlich nur besser werden.

Habe ich das wirklich gedacht? Dass es besser wird? Mit einer Teenager-Tochter, die sich hartnäckig weigert aufzustehen – selbst dann, als ich ihr vom herrlichen Wetter draußen vorschwärme?

»Ist mir egal, ob nun Nebel oder Sonne! Ich bleibe im Bett!«, kommt ihre Stimme dumpf unter dem Deckenberg hervor.

»Feli, ich möchte, dass wir zusammen frühstücken. Und

dann gehen wir gemeinsam in die Lodge rüber, damit du alle kennenlernen kannst.«

»Nein! Das ist DEIN Job, Mama! Ich will die Leute gar nicht kennenlernen!«

»Aber ich möchte, dass die Leute meine zauberhafte Tochter kennenlernen.«

»Ich bin nicht zauberhaft!«

»Doch. In letzter Zeit merkt man das nur nicht wirklich. Komm schon, ich mache uns Spiegeleier.«

Aber nicht einmal die Aussicht auf Spiegeleier, sonst Felis absolutes Lieblingsfrühstück, lassen mein pubertierendes Streitmonster kampflos aufstehen. Mein Mund fühlt sich trocken an vom vielen Diskutieren, das irgendwann unweigerlich in Schimpfen übergegangen ist, als wir gefühlte Stunden später unser Cottage verlassen. Vor lauter Anstrengung, meine Tochter davon zu überzeugen, etwas zu essen und sich anzuziehen, habe ich nur noch die Kraft für ein sehr rudimentäres Make-up gefunden und mein unordentliches Haar beim Verlassen des Hauses kurzerhand blitzschnell am Hinterkopf zu einem Messy Bun gebunden – wobei meine wilden Locken sowieso immer nach Messy Bun aussehen, ob ich nun viel Arbeit in die Frisur investiere oder nicht. Prüfend zupfe ich an meiner weißen Bluse herum, die ich zu Blue Jeans trage, stelle fest, dass ich ein wenig Eidotter neben dem zweitobersten Knopf habe und verreibe leise fluchend Spucke auf dem Stoff. War ja klar, dass ich gleich an meinem ersten Arbeitstag bekleckert auftauche! Am besten lasse ich den Knopf einfach offen, dann klappt der Kragen so zur Seite, dass man den Fleck nicht sieht. Ja, das ist die beste Lösung, denn zum Umziehen habe ich keine Zeit mehr, es ist schon kurz vor zehn, und ich werde Aidan nicht das Vergnügen bereiten, dass er mir einen Vortrag über Pünktlichkeit halten kann!

»Mama, das ist voll peinlich wie du aussiehst! Man sieht die Rille zwischen deinen du-weißt-schon-was!«

Erstaunt sehe ich Feli an. »Sag nur, du sprichst wieder mit mir. Guten Morgen, *cara mia*. Und das hier …« Ich lege demonstrativ beide Hände um meine von der Natur recht üppig ausgestattete Oberweite »… das sind Brüste. Das Wort kann man aussprechen, Feli, dabei fällt einem nicht die Zunge ab. Und deine wachsen auch noch, warte ab.«

»Mama!«

»Was denn?« Ich grinse sie an und lasse meine Brüste herausfordernd auf und ab wippen. »Eine Frau zu sein ist nicht peinlich, Feli, lass dir das niemals einreden.«

»Aber du bist peinlich. So was von!« Meine Tochter sieht mich mit hochrotem Gesicht an, dann starrt sie betreten an mir vorbei, und mein Herz setzt vor Schreck einen Schlag aus.

Nein. Bitte nicht.

Langsam drehe ich mich in die Richtung des Waldweges jenseits unserer kleinen Veranda um, und, natürlich, nur wenige Schritte von unserem Cottage entfernt steht Aidan und weiß offensichtlich nicht, wohin er schauen soll. Allerdings merke ich genau, dass es ihm nicht gelingt, NICHT auf meine eben noch wippende Oberweite zu starren, wobei er jetzt rasch auf seine Schuhspitzen hinabsieht, sich dann im Nacken kratzt und mir endlich in die Augen sehen kann. Ich erwidere seinen Blick bemüht gefasst, obwohl ich mich im Stillen gerade frage, was hier eigentlich passiert. Ist das ein schlechter Film, in den ich aus irgendeinem bescheuerten Grund mit Feli hineingeraten bin? Aidan scheint sich Ähnliches zu fragen, denn er mustert mich ein wenig ratlos. Zwar kann er nicht verstanden haben, was ich gerade zum Thema »Brüste« erzählt habe, aber auch ohne Deutschkenntnisse war zumindest meine Körpersprache hier wohl deutlich.

»Ähm … guten Morgen«, sage ich hastig, weil ich absolut nicht weiß, wie ich vernünftig erklären soll, was das gerade war. Ich könnte sagen, dass es eine deutsche Morgentradition ist, die Brüste zu schütteln. Oder eine italienische. Aber ich will mich nicht noch tiefer in diese absurde Situation hineinreiten, also tue ich einfach so, als wäre nichts gewesen.

»Guten Morgen.« Aidan räuspert sich, und die Tatsache, dass er ein wenig heiser klingt, lässt mein Herz schneller schlagen. Verdammt, Stella Minetti, dieser Mann ist absolut tabu! Er sieht zu gut aus, das ist immer gefährlich. Und … er findet dich ziemlich bescheuert, so viel ist sicher.

Sein Blick verirrt sich schon wieder dahin, wo dank des Eidotterflecks nackte Haut und kein Blusenstoff zu sehen ist. »Ich …«, beginnt er und fährt sich mit einer Hand über das Gesicht, als wüsste er nicht mehr, was er eigentlich sagen wollte. Dann sieht er mir flüchtig in die Augen, und das Funkeln, das ich darin aufblitzen sehe, lässt mich instinktiv am Geländer Halt suchen. »Ich gehe mal vor zum Restaurant. Ihr findet den Weg bestimmt allein, jetzt, wo es nicht mehr nebelig ist. Ihr scheint ja noch Frauengespräche zu Ende führen zu müssen.«

Sein spöttisches Grinsen ist zurück, und dann wendet er sich ab und geht mit langen Schritten durch den Wald davon.

»Auf keinen Fall führe ich dieses Gespräch mit dir zu Ende, Mama!«, beeilt sich Feli klarzustellen und flüchtet regelrecht die Verandatreppe hinab. Ich will ihr gerade folgen, als ich die nächsten Stimmen höre. Die Tür unseres Nachbarhauses öffnet sich. Ein junger Mann kommt heraus und gähnt ausgiebig, bis er mich erblickt und sich erschrocken eine Hand vor den Mund schlägt.

»Oh! Guten Morgen!«, ruft er mir zu und grinst verlegen. »Du bist bestimmt Stella!«

»Ähm – ja. Genau die. Guten Morgen«, erwidere ich und danke dem Himmel dafür, dass ich zumindest meinen direkten Nachbarn kennenlernen darf, ohne dass er mich mit wippenden Brüsten beobachtet hat. Zumindest hoffe ich, dass er das nicht getan hat, aber er wirkt ziemlich unbefangen, als er jetzt die Treppenstufen seiner Veranda herabkommt, auf unser Cottage zugeht und mir die Hand entgegenstreckt.

»Hi, ich bin Raphaël, der Barmann des Restaurants *Four Whales*«, begrüßt er mich und grinst jungenhaft.

Raphaël hat einen kurzen dunkelblonden Pferdeschwanz und einen Hipster-Vollbart. Seine Unterarme sind farbenfroh tätowiert, und seine braunen Augen sehen mich freundlich an. Spontan schließe ich meinen neuen Nachbarn und Mitarbeiter ins Herz.

»Rapha, du bist ein Mixologist, nicht nur Barmann!«, kommt eine Stimme aus dem Cottage, und im nächsten Moment taucht eine kleine, zierliche Frau mit zerzaustem Kurzhaarschnitt in einem hell schimmernden Platinblond auf. Sie wirkt wie eine Elfe, ist mein erster Gedanke, während Raphaël verlegen lacht und meint: »Ja, ja, okay, ich bin Mixologist.«

»Er stellt sein Licht immer unter den Scheffel, dabei kreiert dieser Mann die besten Cocktails in ganz Atlantik-Kanada. Ach was, vermutlich sogar in ganz Kanada!«

»Ach komm, Salomé, jetzt übertreibst du wirklich.« Der junge Mann grinst und deutet auf die Elfe. »Das ist Salomé, Souschefin im *Four Whales* und meine bessere Hälfte.« Nach einer bedeutungsschweren Pause fügt er mit unüberhörbarem Stolz in der Stimme hinzu: »Und seit ein paar Tagen meine Verlobte!«

»Oh, wow, herzlichen Glückwunsch!« Ich strahle Salomé an und gehe auf sie zu. Ihr Handschlag ist erstaunlich kräftig für ihre zarte Elfenhaftigkeit, und sofort verschwindet die Frage wieder, die ich im Stillen formuliert habe: Wie kann diese zierliche Frau Souschefin sein? Ihr Händedruck zeigt mir, dass sie dem anstrengenden Küchenjob durchaus gewachsen zu sein scheint. Ja, diese schmalen Hände können offensichtlich schwere Pfannen und Töpfe heben. Sofort wandern meine Gedanken zu dem anderen Koch, den ich heute Morgen beobachtet habe, und mein Blick fliegt verstohlen zu Aidans Cottage rüber, wo der Sandsack einsam und verlassen von einem Querstreben des Verandavordachs hinabhängt. Nein, jetzt nicht an seinen nackten durchtrainierten Oberkörper denken.

Mit einem Räuspern wende ich mich wieder Salomé und Raphaël zu. »Ich wollte gerade zum Hotel rübergehen, zu einer ersten Besprechung mit Aidan. Seid ihr auch auf dem Weg dorthin?«

»Ja«, bestätigt Salomé. »Er hat eine Besprechung für 10.30 Uhr mit dem ganzen Restaurant- und Küchenteam angesetzt.«

»Ah. Okay.« Ich nicke und schlucke die Irritation hinunter, die in mir hochsteigen will. Warum hat er mir das eben nicht gesagt? Haben ihn meine Brüste so durcheinandergebracht? Dieser Gedanke lässt mich flüchtig grinsen. Armer Mann.

»Dann lasst uns mal gehen«, sage ich betont fröhlich und wende mich dem Waldweg zu.

5

Noch bevor wir das Waldstück verlassen haben, weiß ich, dass Salomé und Raphaël beide aus Québec, Kanadas französischsprachiger Provinz, kommen, was ihre Namen und ihren Akzent erklärt. Beide haben bis vor ein paar Wochen in Montreal gearbeitet – sie in einem hippen Restaurant, er als Mixologist in einer Hotelbar.

»Und warum … also, entschuldigt die Frage, aber … ihr seid doch sicher noch keine dreißig, oder?«

Salomé sieht mich lachend an und sagt: »Knapp davor. Ich bin 29, Rapha noch 28.«

»Nicht mehr lange«, grinst Raphaël.

»Du wolltest bestimmt fragen, warum wir freiwillig unsere Jobs in Montreal an den Nagel hängen und auf eine Insel am Ende der Welt ziehen?« Salomé sieht mich mit schief gelegtem Kopf an. In ihren blauen Augen funkelt es vergnügt.

»Ähm, ja, genau.« Ich nicke.

»Na, deswegen.« Raphaël macht eine Handbewegung nach rechts, denn der Wald lichtet sich jetzt, und als ich in die Richtung sehe, in die er zeigt, erblicke ich den weiten Atlantik, der sich tiefblau in der Morgensonne erstreckt. Die Brandung kracht in gleichmäßigem Rhythmus an die Klippen, die rechts von uns steil zum Meer hin abfallen, und der Wind, der mir erfrischend ins Gesicht schlägt, trägt den Duft nach Seetang und Salz zu uns.

»Ja, deshalb«, bestätigt Salomé und atmet tief und genüsslich ein. »So eine Luft hast du in Montreal nicht. Und, klar, es gibt auch in der Provinz Québec jede Menge Hotels und Restaurants an der Küste. Dafür hätten wir nicht nach Whale Island ziehen müssen. Aber meine ältere Schwester ist ebenfalls Köchin, und sie hat ihre Ausbildung im Culinary Institute of Canada gemacht, auf Prince Edward Island – das ist die Nachbarprovinz von Nova Scotia. Und in ihrer Klasse war ein gewisser Aidan Cameron.«

Sie grinst mich an. »Ich glaube, Élodie war ganz schön in Aidan verschossen. Wie fast alle Studentinnen. Und wahrscheinlich auch ein paar Studenten.« Sie lacht herzhaft auf und wirkt nun eher wie ein Kobold als eine Elfe. »Als Élodie bei LinkedIn gesehen hat, dass Aidan das Restaurant hier in der *Cameron Lodge* ganz neu aufzieht und dafür qualifizierte Mitarbeiter sucht, hat sie mich sofort informiert. Ich glaube, wenn sie nicht gerade Zwillinge bekommen hätte und deshalb eine Auszeit vom Job nimmt, wäre sie selbst hierhergezogen, zu Aidan. Und das, obwohl sie glücklich verheiratet ist.«

Salomé grinst Raphaël an. »Kannst du froh sein, dass ich auf blonde Männer stehe, Süßer!«

»Ja, da bin ich wirklich heilfroh«, gibt Raphaël unbekümmert zurück. »Und ich war außerdem froh, dass die *Cameron Lodge* nicht nur einen Souschef, sondern auch einen Barmann gesucht hat, sonst wärst du am Ende einfach ohne mich hierhergezogen.«

»Niemals!«

Diskret sehe ich zum Meer hinüber, als die beiden sich kurz, aber leidenschaftlich küssen. Eine Welle der Wehmut droht mich zu erfassen. Wann bin ich das letzte Mal so leidenschaftlich geküsst worden? Tja, ich kann das leider sehr genau sagen: Vor fast vierzehn Jahren, kurz, bevor ich die zwei roten Streifen auf dem Schwangerschaftstest entdeckt habe, hat mich Enzo Cappanelli auf Capri zum letzten Mal so leidenschaftlich geküsst. Und seitdem eigentlich niemand mehr. Wie auch? In den ersten Lebensjahren meiner Tochter war ich ständig überfordert, übermüdet, gestresst und insgesamt überhaupt nicht auf der Suche nach einem neuen Partner.

Als Feli und ich unseren neuen Lebensabschnitt in Kuala Lumpur begannen, gab es dort allerdings tatsächlich einen Mann, der mich nach all diesen Jahren seit Enzo wieder interessiert hätte. Und Richard, der attraktive Fitnesstrainer, wollte auch mit mir ausgehen. Aber dann bekam Feli eine eitrige Mandelentzündung, und statt auf unser erstes Date zu gehen, saß ich mit meinem fiebernden Kind zu Hause und las bis zum Abwinken *Peppa Wutz* vor. Dann unternahmen Richard und ich einen zweiten Anlauf. Ich hatte mich schon mit frisch rasierten Beinen in ein sexy Minikleid geworfen, als Feli in eine der spitzen Kanten unseres Esstischs hineinlief, von der gerade der Eckenschoner abgefallen war. Also sagte ich Richard ab, während ich mit einer schreienden Feli im Taxi zur Notaufnahme saß. Mein sexy Minikleid konnte ich wegen der Blutflecken anschließend entsorgen.

Danach hörte ich eine Zeit lang nichts mehr von Richard – bis ich erfuhr, dass er sich mit einer der blutjungen Kellnerinnen getröstet hatte. Ich war wirklich frustriert, selbst wenn ich mir tausendmal vorbetete, dass Richard ein Arsch war, der mich vermutlich auch dann für eine der hübschen Kellnerinnen verlassen hätte, wenn wir zwei- oder dreimal ausgegangen wären. Es war besser so.

Aber einsam war ich trotzdem sehr oft, wenn ich nach Feierabend allein mit einem Glas Wein auf meinem Sofa saß. Ich sehnte mich danach, von einem Mann wieder so angesehen – und angefasst! – zu werden wie von Enzo Cappanelli. Ich sehnte mich danach, einen Abend – oder auch gern eine ganze Nacht lang – Erwachsenengespräche zu führen, die weder ums Thema Arbeit noch um Kinderkrankheiten und Trotzphasen kreisten.

Nach Kuala Lumpur hatte ich dann doch immerhin zwei One-Night-Stands. Aber weder Henrik, der holländische Tennislehrer auf Koh Samui, noch Russell, der schottische Guest Relations Manager in Bangkok, waren Männer, die ich leichtfertig für mehr als eine Nacht in mein Leben lassen wollte – und vor allem in das Leben meiner Tochter. Feli sollte schließlich nicht mit einer Reihe wechselnder Lebensabschnittsgefährten ihrer Mutter aufwachsen und später selbst keine Beziehung auf die Reihe bekommen, weil ihre Kindheit so traumatisch war. Andererseits – wenn ich nie mehr einen Mann in mein Leben ließ, was für ein Vorbild war ich dann? Würde Feli später nicht an die Liebe glauben, weil ich irgendwann aufgegeben hatte, das zu tun?

Nun, aus Russell und mir hätte vielleicht tatsächlich noch mehr werden können – wenn Feli und ich Bangkok nicht verlassen hätten. Es ist ohnehin schwer genug, in dieser Welt den einen zu finden. Sich zu verlieben. Als Alleinerziehende ist es noch einmal schwieriger. Und alleinerziehend im Hotelbusiness tätig zu sein und ständig die Länder und Kontinente zu wechseln – das ist quasi der Todesstoß für jedes Herz voll nagender Sehnsucht. Darum erinnere ich mein dummes Herz regelmäßig daran, dass es Feli hat. Das sollte doch eigentlich genügen. Auch wenn es Feli meinem Herzen und mir nicht unbedingt leicht macht, denn sie rationiert ihre Zuneigung neuerdings ziemlich.

Nun, an diesem sonnigen Morgen auf Whale Island, atme ich tief die frische Seeluft ein, schüttele die Wehmut entschlossen ab und sage: »Ich kann verstehen, dass ihr das Leben in der Stadt gegen das hier eintauschen wolltet. Ich wollte das auch. Meine Tochter und ich, wir haben bis vor Kurzem in Bangkok gewohnt. Da war alles zu groß, zu laut, zu voll, zu versmogt, zu heiß. Das hier ….« Ich sehe einer Möwe hinterher, die mit trägem Flügelschlag über unsere Köpfe hinweg Richtung Atlantik fliegt. »Das hier fühlt sich so anders an. Wie ein richtiger Neubeginn. Den wir wirklich brauchen.«

Rasch unterbreche ich mich. So viel wollte ich gar nicht erzählen, aber Salomé und Raphaël sind so einfache Gesprächspartner, die aufmerksam zuhören und verständnisvoll nicken. Ich merke, dass ich aufpassen muss, um ihnen nicht zu viel zu offenbaren. Immerhin bin ich Raphaëls Vorgesetzte!

»Tja, allerdings sieht das meine Tochter anders mit dieser Insel.« Mit einem Seufzen sehe ich zu Feli hinüber, die bereits die Wiese zwischen Wäldchen und Lodge überquert hat und nun mit verschränkten Armen vor dem Hotel auf mich wartet.

Salomé lacht auf. »Oje, das kann ich mir denken. Wie alt ist sie?«

»Dreizehn.«

»O Mann.« Raphaël stöhnt mitleidig. »Das ist hart. Echt. Aber … hey, Aidans Tochter müsste bald zurück sein. Sie besucht ihre Großeltern in Halifax.«

»Ja, hat er uns erzählt.« Bei der Erwähnung von Aidans Namen wird mir ein wenig warm. Nervös sehe ich auf meine Armbanduhr. Schon zehn nach zehn. Ich wollte unbedingt pünktlich sein! »Ich sollte mich beeilen, damit ich Aidan noch vor unserer gemeinsamen Besprechung erwische«, sage ich und beschleunige meinen Schritt. »Ich sehe euch gleich, ihr zwei!«

Rasch eile ich über die Wiese auf die *Cameron Lodge* zu, von der ich jetzt endlich etwas erkennen kann, so ganz ohne Nebel: Das zweigeschossige Gebäude erstreckt sich parallel zur Küstenlinie, und was mich wirklich beeindruckt, ist die Tatsache, dass das ganze Hotel im Blockhausstil errichtet ist. Fasziniert lasse ich meinen Blick über die Sprossenfenster wandern, die im Erdgeschoss größtenteils bodentief und – offenbar ganz frisch – in einem strahlenden Weiß gestrichen sind, sodass das dunkle Holz des Gebäudes nicht zu düster wirkt. In diesem Moment, auf der sonnenbeschienenen Wiese, verliebe ich mich ein wenig in den rustikalen Charme dieser Lodge ... und noch viel mehr, als ich die Lobby betrete, gefolgt von meiner mürrischen Tochter. Begeistert lasse ich meinen Blick durch den hohen Raum wandern, in dem so gut wie alles aus Holz zu bestehen scheint, was mir unheimlich gut gefällt. Hier, im Eingangsbereich, kann man bis in den offenen Giebel des Blockhauses hinaufsehen, und ich entdecke im ersten Stock eine Galerie, von der diverse Zimmertüren abgehen – einige der Hotelzimmer, vermute ich mal. Eine breite Treppe, deren Geländer aus ganzen Ästen in einem glänzenden Honigbraun gebaut worden ist, windet sich in einem Halbkreis von der Lobby in diesen ersten Stock hinauf, und unterhalb der Treppe befindet sich eine gemütliche Sitzecke vor einem gewaltigen Kamin aus Natursteinen. Links und rechts vom Kamin sind zwei hohe Holzregale mit Büchern, DVDs und Brettspielen gefüllt. Der dunkelblaue Stoff der Sofas und Sessel mit einem dezenten Muster aus kleinen weißen Walen sieht ebenso neu aus wie die Sitzsäcke in verschiedenen Blautönen, mit kleinen Ankern oder Möwen darauf, die überall verteilt sind – vor dem Kamin, neben den bodentiefen Fenstern eines Erkers, der einen fantastischen Blick auf den Atlantik bietet, neben dem Couchtisch, auf dem schon ein Schachspiel (natürlich aus Holz) parat steht. Ich kann mir gut vorstellen, wie die Gäste der Lodge in diesem gemütlichen Gemeinschaftsbereich ihre Zeit verbringen, wenn der Nebel mal wieder über der Insel hängt. Wie heimelig muss das sein, wenn im Kamin ein Feuer lodert!

»Ich bleibe hier«, brummt Feli und lässt sich in einen der Sitzsäcke fallen, die Arme verschränkt, den Blick aus dem Fenster gerichtet.

»Okay«, seufze ich. »Da sind Bücher im Regal.«

»Ich bin nicht blind, Mama.«

»Nein. Bist du nicht. Nur ziemlich frech«, murmele ich kopfschüttelnd und wende mich ab ... um Aidan am anderen Ende der Lobby stehen zu sehen. Offensichtlich ungehalten schaut er mir entgegen, als ich auf ihn zugehe, vorbei an dem Empfangsschalter, der auf dem Foto, das mir Greta geschickt hat, noch eine etwas altbackene dunkelbraune Holzverschalung im Stil der Siebziger hatte. Jetzt scheint es sich um einen ganz neuen Empfangstresen zu handeln, aus glattem Holz, das in demselben Honigbraun glänzt wie die Bodendielen und die Treppe. Über dem Empfangstresen hängt eine Art Kronleuchter aus Treibholzstücken, dessen Glühbirnen abends sicherlich wunderschönes Licht spenden. Obwohl Kronleuchter sonst gar nicht mein Ding sind, verliebe ich mich sofort in diese Lampe, denn sie ist nicht kitschig, sondern passt fantastisch in das rustikale Ambiente dieser Lodge.

Ich will Aidan begeistert sagen, dass ich dieses Hotel niemals so umwerfend schön erwartet hätte. Doch er sieht nur kopfschüttelnd auf seine Armbanduhr und fragt: »Hast du dich auf den paar Metern etwa doch verlaufen? Es ist fast zwanzig nach zehn! Um halb haben wir eine Besprechung mit dem ganzen Team!«

Ich atme tief durch. »Dafür kann ich nichts. Du hättest mich ja vorwarnen können, dass du gleich eine Besprechung mit allen ansetzt! Ich dachte, wir hätten erst einmal Zeit, in Ruhe alles zu zweit durchzugehen!«

»Die hätten wir gehabt, wenn du vor ein paar Wochen gekommen wärst«, grollt Aidan leise und wendet sich ab, geht mit langen Schritten voraus, auf eine Tür zu, über der in geschwungener Schrift *Four Whales* steht. Auf dem Milchglas der Fensterausschnitte der Flügeltür sind die Umrisse von vier Walen zu sehen – zwei auf jeder Seite.

Als ich das Restaurant betrete, vergesse ich kurz die wütende Antwort, die ich diesem unmöglichen Kerl an den Kopf knallen wollte, und sehe mich neugierig in dem weitläufigen Raum um.

6

Aidan

Ich weiß auch nicht, warum ich schon wieder so überreagiere, aber diese Frau macht mich wahnsinnig. Ist es wirklich zu viel verlangt, an ihrem ersten Arbeitstag pünktlich zu erscheinen? Nachdem ich wochenlang darauf gewartet habe, endlich eine Restaurantmanagerin an meiner Seite zu haben, um nicht länger alles selbst machen zu müssen? Das bald beginnende Soft Opening macht mich nervöser, als ich je offen zugeben würde. Verdammt, dabei habe ich doch schon Arbeitserfahrung in einem sehr guten Restaurant gesammelt – im *Yellow Door* auf Prince Edward Island. Aber das war natürlich nicht mein eigenes Restaurant. Ich war nur Souschef, trug nicht die ganze Verantwortung. Mein Name hing nicht am Erfolg oder Misserfolg des Lokals. Außerdem ist die Zeit im *Yellow Door* ewig her – das war in meinem »früheren Leben«, kurz nach meinem Abschluss am Culinary Institute of Canada. Bevor mein Bruder Duncan von Whale Island verschwunden ist und ich nach Hause kommen musste, um die *Cameron Lodge* zu übernehmen. Ich konnte meine Eltern schließlich nicht im Stich lassen, nachdem sie nicht nur verkraften mussten, dass ihr ältester Sohn im Streit abgehauen war, sondern vor allem, dass ihr geliebter Enkel und ihre Schwiegertochter zuvor auf so tragische Weise ums Leben gekommen waren. Dreizehn Jahre lang hatten wir nichts von Duncan gehört – bis er im letzten Sommer plötzlich wieder aufgetaucht ist und uns diese verfluchten Pläne für ein Golfresort mit Spa und Hubschrauberlandeplatz hier auf Whale Island präsentiert hat. Mit einem Kopfschütteln muss ich wieder an das ganze Drama denken – nicht nur an die hochtrabenden Pläne der Sommerset-Hotelgruppe, sondern vor allem an das Chaos rund um Greta, die mein Bruder nach seiner Ankunft »aus Versehen« als seine Ehefrau vorgestellt hatte. Die arme Greta musste im letzten Sommer wirklich viel mitmachen, und ich bewundere sie dafür, dass sie sich Duncan zuliebe auf das Spiel eingelassen hat. Aber was tut man nicht alles, wenn man verliebt ist? Immerhin hat dann auch Duncan endlich mal richtig gehandelt, hat sich für Greta und Whale Island entschieden und uns neue Pläne für die *Cameron Lodge* präsentiert: nein, kein gigantisches Golfresort mehr, sondern eine Grundsanierung des Hotels, die wirklich dringend nötig war. Viel zu lang hatte ich es unserem Dad recht gemacht und nachgegeben, wenn er meine Vorschläge zu Modernisierungen abgewiegelt hatte. Und wir hatten auch einfach nicht das Budget für große Sprünge gehabt. Ein Teufelskreis: kein Geld für die Renovierung und Generalüberholung der Lodge. Schlechtere Kritiken auf TripAdvisor, weniger Gäste. Noch weniger Geld für Renovierung und Generalüberholung.

Duncan hat es wirklich geschafft, diesen Teufelskreis zu durchbrechen, das muss ich ihm lassen. Zum einen hat er Dad davon überzeugen können, dass es so, wie die Lodge noch vor einem Jahr aussah, nicht mehr weiterging. Dass wir sehr viel mehr aus dem Hotel herausholen konnten – auch ohne Golfplatz und Hubschrauberlandeplatz. Und er brachte glücklicherweise gleich das nötige Geld mit, nämlich seine gesamten

Ersparnisse aus seiner Zeit in Manhattan. Außerdem hat er sich gegen Dad durchgesetzt und einen Kredit aufgenommen, was unser alter Herr jahrelang stur vermieden hatte, weil er nicht von irgendwelchen Banken abhängig sein wollte. Aber die Zeiten, als Dad diese Lodge gemeinsam mit seinem leider zu früh verstorbenen Bruder, mit ihren eigenen vier Händen, gebaut hat, Stamm auf Stamm, Nagel für Nagel, die waren einfach lang vorbei. Ohne Kredit wären wir nicht weit gekommen.

Duncan ist ein hervorragender neuer General Manager der *Cameron Lodge*, das muss ich ihm neidlos lassen. Viel besser als ich es je war (okay, wir haben noch nicht einmal das Soft Opening begonnen, aber schon jetzt ist klar, dass er mehr Talent dafür hat – dafür kann er gerade mal mit Ach und Krach ein Rührei machen und mehr nicht –, so hat jeder von uns seine Stärken). Und seine Greta wird eine erstklassige Empfangschefin werden – in ein paar Monaten, wenn sie so weit ist und ihr Baby stundenweise bei meinen Eltern oder Duncan lassen möchte.

Mein Neffe wird wohl einen großen Teil seiner Kindheit in dieser Lodge verbringen, wie es schon bei Duncan und mir sowie bei unserer Schwester Skye und unserem jüngsten Bruder Glenn der Fall war. Mann, wir haben es damals geliebt, in den Hotelfluren Fangen zu spielen, das Wäschelager und der Vorratsraum der Küche waren unsere beliebtesten Verstecke, das Geländer der Treppe in der Lobby eignete sich bestens zum Herunterrutschen (was natürlich streng verboten war!), und Wald und Wiesen ringsum die Lodge stellten erst recht den besten Spielplatz dar, den man sich vorstellen konnte. Ja, ich glaube, mein Neffe wird es ebenso gut haben wie wir damals, von allen Gästen verwöhnt, ständig neue Spielkameraden durch die Kinder, die hier Urlaub machen werden, sobald das Hotel zu neuem Leben erwacht ist. Was hoffentlich bald der

Fall sein wird. Wenn wir es jemals hinbekommen, dieses Restaurant startklar zu kriegen!

Ich merke, dass Stella sich mit unübersehbarer Begeisterung umsieht – und ich kann sie verstehen. Dieses Restaurant ist einfach wunderschön geworden. Nichts erinnert mehr an die in die Jahre gekommene Holzverschalung an den Wänden oder den fleckigen Teppichboden. Die zerschlissenen Vorhänge sind verschwunden, und mit ihr die gesamte frühere Fensterfront – denn der Raum, der jahrelang nur als Frühstücksraum gedient hat, ist vergrößert worden. Er ist nun fast doppelt so groß wie noch im letzten Sommer, und erneut ist die gesamte Wand, die zum Meer zeigt, komplett verglast, sodass man einen fantastischen Ausblick auf den Atlantik hat. Doch nicht nur das: Es gibt jetzt auch eine weitläufige Veranda, die teilweise überdacht ist und durch herunterziehbare Planen aus durchsichtigem Plastik zu den offenen Seiten hin abgeschirmt werden kann, sodass die dort sitzenden Gäste vor dem oft frischen Wind und vor Regen geschützt sein werden. Zufrieden betrachte ich die reflektierenden Sonnenstrahlen auf dem neu glänzenden Holzdielenboden und lasse meinen Blick über die großen Schwarz-Weiß-Fotos an den Wänden wandern, die alle hier, rund um unsere Insel aufgenommen worden sind – und zwar von einem eigenbrötlerischen Insulaner namens Gottlieb Müller, den besonders Greta und meine Schwester Skye sehr in ihr Herz geschlossen haben. Der alte Herr hat eingewilligt, einige seiner unfassbar schönen Fotos von Buckelwalen, Finnwalen und Zwergwalen hier im *Four Whales* aufzuhängen, und ich bin echt froh darüber, denn diese Bilder passen perfekt zum Ambiente. Nachdem ich jahrelang die Arbeit des General Managers übernehmen musste, bis Duncan wieder aufgetaucht ist, freue ich mich unbändig auf die Möglichkeit, endlich wieder professionell kochen zu dürfen. Statt am Laptop zu hocken wieder am Herd zu stehen. Nicht länger nur für Isla ihre Lieblingsgerichte zu zaubern, sondern mit meinem Team dafür zu sorgen, dass unsere Gäste das *Four Whales* begeistert verlassen und weiterempfehlen werden. Hoffentlich!

»Unglaublich schön«, haucht Stella jetzt. Ja, denke ich, so ist es. Dass ich dabei sie ansehe und nicht länger das Restaurant, irritiert mich kurz. Aber, hey, man müsste schon blind sein, um nicht zu erkennen, dass Stella Minetti umwerfend attraktiv ist: Ihre schwarzen Locken gefielen mir zwar gestern Abend, als sie unfassbare zweimal meinen armen Pick-up gerammt hat, noch besser, weil sie sich offen und wild um ihren Kopf gekringelt und ihr das Aussehen eines dunkelhaarigen Engels verliehen haben (der sich allerdings überhaupt nicht engelhaft aufführte!). Doch auch jetzt, zu einem unordentlichen Dutt am Hinterkopf gedreht, mit nur einigen Locken, die links und rechts herausgerutscht sind und ihr Gesicht umrahmen, sieht sie fantastisch aus. Ihre Augen haben einen hellen Braunton, den ich noch nie bei einem Menschen gesehen habe. Whiskey-Farbe, könnte man sagen (und den Vergleich wähle ich nicht nur wegen meiner schottischen Vorfahren!). Ihre Lippen sind voll und sinnlich, genau wie der Rest ihres nicht unbedingt schlanken, aber dafür perfekt proportionierten Körpers, und ich muss mich sehr zusammenreißen, um nicht zu auffällig weiter nach unten zu starren, wo ein Blusenknopf zu viel offen ist. Zu viel für mein inneres Gleichgewicht. Nicht unbedingt zu viel für eine gute Restaurantmanagerin, auch wenn ich hoffe, dass sie nicht immer so offenherzig herumlaufen wird. Leider sehe ich immer noch sehr genau vor meinem inneren Auge, wie sie eben vor ihrem Cottage stand und … Nicht darüber nachdenken, Aidan. Ich schließe kurz meine Augen und atme tief durch. An ihrem ersten Abend zwei Auffahrunfälle und am nächsten Morgen provozierend wippende Brüste. Natürlich war mir klar, dass ich das nicht sehen sollte. Dass sie offensichtlich versuchte, ihrer Tochter ein positives Körpergefühl zu vermitteln (ich habe immerhin auch eine dreizehnjährige Tochter mit zu vielen Komplexen, allerdings kann ich nicht so eindrucksvoll betonen, wie natürlich ein nicht magersüchtiger weiblicher Körper ist). Flüchtig sehe ich in Richtung Lobby, wo ich durch die offen stehenden Schwingtüren den Teenager auf einem der Sitzsäcke vor dem Kamin erkennen kann. Es wirkt, als würde die Kleine ihr ganzes Körpergewicht auf den Schultern tragen, die auch jetzt, als sie dort sitzt, nach vorn fallen, ihren Rücken rund werden lassen. Sie zieht ihren Kopf fast wie eine Schildkröte nach unten, als versuche sie, sich in einen Schutzpanzer zu verkriechen. Ein bildhübsches Mädchen, das sehr unglücklich wirkt. Sie sieht ihrer Mutter ziemlich ähnlich, hat dieselben wilden schwarzen Locken, aber ihre großen Augen sind dunkelbraun, und ihre gerade Nase hat sie wohl von ihrem Vater. Wer mag ihr Vater sein? Spielt er noch eine Rolle im Leben der beiden faszinierenden Wesen, die da gestern Abend mit der Fähre auf dieser Insel gelandet sind?

Und warum, zum Teufel, interessiert mich das eigentlich? Wie wäre es, Aidan, wenn du dich mal um deinen Job kümmerst und nicht um die traurige Tochter oder die verflucht fantastische Oberweite deiner neuen Restaurantmanagerin? Ein Blick auf die Wanduhr über der Bar lässt mich nach Luft schnappen. Diese Frau trägt gerade schon wieder dazu bei, dass ich hinter meinem Zeitplan her hechele!

»Ähm, ja, finde ich auch. Verdammt … schön.« Ich räuspere mich und reiße meinen Blick energisch von Stella los. »Also, wie du siehst, ist das hier der Essbereich. Wir haben dreißig Tische, davon zwanzig hier drinnen und zehn draußen.«

»Reicht das?«

Irritiert halte ich inne und sehe Stella an. Sie ist auf die Verandatüren zugegangen, öffnet sie ungefragt und tritt nach draußen. Alarmiert gehe ich ihr hinterher und sage schnell: »Stopp! Die Farbe auf dem Geländer ist erst vor einer Stunde fertig aufgetragen worden. Bloß nichts anfassen!«

»Nein, keine Sorge, ich gucke nur.« Sie wirkt so ehrlich begeistert, wie sie sich umsieht, dass ich meine Bitte, wieder reinzukommen, runterschlucke.

»Wir sollten hier draußen mehr Tische haben als nur zehn! Wer würde nicht hier auf der Veranda sitzen wollen, vor allem, wenn man diese seitlichen Blenden gegen Wind und Wetter runterlassen kann? Das ist doch unglaublich schön! Wir sollten Decken auf den Stühlen verteilen, damit die Leute sich darin einwickeln können, wenn es zu kühl wird! Oh, und große Kerzen in Sturmlaternen, überall verteilt! Ach, und man könnte auf die Stühle auch Schaffelle legen, das wärmt von unten. Ich sehe das alles vor mir, das wird unfassbar schön!«

»Ich wüsste nicht, wie wir bis zum Soft Opening genug Schafe für all die Schaffelle auftreiben sollen«, bemerke ich trocken und bemühe mich um Gelassenheit. »Wir haben hier auf Whale Island keinen IKEA, falls du es noch nicht bemerkt haben solltest.«

»Aber IKEA liefert doch!« Stella klatscht in die Hände und strahlt mich an. Wenn sie lächelt, wird ihr gesamtes Gesicht erhellt, und ihr Mund … ihr Mund … ich versuche, mich darauf zu konzentrieren, ihr die Meinung zu geigen.

»Hör mal, Stella, wir haben nicht mehr viel Zeit, bis die ersten Gäste eintrudeln. Lass uns auf die wichtigen Dinge konzentrieren, nicht auf Schaffelle und Sturmlaternen, die man sicher auch bei IKEA bestellen könnte, ich weiß.«

Stella verschränkt ihre Arme vor der Brust, was Dinge mit

den Körperteilen macht, die ich heute schon wippen gesehen habe, die nichts, aber auch gar nichts zu meiner Konzentration beitragen. Verdammt noch mal!

»So«, sage ich gepresst und wende mich wieder dem Inneren des Restaurants zu. »Da vorne, entlang der Wand und auf der Kücheninsel dort, wird das Frühstücksbuffet aufgebaut.«

»Und abends auch? Ich meine, wir werden doch Themenabende mit Buffets haben, oder? Meeresfrüchte-Buffet? Italienischer Abend? So was in der Art?«

Das Leuchten in ihren Whiskey-Augen verrät mir, dass sie solche Buffet-Abende liebt. Überhaupt habe ich den Eindruck, dass Stella Minetti eine Genießerin ist, die gern isst. Ich liebe Frauen, die gern essen und nicht ständig Kalorien zählen. Was es umso irritierender macht, diese Frau vor mir zu haben, die mich wirklich in den Wahnsinn treibt!

»Bisher ist das nicht geplant, nein«, sage ich betont ruhig und werfe einen weiteren Blick auf die Wanduhr. Diese erste Besprechung mit unserer Restaurantmanagerin läuft nicht so, wie ich es gehofft hatte.

»Dann sollten wir das schleunigst einplanen«, sagt sie und sieht mich mit einem selbstbewussten Lächeln an, das mir sagt, dass sie sich nicht so schnell von einer Idee abbringen lässt.

»Können wir das später besprechen?«

»Das auch? Zusammen mit Schaffellen und Sturmlaternen? Gern.«

Stella nickt und lächelt zuckersüß. Sie merkt genau, dass sie mich wahnsinnig macht, und sie scheint das zu genießen. Tief durchatmen, Aidan.

»Also, hier das Frühstücksbuffet, und da vorn, das erkennst du ja selbst, ist die Bar.« Ich deute auf die ebenfalls ganz neu angebaute Ecke des Restaurants, wo mehrere runde Tische in einem geräumigen Erker mit Blick aufs Meer ihren Platz gefunden haben. Eine mit dunkelblauem Stoff bezogene Bank bietet unterhalb der Fenster weitere Sitzmöglichkeiten, genau wie die Barhocker entlang der glänzenden Holztheke, hinter der zahlreiche nagelneue Flaschen mit Gin, Whiskey, Wodka, Campari & Co. aufgereiht stehen.

»Sehr schön«, murmelt Stella und lässt ihre Hand über das polierte Holz der Theke gleiten. Ihr roter Nagellack passt zu ihrem temperamentvollen Wesen, fährt es mir durch den Kopf, bevor mich ihre nächste Frage aus meinen abdriftenden Gedanken reißt: »Kann ich bitte mal die Speisekarte sehen?«

Ich räuspere mich und sehe dann zur Lobby hinüber, wo ich Stimmen höre. Ah, Raphaël und meine Souschefin Salomé kommen. Und der Rest der Crew ist bestimmt auch jeden Moment hier (die sind nämlich so gut wie alle immer sehr pünktlich!).

»Hier«, sage ich kurz angebunden und greife nach einer der Speisekarten, die auf einem Ende des Bartresens gestapelt liegen.

Ich merke sofort, dass Stella nicht gefällt, was sie sieht, und mein Puls beschleunigt sich noch mehr. Mit verschränkten Armen beobachte ich, wie sie mit gefurchter Stirn und zusammengepressten Lippen die aufgeklappte Karte studiert.

»Was passt jetzt wieder nicht?«

7

Verdammt. Ich wollte das gar nicht laut fragen. Stella sieht mich an und zieht eine Augenbraue hoch. »Wo soll ich bloß anfangen?«, fragt sie und seufzt leise.

Ich muss mich sehr zusammennehmen, um ihr die Karte nicht aus den Händen zu reißen.

»Könntest du es bitte schnell machen? Die anderen sind gleich da.«

Stella sieht mich unbeeindruckt an, während sie langsam beginnt: »Zunächst einmal die Farbe ... dieses Blau passt zwar zum Farbschema der Restaurantmöbel und zum Thema ›Meer‹ allgemein, aber ... ich habe erst vor Kurzem eine interessante Studie gelesen, laut der Restaurantbesucher von der Farbe Blau auf Speisekarten zu sehr beruhigt werden.«

Ich sehe Stella an und atme tief durch. »Mich beruhigt die Farbe Blau momentan überhaupt nicht«, grolle ich leise. »Du hast wirklich ein Problem mit der Farbe der Speisekarte? Was ist schlimm daran, wenn unsere Gäste beruhigt werden? Sie sollen es hier doch genießen!«

Ich muss daran denken, wie lange ich gebraucht habe, um diese blauen Bögen Karton zu bestellen und dann mit Skyes Hilfe im Büro des Hotels zu bedrucken. Zum Glück hatte

Duncan kurz davor einen neuen Drucker bestellt, denn mit dem alten Modell wäre das gar nicht erst gegangen. Aber auch so haben Skye und ich gefühlte Wochen dafür gebraucht. Leider gibt es hier in der Nähe nirgendwo eine professionelle Druckerei, die den Auftrag für uns hätte ausführen können. Und ich war der Meinung gewesen, das genauso gut selbst zu können – bis ich mittendrin gemerkt habe, dass es manchmal doch besser ist, solche Dinge den Profis zu überlassen.

»Habt ihr die selbst gedruckt?«, fragt Stella jetzt und dreht die Karten kritisch hin und her.

»Mhhm«, murmele ich.

»Tja, das sieht man leider. Außerdem ist da ein Tippfehler. ›Fangfische Muscheln‹? Wirklich?«

Verdammt noch mal! Ich reiße ihr die Speisekarte aus den Händen und starre ungläubig auf die Vorspeise. Wir haben uns das alle so oft durchgelesen! Die Kellner haben sogar schon angefangen, die Gerichte auswendig zu lernen! Und niemandem sind die »Fangfischen Muscheln« aufgefallen?

»Ist nicht schlimm, wir müssen das ohnehin neu drucken lassen. Ja, drucken LASSEN, nicht selbst drucken«, sagt Stella jetzt. Ich lege die Speisekarte auf der Theke ab, damit ich sie meiner Restaurantmanagerin nicht versehentlich über den Kopf ziehe.

»Ähm – nein. Sorry. Dafür fehlt uns die Zeit.«

»Du willst zur Restauranteröffnung den Gästen ernsthaft eine Speisekarte mit einem Tippfehler vorlegen? Eine *selbst gedruckte* und daher ziemlich *billig* wirkende Speisekarte mit einem Tippfehler? Noch dazu in einschläferndem Blau anstatt in anregendem Gelb oder in leidenschaftlichem Rot, das laut Studien eindeutig hungrig macht?«

Ich sehe gerade auch rot, und zwar sehr leidenschaftlich.

»Gelb und Rot passen überhaupt nicht zu den Farben des

Four Whales«, knurre ich und umklammere die Ecke des Tresens mit einer Hand.

»Gut, dann nehmen wir cremefarbenen Karton und lassen den mit weinroter Schrift bedrucken. Das könnte schön wirken. Von mir aus in Kombination mit dunkelblauen Deko-Elementen, zum Beispiel stilisierten Walen – das Logo des Restaurants fehlt nämlich auch auf dieser selbst gebastelten Speisekarte, Aidan! Und genauso die Beschreibungen – nichts für ungut, da steht alles, was man wissen muss, aber so, wie es hier zu lesen ist, verführt es mich als Gast nicht.«

Ich sehe sie an und versuche, meine Gedanken unter Kontrolle zu halten. Stella spricht mit so viel Feuer in der Stimme, dass mir das schwerfällt, vor allem, weil sie plötzlich zu allem Überfluss auch noch von »Verführung« spricht.

»›Hummer mit zerlassener Butter an Kartoffeln und Gemüsepüree‹ – okay, ich kann mir das Gericht vorstellen, aber schlägt mein Herz bei der Vorstellung schneller?«

Also, meins schlägt gerade schneller, aber das werde ich keinesfalls sagen. Stattdessen starre ich sie stumm an, während Stella mit vor Begeisterung glühenden Wangen weiterredet: »Nein, tut es nicht! Wie wäre es also mit ›Fangfrischer – mit R! – Altantik-Hummer an heimischen Nova-Scotia-Kartoffeln, serviert auf einem Püree aus frisch geerntetem Gartengemüse, mit zerlassener Butter beträufelt‹? Also, da läuft mir das Wasser im Mund zusammen!«

Ich schlucke schwer, darum bemüht, nicht zu deutlich werden zu lassen, dass mich die Leidenschaft in ihrer Stimme, in ihren Gesten, in ihren funkelnden Augen … ähm … drücken wir es mal so aus … durcheinanderbringt. Rasch werfe ich ein (und ärgere mich darüber, dass ich plötzlich sehr heiser klinge): »Zweimal ›frisch‹ – mit R! – in der Beschreibung eines Gerichts? Hmm. Na ja.«

»Ich werde mir noch Gedanken über die genaue Formulierung machen«, entgegnet sie ungerührt und tippt schon wieder kritisch auf der Karte herum. »Übrigens sollte man nie Dollarzeichen verwenden, denn die führen dazu, dass der Gast zu sehr über den Preis nachdenkt!«

Genervt stöhne ich auf. »Woher hast du denn diese Amateur-Psychologie-Thesen?«

»Nicht Amateur«, entgegnet Stella kühl. »Du kannst es googeln. Es gibt genügend Studien dazu. Mal ganz abgesehen von den Dollarzeichen sind zu viele Gerichte auf der Speisekarte. Nie mehr als sieben pro Kategorie – sieben Vorspeisen, sieben Hauptgerichte, sieben Desserts. Zack. Fertig. Diese Menge an Gerichten überfordert jeden Gast und lässt ihn viel zu lang nachdenken und grübeln, dann noch in Kombination mit den Dollarzeichen – da wählt er nie den teuren Hummer, das sage ich dir –, und am Ende besetzt er den Tisch viel zu lang, und wir verdienen zu wenig!«

Ich würde meinen Kopf gern gegen etwas schlagen. Mit einem unterdrückten Stöhnen reibe ich mir eine flache Hand über die Stirn, bevor ich gepresst hervorstoße: »Die Speisekarte bleibt, wie sie ist. Wir haben seit Wochen alle Gerichte zur Probe gekocht. Es wird nichts mehr gestrichen.«

»O doch. Aidan, ich habe hier immerhin auch etwas zu sagen. Und diese Speisekarte, die lasse ich den Gästen im *Four Whales* nicht kampflos vorlegen!«

Sie reckt ihr Kinn und sieht mich herausfordernd an. Ungläubig mustere ich sie.

»Und ich werde sie nicht kampflos ändern lassen«, kontere ich schließlich und kann meine Wut nur mühsam zurückhalten. »Immerhin bin ich der Küchenchef, Stella Minetti.«

»Hi, können wir schon dazustoßen?« Salomés fröhliche Stimme lässt mich herumfahren.

»Klar. Kommt rein«, seufze ich und reibe mir erschöpft über das Gesicht. Ich fühle mich um Jahre gealtert, seit eine gewisse Restaurantmanagerin zum ersten Mal in meine Stoßstange gedonnert ist. Aber mit meiner Souschefin an meiner Seite fühle ich mich gleich besser – ich habe Salomé in den letzten Wochen wirklich ins Herz geschlossen und ihre Fähigkeiten in der Küche sehr zu schätzen gelernt. Mit ihr gemeinsam – und mit dem Rest unserer Küchencrew natürlich! – wird das *Four Whales* mit Sicherheit ein voller Erfolg. Auch mit blauen Speisekarten.

Zumindest wenn unsere Restaurantmanagerin mitspielt.

»Ihr kennt euch schon?«, frage ich, und alle drei nicken und lächeln sich an. »Gut. Wir haben gerade über die Speisekarte gesprochen. Stella hat einige neue Ideen – die wir natürlich in Erwägung hätten ziehen können, wenn sie schon vor ein paar Wochen hier gewesen wäre.«

Ich lächele sie betont freundlich an, und sie grinst zuckersüß zurück, während in ihren Whiskey-Augen ein fast gefährlicher Glanz aufglimmt. Mit dieser Frau sollte ich es mir besser nicht verscherzen, ahne ich. Leichter gedacht als getan.

»Ja, das wäre toll gewesen, wenn ich früher hätte hier sein können – dann hätte ich rechtzeitig mit meinen Bedenken ankommen können. Und vor allem wäre mir der Tippfehler vielleicht aufgefallen, bevor die Karten gedruckt worden wären.«

Genervt rolle ich mit den Augen, während Stella Salomé die Karte hinhält und auf die »Fangfische Muscheln« zeigt.

»O nein, verflixt! Das haben wir alle überlesen!«

Salomé seufzt theatralisch und sieht mich an. »Das müssen wir neu drucken!«

Ich stöhne auf. Ja, klar, natürlich müssen wir das. Aber, verdammt, dann muss ich diesen bescheuerten blauen Karton nachbestellen, und hier auf der Insel ist es echt nicht so, dass

Amazon Prime morgen liefern würde. Allerdings ... ganz ehrlich, das ist jetzt nicht mehr mein Problem!

»Ja, müssen wir wohl – beziehungsweise, nein, nicht wir. Stella, du bist ja jetzt da. Und die Speisekarten fallen von der Umsetzung her eindeutig in deinen Bereich. Also, mach ruhig. Vielleicht kannst du statt blauem Karton ja Schaffell nehmen?«

Ich bedenke meine Restaurantmanagerin mit einem spöttischen Lächeln.

»Schaffell?«, fragt Raphaël ratlos.

»Holz!«, ruft Stella da. Sie hat sich von meiner zynischen Bemerkung überhaupt nicht aus dem Konzept bringen lassen. Im Gegenteil, ich habe den Eindruck, dass sie sich sogar freut, den Auftrag bekommen zu haben, die Karten neu zu gestalten.

»Holz?« Salomé sieht erst Stella, dann mich ungläubig an. Ich reagiere mit einem ergebenen Schulterzucken.

»Ja! Wir könnten ... hmm ... die Gerichte auf Holz drucken lassen? Ist allerdings wohl nicht so praktisch, wenn sich das Menü ändert ...«, murmelt Stella, mehr zu sich selbst als zu uns anderen. Ihr Enthusiasmus könnte mich rühren, wenn ich nicht immer noch so sauer wegen ihrer Kritik an meiner Speisekarte wäre. Zu viele Gerichte? Ich habe mich schon extrem eingeschränkt und schweren Herzens einige wirklich tolle Kreationen weggelassen!

»Großartige Idee«, knurre ich deshalb schon wieder spöttisch. »Vielleicht kann man auf Holz gedruckte Speisekarten auch bei IKEA bestellen?«

Ich höre, wie Raphaël leise aufprustet, und merke, dass Salomé ihm einen Ellbogen in die Seite rammt. Stella sieht mich mit hochgezogenen Augenbrauen an.

»Lass das mal meine Sorge sein, Aidan. Kümmere du dich darum, dass ein paar Gerichte gestrichen werden, ich kümmere mich um ein professionelles Design.«

Es gefällt mir nicht, wie sie »professionelles« betont. Verdammt, so laienhaft sieht unsere jetzige Karte doch wirklich nicht aus – schon gar nicht, wenn man die alte Speisekarte des Hotels meiner Eltern als Vergleich nimmt: Die war laminiert!

»Ich habe dir eben schon gesagt, dass nichts von meiner Karte gestrichen wird, Stella«, sage ich und merke, dass meine Stimme vor Aufregung leicht bebt, was mich noch wütender macht. »Wenn du vor ein paar Wochen hier gewesen wärst, dann hätten wir …«

»Guten Morgen!« Die Stimme meines Bruders lässt mich aufsehen. Duncan kommt ins Restaurant, vor der Brust ein kompliziert gewickeltes Tuch, aus dem ein winziger dunkler Haarschopf herausschaut. Die Ränder unter den Augen meines Bruders erzählen von einer weiteren kurzen Nacht mit dem kleinen James, aber trotzdem ist da dieses verliebte Leuchten in seinem Blick, das sehr deutlich macht, dass jede noch so kurze Nacht es wert ist, Vater sein zu dürfen. Jedes Mal, wenn ich meinen älteren Bruder so erlebe, muss ich schlucken vor Rührung. Immerhin hat Duncan bereits erfahren müssen, wie es ist, wenn man seine perfekte kleine Familie von einem Moment auf den anderen verliert. Dass er eine zweite Chance bekommt und mit Greta und James wieder glücklich sein darf, das erscheint mir immer wieder wie ein kleines Wunder. Heute Morgen allerdings habe ich kaum Energie, um mich für Duncan zu freuen.

»Hi«, seufze ich und reibe mir flüchtig über das Gesicht, bevor ich mit dem Kopf Richtung Stella nicke und sage: »Unsere Restaurantmanagerin ist gestern Abend endlich angekommen.«

Stella wirft mir einen strengen Blick zu, der deutlich macht, dass sie es gewohnt ist, mit einem frechen Teenie umzugehen, und der mir wohl sagen soll, dass ich mich genauso in Acht nehmen soll. Dass sie sich nicht alles von mir gefallen lassen wird. Bitte schön. Umgekehrt gilt das genauso!

Duncan ist auf Stella zugegangen und schüttelt ihre Hand. »Hi, Stella, ich bin Duncan Cameron. Wir haben uns ja beim Videocall schon kennengelernt«, sagt er in seiner ruhigen, professionellen Art, aus der die jahrelange Berufserfahrung als General Manager eines renommierten New Yorker Hotels spricht. Seine hellgrauen Augen, die oft so kühl wirken können, haben einen warmen Glanz, als sie Stella mustern. Vielleicht hätte ich beim Vorstellungsgespräch dabei sein sollen, fährt es mir durch den Kopf. Dann wäre ich vorgewarnt gewesen.

»Freut mich!«, sagt Stella und lächelt Duncan an, bevor sie völlig verzückt den kleinen James bewundert. Ich wende mich ab und reibe mir mit einem Finger über die Falte zwischen meinen Augenbrauen. Verdammt, dieser Tag verspricht, anstrengender zu werden, als ich befürchtet hatte. Ich könnte tatsächlich jetzt schon einen von Raphaëls Drinks gebrauchen, und dabei ist es erst kurz nach halb elf am Vormittag. Raphaël scheint meine Gedanken gelesen zu haben, denn er tritt dicht neben mich und fragt: »Kann ich dir etwas mixen?«

»Himmel, ich würde so gern Ja sagen«, seufze ich und lache leise auf. »Aber so weit darf es auf keinen Fall schon vor der Eröffnung kommen. Der Stress fängt ja erst an. Obwohl ich heute bereits ziemlich gestresst bin.« Ich werfe Stella einen verstohlenen Blick zu und höre Raphaël trocken auflachen.

»Mit der werden wir noch unsere Freude haben«, murmelt er.

»O ja«, erwidere ich.

Als Duncans Telefon klingelt und er sich mit einer Entschuldigung von Stella abwendet, bleibt sie ein wenig unschlüssig mitten im Raum stehen. In der Lobby höre ich die nächsten Stimmen, der Rest unserer Crew scheint anzurücken. Einige unserer neu eingestellten Kellnerinnen und Kellner müssen morgens die Fähre nehmen, aber wir haben genau darauf geachtet, nicht nur Festlandleute zu beschäftigen, denn das hat in der Vergangenheit schon zu peinlichen Engpässen im Service geführt, wenn wegen des häufigen Nebels oder wegen zu rauer See die Fährverbindung unterbrochen war. Darum haben wir verstärkt hier auf der Insel rekrutiert und auch tatsächlich drei Kellnerinnen und eine Line-Köchin aus der lokalen Bevölkerung engagieren können. Außerdem haben wir zwei der Cottages im Wald zu Notunterkünften für unser Personal umfunktioniert: In jedem dieser Cottages bieten zwei Stockbetten Platz für insgesamt vier Personen, sollte die Fähre abends ausfallen und sie auf der Insel festsitzen.

Ich bin noch so in meine Gedanken vertieft, dass ich erst gar nicht merke, dass Stella auf mich zugekommen ist. Erst, als sie plötzlich neben mir steht und weiterredet, als wären wir nie unterbrochen worden, sehe ich sie ein wenig ungläubig an: »Also, meinst du, du kannst mir bis heute Abend eine reduzierte Speisekarte zusammenstellen, Aidan? Dann werde ich mir in Sachen Design etwas überlegen und dafür sorgen, dass wir bis zum Soft Opening die fertigen Karten haben.«

»Soll ich dir mal was sagen, Stella?« Ich beuge mich näher zu ihr. »Wir haben hier seit Wochen nichts anderes gemacht, als jedes Detail dieser Neueröffnung zu planen, und wenn du glaubst, du könntest mehrere Wochen zu spät einfach so hier hereinschneien und alles umkrempeln, wie es dir passt, dann hast du dich getäuscht, meine Liebe. Und noch ein Tipp: Mach ab jetzt lieber einen Knopf mehr zu, damit wir unseren Ruf nicht ruinieren. Wir sind hier schließlich nicht bei *Hooters*.«

Sobald ich diese Worte ausgesprochen habe, könnte ich mir selbst in den Allerwertesten beißen, aber sie lassen sich leider nicht mehr zurücknehmen. Stellas Whiskey-Augen weiten sich ein wenig, als sie mich geradezu erschüttert ansieht, und ich merke genau, wie ihre Finger automatisch zu ihrem Ausschnitt schnellen und am Stoff zerren. Eine Entschuldigung wäre angebracht, ist mir klar, aber in dem Moment zieht sie herausfordernd ihre Augenbrauen in die Höhe, beugt sich ebenfalls näher zu mir und zischt: »Weißt du was, Aidan Cameron? Wenn dich mein Ausschnitt nervös macht, ist das nicht mein Problem, sondern deins. Schau gefälligst woanders hin! Und wenn du mich noch einmal so unpassend auf meine Oberweite ansprichst, werde ich mich an den General Manager wenden und das melden. Ich hoffe, wir haben uns verstanden. Und auch die Sache mit der Speisekarte kann ich gern direkt mit Duncan besprechen. Ich bin hier die neue Restaurantmanagerin, und ich werde diesen Job hervorragend machen. Und vom Küchenchef lasse ich mir nicht sagen, was ich zu tun oder zu lassen habe.«

Ein paar Sekunden lang starre ich sie verblüfft an und überlege noch, wie ich meinen Standpunkt verteidigen könnte, als hinter uns ein Quietschen ertönt. Fragend sehen wir uns beide um, und da erkenne ich Greta. Ihr hellblonder Haarschopf leuchtet inmitten einer ganzen Traube aus neu eingestelltem Restaurant- und Küchenpersonal auf, das gerade ins *Four Whales* kommt. Sie hat anscheinend ihre Freundin entdeckt, denn mit einem gejuchzten »Stella!« stürmt sie durch das Lokal, auf unsere komplizierte neue Restaurantmanagerin zu. Ich beobachte nur noch kurz, wie sich die beiden Frauen innig umarmen, bevor ich mich abwende und auf die Veranda hinausgehe. Wenn ich jetzt nicht ein wenig frische Luft schnappe, bevor wir unsere Besprechung im großen Kreis haben, dann explodiere ich noch.

8

Stella

O mein Gott, ich bin so unfassbar glücklich, Greta endlich wieder umarmen zu dürfen! Es ist, als wäre kaum ein Tag vergangen, seit wir uns das letzte Mal gesehen haben. Das letzte Mal in Fleisch und Blut gesehen haben, meine ich. Nicht nur auf einem Bildschirm, bei einem Videocall. Mit Greta war es schon immer so, wie es nur mit ganz besonderen Freundinnen ist: Man hat das Gefühl, sich erst vor Kurzem gesehen zu haben, weil man sich sofort wieder so vertraut ist.

Leider haben wir nicht viel Zeit, um uns auszutauschen, weil Duncan mit der Besprechung anfangen will, aber Greta wispert mir zu, dass wir uns später in Ruhe unterhalten werden, bevor sie ihrem Liebsten den kleinen James abnimmt und mit ihm nach draußen auf die Veranda verschwindet. Während sich im Restaurant alle zur Besprechung um Duncan sammeln, beobachte ich, wie sich Greta draußen in einen der hölzernen Adirondack-Stühle mit Blick aufs Meer sinken lässt und beginnt, ihr Baby zu stillen. Meine Freundin sieht noch immer so zart und mädchenhaft aus wie die Achtzehnjährige, die ich vor einer halben Ewigkeit bei unserer Ausbildung in einem Münchener Hotel kennengelernt habe – trotz der feinen Lachfältchen, die inzwischen zu ihr gehören, und trotz der dunklen Ringe unter ihren blauen Augen, die sie dem süßen James verdankt. Nein, und noch etwas ist anders – damals trug Greta ihr Haar immer zu einem strengen Nackenknoten gesteckt, aus dem sich keine Strähne zu lösen wagte. Das hat sich hier, auf Whale Island, anscheinend geändert, überlege ich, während ich den lockeren Zopf betrachte, zu dem Greta ihr langes hellblondes Haar geflochten hat.

Ich muss daran denken, wie … ja, wie verloren Greta damals gewirkt hat, als wir uns als junge Frauen angefreundet haben. Ich kam aus dem Schwarzwald und konnte es nicht erwarten, endlich etwas von der Welt zu sehen. Und sie kam … aus der ganzen Welt. Geboren in Hamburg, aufgewachsen in Paris, auf Bali und Phuket, in Tokio und Singapur. Gretas Vater war … nein, ist immer noch! – General Manager diverser 5-Sterne-Hotels, sodass er mit seiner Frau und Tochter von Land zu Land gezogen war. Und Greta hat es immer gehasst, hat sie mir einmal anvertraut, als wir gemeinsam die Minibars in den Hotelzimmern aufgefüllt haben. Ich war völlig verdattert.

»Und warum in aller Welt willst du dann selbst in der Hotellerie arbeiten?«

»Weil ich kein anderes Leben kenne.« Greta hat mich traurig angelächelt. »Ich habe keine Heimatstadt. Wo sollte ich denn hin? Meine Eltern wohnen in Dubai – noch. Früher oder später ziehen sie weiter. In Hotels kenne ich mich aus. Ich weiß, wie sie funktionieren. Wie ein normales Leben in Deutschland funktioniert, das weiß ich nicht.«

Und so ist auch Greta nach unserer Ausbildung in München eine Weile durch die Welt gezogen – bis sie im Sommerset Boutique Hotel in New York Duncan Cameron kennengelernt und mit ihm die verrückteste Geschäftsreise ihres Lebens angetreten hat. Diese Reise hat sie hierher, nach Whale Island, geführt, und wie es scheint, hat meine ankerlose Freundin endlich ihren Heimathafen gefunden.

Als spüre sie genau, dass ich über sie nachdenke, dreht Greta auf der Veranda den Kopf und sieht mich durch die Fensterscheibe an. Sie lächelt breit, und ich grinse zurück. Greta ist hier. Es wird alles gut werden. Auch mit diesem unmöglichen Küchenchef.

Die ganze Besprechung über versuche ich, mich professionell zu verhalten und mir nicht anmerken zu lassen, dass ich den (leider viel zu gut aussehenden!) Kerl neben mir gern erwürgen würde. Aidan hat meine Geduld heute bereits zur Genüge auf die Probe gestellt. *Hooters*? Ernsthaft?

Immerhin hat er einen wirklich netten, professionellen Bruder!

Duncan leitet die Besprechung zu Beginn. Wir haben uns auf diversen Stühlen im Restaurant verteilt, ein paar Leute sitzen auf Barhockern entlang der Theke. Aidan lehnt an der Bar und starrt mit verschränkten Armen stur an mir vorbei. Duncan hingegen begrüßt mich noch einmal offiziell, heißt mich als wichtiges Teil des Teams willkommen und übergibt das Wort dann an mich.

Früher habe ich es gehasst, vor vielen Leuten zu sprechen, aber in den letzten Jahren, als Food & Beverage Managerin auf Koh Samui und in Abu Dhabi und schließlich in Bangkok, musste ich mich daran gewöhnen, Teamleiterin zu sein und so auch vor Gruppen zu reden. Und ich habe das mit der Zeit immer besser hinbekommen. Inzwischen macht mir das eigentlich gar nichts mehr aus – es sei denn, ich habe das Gefühl, dass mir alle Welt auf die Titten starrt, seit Aidan *Hooters* erwähnt hat.

Trotzdem mogele ich mich irgendwie ganz gut durch meine Vorstellung – hoffe ich zumindest. Nachdem ich in wenigen

Worten erklärt habe, wie mein bisheriger Werdegang aussah und dass ich mich, natürlich, sehr auf diese neue Herausforderung, auf die Zusammenarbeit mit meinem Team, aber auch auf die schöne Natur hier auf der Insel freue, bitte ich meine neue Restaurant-Crew, sich der Reihe nach kurz vorzustellen. Das ist immer ein wichtiger Moment, und ich versuche jedes Mal, mich sehr zu konzentrieren und mir nach Möglichkeit alle Namen einzuprägen. Es liegt mir am Herzen, dass sich meine Mitarbeiter wahrgenommen fühlen und nicht denken, sie seien nur ein Einheitsbrei für mich. Allerdings ist es diesmal schwierig mit dem Konzentrieren, weil ich die ganze Zeit, während sich einer nach dem anderen vorstellt, das Gefühl habe, dass Aidan mich ansieht. Unter seinem Blick werde ich nervös, aber ich starre stur an ihm vorbei und konzentriere mich stattdessen auf jeden einzelnen meiner neuen Team-Kollegen, nicke freundlich, hake hier und da interessiert nach.

Endlich darf ich das Wort wieder abgeben – an Aidan, der durch einen Stapel Blätter auf der Theke blättert und dann beginnt, die Einteilung der Küchen-Crew in der ersten Woche des Soft Openings durchzugehen, weil es da anscheinend ein paar Änderungswünsche gab. Schließlich sieht er mich an und sagt knapp: »Die Restaurant-Crew wurde auch schon eingeteilt – wir konnten wirklich nicht warten, bis du hier warst. Hier ist die Übersicht über den Schichtplan.«

Er kommt mit wenigen langen Schritten auf mich zu und drückt mir den Plan in die Hand. Ich nicke, ohne seinen Blick zu erwidern, sehe stattdessen konzentriert auf die Übersicht hinab.

»Hast du noch Anmerkungen oder Fragen?«, erkundigt er sich.

Nun schaue ich doch auf, bedenke ihn mit einem ernsten Blick und nicke dann, bevor ich lächelnd in die Runde sehe.

»Nur noch ein Hinweis an meine Restaurant-Mannschaft: Ihr müsst noch nicht die ganze Speisekarte auswendig lernen, denn da kommen noch Änderungen.«

Mit diesen Worten strahle ich Aidan an, bedanke mich dann betont freundlich bei der ganzen versammelten Truppe für den netten Empfang und marschiere hocherhobenen Hauptes durch das Restaurant und in die Lobby, zu Feli.

Ich hatte erwartet, mein Kind allein und frustriert vorzufinden, vielleicht in eines der Bücher vertieft, denn Lesen ist so ziemlich das Einzige, was Feli noch gern tut. Aber, nein, zu meinem grenzenlosen Erstaunen stelle ich fest, dass meine Tochter Gesellschaft hat: Ein zotteliger grauer Hund liegt auf ihren Füßen, etwas undefinierbares Gelbes neben sich auf dem Boden, und Feli krault ihm hingebungsvoll den Nacken. Moment mal – spielt da etwa ein echtes Lächeln um ihre Lippen?

»Oh, wer ist denn das?«, frage ich und merke, dass meine Stimme ein wenig belegt klingt. Feli sieht mich an, und sofort erlischt das Lächeln, als hätte jemand eine Kerze ausgepustet.

»Johnnie Walker«, sagt sie.

»Johnnie Walker?« Ich lache auf. »Wie der …?«

»Whiskey. Ganz genau.« Eine Frauenstimme lässt mich herumfahren, und überrascht sehe ich eine Frau mit grauem Kurzhaarschnitt und Brille vor mir stehen. Sie lächelt mich freundlich an und fügt hinzu: »Unsere Vorfahren kamen aus Schottland. Wir können nichts dafür, durch unsere Adern fließt quasi Whiskey, behauptet mein Mann zumindest.«

»Aha, darum also der gerahmte Stoff im Schotten-Karo da oben?« Ich deute auf besagten Stoff in rot-grünem Karomuster, der in einem Silberrahmen über dem Kamin hängt.

»Ja, das ist das Tartan-Muster des Cameron Clans in Schottland«, sagt die Frau mit unüberhörbarem Stolz in der Stimme.

»Und noch schottischer wird es hier, wenn mein Mann auf dem Dudelsack spielt.«

»Davon habe ich schon gehört«, lache ich fröhlich. »Sie sind also Heather Cameron, ja?«

»Ganz genau – Stella Minetti?« Auf mein Nicken streckt mir die Frau ihre Hand entgegen und verkündet strahlend: »Freut mich sehr! Herzlich willkommen in der *Cameron Lodge*.«

So, das ist also Aidans Mutter. Wer hätte gedacht, dass der Stinkstiefel so eine nette Mutter hat?

»Freut mich ebenfalls«, beeile ich mich zu sagen. Die arme Frau kann ja nichts dafür, dass sich ihr Sohn wie ein Arsch benimmt. Oder ... doch, streng genommen kann sie schon etwas dafür. Andererseits ... wenn ich sehe, wie unmöglich sich Feli oft benimmt, und das, obwohl ich wirklich mein Bestes in Sachen Erziehung gebe und gegeben habe ... Es ist nicht leicht als Mutter, so viel steht fest. Darum beschließe ich spontan, dass ich diese strahlende ältere Dame ins Herz schließen werde, egal wie sich ihr Sohn aufführt. Und Heather Cameron macht es mir leicht, als sie jetzt sagt: »Deine entzückende Tochter hat Freundschaft mit Johnnie geschlossen. Er hat ihr schon sein Willkommensspielzeug gebracht – den alten Gummistiefel, den er seit Jahren bewacht wie einen Schatz. Er schläft nachts sogar darauf, damit ihn niemand aus seinem Körbchen klauen kann. Aber wenn neue Leute ankommen, die er sofort ins Herz schließt, dann wird dieser zerkaute Stiefel angeschleppt. Feli, du scheinst etwas wirklich Besonderes zu sein, das hat Johnnie sofort gemerkt!«

Das kurze Aufleuchten in Felis Augen entgeht mir nicht, auch wenn sie sich wirklich bemüht, es mich nicht sehen zu lassen.

Natürlich ist sie etwas Besonderes, denke ich und schlucke meine Rührung herunter. Ich strahle erst Heather an, dann

Feli und schließlich den Hund mit dem Whiskey-Namen. »Wie schön, dass du schon so einen netten Kumpel gefunden hast, mein Schatz.«

»Ja«, brummt Feli und hievt sich aus dem Sitzsack hoch. Johnnie Walker springt auf und betrachtet sie schwanzwedelnd. »Wenigstens ein Hund mag mich. Was kann jetzt noch schiefgehen, Mama, oder?«

Und mit diesen Worten – leider auf Englisch, sodass Heather sie auch versteht – marschiert Feli an mir vorbei. Der Hund folgt ihr, seinen Gummistiefel im Maul. Ich spüre Heathers verblüfften Blick auf mir und lächele sie schief an.

»Ja, was kann jetzt noch schiefgehen?«, frage ich betont fröhlich, während ich die Antwort absolut nicht wissen will.

9

»Das hat er wirklich gesagt?« Greta starrt mich so erschüttert an, dass ich einen Moment lang fürchte, sie könne vom Rad stürzen. Doch meine Freundin, die nach eigenen Angaben erst hier, auf Whale Island, gelernt hat, Fahrrad zu fahren, fängt sich rasch und schaut wieder konzentriert auf den nigelnagelneuen Radweg aus hellen Holzplanken, der sich an der Küste entlangwindet.

»Ja«, brumme ich und trete energisch in die Pedale. Es war eine gute Idee, diese Radtour über die Insel zu machen. Die Sonne steht tief am Horizont, und der Wind des frühen Abends ist angenehm kühl auf meinem Gesicht, das immer noch vor Aufregung rot wird, wenn ich an die Szene heute Vormittag denke.

Obwohl – die Röte könnte auch von der Anstrengung kommen. Ich bin schon lange nicht mehr mit dem Fahrrad gefahren. Seit ich Baden-Württemberg verlassen habe nicht mehr. Eine Ewigkeit ist das her.

»Aber so, wie ich heute herumgelaufen bin, hätte ich auch wirklich ein paar Burger und Chickenwings bei *Hooters* verteilen können«, schiebe ich zerknirscht hinterher und muss absteigen, um nach Luft zu schnappen. »Feli hat schon recht: Ich bin peinlich!«

»Das stimmt überhaupt nicht, Stella!« Greta schüttelt resolut den Kopf und steigt ebenfalls ab. »Du siehst verdammt fantastisch aus! Eigentlich hast du dich kaum verändert, seit wir die Ausbildung beendet haben, weißt du das?«

»Haha«, mache ich und rolle mit den Augen, während meine Finger an meine Schläfen fahren. »Sind dir meine grauen Haare noch nicht aufgefallen? Feli sorgt leider dafür, dass die sich rasant vermehren.«

»Ich sehe überhaupt keine grauen Haare«, behauptet Greta stur.

»Dann sitzen deine Kontaktlinsen nicht richtig«, grinse ich. An die Kurzsichtigkeit meiner Freundin kann ich mich sehr gut erinnern – und auch daran, wie sie damals in München ihre Linsen beim Schwimmen im Freibad verloren hat und ich sie zurück in unsere WG lotsen musste, weil sie ohne Sehhilfe quasi blind ist.

»Nein, die Linsen sitzen hervorragend«, kontert Greta trocken und lockert den Riemen ihres Fahrradhelms. Ihr verstohlenes Gähnen und der rasche Blick auf ihre Armbanduhr entgehen mir nicht. Es ist erst halb acht, und die Sonne steht noch am Himmel, weil die Abende jetzt, fast Mitte Juli, auch hier in Nova Scotia wunderbar lang sind – aber meine Freundin hat ein wenige Wochen altes Baby, das momentan von seinem Papa gebadet und zu Bett gebracht wird. Ich kann mich an diese erste Zeit mit Baby erinnern. An die ewige bleierne Müdigkeit.

»Sollen wir zurückfahren?«

Greta sieht mich an. »Nein, schon gut, wir sind ja noch gar nicht weit gekommen …« Wieder ein Gähnen. Meine Freundin wirkt mit einem Mal so erschöpft, dass ich mich nicht wundern würde, wenn sie ihren Drahtesel und sich selbst ins Gras neben dem Radweg werfen und auf der Stelle einpennen würde.

»Komm«, sage ich entschlossen und wende mein Rad. »Heute ist mein erster Tag auf Whale Island – du musst mir nicht sofort die ganze Insel zeigen. Dafür haben wir noch reichlich Zeit. Aber das, was ich bisher gesehen habe, gefällt mir wirklich sehr gut.« Ich mache eine Handbewegung Richtung Atlantik, der sich tiefblau bis zum Horizont erstreckt. Der Wind lässt meine Locken tanzen, weil ich den Helm kurz abgenommen habe, und ich atme tief ein, immer noch begeistert von diesem wunderbaren Duft nach Salzwasser. Am Meer zu wohnen ist einfach einmalig schön! Diese Nähe zum wilden Ozean erinnert mich an meine Zeit auf Koh Samui und Capri.

Greta scheint erst protestieren zu wollen, aber dann kommt schon wieder ein Gähnen dazwischen, und damit ist klar, dass wir zurückfahren.

»Ich weiß nicht, wann ich jemals so müde war«, stöhnt Greta, während wir nebeneinanderher zurück zur *Cameron Lodge* radeln. »Nicht einmal während unserer endlosen Nachtschichten in München. Weißt du noch?«

»Und ob«, lache ich auf. »Wir haben versucht, uns mit unseren peinlichsten Dating-Geschichten wach zu halten.«

»Stimmt! Ich kann mich noch gut an deine Story von diesem Schnösel aus deinem Gymnasium erinnern, der sich beim Küssen an deiner Zahnspange verletzt hat!«

Bei der Erinnerung an Jan-Hendriks blutende Zunge muss ich so sehr lachen, dass ich fast ins hohe Gras neben dem Radweg gefallen wäre. Im letzten Moment finde ich mein Gleichgewicht wieder. Eine Möwe, die auf einem Felsen in meiner Nähe gesessen hatte, fliegt mit einem empörten Krächzen davon. Auch Greta muss vom Rad steigen und hält sich vor lauter Lachen die Seite.

»O Mann, es ist so schön, dich hier zu haben, Stella!«, prustet sie schließlich und schnappt nach Luft, bevor sie schon wieder gähnt und sich erschöpft über das Gesicht reibt. »Nicht, dass ich mit Duncan nie lachen würde«, schiebt sie dann rasch hinterher, und mir ist völlig klar, dass dem nicht so ist. Greta wirkt mit Duncan Cameron so glücklich, wie ich sie eigentlich noch nie erlebt habe. »Momentan sind wir nur meistens zu müde zum Lachen.« Sie grinst flüchtig, und ich nicke mit Nachdruck.

»Hey, Süße, das ist völlig normal. Die ersten Wochen mit Baby sind extrem herausfordernd. Man schläft viel zu wenig, und dazu kommt die ständige Angst zu versagen. Etwas falsch zu machen.«

»Ganz genau«, sagt Greta, plötzlich sehr ernst. »So viel Angst hatte ich noch nie im Leben! Wenn James endlich schläft und ich auch schlafen könnte, schrecke ich mitten in der Nacht hoch und renne zu seinem Bettchen, weil ich Panik habe, er könnte nicht mehr atmen.«

Ich sehe die Tränen in ihren blauen Augen, obwohl sie schnell wegsieht. »Greta«, sage ich und fasse nach ihrem Lenker, sehe sie eindringlich an. »Das geht allen frisch gebackenen Eltern so, glaub mir. Und es wird besser.«

Mit einem schiefen Grinsen wischt sie sich über die Augen. »Das hoffe ich doch«, lacht sie dann heiser auf, bevor sie mich wieder ernst ansieht und hinzufügt: »Es ist … nicht leicht, weil wir beide schon unsere Erfahrung mit Verlusten gemacht haben. Darum … sind wir extrem besorgt um James.«

Ich nicke ernst. O ja, das kann ich mir gut vorstellen! Immerhin hat Duncan seine erste Frau und den gemeinsamen kleinen Sohn bei einem Autounfall verloren, und Greta hat, als sie noch mit ihrem Ex-Mann Olivier verheiratet war, zwei Fehlgeburten im ersten Schwangerschaftstrimester gehabt – und eine Totgeburt, nachdem sie im fünften Monat eine Treppe hinabgestürzt war. Ich weiß, dass sie sich für den Verlust dieses dritten Babys, das auch das Ende ihrer Ehe mit Olivier besiegelt hat, selbst die Schuld gegeben hat. Und ich weiß, dass sie nur durch Duncan und ihr neues Liebesglück – und die unverhoffte Schwangerschaft! – aus ihrem Tal der Schuldgefühle herausgekommen ist. James war völlig ungeplant – Greta hat mir erzählt, dass sie beim ersten und einzigen Mal, als sie während ihrer verrückten Geschäftsreise vor einem Jahr auf Whale Island mit Duncan geschlafen hat, gleich schwanger geworden ist. »Das kommt dabei heraus, wenn der einzige Inselladen keine Kondome verkauft«, hat Greta am Telefon trocken bemerkt, als wir im Laufe des letzten Winters gequatscht haben.

Aber obwohl Greta und Duncan vom Beginn ihrer Beziehung an sofort mit der Verantwortung leben mussten, dass sie bald bereits Eltern sein würden, so wirken sie dennoch ... unglaublich glücklich. Und noch so verdammt frisch verliebt, wie andere junge Eltern zwischen Windeln und Spucktüchern meist nicht mehr wirken. Ich habe es vorhin selbst gesehen, als wir nach der Besprechung im Restaurant noch ein wenig zusammengestanden haben, Duncan, Greta und ich. Die beiden sehen sich an, wie ich noch nie von jemandem angesehen wurde. Und wie ich noch niemanden angesehen habe. Nicht einmal Enzo Cappanelli, den egoistischen Arsch.

»Immerhin seid ihr zu zweit«, sage ich jetzt und schwinge mich wieder auf meinen Sattel. Wir müssen Greta dringend nach Hause bringen, sonst schläft sie mir noch hier, auf dem Radweg, ein. »Du und Duncan, ihr könnt euch gemeinsam Sorgen machen, euch aber auch gegenseitig beruhigen. Ihr könnt euch aufeinander verlassen. Glaub mir, das ist viel wert.«

Greta tritt schweigend in die Pedale, bevor sie nachdenklich sagt: »Ich weiß wirklich nicht, wie du das damals mit Feli hinbekommen hast, Stellina. Wie du das immer noch hinbekommst.«

Stellina bedeutet auf Italienisch »kleiner Stern«, so nennt mich eigentlich mein Vater immer. Greta hat das mitbekommen, als wir während unserer Ausbildungszeit gemeinsam Weihnachten bei meinen Eltern gefeiert haben. Gretas Eltern waren in Dubai, und für den Flug zu ihnen hatte sie nicht lang genug frei. Wir aßen also gemeinsam mit meinen Eltern Weihnachtsgans und tonnenweise Plätzchen, spielten Uno und schauten alle drei Sissi-Filme nacheinander. Seit diesem unvergesslichen Weihnachtsfest nennt mich Greta auch oft Stellina. Und ich liebe es.

»Du bist ganz allein für Feli verantwortlich«, redet Greta jetzt ernst weiter. »Jede deiner Entscheidungen musst du allein treffen. Die ganze Verantwortung lastet nur auf dir. Du bist unglaublich, weißt du das?«

Ich versuche, unbekümmert zu lachen, aber ich merke, dass das nicht ganz klappt. »Na ja. Am Anfang, als Feli klein war, da hatte ich immerhin meine Eltern als Unterstützung. Glaub mir, wenn ich damals, nach der Geburt, nicht bei ihnen Unterschlupf und Hilfe gefunden hätte, dann wäre ich wahnsinnig geworden. Und danach … danach hatte ich ja meistens Kindermädchen, die geholfen haben.« Ich schweige kurz und füge dann mit rauer Stimme hinzu, den Blick auf die wild wogende Atlantikbrandung gerichtet: »Manchmal denke ich, dass ich an allem schuld bin, Greta. An … Felis Problemen. An ihrer Traurigkeit. Wären wir in Baden-Württemberg geblieben, wäre sie behütet aufgewachsen und hätte ihre Großeltern gehabt, wenn ihre Mutter schon ständig arbeiten musste … vielleicht wäre sie dann anders. Glücklicher.«

Greta bremst und steigt ab. Auch ich halte wieder an und erwidere ihren ernsten Blick.

»Ich habe mal gelesen, dass Mütter sich ständig für irgendetwas die Schuld geben«, sagt sie mit Nachdruck. »Und, klar, es ist natürlich naheliegend, sich zu fragen, ob man etwas anders hätte machen können. Aus eigener Erfahrung weiß ich genau, dass eine Kindheit in der Hotelbranche, mit ihren ewigen Umzügen und Abschieden, die Hölle sein kann. Meine war es, größtenteils. Aber weißt du was? Das lag nicht unbedingt an den Abschieden und Ortswechseln, sondern hauptsächlich an der Distanziertheit meiner Eltern. Hätten die beiden sich so liebevoll um mich gekümmert, wie du es in den letzten dreizehn Jahren bei Feli getan hast, dann wäre vieles bei mir anders gelaufen. Wirklich. Rede dir nicht ein, dass wegen dir alles so gekommen ist. Wegen deines Jobs. Du meine Güte, wie viele unglückliche Teenager es wohl in Baden-Württemberg gibt, die noch nie in ihrem Leben umgezogen sind?«

»Oh, so einige«, brumme ich und muss dann lachen. »Ich war einer von ihnen. Solange ich denken kann, wollte ich immer nur raus aus dem Schwarzwald, wollte die Welt sehen.«

»Und jetzt bist du hier, am Arsch der Welt«, lacht Greta auf und macht eine weite Handbewegung, die das ganze wogende Grasmeer, die schroffen Felsen, den tiefblauen Ozean einfasst.

»So hat Feli diese Insel auch schon genannt«, pruste ich und schiebe dann inbrünstig hinterher: »Aber, verdammt, das hier ist der schönste Arsch, den ich je gesehen habe!«

»Da gebe ich dir völlig recht, meine Liebe.« Lachend steigt Greta wieder auf ihr Rad, und wir fahren weiter, folgen dem gewundenen Weg aus breiten Holzbohlen, der auf ihre Initiative hin entstanden ist, wie sie mir erzählt hat: Greta hat ihre Liebe zum Fahrradfahren vor einem Jahr auf Whale Island entdeckt, und sie hat vorgeschlagen, die ganze Insel mit Fahrradwegen zu erschließen, damit die Touristen, die hoffentlich bald die neu eröffnete *Cameron Lodge* besuchen werden, ihre Autos auf dem Festland lassen und der Umwelt zuliebe mit den Leihrädern des Hotels auf Erkundungstour gehen. Ich muss sagen, dass das eine wundervolle Idee war. Die Gäste werden es sicherlich lieben, die breiten Radwege entlangzurollen und dabei immer den Blick aufs offene Meer zu haben. Wie durch ein Wunder hat sogar die berüchtigte Insel-Versammlung diesem Plan zugestimmt. Die Insel-Versammlung muss stets ihr Okay geben, wenn es um öffentliche Aspekte geht, zum Beispiel um Straßenlaternen (es gibt bisher keine auf Whale Island, weil die Mehrheit der Insel-Versammlung wegen der Kosten dagegen war) oder Handy-Masten (wegen der Strahlung hat die Insel-Versammlung laut Greta ihr Veto gegen mehr Masten eingelegt, weshalb man an sehr vielen Stellen von Whale Island keinen Handyempfang haben soll – was ich allerdings sehr charmant und entschleunigend finde). Wie auch immer – bei den Radwegen haben sich laut meiner Freundin genügend Begeisterte für ein Okay gefunden, und seitdem werden diese Wege von den Insulanern fleißig genutzt, wie ich gehört habe. Und das in einem Land wie Kanada, dessen Bewohner eigentlich eingefleischte Autofans sind.

»Keine Ahnung, was Aidan da heute geritten hat«, sagt Greta jetzt nachdenklich, und wir sind wieder beim Thema *Hooters*. »Er ist wirklich nett. Echt, Stellina. Gib ihm eine Chance.«

Ich schnaube leise. »Ich glaube kaum, dass ER MIR noch eine Chance gibt. Nicht, nachdem ich seine Speisekarte schlecht gemacht habe.«

»Autsch. Ja, du hast recht. Das wird sein Ego nur schwer verkraften können«, grinst Greta. »Wenn ich bedenke, wie empfindlich Köche sind, wenn es um die Zusammenstellung ihrer Speisekarten geht ... Und du hast nicht nur seine Speisekarte, sondern auch seine Stoßstange angegriffen – zweimal!«

»Finde eigentlich nur ich, dass das Wort ›Stoßstange‹ im Deutschen ziemlich ... zweideutig klingt?«, erkundige ich mich unschuldig, und Greta fängt schon wieder an zu prusten, sodass wir erneut absteigen müssen, um nicht vor lauter Lachen von unseren Rädern zu kippen. Inzwischen haben wir das Hotelgelände erreicht, links beginnt das Wäldchen, in dem die Cottages liegen.

»Was ist denn mit euch los?« Feli taucht plötzlich zwischen den Bäumen auf, den Hund mit seinem gelben Gummistiefel im Schlepptau, und starrt uns ungläubig an. Sie trägt Jogginghosen und ein T-Shirt mit dem Aufdruck »I HATE EVERYTHING«, was die Stimmung meiner Tochter schön auf den Punkt bringt.

»Akuter Lachanfall«, japst Greta und wischt sich Tränen von den Wangen.

»Das wird jetzt öfter vorkommen«, stoße ich kichernd hervor. »Solange ich mit Greta auf ein und derselben Insel wohne!«

»Ganz toll. Ich geh ins Bett«, murrt Feli und wendet sich ab. »Los, du musst nach Hause«, sagt sie zu Johnnie Walker, der sich jedoch nur auf sein Hinterteil setzt und sie schwanzwedelnd mit einem treuherzigen Blick bedenkt.

»Was, schon?«, frage ich und sehe auf meine Uhr. »Es ist doch noch früh! Wollen wir nicht auch noch eine Runde mit dem Rad drehen, *cara mia*? Die Grillen zirpen, und die Brandung … ähm … brandet …« Ich muss schon wieder loslachen, und Greta gackert mit. Feli rollt die Augen himmelwärts.

»Bist du betrunken, Mama?«

»Ich bitte dich, Feli, darf ich nicht einfach so fröhlich sein?«

»Keine Ahnung«, brummt meine Tochter. »Bist du doch sonst auch nie.«

Und mit diesen Worten wendet sie sich endgültig ab und verschwindet in die Richtung unseres Cottages.

Greta ist ernst geworden, während ich meiner Tochter hinterherstarre und voll Bitterkeit frage: »Wo, bitte schön, ist mein zauberhaftes, fröhliches Kind geblieben? Und wer hat diesen wütenden Teenager bei mir abgeliefert? Ich wünschte wirklich, derjenige hätte mir auch eine Gebrauchsanleitung dagelassen!« Ich versuche mich an einem schiefen Lächeln, aber das will mir nicht gelingen. »Genieße James, solange er nur weint und die Windeln vollmacht. Wirklich. Ich will dir ja keine Angst machen, liebste Freundin, aber … ab dem 13. Geburtstag geht alles bergab.«

»Ach, komm. Das wird schon«, erwidert Greta sanft und greift nach meiner Hand. »Ihr seid doch die fabelhaften Minetti-Girls!«

»Die waren wir mal«, murmele ich düster.

»Falsch. Die seid ihr immer noch! Ich weiß, dass ihr euch wieder zusammenraufen werdet. Lass dich von so ein bisschen Pubertätsdrama nicht verunsichern, Stellina. Da müssen alle Eltern durch, glaub mir.«

In ihren dunkelblauen Augen liegt so viel Mitgefühl, dass ich kurz davor bin, mich in ihre Arme zu schmeißen und halten zu lassen.

Doch in diesem Moment beginnt ihr Smartphone zu klingeln – beziehungsweise zu singen. *Can't Help Falling in Love* von Elvis Presley. Sie hat mal erwähnt, dass Duncan und sie sich zu dem Lied zum ersten Mal geküsst haben – allerdings zu einer Liveversion seiner Schwester Skye, die anscheinend super singen kann. Ich möchte diese Skye wirklich gern kennenlernen, sie klang in Gretas blumigen Beschreibungen sehr unterhaltsam.

»Alles okay?« Greta hat ihr Telefon so schnell am Ohr, dass Elvis kaum sein »Wise Men say« singen kann. »Ah, okay. Ja, ich komme.«

Als sie aufgelegt hat, sieht sie mich an und sagt: »Der kleine Mann scheint doch noch einmal Hunger zu haben. Tut mir so leid, Stellina. Ich würde gern noch länger plaudern.«

»Ach was, das holen wir alles nach, wenn euer James sich

selbst versorgen kann«, scherze ich betont fröhlich, obwohl ich nichts dagegen gehabt hätte, noch ein wenig länger mit meiner Freundin über die Probleme mit meinem Kind zu reden. Über diese Insel. Über dieses Hotel. Und vor allem über den Küchenchef.

»Ich hoffe mal, dass es nicht ganz so lang dauert, bis wir wieder in Ruhe quatschen können«, lacht Greta und beugt sich vor, um mir ein flüchtiges Küsschen auf die Wange zu hauchen, bevor sie sich wieder auf ihren Sattel schwingt. »Ich wünsche dir einen schönen Abend, meine Liebe. Und … hoffentlich könnt ihr euch aussprechen, Aidan und du. Denk dran, Köche sind sensible Seelen, die mit der ständigen Angst leben, dass ihr Essen nicht schmeckt.« Sie zwinkert mir zu, und noch während ich brumme »Klar, der gute Aidan wirkt sensibel wie eine Motorsäge«, tritt sie in die Pedale und radelt an der *Cameron Lodge* vorbei, in die Richtung ihres Hauses.

Eine Weile sehe ich dem langen hellblonden Haar meiner Freundin noch nach, dann wende ich mich mit einem Seufzer dem Wäldchen zu. Zwischen den Bäumen hängt nun doch die Dämmerung, als ich über den weichen Nadelteppich gehe. Neugierig betrachte ich die ersten Cottages links und rechts des Fußwegs: Sie sind zum Teil kleiner als das Haus, in dem Feli und ich wohnen – klar, wir haben ja auch den zusätzlichen Schlafzimmer-Anbau. Doch einige der Gästehäuschen sind – dank Schlafsofa im Wohnzimmer und eines besonders geräumigen Schlaflofts mit einem Ehebett und zwei Etagenbetten – groß genug für bis zu acht Gäste, wie ich heute von Duncan erfahren habe, als er mir das Hotel näher erklärt hat. Und alle Cottages, große und kleine, sind mit neuen Kitchenettes ausgestattet worden und haben frisch renovierte Badezimmer mit Dusche. Begeistert betrachte ich den rustikalen Holztisch mit den zwei Stühlen auf der Veranda des Cottages, an dem ich gerade vorbeigehe. Das sieht wirklich einladend aus. Plötzlich kann ich es kaum erwarten, hier Gäste zu sehen!

Als ich das letzte der zu vermietenden Cottages hinter mir gelassen habe, komme ich an einem Schild vorbei, das mir gestern Abend, im Nebel, entgangen ist: Der Hinweis »Staff only« soll den Gästen mitteilen, dass ab hier der Angestelltenbereich beginnt. Langsam folge ich dem Weg weiter und sehe nach wenigen Schritten das Häuschen zwischen den Bäumen auftauchen, das Feli und ich bewohnen. Als ich mich unserer Veranda nähere, erkenne ich in dem erleuchteten Küchenfenster unseres Nachbarcottages Raphaël und Salomé. Sie scheinen gemeinsam zu kochen und sich dabei über irgendetwas zu amüsieren, zumindest legt Salomé jetzt den Kopf in den Nacken und lacht auf, was Raphaël zum Anlass nimmt, sich über sie zu beugen und sie auf den Mund zu küssen. Diskret wende ich mich ab, ich will ja niemandem hinterherspionieren. Allerdings reicht dieser kurze Moment, um es in meiner Herzregion mal wieder sehnsüchtig ziehen zu lassen.

Santo cielo, ich möchte das auch. Einen Mann, der mich zum Lachen bringt und mich beim Kochen küsst.

Um mich von diesen überflüssigen Gedanken abzulenken, wende ich mich geschäftig unserer Verandatreppe zu … als mein Blick Aidans Cottage streift, und ich merke, dass bei ihm Licht brennt.

10

Zögernd bleibe ich stehen. Aus Felis Schlafzimmer dringt Musik, sie ist wohl noch wach – was allerdings nicht heißt, dass sie Wert auf die Gesellschaft ihrer peinlichen Mutter legt. Ich atme tief durch, während ich wieder Gretas Worte in meinem Kopf höre: »Köche sind sensible Seelen.«

»Na, ich weiß zwar nicht, ob du so sensibel bist, Aidan Cameron, aber der Klügere gibt nach«, murmele ich und wende mich entschlossen dem Haus des Küchenchefs zu.

Warum mein Herz ein wenig schneller schlägt, als ich die Verandastufen hinaufgehe, kann ich mir selbst nicht wirklich erklären. Aidans Veranda ist breiter als meine, sie zieht sich bis um die Hausecke, und als ich ein Bellen von der Seite des Cottages höre, merke ich, dass dort eine Verandatür ist, hinter deren Mückennetztür der Whiskey-Hund steht und mich schwanzwedelnd ansieht.

»Hey, Jim Beam«, sage ich freundlich und gehe über die Veranda zu der seitlichen Tür.

»Jim Beam? Ernsthaft?« Aidan taucht hinter dem wuscheligen Hund auf und starrt mich durch das Mückennetz hindurch ungläubig an.

»Hi«, sage ich und streiche mir mit einem breiten Lächeln

eine Locke hinter das Ohr. »Es war eine andere Whiskey-Marke, richtig? Jack Daniels?«

»Du willst mich ärgern, oder?«

Als ich seinen fassungslosen Blick sehe, muss ich auflachen. »Schon gut, schon gut. Keine Sorge, mir ist völlig klar, dass es einen großen Unterschied zwischen amerikanischem und schottischem Whiskey gibt.« Spöttisch ziehe ich eine Augenbraue hoch und füge hinzu: »Du musst also nicht im Namen deiner schottischen Vorfahren gekränkt sein.« Ich beuge mich wieder zu dem Hund hinab und sage durch das Mückennetz: »Hi, Johnnie Walker. Schön, dich wiederzusehen.«

»Und was ist der wichtigste Unterschied zwischen amerikanischem und schottischem Whiskey?« Aidan sieht mich durch die immer noch geschlossene Mückennetztür hindurch herausfordernd an. Er hat sich seitlich gegen den Türrahmen gelehnt und die Arme verschränkt, was nicht hilfreich ist, um meine Gedanken beisammenzuhalten, denn ... *mamma mia,* er hat so tolle, sehnige Unterarme!

»In Schottland wird nur gemälzte Gerste für den Single Malt Whiskey verwendet. Die Amerikaner nehmen für ihren Bourbon Mais.«

»Diese Barbaren«, seufzt Aidan und nickt dann fast anerkennend. »Alle Achtung. Ich hätte dich nicht für eine Whiskey-Kennerin gehalten – trotz deiner Augen.«

»Meine Augen?« Überrascht sehe ich Aidan an und merke sofort, dass er sich über seine eigenen Worte ärgert. Er reibt sich flüchtig das Kinn, was ich als verlegene Geste interpretiere, und erklärt dann schnell: »Ja. Das Braun ... erinnert mich an Whiskey.«

Amüsiert grinse ich ihn an. Aidan Cameron hat sich also meine Augen genauer angesehen? »Das habe ich noch nie gehört, aber es gefällt mir. Whiskey-Augen. Allerdings muss ich dich und deine schottische Seele enttäuschen: Ich hasse Whiskey. Aber ich habe lange genug im Food & Beverage-Bereich gearbeitet, um einen Bourbon von einem Single Malt unterscheiden zu können. So, und du, Johnnie Walker – du bist wohl von meiner Tochter hier abgeliefert worden?«

»Er ist allein rübergekommen«, sagt Aidan und krault den Hund hinter den Ohren. »Johnnie wohnt zwar bei meinen Eltern in der Lodge, aber er besucht mich abends immer. Manchmal übernachtet er hier auch.«

Dass ich den Hund spontan beneide, irritiert mich selbst. Himmel, als ob ich etwas mit Aidan Cameron anfangen wollte! Habe ich wirklich vergessen, wie er sich heute mir gegenüber aufgeführt hat?

Allerdings … bringt mich dieser Gedanke zum Grund meines Besuchs beim Küchenchef. Ich räuspere mich und sage: »Aidan, ich wollte … mich entschuldigen.«

Die Überraschung steht ihm deutlich ins Gesicht geschrieben, als Aidan jetzt langsam die Mückennetztür aufschiebt. Sofort schießt Johnnie Walker zu mir heraus und versucht, mit seiner Zunge meine Hände zu erwischen.

»Johnnie, aus!« Aidan folgt dem Hund rasch auf die Veranda heraus, greift nach seinem Halsband und zieht ihn von mir fort.

»Ist schon gut«, lache ich und streichele ihm den Kopf, während Aidan ihn immer noch festhält.

»Ich bin derjenige, der sich entschuldigen muss«, brummt er jetzt, als ich noch mit Johnnie Walker beschäftigt bin. Nun sehe ich ihn überrascht an. »Das, was ich heute zu dir gesagt habe … Du weißt schon …« Mit seiner freien Hand macht er eine unbeholfene Geste in die Richtung meiner Brüste, die sich heute Abend völlig dezent unter einem grauen

T-Shirt mit sehr kleinem, rundem Ausschnitt tarnen. Ich muss lachen.

»Was meinst du genau?«, frage ich und sehe ihn herausfordernd an. Aidan lässt Johnnies Halsband los, gibt ihm aber mit einem »Sitz!« zu verstehen, dass er nicht an mir hochspringen darf, und richtet sich dann auf. Die Art und Weise, wie er mich ansieht – halb belustigt, halb irritiert –, lässt meine Knie eine Spur weich werden.

»Du weißt, was ich meine.«

»Nein, was denn? Du hast heute sehr viel gesagt, ich weiß gerade wirklich nicht …«

»Das mit *Hooters*.«

»Ahh.« Ich lächele ihn süß an. »Das meinst du. Ach, weißt du, viele Frauen wünschen sich meine Oberweite. Und viele Männer sowieso. Das habe ich nicht als Beleidigung aufgefasst.«

»Ja … ähm. Okay. Dann ist ja gut. Trotzdem – sorry«, stammelt Aidan und hat offensichtlich Mühe, nicht in die Richtung meiner Brüste zu sehen.

»Schon gut. Vielleicht sollten wir die berühmten *Hooters*-Chickenwings auf unsere Speisekarte setzen, da ich schon die passende Oberweite habe?«

Aidan starrt mich so fassungslos an, dass ich grinsen muss.

»Bitte erwähne nicht noch einmal *Hooters* und meine Speisekarte in einem Satz«, grollt er leise.

»Aber *Hooters* und meine Oberweite in einem Satz sind okay?«

»Hey, ich hatte mich doch eben schon dafür entschuldigt!«

Lachend nicke ich. »Ja, hast du. Okay. Jetzt bin ich dran: Sorry, dass ich deine Speisekarte so kritisiert habe.«

Aidan atmet hörbar ein und aus. Seine Kiefermuskulatur

arbeitet, während er Johnnie Walker so gründlich am Kopf krault, dass ich mir den spontanen Wunsch verbieten muss, mit dem Hund tauschen zu dürfen.

»Kannst du kurz reinkommen?«

Seine Frage überrascht mich so sehr, dass ich zögernd an ihm vorbeisehe, in sein hell erleuchtetes Wohnzimmer. »Ähm … wenn du nicht vorhast, mich mit deiner Küchenmessersammlung bekannt zu machen?«, scherze ich und ernte ein Schnauben von ihm.

»Nein, eigentlich wollte ich nur mit dir über die Speisekarte reden, mehr nicht. Ich habe lange genug auf eine fähige Restaurantmanagerin gewartet. Ich will nicht noch einmal auf eine neue warten.«

Er bedenkt mich mit einem bedeutungsschweren Blick, während er die Mückentür öffnet.

»Na, da bin ich aber froh, dass ich mich in Sicherheit wiegen kann, solange du keinen Ersatz für mich hast«, bemerke ich und betrete sein Cottage.

»Und solange du mir nicht noch einmal in den Pick-up rast«, entgegnet er trocken. »Ein drittes Mal wäre echt ein Deal-Breaker.«

»Erstens bin ich nicht gerast«, sage ich mit Nachdruck. »Und zweitens … wollte ich mich dafür auch noch entschuldigen.« Ich räuspere mich. »Gestern Abend … war ich einfach müde und überfordert. Es war eine lange Reise. Und in der Gesellschaft meiner Tochter kam sie mir vor wie ein nie enden wollender Höllentrip.«

Aidan lacht heiser auf, und dieses Lachen lässt mich ihn fast erschrocken ansehen – weil es mir durch den ganzen Körper schießt, und zwar in Regionen, die schon lange nicht mehr so auf einen Mann reagiert haben. Ich schlucke mühsam, während Aidan mich mit schief gelegtem Kopf betrachtet und dann bemerkt: »Dreizehn kann die Hölle sein, oder? Für die Eltern, meine ich.«

»O ja.« Ich grinse und bin froh, dass Johnnie Walker schon wieder dicht neben mir steht und mich schwanzwedelnd um weitere Streicheleinheiten anbettelt, denn so muss ich dem Blick aus Aidans hellblauen Augen nicht zu lange standhalten. Jetzt erst nehme ich bewusst die Musik wahr, die leise im Hintergrund läuft: *Rough Boy* von ZZ Top.

»Na, das passt ja«, murmele ich in Johnnie Walkers Richtung.

»Was passt?«

»Der Song.« Ich richte mich auf und grinse Aidan schief an. Er zieht seine Augenbrauen leicht in die Höhe, bevor er fragt: »Kann ich dir was anbieten? Whiskey?«

Ich lache auf. »Hmm, nein, danke, ich verzichte.«

»Ich habe auch andere Sachen da. Oder … musst du schnell zurück zu Feli?«

»Ach du meine Güte, nein. Meine Tochter findet mich derzeit meistens extrem peinlich, und das nicht nur, wenn ich an eine *Hooters*-Kellnerin erinnere. Sie wünscht sich vermutlich gerade sehr ein eigenes Cottage, damit sie ihre Ruhe vor mir hat. Wenn es nach ihr ginge, müsste ich heute also gar nicht mehr zurückkommen.«

Sobald ich sie ausgesprochen habe, wird mir klar, wie meine Worte klingen, also schiebe ich rasch hinterher: »Nicht, dass ich vorhatte, die Nacht hier zu verbringen …«

Dio mio, Stella. Was redest du denn da?

»Warum auch?« Ich lache auf und klinge leicht irre, fürchte ich. »So lange brauchen wir sicher nicht, um über die Speisekarte zu reden.«

Aidans Augenbrauen sind noch weiter in die Höhe gewandert, während er mich offensichtlich belustigt mustert. »Ganz ehrlich – so, wie ich dich bisher kennengelernt habe, wäre ich mir da nicht so sicher«, murmelt er jetzt und schüttelt mit einem flüchtigen Schmunzeln den Kopf. »Also, ich habe außer Whiskey auch noch Gin und Rum und Rotwein da. Und natürlich Softdrinks.«

»Oh, ein Glas Rotwein wäre tatsächlich fantastisch.«

11

»Gern.« Aidan wendet sich seiner offenen Küchenecke zu, und ich nutze die Chance und sehe mich neugierig um. Der Grundriss des Cottages ist meinem sehr ähnlich, hier scheint es genauso ein angebautes Schlafzimmer im Erdgeschoss zu geben wie in meinem. Ob er dort schläft? Oder … vielleicht seine Tochter, wenn sie bei ihm ist? Ein Blick nach oben bestätigt mir, dass es in diesem Cottage ebenfalls einen Schlafbereich in dem offenen Loft im Dachgiebel gibt, und auch hier befindet sich unterhalb dieses Lofts die Küchenecke.

»Du spielst Baseball?«, frage ich, als ich den Baseballschläger in einer Zimmerecke stehen sehe. »Oder musst du damit wilde Tiere vertreiben? Huch, gibt es hier eigentlich Bären?«

Aidan lacht leise auf, während er eine Flasche aus einem Oberschrank in seiner Küchenecke holt.

»Nein, keine Bären. Die tummeln sich alle auf dem Festland.«

»Oh, wow. Da bin ich ja froh, auf unserer Fahrt nach Scott's Harbour keine Pinkelpause am Wegesrand eingelegt zu haben«, murmele ich, was Aidan mit einem weiteren Lachen quittiert.

»Da war der Bär vermutlich auch froh«, bemerkt er trocken,

woraufhin ich leise pruste, während ich meinen Blick über ein paar gerahmte Fotos schweifen lasse, die auf einer Kommode stehen. Auf einem der Fotos ist ein hübsches rothaariges Mädchen mit sommersprossigem Gesicht zu sehen. Aha, das muss Isla sein!

»Ich nutze den Schläger tatsächlich für Baseball und nicht für Bären«, fährt Aidan fort und entkorkt geschickt den Rotwein. »Na ja – ich habe ihn für Baseball genutzt, das trifft es eher. Wir hatten mal ein super Baseballfeld, hinter der Kirche. Da gab es sonntags nach dem Gottesdienst immer Spiele. Aber … tja. Heutzutage bekämen wir nicht mal eine einzige Mannschaft zusammen, geschweige denn zwei. Dafür ist das Durchschnittsalter der Bewohner von Whale Island inzwischen einfach zu hoch.«

Er klingt ein wenig wehmütig, als er das sagt, und ich mustere ihn fasziniert, während ich mich der Arbeitsfläche nähere, die den Wohnbereich von der Küche trennt. »Das ehemalige Spielfeld ist inzwischen völlig verwildert«, fügt er hinzu und holt zwei Gläser aus einem weiteren Oberschrank.

»Das rothaarige Mädchen da auf dem Bild – ist das Isla?«, frage ich und deute auf den Rahmen. Aidan sieht auf und nickt mit einem zärtlichen Lächeln, das mich mehr berührt, als mir geheuer ist.

»Ja, das ist sie. Auf dem Foto ist sie jünger – ich glaube zehn. Inzwischen ist sie noch hübscher geworden. Leider.« Er seufzt schwer auf, was mich belustigt auflachen lässt.

»Du machst dir Sorgen wegen der Jungs, ja?«, frage ich neckend, und er wirft mir einen finsteren Blick zu und brummt: »Und ob. Ich war immerhin selbst mal Teenager.«

»Hey, deshalb steht der Baseballschläger so strategisch platziert in der Wohnzimmerecke«, grinse ich jetzt, was Aidan zum Lachen bringt.

»Das ist mal eine Idee«, murmelt er. »Damit vertreibe ich keine Bären, sondern die schmierigen Highschool-Typen, die früher oder später hier auftauchen werden.« Er schüttelt sich leicht, und ich pruste los, wobei mir bei der Erwähnung der schmierigen Highschool-Typen gleich ein paar andere Jungs einfallen, und mir vergeht das Lachen.

»Leider hat Isla überhaupt kein Interesse daran, den Umgang mit dem Baseballschläger zu lernen«, seufzt Aidan jetzt. »Stattdessen hat sie im Cheerleading-Team angefangen, als sie im letzten Herbst begonnen hat, hier in Scott's Harbour zur Highschool zu gehen.« Er stöhnt gequält auf. »Meine Tochter in kurzem Röckchen mit solchen Pompoms rumwedeln zu sehen, ist etwas, worauf ich gern verzichtet hätte. Aber sie war sowieso genervt vom Schulwechsel, darum wollte ich ihr das nicht ausreden. Wenn es sie glücklich macht.« Er seufzt erneut.

»Stimmt, Isla wohnt ja auch erst seit einem Jahr ganz hier auf der Insel, richtig?« Greta hatte mir davon erzählt – vorher haben Isla und Aidans Ex-Freundin in Sydney gewohnt und sind nur an manchen Wochenenden und in den Ferien nach Whale Island gekommen. Da Islas Mutter jetzt auf der Insel arbeiten kann, wohnen beide inzwischen fest hier.

»Ja, genau«, bestätigt Aidan. »Und der Schulwechsel fiel ihr im Endeffekt gar nicht so schwer, wie ich befürchtet hatte. Allerdings gab es auch sofort einen Jungen, den sie toll fand. Leider.« Sein gequälter Blick lässt mich auflachen, obwohl ich im Stillen denke, dass er froh sein soll, eine Tochter zu haben, die offenbar ein beliebter Cheerleader ist und nicht das schüchterne Mauerblümchen mit den Figurproblemen.

»Na ja, wenn der Baseballschläger als Abschreckung nicht reicht, hast du ja auch noch eine beeindruckende Messersammlung.« Mein Blick ist an dem Messerblock neben dem Herd hängen geblieben.

»Gute Messer sind nun einmal wichtig, wenn man gut kochen will«, erwidert Aidan und wirft mir einen amüsierten Blick zu. »Glaub mir, ich bringe eher selten Leute damit um.«

»Auch keine nervigen Restaurantmanagerinnen, die deine Speisekarte kritisieren?«

»Willst du meine Selbstbeherrschung testen?«, erkundigt sich Aidan trocken.

»Oh, ich habe vollstes Vertrauen in deine Selbstbeherrschung«, gebe ich betont freundlich zurück.

Aidans Antwort ist ein Blick, der mir durch und durch geht und mich rasch nach dem Glas greifen lässt, das er mir schweigend über die Arbeitsfläche hinweg reicht.

»Was für ein Rotwein ist das?«, erkundige ich mich.

»Ein Ruby Cabernet aus Kalifornien«, erwidert Aidan und reicht mir die Flasche. Ich studiere das Etikett und bemerke: »Ah, hmm.«

»Was soll denn ›ah hmm‹ heißen?«, hakt Aidan mit einem weiteren heiseren Lachen nach – er muss wirklich aufhören, so zu lachen, denn mir gefällt die Reaktion meines Körpers einfach überhaupt nicht!

»Schon okay.«

»Nein, gar nicht okay.« Er lehnt sich auf die Anrichte und sieht mich aus seinen hellblauen Augen entschlossen an. »Rück raus mit der Sprache – was passt jetzt schon wieder nicht?«

»Ich habe gar nicht gesagt, dass etwas nicht passt«, verteidige ich mich, schnuppere am Wein und lasse ihn im Glas kreisen, bevor ich einen Schluck nehme. Aidan beobachtet mich ganz genau, was mir das Gefühl gibt, schon zu viel getrunken zu haben, bevor ich überhaupt den ersten Schluck Wein genommen habe.

»Und?« Er sieht mich abwartend an. »Was sagt die Expertin, die du offenbar bist?«

»Ich bin keine Expertin«, wiegele ich rasch ab und lache auf. »Und warum du dich so aufführst, als hättest du die Trauben für diesen Wein eigenhändig in Kalifornien geerntet, ist mir ein Rätsel. Hast du etwa auch noch kalifornische Wurzeln, von denen ich nichts weiß?«

»Nein, habe ich nicht«, erwidert Aidan ruhig. »Aber ich mag diesen Wein.«

»Er ist auch nicht schlecht«, lenke ich gönnerhaft ein. »Aber ich bin nun einmal halbe Italienerin. Und was für dich dein schottischer Whiskey ist, das ist für mich der italienische Rotwein. Da kommt so schnell kein anderer Wein dran heran. Auch nicht dein kalifornischer Liebling.«

Aidan mustert mich ernst. »So, Stella Minetti, du bist also eine halbe Italienerin. Das erklärt einiges.«

»Wie darf ich das verstehen?«, hake ich nach und nehme noch einen Schluck Wein. *Mamma mia,* der ist wirklich gut, auch wenn er nicht aus Italien kommt! Aber das werde ich jetzt nicht zugeben.

»Dein Temperament, das wirkt nicht sehr deutsch.«

»So, so. Wie viele Deutsche kennst du denn?«

Aidan grinst. »Eigentlich nur Greta«, gibt er dann zu.

»Ach, Greta zählt nicht. Sie ist überall auf dieser Welt aufgewachsen, aber nicht in Deutschland. Oh! Darf ich bitte mal das Schneidebrett da sehen?«

Ich deute auf das Brett aus wunderschön gemasertem Holz, das hochkant neben der Spüle lehnt, vermutlich zum Trocknen.

»Ähm – klar. Wenn du mir das nicht über den Kopf ziehen willst, weil ich dir nicht italienischen Wein vorgesetzt habe …« Mit einem spöttischen Schmunzeln reicht mir Aidan das Brett über die Arbeitsfläche hinweg.

»Du solltest auch ein wenig Vertrauen in MEINE Selbstbeherrschung haben, wenn wir bald täglich zusammenarbeiten wollen, Aidan Cameron«, bemerke ich, während ich nach dem Brett greife. Aidan erwidert nichts, sondern mustert mich nur ein wenig ratlos.

Ich hingegen betrachte jetzt begeistert das wunderschön gearbeitete Schneidebrett aus massivem Holz, drehe es hin und her, während ein Geistesblitz in meinem Kopf aufzüngelt.

»Kann man das hier auf der Insel kaufen?«

»Ja«, erwidert Aidan, immer noch offensichtlich verdutzt. »Hank, der Mann unserer Fährkapitänin Dottie, ist Schreiner. Er stellt diese Bretter und andere echt tolle Sachen aus Holz her.«

»Das ist es!« Strahlend tippe ich auf das Brett. »Ich hatte doch schon gesagt: Holz!«

»Wie bitte?« Aidan starrt mich ratlos an. Dann scheint ihm ein Licht aufzugehen. »Ach. Womit wir wieder bei unserer Speisekarte wären?«

»Und ob! Ein Küchenbrett aus genau solchem wunderschönen Holz und dann auch noch lokal auf der Insel hergestellt – besser geht es nicht, Aidan!«

»Und wie willst du die Gerichte darauf auflisten? Handschriftlich mit Edding, oder was?«

»Quatsch.« Ich muss über seinen skeptischen Gesichtsausdruck lachen. »Wir drucken sie aus – nicht auf blauem Papier! –, und dann müssen wir einen Weg finden, um sie wie auf einem Klemmbrett auf diesem Schneidebrett zu befestigen. Ich werde mit Hank reden – vielleicht kann er uns Löcher hineinbohren, dann können wir das Papier mit Bindfaden oder Ähnlichem festmachen.«

Aidan starrt mich immer noch an. Dann nimmt er einen

großen Schluck Wein und murmelt kopfschüttelnd: »Bitte, versuch es. Also, können wir jetzt endlich über den Inhalt der Speisekarte sprechen?«

»Ja, absolut.« Ich lege das Brett auf die Arbeitsplatte und folge ihm mit meinem Weinglas zu dem abgewetzten braunen Ledersofa vor dem Kamin, wo Aidan sich bereits gesetzt hat. Als auch ich Platz nehme, kommt Johnnie Walker sofort an, legt seinen Kopf auf mein Knie und betrachtet mich mit seelenvollem Blick.

»Hier«, sagt Aidan und reicht mir eine der blauen Karten. »Ich habe ein paar Gerichte gestrichen – und glaub mir, jedes davon tut mir echt weh, weil sie alle gut sind. Es sind jetzt zehn in jeder Kategorie. Mehr werde ich nicht streichen.«

Nachdenklich betrachte ich die Zusammenstellung der Gerichte und kraule nebenher Johnnies Kopf.

»Du hast die Lobster Roll gestrichen?«, frage ich schließlich und sehe ihn fragend an.

»Ja«, seufzt er. »Ich sollte ja streichen!«

»Aber nicht die Lobster Roll. Dann lieber die ›fangfischen Muscheln‹.«

»Ha, ha«, knurrt Aidan. »Dir sind anscheinend noch nie im Leben Fehler passiert, oder?«

»O doch. Das Ergebnis meines größten Fehlers ist dreizehn.« Als mir klar wird, was ich da gesagt habe, schlage ich mir schnell eine Hand vor den Mund und starre Aidan erschrocken an. »Das habe ich nicht so gemeint«, schiebe ich rasch hinterher. »Ich wollte damit nicht sagen, dass es ein Fehler war, Feli zu bekommen. Sie …« Ich muss abbrechen, weil plötzlich ein Knoten in meinem Hals sitzt, der mich dazu zwingt, mich zu räuspern. »Feli ist das verdammt Beste, was mir in meinem Leben passiert ist.« Ich atme tief durch. »Aber … ihr Vater … der war der Fehler. Ich habe mich selten so in einem Menschen und seinem Charakter geirrt wie in seinem.«

Als ich den Blick hebe, merke ich, dass Aidan mich nachdenklich betrachtet. »Habt ihr Kontakt?«, fragt er schließlich leise und nimmt einen weiteren Schluck Wein. Rasch schüttele ich den Kopf.

»Nein. Manchmal denke ich … dass ich weniger Probleme mit Feli hätte, wenn sie einen Vater in ihrem Leben hätte. Vielleicht wäre sie dann … nicht so wütend. Und traurig. Und … vielleicht würde sie sich dann nicht dauernd mit Essen trösten.«

Ich merke genau, dass Aidan überrascht ist von meinen ehrlichen Worten. Mit einem schiefen Lächeln füge ich hinzu: »Als wir in Bangkok waren, da … da hat sie angefangen, nur noch in unserer Wohnung zu hocken – und zu essen. Sie hat sich den ganzen Tag mit irgendwelchen Sachen vollgestopft und sich überhaupt nicht mehr bewegt. Ich habe versucht, ihr gut zuzureden, dass sie hin und wieder mal rausgehen sollte, einen Spaziergang mit mir machen, schwimmen gehen – immerhin haben wir in einer Apartmentanlage mit eigenem Pool gewohnt! Aber sie wollte nicht, und sie nahm immer mehr zu. Was … was dann leider dazu geführt hat, dass sie in ihrer Klasse immer mehr gehänselt wurde, wodurch sie noch weniger versucht hat, auf ihre Mitschüler zuzugehen, und noch mehr zu Hause gehockt hat.«

Ich muss mich selbst unterbrechen, denn ich merke erschrocken, dass ich diesem Mann viel mehr von unserem Leben preisgebe, als ich vorhatte. Aber Aidan ist ein guter Zuhörer, stelle ich erstaunt fest. Er sieht mich aufmerksam an und nickt langsam, bevor er mein Weinglas neu füllt.

»Die Pubertät ist ohnehin schwierig«, sagt er ernst. »Wenn man sich dann noch so unwohl fühlt in seiner eigenen Haut, dann stelle ich mir das als extrem herausfordernd vor.«

»Ja«, wispere ich, weil der Knoten zurück ist. Ich bin wirklich überrascht, wie verständnisvoll Aidan wirkt. Fast bin ich versucht, ihm auch noch den Grund anzuvertrauen, warum wir später gekommen sind … aber dann bremse ich mich gerade noch rechtzeitig. Nein, ich kenne ihn schließlich kaum. Und ich will auf keinen Fall, dass hier alle über uns reden. Über Feli reden. Rasch nehme ich einen weiteren großen Schluck Wein.

»Ähm, also, die Speisekarte«, sage ich dann mit Nachdruck und starre auf die Gerichte. »Wir brauchen die Lobster Roll, Aidan, wenn wir auch weiterhin den Hummer als Ganzes auf der Speisekarte behalten wollen.«

»Und ob wir das wollen«, grollt Aidan fast drohend. »Hummer ist immerhin DAS Gericht, das Touristen in Cape Breton essen wollen.«

»Eben.«

»Aber nicht unbedingt die verdammte Lobster Roll!« Er wirft die Hände in die Höhe. »Ein banales Brötchen mit Hummerstückchen, Salat und Mayonnaise – das kannst du an jeder Imbissbude essen!«

»Nicht eine Aidan-Cameron-Lobster-Roll«, säusele ich und grinse ihn an. »Außerdem brauchen wir weitere Gerichte mit Hummer, sonst lohnt sich die Anschaffung so eines Aquariums mit Salzwasser nicht, in dem die armen Kerle auf ihr Ende warten dürfen. Ach, wo ist das Aquarium eigentlich?«

»Kommt nächste Woche«, brummt Aidan.

»Okay. Also, Aidan, wir wissen nicht, wie viele ganze Hummer wirklich verkauft werden, eben weil es das teuerste Gericht auf der Speisekarte ist. Mit den Lobster Rolls können wir etwas Preiswerteres anbieten und verarbeiten gleichzeitig ein paar der armen Gesellen aus dem Aquarium. Wir bräuchten eigentlich noch ein Gericht, in dem Hummer vorkommt, um das Risiko weiter zu minimieren, auf teuren Krustentieren sitzen zu bleiben.«

»Wir haben bei den Vorspeisen den Nova Scotia Seafood Chowder«, bemerkt Aidan und tippt auf die Karte. »Der kann mit Hummer gemacht werden. Bisher sollte er nur mit Jakobsmuscheln, Krabben und Kabeljau serviert werden, aber das ändere ich gern. Lieber, als die Lobster Roll anzubieten.«

»Wir bieten beides an«, entscheide ich resolut und mache mir ein paar Notizen auf der Karte. Aidans genervtes Aufseufzen ignoriere ich entschlossen. »Glaub mir, ich habe schon genügend Speisekarten gesehen«, erkläre ich ruhig und greife wieder nach meinem Weinglas. »Ich bin wirklich gut darin, das Budget im Blick zu halten und zu sehen, wo es hakt. Und der Hummer hakte bis gerade eben. Jetzt nicht mehr.«

Ich lächele Aidan entspannt an. Er lächelt nicht zurück.

»Jetzt sind es aber elf Hauptgerichte«, sagt er langsam. »Denn ich streiche nichts anderes von der Karte. Nicht wegen der dummen Lobster Roll.«

»Streich doch den Kabeljau an Salzkartoffeln mit …«

»Auf keinen Fall! Kabeljau ist der typische Fisch, den die Fischer hier aus dem Atlantik holen. Der bleibt auf der Speisekarte. Dann eher die Spaghetti Bolognese.«

»Oh, nein. Nur über meine Leiche.«

Ein schneller Blick in die Richtung des Messerblocks entringt Aidan ein fast gequältes Lachen. »Dann vielleicht lieber …«

»Wenn du jetzt die Hühnerbrust mit Rosmarinkartoffeln streichen willst, dann schmeiße ich dich raus. Das ist eines meiner besten Rezepte.«

Ich sehe Aidan mit schief gelegtem Kopf an. »Ach Greta, du hattest leider nicht recht«, murmele ich. »Sture Seele. Nicht sensible Seele.«

Hab ich das wirklich laut gesagt? Verdammt. Der Rotwein steigt mir schneller zu Kopf, als mir geheuer ist, und lässt mich dummes Zeug reden. Außerdem macht er mich schlagartig sehr müde.

»Wie bitte?«, hakt Aidan ratlos nach. »Wieso Greta?«

»Ach, schon gut«, sage ich und muss dann gähnen. »Du brauchst mich gar nicht rauszuschmeißen – und das, obwohl ich tatsächlich die Hühnerbrust erwähnen wollte. Wie auch immer – wir finden noch eine Lösung. Ich gehe jetzt – Rotwein wirkt bei mir wie ein Schlafmittel, zumindest auf nüchternen Magen.«

»Ich hätte dir doch etwas zu essen gemacht«, sagt Aidan und klingt fast schuldbewusst, aber ich lache auf und schüttele energisch den Kopf.

»Das glaube ich dir sofort, mein Lieber, aber das wäre jetzt echt zu viel des Guten. Ich befürchte, ich habe schon vom Lesen der köstlichen Gerichte wieder ein Pfund zugenommen. Trotzdem hätte ich gern die ganze Nacht weiter mit dir über Hummer diskutiert.«

»Mhhm«, brummt Aidan und steht ebenfalls auf. Als ich leicht zur Seite schwanke, fasst er mich am Arm und hält mich fest.

»Huch«, kichere ich. »Der kalifornische Wein hat es aber in sich!«

»Gut, dass du zu Fuß bist«, sagt Aidan, und ich merke, dass er versucht, ein Schmunzeln zu unterdrücken. »Immerhin sind heute Abend alle Stoßstangen vor dir sicher.«

»Glaubst du …«, kichere ich, weil mir einfällt, wie Greta und ich eben über den Begriff »Stoßstange« gelacht haben – und dann wende ich mich schnell von Aidan ab, weil mir klar wird, dass ich jetzt lieber das Weite suchen sollte, bevor … bevor ich vergesse, dass ich mich von gut aussehenden dunkelhaarigen Männern fernhalten werde, und zwar für den Rest meines Lebens.

»Darf ich das Schneidebrett mitnehmen?«, frage ich dann doch noch und sehe ihn treuherzig an. »Du bekommst es wieder, versprochen.«

»Äh … okay«, wiederholt Aidan und muss sich offensichtlich ein Lachen verkneifen. Er reicht mir das Schneidebrett und sagt mit Nachdruck: »Bitte behandele es besser als meinen Pick-up.«

»Ach, komm, dein Pick-up sieht nicht so aus, als hättest du ihn selbst bisher sonderlich gut behandelt«, entgegne ich spitz. »Bei den Dellen! Die nicht alle von mir stammen!«

Aidans Blick sagt mir, dass er mir das Schneidebrett gern wieder wegnehmen würde. Ich drücke es schützend an mich und gehe auf die seitliche Verandatür zu, wobei ich fast über Johnnie Walker falle, der sich neben dem Sofa zusammengerollt hat und eingeschlafen ist.

»Warte …«, höre ich Aidan noch sagen, aber da gehe ich schon durch seine Verandatür – und zwar leider, ohne seine Mückennetztür geöffnet zu haben.

»Nein!«, ruft Aidan, während ich bereits mit der Mückennetztür auf die Veranda hinausstolpere. Die Schiebetür muss aus dem Rahmen gesprungen sein, als ich mit voller Wucht dagegen gerannt bin. Sie schlägt auf der Veranda auf, und vor lauter Schreck lasse ich auch noch das Schneidebrett fallen. Ungläubig bücke ich mich und richte den Rahmen der Mückennetztür wieder auf, während ich mich frage, wieso um alles in der Welt ich nicht damit aufhören kann, Aidan Camerons Sachen kaputt zu machen.

Das fragt sich Aidan bestimmt ebenfalls, als er im Türrahmen auftaucht und mich fassungslos anstarrt. Da ich die Mückennetztür immer noch in beiden Händen halte, ist es fast wie vorhin, als ich an seinem Cottage angekommen bin: Wir sehen uns durch das Mückennetz an. Allerdings wirkt er diesmal noch ungläubiger als eben, nachdem ich seinen Hund mit Jim Beam angesprochen hatte.

»Stella Minetti, du kostest mich wirklich Nerven«, sagt er leise und schüttelt den Kopf. »Beim nächsten Mal könntest du die Tür einfach aufmachen.«

»Ich … ich hatte wirklich vergessen, dass es hier diese Mückennetztüren gibt«, murmele ich kleinlaut.

Mit einem Seufzer nimmt mir Aidan die Tür ab. Unsere Hände berühren sich flüchtig, und ich registriere mit einem leichten Schauer, wie warm seine Finger sind.

»Die kann man doch wieder … einbauen?«

»Ja. Kann man. Immerhin hast du nicht das Netz zerrissen.«

»Siehst du? So schlimm bin ich gar nicht.« Ich grinse ihn schief an.

»Ist alles okay?«, hören wir die Stimme von Raphaël, und als ich den Kopf drehe, erkenne ich unseren Barmann, der besorgt aus seiner Cottagetür schaut. Er hat anscheinend den Rumms gehört, mit dem die Tür auf der Veranda aufgeschlagen ist.

»Ja, alles okay!«, ruft Aidan zurück. »Stella zerstört nur mein Haus. Nichts Besonderes.«

»Ha, ha«, mache ich verlegen und grinse schief zu unserem Nachbarn hinüber, der sich mit einem leisen Lachen und einem Winken wieder in sein Haus verzieht.

»Okay«, brumme ich und werfe Aidan einen aufgesetzt gekränkten Blick zu. »Dann gehe ich jetzt lieber, bevor ich noch etwas zerstöre.«

»Ja. Den Rest meines Nervenkostüms zum Beispiel«, lacht Aidan heiser. »Tu mir einen Gefallen und renn nicht gegen einen Baum. Eine Krankschreibung wegen Gehirnerschütterung ist vor dem Soft Opening echt nicht mehr drin.«

»Ich gebe mir Mühe«, sage ich und hebe das Schneidebrett vom Boden auf. »Gute Nacht, Aidan. Und glaub mir: Du wirst noch echt glücklich sein, mich als Restaurantmanagerin zu haben.«

12

Doch so schnell ist Aidan Cameron nicht glücklich zu machen, muss ich in den nächsten Tagen feststellen. Und das, obwohl ich es tatsächlich hinbekomme, dreißig wunderschöne Holzbretter bei Hank, dem schreinernden Mann von Fährkapitänin Dottie, zu bestellen! In seiner Werkstatt hinter dem leuchtend roten Haus, in dem er mit Dottie lebt, zaubert Hank hinreißende Dinge aus Holz, und ich muss mich sehr zusammenreißen, um nicht alles vom Fleck weg zu kaufen, was dort steht und darauf wartet, in den einzigen Souvenirladen der Insel und in ein paar Geschäfte auf dem Festland gebracht zu werden. Hank freut sich offensichtlich darüber, etwas zum *Four Whales*-Restaurant beitragen zu dürfen, und kommt auf die geniale Idee, silberne Klemmvorrichtungen wie bei einem Clipboard an jedem der Schneidebretter zu befestigen, sodass man die bedruckten Speisekarten ganz einfach darauf festklemmen kann. Das sieht wunderbar rustikal aus und passt daher zum Ambiente der Lodge. Gleichzeitig ist es praktisch, weil man die Blätter der Speisekarten schnell nachdrucken und austauschen kann, sollten sie fleckig werden, was ja nicht selten vorkommt. (Und nichts ist so schlimm wie eine fleckige Speisekarte!) Ja, ich habe mich, nachdem ich mit Duncan den Budgetplan durchgegangen bin, davon überzeugen lassen, dass wir die Speisekarten doch selbst drucken, denn der Umbau und die Renovierung der Lodge haben so viel Geld verschlungen, dass wir in Sachen Kostenplanung erst einmal vorsichtig sein müssen. Immerhin habe ich sowohl Aidan als auch Duncan davon überzeugen können, dass wir cremefarbenes Papier mit dunkelroter Schrift verwenden. Das Logo des *Four Whales*-Restaurants – ein schlichter dunkelblauer Walschwanz, der aus dem Meer herausragt – wird dezent oben mittig auf jede Seite gedruckt. Zum Glück waren die dreißig Holzbretter finanziell noch drin – die werden ja schließlich lange halten, und Hank hat uns wirklich einen fantastischen Preis gemacht. Dafür darf er auf die Rückseite jedes Bretts einen Sticker mit dem Namen seiner Website kleben – damit können wir hoffentlich sein Business ankurbeln.

Und so radele ich vier Tage, nachdem ich durch Aidans Mückennetztür gerannt bin, mit dem Prototyp unseres Speisekarten-Klemmbretts von Hanks Werkstatt zurück zur *Cameron Lodge*, um ihn Aidan zu zeigen. In den letzten Tagen haben wir es geschafft, uns bei jedem unserer Zusammentreffen wegen irgendeiner Sache in die Haare zu bekommen: Einmal habe ich es gewagt zu kritisieren, dass die Kellnerinnen und Kellner die neuen weißen Stoffservietten zu den einfallslosen »Bischofsmützen« gefaltet haben, die man in jedem zweiten besseren Restaurant sieht. (Ich meine, wir sind doch ein Inselrestaurant mit Walmotto – warum nicht Wale? Oder wenigstens etwas anderes Maritimes wie Boote? Muscheln?) Beim nächsten Mal war Aidan pikiert, weil ich die routinemäßigen Reinigungsabläufe in seiner Küche genau erklärt bekommen wollte (das gehört zu meinem Job, *santo cielo*!), und gestern haben wir uns gezofft, als wir uns nicht einigen konnten, ob unser Vorrat an Getränken für das anstehende Soft Opening reicht. (Aidan meinte ja, ich meinte nein.)

Es scheint tatsächlich so, dass wir uns nie auf etwas einigen können. Inzwischen habe ich fast das Gefühl, dass mein Küchenchef aus Prinzip anderer Meinung ist, wenn ich im Raum bin – egal, worum es geht. Allein meine Anwesenheit scheint ihn zu irritieren. Und dabei habe ich in den letzten Tagen peinlichst darauf geachtet, nicht noch einmal mit zu freizügigem Ausschnitt herumzulaufen, um ihm bloß nicht zu viel Grundlage für seine Irritation zu schenken!

Egal. Jetzt, während ich am frühen Nachmittag eines herrlichen Sommertages von Hanks und Dotties rotem Haus zurück zur *Cameron Lodge* radele, muss ich zum Glück mit niemandem über Bier- und Weinvorräte oder Servietten in Walform diskutieren. Genüsslich atme ich die salzige Seeluft ein und lasse den Wind mit meinen Locken spielen, die unter dem Fahrradhelm herausschauen. Mein Gott, diese Insel ist einfach zum Verlieben schön – und dabei habe ich bisher noch nicht einmal einen Wal gesehen!

Ich habe gerade das *Whale Island Inn* passiert – das einzige andere Insel-Hotel außer der *Cameron Lodge* –, als ich vor mir auf dem Fahrradweg eine Fußgängerin entdecke. Die Frau hat langes schwarzes Haar, das sie zu einem Pferdeschwanz zurückgebunden trägt, und ihre Sanduhrfigur wird durch Dreiviertelhosen in leuchtendem Pink und ein weißes Rüschentop betont. Als sie sich umdreht, weil sie mein Rad vermutlich über die hölzernen Bohlen des Weges hat näherkommen hören, erkenne ich die große pinkfarbene Sonnenbrille, die ihr halbes Gesicht verbirgt.

»Hi!«, ruft mir die Frau fröhlich entgegen, und ich verlangsame und halte dann auf ihrer Höhe an.

»Hi«, erwidere ich, und als die Fremde die Sonnenbrille auf ihren Kopf schiebt und ich ihre hellblauen Augen sehe, wird mir klar, wer das sein muss. Die Ähnlichkeit ist unübersehbar.

»Bist du Skye?«

»Ja, die bin ich! Freut mich – Stella Minetti, nehme ich an?«

Ich nicke und muss breit lächeln, denn Skyes fröhliches Lachen ist einfach ansteckend. Sie schüttelt mir mit einem Enthusiasmus die Hand, den ich bei ihrem Bruder wirklich vermisse.

»Wird höchste Zeit, dass wir uns kennenlernen, meine Liebe! Ich habe schon so einiges von dir gehört, aber meine Schichten im Krankenhaus lagen in den letzten Tagen so blöd, dass ich es nie zu einer humanen Zeit in die Lodge geschafft habe, um dich willkommen zu heißen. Dafür jetzt: Herzlich willkommen auf Whale Island!«

»Vielen Dank«, lächele ich. »Keine Sorge, deine Familie hat meiner Tochter und mir einen wirklich herzlichen Empfang bereitet. Alle sind so nett – dein Dad, deine Mom, Duncan und Greta – Greta und ich, wir kennen uns übrigens schon sehr lange …«

»Ich weiß, das hat sie natürlich erzählt!« Skye legt den Kopf schief und hakt grinsend nach: »Und Aidan – sein Empfang war nicht so herzlich?«

»Na ja«, murmele ich und muss lachen, als ich es in Skyes blauen Augen neckend aufblitzen sehe. »Da du schon einiges über mich gehört hast, wirst du vermutlich auch wissen, wie es zwischen deinem Bruder und mir läuft.« Ich merke, dass ich mich mal wieder merkwürdig ausgedrückt habe, und schiebe rasch hinterher: »Rein professionell, meine ich.«

Skye prustet los und knufft mich gegen den Oberarm. »Du bist super, Stella, ich mag dich jetzt schon! Ja, ich habe gehört, dass du meinem Bruder zweimal in seinen geliebten Pick-up gerauscht bist – die ganze Insel redet davon.«

»Großartig«, brumme ich und seufze gequält.

»Und ihr fetzt euch so gut wie jedes Mal, wenn ihr euch seht, erzählt man sich.«

»So, erzählt man sich das.« Ich rolle die Augen himmelwärts. »Tja, das muss ich leider bestätigen. Aidan und ich … wir bringen uns momentan sehr leicht gegenseitig auf die Palme. Ich schiebe das auf seine blank liegenden Nerven wegen des bevorstehenden Soft Openings. Er schiebt es auf meine italienischen Gene.« Ich grinse Skye an, und ihre Antwort ist weiteres fröhliches Lachen.

»Finde ich super, dass mein Bruder ein wenig Contra bekommt! Bist du gerade auf dem Weg zur Lodge?«

»Ja, genau. Du auch?«

Skye nickt, also steige ich vom Rad und schiebe es, damit wir uns weiterhin unterhalten können. Bis wir das Hotelgelände erreichen, weiß ich, dass Skye als Krankenschwester in der Notaufnahme des nächstgelegenen Krankenhauses auf dem Festland arbeitet, fünfunddreißig Jahre alt und mit einem Arzt aus ihrer Klinik liiert ist. Die Art, wie sie von diesem Dr. Jeff Montgomery spricht – nämlich kaum, sie wechselt sofort wieder das Thema –, sagt mir, dass es nicht unbedingt eine leichte Beziehung ist. Oder vielleicht hatten sie auch einfach gerade einen großen Krach und sie will nicht über diesen Kerl sprechen – so etwas soll ja vorkommen (glaube ich, immerhin ist meine letzte Beziehung fast vierzehn Jahre her). Dafür erkundigt sie sich interessiert, wie mein Liebesleben aussieht (»Liebesleben? Was ist ein Liebesleben?«, entgegne ich sarkastisch), wo Feli und ich bisher gewohnt haben und wie mein erster Eindruck von Whale Island ist.

»Ich liebe diese Insel schon jetzt«, erwidere ich inbrünstig. »Ganz ehrlich – ich habe seit einer halben Ewigkeit nicht mehr so tief geschlafen wie hier, denn nachts ist es einfach so unfassbar ruhig – man hört nur das entfernte Rauschen der

Brandung, und das klingt so schön beruhigend und einschläfernd, dass ich schon einpenne, bevor mein Kopf das Kissen berührt! In den letzten Jahren konnte ich immer nur mit Ohrstöpseln schlafen – auf Koh Samui haben wir in unserer Wohnung bis spät in die Nacht die Musik der Strandkneipen und das Lachen und Grölen der besoffenen Touristen gehört, in Abu Dhabi hat mich immer der Fahrstuhl des Gebäudes geweckt – und bei Sonnenaufgang der Muezzin –, und in Bangkok war alles laut: der Verkehr, die Klimaanlage, die Nachbarn im Flur. Aber hier … hier schlafe ich wie ein Baby. Unsere Gäste werden sich freuen.«

»Ja, das geht mir genauso«, nickt Skye. »Das ist auch der Grund, warum ich diese Insel nicht verlassen möchte. Die Natur hier ist so zauberhaft, und die Ruhe tut der Seele gut.«

Für einen Augenblick wirkt sie sehr wehmütig, und ich bin versucht nachzuhaken, wie ernst ihre Beziehung ist und ob das vielleicht der Knackpunkt ist – will Dr. Jeff Montgomery mit ihr zusammenziehen und sie will die Insel nicht verlassen? –, aber erstens kenne ich sie seit gerade mal zwanzig Minuten und zweitens haben wir jetzt das Hotelgelände erreicht und sehen in diesem Moment den gelben Schulbus die Einfahrt der *Cameron Lodge* hinaufrollen.

Überrascht bleibe ich stehen und schaue dem Bus entgegen. »Was macht dieser Schulbus schon wieder hier?«, frage ich verdutzt. »Der war neulich schon auf der Fähre, als Feli und ich angekommen sind. Die Kinder hier auf der Insel gehen doch auf dem Festland zur Schule und werden dort, am Fähranleger, vom Bus eingesammelt und wieder abgesetzt, oder? Und außerdem sind doch Schulferien!«

»Ach, das ist kein normaler Schulbus«, grinst Skye und winkt dem Gefährt fröhlich entgegen. Da erkenne auch ich die Aufschrift »Library Bus« über der Fahrerkabine. Ach, der

Büchereibus! Den hatte Greta doch in einer ihrer ersten Mails zu Whale Island erwähnt!

»Stimmt, davon habe ich schon gehört«, murmele ich und folge Skye über den knirschenden Schotter des Hofs, während der gelbe Bus auf dem Parkplatz der Lodge hält. »Und von der Bibliothekarin. Sie soll … mehr wissen als andere, hat Greta mal erwähnt.«

Ich grinse Skye spöttisch an, denn ich glaube nun wirklich nicht an solche Dinge wie Wahrsagerei. Aber genau so hat meine Freundin Greta, die eigentlich ein blitzgescheiter Mensch ist, von dieser merkwürdigen fahrenden Bibliothekarin gesprochen – wie von einer Art netter Hexe, die Leuten Dinge vorhersagt. Doch Skye reagiert ganz und gar nicht amüsiert oder sarkastisch, sondern nickt nur ernst und sagt: »O ja. Rae weiß alles. Du wirst sehen.«

Ohne es zu wollen, bekomme ich bei diesen Worten eine Gänsehaut – vor allem, als sich die Tür des Busses öffnet und eine Frau mit kurzem leuchtend rotem Haar und langem, schwingendem Rock die Stufen hinabsteigt. Sie sieht uns freundlich entgegen und ruft: »Hallo, Skye, hallo, Stella!«

Fassungslos starre ich Aidans Schwester an. »Sie kennt meinen Namen?«, wispere ich und merke, dass ich eine belegte Stimme habe. Das gibt es doch nicht!

Diesmal jedoch lacht Skye wirklich amüsiert auf, als sie nickt und sagt: »Natürlich tut sie das – jeder hier auf der Insel weiß inzwischen, dass eine temperamentvolle Restaurantmanagerin aus Deutschland mit feurigen italienischen Genen in der *Cameron Lodge* arbeitet und meinem Bruder Feuer unter dem Arsch macht!«

»Hallo, Skye, wie immer nett, dich zu sehen«, kommt eine Stimme aus der Richtung der Lodge, und ich erkenne Aidan, der gerade aus dem Seiteneingang gekommen ist und in

Hörweite von uns stehen geblieben ist. Er sieht erst seine Schwester mit hochgezogenen Augenbrauen an, dann mich.

»Hi, Süßer, ich freue mich auch, dich zu sehen«, lacht Skye unbekümmert, während ich rasch hinzufüge: »Hey, das gerade kam von deiner Schwester, nicht von mir! Ausnahmsweise musst du mal nicht sauer auf MICH sein!«

»Als ob ich je sauer auf dich wäre«, schnaubt Aidan mit vor Ironie triefender Stimme und bedenkt mich mit einem Augenrollen, bevor er sich dem Bus zuwendet und Rae freundlich begrüßt. Ja, er kann freundlich sein. Nur ist er das selten zu mir.

»Hallo, mein Lieber«, sagt Rae und tätschelt Aidan die Wange, als sei er ein kleiner Junge. Vielleicht kennt sie ihn auch wirklich schon so lange, obwohl sie eigentlich kaum älter als fünfzig wirkt – wobei ich jetzt viele silbergraue Strähnen im leuchtenden Rot ihres Haarschopfs und zahlreiche Fältchen um ihre Augen erkenne. Schwer zu sagen, wie alt diese Frau ist. »Ich habe ein paar Bücher für eure Mutter mitgebracht. Ist Heather da?«

»Ja, ich hole sie«, murmelt Aidan, wirft mir einen letzten langen Blick zu und verschwindet wieder im Hotel. Mit einem tiefen Seufzen lehne ich meinen Drahtesel an die Blockhauswand des Hotels und greife nach dem wunderschönen Schneide-Klemmbrett in meinem Fahrradkorb am Lenker.

»Hallo, ich bin Rae.« Die Bibliothekarin ist auf mich zugekommen und lächelt mich freundlich an. Ihre Augen haben einen seltenen Bernsteinton und scheinen bis tief in mein Innerstes sehen zu können. Mein Mund wird trocken, als ich ihr die Hand schüttele. Sofort wird mir klar, dass Skye und Greta recht haben: Diese Frau weiß mehr als andere – das erkennt man an ihrem Blick.

»Herzlich willkommen auf Whale Island! Konntet ihr euch schon ein wenig einleben, deine Tochter und du?«

»Na ja … ich schon. Feli …« Ich zögere, als ich an meine Tochter denke, die seit Tagen in dem kleinen Schlafzimmer unseres Cottages hockt und liest, Musik hört oder Netflix schaut. Sie verlässt unser Haus nur, wenn Johnnie Walker hartnäckig vor ihrem Fenster bellt, bis sie nachgibt und sich mit ihm auf die Veranda setzt. Gestern haben sie sogar einen kurzen Spaziergang bis zu den Klippen gemacht – so weit von unserem Häuschen hatte sich Feli seit Tagen nicht entfernt.

»Hol sie doch mal her, ich habe ein paar gute neue Bücher für Teenager«, sagt Rae nun, und in ihren Bernsteinaugen liegt ein Ausdruck, der mich seltsam beruhigt.

»Äh … ja. Das mache ich. Sie liest tatsächlich gern.«

Die Aussicht, dass Feli hier auf der Insel dank Rae Lesenachschub bekommen kann, begeistert mich plötzlich. Okay, sie sitzt ohnehin schon genug im Haus, aber in den letzten Tagen konnte sie noch dazu lediglich auf dem Tablet E-Books lesen, weil sie die Bücher, die ich ihr vor unserem Abflug besorgt hatte, schon durchgelesen hatte. Sie liest momentan ungefähr ein Buch pro Tag. Und noch mehr Zeit am Bildschirm muss sie nun wirklich nicht verbringen, also wären neue Bücher in Papierform ein Segen!

»Gut«, lächelt Rae. »Ich warte hier auf sie.«

»Hallo!«, meldet sich da Heather Cameron zu Wort, die aus der Lodge gehastet kommt. »Wie schön, dich zu sehen, Rae! Gibt es was Neues von meiner Lieblingsreihe?«

»Aber ja«, lächelt Rae, und ich sehe, wie sie einen Stapel Bücher aus dem Bus holt, die sehr nach Regency-Romanen aussehen. Ich muss grinsen und wende mich ab, als ich noch höre, wie Rae resolut verkündet: »Und das hier ist auch für dich, meine Liebe.«

»*Bluthochdruck natürlich senken*«, liest Heather verdutzt vor, und ein Blick über meine Schulter zeigt mir, dass sie einen

Ratgeber in den Händen hält. »Was soll ich denn damit? Du meinst, wegen Graham? Sein Blutdruck ist doch in Ordnung, seit er Medikamente nimmt.«

Mir ist schon aufgefallen, dass Aidans Vater ein Bein ein wenig nachzieht und ein hängendes Augenlid hat – ich vermute also, dass er einen Schlaganfall hatte.

»Das ist auch nicht für Graham«, erwidert Rae ruhig.

»Aber … ich habe doch gar keinen … Ach.« Heather hält inne und reibt sich über die Stirn. Ihre Gesichtsfarbe ist etwas zu rot, fällt mir jetzt auf. Auch Skye mustert ihre Mutter besorgt. »Mama, hast du etwa Probleme mit deinem Blutdruck?«

»Keine Ahnung«, winkt Heather ab, wirkt aber selbst ein wenig verunsichert.

»Hast du in letzter Zeit Probleme mit Kopfschmerzen? Schwindel? Schlafstörungen?«

»Ach, ich schlafe doch schon seit Jahren schlecht! Schon seit ich in die Wechseljahre gekommen bin. Kopfschmerzen hatte ich in letzter Zeit öfter, ja. Aber das liegt doch bestimmt am Stress wegen des Soft Openings!«

»Ich hole gleich mal mein Blutdruckmessgerät«, verkündet Skye entschlossen und wendet sich ab. »Stella, ich nehme dein Rad, ja?«

»Kein Problem, das gehört doch eh dem Hotel!«, rufe ich und winke ihr hinterher, bevor ich außen an der Lodge entlanggehe, um Feli zu holen.

Wie erwartet, hat meine Tochter natürlich überhaupt keine Lust, das Cottage zu verlassen.

»Ein Büchereibus, Feli! Ein umgewandelter Schulbus voller Bücher!«, sage ich begeistert.

Und eine herrlich exzentrische Bibliothekarin mit Weitblick, füge ich hinzu – jedoch nur im Stillen, denn ich will meine

Tochter nicht verschrecken. »Los, komm schon, du wolltest doch unbedingt Lesenachschub haben!«

»Aber bestimmt nicht irgendwelche verstaubten Bücher aus so einem ollen Insel-Bücherbus!«

»Der Büchereibus macht auch auf dem Festland seine Runden«, wende ich ein.

»Na toll! Da waren doch hauptsächlich Bäume. Und vielleicht ein paar Elche.«

»Na ja, vermutlich lesen die auch gern.« Mit einem tiefen Seufzer wende ich mich wieder ab, immer noch mein Schneidebrett im Arm. »Der Bus wird nicht ewig dort stehen. Los, raff dich auf, Felicitas. Sonst verpasst du das Leben.«

»Ha, ha. Was, bitte schön, sollte ich auf dieser Insel vom Leben verpassen?«, verfolgt mich Felis Stimme nach draußen. Ich atme tief durch und marschiere entschlossen zurück zum Hotel. Meine Tochter muss ihr Glück selbst anpacken.

13

Im Vorbeigehen rufe ich Rae, die inzwischen mit einer der neu eingestellten Köchinnen plaudert, zu, dass Feli gleich kommt (hoffe ich!), dann gehe ich schnurstracks ins Gebäude und Richtung Restaurant, wo ich in der Flügeltür beinahe mit Aidan kollidiere, der anscheinend gerade in die Lobby hinausgehen wollte.

»Huch«, mache ich und muss mich kurz sammeln, weil es mich wortwörtlich fast umhaut, Aidan Cameron so dicht vor mir zu haben. Er trägt seine nagelneue weiße Kochjacke mit dem aufgestickten Walschwanz oben links auf der Brust, in der Gesellschaft von »A. Cameron«, und, verdammt … das muss dieses Uniform-Ding sein, das viele Frauen haben – er sieht einfach umwerfend aus. Auch ohne Uniform. Auch (fast) ganz ohne Klamotten, wie ich inzwischen dreimal verstohlen erleben durfte, wenn Aidan morgens oben ohne geboxt hat. Nicht, dass ich ihn etwa von meinem Dachfenster aus beobachten würde. Auf keinen Fall. Als Aidan sich mit einem gebrummten »Sorry« und dem üblichen, leicht genervten Seufzen an mir vorbeischieben will, reiße ich mich rasch aus meinen Tagträumen und stoße ein wenig atemlos hervor: »Zu dir wollte ich gerade!«

»So«, macht Aidan. »Ich nehme an, um mir Feuer unter dem Arsch zu machen, wie meine Schwester es ausdrücken würde?«

»Hey, jetzt bestraf mich bitte nicht für etwas, das Skye gesagt hat«, verteidige ich mich und lächele ihn breit an. »Außerdem brauchst du kein Feuer unter deinem Allerwertesten, denn du bist schon temperamentvoll genug, finde ich. Bist du dir sicher, dass sich da nicht ein paar Italiener zu deinen schottischen Vorfahren geschlichen und ihre Gene hinterlassen haben?«

Ich sehe deutlich das leichte Schmunzeln in Aidans Mundwinkeln zucken, doch er tut sein Bestes, um das zu verbergen. Ernst erwidert er: »Da bin ich mir sicher, ja. Sonst wäre ich vermutlich zwei Köpfe kleiner und wüsste einen guten schottischen Whiskey nicht zu schätzen.«

Als ich lospruste, zuckt es erneut um seine Mundwinkel, aber er reibt sich schnell über die Lippen.

»Hey, nun werde mal nicht unverschämt. Es gibt durchaus große Italiener. Okay, nicht viele, aber es gibt sie. Und außerdem wüsstest du dann einen guten italienischen Rotwein zu schätzen und würdest dich nicht mit kalifornischem abgeben«, necke ich ihn weiter, weil es mir wirklich Spaß macht, das zu tun. Aidan mustert mich mit hochgezogenen Augenbrauen und fragt schließlich: »Wolltest du etwas Bestimmtes von mir? Oder hattest du deinen Punkt ›Aidan ärgern‹ einfach noch nicht auf deiner heutigen To-do-Liste abgehakt?«

»Das auch noch nicht, richtig. Aber eigentlich wollte ich … tadaaa!« Ich ziehe das Küchenbrett mit der frisch gedruckten Speisekarte hinter meinem Rücken hervor. »Schau dir das an! Hat Hank das Brett nicht wunderbar hinbekommen? Und dieses Mal haben wir wirklich ›fangfrische Muscheln‹ mit R auf der Karte.«

Aidan wirft mir einen genervten Blick zu, greift dann aber

doch nach dem Brett und mustert es eingehend, dreht es hin und her, blättert durch die drei Seiten der Speisekarte und nickt schließlich.

»Cool«, sagt er knapp und drückt mir das Brett wieder in die Hand.

»Cool?«, hake ich irritiert nach. »Ist das alles?«

Aidan sieht mich an. »Was möchtest du von mir hören, Stella? Dass du die beste Speisekarten-Designerin von Atlantik-Kanada bist? Dass niemand so toll wie du ›fangfrisch‹ mit ›r‹ schreiben kann?«

Ich lasse das Brett sinken und recke wütend das Kinn. »Ein ›Dankeschön für die tolle Karte‹ wäre nett gewesen«, gebe ich betont ruhig zurück. »Immerhin ist das *Four Whales* doch dein Lebenstraum, oder? Ich bin hier nur angestellt. Und ich gebe mir trotzdem wirklich Mühe, damit das hier ein einmalig tolles Restaurant wird, *porca miseria*!«

»Stimmt, im Gegensatz zu mir, richtig?« Aidan ist wieder einen Schritt auf mich zugekommen und fügt aufgebracht hinzu: »Weil ich ja BLAUE Speisekarten gedruckt hatte – wie konnte ich nur? – und weil …«

Er unterbricht sich, als neben uns jemand auftaucht. Eine der neu eingestellten Kellnerinnen – Katie, dreiundzwanzig Jahre alt, vom Festland, noch sehr unsicher, aber hat Potenzial – steht mit vor Schreck weit aufgerissenen Augen im Türrahmen, in der Hand ein weißes Etwas, und sieht zwischen Aidan und mir hin und her.

»Entschuldigung, ich wollte nicht stören«, stammelt sie und wendet sich schnell ab – ganz toll, es muss wirklich deutlich gewesen sein, dass wir uns streiten. Mal wieder. Wenn das so weitergeht, reden tatsächlich alle über uns – darüber, dass der Küchenchef und die Restaurantmanagerin sich nicht grün sind.

»Nein, Katie, schon okay, bleib hier«, sage ich schnell. »Was gibt es denn?«

»Ähm.« Fast verzweifelt sieht sie auf das weiße Etwas in ihren Händen hinab. Erst jetzt erkenne ich, dass es eine der neuen Stoffservietten ist.

»Also … wir bekommen den Wal nicht hin«, sagt sie kleinlaut. Ich will beruhigt auflachen, weil es nichts Ernstes ist, will ihr sagen, dass wir es gemeinsam versuchen (ich habe das auf Pinterest gesehen, und so schwer hat es dort wirklich nicht ausgesehen!), aber da schnaubt neben uns schon Aidan.

Fragend sehe ich ihn an. »Ja, bitte? Wolltest du etwas sagen, mein Lieber?«

Er sieht mich aus schmalen Augen an, und in seinem hellen Blau funkelt es gefährlich. »Auf jeden Fall.« Mit einem betont freundlichen Lächeln sieht er Katie an, nimmt ihr die Stoffserviette ab und fragt: »Würdest du bitte im Restaurant auf uns warten, Kathy?«

»Katie«, sage ich automatisch, und als er mich wieder ansieht und ich kurz fürchte, sein Blick könnte mich in Brand setzen, weiche ich automatisch einen halben Schritt zurück.

»Katie«, wiederholt er und lächelt die Kellnerin erneut so nett an, wie er es bei mir nie tut. Katie nickt und verschwindet eilig im *Four Whales*.

Aidan wendet sich wieder mir zu und hält mir die Serviette vor die Nase. Fragend sehe ich ihn an.

»Was ist? Die habt ihr vor meiner Ankunft bestellt, falls dir der Farbton plötzlich nicht mehr gefällt«, bemerke ich betont gelassen.

»Ich hatte noch nie Probleme mit irgendwelchen Farbtönen«, gibt Aidan scharf zurück. »Und auch nicht mit dem Falt-Modell ›Bischofsmütze‹.«

Ahh, jetzt verstehe ich.

»Ich bitte dich, Aidan, die Bischofsmütze ist total spießig und altbacken und steht in jedem zweiten Restaurant auf dem Tisch!«

»Falsch. In jedem zweiten Restaurant hier in Nova Scotia liegt eine Papierserviette neben dem Teller oder steckt in einem Spender – ganz ohne irgendwie gefaltet zu sein! Gefaltete Stoffservietten sind sowieso schon die Ausnahme –, und darum interessiert es auch garantiert niemanden weiter, ob wir die fucking Bischofsmütze auf den Tellern stehen haben!«

»Aidan Cameron«, seufze ich mit einem Kopfschütteln. »Das F-Wort und Bischofsmütze in einem Satz? Du bist nicht katholisch, oder?«

»Nein, bin ich nicht«, knurrt Aidan. »Eines sage ich dir: Wir haben momentan echt andere Sorgen als das Falten von Walen! Am Ende stehen auf den Tischen irgendwelche verkrüppelte Kreaturen, die niemand identifizieren kann, und alle Gäste fragen sich irritiert, was Elefanten mit unserem Restaurant zu tun haben!«

Bei der Vorstellung, auf unseren Tischen lauter unförmige, an Elefanten erinnernde Serviettengebilde stehen zu haben, muss ich losprusten. Aidan starrt mich zwei Sekunden lang irritiert an, dann schmunzelt auch er. Allerdings nur flüchtig.

»Bitte, sag den Mädels, dass sie aufhören können, wie die Irren zu falten«, sagt er jetzt ruhig und reicht mir die Serviette zurück.

»Ich habe da noch eine andere Idee«, erwidere ich und greife nach dem gestärkten Stoff. »Kein Wal, aber eine Muschel. Das sah auf Pinterest einfacher aus.«

»Stella.« Aidan stemmt beide Hände in die Seiten und starrt mich kopfschüttelnd an.

»Schau dir nur diese traumhafte Speisekarte an!« Ich halte

ihm das Brett hin und tippe mit Nachdruck auf das Holz. »Du musst zugeben, dass meine Ideen meistens gut sind!«

»Aber wir haben nicht mehr die verdammte Zeit, um deine hochtrabenden Ideen umzusetzen! Wärst du früher hier gewesen …«

»*Dio mio*, Aidan.« Ich bin wirklich kurz davor, ihm das Brett mit der schönen, neuen Speisekarte über den Kopf zu ziehen. »Wenn du mir das noch einmal vorhältst, dann …«

»Dann was?« Er sieht mich herausfordernd an. »Dann fährst du mir wieder in den Pick-up? Oder läufst noch einmal durch meine Mückennetztür?«

Wütend sehe ich ihn an. »Ich werde jetzt zu den Mädels da drinnen gehen und versuchen, mit ihnen das Servietten-Modell ›arroganter Koch‹ zu falten, das würde super zu unserem Restaurant passen!«

»Viel Erfolg«, knurrt Aidan, wendet sich ab und verschwindet mit langen Schritten den Flur entlang, zu der Tür, hinter der die Treppe in den privaten Wohnbereich der Familie Cameron im ersten Stock hinaufführt. Genervt sehe ich ihm nach und will mich schon dem Restaurant zuwenden, als ich Felis Stimme in der Lobby höre.

»Mama?« Überrascht drehe ich mich zu ihr um.

Meine Tochter hat tatsächlich unser Cottage verlassen – und sie redet in freundlichem Tonfall mit mir! Noch dazu klingt sie ziemlich aufgeregt, und einen kurzen Moment lang frage ich mich, ob tatsächlich der Bücherbus mit dieser merkwürdigen Bibliothekarin der Grund dafür sein könnte. Dann jedoch sehe ich den Mann, der hinter Feli die Lobby betreten hat, und ich merke sofort, dass Felis Aufregung mit diesem Fremden zusammenhängt.

Fragend sehe ich meine Tochter an.

»Wer ist das?«, frage ich leise, auf Deutsch, damit der Fremde es nicht versteht – außer natürlich, es handelt sich um einen Deutschen.

»Das … das ist …« Felis Stimme überschlägt sich vor Aufregung. Der Fremde lächelt mich entschuldigend an.

»Hi«, sagt er mit voller, sonorer Stimme, die irgendwie älter klingt, als er optisch wirkt. Ich würde ihn auf Anfang bis Mitte zwanzig schätzen, wobei das schwer zu sagen ist, weil er seine olivgrüne Baseballmütze der New York Yankees tief ins Gesicht gezogen hat. Er ist groß und gut gebaut, mit sandblondem halblangem Haar, das leicht zerzaust unter der Mütze hervorschaut und mich spontan an einen Surfer erinnert. Als er mir freundlich zunickt, frage ich mich verblüfft, wo ich diese auffällig leuchtend grünen Augen, die auch der Schirm der Mütze nicht verbergen kann, schon einmal gesehen habe.

»Ähm … hi«, stammele ich und bin plötzlich befangen – keine Ahnung, warum. Der Kerl ist mindestens zehn Jahre jünger als ich! »Was … kann ich für Sie tun?«

»Die junge Dame hier war so nett, mich zu begleiten – sie hat mich auf dem Parkplatz aufgesammelt.« Er sieht Feli mit einem Lächeln an, und ich merke, wie Feli rot anläuft. Meine Tochter hat diesen Fremden »aufgesammelt«? Das sieht ihr nun wirklich gar nicht ähnlich!

»Ich hatte gehofft, hier ein Zimmer zu bekommen«, erklärt der Mann jetzt.

»Oh!« Erstaunt sehe ich ihn an, während Feli sich schräg hinter mich drängt und immer noch merkwürdig aufgeregt wirkt. »Das tut mir leid … da kommen Sie ein paar Tage zu früh.«

»Ich habe schon gehört, dass das Soft Opening erst nächste Woche beginnt.« Der Fremde reibt sich den braun gebrannten Nacken. »Also, es ist nur so … ich habe hier früher ein paar

Mal mit meinen Eltern Urlaub gemacht und kann mich noch gut an die *Cameron Lodge* erinnern. Ich muss zugeben, es war eine ziemlich spontane Idee, die Fähre hier rüber nach Whale Island zu nehmen und nachzusehen, ob es die Lodge noch gibt. Ihr könnt euch meine Begeisterung nicht vorstellen, als ich von der Fähre gerollt bin und die Schilder zum Hotel gesehen habe!«

Auch das strahlende Lächeln mit den schneeweißen Zähnen kommt mir vage vertraut vor. Wo habe ich den Kerl denn schon einmal gesehen?

»Tja, aber ... wir haben wirklich noch nicht geöffnet«, sage ich zögernd und zucke hilflos mit den Schultern. »Wenn Sie nächste Woche wiederkommen – also, da wäre bestimmt noch etwas frei ...«

In diesem Moment betritt Duncan die Lobby, mal wieder den kleinen James im Tuch vor der Brust. Er starrt konzentriert auf sein Telefon, doch als er uns bemerkt, schaut er auf und mustert erst mich, dann den Fremden fragend.

»Hallo! Kann ich helfen?«

»Hi, Duncan, gut, dass du hier bist«, sage ich erleichtert. Es hat seine Vorteile, wenn man nicht selbst General Manager und somit auch nicht für alle merkwürdigen Probleme rund ums Hotel zuständig ist. »Dieser Herr hier kennt die *Cameron Lodge* aus seiner Kindheit und würde gern jetzt schon ein Zimmer haben.«

»Eines der Cottages, das wäre großartig«, wirft der blonde Mann ein und lächelt erst mich charmant an, dann Duncan. »Meine Eltern und ich, wir haben damals in so einem verwunschenen Häuschen mitten im Wald gewohnt, das war ein Traum. Wenn es die Cottages noch geben sollte – also, das wäre fantastisch. Ich kann mich selbst versorgen, wirklich. Ich erwarte kein Frühstück und auch keine tägliche Zimmerreinigung.

Ich brauche nur ein Dach über dem Kopf … und ein wenig Ruhe.«

»Hi erst einmal, ich bin Duncan Cameron«, stellt sich Duncan in seiner souveränen Art vor, während Feli verstohlen an meiner Hand zupft.

»Mama …«, wispert sie mir zu, und ich lehne mich zu ihr.

»Hmm?«, mache ich, ohne unseren ersten – sehr verfrühten! – Gast aus den Augen zu lassen. Dann durchzuckt mich auf einmal ein furchtbarer Gedanke: Was, wenn dieser charmante – schon fast zu charmante! – Kerl ein Schwerverbrecher auf der Flucht ist? Ein entflohener Häftling, der ein abgelegenes Cottage auf dieser Insel sucht – in einem Hotel, das noch nicht einmal das Soft Opening begonnen hat! Das klingt doch wirklich nicht nach seriösem Zeitgenossen, oder?

»Mama, das ist …«

Ich kann Feli nicht weiter zuhören, denn noch während sie mir sehr leise etwas Unverständliches zuwispert, kommt Aidan wieder in die Lobby, gemeinsam mit Heather, die anscheinend ihre Bücher nach oben in die Wohnung gebracht hatte. Als die beiden Duncan und den Mann sehen, zieht Heather überrascht die Augenbrauen hoch – und Aidan bleibt verblüfft stehen und starrt den Fremden an. Alarmiert mustere ich ihn. Was hat er denn? Mein Herz fängt an, schneller zu schlagen. Was, wenn der Fremde wirklich ein gesuchter Verbrecher ist? Ich habe in den letzten Tagen kaum Nachrichten gesehen – schon gar keine Lokalnachrichten. Wird womöglich in ganz Nova Scotia – oder in ganz Kanada? – nach diesem Mann gefahndet, und deshalb hat er sich auf diese Insel am Ende der Welt geflüchtet? Habe ich vielleicht auf der Anreise ein Fahndungsplakat an der Tankstelle irgendwo im Nirgendwo gesehen, und mein Gehirn erinnert sich unterschwellig noch an diesen blonden Kerl? Dass Duncan offenbar keine Ahnung hat, wen er vor sich hat, liegt auf der Hand – der Mann ist momentan nur mit seinem Baby und der Wiedereröffnung der *Cameron Lodge* beschäftigt und kommt mit Sicherheit nicht dazu, Nachrichten zu schauen!

Instinktiv greife ich nach der Hand meiner Tochter und mache ein paar Schritte rückwärts, fort von diesem Fremden, und ziehe Feli mit mir.

»Mama, hast du mich verstanden?«, wispert Feli eindringlich.

»Ganz ruhig, alles wird gut«, flüstere ich, auf Deutsch, und frage mich einen Moment lang, ob meine Tochter wirklich schneller kapiert hat als ich, wer das ist. Doch ich kann jetzt nicht mit ihr diskutieren, wen wir hier vor uns haben, sondern weiche stattdessen noch mehr zurück, ohne den blonden Mann aus den Augen zu lassen. Der scheint zum Glück gar nicht mitzubekommen, dass sowohl Aidan als auch ich alarmiert wirken, denn er erklärt Duncan nach wie vor betont liebenswürdig, dass er wirklich nur eine einfache, abgeschiedene (ja, klar!) Unterkunft braucht, dass er so gern hier auf der Insel bleiben würde und so weiter und so fort.

»Ähm, Duncan?« Aidan ist neben seinen Bruder getreten und fasst ihn am Ellbogen. »Können wir uns kurz sprechen?«

Duncan sieht seinen Bruder überrascht an, während Aidan immer noch den blonden Mann mustert.

»Klar«, murmelt er dann und nickt dem Fremden zu. »Entschuldigen Sie mich einen Moment?«

»Ja, ich bin es«, sagt da der Fremde langsam und deutlich, und mir gefriert das Blut in den Adern. Das Lächeln kommt mir mit einem Mal zu … unecht vor, und in seinen grünen Augen liegt ein Ausdruck … den man als distanziert und kühl beschreiben könnte.

»Feli, bei drei laufen wir nach draußen«, wispere ich meiner Tochter zu. Mein Mund fühlt sich merkwürdig trocken an.

14

Feli starrt mich fassungslos von der Seite an, merke ich. »Was? Warum?«

»Wer sind Sie?«, hakt nun Heather Cameron verblüfft nach und klingt so naiv, dass ich ein gequältes Stöhnen unterdrücken muss. Der Kerl ist doch bestimmt bewaffnet! Das hier sind zwar nicht die Vereinigten Staaten der Waffennarren, aber Kanadier gehen doch ständig auf die Jagd, oder? Okay, ein Jagdgewehr hat er wohl kaum unter seinem figurbetonten T-Shirt versteckt, aber … beult sich seine Hosentasche seitlich nicht sehr aus? Das ist doch kein Telefon!

»Drei!«, flüstere ich, als die Panik überhandnimmt, und ich will meine Tochter mit mir ziehen, doch Feli verharrt bockig auf der Stelle. Verdammt, das ist jetzt wirklich kein Moment, um ein störrischer Teenie zu sein! Als Rae und Skye in die Lobby kommen, will ich die beiden warnen, will sie davon abhalten, das Hotel zu betreten, aber da reißt sich Feli energisch von mir los und sieht mich wütend an. »Was machst du, Mama?«, zischt sie leise.

»Der Typ da«, wispere ich und starre angstvoll zu dem blonden Kerl hinüber, der uns zum Glück jetzt den Rücken zudreht, weil er mit Duncan und Aidan spricht. »Der wird gesucht, oder?«

»Gesucht?« Feli tippt sich an die Stirn. »Mama! Spinnst du eigentlich? Der Mann da, das ist Jackson Porter!«

»Jackson wer?«, fragt Rae ratlos, die neben uns getreten ist, und Skye sieht sie mit einem amüsierten Grinsen von der Seite an.

»Wow, Rae, das ist das erste Mal, dass du etwas nicht weißt!«

Rae prustet leise auf. »Ich bitte dich, Skye Cameron. Soll ich dir verraten, wie oft ich schon die PIN meiner Kreditkarte vergessen habe?«

»Das da ist Jackson Porter?«, hakt jetzt Skye leise nach und sieht ungläubig den Rücken des Mannes an.

Offensichtlich hat Heather inzwischen dieselbe Antwort erhalten, denn sie mustert den Mann, der sich jetzt die Baseballmütze abgenommen hat, ungläubig und sagt: »O mein Gott! Ich wusste, dass ich Sie irgendwo her kenne!«

Auch ich kann nur noch fassungslos starren. Jackson Porter? Halleluja! Darum kam mir der Typ irgendwie bekannt vor!

»Ja, das ist Jackson Porter«, haucht Feli, und als ich sie ansehe, merke ich, dass sie tiefrot angelaufen ist.

»Und wer ist das nun?«, hakt Rae geduldig nach.

»Ein Sänger«, erkläre ich und lächele sie an. »Keine Sorge, Rae, wenn man keine Töchter im Teenie-Alter hat, dann muss man ihn nicht kennen.«

»Hi, ich bin Jackson«, sagt da jemand relativ dicht bei uns, und zu meinem Entsetzen merke ich, dass Jackson Porter ein paar Schritte auf unser Grüppchen zugekommen ist – vermutlich, weil Duncan und Aidan sich gerade mit Heather an die Rezeption verzogen haben und auf den Computerbildschirm starren, während sie leise beratschlagen. Natürlich hat der Sänger also gehört, was ich gesagt habe. Ich sehe, wie sich Felis Gesicht noch röter verfärbt, und spüre, dass meine Wangen ebenfalls heiß werden, während ich mir rasch eine Locke aus dem Gesicht schiebe und mit einem schiefen Grinsen sage: »Hi, Jackson, ich bin Stella! Das gerade … das habe ich natürlich nicht so gemeint. Ich meine … ich kenne dich tatsächlich, weil du auf zig Plakaten im Zimmer meiner Tochter hängst …«

Ich unterbreche mich, weil Feli ein Geräusch von sich gibt, das sehr nach unterdrücktem Aufschrei klingt. »Sorry, Feli, das ist doch nicht schlimm«, schiebe ich rasch hinterher und frage mich im Stillen verzweifelt, warum ich mich wieder um Kopf und Kragen rede.

»Wie auch immer – selbst ohne Teenie-Tochter würde ich deine Musik bestimmt gern hören, und … womöglich würde ich mir sogar ein Poster von dir aufhängen! Tja, und … ich bin ziemlich beruhigt, dass du kein Verbrecher auf der Flucht bist … das hatte ich nämlich kurz befürchtet, weil du unbedingt hier, in einem noch geschlossenen Hotel am Ende der Welt, unterkommen willst …«

Ich spüre förmlich, wie meine Tochter neben mir versucht, im Dielenboden zu versinken.

Jackson Porters unglaublich grüne Augen fixieren mich ernst, während er sagt: »Ich bin tatsächlich auf der Flucht, Stella.«

Erschüttert starre ich ihn an, bis er breit lächelt und hinzufügt: »Ich brauche einen Ort, wo ich endlich mal ein paar Tage Ruhe vor den Paparazzi haben kann.« Dann wendet er sich meiner Tochter zu, streckt ihr seine Hand entgegen und sagt freundlich: »Du bist also Feli, ja? Freut mich, dich kennenzulernen. Und danke noch mal, dass du mir den Weg zur Lobby gezeigt hast.«

Fast fürchte ich, dass Feli gleich in Ohnmacht fällt, doch sie bekommt ein Nicken und ein gemurmeltes »Gern« zustande.

Während Jackson noch sehr freundlich Skye und Rae begrüßt, nähern sich Duncan und Heather.

»Mr. Porter, ich denke, dass wir Ihnen helfen können!«, verkündet Heather mit einem eifrigen Strahlen.

»Wir haben ein Cottage, das schon so gut wie bezugsfertig ist, wobei Bettwäsche und Handtücher noch fehlen, aber das lässt sich schnell ändern«, sagt Duncan ernst. »Und die Zimmermädchen sollten vor dem Soft Opening natürlich alles noch einmal gründlich reinigen, das ist zum jetzigen Zeitpunkt noch nicht geschehen.«

»Ach, ich kann selbst ein bisschen putzen, das macht mir nichts aus!« Jackson Porter sieht abwechselnd Duncan und Heather an. »Ganz ehrlich, ich würde mich wahnsinnig freuen. Ich habe wirklich schöne Kindheitserinnerungen an diese Insel und an diese Cottages. Und … ich möchte gern ein paar Tage an einem Ort sein, wo man mich nicht unbedingt sofort erkennt.«

Er wirft mir einen flüchtigen Blick zu und grinst, und dieses Grinsen – Halleluja! Kein Wunder, dass dieser Typ in Millionen Mädchenzimmern dieser Welt von Postern hinablächelt!

»Ha!«, mache ich und grinse so unbefangen wie möglich zurück. »An einem Ort, wo man dich zunächst für einen Verbrecher auf der Flucht hält und nicht für einen Superstar, wie?«

Jackson lacht auf, und ich merke genau, dass Aidan uns ein wenig irritiert beobachtet.

»Also, ich habe dich gleich erkannt – von den Postern im Zimmer meiner Tochter. Bei Teenies bist du wirklich beliebt, habe ich gehört.« Aidan geht mit einem schiefen Lächeln auf Jackson zu und schüttelt ihm die Hand. »Hi, ich bin Aidan Cameron, der Küchenchef hier in der *Cameron Lodge*.«

»Hi, freut mich«, sagt Jackson und strahlt erst Aidan an,

dann Feli und mich. »So, und das sind also deine Frau und Tochter?«

»Ähm …«, mache ich ratlos und frage mich, wie um alles in der Welt Jackson auf diese Idee kommt, bis ich begreife, dass er denkt, dass Aidan mit der Tochter und den Postern an der Wand schon wieder die arme Feli gemeint hat, die ohnehin schon gar nicht mehr zu einer normalen Gesichtsfarbe zurückfindet.

Lachend winkt Aidan da bereits ab und sagt: »Gott bewahre, nein. Ich meine … sorry, Feli, das galt natürlich nicht dir.«

»Ach?«, frage ich sarkastisch.

»Charmant wie eh und je«, prustet Skye los und sagt zu Jackson: »Dieser Charmebolzen hier, das ist mein Bruder.« Sie wirft mir einen Blick zu und sagt: »Und die Glückliche da, die nicht Aidans Frau ist, das ist unsere Restaurantmanagerin.«

Ich sehe Aidan mit verschränkten Armen an, während Skye und Jackson weiterplaudern. Seine Antwort ist ein spöttisches Grinsen, und als ich an ihm vorbeigehe, raunt er mir leise zu: »Meine Reaktion wundert dich jetzt aber nicht wirklich, oder? Hast du schon das Servietten-Falt-Modell ›arroganter Koch‹ vergessen?«

»Nein, und ich finde gerade mehr denn je, dass wir dieses Modell üben sollten«, entgegne ich ungerührt, bevor ich mich nach Feli umdrehen will und feststelle, dass sie anscheinend das Weite gesucht hat. Rae ist ebenfalls verschwunden. Ich hoffe sehr, dass die beiden im Bücherbus sind!

»Also«, sagt jetzt Duncan ernst, der erneut am Computer hinter dem Empfangstresen steht. »Während der Soft-Opening-Phase kannst du das Cottage haben, Jackson. Danach wird es eng, da sind wir ausgebucht. Wobei sich dann vielleicht trotzdem etwas machen lässt, falls jemand absagt. Oder willst du gar nicht so lange bleiben?«

»Ich weiß noch nicht, wie lange ich bleiben kann. Ein paar Tage wären erst einmal toll. Danach sehe ich weiter.«

Interessiert mustere ich den Mann, der jetzt schräg vor mir steht. Was macht dieser Superstar bloß in der Einsamkeit von Whale Island?

»Okay.« Duncan küsst flüchtig James auf den dunklen Haarflaum seines Köpfchens, weil der Kleine anfängt, sich mit leisen Meckerlauten zu regen. Seufz. Männer mit Babys sind einfach entzückend. Wirklich schade, dass Enzo ... Nein. Nein, jetzt bloß nicht solche sentimentalen Gedankengänge, Stella Minetti! Denk an etwas anderes, schnell.

Mein Blick fällt auf den Hintern von Jackson Porter in den lässig zerschlissenen Bluejeans. Tja, was soll ich sagen? Gute Ablenkung. Er ist nicht umsonst einer der erfolgreichsten Sänger der Welt. Berühmt geworden ist er vor ungefähr zehn Jahren, wenn ich mich recht erinnere – als Teil der amerikanischen Boy-Band *Five Guys on a Mission.* Doch vor ein paar Jahren hat sich die Band aufgelöst – Feli war noch zu jung, um deswegen am Boden zerstört zu sein, aber eine meiner Kolleginnen hat mir damals erzählt, dass sie sich ernsthaft Sorgen um ihre eigene sehr bestürzte Tochter machte. Ich habe keine Ahnung, was aus den anderen vier Bandmitgliedern geworden ist – aber Jackson Porter hat es geschafft, als Solokünstler extrem erfolgreich durchzustarten. Zwar ist sein seichter Pop tatsächlich sehr auf jüngere Mädchen zugeschnitten, aber ... also, rein optisch ... finde auch ich ihn durchaus ansprechend.

»Stella?« Ertappt zucke ich zusammen, als ich Aidans Stimme dicht neben mir höre.

»Hmm?«

»Können wir uns darauf einigen, unseren Gästen nicht auf den Hintern zu starren?«

Erschrocken sehe ich ihn an. Er hat diese Worte gewispert, sodass nur ich sie hören kann, aber trotzdem laufe ich rot an, das spüre ich genau.

»Ich …«, will ich ansetzen, mich zu verteidigen, aber dann recke ich das Kinn und erwidere leise: »Lass das mal meine Sorge sein, welche Hintern ich mir anschaue, Aidan Cameron. Klar?«

Noch ehe Aidan reagieren kann, stößt der kleine James einen energischen Schrei aus, der uns alle zusammenzucken lässt.

»O je«, murmelt Duncan und fängt an, leicht hin und her zu wippen, um sein Baby zu beruhigen, während er weiterhin Mausklicks macht. »Der kleine Mann hat Hunger, fürchte ich.« Mit gefurchter Stirn sieht er auf seine Armbanduhr.

»Ich kann unserem ersten Gast sehr gern sein Cottage zeigen«, meldet sich Heather zu Wort und lächelt den Sänger liebenswürdig an. »Geh du ruhig nach Hause, zu Greta.«

»Okay, Mom, vielen Dank.« Duncan reicht seiner Mutter einen Ausdruck, den er gerade gemacht hat, und erklärt ihr leise etwas. Jackson schaut Aidan, Skye und mich der Reihe nach an und lächelt breit.

»Ich freue mich so, hier übernachten zu dürfen!«

»Und wir freuen uns, ausgerechnet Jackson Porter als unseren ersten Gast begrüßen zu dürfen!« Ich strahle ihn an und frage, an Aidan gewandt: »Nicht wahr, Aidan?«

»Absolut«, bestätigt Aidan betont ruhig und sieht mich mit einer leicht hochgezogenen Augenbraue an, bevor er an Jackson gewandt fragt: »Brauchst du Hilfe mit deinem Gepäck?«

»Nein, ich habe nur eine Tasche und meine Gitarre im Auto, die kann ich selbst tragen, danke. Aber …« Er zögert und sieht uns erneut der Reihe nach an. »Das bleibt doch … unter uns, dass ich hier bin, ja? Ich meine … ich möchte ungern morgen früh von Paparazzi geweckt werden. Selbst wenn das sicher tolle Werbung für die *Cameron Lodge* wäre.«

Er grinst schief, und Duncan beeilt sich, über seinen inzwischen laut brüllenden Sohn hinweg zu sagen: »Keine Sorge, wir behandeln all unsere Kundendaten selbstverständlich mit äußerster Diskretion.«

»Keine Fotos auf unserer Facebookseite«, versichert Skye mit einem Augenzwinkern. »Auch wenn es uns schwerfällt!«

»So, und wir schauen uns jetzt Ihr Cottage an!«, verkündet Heather gut gelaunt.

»Ich warte hier auf dich, Mom«, sagt Skye bedeutungsschwer und hält eine Tasche hoch, in der sich vermutlich das angekündigte Blutdruckmessgerät befindet.

»Ja, Liebes, ich bin gleich da«, nickt Heather ergeben.

Gerade, als wir alle – außer Skye – die Lobby der Lodge verlassen, kommt uns Graham mit einem aufgeregt bellenden Johnnie Walker entgegen. Ich hatte mich schon gefragt, wo der Hund abgeblieben ist – anscheinend waren Graham und er irgendwo auf der Insel unterwegs. Ich habe den Vater von Aidan, Duncan und Skye schon ein paar Mal gesehen, seit Feli und ich auf Whale Island sind. Graham ist ein großer, breitschultriger Mann mit kurzen silbergrauen Locken und einem Vollbart, und er wirkt eher wortkarg. Dieser Eindruck verfestigt sich nun, als er unseren neuen Gast erstaunt mustert, aber nichts weiter sagt.

Seine Frau hingegen fasst Jackson Porter am Ellbogen und verkündet gut gelaunt: »Und das ist meine bessere Hälfte, Graham, der diese Lodge einst mit seinen eigenen Händen gebaut hat! Graham, dieser junge Mann hier ist nicht nur ein berühmter Musiker, sondern hat schon als Kind hier in der *Cameron Lodge* Urlaub gemacht und hatte so schöne Erinnerungen daran, dass er unbedingt jetzt schon hier übernachten möchte. Er ist also unser erster Gast! Ist das nicht schön?«

Graham mustert Jackson überrascht. Einmal mehr fällt mir sein hängendes Augenlid auf. »Freut mich, freut mich«, murmelt er jetzt und nickt Jackson Porter höflich zu.

»Freut mich auch, Mr. Cameron«, erwidert Jackson freundlich und bückt sich dann, um den aufgeregt um seine Beine springenden Johnnie Walker zu kraulen.

15

Während Heather und Aidan mit Jackson Porter in die Richtung des Wäldchens und der Cottages gehen, mache ich einen Schlenker am Büchereibus vorbei. Als ich die Stufen hinaufgehe, betrete ich ein zauberhaftes Reich, in dem überall entlang der Wände Bücher aufgereiht sind – in länglichen Drahtkörben, die mich an Blumenkästen erinnern, sodass bei der Fahrt über die holprigen Straßen dieser Insel nichts herausrutschen kann, vermute ich. Rae sitzt in einem geblümten Ohrensessel nahe dem Fahrersitz, auf dem Schoß eine rot getigerte Katze, die jetzt ein Auge öffnet, um mich kritisch zu mustern.

In einem Sitzsack in einer der hinteren Ecken des Busses hockt Feli im Schneidersitz, völlig versunken in ein Buch. Ich bleibe auf der obersten Stufe stehen und betrachte meine Tochter, dann die seltsame Bibliothekarin.

»Alles in Ordnung?«, frage ich leise.

Erst da scheint Feli zu bemerken, dass ich da bin. Sie sieht mich an und schnaubt, bevor sie sich wieder dem Buch widmet.

»Was denn, Feli? Was habe ich jetzt wieder getan? Nur, weil ich erwähnt habe, dass in deinem Zimmer ein paar Poster von Jackson Porter hängen?«

»Falsch, Mama!« Feli klappt das Buch mit einem Knall zusammen und rappelt sich mühsam aus dem Sitzsack in die Höhe. Es tut mir weh, das zu sehen, und ich senke gequält den Blick. Dass meine Tochter so schwerfällig geworden ist, setzt mir sehr zu – aber ich weiß einfach nicht, wie ich das Thema sensibel anschneiden soll, ohne sie in eine Essstörung zu treiben! Ich versuche schon ständig vorsichtig, sie darauf aufmerksam zu machen, dass sie sich nicht unbedingt gesund ernährt und dass ihre Portionen zu groß sind, dass sie sich regelmäßig bewegen sollte – aber wie bei allem, was ich derzeit von mir gebe, ignoriert Feli auch dies gern.

»Warum falsch?«, hake ich matt nach. Plötzlich fühle ich mich schrecklich müde. Erst jetzt wird mir bewusst, dass ich immer noch dieses dämliche Brett mit mir herumtrage. Warum war ich denn vorhin bloß so euphorisch deswegen? Es ist eine blöde Speisekarte, *porca miseria*! Wen interessiert die schon? Aidan hat völlig recht, wenn er mich dafür auslacht, wie detailversessen ich bin!

»Weil gar keine Poster mehr in meinem Zimmer hängen, Mama! Weil ich in dem Zimmer in Bangkok nämlich nicht mehr wohne! Weil wir jetzt hier sind, am Arsch der Welt, und ich habe nicht vor, in meinem Zimmer irgendwelche blöden Poster aufzuhängen! Es lohnt sich ja eh nicht – wer weiß, wann wir wegen deiner tollen Karriere das nächste Mal umziehen müssen?«

Sie sieht mich aus wütend funkelnden Augen an. Ich schlucke und erwidere ihren Blick stumm, unfähig zu einer Reaktion.

»Tja, und dass du mich dann auch noch vor Jackson Porter bis auf die Knochen blamieren musstest – das war wirklich das i-Tüpfelchen, Mama!«

Feli marschiert mit wenigen Schritten durch den Bus und

will schon hinausstürmen, als ihr offensichtlich bewusst wird, dass sie das Buch noch in der Hand hält.

»Danke, ich … ich schaue beim nächsten Mal wieder rein«, sagt sie rasch und will das Buch Rae reichen, aber die winkt energisch ab.

»Nimm es mit«, sagt sie ruhig.

»Aber … ich habe noch gar keinen Ausweis, und ich will jetzt nicht …«

»Nimm es mit. Um den Büchereiausweis kümmern wir uns beim nächsten Mal.« Die Bibliothekarin sieht meine Tochter freundlich an, und ich könnte Rae umarmen.

»Danke«, brummt Feli, lächelt Rae schief an und stampft dann hinaus, ohne mich noch einmal angesehen zu haben.

»Dreizehnjährige!«, lache ich verlegen auf. »Es tut mir leid, dass sie so unfreundlich war.«

»Zu mir war sie sehr freundlich«, erwidert Rae gelassen und deutet auf den frei gewordenen Sitzsack. »Tee?«

»Ähm«, mache ich unschlüssig und sehe in die Richtung, in die Feli verschwunden ist. »Vielleicht sollte ich … Ach was.« Ich seufze. »Sie wird sicherlich froh sein, wenn ihre peinliche Mutter ihr nicht sofort folgt.« Mit einem schiefen Lächeln gehe ich zu dem Sitzsack in der Ecke und lasse mich hineinfallen. Er ist noch warm von Feli.

Rae setzt die rote Katze auf den Boden und greift nach einer bunt gepunkteten Teekanne, schenkt mir eine Tasse ein und reicht sie mir.

»Vielen Dank«, murmele ich und nippe daran.

»Ihr tragt viel Ballast mit euch durch die Welt, Feli und du.« Rae sieht mich ruhig an. Sie hat sich wieder in ihren Sessel gesetzt, mir zugewandt, die Arme auf den Sessellehnen. Mit einem leisen Miauen springt die rote Katze zurück auf Raes Schoß und rollt sich erneut ein.

»Hmm, ja, mag sein«, murmele ich und nehme einen weiteren Schluck Tee. So nett ich diese Frau auch finde – irgendwie unheimlich ist sie mir trotzdem.

»Es ist nicht leicht, immer alles allein schultern zu müssen.« Raes Stimme klingt sanft und trotzdem fest. »Ein Kind allein großzuziehen, das ist eine wahnsinnige Leistung.«

Plötzlich spüre ich Tränen in meinen Augen brennen. Verzweifelt versuche ich, sie wegzublinzeln, aber so recht will mir das nicht gelingen.

»Ach, es … es geht schon«, lache ich heiser auf und schniefe fast ärgerlich. Muss ich denn jetzt so die Fassung verlieren?

»Natürlich geht es«, nickt Rae. »Es geht meistens irgendwie. Aber schwer ist es trotzdem. Und es ist nicht schlimm, sich anderen anzuvertrauen. Reden hilft. Nicht alles allein mit sich herumschleppen zu müssen hilft.«

»Oh, ich rede ja über alles.« Ich lächele schief. »Ich bin mit Greta befreundet, und sie … sie kennt unsere Probleme.«

Rae nickt nachdenklich. »Greta ist ein wunderbarer Mensch«, erwidert sie. »Ich werde nie vergessen, wie sie im letzten Sommer fast frontal in meinen Bus gefahren wäre.«

»Du musst ja glauben, dass wir Deutsche alle nicht Auto fahren können«, bemerke ich trocken und lache auf.

Rae lächelt mich an und sagt dann, ganz ohne Überleitung: »Nur, weil man einmal sehr enttäuscht wurde, heißt das nicht, dass es immer wieder so kommen muss, Stella.« Überrascht mustere ich sie. Wir sind nicht mehr beim Autofahren, ist mir klar.

»Ähm … ich wurde schon oft im Leben enttäuscht«, lache ich mit einer Spur Bitterkeit in der Stimme auf. »Nicht nur einmal. Von Kollegen, die hinter meinem Rücken getratscht haben, von der viel angepriesenen Diät, die bei mir gar nichts gebracht hat, und so weiter …«

»Du weißt ganz genau, was ich meine.« Rae lächelt nicht mehr, sondern mustert mich ernst. Dann fügt sie leise hinzu: »Manchmal ist das Glück eine Vorratskammer.«

Ein paar Sekunden lang starre ich sie ratlos an. Dann sage ich: »Rae, du klingst wie ein Glückskeks, den ich nicht verstehe.«

Sie lacht herzlich auf, und ich bin froh, dass sie mich nicht mehr so ernst mustert. »Du wirst schon noch verstehen«, bemerkt sie mit einem Schmunzeln. »Und Feli und du, ihr werdet einen Weg finden, euch wieder näher zu sein. Deine Tochter ist stark, Stella. Stärker, als du glaubst. Du musst dich nicht ängstigen. Sie wird das schaffen. Gib ihr eine Chance. Lass ihr Raum zum Atmen. Wenn sie in ihrem Zimmer lesen will, lass sie lesen. Sie wird herauskommen, wenn sie so weit ist.«

Überrascht stelle ich fest, dass mir ein paar Tränen über die Wangen rinnen, während ich Rae verblüfft anstarre. »Okay«, wispere ich und wische mir mit dem Unterarm über das Gesicht. »Danke, Rae.«

Als ich kurze Zeit später den Schulbus verlasse, stellt sich Rae auf die oberste Treppenstufe und schaut nachdenklich über meinen Kopf hinweg zur *Cameron Lodge* hinüber. »Felicitas singt gern«, bemerkt sie, und das ist keine Frage, sondern eine Aussage – und mal wieder völlig zusammenhanglos. Ich hake lieber gar nicht erst nach, woher Rae das weiß. In der kurzen Zeit, die sie zusammen verbracht haben, wird meine Tochter Rae wohl kaum etwas vorgesungen haben.

»Sie hat eine so schöne, melodische Stimme.« Rae lächelt mich an. »Spielt sie ein Instrument?«

Als ob du das nicht schon wüsstest, denke ich belustigt und antworte: »Ja, sie spielt Gitarre. Oder, vielmehr: Sie hat lange gespielt. In den letzten Monaten hat sie das Instrument nicht mehr angerührt. Und jetzt … na ja, jetzt haben wir die Gitarre noch nicht, sie kommt erst mit der Luftfracht.«

»Oh, sie ist viel näher, als du denkst«, bemerkt Rae. »Feli sollte wieder spielen«, fügt sie noch hinzu, bevor sie die Katze aufhebt und murmelt: »So, Brontë, mein altes Mädchen, du und ich, wir statten jetzt noch Gottlieb einen Besuch ab, ja?«

»Okay, dann ... bis zum nächsten Mal«, sage ich langsam und wende mich ratlos ab. Gerade, als ich den Parkplatz überquere, immer noch in Gedanken bei Rae und ihren merkwürdigen Aussagen (was war das mit der Vorratskammer?), sehe ich einen UPS-Wagen die Einfahrt hinaufrollen. Sicherlich eine Lieferung fürs Hotel – richtig, Duncan hat erwähnt, dass noch neue Handtücher nachbestellt werden mussten. Oder ist es womöglich das Aquarium für die Hummer?

Doch gerade, als ich mich dem Wäldchen mit seinen Cottages zuwenden will, höre ich Skyes Stimme vom Eingang des Hotels her: »Hey, Stella! Eure Luftfracht ist hier!«

Verblüfft bleibe ich stehen und sehe sie an, dann drehe ich mich um und schaue dem gelben Büchereibus nach, der langsam vom Hof rollt.

Eigentlich möchte ich Graham nicht mit meinem unbegleiteten Fluggepäck belästigen, aber Skye besteht darauf, ihn um Hilfe zu bitten, nachdem der UPS-Fahrer uns mit den fünf Koffern und drei abschließbaren Metallkisten (eine davon enthält auch Felis Gitarre) allein gelassen hat.

»Dad hat schon die ganze Zeit darauf gewartet, sein neues Spielzeug endlich nutzen zu dürfen!« Skye grinst mich verschwörerisch an, als ihr Vater schon pfeifend die Lobby betritt. Tatsächlich wirkt er ziemlich gut gelaunt, als er jetzt an uns vorbeigeht, Johnnie Walker auf den Fersen, und uns zuruft: »Moment, ich fahre Buddy kurz vor!«

»Buddy?«

»Mhhm. Unser nigelnagelneues Golfcart, extra angeschafft für den Transport von Gästen und Gepäck bis zu den Cottages und bei gutem Wetter sogar vom Fähranleger bis zum Hotel – wir wollen ja, dass möglichst viele der Gäste ihr Auto auf dem Festland lassen. Und Buddy ist das Einzige in Sachen ›Golf‹, das uns aufs Grundstück kommt«, grinst Skye und schnappt sich einen der Rollkoffer.

Ich weiß von Greta, dass das Thema »Golfplatz« im letzten Sommer für reichlich Diskussionsstoff gesorgt hat, weil die Hotelgruppe von Duncans Ex-Frau hier ein Golfresort bauen wollte. Zum Glück wurde dieser Plan nicht umgesetzt – ich kann mir beim besten Willen keinen Golfplatz in diesem herrlich wilden, naturbelassenen Inselparadies vorstellen!

Als wir mit zwei Koffern im Schlepptau durch den Ausgang der Lodge nach draußen treten, kommt Graham mit einem Golfcart um die Ecke gesaust. Das Gefährt ist größer, als ich erwartet habe, mit insgesamt vier Sitzreihen – auf der hintersten schaut man gegen die Fahrtrichtung, alle anderen zeigen nach vorn. Am Steuer in der ersten Reihe sitzt Graham, strahlend wie ein kleiner Junge an Weihnachten – und neben ihm thront Johnnie Walker und bellt begeistert. Der Anblick ist so rührend, dass ich lachen muss.

»So, dann mal her mit dem Gepäck!«

Mit vereinten Kräften verstauen wir die schweren Metallkisten auf Buddys Sitzbänken – sie passen gerade so zwischen die Lehnen, wobei die größte schräg dazwischengequetscht werden muss. Hoffentlich rutscht sie bei der holprigen Fahrt nicht heraus!

»Keine Sorge, ich fahre ganz langsam«, sagt Graham, als habe er meine Gedanken gelesen. »Die Koffer hole ich gleich. Dann steig mal ein, Stella!«

»Kommst du mit?«, frage ich Skye, doch die schaut am

Golfcart vorbei auf den Hof, wo sich Heather gerade der Lodge nähert.

»Ich habe noch was zu erledigen«, sagt sie ernst. Richtig, das Blutdruckmessen. »Aber ich würde später gern vorbeikommen und eine Flasche Wein mitbringen. Wie wäre es? So gegen 19 Uhr?«

»Gern!« Begeistert sehe ich sie an. »Das klingt richtig gut! Bis später, Skye!«

Sobald ich auf der hintersten Sitzbank Platz genommen habe, surrt Buddy los, begleitet von Johnnie Walkers aufgeregtem Gebell. Fröhlich halte ich mein Gesicht in den kühlen Fahrtwind und schließe kurz die Augen. Ich bin so froh, auf dieser Insel zu sein, umgeben von diesen wirklich netten Menschen!

Na gut, von fast nur netten Menschen. Als wir vor meinem Cottage halten, kommt Aidan gerade den Waldweg entlang und mustert mich mit hochgezogenen Augenbrauen.

»Warst du einkaufen?«, fragt er trocken, und ich schnaube leise.

»Ha, ha«, mache ich. »Das ist unser unbegleitetes Fluggepäck.« Ich steige von der Sitzbank und mache eine ausladende Geste zu den Kisten. »Das da ist Felis und mein Leben. Alles, was wir auf dieser Welt besitzen. Na gut, und dann wären da noch fünf Koffer, die immer noch vor der Lodge stehen.«

Ich grinse ihn an, als er näher an das Golfcart herantritt, und will eigentlich keck wirken, aber irgendwie finde ich diese Vorstellung mit einem Mal bedrückend. Himmel, ich bin fünfunddreißig Jahre alt, und mein ganzes Hab und Gut auf dieser Welt passt in fünf Koffer und drei große Kisten? Okay, und dann sind da noch einige Kartons auf dem Dachboden meiner Eltern, mit Erinnerungen aus Felis ersten drei Lebensjahren und aus meiner eigenen Kindheit. Aber trotzdem!

»Das Leben ist eine Reise. Nimm nur leichtes Gepäck mit«, höre ich da eine weitere Männerstimme und sehe überrascht auf. Jackson Porter hat sich unserem Grüppchen genähert, die Hände lässig in den Taschen seiner Jeans vergraben, und betrachtet erst Buddy und dann mich. Sein Lächeln ist wirklich nicht von dieser Welt. Wie konnte ich bloß so lang brauchen, bis ich begriffen habe, wer er ist, Baseballmütze hin oder her?

»Immer diese Kalenderweisheiten«, brummt Aidan so leise, dass nur ich ihn hören kann – hoffe ich jedenfalls. Ohne noch etwas zu sagen, greift er ungefragt nach einem der Kistengriffe, und Graham steigt aus und nimmt die andere Seite. Gemeinsam hieven sie die Metallkiste aus der Sitzbank und schleppen sie die Verandatreppe hinauf.

»Ich helfe euch!«, erklärt Jackson entschlossen.

»Ach, das ist doch nicht nötig«, wende ich verlegen ein, und Aidan, schon halb auf meiner Veranda, pflichtet mir mit Nachdruck bei: »Ja, nichts für ungut, aber Gäste müssen bei uns wirklich kein Gepäck schleppen, Jackson! Das ist auch versicherungstechnisch schwierig – wenn dir zum Beispiel die Kiste auf den Zeh knallt oder so.«

Doch Jackson lässt sich davon nicht abhalten und greift nach einem der Griffe der zweiten Kiste, während ich den anderen nehme. Er zwinkert mir zu, was mich fast die Kiste fallen lässt, doch dann schaffen wir es gemeinsam, das Monstrum aus der Sitzreihe zu hieven.

»Wie gefällt dir dein Cottage?«, frage ich, um irgendetwas zu sagen, und Jackson strahlt mich an, während wir die Kiste Richtung Verandatreppe schleppen. Mann, ist die schwer! Richtig, in dieser ist unter anderem meine Nähmaschine drin, erinnere ich mich jetzt. Ehe Jackson antworten kann, kommt Aidan aus dem Haus auf uns zu. Sein Blick flackert finster von Jackson zu mir, und ohne mich zu fragen, streckt er seine Hand nach dem Griff aus, den ich umklammert halte, während er leise brummt: »Lass mich das machen. Die sieht schwer aus.«

»Die IST schwer«, ächzt Jackson, was Aidan dazu verleitet zu wiederholen, dass Gäste hier kein Gepäck schleppen sollten, doch Jackson beharrt darauf, dass es kein Problem sei und geht stur weiter, auf die Treppe zu. Ich folge den beiden, und während sie sich ins Innere des Cottages bewegen, keucht Jackson: »Um deine Frage zu beantworten, Stella: Mein Cottage ist noch schöner, als ich es von damals in Erinnerung hatte!«

Die beiden Männer setzen die Kiste mitten im Wohnzimmer ab, wo bereits die erste steht, und Aidan reibt sich mit leicht schmerzverzerrtem Gesichtsausdruck den unteren Rücken, während er leise in meine Richtung murmelt: »Wäre auch blöd, wenn wir all das Geld für die Renovierung ausgegeben hätten, und das Cottage sähe immer noch aus wie in den Achtzigern!«

Ich muss grinsen und halte Aidan am Ellbogen fest. »Welche Laus ist dir denn bitte schön über die Leber gelaufen?«

»Ich weiß nicht, was du meinst.« Aidan erwidert meinen Blick betont cool und will sich abwenden.

»Außerdem …«, flüstere ich ihm belustigt zu. »… trifft es ›Achtziger‹ wohl nicht so ganz. Der gute Jackson ist doch höchstens fünfundzwanzig. Dann muss seine Kindheit in den Neunzigern gewesen sein. Sogar in den späten Neunzigern.«

Gott, ich fühle mich auf einmal alt.

Aidan schnaubt, ohne etwas zu erwidern, und verlässt mit langen Schritten mein Cottage, wo Graham sich daranmacht, mit der Hilfe von Jackson die dritte Kiste aus Buddys Sitzreihen zu ziehen.

»Ich mache das«, erklärt Aidan mit Nachdruck, und es ist

völlig klar, dass er meint, mit seinem Dad die Kiste tragen zu wollen, aber Jackson nimmt das zum Anlass zu sagen: »Genau, lassen Sie mal, Mr. Cameron, das schaffen Ihr Sohn und ich schon!«

Er strahlt alle der Reihe nach an und scheint nicht zu merken, dass Aidan ihn mustert, als hätte er tatsächlich einen entflohenen Sträfling vor sich.

Ich beiße mir auf die Unterlippe und unterdrücke mühsam ein Grinsen, während die Männer die letzte Kiste ins Haus schleppen und Graham mit Buddy losdüst, um meine Koffer zu holen. In der Zwischenzeit kraule ich Johnnie Walker hinter den Ohren und sorge dafür, dass er niemandem vor die Füße läuft. Die Tür zu Felis Zimmer ist geschlossen – sie ist garantiert wach, hat aber Jacksons Stimme gehört und sich verbarrikadiert. Seufz. Es ist wirklich nicht leicht, ein Teenager zu sein.

16

Bis Graham zurück ist, sieht sich Jackson in Begleitung von Johnnie Walker mit fast rührender Begeisterung die Umgebung meines Cottages an und schwärmt wieder und wieder von der Natur, was Aidan dazu verleitet, mit verschränkten Armen und dem einen oder anderen genervten Augenrollen an meinem Verandageländer zu lehnen und stoisch in die Richtung zu starren, wo Graham wieder auftauchen müsste. Das tut er zum Glück auch bald, und schon geht einmal mehr der Kampf der Platzhirsche um meine fünf Koffer los. Als sich schließlich der Inhalt meines Lebens in der Mitte unseres Wohnzimmers türmt, sehe ich die drei Männer glücklich an.

»Tausend Dank!«, sage ich überschwänglich.

»Keine Ursache«, brummt Aidan und wirft mir einen flüchtigen Blick zu, bevor er sich abwendet. »Ich muss noch ein paar Gerichte zur Probe kochen«, murmelt er. »Dad, nimmst du mich mit zur Lodge?«

»Na klar.« Graham nickt mir in seiner zurückhaltenden Art freundlich zu und schiebt sich wieder hinter das Lenkrad des Golfcarts.

»Viel Erfolg beim Probekochen«, rufe ich Aidan hinterher. »Sag Bescheid, wenn du Testesser brauchst!«

Er grinst flüchtig in meine Richtung, und ich frage mich wirklich, warum mich dieses winzige Zucken seiner Mundwinkel so freut.

»Tja, dann ist jetzt wohl Auspacken angesagt.« Ich gehe zurück ins Wohnzimmer und betrachte den Berg Gepäck, bevor ich Jackson, der mir gefolgt ist, mit einem Lächeln ansehe. »Vielen Dank auch dir fürs Helfen.«

»Gar kein Problem!« Er strahlt mich an, betrachtet dann ebenfalls das Gepäck und fragt: »Brauchst du noch irgendwie Hilfe?«

»Nein, nein, den Rest schaffe ich allein. Ich habe bisher alles immer allein geschafft.«

Warum ich diese letzten Worte hinterherschieben musste, weiß ich auch nicht. Mit einem betont fröhlichen Lachen streiche ich mir eine Locke aus der Stirn und krempele meine Blusenärmel hoch. Als Jackson keine Anstalten macht zu gehen, frage ich zögernd: »Ähm … darf ich dir etwas anbieten? Du hast bestimmt Durst, nach dem ganzen Geschleppe? Ich habe nicht viel da, aber … warte …« Bevor Jackson reagieren kann, eile ich zum Kühlschrank in meiner Kochecke und schaue hinein. »Coca-Cola, Ginger Beer, richtiges Bier, gekühlten Weißwein und zimmerwarmen Rotwein habe ich im Angebot.«

Keine härteren Sachen wie Wodka, und das hat seinen Grund.

Fragend sehe ich Jackson an, der ein wenig unschlüssig mitten in meinem Wohnzimmer steht und sich im Nacken kratzt.

»Das ist doch aber eine ordentliche Auswahl«, lächelt er dann. »Also … ein Bier wäre zwar fantastisch, aber ich will dich nicht beim Auspacken stören.«

»Ach, bitte, du störst doch nicht!« Resolut nehme ich zwei kalte Flaschen heraus, schubse die Kühlschranktür mit der

Hüfte zu und angele den Flaschenöffner aus der Schublade neben dem Herd.

»Der Inselladen am Fähranleger ist übrigens ziemlich gut ausgestattet«, erkläre ich jetzt, öffne eine Flasche und reiche sie Jackson. »Es ist natürlich kein Gourmet-Tempel, aber für eine solide Grundausstattung reicht es wirklich.«

»Ach, auf Gourmet-Tempel kann ich gern eine Weile verzichten«, erwidert Jackson, plötzlich recht ernst, und greift dankend nach dem Bier. Mir brennt die Frage auf den Lippen, was ihn hergeführt hat, aber er hebt jetzt seine Flasche und prostet mir mit einem weiteren umwerfenden Lächeln zu. »Na dann, auf diese verdammt zauberhafte Insel!«

»Ja«, lächele ich zurück und hebe auch meine Flasche. »Auf Whale Island.« Ich nehme einen großen Schluck und nicke dann in die Richtung des Sofas. »Mach es dir bequem. Ich werde nebenher ein paar Sachen auspacken, aber bitte, fühl dich wie zu Hause.«

Mit diesen Worten mache ich mich geschäftig auf die Suche nach den Schlüsseln für die Vorhängeschlösser der Metallkisten und Koffer. Bis ich sie gefunden habe, hat sich Jackson tatsächlich auf das Sofa gesetzt und knibbelt nachdenklich am Etikett seiner Bierflasche.

»So«, sage ich betont heiter und hocke mich neben die erste Kiste, probiere aus, welcher Schlüssel passt. »Wie kommt es eigentlich, dass du hier bist, Jackson? Ich meine – du wohnst normalerweise wo …?«

Es dauert ein paar Herzschläge, bis Jackson antwortet. Ich lasse das Vorhängeschloss aufklicken und sehe ihn neugierig über die Kiste hinweg an.

»In New York City«, erklärt er schließlich langsam und nimmt einen weiteren Schluck Bier.

»Ah, okay.« Ich nicke und klappe den Kistendeckel auf. Unter einer Schicht Luftpolsterfolie begrüßt mich Felis Gitarrenkoffer, um den alle möglichen Klamotten und Handtücher gestopft worden sind. Während ich die einzelnen Stücke herausziehe und nach dem Gitarrenkoffer greife, fährt Jackson mit ziemlich ernster Stimme fort: »Ich … ich brauche eine Auszeit. Das Musikbusiness ist … fordernd. Es verschlingt einen, wenn man nicht aufpasst. Es saugt alles aus einem heraus, bis man eine leere Hülle ist.«

Überrascht hebe ich den Kopf und sehe ihn an. Jackson jedoch starrt ernst aus dem Fenster. Dann nimmt er einen weiteren Schluck Bier und sieht mich mit einem schiefen Lächeln an. »Ich bin eigentlich Kanadier, auch wenn das fast niemand weiß. Na ja, ich lebe und arbeite ja auch schon seit zehn Jahren in den USA. Aber aufgewachsen bin ich in Ontario, und in den Sommerferien war ich mit meinen Eltern oft hier, an Kanadas Atlantikküste. Unter anderem auf Whale Island. Mein Dad hatte damals zufällig in einem Hotelguide von der *Cameron Lodge* gelesen, und deshalb waren wir hergekommen. Keine Ahnung, warum, aber dieser Ort hat sich irgendwie in mein Gedächtnis gebrannt.«

Er macht eine kurze Pause und fügt dann hinzu: »Vielleicht auch, weil es mein letzter unbeschwerter Sommer war. Ich war zwölf, als ich hier war. Ein Jahr später haben sich meine Eltern getrennt. Zwei Jahre später wurde bei meinem Dad Lungenkrebs diagnostiziert. Ein weiteres Jahr später ist er gestorben. Da war ich fünfzehn.« Er grinst mich traurig an. »Tja, und mit sechzehn bin ich für die *Five Guys on a Mission* entdeckt worden, bei dieser Teenie-Talentshow, bei der ich mitgemacht habe. Der Rest ist Geschichte. Darum hatte ich hier, auf Whale Island, damals meinen letzten normalen, unbeschwerten Sommer.«

Erschüttert betrachte ich Jackson, der plötzlich gar nicht mehr wie der Sunny Boy vom Dienst wirkt.

»Das tut mir leid«, sage ich, während ich vorsichtig den Gitarrenkoffer heraushebe. »Es ist hart, so früh ein Elternteil zu verlieren.«

»Ja«, seufzt Jackson, doch im nächsten Moment hellt sich sein Blick auf, und er deutet auf den Gitarrenkoffer in meiner Hand. »Hey, du spielst Gitarre?«

»Nein«, lache ich kopfschüttelnd und lege den Koffer auf den Couchtisch. »Aber Feli hatte lange Unterricht. Na ja, in den letzten Monaten ... oder inzwischen wohl Jahren ... hat sie sich kaum noch mit dem Instrument beschäftigt. Eigentlich schade.«

Raes Worte kommen mir wieder in den Sinn: »Feli sollte wieder Gitarre spielen.«

Als ich mich daran erinnere, dass die merkwürdige Bibliothekarin wusste, dass unsere Luftfracht im Begriff war, angeliefert zu werden, bekomme ich eine Gänsehaut.

»Darf ich reinschauen?«, fragt Jackson und deutet auf den Deckel des Gitarrenkoffers.

»Oh, ja, natürlich!« Ein wenig ungläubig sehe ich zu, wie er den Deckel aufklappt und Felis Gitarre herausholt, anerkennend über das honigfarbene Holz streicht und sich daranmacht, das Instrument zu stimmen.

Dann fasse ich einen Entschluss.

»Feli!« Mit festen Schritten gehe ich auf ihre Zimmertür zu und klopfe energisch an. »Feli, kommst du bitte mal raus? Unser unbegleitetes Fluggepäck ist da!«

Ein unterdrücktes Murren ist die Antwort, und so öffne ich die Tür einen Spalt weit und schiebe meinen Kopf hinein. Meine Tochter liegt auf ihrem Bett, in ihr Buch vertieft, und sieht mich mit hochrotem Kopf an. Mir ist völlig klar, dass sie weiß, wer in unserem Wohnzimmer ist.

»Komm doch mal raus, Jackson schaut sich gerade deine

Gitarre an!«, flüstere ich und lächele ihr aufmunternd zu. »Er ist supernett und … normal!«

»Auf keinen Fall!«, raunt Feli und wird noch röter.

»Feli, bitte«, murmele ich und wünschte, ich wüsste, was ich sagen oder tun soll. In dem Moment erklingen aus dem Wohnzimmer Gitarrenklänge und eine Stimme, die ich schon tausendmal im Radio gehört habe. Jackson beginnt, *Moonlight* zu singen, einen der Songs von ihm, die ich am schönsten finde – im Gegensatz zu so manch anderem weichgespültem Popsong aus seinen letzten Alben. Für einen großen Teil seiner Musik bin ich mit fünfunddreißig wohl einfach schon zu alt. Aber *Moonlight* finde ich wirklich schön.

Ich merke, wie Feli fassungslos ihre Augen aufreißt und mich anstarrt. »Er spielt auf MEINER Gitarre?«, haucht sie, und fast fürchte ich, dass sie gleich in Ohnmacht fällt.

»Ja!«, wispere ich und reiße meine Augen ebenso weit auf. Ein paar Herzschläge lang starren wir uns ungläubig an, lauschen mit offen stehenden Mündern – und brechen dann gemeinsam in atemloses, nur mühsam unterdrücktes Gekicher aus. Da ist er plötzlich, ein Hauch der unbeschwerten Minetti-Girls, die wir mal waren. Ich möchte diesen Hauch verzweifelt einfangen, damit er sich nicht wieder in Luft auflöst. Früher haben wir so oft herumgealbert und uns gegenseitig zu hysterischen Lachanfällen verleitet, was manchmal dazu geführt hat, dass Feli sich in die Hose gepinkelt hat. Diese Zeiten scheinen aus einem anderen Leben zu sein.

»OMG!«, flüstert Feli. »Das … das muss ich festhalten …« Sie holt ihr Telefon heraus und fängt an zu filmen – nur, um den Ton aus dem Wohnzimmer aufzunehmen.

»Komm doch lieber raus und sieh es dir an!«, sage ich und wische mir ein paar Lachtränen unter den Augen fort. Ich sehe sie ein letztes Mal aufmunternd an, dann wende ich mich ab und gehe zurück ins Wohnzimmer, wobei ich die Tür zu ihrem Zimmer einen breiten Spalt aufstehen lasse.

Jackson schaut mich über die Gitarre hinweg an und lächelt verschmitzt, während er singt, als wäre dies das Natürlichste der Welt – und das ist es für ihn ja auch. Er wirkt völlig friedlich und im Einklang mit sich selbst, während seine Finger über die Saiten streichen und er fast selbstvergessen singt. Sogar ich kann den Text teilweise mitsingen – sehr leise, weil ich wirklich keine Weltklasse-Sängerin bin. Ihr musikalisches Talent hat meine Tochter eindeutig von ihrem Vater geerbt.

Ich mache mich daran, die Kiste auszupacken, hole meinen Wok und einige andere Küchenutensilien heraus, falte Geschirr- und Handtücher und stapele sie auf dem Couchtisch, sortiere Bücher, wickele Fotorahmen aus der Luftpolsterfolie aus. Im Nu bin ich bei der zweiten Kiste, und Jackson ist beim mindestens fünften Lied. Er singt sich quer durch seine erfolgreichsten Songs, aber bald spielt er Lieder, die langsamer und nachdenklicher wirken und die gar nicht mehr nach dem weichgespülten Pop-Kitsch für junge Mädchen klingen, den man sonst von Jackson Porter kennt. Das könnte natürlich daran liegen, dass sich die Songs rein akustisch, nur mit Gitarrenbegleitung, ohnehin weniger nach rosarotem Teenie-Pop anhören als seine aufgenommenen Lieder, mit all dem Synthesizer-Gedöns im Hintergrund. Aber, nein, diese Songs kommen mir trotzdem überhaupt nicht bekannt vor, und während ich die einzige Tischdecke, die ich besitze, sorgsam falte, sehe ich den jungen Mann neugierig an. Jackson wirkt sehr ernst, er starrt aus der offen stehenden Haustür (nur die Mückentür ist geschlossen, um uns vor den Blutsaugern zu schützen, die es hier leider reichlich gibt) und scheint fast vergessen zu haben, wo er ist. Als er das Lied beendet hat, lege ich die Tischdecke neben die Handtuchstapel und klatsche. Überrascht sieht Jackson mich an, grinst dann fast verlegen.

»Das kannte ich gar nicht«, sage ich. »Ein neuer Song?«

Mit einem Kopfschütteln zupft er ein wenig an den Saiten herum, sieht mich dann an und erwidert resigniert: »Nein. Ein uralter Song. Den habe ich geschrieben, als ich noch bei den *Five Guys* war. Aber ... er hat nicht ins Repertoire gepasst. Zu ernst. Zu nachdenklich. Und später, als Solokünstler, wollte meine Plattenfirma den auch nicht haben. Genau wie zig andere Lieder, die ich in den letzten Jahren geschrieben habe.«

Überrascht mustere ich ihn, und er lächelt mich schief an. »Tja«, meint er mit einem Schulterzucken und streicht erneut über die Saiten. »Es ist nicht so, dass man alles machen kann, nur, weil man recht erfolgreich ist. Die Plattenfirmen diktieren, was aufgenommen werden soll. Was nicht dem Geschmack der breiten Masse entspricht, fliegt raus.«

»Aber ... dieser Song gerade, der würde bestimmt vielen Leuten gefallen. Mir hat er sehr gut gefallen.«

»Danke dir.« Jackson lächelt mich warm an, und mein Herz stolpert aufgeregt. »Aber ohne dir zu nahe treten zu wollen: Du gehörst nicht zu meiner Zielgruppe, liebe Stella. Meine Zielgruppe ist ...«

Er hebt den Blick, und auch ich bemerke aus dem Augenwinkel eine Bewegung. Meine Tochter hat sich tatsächlich aus ihrem Zimmer gewagt und drückt sich jetzt eng an die Wand, späht verstohlen um die Ecke ins Wohnzimmer. Als Jackson sie entdeckt, zuckt sie ertappt zurück. »Meine Zielgruppe bist genau du, Feli.« Er grinst breit in ihre Richtung. »Ich hoffe, es ist okay, dass ich mir deine Gitarre ausgeliehen habe? Ich hätte dich eigentlich erst fragen sollen, bitte entschuldige.«

Feli lugt ungläubig um die Ecke und erwidert leise: »Schon gut. Ist ... ist okay.«

»Spielst du oft? Das ist ein wirklich schönes Instrument!«

»Ähm ... Nicht mehr oft, nein.«

»Hmm, manchmal braucht man eine Pause, stimmt's?« Er sieht sie ernst an, und Feli kommt langsam näher. Sie ist immer noch sehr rot im Gesicht, und ich werde von Liebe zu meiner schüchternen, gehemmten Tochter erfüllt.

»Ja«, flüstert sie und bleibt neben den offen stehenden Kisten stehen, unsicher auf ihrer Unterlippe kauend.

»Was ist denn dein Lieblingssong, Feli? Ich meine, nicht von mir. Irgendein Song. Mit etwas Glück kann ich den für euch spielen.« Jackson sieht meine Tochter freundlich an. Unfassbar, dass dieser Superstar hier, in unserem schlichten Cottage, auf unserem Sofa sitzt und auf der Gitarre meiner Tochter für uns spielt, als sei all dies das Normalste der Welt!

Feli überlegt. »*Fix you*«, sagt sie schließlich so leise, dass man sie kaum hören kann. Aber Jackson versteht sofort und nickt mit einem Lächeln, das voller Verständnis ist. Ich schlucke.

»Ein Klassiker – den Text kann ich sogar auswendig!«, nickt er und beginnt, die Anfangsakkorde des *Coldplay*-Songs zu spielen. Als er die ersten Zeilen singt, muss ich mich abwenden, weil sich meine Augen unweigerlich mit Tränen füllen.

»When you try your best, but you don't succeed, when you get what you want but not what you need, when you feel so tired, but you can't sleep ...«

Ich schlucke und öffne geschäftig den ersten Koffer, nehme stapelweise Wäsche heraus. Als ich sie hinauf in mein Schlaf-Loft trage, verfolgen mich die Wörter: »When you love someone, but it goes to waste ...«

Rasch lege ich die Wäsche auf meinem Bett ab und wische mir energisch die Tränen fort. Während ich noch versuche, mich zu sammeln, erstarre ich mit einem Mal. Ist das ...?

Fassungslos gehe ich zum Geländer meines Lofts, spähe in das Wohnzimmer hinab.

Ja. Meine Tochter singt. Leise und zaghaft zwar, sodass ich es hier oben wirklich nur erahnen kann – aber meine Feli singt. Mit Jackson Porter, einem der berühmtesten Sänger der Welt. Und sie singt fabelhaft … und so melancholisch und schmerzerfüllt, dass ich mir eine Hand vor den Mund schlagen muss, um nicht laut aufzuschluchzen.

»Lights will guide you home …«

Jackson sieht nach oben, bemerkt mich und zwinkert mir mit einem flüchtigen Lächeln zu, bevor Feli und er gemeinsam singen: »And I will try to fix you …«

Als der letzte Akkord verklungen ist, beginne ich, laut zu applaudieren, was zur Folge hat, dass meine Tochter mir einen genervten Blick zuwirft und leise mault: »Mensch, Mama!«

Doch ich merke genau, dass sie im Grunde genommen stolz auf sich selbst ist. Sie glüht förmlich vor Eifer. Zwar traut sie sich kaum, Jackson anzusehen, doch sie wirkt regelrecht lebendig und … ja, fast fröhlich, trotz des melancholischen Liedes.

Ein Klopfen an der offenen Cottagetür lässt uns alle aufsehen. Skye steht dort, in der Hand eine Weinflasche.

»Störe ich?«, fragt sie durch das Mückennetz hindurch und mustert mit großen Augen unsere spontane Jam Session.

17

»Überhaupt nicht, komm rein!«, rufe ich und eile die Treppenstufen hinab.

»Das war ein wunderschönes Duett«, sagt Skye, während die Mückennetztür hinter ihr zuschlägt. Feli windet sich verlegen auf dem Sofa. Sie sitzt ganz außen am einen Ende, so weit weg von Jackson wie nur irgendwie möglich.

»Ja, das finde ich auch«, sagt dieser nun lächelnd und reicht zu Feli hinüber, stupst sie leicht gegen den Oberarm. »Du hast eine fantastische Stimme, weißt du das?«

Mein schüchternes Kind läuft dunkelrot an, und es ist offensichtlich, dass sie sehr gern in der Sofaspalte verschwinden würde. »Danke …«, murmelt sie leise.

»Hat hier jemand Lust auf ein Glas Wein?« Skye hält die Flasche hoch und sieht uns fragend an. »Also, dich meine ich natürlich nicht, Süße«, sagt sie mit einem Schmunzeln in Felis Richtung, was mein Kind dazu verleitet, leise zu kichern. Wie lange habe ich Feli nicht mehr kichern gehört!

Jackson grinst und nickt. »Klar, gern. Dafür darfst du dir das nächste Lied wünschen, Skye.«

Wow, er hat sich ihren Namen gemerkt. Mir entgeht nicht, dass sich Skyes Wangen ein wenig rosig verfärben, während sie zu meinen Küchenschränken geht und die Weingläser herausholt. Da die zur Grundausstattung der Cottage-Küchen gehören, weiß sie genau, wo sie welche findet.

»Hmm, kannst du *Lover* von Taylor Swift spielen? Das höre ich momentan echt gern.«

Jackson grinst. »Na klar. Ich habe das sogar schon zusammen mit Taylor gespielt.«

»Was? Echt?« Skye sieht ihn begeistert an, drei Gläser in den Händen. »Und, wie ist sie so?«

Jackson, der die ersten Akkorde zu spielen beginnt, zuckt lächelnd mit den Schultern. »Nett. Leicht exzentrisch, wie die meisten im Showbusiness. Aber dafür noch relativ bodenständig.«

Er beginnt zu singen, und Skye schaut mich aus weit aufgerissenen Augen verzückt an, während ich grinsend den Wein entkorke. Schon wieder ein kalifornischer, aber ich werde jetzt meine Klappe halten und nicht alle mit meinem italienischen Spleen nerven.

Während ich unsere Gläser fülle, mustere ich verstohlen meine Tochter, die sich ganz sacht zum Rhythmus des Liedes hin und her wiegt und zaghaft ein wenig vom Text mitsingt. Als der Song vorbei ist, klatschen wir begeistert, und ich reiche Jackson ein Glas. »Möchtest du etwas trinken?«, frage ich Feli, aber sie schüttelt den Kopf.

»Und noch einmal auf Whale Island!«, verkünde ich gut gelaunt, hebe mein Glas und wir prosten uns zu.

»Stella, du hattest noch keinen Wunsch«, sagt Jackson, und ich muss nicht lange nachdenken. »*Time After Time*«, sage ich wie aus der Pistole geschossen, und Feli rollt mit den Augen.

»Natürlich«, seufzt sie, doch ich lache nur.

»Yep, natürlich. Jeder hat seine Lieblingssongs im Leben. Und das ist einer von meinen.«

Jackson tippt mit einem Lächeln auf seinem Telefon herum. »Sorry, ich muss mir kurz den Text raussuchen, denn alle Songs kann ich leider nicht auswendig – obwohl ich dieses Lied auch großartig finde«, meint er und zwinkert mir zu. Skye sieht mich bedeutungsschwer an, und sobald Jackson den Blick auf die Gitarre senkt, um die ersten Akkorde zu spielen, zwinkert sie mir ebenfalls zu und grinst dazu frech. Ich rolle mit den Augen, nippe dann zufrieden an meinem Wein und höre der wunderbaren Musik zu. Keine Frage, Jacksons Akustikversion dieses Klassikers geht unter die Haut.

»Flashback, warm nights, almost left behind, suitcase of memories …«

Ich schlucke und starre die immer noch aufgeklappt im Wohnzimmer stehenden Koffer an. Koffer voller Erinnerungen. Mein ganzes Leben, zusammengepackt und mal wieder von einem Ort zum nächsten transportiert.

Einmal mehr blinzele ich die aufsteigenden Tränen fort und finde zum Glück Ablenkung, denn bei »If you're lost you can look and you will find me – time after time« stimmt plötzlich Skye mit ein, und ihre Stimme ist einfach umwerfend. Überrascht starre ich sie an, und sie erwidert meinen Blick lächelnd, während sie inbrünstig weitersingt. Da fasse auch ich mir ein Herz und singe mit, unmusikalisch hin oder her – ich kann nicht stumm daneben sitzen, wenn hier eine so unfassbar schöne Version meines Lieblingssongs gesungen wird!

Und endlich überwindet sich auch Feli und singt mit. Erneut sehr leise, mit gesenktem Blick, aber, hey, sie singt einmal mehr in der Gesellschaft ihres Idols!

Als das letzte »Time After Time« verklungen ist, macht Skye fröhlich »Wohoo! Das war großartig!«, und Jackson nickt und sieht erst sie, dann Feli und zuletzt mich an und bestätigt: »Ihr habt fantastisch gesungen, alle Achtung.«

»Na ja, ich nicht«, lache ich auf und hätte fast hinzugefügt, dass Feli in der Beziehung zum Glück nicht nach mir kommt, aber ich verkneife mir das lieber, denn sonst folgen am Ende noch Fragen zu ihrem Vater, und das möchte ich uns beiden heute Abend ersparen.

Ein Räuspern aus der Richtung der Tür lässt uns alle umdrehen. Aidan steht hinter der Mückennetztür, ein Tablett in den Händen. Er starrt durch das Netz zu uns herein, und sein Blick bleibt an meinem hängen. Ich kann ihn nur schwer deuten, diesen Blick, aber ... darin tobt sehr viel. Und Begeisterung ist nicht dabei.

»Aidan!«, ruft Skye und springt auf, um ihm die Tür zu öffnen.

»Ich will eure nette Runde nicht stören«, höre ich ihn murmeln, als er hinter seiner Schwester den Raum betritt. Mit ihm strömt wunderbarer Essensduft ins Cottage.

»Du störst kein bisschen – schon gar nicht, wenn du Essen mitbringst«, widerspricht Skye gut gelaunt.

»Hmm, das duftet ja köstlich«, sage ich und stehe ebenfalls auf. Neugierig mustere ich die Teller auf dem Tablett.

»Ja, ähm ... das sind ein paar der Gerichte, die ich heute zur Probe gekocht habe, und ... ich dachte, du würdest sie gern testen«, sagt Aidan und sieht mich an, bevor er einen flüchtigen Blick auf Jackson wirft, dann auf die Weinflasche auf dem Couchtisch und hinzufügt: »Ich wusste ja nicht, dass du schon verplant bist ... und vermutlich schon gegessen hast.«

»Nein! Hab ich nicht! Und ... mein Magen knurrt gewaltig! Ehrlich, alle haben sich gerade während des Liedes gefragt, was das für Brummgeräusche sind, die ich von mir gegeben habe.« Ich grinse ihn an, nehme Felis leises Stöhnen und ihr Augenrollen zur Kenntnis und mache dann eilig Platz auf dem Esstisch, wo sich noch diverse Klamottenstapel und Büchertürme aneinanderreihen.

Schweigend stellt Aidan das Tablett ab, und ich betrachte neugierig die Teller, die durch silberne Hauben abgedeckt werden, damit die Gerichte warm bleiben.

»Wenn ich gewusst hätte, dass ihr zu viert seid, hätte ich natürlich mehr mitgebracht«, sagt Aidan, und man hört ihm seinen Unmut über unsere spontane Zusammenkunft so deutlich an, dass ich ihn überrascht mustere.

»Ist doch nicht schlimm, wir teilen uns das«, beteuere ich gut gelaunt. »Möchtest du ein Glas Wein haben?«

Aidans Blick wandert zu Jackson, der gerade Feli ihre Gitarre in die Arme gelegt hat und nun aufsteht. »Nein, danke«, brummt Aidan. »Ich will nicht stören.«

»Aber du störst doch kein bisschen«, widerspricht Skye mit einem amüsierten Lachen, und ich merke, dass sie ihren Bruder ebenso verdutzt mustert, wie ich es tue.

»Also, ich esse euch bestimmt nichts weg, ich wollte nämlich sowieso zurück in mein Cottage«, sagt Jackson nun höflich, aber bestimmt, und umrundet den Couchtisch mit wenigen Schritten. Er nickt Skye und mir freundlich zu und sagt: »Vielen Dank für den Wein und die wunderbare Gesellschaft. Und dir, Feli, danke ich dafür, dass ich deine Gitarre nutzen durfte. Beim nächsten Mal bringe ich meine eigene mit, dann können wir vielleicht zusammen spielen, was meinst du?«

Felis Kopf bewegt sich wieder ein wenig Richtung Schultern, ihre übliche Schildkröten-Reaktion, aber sie grinst schief und murmelt etwas, das man mit viel Fantasie als »Gern« interpretieren könnte. Jackson zwinkert ihr flüchtig zu, und ich merke, dass meine Tochter dunkelrot anläuft, den Gitarrenhals fester umklammert und schnell in die Richtung ihres Schlafzimmers flüchtet.

»Du kannst wirklich noch bleiben, Jackson«, werfe ich rasch ein, während sich der Musiker schon dem Ausgang zuwendet.

»Es ist doch sicherlich genug Essen für alle da. Und so groß ist mein Hunger nun auch wieder nicht, ich futtere euch bestimmt nicht alles weg!«

Jackson sieht mich amüsiert an. »Das habe ich auch gar nicht befürchtet. Ich habe allerdings noch etwas zu erledigen.« Der Blick, den er Aidan zuwirft, entgeht mir nicht, und es liegt völlig auf der Hand, dass Jackson wegen der Feindseligkeit unseres lieben Küchenchefs das Weite sucht.

»Gute Nacht, Stella. Bis morgen.« Jackson zwinkert auch mir zu, bevor er durch die Mückennetztür nach draußen verschwindet.

»Aidan, was war denn das?« Skye nimmt mir diese Frage zum Glück ab. Mit verschränkten Armen sieht sie ihren Bruder an.

»Das könnte ich euch genauso fragen«, knurrt Aidan ungehalten und reißt mit heftigen Bewegungen die silbernen Hauben von den Tellern. *Madonna!* Der Duft wird intensiver und das, was ich auf den Tellern sehe – Steak und Fisch, Muscheln und Gemüse in knalligen Farben – lässt mir das Wasser im Mund zusammenlaufen. Doch leider verhindert Aidans vorwurfsvoller Tonfall, dass ich mich richtig auf das Essen freuen kann. »Dieser Musiker ist unser Gast – und was machst du, Stella? Du lädst ihn gleich auf Wein und Musik in dein Cottage ein, ja? Hast du das in den anderen Hotels, in denen du gearbeitet hast, auch so gehandhabt?«

Ungläubig starre ich Aidan an, der meinen Blick aus aufgebracht blitzenden blauen Augen erwidert.

»Nein, Aidan, das habe ich nicht«, erwidere ich so ruhig wie möglich und hole tief Luft. »Ich hatte Jackson als Dank, weil er mir beim Schleppen meines Gepäcks geholfen hatte, auf ein Bier eingeladen. Ganz harmlos, ohne Hintergedanken!«

»Dabei sollte er ja gar nicht beim Gepäcktragen helfen«, knurrt Aidan.

»Wie auch immer«, schnaube ich und bemühe mich, ruhig zu bleiben, denn mein italienisches Temperament beginnt schon wieder, unter der Oberfläche zu brodeln. »Dann hat er die Gitarre entdeckt … und dann kam Skye mit dem Wein und … Himmel, warum rechtfertige ich mich eigentlich? Das ist absolut lächerlich, Aidan!«

»Ja, das sehe ich auch so«, kommt mir Skye zu Hilfe. Sie hat ihre Arme vor der Brust verschränkt und mustert ihren Bruder geradezu empört. »Was soll das? Nur, weil wir hier spontan zusammengesessen haben? Das war nicht geplant, und außerdem ist Jackson doch der einzige Gast hier – darf er sich nicht ein wenig Gesellschaft suchen?«

»Klar.« Aidan schnaubt und sieht mich so spöttisch an, dass ich fragend meine Augen aufreiße.

»Warum schaust du mich so an?«

»Weil es offensichtlich ist, auf was für eine Art Gesellschaft der gute Jackson aus ist!« Aidan hat seine Stimme gesenkt und wirft einen Blick zur Mückennetztür, aber zum Glück sieht man nichts mehr vom Musiker. Ungläubig lache ich auf.

»Aidan, das ist nicht dein Ernst, oder?« Ich schüttele kichernd den Kopf.

»Ach komm, diese Typen sind doch alle gleich«, grollt Aidan leise und schiebt die Teller auf dem Tablett zurecht. »Glauben, sie könnten alles flachlegen, was nicht bei drei auf den Bäumen ist, weil sie so berühmt sind! Und du, du lädst ihn auch sofort auf eine Flasche Wein ein! Wie das größte Groupie von allen!«

»Der Wein war von mir«, sagt Skye ruhig. »Und, mein lieber Bruder, nein, ich will nicht von Jackson Porter flachgelegt werden, falls du darauf anspielst.«

»Freut mich sehr, das zu hören«, murmelt Aidan und wendet sich ab. »Endlich mal eine weise Entscheidung von dir in Sachen Männer.«

»Aidan!«, ruft Skye ihm aufgebracht hinterher, aber er verschwindet schon mit langen Schritten aus meinem Cottage und lässt seine Schwester, mich und ein paar verdammt köstlich duftende Gerichte zurück.

18

»Er hat ja leider sogar recht«, seufzt Skye bedrückt, als wir wenig später an meinem Esstisch sitzen und uns über Aidans Essen hermachen. Geradezu entsetzt sehe ich sie an.

»Wie bitte? Womit? Dass … dass ich wie das größte Groupie aller Zeiten mit Jackson Porter Wein getrunken und gehofft habe, flachgelegt zu werden?«

»Nein!«, lacht Skye auf, bevor sie sich eine Gabel von dem köstlichen goldgelben Kartoffelpüree mit herrlicher Muskat-Note in den Mund schiebt, und auch ich muss kichern, erleichtert darüber, dass sie die Meinung ihres Bruders nicht teilt.

»Na Gott sei Dank«, brumme ich und angele mir ein weiteres Stück Hühnchenfilet in Honig-Senf-Kruste von einem der Teller. *Madonna*, dieser Mann kann kochen! Wenn er bloß nicht so ein unmöglicher Kerl wäre!

»Also, womit hat dein nerviger Bruder recht?«, frage ich mit undamenhaft vollem Mund.

Skye sieht mich über ihr Glas Wein hinweg nachdenklich an, und ich erwidere ihren Blick fragend. Sie nimmt einen Schluck und sagt dann: »Weißt du – Aidan und du, ihr wirkt so gereizt, wenn ihr zusammen seid, dass man fast annehmen könnte, dass …«

»Dass was?« Meine Augenbrauen wandern beinahe drohend in die Höhe, während auch ich nach meinem Weinglas greife.

»Dass man meinen könnte, ihr wärt ziemlich scharf aufeinander.« Skye erwidert meinen Blick mit einem breiten Grinsen, und ich rolle die Augen himmelwärts.

»*Dio mio*, nein!«

»Meinst du?« Skye grinst mich breit an. »Das eben … also, ich könnte fast schwören, dass mein lieber Bruder ziemlich eifersüchtig auf Jackson Porter war.«

Mit einem energischen Kopfschütteln wende ich ein: »O nein, Skye, bestimmt nicht! Dein Bruder findet mich mit ziemlicher Sicherheit einfach nur nervig, und ich … ich habe mir vor langer Zeit geschworen, die Finger von gut aussehenden dunkelhaarigen Männern zu lassen. Die bringen nur Ärger.«

»So, so, du findest Aidan also attraktiv.«

»Natürlich finde ich das, welche Frau mit Sehkraft würde das nicht tun?« Ich setze das Weinglas etwas zu heftig auf dem Tisch ab.

»Und … warum hast du dir geschworen, die Finger von Typen wie meinem Bruder zu lassen?« Interessiert mustert mich Skye, während sie sich ein weiteres Fischfilet auf den Teller bugsiert. Aidan hat so viel zur Probe gekocht, dass wir halb Whale Island satt bekommen könnten. Jackson hätte in jedem Fall mit uns essen können!

»Ach, das ist fast vierzehn Jahre her und hat mit einem zu gut aussehenden Typen namens Enzo zu tun.« Ich senke die Stimme und füge hinzu: »Ihr Vater.« Ich mache eine leichte Kopfbewegung in die Richtung von Felis geschlossener Zimmertür. Seit Jackson verschwunden ist, ist sie nicht mehr aufgetaucht, aber ich habe ihr vorhin einen Teller mit Essen reingereicht – und sie saß tatsächlich mit ihrer Gitarre auf dem Bett und hat zaghaft an den Saiten gezupft.

»Ah, verstehe«, murmelt Skye ernst und betrachtet mich neugierig. »Du musst irgendwann mal bei mir vorbeikommen – damit wir ganz ungestört reden können.« Sie lächelt mich breit an, und ich nicke, glücklich darüber, nach so kurzer Zeit auf dieser Insel schon so etwas wie eine Freundin gefunden zu haben – und noch dazu wohnt Greta ebenfalls hier!

»Aber nun sag doch bitte mal, was du eben gemeint hast – von wegen, dass Aidan recht hatte?«

Skye seufzt tief, bevor sie nach der Weinflasche greift und sie mit bedauerndem Gesichtsausdruck hin und her schwenkt. »Schade, fast leer«, murmelt sie und füllt erst mein Glas auf, dann ihres. »Ach, was er eben gesagt hat, von wegen ›endlich eine weise Entscheidung in Sachen Männer‹ – damit hat er leider recht. Ich habe in der letzten Zeit nicht unbedingt weise Entscheidungen getroffen, was mein Liebesleben angeht. Seit inzwischen anderthalb Jahren bin ich mal mehr, mal weniger mit Jeff zusammen. Du weißt schon, der Arzt aus meiner Klinik, den ich vorhin schon erwähnt habe.«

Richtig, als sie und ich uns auf dem Fahrradweg kennengelernt haben. War das wirklich erst heute Nachmittag? Unfassbar – es kommt mir vor, als würde ich Skye schon ewig kennen. Sie gehört einfach zu diesen Menschen, bei denen man sich spontan wohlfühlt. Ihre unkomplizierte, fröhliche Art hüllt mich geradezu ein – fast wie mein bunter Schal, der mich vor Kurzem noch an Deck der Fähre warmgehalten hat. Auch unsere Ankunft auf dieser Insel kommt mir schon vor wie vor einer halben Ewigkeit – kaum zu glauben, dass wir noch nicht einmal eine ganze Woche auf Whale Island sind!

»Willst du mir mehr darüber erzählen?«, hake ich behutsam nach, während ich die letzten Krümel von meinem Teller klaube und mir in den Mund schiebe. *Madonna*, ich bin pappsatt, würde aber so gern noch weiteressen! Wenn das jetzt schon so losgeht, werde ich hier auf der Insel figurtechnisch völlig aus dem Ruder laufen. Aidan Cameron, du bereitest mir wirklich nur Probleme!

»Tja, ich weiß nicht«, lacht Skye voll Bitterkeit auf und leert ihr Weinglas mit zwei Zügen. Dann starrt sie durch die Tür hinaus in das dämmerige letzte Licht des Abends, der Grillenzirpen und schwirrende Insekten vor dem Moskitonetz mit sich gebracht hat. »Das ist eine ziemlich deprimierende Lovestory, fürchte ich. Eigentlich ist es wohl gar keine Lovestory, denn ich bin mir ziemlich sicher, dass Jeff mich nicht liebt. Eine ganze Weile habe ich mir das eingeredet, weißt du? Ich war so verknallt in ihn und habe ständig Entschuldigungen für sein Verhalten parat gehabt: Dass er nur selten Zeit für mich hatte, habe ich auf seinen Stress im Krankenhaus geschoben. Dass er nicht wollte, dass unsere Kollegen von unserer Affäre erfuhren, habe ich damit begründet, dass er einfach keinen Klatsch und Tratsch bei uns auf der Arbeit wollte. Ich habe es mir lange Zeit schöngeredet, dass er ganz offensichtlich von Anfang an nur darauf aus war, mit mir ins Bett zu gehen. Immerhin findet er mich offensichtlich sehr anziehend und attraktiv – das ist doch fast ein Liebesbeweis, oder?«

Skye schüttelt bei ihrer offenbar rhetorisch gemeinten Frage den Kopf und lacht leise auf. »Wenn ich tatsächlich mal die Nase voll hatte von seinem Verhalten und ihm das auch gesagt habe, dann hat er mir daraufhin erst einmal tagelang die kalte Schulter gezeigt. So lange, bis ich entweder angekrochen kam und bettelte, dass wir uns wieder vertragen, oder bis ich – mal wieder! – die Entscheidung getroffen habe, dass dieses Auf und Ab ein Ende haben musste und Schluss gemacht habe.« Skye seufzt leise. »Aber jedes Mal, wenn ich versucht habe, wirklich den Schlussstrich zu ziehen, kamen prompt Blumen von Jeff. Ein Schmuckstück. Teure Unterwäsche. Und Mal für

Mal habe ich wieder nachgegeben. Habe mich erneut um den Finger wickeln und bezirzen lassen, mich geschmeichelt und begehrt gefühlt, hatte wieder die irrsinnige Hoffnung, dass es nun doch klappen würde. Dass er sich ändern würde. Dass wir endlich einen Weg zu einer harmonischen und normalen Beziehung finden würden. Aber … eigentlich war mir Mal für Mal völlig klar, dass sich dasselbe Prozedere wiederholen würde. Ich wollte es mir nur nicht eingestehen.«

Skye lächelt mich schief an, und ich lege eine Hand auf ihre, drücke ihre Finger sanft.

»Vor einem Jahr, da war ich so weit, dass ich endgültig einen Schlussstrich ziehen wollte. Ich war damals erst sechs Monate mit Jeff ›zusammen‹ – wenn man es denn überhaupt so nennen konnte! –, aber ich habe mich völlig ausgelaugt gefühlt, als hätte ich eine jahrelange emotionale Achterbahnfahrt hinter mir. Im letzten Sommer habe ich mit Greta über Jeff geredet, und dank ihrer Ratschläge habe ich beschlossen, ihn endgültig in den Wind zu schießen.« Sie lacht heiser auf. »Tja, rate mal, was er dann getan hat? Jeff hat mich tatsächlich mitten in der Krankenhauskantine geküsst, sodass all unsere Kolleginnen und Kollegen es sehen konnten. Er hat beteuert, dass er seine Gefühle für mich nicht länger vor der Welt verstecken wollte. Nach dem monatelangen Versteckspiel waren das natürlich genau die Worte, nach denen ich mich gesehnt hatte. Und so habe ich wieder nachgegeben. Ihm verziehen. Uns eine Chance gegeben.«

Skye starrt wieder in den Abend hinaus, der langsam zur Nacht wird.

»Wir hatten seitdem einige gute Phasen. Aber … trotzdem mehr schlechte als gute. Er verhält sich im Grunde genommen immer noch so wie damals, bevor wir ganz offiziell zusammen waren: Sobald ich ihn kritisiere, sobald ich ein Problem anspreche, ist er eingeschnappt und sperrt mich aus seinem Leben aus. Er ist nicht mehr erreichbar, ignoriert meine Nachrichten.«

Skye sieht mich wieder an, und in ihren blauen Augen schimmern Tränen. »Das … das macht mich emotional so unfassbar fertig, weißt du? Es ist so weit gekommen, dass ich mir jede Kritik verkneife, dass ich panisch jeden Streit vermeide, weil ich nicht wieder von ihm ausgegrenzt werden will. Beziehungsweise … wollte. Mir reicht es. Mal wieder.«

Sie lacht bitter auf und wischt sich mit dem Handrücken über die Augen. »Nicht nur, dass er mich emotional dafür bestraft, wenn ich ihn kritisiere oder meinen eigenen Kopf habe, nein – in den letzten Wochen hat er außerdem damit begonnen, mich regelmäßig schlechtzumachen. Wahrscheinlich, weil ich in der letzten Zeit nicht mehr so reagiere, wie er sich das erhofft – ich versuche nicht länger verzweifelt, ihn anzurufen, wenn er mich mal wieder ignoriert. Mit jedem Mal, wenn er mich im letzten Jahr so behandelt hat, ist in mir ein wenig mehr von meinen Gefühlen für ihn abgestorben, verstehst du? Inzwischen bin ich nicht mehr so verunsichert, wenn er mich ausblendet, sondern nur noch wütend. Aber … seit er das gemerkt hat, hat er dieses andere Psychospiel begonnen. Wenn wir uns nach einem Streit wieder versöhnen, fängt er kurz danach an, an mir herumzusticheln. Ob ich nicht mal eine Diät machen wolle? Ob ich wirklich der Meinung sei, dass diese Hose mir steht? Warum ich nicht mehr aus meinem Haar mache? Und wenn ich dann gekränkt bin oder wütend werde, zieht er die ›Aber ich mag dich natürlich so, wie du bist‹-Karte. Nein, er sagt nie ›Ich liebe dich, so wie du bist‹ – aber er macht mir klar, dass ich froh sein kann, ihn zu haben, weil er mich mit all meinen Makeln hinnimmt und akzeptiert.«

Fassungslos starre ich Skye an. »Das kann doch nicht dein Ernst sein, Skye! Das ist doch Psychoterror, was der Typ macht!«

»Ja, du sagst es. Verdammt, ich hätte zwei Flaschen mitbringen sollen«, murmelt Skye jetzt und dreht frustriert die leere Weinflasche hin und her.

»Hey, ich habe doch auch Rotwein da!«, werfe ich ein und eile in meine Küchenecke. Bei meinem ersten Einkauf im Inselladen hatte ich enttäuscht festgestellt, dass man dort keinen Alkohol kaufen konnte – der nette rothaarige Verkäufer Ronan hat mich darüber aufgeklärt, dass man in Kanada in spezielle »Liquor Stores« gehen muss, um Alkoholika zu bekommen. Kurzum bin ich gestern mit meinem demolierten Mietwagen auf der Fähre ans Festland gefahren, habe den Liquor Store aufgesucht und mich eingedeckt. Leider gab es keinen meiner italienischen Lieblingsweine, aber ich habe einen chilenischen gekauft, von dem ich schon Gutes gehört hatte. Beim Gedanken an mein geschundenes Auto fällt mir ein, dass ich dringend mit der Mietwagenfirma wegen des Schadens telefonieren muss. Zum Glück werde ich das Auto in ein paar Tagen sowieso bei der nächsten Filiale in der Nähe von Scott's Harbour zurückgeben, weil ich es nur für zwei Wochen angemietet habe – für einen längeren Zeitraum ist das einfach zu teuer. Greta hat mir angeboten, dass ich mir das Auto von Duncan und ihr ausleihen kann, wenn ich auf dem Festland einkaufen will, und hier auf Whale Island brauche ich ja fast nur das Fahrrad. Okay, zumindest im Sommer – aber der Winter ist noch in weiter Ferne, und vielleicht ergibt sich bis dahin für mich eine Gelegenheit, bei der ich mir einen günstigen Gebrauchtwagen zulegen kann.

Während ich nun die Flasche entkorke, sehe ich Skye ungläubig an und frage: »Aber wenn du das Verhalten von diesem … diesem Psychopathen doch so gut durchschaust – warum hast du dich dann nicht wirklich längst von ihm getrennt, um Himmels willen?«

Sobald ich mich dem Tisch mit der offenen Flasche wieder nähere, merke ich, dass Skyes Augen feucht schimmern. Sie holt zitternd Luft und wirkt mit einem Mal gar nicht mehr wie die selbstbewusste, fröhliche Frau, die ich heute Nachmittag auf dem Radweg kennengelernt habe.

»Weil …« Sie zuckt mit den Schultern und lächelt schief, während sie sich Tränen von den Wangen wischt. »Weil er ja irgendwie recht hat. Wer würde mich sonst wollen, wenn ich ihn nicht mehr hätte?«

Empört schnappe ich nach Luft und will energisch widersprechen, aber Skye hält eine Hand hoch und schüttelt mit einem Lachen, das sich mit Tränen mischt, den Kopf. »Nein, sag jetzt nicht, dass ich spinne, dass ich mal in den Spiegel schauen soll und so weiter und so fort. Ich war ein echter Spätzünder, was Männer angeht, und, na ja, hier auf Whale Island war die Auswahl natürlich auch nie besonders groß.« Sie schluchzt trocken auf und grinst mich schief an. »Auf dem College wurde das anders, ich habe zum ersten Mal das Gefühl gehabt, gesehen zu werden, als weibliches Wesen wirklich wahrgenommen zu werden. Aber …«

Sie bricht ab und wischt sich unter den Augen entlang. »Mein erster richtiger Freund auf dem College, Simon Schumann, der … der hat mich nach zwei Jahren Beziehung betrogen. Und … so gut wie alle wussten es, nur ich nicht.« Sie holt tief Luft, nestelt an ihrem Haar herum. »Dass Hannah O'Brian dünn und blond und supersportlich war, hat nichts besser gemacht. Sie war eine der beliebtesten Studentinnen, und die meisten meiner Mitstudenten waren sofort ›Team Hannah‹. Und … eine meiner ›Freundinnen‹ – du meine Güte, dass ich jemals glauben konnte, das wäre eine Freundin gewesen! –, also, sie hat zu mir gesagt, dass ich mich wirklich nicht wundern müsse, dass Simon etwas mit Hannah angefangen habe – so wenig, wie ich auf meine Figur geachtet hätte.« Skye lacht heiser auf, und ich ziehe ungläubig die Augenbrauen hoch.

»Danach habe ich eine Zeit lang versucht abzunehmen, was nicht geklappt hat. Dafür esse ich einfach zu gern. Und ich habe mir immer eingeredet, dass ich nicht superschlank sein muss, um die große Liebe zu finden. Aber ... ich hatte seit Simon keine wirkliche Beziehung mehr. Nur kurze Liebeleien, die nichts Ernstes waren. Und ich weiß, dass das mit Sicherheit nicht an meiner Figur liegt! Aber ... wenn Jeff mich dann fragt, ob ich schon an eine Diät gedacht hätte ... dann bin ich wieder einundzwanzig und habe gerade Simon mit der unfassbar schlanken Hannah im Bett erwischt und ... dann rechne ich damit, dass sich dieser Albtraum jeden Moment wiederholt und dass mir wieder alle sagen, dass es sie nicht wundert, so, wie ich aussehe.«

»Aber Skye«, murmele ich betroffen, umrunde den Tisch und ziehe sie ohne Umschweife in meine Arme. Wen kümmert es schon, dass wir uns erst seit ein paar Stunden kennen? Jetzt gerade ist eine Umarmung gefragt, und eine Umarmung bekommt sie, jawohl!

»Du bist wunderschön, weißt du das? Und zwar gerade wegen deiner Sanduhrfigur! Du hast so eine fabelhafte Ausstrahlung, Skye Cameron! Lass dir das bloß von keinem Kerl dieser Welt ausreden! Jeff ist ein riesiger Idiot, und du solltest schleunigst zusehen, dass du den zum Teufel jagst!«

Skye schluchzt in meine Schulter, bevor sie sich von mir löst und einmal mehr heiser auflacht. »Ja, das weiß ich auch ... Aber ... irgendwann in den letzten Monaten, da habe ich diesen Punkt erreicht, an dem ich mich gefragt habe, ob ich wirklich noch eine Wahl habe.« Sie ist plötzlich wieder todernst geworden. Ratlos sehe ich sie an und hake nach: »Wie meinst du das? Man hat fast immer im Leben eine Wahl, Skye!«

»Fast immer, ja. Aber ... wenn ich in diesem Leben noch eine Familie gründen will – und das will ich unbedingt, ich liebe Kinder! –, dann läuft mir langsam, aber sicher die Zeit davon.« Ihre blauen Augen quellen schon wieder über. »Vier Kinder wollte ich immer haben. Vier Geschwister, wie wir es sind. *Four Whales!* Das war mein Traum. Aber ich bin jetzt fünfunddreißig. Wie soll ich da noch einen neuen Partner finden, ihn heiraten und dann vier Kinder in die Welt setzen, bevor ich Anfang vierzig bin?«

»Also, ich kann dir sagen, ein einziges Kind ist auch schon eine Herausforderung«, murmele ich und streiche ihr sanft über die Wange. »Aber ich verstehe natürlich, was du meinst.«

Und die Tatsache, dass diese bildhübsche, fröhliche Frau ihre Träume davonschwimmen sieht, zerreißt mir das Herz.

»Wenn ich also noch eine Familie gründen will, dann ... dann sollte ich mich vielleicht einfach glücklich schätzen, Jeff zu haben, meinst du nicht? Er sieht gut aus, ist noch dazu Arzt – und er kann ja sehr nett sein! Unser Sex ist auch ganz gut. Was will ich also mehr?«

»Was willst du mehr?«, wiederhole ich ungläubig und lasse mich zurück auf meinen Stuhl sinken. »Hast du mir nicht gerade erzählt, wie unmöglich er sich dir gegenüber verhält? Und dass du der Meinung bist, dass er dich nicht wirklich liebt?«

Skye schluchzt leise auf. »Ja. Habe ich. Aber ... ganz ehrlich, Stella: Ich habe einfach tierische Angst davor, wieder Single zu sein. Mich wieder auf die Suche nach der großen Liebe machen zu müssen. Ich … ich sollte vielleicht dankbar sein, überhaupt jemanden in meinem Leben zu haben.«

»O nein, Skye, das solltest du nicht. Man hat immer eine Wahl im Leben, und als emanzipierte Frau solltest du auf gar keinen Fall auch nur darüber nachdenken, mit einem Idioten zusammenzubleiben, nur um nicht allein zu sein! Arzt hin oder her, Himmel noch mal! Ich verstehe, dass du Angst vor diesem Schritt hast – aber, *dio mio*, natürlich wirst du jemand anderen finden! Ganz ehrlich, Skye, die Männer hier in Nova Scotia können doch nicht alle blind oder blöd oder beides sein?«

Jetzt lacht sie richtig, und ich bin so froh darüber, dass ich erleichtert mit ihr lache.

»Tja, wenn es überhaupt genügend Männer hier gäbe, die blind oder blöd oder beides sein könnten – ich meine, Männer in meinem Alter, die ledig und nicht schwul sind. Glaub mir, da komme ich nicht auf viele. Hier auf Whale Island gibt es momentan eigentlich nur einen, und der ist leider mein Bruder und außerdem ein Vollidiot. Also, zumindest manchmal.« Wir lachen beide auf, und Skye zückt ein Taschentuch und putzt sich die Nase.

»Na ja, ein Cottage weiter wohnt neuerdings ein ziemlich attraktiver Mann, der eben ganz angetan war von deinem Gesang«, bemerke ich spitz und schenke erst Skye, dann mir Wein ein. Skye lässt das Taschentuch sinken und lacht auf.

»Ja, klar. Von meinem Gesang. Aber ansonsten war er ziemlich angetan von DIR, meine liebe Stella.«

Ich pruste los. »Nie im Leben! Aber, um auf deine Auswahl an Männern zurückzukommen: Was ist mit deinem Krankenhaus? Ich meine, da gibt es doch bestimmt reichlich nette Pfleger? Und andere Ärzte? Patienten? Wenn ich an *Grey's*

Anatomy denke, bieten sich da doch sicherlich viele romantische Gelegenheiten?«

Skye kichert und schüttelt dann mit einem tiefen Seufzer den Kopf. »Leider ist die Realität in einer Notaufnahme so weit von Doc McDreamy entfernt wie … wie ich von Modelmaßen.« Sie seufzt erneut und greift dann fast bockig zu einem weiteren von Aidans sündhaft köstlichen Blätterteig-Teilchen mit Krabbenfüllung. Ich grinse sie fröhlich an und tue es ihr gleich.

»Das bin ich übrigens auch«, bemerke ich. »Also, weit weg von Modelmaßen, meine ich. Aber du kannst mir nicht erzählen, dass du außer Jeff keine Dating-Optionen hast! Ganz ehrlich, Skye, das nehme ich dir nicht ab!«

»Es gibt aber sonst niemanden«, beharrt sie mit düsterem Gesichtsausdruck. »Glaub mir, ich habe schon so oft auf ein Wunder gehofft, wenn mal wieder ein ganz passabel aussehender Patient eingeliefert wurde, aber immer tauchte entweder eine Ehefrau auf oder eine Freundin – manchmal auch beide, das ist dann echt übel – oder ein Mann oder Freund. Bei den besonders attraktiven Patienten ist fast immer Letzteres der Fall.«

»Da muss ich dir recht geben«, seufze ich auf. Nachdenklich starre ich in die Nacht hinaus und frage dann leise: »Meinst du, Jackson ist schwul?«

Erstaunt sieht Skye mich an. »Weil er so attraktiv ist, meinst du?« Als ich nicke, schüttelt sie den Kopf. »Nee, der hat doch sogar eine Freundin, meine ich. Ich habe das neulich erst irgendwo in einer Klatschzeitschrift gelesen. So ein Model, dunkle Haut, superhübsch.«

»Ein Model. Mit Modelmaßen. Na klar.« Ich schüttele grinsend den Kopf. »Aber er könnte trotzdem schwul sein. In Wahrheit, meine ich. Das dürfte er doch niemals offiziell machen, dann würden die ganzen Teenies nicht mehr für ihn schwärmen.«

»Zumindest nicht die Mädels«, lacht Skye auf. »Aber wenn er schwul wäre, hätte er dich eben nicht so angestarrt, Stella Minetti.«

Ich lache auf. »Du spinnst, Skye. Weißt du was? Ich habe eine Idee. Hast du es schon einmal mit Onlinedating versucht?«

19

Sehr viel später an diesem Abend – nachdem wir auch meine Flasche Wein fast ganz geleert haben – begleite ich Skye bis zur *Cameron Lodge*, wo sie heute spontan bei ihren Eltern übernachten wird, weil sie sich nicht mehr in der Lage fühlt, bis nach Hause zu laufen. Doch selbst der nicht so schrecklich lange Weg durch den inzwischen stockfinsteren Wald ist schon eine Herausforderung, und bis wir auf die Idee kommen, dass Skye bei ihrem Smartphone die Taschenlampenfunktion aktivieren kann, stolpern wir kichernd und lachend über diverse Wurzeln und laufen gegen tief hängende Äste. Zum Glück scheint Jackson bereits zu schlafen – zumindest ist in seinem Cottage alles dunkel. Er wohnt fast neben mir – sein Cottage ist das hinterste der Gäste-Häuser, liegt also am weitesten entfernt von der *Cameron Lodge*, und direkt dahinter beginnt schon der Teil mit den Cottages der Hotelmitarbeiter, von denen meines das erste ist. Tiefer im Wald kann Jackson als Gast nicht wohnen – und das ist natürlich Absicht, denn er will ja seine Ruhe haben, falls er doch noch da ist, wenn die anderen Gäste kommen. Allerdings hat er somit eine betrunkene Halbitalienerin zur Nachbarin, die sich zu nächtlicher Stunde gern im dunklen Wald den Weg bahnt, gemeinsam mit einer ebenso betrunkenen Kanadierin, die sich hier eigentlich auskennen müsste und trotzdem einmal gegen eine Birke läuft.

Als wir es schließlich bis zum Hotel geschafft haben, sind wir vor lauter Lachen so außer Atem, dass ich nach Luft schnappen muss und mir die Seite halte. Wir verabschieden uns mit einer langen Umarmung, ganz so, als würde ich Skye ebenso gut kennen wie Greta – und fast fühlt sich das tatsächlich so an. Natürlich gibt es jede Menge, was ich noch nicht über sie weiß, und umgekehrt ist das genauso – aber trotzdem: So ein weinseliger Abend mit tiefschürfenden Gesprächen über Männer und dem Anlegen eines Onlinedating-Profils für Skye bei *Scotia Singles*, der schweißt durchaus zusammen. Skye wollte mich unbedingt dazu überreden, dass wir für mich auch gleich ein Profil anlegen – aber ich habe dankend und mit Nachdruck abgelehnt.

»Im Gegensatz zu dir bin ich ja gar nicht auf der Suche nach Mr. Right«, habe ich vehement erwidert. »Ich habe schon ein wunderbares Kind – okay, zurzeit eher herausfordernd, aber eigentlich wunderbar –, und mir wäre es momentan viel zu anstrengend, mich für Dates herauszuputzen, erzwungenen Small Talk zu führen und mich zu fragen, ob ich vor der Haustür geküsst werden möchte oder nicht.«

»Na ja, du hast ja außerdem schon einen scharfen Typen, der scharf auf dich ist«, hat Skye gekichert und erstaunlich schnell auf der Tastatur herumgetippt – war es wirklich so eine prima Idee, in nicht mehr nüchternem Zustand ein Onlinedating-Profil anzulegen? Vor lauter Lachen hätte ich fast eine Weinfontäne versprüht.

»Klar«, habe ich hervorgestoßen, nachdem ich den Wein mühsam beherrscht hinuntergeschluckt hatte. »Vielleicht erinnere ich Jackson an seine Mutter, und er hat mich deshalb so angelächelt.«

»Du spinnst ja«, hat Skye gegackert, bevor sie ihre Stirn in Falten gelegt und laut überlegt hat: »Hobbys? Hmm … Zählt Aushilfe im Hotel der Eltern als Hobby? Und ist das armselig, weil ich das wirklich gern mache?«

»Quatsch, kein bisschen armselig.« Nachdenklich habe ich sie angesehen und dann nachgehakt: »Wie alt ist Jackson denn überhaupt? Höchstens Mitte zwanzig, oder?«

Kurzerhand haben wir Jackson Porter gegoogelt und festgestellt, dass er tatsächlich erst fünfundzwanzig Jahre alt ist, woraufhin ich einmal mehr betont habe, dass er a) auf keinen Fall Interesse an mir haben kann und dass ich b) mit einem zehn Jahre jüngeren Kerl gar nichts würde anfangen wollen. Skye hat mich daraufhin angesehen, als hätte ich nicht mehr alle Löffel im Besteckkasten und mich daran erinnert, dass es andersherum – wenn ich fünfundzwanzig wäre und Jackson fünfunddreißig – überhaupt nicht außergewöhnlich wäre und sich niemand deswegen Gedanken machen würde. Sie hat ja recht.

»Aber er ist ja ohnehin kein Single!«, habe ich mit Nachdruck betont, doch da hatte ich meine Rechnung ohne Skye gemacht, die schon beim nächsten Treffer im Word Wide Web war.

»Und ob er das ist!« Mit bedeutungsschwerem Blick hat sie mir eine Nachricht von der Homepage eines dieser unseriösen Klatschmagazine gezeigt: »Jackson Porter wieder Single! Nach zweieinhalb Jahren Beziehung hat sich das erfolgreiche Model Clementine La Sierra von dem Schwarm aller Teenies getrennt!«

»Ach, ich bitte dich – in diesen Magazinen steht doch auch regelmäßig, dass Jennifer Aniston wieder mit Brad Pitt zusammen ist und ein Baby von ihm bekommt«, habe ich lachend eingeworfen, aber Skye machte ein paar weitere Klicks, und prompt konnten wir dieselbe Story in zehn verschiedenen Versionen lesen. Sogar eine deutsche Zeitschrift hat in ihrer Onlineausgabe darüber berichtet.

»Die Nachricht ist von gestern«, hat Skye gemeint und mich nachdenklich gemustert. »Ich glaube, jetzt kennen wir den Grund, warum sich Jackson Porter in die Einsamkeit von Whale Island geflüchtet hat, oder? Weit weg vom Klatsch und Tratsch der Promiwelt.«

»Hmm, schon möglich«, habe ich erwidert.

»Und, ha, rate mal, wie alt Clementine ist?« Triumphierend hat mich Skye angesehen und einen Teil des Textes mit ihrer Hand verdeckt, während ich erneut das Foto der hinreißenden dunkelhäutigen Schönheit mit der Wahnsinnsfigur betrachtet habe.

»Hmm, also, diesem Foto nach zu urteilen … neunzehn?«

»Da siehst du mal, wie viel Photoshop bewirken kann«, hat Skye gelacht. »Sie ist zweiunddreißig, meine Liebe. Und sie hat eine Tochter aus einer früheren Beziehung! Jackson steht also auf ältere Frauen – und auf alleinerziehende Mütter.«

»Auf ältere Frauen! Sie ist zweiunddreißig!«

»Jaha, ich meinte, auf Frauen, die älter sind als er!«

Lachend habe ich mein Weinglas aufgefüllt (schlechte Idee) und erwidert: »Gut, er steht also auf Frauen, die zwar älter sind als er, aber jünger aussehen. Und garantiert noch nicht einmal von Cellulitis gehört haben.«

»Photoshop, ich sage nur Photoshop.«

»Okay, wie auch immer: Skye, du lenkst nur ab. Wir brauchen noch ein Profilfoto für dich!«

Zum Glück haben wir das nicht heute Abend aufgenommen – wie das ausgegangen wäre, daran mag ich gar nicht denken. Stattdessen hat Skye ein Bild auf ihrem Smartphone herausgesucht, auf dem sie wirklich zum Anbeißen aussieht.

»Wenn sich darauf keiner meldet, dann ist Nova Scotia wirklich voll von Idioten«, habe ich gesagt, als wir Skyes Profil freigeschaltet hatten und unsere Rotweingläser leerten. Inzwischen waren wir auf meine Veranda umgezogen, wo wir auf den Deckchairs sitzend weinselig Glühwürmchen und Sternschnuppen zählten. *Dio mio*, diese Insel war wirklich zum Verlieben!

»Ich hoffe wirklich, dass du recht hast«, hat Skye geseufzt.

Jetzt, als ich meine neue Freundin sicher an der *Cameron Lodge* abgeliefert und sehr lange umarmt habe, will ich mich zum Gehen wenden, aber Skye hält mich am Ärmel meiner Strickjacke fest.

»Und wie kommst du jetzt zurück zu deinem Cottage?«, fragt sie und wankt ein wenig zur Seite. Auch ich muss mich am Geländer der Verandatreppe festhalten, als ich kichernd antworte: »Na, zu Fuß!«

»Aber dann bist du ja allein unterwegs! Ich meine … du hast mich extra begleitet, damit ich nicht allein durch den dunklen Wald laufen muss und versehentlich betrunken gegen noch mehr Bäume laufe – und jetzt willst du allein den ganzen Weg zurückirren? Dabei kennst du dich hier gar nicht so gut aus wie ich! Komm, ich begleite dich.«

»Quatsch, Skye!«, kichere ich albern. »Dann musst du ja wieder allein zurück!«

Wir sehen uns an und müssen auf einmal so sehr lachen, dass wir beide in die Knie gehen und uns Tränen über die Wangen rinnen.

»Warte mal«, prustet Skye dann und zückt schon ihr Telefon. Ich kann gar nicht so schnell reagieren, wie sie bereits ihr Smartphone am Ohr hat und fragt: »Aidan?«

»Um Gottes willen, spinnst du?«, hauche ich aufgeregt und fuchtele mit den Armen, aber da fährt sie schon kichernd fort:

»Könntest du Stella bitte vor dem Hotel abholen? Ich will sie nicht allein durch den Wald zurückschicken, weil sie nicht mehr ganz nüchtern ist und am Ende noch am North Point Leuchtturm herauskommt …«

»Skye!« Verzweifelt schlage ich die Hände vors Gesicht und zische ihr zwischen den Fingern hindurch zu: »Ich bin nicht betrunken! Und ich kann sehr wohl allein zurück zu meinem Cottage gehen!«

Um dies zu unterstreichen, wende ich mich energisch ab und marschiere los.

»Falsche Richtung!«, ruft Skye mir nach und schüttelt sich schon wieder vor Lachen. Immerhin hat sie inzwischen das Telefonat beendet. Andererseits bedeutet das wohl, dass Aidan schon auf dem Weg hierher ist. Oder?

»Ich weiß, wohin ich muss«, behaupte ich stur und drehe mich diskret um meine eigene Achse, denn ich bin tatsächlich zunächst Richtung Parkplatz gelaufen – warum auch immer. Vielleicht war das letzte Glas Wein doch zu viel? Aber es ist wirklich verflixt dunkel, und ich habe leider kein Telefon dabei, das mir als Taschenlampe dienen könnte.

»Du hättest mir einfach dein Telefon leihen können, dann würde ich den Weg schon selbst finden!«, sage ich leicht verzweifelt zu Skye, die immer noch lachend am Verandageländer der Lodge lehnt.

»Aber dann verpasse ich am Ende eine Nachricht von Jeff«, wendet sie ein, bevor sie rasch hinterherschiebt: »Ach, nein, ich warte ja gar nicht mehr auf eine Nachricht von Jeff!«

»Ganz genau! Und ich warte nicht auf deinen Bruder! Kannst du Aidan bitte sagen, dass ich keinen Begleitservice brauche? Ich finde den Weg schon, auch ohne Taschenlampe!«, rufe ich über meine Schulter und marschiere entschlossen auf das Wäldchen zu … nur um dort bereits ein tanzendes Licht und den dunklen Umriss einer breitschultrigen Gestalt auftauchen zu sehen. *Porca miseria.* Ergeben seufze ich auf.

»Das kannst du ihm selbst sagen!«, lacht Skye hinter mir albern. »Gute Na-hacht!«

Ich werfe ihr einen finsteren Blick über meine Schulter zu, was leider dazu führt, dass ich leicht ins Straucheln gerate.

»Ich brauche keine Begleitung, ich kann gut alleine laufen!«, rufe ich Aidan so würdevoll wie möglich entgegen und schwenke dann leicht nach links ab, weg vom Wäldchen und von der dunklen Gestalt, die festen Schritts auf mich zukommt. »Wirklich, du kannst zurückgehen – deine Schwester ist betrunken und war der Meinung, dich anrufen zu müssen.«

»Du wirkst aber auch alles andere als nüchtern«, grollt Aidan, und ich stelle zu meinem Entsetzen fest, dass er a) fast bei mir angekommen ist und b) eine unfassbar sexy Stimme hat.

War mir das vorher schon aufgefallen?

Stella, du bist wirklich betrunken!

»Ich bin nicht ganz nüchtern, aber auch nicht betrunken«, behaupte ich stur und marschiere weiter, wobei es mir auf dem unebenen Gras schwerfällt, nicht ins Straucheln zu geraten.

»Und warum läufst du auf die Klippen zu?«

»Ich … Oh.« Erschrocken bleibe ich stehen und starre geradeaus. Die Nacht ist pechschwarz, denn eben ist der Mond, dieser Verräter, hinter einer Wolkenbank verschwunden und hat das letzte bisschen Licht mit sich genommen. Unsicher blinzele ich ein wenig, um erkennen zu können, wo die Wiese endet und die Felsen beginnen, hinter denen der Atlantik an die Küste kracht. Während ich noch in das Schwarz vor mir starre, wird mir ein wenig schummerig.

»Schon mal was von Taschenlampen gehört? Die sind sehr praktisch. Vor allem, wenn man nachts betrunken in einer

Gegend herumirrt, wo es keine Straßenlaternen oder Ähnliches gibt«, bemerkt Aidan in seinem üblichen spöttischen Tonfall.

»Hmm, ich habe tatsächlich schon mal von Taschenlampen gehört«, murmele ich und starre über meine Schulter auf den Lichtkegel hinab, den Aidans Lampe auf das Gras hinter mir malt. »Und habt ihr schon darüber nachgedacht, dass es ziemlich gefährlich ist, die Gäste demnächst in dieser völligen Dunkelheit herumirren zu lassen? Wenn einer von denen über die Klippen stürzt, werdet ihr so was von verklagt!«

»Wir haben längst Solarlaternen bestellt, die entlang der Wege aufgestellt werden sollen, aber die Lieferung hat sich verzögert. Sie sind hoffentlich spätestens zum Soft Opening hier«, seufzt Aidan, und plötzlich ist er ziemlich dicht neben mir. Ich spüre deutlich die Wärme, die sein Körper ausstrahlt, und gleichzeitig wird mir bewusst, dass mich der Wind frösteln lässt. Doch als mich seine Hand am nackten Ellbogen berührt, zucke ich fast erschrocken zurück.

»Ich kann allein laufen, habe ich gesagt!«

»Mhhm«, macht Aidan, und ich höre genau das spöttische Lächeln in seiner Stimme. »Das ist gut. Ich hatte nämlich nicht vor, dich zu tragen. Also, komm.« Er wendet sich ab und geht los.

Ehe ich mich daran hindern kann, sage ich laut: »Natürlich hattest du das nicht, ich bin eh zu schwer. Ich bin wirklich keine Frau, die von einem Mann getragen werden kann.« Die Bitterkeit in meiner Stimme liegt eindeutig an meinem betrunkenen Zustand, und sie gefällt mir nicht. Okay, ich mag hin und wieder mit meinem nicht gerade gertenschlanken Körper hadern, aber eigentlich habe ich mich mittlerweile gut mit meinen Kurven arrangiert. Kein Grund also, deshalb so bitter zu klingen! Rasch schiebe ich deshalb hinterher: »Und außerdem würde ich mich gar nicht tragen lassen. Und ich lasse mir auch von keinem Mann sagen, was ich machen oder nicht machen soll.«

Stur bleibe ich auf der Stelle stehen und verschränke die Arme. Aidan ist ebenfalls wieder stehen geblieben und dreht sich jetzt langsam zu mir um. Er scheint mir mit der Taschenlampe ins Gesicht, sodass ich gequält den Blick senke.

»Natürlich«, bemerkt er trocken. »Das hatte ich auch nicht anders erwartet. Wenn eine nicht auf irgendeinen rettenden Ritter wartet, dann ist das Stella Minetti, habe ich recht?«

Mit einem Lachen, das leider sehr nach Grunzen klingt, nicke ich. »Ganz genau. Rettende Ritter können mich mal gernhaben«, lalle ich mehr, als dass ich klar spreche. »Ich habe bisher fast alles allein geschafft im Leben. Und darum kann ich auch allein nach Hause gehen. Ich bin kein kleines Mädchen, Aidan. Ich bin eine erwachsene Frau!«

»Eine besonders sture erwachsene Frau«, erwidert Aidan leise. »Man könnte es auch starrsinnig und uneinsichtig und zu sehr von sich selbst überzeugt nennen.«

»Ha, ha«, knurre ich, doch er ist noch nicht fertig. »Außerdem bist du anscheinend eine extrem verletzte erwachsene Frau, denn sonst würdest du nicht ständig jeden, der dir zu nahekommt, wegbeißen.« Endlich lässt er die Taschenlampe sinken, sodass ich mich nicht länger wie ein Reh im Scheinwerferlicht fühle.

»Das mache ich gar nicht bei jedem«, gebe ich dann zurück und klinge mit einem Mal heiser, weil sich mein Hals anfühlt, als würde jemand unbarmherzig einen Knoten enger ziehen. »Das mache ich nur bei Typen, die so besserwisserisch daherkommen wie du, Aidan Cameron.«

»Ich bin nicht besserwisserisch«, grollt Aidan leise, und ich muss, betrunken wie ich leider bin, aus vollem Hals loslachen.

»Siehst du? Und ob du besserwisserisch bist!«

»Und du bist betrunken.« Ich könnte schwören, ein Lächeln in seiner Stimme zu hören, aber da der Lichtschein nur noch unsere Füße erhellt, kann ich mir nicht sicher sein.

»Ein bisschen vielleicht.« Ich zucke mit den Schultern.

»Ihr scheint ja viel Spaß gehabt zu haben«, bemerkt Aidan.

»O ja. Du hast eine supernette Schwester. Eigentlich erstaunlich. Wobei … Duncan ist ja auch nett.«

»Hey!« Aidan hört sich nur zum Teil amüsiert an, zum Teil auch ehrlich entgeistert und … womöglich eine winzige Spur verletzt? »Was habe ich dir eigentlich getan? Für meinen blöden *Hooters*-Spruch habe ich mich längst entschuldigt. Und DU bist immerhin in MEINE Stoßstange gefahren! Zweimal! Und du hast sofort meine Speisekarte schlechtgemacht. Vom Serviettenmodell ›arroganter Koch‹ fange ich gar nicht erst an.«

Ich lache schon wieder, obwohl ich gar nicht so genau weiß, was daran so komisch ist … denn eigentlich hat er ja recht. Er hat mir bisher nicht wirklich etwas getan. Außer, dass er irritierend gut aussieht und so gut kocht, dass ich auf dieser Insel noch mehr Figurprobleme bekommen werde, als ich sowieso schon habe.

»Ja, ja, okay, mag sein, dass du auch nett bist. Oder nett sein kannst. Denn, ganz ehrlich, wirklich viel Mühe hast du dir bisher in meiner Gegenwart nicht gegeben«, erwidere ich trotzdem eine Spur patzig, denn zum einen fällt es mir nüchtern schon schwer, klein beizugeben, betrunken also erst recht, und zum anderen … macht es mir einfach so viel Spaß, Aidan Cameron zu ärgern. Schade nur, dass ich bei der Dunkelheit seine blauen Augen nicht aufgebracht blitzen sehen kann.

»Tja, vielleicht bin ich auch einfach kein netter Kerl«, grollt Aidan jetzt leise, und ich bekomme eine Gänsehaut. Allerdings nicht vor Angst. Oder Kälte. »Aber dafür hast du ja andere Kerle, die sehr nett zu dir sind.«

Überrascht lache ich auf. »Vielleicht hat Skye doch recht«, lalle ich, bevor ich mich bremsen kann.

»Womit?«

»Sie meint, dass du eifersüchtig auf Jackson Porter bist.« Sogar in meinem nicht nüchternen Zustand ist mir klar, dass ich mich morgen, wenn ich wieder klar denken kann, in Grund und Boden schämen werde. Aber es ist leider wahr, was man sagt: Der Wein lockert die Zunge.

Halt deine Zunge lieber in Schach, Stella!

20

Aidan schweigt ein paar Sekunden lang, und ich wünschte, ich könnte seinen Gesichtsausdruck erkennen. Als ich schon glaube, dass er meine Bemerkung einfach ignorieren wird, sagt er schließlich heiser: »Meine Schwester glaubt ja sogar, dass Glenn irgendwann zurück nach Whale Island zieht. So viel zu Skyes Lebensweisheiten.«

»Wer ist Glenn?«

»Mein anderer Bruder. Er wohnt in Halifax.«

»Oh, du hast noch einen Bruder? Ist er Single?«

Ich weiß auch nicht, warum ich das frage. Vermutlich, weil ich Aidans knurrige Stimme einfach so … sexy finde. Und prompt werde ich mit einem weiteren Grollen belohnt: »Ich habe keine Ahnung. Glenn erzählt nie viel von seinem Liebesleben.«

»Ist er älter oder jünger als du?«

»Jünger. Er ist dreiunddreißig. Soll ich dir seine Telefonnummer geben?«

»Hmm, tja, seit ich weiß, dass ich Chancen bei jüngeren Männern haben könnte …«

Aidan schnaubt leise auf.

»Was?«, hake ich spitz nach. Mir macht das hier immer mehr

Spaß. »Glaubst du etwa, dass ich zu alt bin für deinen Bruder? Oder für Jackson Porter?«

»Stella! Himmel noch mal, ich weiß gar nicht, wie alt du genau bist, und …«

»Fünfunddreißig.«

»Okay. Fein.« Er wendet sich ab und knurrt leise: »Können wir endlich gehen? Die Mücken fressen mich auf.«

»Geh doch«, erwidere ich stur. »Ich komme gleich nach.«

»Stella. Meine Geduld ist wirklich am Ende. Ich werde meine Restaurantmanagerin nicht über die Klippen stürzen lassen und dann am Ende wieder alles allein machen müssen.«

»Zum Beispiel Servietten zu Bischofsmützen falten?«, frage ich spitz.

Er ist so schnell bei mir, dass ich vor Schreck leise aufschreie. Ehe ich genau weiß, was er da macht, schlingt Aidan einen Arm um meine Oberschenkel und wuchtet mich wie einen Sack Reis über seine Schulter. Ich bin zu überrascht, um zu protestieren.

Oder doch nicht.

»Spinnst du?«, frage ich mit reichlich Verzögerung entgeistert, während sich Aidan ungerührt in Bewegung setzt.

»Nein. Du spinnst.«

»Außerdem bin ich nicht DEINE Restaurantmanagerin!«, gebe ich aufgebracht zurück, während ich hilflos über Aidans Schulter hänge, kopfüber, und auf das dunkle Gras hinabstarre. Seine Schulter fühlt sich verdammt gut an. Sehr muskulös. Ich wünschte, es wäre heller, sodass ich seinen Hintern genauer sehen könnte.

»Okay. Du bist UNSERE Restaurantmanagerin«, erwidert Aidan, und ich glaube, ein Lächeln in seiner Stimme zu hören. »Und MEIN persönlicher Albtraum.«

»Ach? Du träumst von mir?«

Warum ich so etwas frage, während ich in dieser unvorteilhaften Position hänge, weiß ich selbst nicht. Ein leises Lachen ist die Antwort.

»Oh, hiervon werde ich garantiert träumen«, murmelt Aidan, und ich merke, dass wir das Wäldchen erreicht haben, denn es wird dunkler. Noch dunkler. Der Duft nach Kiefernnadeln und Harz steigt mir in die Nase.

»Das riecht so gut«, seufze ich leise auf und schiebe dann rasch hinterher: »Ich meine den Wald! Nicht dich. Ich meine … vielleicht riechst du auch gut. Das kann ich nicht so genau sagen.«

»Erstaunlich, wo du doch mit deinem Gesicht an meinem Rücken hängst«, bemerkt Aidan, und erneut könnte ich schwören, dass er lautlos vor sich hin lacht.

Verstohlen halte ich meine Nase näher an sein T-Shirt. *Madonna*. Fehler. Großer Fehler.

»Und?«, erkundigt er sich hörbar amüsiert.

»Das Waschmittel kenne ich«, gebe ich betont locker zurück, um zu überspielen, dass mein Herz schneller schlägt. Er riecht bei Weitem nicht nur nach Waschmittel. Er riecht fantastisch, und meine Knie werden weich. Was auch daran liegen könnte, dass eine seiner Hände gerade meine Kniekehlen umfasst hat, um mich zu stabilisieren, weil wir … oh.

Wir bewegen uns ein paar Treppenstufen hinauf. Ehe ich begreife, was passiert, werde ich direkt vor meiner Cottagetür abgesetzt.

Weil ich so plötzlich wieder auf meinen eigenen Füßen stehe und die Welt nicht mehr auf dem Kopf betrachte, taumele ich ein wenig und wanke gegen Aidan. Er hält mich fest, und diesmal schüttele ich seine warme Hand nicht von meinem Arm. Ein wenig atemlos starre ich auf seine Finger hinab, die mich am Ellbogen halten. Auch er atmet etwas schwer, fällt mir auf …

aber klar, er hat mich immerhin gerade getragen. Unfassbar, dass er das geschafft hat.

Als könnte er meine Gedanken lesen, sagt Aidan jetzt mit rauer Stimme: »Siehst du, du bist doch eine Frau, die von einem Mann getragen werden kann.«

Mein Herzschlag beschleunigt sich plötzlich. Um das zu überspielen, stoße ich mit einem heiseren Lachen hervor: »Ja, wirklich erstaunlich. Ich hätte schwören können, dass du in der Mitte des Weges tot zusammenbrechen würdest. Es steckt halt doch noch etwas Höhlenmensch in dir, der seine Beute schultert und wegschleppt, wie?«

Aidan mustert mich mit einem Blick, der mich schlucken lässt. *Santo cielo,* Ist nur mir so warm, trotz der kühlen Nachtluft?

»Wenn ich irgendwann wegen dir tot zusammenbrechen sollte, dann sicher nicht wegen deines Gewichts, sondern weil du es dann geschafft und mich zu Tode genervt hast, liebe Stella«, gibt er schließlich seelenruhig zurück, während es in seinen Augen amüsiert aufglimmt. »Außerdem bist du wirklich nicht so schwer, wie du das darstellst.«

»Danke, du machst echt tolle Komplimente, Aidan.« Ich lache trocken auf, aber als seine Finger von meinem Ellbogen aus leicht an meinem Arm hinabstreichen, vergeht mir das Lachen. Plötzlich hätte ich nichts dagegen, einfach mal Beute zu sein und ihn den Höhlenmenschen spielen zu lassen. Wenigstens einen Abend lang. Eine Nacht. Vielleicht auch zwei Nächte. Drei …

»Und, ja, du hättest bestimmt Chancen bei Glenn«, unterbricht Aidan mein betrunkenes Gedankenwirrwarr, und ich sehe ihn verdutzt an. »Und bei Jackson Porter. Bei so ziemlich jedem einigermaßen intelligenten Mann mit Sehkraft, Stella Minetti.«

Sprachlos starre ich Aidan an, doch ehe ich aus seinem Blick schlau werde, wendet er sich mit einem Räuspern ab und sieht an mir vorbei, ins hell erleuchtete Wohnzimmer jenseits meiner Mückennetztür. »Kann ich das Tablett und die Teller mitnehmen?«

»Ähm …« Ich habe einen Moment lang Schwierigkeiten, aus meinem Erstaunen zurück in die Realität zu finden. »Ja, klar.«

Während Aidan meine Tür öffnet und hineingeht, auf den Esstisch zu, folge ich ihm rasch in mein Cottage und sage: »Das Essen war übrigens köstlich. Wirklich, wenn ich weiterhin dein Essen testen muss, dann wird mich wirklich niemand mehr schultern können.« Ich grinse ihn schief an, während er zwei Teller auf das Tablett räumt und sich dann zu mir umdreht. Sein Blick flackert kurz über meinen Körper, bevor er sich mit einem Kopfschütteln abwendet und leise murmelt: »Ich sage es ja: Du spinnst.« Lauter fügt er hinzu: »Kannst du mir bitte die Tür aufhalten?«

»Klar.« Leicht wankend gehe ich zur Mückennetztür und halte sie ihm auf. Mit einem gemurmelten »Danke« geht Aidan an mir vorbei, und ich halte die Tür weiterhin auf und sehe ihn, im Türrahmen stehend, an.

»Regel Nummer 1 hier draußen: Mach deine Mückentür immer schnell wieder zu. Du siehst sonst bald aus wie ein Streuselkuchen.« Aidan ist auf der Veranda stehen geblieben und schaut mich an. Ich erwidere seinen Blick und reagiere nicht. Vielleicht, weil sich in meinem benebelten Hirn gerade aus irgendeinem blöden Grund die Worte abspielen, die ich vorhin zu Skye gesagt habe: »Mir wäre es momentan viel zu anstrengend, mich für Dates herauszuputzen, erzwungenen Small Talk zu führen und mich zu fragen, ob ich vor der Haustür geküsst werden möchte oder nicht.«

Mein bescheuertes Gespräch mit Aidan würde ich gerade liebend gern fortführen, merke ich, denn es ist so weit von erzwungenem Small Talk entfernt wie nur möglich. Und ... ich möchte vor meiner Haustür geküsst werden. Oder vielleicht auch ... in meiner geöffneten Haustür.

»Hallo, Erde an Stella? Hast du mich verstanden?«, fragt Aidan leise und stellt das Tablett auf meinem Verandatischchen ab, bevor er wieder auf die Tür zukommt. Einen Moment lang scheint er zu zögern. Er sieht mich an, und seine hellblauen Augen kommen mir dunkler vor als sonst. Dann schluckt er schwer, greift entschlossen nach der Mückennetztür und schließt sie mit Nachdruck. Enttäuschung wallt in mir auf. Ich bin wirklich bescheuert!

Ohne etwas zu sagen, lege ich eine Hand flach gegen das Mückennetz.

Aidan starrt mich durch das Netz hindurch an, und ich fürchte, dass er gerade dasselbe denkt wie ich: dass ich betrunken und hirnlos bin.

Dann aber legt er plötzlich seine Hand von außen gegen meine, und durch das Mückennetz hindurch spüre ich seinen warmen Handteller und seine kräftigen Finger.

»Gute Nacht«, murmelt er mit dunkler Stimme und sieht mich dabei so intensiv an, dass ... *santo cielo*. Ich möchte diese Tür wieder aufmachen!

»Gute Nacht«, höre ich mich mit schwerer Zunge sagen. Aidan starrt mich noch ein paar aufgeregte Herzschläge lang an, bevor er sich mit einem leicht gequält klingenden Lachen abwendet.

»Träum was Schönes, Stella Minetti.«

»Du auch«, gebe ich atemlos zurück und versuche, meine Enttäuschung zu verbergen.

»Oh, das werde ich«, brummt Aidan und hebt das Tablett

auf. Der Blick, den er mir noch einmal zuwirft, als er sich abwendet, geht mir durch und durch.

»Mama?«

Erschrocken fahre ich herum. Feli steht in ihrer offenen Zimmertür und blinzelt verschlafen.

»Feli! Hab ich dich geweckt?«

»Ja.« Sie gähnt und starrt mich skeptisch an. »War das … Aidan?«

»Ähm, ja.«

»Und … warum hast du dich so gegen die Mückennetztür gepresst? Wolltest du ihn etwa KÜSSEN, Mama?«

»Ich … Nein! Wie hätte ich ihn durch das Mückennetz hindurch denn küssen sollen? Wie kommst du überhaupt auf so eine Idee?«, frage ich und schüttele so vehement den Kopf, dass es in meinem Nacken schmerzhaft knackt. Aua. Gequält reibe ich mir den Nacken. Das mit dem Kopf nach unten hängen ist meinem Körper nicht so gut bekommen, das merke ich auf einmal sehr deutlich.

Und meinem Herzen irgendwie genauso wenig. Vom Hirn ganz zu schweigen.

»Tja, weiß ich auch nicht. Vielleicht, weil du ihn so angeschmachtet hast! Echt peinlich, Mama – er ist dein Kollege, schon vergessen?«

Nein, absolut nicht.

Und mit diesen Worten donnert Feli ihre Zimmertür mit einem wütenden »Gute Nacht, Mama!« wieder zu.

Ach ja, Kinder. Sie geben einem so viel zurück.

21

Aidan

Verdammt!

Zwar weiß ich noch, dass ich irgendwas von »Das werde ich« gebrummt habe, als mir Stella gestern Nacht zum Abschied schöne Träume gewünscht hat, aber … Himmel, dass ich dann tatsächlich von meiner – okay, nein, von UNSERER! – Restaurantmanagerin geträumt habe … und WAS ich von ihr geträumt habe … also … das …

Heftiger als nötig reiße ich einen der Unterschränke auf und ziehe die schwere Pfanne heraus. Wenn mich etwas ablenkt, dann kochen. Und ich muss mich jetzt ablenken, denn kalt geduscht habe ich schon, doch irgendwie habe ich das Gefühl, dass es auf Whale Island nicht genug kaltes Wasser gibt, wenn Stella Minetti weiter hier herumläuft und so fantastisch aussieht, wie eine *Hooters*-Kellnerin sich das nur in ihren kühnsten Träumen wünschen könnte.

Apropos Träume.

Nein! Energisch stiefele ich Richtung Kühlkammer und hole eine der Eierpaletten heraus. Keine Träume. KEINE Träume.

Nackt sieht sie nämlich noch fantastischer aus.

In meinen Träumen natürlich. Aidan, es war ein Traum! Aber, verdammt, wie um Himmels willen soll ich mit dieser

Frau weiterhin normal zusammenarbeiten, nach dem, was ich heute Nacht mit ihr gemacht habe?

Okay – normal zusammengearbeitet haben wir ohnehin noch nie. Und – ja, sie weiß nichts davon, was wir heute Nacht in meinen Träumen … Oh, *fuck*. Ich werde ihr nicht mehr in die Augen sehen können, ohne daran zu denken, wie sie sich gegen ihre Mückennetztür gepresst hat. Nackt. Wie ich sie erneut geschultert habe – nackt! – und sie regelrecht auf ihren Esstisch geworfen habe, nachdem ich die Tabletts mit den leeren Tellern achtlos hinuntergefegt hatte. Ihre Bemerkung mit dem Höhlenmenschen und der Beute scheint in meinem ansonsten momentan erschreckend leeren Hirn hängen geblieben zu sein.

Heftiger als ratsam setze ich die Eierpalette auf der blitzblanken Arbeitsplatte ab. Ich habe den gestrigen Abend anscheinend in eine sehr eindeutige Richtung verarbeitet. Das ist nicht gut, Aidan. Das ist überhaupt nicht gut. Wir sind Kollegen, Himmelherrgott nochmal!

Aber die Art, wie sie mich durch ihre Mückennetztür angesehen hat, wie sie ihre Hand gegen meine gepresst hat, die war doch eindeutig, oder?

Sie war betrunken, du Depp!

Mit einem Stöhnen lasse ich meinen Kopf zwischen meine Arme sinken, meine Hände links und rechts auf der Arbeitsplatte abgestützt.

»Schatz, geht es dir nicht gut?«

Die Stimme meiner Mutter lässt mich wieder hochfahren. Ich sehe Mom an und ringe mir ein Lächeln ab. Sie macht sich ohnehin immer viel zu viele Sorgen um alles, da will ich ihr nicht noch mehr Anlass für Grübeleien geben. Außerdem hat Skye mir gerade gestern erzählt, dass Moms Blutdruck zu hoch ist. Sie hat ihn gemessen, nachdem Rae unserer Mutter ein Buch gegeben hatte, in dem es um richtige Ernährung bei Bluthochdruck geht. Unglaublich, dass unsere Inselhexe mal wieder als Erste geahnt hat, dass Mom nicht richtig fit ist!

»140 zu 100!«, hat Skye gestern Abend, bevor sie anscheinend mit der Flasche Rotwein zu Stella gezogen ist, aufgewühlt zu mir gesagt. »Mom muss dringend zum Arzt und sich durchchecken lassen! Ich habe ihr gesagt, dass sie gleich morgen einen Termin ausmachen soll. Wieso habe ich das nicht früher gemerkt? Ich bin doch Krankenschwester!«

»Hey, es reicht, wenn Rae hellsehen kann, du musst das nicht auch noch«, habe ich versucht, meine Schwester mit einem Witz aufzumuntern, wobei mich die Neuigkeiten zu Mom ebenfalls ziemlich beunruhigt haben. Der Schreck, den Dads Schlaganfall uns damals eingejagt hat, sitzt nicht nur Skye nach wie vor in den Knochen.

»Doch, doch, alles bestens, Mom«, versichere ich jetzt rasch und merke erleichtert, dass ihre gefurchte Stirn sich etwas glättet. Leise atmet sie auf und stellt sich dann auf Zehenspitzen, um mir einen Kuss auf die Wange drücken zu können.

»Guten Morgen, mein Schatz. Du bist schon so früh hier im Restaurant?«

»Ja, ich konnte nicht mehr schlafen.«

Nicht. An. Den. Traum. Denken.

»Du machst dir sicherlich Gedanken wegen der Eröffnung.« Meine Mutter greift nach meiner Hand und drückt sie kurz mitfühlend.

»Mhhm«, murmele ich ausweichend und ziehe ein Schneidebrett aus einer der herrlich breiten Schubladen, auf denen ich bei der Renovierung der Restaurantküche zum Glück bestanden habe.

»Wir sind alle nervös, mein Schatz, das ist völlig normal«, redet meine Mutter unbeirrt weiter, während sie sich an der

Kaffeemaschine zu schaffen macht. Eigentlich wohnen meine Eltern in einem Teil des oberen Stockwerks, der vom Gästebereich abgegrenzt ist, und haben dort auch eine Küche, aber die beiden haben es sich mit den Jahren angewöhnt, ihren morgendlichen Kaffee immer hier unten, in der Restaurantküche, zu trinken. Als noch Gäste hier waren, haben sie so nebenher das Kommen und Gehen in der Lobby im Auge behalten können, mein Vater ist am Herd eingesprungen, wenn die Fähre nicht fuhr und unsere Köchin Martha auf dem Festland festsaß, und Mom konnte mit ihrer Kaffeetasse zur Rezeption hinübereilen, wenn das Telefon klingelte. Momentan sind zwar noch keine Gäste hier, aber die morgendliche Tasse Kaffee in der Restaurantküche ist nach wie vor Tradition, und ich liebe es, dass meine Eltern sich hier so wohl fühlen. Zufrieden sehe ich mich um. Die Küche ist auch wirklich schön geworden – die Renovierung hat sich gelohnt! Nur schade, dass Martha, die einmalig gute Pfannkuchen gemacht hat, kein Teil meiner Crew sein wird – sie ist dreiundsechzig und hat sich in den wohlverdienten Ruhestand verabschiedet. Dafür habe ich ja zum Glück Salomé in meinem Team.

Und eine äußerst verwirrende Restaurantmanagerin.

»Sogar dein Vater spricht neuerdings erstaunlich oft über das Soft Opening, selbst wenn er sonst gern so tut, als wäre er gar nicht nervös.« Mom sieht mich bedeutungsschwer an, ein keckes Funkeln in ihren grauen Augen, und grinst breit. »Dabei ist er das sehr wohl, Aidan. Du musst dich also nicht dafür schämen, es auch zu sein.«

Ich schäme mich gerade für ganz andere Dinge, aber das kann ich meiner Mutter schlecht verraten. Außerdem hat sich ja alles nur in meinem Kopf abgespielt! Nichts, wofür ich mich im richtigen Leben schämen müsste.

Sobald ich beginne, den Pfannkuchenteig anzurühren, fällt

es mir wieder ein, und ich lasse vor Schreck fast den Schneebesen fallen. Teig. Da war irgendein Teig auf ihr. Keine Ahnung, wo ich den in meinem Traum plötzlich herhatte, aber … er lief an ihrem nackten Körper herab, und ich habe … meine Zunge hat …

»Aidan? Bist du sicher, dass es dir gut geht?«

Meine Mutter hat sich von der Kaffeemaschine abgewendet und tritt jetzt erneut mit besorgtem Blick neben mich. Als sie ihre Hand nach meiner Stirn ausstreckt, drehe ich mich weg und sage rasch: »Mom, alles gut, ich … ich habe gerade über ein Rezept nachgedacht.«

Stella im Teigmantel.

Obwohl ich das Gefühl habe, schon wieder eine kalte Dusche zu brauchen, muss ich kurz heiser auflachen. Als ich meine Mutter wieder ansehe, merke ich, dass sie leicht den Kopf schüttelt und mich misstrauisch beobachtet. »Du hast ganz glasige Augen, Junge. Ich glaube, ich hole mal das Fieberthermometer.«

»Ich bin kerngesund, Mom, wirklich!«

Entschlossen greife ich wieder nach dem Schneebesen und dresche so heftig auf den Teig ein, dass einige Spritzer auf der nun nicht mehr so blank polierten Arbeitsfläche landen.

»Guten Morgen«, höre ich das Brummen meines Vaters, begleitet von seinen leicht schlurfenden Schritten, als er die Küche betritt. Er zieht sein rechtes Bein ein wenig hinter sich her, daher wirkt seine ganze Fortbewegung wie die eines alten Mannes – dabei ist Dad erst siebenundsechzig Jahre alt. Kein Alter eigentlich – aber der Schlaganfall vor vierzehn Jahren hat seine Spuren bei ihm hinterlassen.

»Hi, Dad«, begrüße ich meinen Vater und schalte den Herd ein, bevor ich die Packung Butter aus dem Kühlschrank hole.

»Aidan ist heute Morgen irgendwie komisch«, bemerkt meine

Mutter mit bedeutungsschwerem Blick und reicht meinem Vater eine Tasse Kaffee.

Ich unterdrücke ein Seufzen und lasse ein Stück Butter in die Pfanne fallen. »Mom …«

»Er ist komisch? Macht er plötzlich Witze?« Mein Vater zwinkert mir leicht zu und grinst in seinen Kaffee hinein. Dass mein Vater selbst einen Witz macht, ist ebenfalls eine Seltenheit, und ich lache laut auf.

»Du bist also auch komisch«, schmunzelt meine Mutter und knufft Dad leicht in die Seite, bevor sie ihn liebevoll küsst. Ich seufze erneut leise auf, bevor ich eine Kelle voll Teig in die Pfanne gieße. Als ich aufgewachsen bin, habe ich immer die Ehe meiner Eltern als Vorbild gehabt – das beste Vorbild, das möglich ist! Beide haben ihre Macken, sie streiten sich oft und werden dabei schon mal laut – aber nie beleidigend. Und sie vertragen sich immer wieder. Meine Mutter betont gern, dass sie in ihren fast vierzig Ehejahren noch nie im Streit eingeschlafen sind.

Wenn ich tatsächlich jemals heiraten würde, dann würde ich auch jemanden haben wollen, mit dem ich mich streiten kann, und mit dem ich abends trotzdem gern einschlafe, fährt es mir durch den Kopf.

»Guten Morgen!«

Ihre Stimme lässt mich so heftig zusammenzucken, dass ich beinahe die schwere Pfanne vom Herd stoße. Ich starre zur Küchentür hinüber, wo Stella aufgetaucht ist und mich ebenfalls anschaut. Verdammt. Muss sie so … zum Anbeißen aussehen? Zum Glück ist ihr Ausschnitt heute Morgen nicht so offenherzig wie neulich – das hätte mir jetzt wirklich den Rest gegeben! –, aber das kurzärmelige kirschrote Sommerkleid mit den weißen Tupfen betont ihre Sanduhrfigur trotzdem zu sehr für meinen Seelenfrieden. Ihre Locken trägt sie heute offen, sie fallen wild und temperamentvoll auf ihre Schultern hinab, wie es wirklich zu Stella passt. Glattes Haar wäre bei ihr völlig fehl am Platz. Als ich genauer hinsehe, erkenne ich zwar, dass sie eindeutig dunkle Augenringe hat, aber ansonsten erinnert kaum etwas daran, dass sie gestern Nacht alles andere als nüchtern war.

Als sich unsere Blicke treffen, werden ihre Wangen von einer leichten Röte überzogen, die mich den Pfannengriff fester umfassen lässt. Stella wird rot? So habe ich diese Frau in den letzten Tagen wirklich noch gar nicht erlebt.

»Guten Morgen«, murmele ich, ohne meinen Blick von ihr lösen zu können. »Schon wach?«

»Ja, ich konnte nicht mehr schlafen«, erwidert sie, während sie langsam die Küche betritt und von meinen Eltern mit einer Herzlichkeit begrüßt wird, als wäre sie schon ewig ein Teil dieser Familie.

»Dann ging es dir so wie Aidan, meine Liebe«, bemerkt meine Mutter und tätschelt Stellas Wange. »Du machst dir vermutlich auch viele Gedanken wegen des bevorstehenden Soft Openings, nicht wahr?«

»Ähm … genau«, antwortet Stella rasch, sieht mich wieder an, und ein langsames Lächeln erhellt ihr Gesicht. »Ziemlich viele Gedanken.«

Leider habe ich gerade die Pfanne hochgehoben, um den ersten Pfannkuchen durch eine lässige Bewegung auf die andere Seite zu flippen, und dieses Lächeln bringt mich so aus dem Konzept, dass der Pfannkuchen falsch fliegt und auf dem Rand der Pfanne landet.

»Ganz toll«, murmele ich genervt, als sich ein Teil des halbgaren Teigs löst und mit einem Plotsch auf den Fußboden fällt. Verärgert über mich selbst kippe ich die andere Hälfte auf einen leeren Teller und donnere die Pfanne dann ungeduldig zurück auf den Herd, ohne Stella anzusehen. Was um alles in der Welt ist eigentlich mit dir los, Aidan?

»Wer hat denn den Kater? Du oder ich?«, höre ich jetzt ihre Stimme plötzlich dicht neben mir, und ich versuche, sie auszublenden, um jetzt nicht auch noch die nächste Kelle voll Teig danebenzugießen.

»Dir scheint es ja blendend zu gehen«, grolle ich leise und ignoriere ihre Frage stur.

»Ja, erstaunlicherweise. Aber von Rotwein bekomme ich fast nie Kopfschmerzen, nur von Sekt und härteren Sachen.«

»Sag nur, du bekommst sogar von kalifornischem Rotwein keine Kopfschmerzen? Oder nur von italienischem nicht?«, hake ich spöttisch nach.

»Nein, sogar der kalifornische ist mir bisher gut bekommen, wobei die zweite Flasche gestern chilenisch war«, erwidert Stella, und ich höre das Lächeln in ihrer Stimme. Erneut hebe ich die Pfanne hoch und flippe den Pfannkuchen, und diesmal landet er zum Glück mittig in der Pfanne.

»Hmm, lecker«, höre ich Stella neben mir seufzen und sehe sie an. Sie ist dabei, den halbgaren Pfannkuchen-Unfall auf dem Teller neben dem Herd in Stückchen zu zupfen und sich in den Mund zu schieben. Das wohlige Stöhnen, das sie dabei von sich gibt, ist echt zu viel für meine Nerven.

»Hör auf«, fahre ich sie an, ruppiger als beabsichtigt, und nehme ihr den Teller weg. Erstaunt sieht sie mich an. »Der ist doch gar nicht richtig durchgebraten!«

»Schmeckt trotzdem hervorragend«, widerspricht sie in ihrer üblichen sturen Art und streckt den Arm aus, um sich den Teller wieder zu schnappen, doch ich halte ihn schräg über meinen Kopf, sodass sie nicht drankommt.

Dachte ich zumindest.

Ehe ich weiß, was sie da tut, steht Stella dicht vor mir, geht auf die Zehenspitzen und packt entschlossen meinen Arm, um zu versuchen, den Teller zu sich hinabzuziehen. Ich bin so verblüfft, dass ich sie groß anstarre, während sie sich reckt und konzentriert nach oben schaut. Merkt sie gar nicht, dass bei dieser Aktion ihre Oberweite meinen anderen Arm streift? Der Duft nach ihrem Parfüm – oder ist es ihre Bodylotion? Ihr Shampoo? Ihr Deo? –, egal, ihr Duft steigt mir so überwältigend in die Nase, dass ich fast den Teller fallen lasse. Benommen versuche ich noch, möglichst gesichtswahrend nachzugeben und ihr den verdammten, halb rohen Pfannkuchen zurückzugeben, aber als ich den Arm senke und ihr den Teller reiche, bekomme ich keinen Ton heraus. Sie sieht mich an, und in ihren Whiskey-Augen liegt ein Glanz, der mich irre macht. Aus dieser Nähe erkenne ich goldene Sprenkel im Braun, und ich muss feststellen, dass sie unfassbar dichte schwarze Wimpern hat, auch ohne Mascara – zumindest sieht sie momentan völlig ungeschminkt aus. Sie trägt kleine Kirsch-Ohrstecker, passend zu ihrem kirschroten Kleid … und mit ihrem Mund, der auch ohne Lippenstift irgendwie fast unnatürlich rot leuchtet, sieht sie selbst aus wie eine Kirsche.

»Der Pfannkuchen brennt an«, wispert sie mir jetzt zu, ohne aufzuhören, mich anzusehen, und ich brauche wirklich ein paar Sekunden, bis ich verstehe, wovon sie spricht.

22

Ein wenig unsanft schiebe ich sie zur Seite, um an den Herd zu gelangen, wo tatsächlich die Unterseite des zweiten Pfannkuchens sehr dunkel geworden ist.

»Nicht schlimm, den esse ich auch«, höre ich Stella gut gelaunt sagen, doch ich werfe ihr nur einen finsteren Blick zu, greife nach der Pfanne und lasse den Pfannkuchen mit Nachdruck in den Mülleimer gleiten.

»Hey!« Sie sieht mich kopfschüttelnd an.

»Das ist krebserregend«, knurre ich und greife erneut nach der Kelle. Eigentlich hatte ich mich hier heute Morgen ganz allein in dieser wunderbaren, neuen, leeren Küche ein wenig am Herd abreagieren wollen, nach dem Traum und überhaupt. Dass jetzt ausgerechnet Stella hier neben mir steht und so unfassbar gut riecht und aussieht wie eine Kirsche, das … das …

»Du guckst so gequält«, bemerkt sie, während sie sich die letzten Pfannkuchenreste in den Mund schiebt und dann die Frechheit besitzt, sich die Finger abzulecken.

»Ich gucke nicht gequält, ich bin noch müde«, knurre ich gereizt und versuche, nicht schon wieder ihren roten Kirschmund anzustarren.

»Der Kaffee ist durch!«, ruft meine Mutter, die gerade wieder in die Küche geeilt kommt und meine Bemerkung gehört haben muss. »Nimmst du auch eine Tasse, Stella?«

»Oh, gern«, antwortet sie, und dann stützt sie sich rücklings mit den Händen auf der Arbeitsfläche ab und hievt ihren perfekten Hintern auf die Platte. Mit lässig baumelnden Beinen sieht sie mich an und lächelt regelrecht unschuldig. Merkt sie eigentlich überhaupt nichts?

»Runter da«, sage ich und klinge dabei sehr heiser.

»Wie bitte?« Sie verschränkt die Arme vor der Brust und sieht mich mit einer leicht hochgezogenen Augenbraue an.

»Runter da. Das ist nicht hygienisch.«

»Ach, komm schon, Aidan, wir haben doch noch gar nicht geöffnet«, höre ich meine Mutter lachen, die jetzt mit zwei vollen Kaffeetassen ankommt und eine davon Stella reicht. »Milch und Zucker?«

»Nein, danke, ich brauche ihn schwarz und heftig«, sagt sie mit einem kehligen Lachen, und ich bin kurz davor, ihr den Pfannenwender an den Kopf zu werfen. Meine Mutter bekommt nichts davon mit und lacht nur ebenfalls fröhlich.

»Dann trinkst du ihn wie Aidan«, bemerkt sie und stellt meine Tasse neben mir ab. »Alles okay, Junge? Du wirkst immer noch irgendwie … angespannt.«

»Das bin ich auch«, stoße ich leise hervor und flippe den Pfannkuchen. Er hat so viel Schwung, dass er fast einen doppelten Überschlag gemacht hätte.

»Tatsächlich?«, erkundigt sich Stella jetzt in süffisantem Tonfall, als meine Mutter wieder aus der Küche eilt. Wo mein Dad hingegangen ist, habe ich gar nicht mitbekommen. Ich bekomme gerade nur noch mit, wie gut Stella aussieht und duftet.

»Hast du dich heute Morgen noch nicht an deinem Sandsack abreagieren können?«

»Nein«, grolle ich leise. »Du sitzt übrigens immer noch auf meiner Arbeitsfläche, nachdem du mich vor ein paar Tagen noch mit deinem Reinigungsprotokoll in den Wahnsinn getrieben hast!«

»Sobald wir Gäste haben, sitze ich hier nicht mehr«, gibt sie ungerührt zurück und nimmt einen großen Schluck von ihrem schwarzen Kaffee.

»Worauf du dich verlassen kannst«, erwidere ich und nippe meinerseits an meiner Tasse. Wir starren uns stumm an, und ich wünschte wirklich, ich könnte ihre Gedanken lesen.

»Na, überlegst du, ob du mich wieder wie ein Höhlenmensch schultern und aus deiner Küche schleppen sollst?«, fragt sie neckend und lächelt mich breit an. Ich verschlucke mich am Kaffee und huste in meine Ellenbeuge, bevor ich mich mit tränenden Augen wieder der Pfanne zuwende.

»Klingt verlockend«, brumme ich – und bei der Erinnerung an das Gewicht ihres Körpers auf meiner Schulter, an ihren perfekten, runden Hintern nahe meiner Schläfe, an ihre Beine, die ich mit einem Arm umschlungen gehalten habe, an das Gefühl ihres warmen Atems an meinem Rücken, da …

Verdammt. Hastig lasse ich den fertigen Pfannkuchen auf den Teller fallen und ziehe die Pfanne von der Flamme, um mich abzuwenden, ohne ihren fragenden Blick zu erwidern. »Muss schnell was aus der Kühlkammer holen«, brumme ich und fliehe genau dorthin, wo ich erst einmal ein paar Minuten lang versuche, mich so weit in den Griff zu bekommen, dass ich wieder in meine Küche hinaustreten kann, ohne dass alle auf meine Hose starren. Als ich schließlich mit einer großen Schachtel Blaubeeren zurückkomme und betont gut gelaunt verkünde, dass es Blaubeerpfannkuchen geben wird, sitzt Stella nicht mehr auf meiner Arbeitsfläche, und die Enttäuschung fährt mir in die Magengrube wie ein Faustschlag.

Und es wird noch schlimmer, als ich sehe, mit wem sie jetzt in der offenen Küchentür plaudert: mit diesem Jackson Porter.

Schlecht gelaunt gehe ich zur Spüle und fange an, die Blaubeeren zu waschen.

»Hey, Aidan?« Als Stella mich ruft, gebe ich etwas unwirsch zurück, ohne mich umzudrehen: »Hmm?«

»Jackson wollte gerade fürs Frühstück zum Inselladen fahren, aber ich habe ihm gesagt, dass er bestimmt ein paar von deinen Pfannkuchen abbekommt? Quasi als Testesser?«

Ich stelle den Wasserhahn ab und drehe mich mit nassen Händen um. Stella ist wieder in die Küche hereingekommen und sieht mich erneut mit so unschuldig weit aufgerissenen braunen Augen an, dass ich sie gern schütteln würde. Oder küssen. Ja, eigentlich möchte ich sie küssen. Und sie wieder auf meine Arbeitsplatte setzen. Oder mit ihr in die Kühlkammer verschwinden. Oder …

»Aidan?«

Ich räuspere mich und sage rasch: »Nein, so viel Teig habe ich nicht gemacht.«

Ein flüchtiger Blick über ihre Schulter zeigt mir, dass Jackson mich stumm mustert. Er steht im Türrahmen, hat sein übliches, übertrieben charmantes Lächeln angeknipst und wirkt wie der nette Junge von nebenan. Der er garantiert nicht ist!

»Aidan.« Stella ist dicht vor mich getreten, und verstohlen inhaliere ich ihren Duft. Danach könnte ich süchtig werden. Und nach ihrem strengen Blick auch. Das Funkeln in ihren Whiskey-Augen sagt mir, dass ich sie mal wieder wütend mache. Ich mache sie so unfassbar gern wütend, weil sie dann einfach verboten sexy wirkt.

»Das da vorn ist unser erster Gast«, raunt mir Stella jetzt

leise zu und packt mich am Handgelenk, als würde ich ihr dann besser zuhören. Leider ist das Gegenteil der Fall, weil ich jetzt nur noch auf ihre Finger an meinem Puls starren kann.

»Wir haben noch nicht geöffnet, und das weiß dieser verwöhnte Kerl auch. Wir haben ihm gestern gesagt, dass das Restaurant geschlossen ist. Er wollte trotzdem bleiben.« Meine Stimme ist ein heiseres Wispern, und ich merke, dass Stella flüchtig auf meinen Mund starrt. Ich natürlich auch auf ihren. Ich werde nie wieder eine Kirsche essen können, ohne an diese Frau zu denken.

»Jackson ist kein verwöhnter Kerl«, flüstert sie aufgebracht. »Und er hat auch gar nicht darum gebeten, hier zu essen. ICH habe es ihm gerade spontan angeboten.«

»Tja, dann musst du deinem netten Sänger wohl sagen, dass es nicht geht«, erwidere ich betont schroff, um zu überspielen, dass ich kurz davor bin, schon wieder in die Kühlkammer zu flüchten.

Oder sie zu schultern und mit in diese verdammte Kühlkammer zu schleppen!

»Aidan!« Sie geht auf die Zehenspitzen und sieht mich so wütend an, dass ich leise auflachen muss, weil sie einfach so entzückend aussieht. »Da gibt es überhaupt nichts zu lachen, du Vollidiot!«

»Hey, hey, hey«, murmele ich und befreie mein Handgelenk aus ihrem Griff, bevor ich mich wirklich noch vergesse. Es wird höchste Zeit, ein wenig Abstand zwischen uns zu bringen, und so schiebe ich sie entschlossen zur Seite und gehe zurück zum Herd, wo ich die abgetropften Blaubeeren schwungvoll in den restlichen Teig schütte.

»Sorry, Mann, aber das hier wird ein Mitarbeiterfrühstück«, erkläre ich jetzt betont freundlich in die Richtung, wo Jackson

Porter immer noch entnervend vor sich hinlächelt. »Aber Birdie im Inselladen macht auch gute Pfannkuchen.«

»Kein Problem, ich muss eh noch einkaufen, und ich wollte mir ohnehin die Insel ansehen«, sagt Jackson rasch, und er klingt überhaupt nicht beleidigt. Stella hingegen wirft mir im Vorbeigehen einen Blick zu, der einem Messer in die Brust gleicht, und rauscht durch die Küche, ohne noch ein Wort zu mir zu sagen. Dafür sagt sie betont laut und fröhlich zu Jackson, damit ich es auch wirklich mitbekomme: »Weißt du was? Ich komme mit. Lass uns die Fahrräder nehmen.«

Ich umklammere den Pfannengriff und starre sie sprachlos an. Am liebsten würde ich sagen, dass Jackson doch mitessen kann, nur damit sie bleibt. Damit ich sehen kann, wie sie meine Blaubeerpfannkuchen isst. Damit ich wieder ihr wohliges Stöhnen hören kann. Ich schlucke schwer und will schon den Mund öffnen, um etwas hervorzustoßen, aber da wendet sich Jackson bereits ab, und Stella wirft mir im Hinausgehen nur einen letzten, potenziell tödlichen Blick zu, bevor sie verschwindet.

Verdammte Scheiße! Ich starre noch einige Sekunden hinter ihr her ins Leere, bevor ich den Pfannenwender auf die Arbeitsplatte pfeffere, dorthin, wo eben noch ihre perfekten Pobacken waren. Ich könnte in den Pfannenstiel beißen!

»Hey, was ist denn mit dir los?«

Meine Schwester taucht im Türrahmen auf und mustert mich fragend.

»Nichts«, knurre ich. »Warum trägst du in der Küche eine Sonnenbrille, Skye?«

»Psst, bitte nicht so laut reden«, stöhnt sie und kommt mit leidendem Blick herein. Obwohl ich immer noch ziemlich aufgewühlt bin, muss ich lachen.

»Hangover?«

»Hmpf«, brummt Skye und lehnt sich gegen die Arbeitsfläche. »Das letzte Glas Wein war schlecht.«

»Stella ging es erstaunlich gut«, bemerke ich und wende vorsichtig einen Blaubeerpfannkuchen.

»Hab ich gesehen«, stöhnt Skye. »Jackson und sie sind mir gerade entgegengekommen. Ehrlich, sie hat mindestens so viel getrunken wie ich! Das sind bestimmt die italienischen Gene. Wahrscheinlich hat sie Rotwein schon über die Muttermilch aufgenommen.«

»Bestimmt«, murmele ich abwesend und starre finster in die Pfanne.

»Und was ist mit dir? Auch ein Hangover?« Ich spüre Skyes prüfenden Blick auf mir, erwidere aber nichts. Was soll ich denn sagen? Ich schüttele einfach den Kopf und hoffe, dass sie mich in Ruhe lässt – aber ich hätte es besser wissen müssen. Meine jüngere Schwester lässt einen nie in Ruhe. Im Gegenteil: Skye scheint förmlich zu spüren, dass etwas nicht in Ordnung ist, denn im nächsten Moment schiebt sich meine Schwester schon vor mich, nimmt endlich ihre riesige, knallpinke Sonnenbrille ab und mustert mich prüfend.

»Aidan Cameron, was ist mit dir los?«

»Gar nichts«, erwidere ich gereizt und versuche, mit dem Pfannenwender an ihr vorbei zur Pfanne zu reichen. »Skye, mein Pfannkuchen verbrennt!«

»Für wen kochst du überhaupt?«

Genervt sehe ich sie an, während ich den Pfannkuchen ungeschickt wende und dabei Blaubeeren in alle Richtungen fliegen. Skye springt mit einem Quietschen zur Seite. »Ich … mir war einfach nach Kochen. In dieser nagelneuen Küche. In MEINER Küche. Muss ich mich dafür rechtfertigen?«

»Ähm … nein …?«

»Außerdem wollte ich die Frühstücksrezepte verfeinern.

Diese Blaubeerpfannkuchen, zum Beispiel, die sind doch das Letzte!« Ich knalle den Pfannenwender neben den Herd, reiße die Pfanne von der Flamme und stelle diese dann aus.

»Okay, Mister, jetzt erzählen Sie mir bitte mal, was Ihnen für eine riesige Laus über die Leber gelaufen ist«, sagt Skye mit Nachdruck, während sie zur Kaffeemaschine geht und sich eine Tasse einschenkt. »Du hast gestern Abend nicht sinnlos getrunken, wie Stella und ich, und du …« Sie bricht ab, und ich spüre ihren Blick wieder überdeutlich auf mir, während ich stur aus dem Fenster in den sonnigen Morgen hinausstarre. Dann höre ich Skye leise lachen und sehe sie erstaunt an.

»Was ist denn so komisch?«

»Aidan Cameron.« Sie kommt langsam näher und nippt an ihrer Tasse, während sie mich so offensichtlich amüsiert mustert, dass ich sie am liebsten aus meiner Küche schmeißen würde.

»Ich weiß, wie ich heiße, vielen Dank«, knurre ich und will mich abwenden, aber Skye hält mich entschlossen am Arm fest.

»Hast du Stella gestern Abend sicher nach Hause gebracht?«

Bei der Erinnerung an Stella auf meiner Schulter wird mir mit einem Schlag wieder heiß, und ich muss mein Gesicht abwenden, damit es kein offenes Buch für Skye ist. »Natürlich habe ich das, was glaubst du denn? Dass ich sie unterwegs verloren hätte? Du hast sie doch gerade gesehen!«

»Mhhm«, murmelt Skye. »Und ich habe auch Jackson Porter neben ihr gesehen, und ich sehe dich, mit einem Gesichtsausdruck, als ob du gerade gern jemanden mit deinen Händen erwürgen würdest.«

O ja.

»Ich weiß echt nicht, wovon du sprichst, Schwesterherz«, seufze ich betont genervt.

»Natürlich weißt du das, Bruderherz«, erwidert Skye mit einem Lächeln, das immer breiter wird.

»Deinem Hangover scheint es ja schon besser zu gehen«, brumme ich.

»Ja, absolut. Seit ich Kaffee intus habe ... und seit ich weiß, dass mein Bruder verliebt ist ...«

»Bitte was?« Ich sehe Skye so entsetzt an, dass meine Schwester ihren Kopf in den Nacken legt und laut auflacht.

»Warum sonst solltest du so eifersüchtig auf Jackson Porter sein?«

»Ich ... eifersüchtig?« Ich stemme meine Hände in die Hüften und beteuere so ruhig wie möglich: »Ich bin kein Stück eifersüchtig, Skye. Stella kann mit diesem schmierigen Sänger machen, was sie will. Echt. Sie und ich, wir sind Kollegen, okay? Nicht mehr und nicht weniger.«

»Mhhm«, macht sie schon wieder, und ich wende mich mit einem genervten Augenrollen ab. »Tja, na ja, vielleicht sollten wir für Stella ja doch noch ein Profil bei *Scotia Singles* anlegen«, höre ich sie hinter mir, während ich unschlüssig im restlichen Pfannkuchenteig herumrühre. Ratlos sehe ich sie an.

»*Scotia Singles*? Ist das etwa so eine bescheuerte Online-Partner-Börse?«

»Ja, und so etwas ist überhaupt nicht bescheuert«, gibt Skye zurück, plötzlich ziemlich schnippisch. Ich kenne meine Schwester zu gut, um nicht zu begreifen. Mit verschränkten Armen sehe ich sie an und frage: »Warte mal ... sag nicht, dass du dich da angemeldet hast, Skye.«

»Und ob ich das habe. *Wir* haben das, Stella und ich. Sie hat mir nämlich gestern Abend dabei geholfen, ein Profil anzulegen.«

Mit einem leisen Stöhnen reibe ich mir über das Gesicht. »Gestern Abend? Vor oder nach der zweiten Flasche Wein, die ihr mit Sicherheit intus hattet, so schräg wie Stella gelaufen ist?«

»Keine Sorge, Aidan, wir haben nichts Dummes gepostet«, verteidigt sich Skye.

»Sich überhaupt da anzumelden ist schon dumm«, grolle ich leise.

»Hey!« Meine Schwester wirft eine der Blaubeeren, die noch immer über die Arbeitsplatte verteilt herumliegen, nach mir. Ich ducke mich mühelos, weil Skye noch nie gut im Zielen war. Flüchtig muss ich daran denken, wie wir als Kinder Baseball gespielt haben und Duncan sich immer über Skyes Würfe lustig gemacht hat.

»Du kannst so ein arrogantes Arschloch sein, weißt du das? Stella hat mir gestern gut zugeredet, dass das eine gute Möglichkeit wäre, jemand Nettes kennenzulernen – und endlich von Jeff loszukommen.«

»Um Himmels willen, du bist doch nicht ernsthaft immer noch mit diesem Vollidioten zusammen, Skye? Hat er dir nicht neulich gesagt, du solltest dir die Haare mal rot färben? Ganz ehrlich, wenn du ihm nicht bald die Meinung geigst und ihn endgültig absägst, dann tue ich das für dich, und zwar mehr als deutlich!«

Ich merke, dass meine Schwester ein paar Tränen wegblinzelt, und das macht mich noch einmal wütender. Mir ist völlig klar, dass sie mir nur einen Bruchteil von dem erzählt hat, was dieses Arschloch ihr alles angetan hat – seelisch angetan hat, denn sie hat mir hoch und heilig geschworen, dass er ihr nie körperlich wehgetan hat, sonst wäre ich längst zu ihrem Krankenhaus gefahren und hätte Dr. Jeff Montgomery zu Brei verarbeitet. Aber auch der Bruchteil, den sie mir widerwillig erzählt hat, reicht, um meinen Puls vor Wut zu beschleunigen, wenn ich an den Kerl denke.

»Schon gut, das tue ich ja«, sagt sie schließlich mit belegter Stimme. »Aber … es fällt mir leichter, wenn ich weiß, dass es einen Plan B gibt. Dass da draußen vielleicht doch noch ein netter, alleinstehender Kerl für mich ist, der mich schwängern und bis ans Ende meines Lebens mit mir glücklich sein will.«

»Also, das mit dem Schwängern heißt nicht unbedingt, dass ihr bis ans Ende eures Lebens glücklich miteinander seid«, murmele ich mit einem Kopfschütteln und kassiere dafür einen Schlag gegen den Oberarm. »Aua!«

»Du bist echt unmöglich, Aidan.« Sie sagt das nicht im Scherz, sondern sieht mich ernst an. »Nur weil Jenny und du nicht lange glücklich verliebt wart, heißt das nicht, dass das nicht möglich ist: verliebt sein und ein Baby bekommen. Das gibt es durchaus.«

»Mhhm. Bei Stella hat das auch toll geklappt«, brumme ich, obwohl ich Stellas Geschichte gar nicht kenne. Aber sie interessiert mich brennend. Ich nehme einen Schluck von meinem Kaffee, der schon kalt ist. Igitt. Schwungvoll kippe ich ihn in die Spüle, wo er ein paar Blaubeeren überschwemmt.

»Ich wünschte, du wärst nicht immer so zynisch, was Gefühle angeht«, seufzt Skye und betrachtet mich kopfschüttelnd. »Ganz ehrlich: Irgendwann trifft es dich so unvorbereitet, dass du endlich begreifen wirst, wie es uns Menschen mit einem Herzen voller Sehnsucht geht.«

»Was bin ich denn? Kein Mensch?«

»Nein, Aidan, manchmal glaube ich, du bist eigentlich ein Fels. Ein Fels, der verdammt gut kochen kann. Was ist eigentlich mit den Pfannkuchen? Ich sterbe vor Hunger!«

»Pfannkuchen? Es gibt Pfannkuchen?«

Überrascht drehe ich mich um und sehe Isla in die Küche stürmen.

23

Ihr langes rotes Haar ist offen, wie ich es bei ihr liebe. Was ich weniger liebe, sind die zu engen Jeans, das figurbetonte T-Shirt und die Wimperntusche. Wann ist mein Kind zu diesem Wesen mutiert, das sich schminkt?

»Hey, Süße! Was … wieso seid ihr denn schon hier?«, frage ich erstaunt und breite meine Arme aus, in die sich meine Tochter zum Glück nach wie vor gern hineinwirft. Alles andere würde mich umbringen. Hoffentlich hört sie niemals auf, sich von mir umarmen zu lassen! Verstohlen presse ich mein Gesicht gegen ihren Scheitel, atme tief den Vanilleduft ihres Shampoos ein und streiche ihr sacht über den Rücken.

»Wir sind gestern Nacht ziemlich spät angekommen«, erklärt Isla, löst sich von mir und sieht mich mit schief gelegtem Kopf prüfend an. »Du siehst bescheiden aus, Dad.«

»Danke dir«, seufze ich mit einem Kopfschütteln und strubbele durch ihr Haar, was sie mit einem theatralischen »Nicht, Daaad!« rückwärtsweichen lässt. Ich muss grinsen.

»Du bist schon wieder größer geworden! Was haben deine Großeltern dir denn zu essen gegeben?«

»Dad, ich war nur zehn Tage in Halifax«, winkt Isla mit einem Kopfschütteln ab. »Ich bin bestimmt nicht einmal einen halben

Zentimeter gewachsen. Leider. Aber … vielleicht bist du in der Zwischenzeit geschrumpft?«

»Ha, ha«, gebe ich zurück und strecke erneut meine Hand nach ihrem Haar aus, was sie kreischend ausweichen und mich laut auflachen lässt.

»Hi, Skye!« Jetzt fällt Isla ihrer Tante um den Hals, und ich merke, dass Skye vor Rührung schon wieder fast anfängt zu heulen, weil ihre Nichte sie anscheinend so vermisst hat. Ich muss selbst gegen einen Knoten im Hals anschlucken, was ich niemals laut zugeben würde.

Nein, ich bin kein Fels. Aber vermutlich komme ich wirklich so rüber.

»Wieso seid ihr denn schon gestern Nacht angekommen?«, frage ich Isla, um nicht weiter über das Thema grübeln zu müssen. »Ihr wolltet doch erst heute zurückfahren.«

»Ja, aber Mom hatte es plötzlich eilig«, erklärt Isla und schwingt sich mit ihrem Hintern auf die Arbeitsfläche neben dem Herd. Ich versuche angestrengt, nicht an den anderen Hintern zu denken, der vorhin dort saß. Der jetzt in der Gesellschaft von Jackson Porter über diese Insel radelt.

»Eilig? Wieso eilig? Und warum schreibt mir niemand eine Nachricht oder ruft an, wenn ihr mitten in der Nacht auf Whale Island eintrefft? Was hat Dottie überhaupt dazu gesagt, wegen euch so spät die Fähre fahren zu müssen?«

»Dad, du bist schon wieder im Verhörmodus!« Isla stöhnt genervt auf und lässt mich mit Grauen an die nächsten Jahre denken, wenn ich sie werde löchern müssen, mit welchem Kerl sie sich wo treffen will. Wenn ich ihr überhaupt jemals erlauben sollte, sich vor ihrem achtzehnten Geburtstag mit irgendeinem männlichen Wesen allein zu treffen!

»Frag Mom doch einfach selbst, okay?«

»Was willst du mich fragen, Aidan?«, höre ich da schon Jennys

Stimme, und meine Ex-Freundin taucht in ihrer üblichen schnellen Gangart in der Küche auf. »Hey, hier seid ihr alle!«

»Hi, Jen«, sage ich und lasse mich bereitwillig von ihr umarmen. Jenny und ich haben ein extrem entspanntes Verhältnis. Das liegt vermutlich daran, dass weder sie noch ich nach wie vor irgendwelche romantische Gefühle für den anderen hegen. Aber Gefühle dürfte ich laut Skye ja eh nicht haben, ich bin ja angeblich ein Fels. Auf jeden Fall ist es Jenny und mir tatsächlich gelungen, dass wir eine respektvolle Freundschaft aufgebaut haben und unser Kind gemeinsam großziehen, ohne dabei ein wirkliches Paar zu spielen.

Dass Jenny und ich eine kurze Beziehung hatten, ist jetzt fast vierzehn Jahre her. Unsere Gefühle waren bereits abgekühlt und regelrecht platonisch, als Isla geboren wurde. Aber unser Kind existierte nun einmal, und uns beiden war klar, dass dieses Kind uns für immer und ewig aneinanderbinden würde. Also haben wir uns zusammengerissen und versucht, eine solide Familienstruktur aufzubauen – selbst als ich wegen der *Cameron Lodge* auf Whale Island gebraucht wurde und Jenny mit unserer Tochter nach Sydney zog, um dort an der Universität zu arbeiten. Bei jeder Gelegenheit, die sich bot, bin ich zu den beiden gefahren, und auch Jenny kam oft mit Isla auf diese Insel. Dass beide inzwischen ganz hier wohnen, macht mich echt glücklich. Einfach abzuhauen und Jenny mit unserer Kleinen im Stich zu lassen, das wäre mir im Traum nicht eingefallen.

Zum x-ten Mal, seit Stella auf dieser Insel aufgetaucht ist wie ein Wirbelwind, frage ich mich, was aus Felis Vater geworden ist.

»Du siehst sehr müde aus, mein Lieber«, sagt Jenny jetzt und mustert mich mit prüfend schief gelegtem Kopf. Sie selbst wirkt wie das blühende Leben: Ihr braun gebranntes Gesicht lässt ihren Pferdeschwanz noch blonder schimmern als sonst – oder vielleicht ist ihr Haar auch einfach durch die Sonne ausgebleicht –, und aus ihren grünen Augen sprüht so viel Energie, dass ich mich im Vergleich sofort erschöpft fühle. Aber Jenny sprüht eigentlich immer vor Energie. Als wolle sie meine Gedanken unterstreichen, wippt sie auf ihren Ballen auf und ab und stemmt ihre Hände in die Hüften, während sie auf eine Reaktion von mir wartet.

»Danke«, sage ich endlich und ringe mir ein gequältes Lächeln ab. »Und du siehst zu dünn aus. Komm, ich mache dir auch Pfannkuchen.«

»Keine Zeit fürs Essen«, winkt Jenny hektisch ab und begrüßt Skye mit einer flüchtigen Umarmung, bevor sie sich auf die Kaffeemaschine stürzt. »Aber Kaffee nehme ich.«

»Ungesund«, brumme ich. »Jenny, du musst essen, sonst kippst du irgendwann um.«

»Ach was, nicht solange Koffein mich am Laufen hält«, kontert sie fröhlich und fängt schon an, den Kaffee in großen Zügen zu trinken.

Kopfschüttelnd betrachte ich sie. Warum ich mich damals, in meinem ersten Sommer zurück auf Whale Island, überhaupt zu diesem Energiebündel von Frau hingezogen gefühlt habe, kann ich heute nicht mehr richtig nachvollziehen. Jenny ist bildhübsch, keine Frage. Und sie ist frech und schlagfertig und witzig und sehr, sehr intelligent. Mit ihr habe ich unglaublich lange Diskussionen über alles Mögliche geführt und wahnsinnig viel gelacht. Aber eigentlich war sie optisch nie mein Typ – zu dünn und drahtig, geradezu jungenhaft. Klar, sie isst ja auch selten. Das war schon damals ein Knackpunkt in unserer sehr kurzen Liebesbeziehung: Welcher Koch hat schon gern eine Partnerin, die nicht gern isst? Jenny ist immer zu hibbelig zum Essen, ständig auf dem Sprung, unterwegs zur nächsten Aufgabe. Und diese Aufgaben drehen sich fast ausnahmslos um ihre große Leidenschaft: die Wale.

Aber in jenem Sommer, als wir uns kennengelernt haben, da habe ich vermutlich ihre sonnige, unbeschwerte Art und ihre unerschöpfliche Energie gebraucht. Jenny war Studentin der Meeresbiologie und hatte einen Ferienjob auf unserem lokalen Whale-Watching-Boot ergattert. Und ich, ich hatte meinen ersten vielversprechenden Job in einem noblen Restaurant auf Prince Edward Island aufgeben und nach Whale Island zurückkehren müssen, um hier im Hotel zu helfen, nachdem Duncan abgehauen war und Dad seinen Schlaganfall hatte. Aber die Familie ging vor, und im Nachhinein bin ich wirklich froh, damals diese Entscheidung getroffen zu haben. Ich hätte meinem Spiegelbild sonst nicht ins Gesicht sehen können. Und ich hätte Jenny in jenem Sommer nicht kennengelernt, als ich frustriert hier auf der Insel ankam und alle zum Teufel wünschte. Ich werde nie vergessen, wie sie mich in einem kleinen »Boston Whaler« mit hinaus aufs Meer genommen hat und wie wir dort gemeinsam auf Buckelwale gewartet haben. Die auch kamen – und zwar, als wir gerade auf dem Boden dieses Boots sehr beschäftigt waren. Natürlich haben wir Isla nie erzählt, dass sie höchstwahrscheinlich in einer Nussschale auf dem Atlantik gezeugt wurde, während eine Buckelwalmutter mit ihrem Baby unter unserem Boot hindurchtauchte.

»Verrätst du mir vielleicht mal, warum du so hektisch bist, meine Liebe?«, frage ich Jenny jetzt, während ich den Herd wieder einschalte, um Pfannkuchen für Isla zu backen. »Ich meine – noch hektischer als sonst? Und wieso seid ihr schon gestern Nacht zurückgekommen?«

»Weil die Wale schon früher eintreffen als gedacht!« Jenny stellt ihre bereits leer getrunkene Tasse in die Spüle und setzt sich schwungvoll neben ihre Tochter auf die Arbeitsfläche.

»Hatte ich schon mal erwähnt, dass das hier eine Restaurantküche ist?«, frage ich streng und fuchtele mit dem Pfannenwender in die Richtung meiner beiden Mädels. »Das da ist eine Arbeitsfläche und keine Hühnerstange!«

»Ach, Dad, chill doch mal«, seufzt Isla und spielt betont cool an ihren langen Strähnen herum.

Ich bedenke meine Tochter mit einem Blick, der tadelnd sein soll, aber wohl eher belustigt rüberkommt, zumindest grinst sie mich unbekümmert an. Das mit der Autorität wird bei diesem Wesen, das irgendwo zwischen Kind und Frau festhängt, immer schwieriger.

»Was ist mit den Walen?«, hake ich jetzt zerstreut nach und sehe Jenny fragend an. »Nehmen die beiden einen früheren Flug, oder was?«

»Ganz genau«, meint Jenny. »Das Aquarium in Shanghai musste die beiden früher loswerden, wegen irgendwelcher Umbauarbeiten. Man hat also kurzfristig organisiert, dass das Frachtflugzeug, das sie nach Halifax bringt, schon zwei Tage früher als ursprünglich geplant abheben kann – nämlich übermorgen. Das heißt, dass Luna und Alba bereits in drei Tagen in Nova Scotia landen!« Jennys Augen glänzen, als würde sie gerade von ihren leiblichen Kindern erzählen, die endlich nach Hause dürfen.

Dabei geht es um zwei Belugawale, die jahrelang die Stars in einem chinesischen Freizeitpark waren, wo sie Kunststücke vorgeführt haben. Nachdem sich Luna vor zwei Jahren bei einer Vorführung an einer Flosse verletzt hat, gab es in den sozialen Medien viel Aufruhr, und Tierschützer begannen eine Petition, die beiden Belugawale in die Freiheit zu entlassen. Da die Wale allerdings in China lebten, wäre dieser Aufruf vermutlich schnell versandet, wenn nicht der Freizeitpark den Besitzer gewechselt hätte. Dieser neue Besitzer scheint ein junger, modern denkender Milliardärssohn zu sein, wie ich gehört habe, der es sich quasi zum Hobby gemacht hat, nebenbei ein wenig Tierschutz zu betreiben. Sich mit der »Freilassung« der zwei Belugawale schmücken zu dürfen, war dem Typen also vermutlich gerade recht, weshalb es tatsächlich dazu kam, dass dieser chinesische Milliardärssohn die *Second Chance for Whales*-Organisation ansprach, die von einem ehemaligen Professor von Jenny gegründet worden war und sich mittels Spenden für die Freilassung von Walen in Gefangenschaft einsetzt. Die Organisation war zu dem Zeitpunkt bereits dabei, nach einem geeigneten Standpunkt für ihr erstes Whale Sanctuary zu suchen – nach einem Ort, wo man Walen, die aus Aquarienhaltung befreit worden waren, einen natürlichen Lebensraum bieten konnte, ohne dass sie ganz freigelassen werden und somit für sich selbst würden sorgen müssen. Nach so vielen Jahren der Gefangenschaft können Wale das nämlich nicht mehr, wie mir Jenny erklärt hat. Als der chinesische Milliardärssohn die Organisation ansprach, wusste diese also noch gar nicht genau, wo man das erste geplante Whale Sanctuary eröffnen würde, aber die Aussicht, diese beiden Belugas aufnehmen zu können, beflügelte alle Mitstreiter, umso nachdrücklicher zu suchen. So kam es, dass Jenny von den Plänen hörte und ihrem ehemaligen Professor Whale Island vorschlug, denn am südwestlichen Ende unserer Insel gibt es die sogenannte Deep Bay, eine wunderbar geschützte Bucht, die ein idealer Ort für die Wale werden könnte.

So geschah es – letzten Sommer wurden die administrativen Fragen mit den hiesigen Behörden geklärt, und Jenny bekam als Kirsche auf dem Sahnehäubchen (nicht schon wieder an Kirschen denken, Aidan!) sogar eine Festanstellung im Besucherinformationszentrum zugesichert, das man ebenfalls bauen wollte. Die Tatsache, dass die Zeit drängte und diese beiden

Belugawale quasi darauf warteten, nach Nova Scotia gebracht zu werden, ließ alle schneller arbeiten als unter normalen Umständen. An der Deep Bay ist im Laufe des Herbstes und dann im Frühjahr, sobald der Boden aufgetaut war, ein schmuckes Besucherinformationszentrum entstanden, wo man sich schon bald auf großen Tafeln und diversen Bildschirmen über das Leben von Walen informieren kann – hauptsächlich geht es um Belugawale, weil Alba und Luna nun einmal die neuen Bewohnerinnen der Deep Bay werden. Doch es wird auch Informationen zu den Walen geben, die in freier Wildbahn häufiger rund um Cape Breton zu finden sind, nämlich Buckelwale, Grindwale, Finnwale und Zwergwale. Lunas und Albas lange Reise – zunächst von Shanghai bis Halifax in einem speziellen Frachtflugzeug, und dann von Halifax bis nach Whale Island an Bord von zwei Schleppern – wird demnächst ebenfalls als Dokumentation auf einer Leinwand zu sehen sein –, wenn denn die Reise erst einmal geklappt hat. Ich sehe Jenny an und spüre förmlich ihre Anspannung.

»Jetzt darf nichts mehr schiefgehen«, murmelt sie und nagt nervös an ihren Fingernägeln. Sanft greife ich nach ihrer Hand und verhindere so, dass sie ihre armen Nägel weiter malträtiert. Ich drücke ihre Finger mit Nachdruck und sage so zuversichtlich wie möglich: »Es wird nichts schiefgehen. Ganz sicher. Bald sind die beiden hier und planschen fröhlich durch das Wasser unserer Bucht.«

»Das wird so toll!«, juchzt Isla verzückt. Meine Tochter liebt Wale über alles – kein Wunder, wenn man bedenkt, unter welchen Umständen sie höchstwahrscheinlich entstanden ist –, aber Belugas hat sie noch nie zu Gesicht bekommen, weil die Tiere eher selten vor der Küste von Nova Scotia zu sehen sind. In Kanada findet man die Weißwale hauptsächlich im Mündungsbereich des Sankt-Lorenz-Stroms in Québec und in der westlichen Hudson Bay. So kommt es also, dass Isla und ich bald die ersten Belugawale unseres Lebens live sehen werden.

»Tja, aber da die Wale nun also früher kommen, wird auch die Crew schon eher hier eintreffen als geplant.« Jenny sieht mich ernst an.

Ach du Schande. Daran hatte ich nicht gedacht. Während ich rasch den Pfannkuchen wende, erkundige ich mich: »Ähm … wann genau?«

»Ein paar der Jungs werden bereits morgen hier sein, um letzte Arbeiten an den Auffangbecken zu machen.«

»Morgen? Oh.« Ich nicke und atme innerlich erleichtert auf, weil ich nicht der General Manager dieses Hotels bin. Leider hat Duncan die Arschkarte gezogen. Ich bin nur der Küchenchef.

»Ja, und die anderen kommen in drei Tagen – ein paar Stunden, bevor die Schiffe eintreffen.«

»Hmm. Okay.« Ich reibe mir mit der freien Hand den Nacken. »Keine Sorge, wir werden das schon hinbekommen. Die Leute von der Wal-Crew werden noch nicht einmal unsere ersten Gäste sein.«

»Wie? Ist schon jemand hier?« Erstaunt sieht Isla mich an.

»Und ob!« Skye stellt sich neben ihre Nichte an die Arbeitsfläche und sieht sie mit dramatisch weit aufgerissenen Augen an. Leicht genervt schüttele ich den Kopf. Warum hier so ein Aufheben um diesen Typen gemacht wird, ist mir ein Rätsel.

»Jackson Porter!«, verkündet Skye.

Isla starrt ihre Tante zwei Sekunden lang sprachlos an, dann bricht sie in Gelächter aus. »Ha, ha, guter Witz, Tantchen. Mich kannst du damit nicht verarschen.«

»Isla! Was ist denn das für eine Ausdrucksweise?«, frage ich streng, wofür ich nur einen amüsierten Blick von meiner Tochter ernte, die leider sehr genau weiß, dass mir auch regelmäßig

Schimpfwörter herausrutschen – wobei ich eigentlich versuche, nie in ihrer Gegenwart zu fluchen. Anscheinend gelingt mir das nicht immer, wird mir mal wieder klar.

»Ich ver… äppele dich überhaupt nicht, meine Liebe«, erwidert Skye und grinst Isla breit an. Noch bevor meine Tochter sich entscheiden kann, ob sie ihrer Tante glauben soll oder nicht, kommt Duncan herein. An seinem düsteren Blick erkenne ich sofort, dass etwas nicht stimmt.

»Oh, hi, Isla. Jenny.« Er bemerkt die beiden, und sein Gesicht hellt sich auf – flüchtig zumindest. Isla strahlt meinen Bruder an – sie hat eine Schwäche für ihren Onkel, den sie jahrelang überhaupt nicht kannte. Erst im letzten Sommer, als Duncan plötzlich zurück auf die Insel gekommen ist, haben sich Isla und er kennengelernt. Seitdem ist er zu ihrem Lieblingsonkel mutiert. Okay, Kunststück – ihren Onkel Glenn sieht sie ja auch fast nie. Wobei die zwei sich in Halifax treffen wollten – ich muss Isla dringend fragen, wie es mit Glenn war. Und ich sollte ihn wohl auch mal wieder anrufen. Eigentlich hatten wir alle gehofft, dass er zur Wiedereröffnung des Hotels auf die Insel kommen würde, aber Glenn hat mal wieder einen Grund gefunden, warum das nicht geht (angeblich bekommt er keinen Urlaub – er arbeitet als Barista in einem Coffee Shop und gibt Kurse in Kreativem Schreiben, während er immer noch auf den Durchbruch als Schriftsteller wartet).

»Hey, alles okay?«, frage ich jetzt Duncan, der mich ernst ansieht. Wenn er so übel gelaunt wirkt wie jetzt, kann er einem richtig Angst machen. Seine grauen Augen wirken dann dermaßen kühl, dass er in dem Hotel in Manhattan, wo er bis vor einem Jahr gearbeitet und Greta kennengelernt hat, den Spitznamen »Eisblock« hatte. Ich kann echt verstehen, warum.

»Ich weiß nicht, Aidan. Findest du es okay, unserem ersten

Gast das Frühstück zu verweigern, wo du doch hier am Herd stehst und Pfannkuchen machst? Wäre es wirklich zu viel verlangt gewesen, ein paar mehr zu braten?«

»Wir haben noch nicht geöffnet, noch nicht einmal ›soft‹ – geschweige denn ›hard‹«, versuche ich einen Witz, aber natürlich lacht Duncan kein bisschen. »Woher weißt du das überhaupt?«, hake ich nach und flippe den Pfannkuchen.

»Von Greta. Sie hat eben Stella und Jackson im Inselladen getroffen.«

»Oh, klar«, knurre ich, jetzt auch schlecht gelaunt. »Und Stella hat Greta natürlich alles brühwarm erzählt. Dass ich die Frechheit besitzen konnte, dem schleimigen Kerl keine *fucking* Pfannkuchen zu servieren!«

»Dad!«

»Entschuldige, ich meinte, keine verdammten – nein, keine verflixten Pfannkuchen!« Aufgebracht starre ich erst Isla an, dann Duncan. »Aber, ganz ehrlich, sieh dir meine Küche an, hier sitzen ständig Frauen auf der Arbeitsfläche, als wäre das eine Parkbank, und alle tun so, als wäre das normal – wenn ich heute Morgen also schon unserem ersten Gast Frühstück gemacht hätte und dann wäre irgendetwas nicht in Ordnung gewesen, hätten wir sofort das Gesundheitsamt hier!«

»Welche Frauen außer uns haben hier denn heute noch gesessen?«, fragt Jenny amüsiert und sieht mich fragend an.

»Oh, mir fällt da eine ein«, bemerkt Skye in süffisantem Tonfall, und ich werfe ihr einen Blick zu, der sie warnen soll weiterzusprechen.

»Könntet ihr zwei euch bitte vorne ins Restaurant setzen? Aidan hat nämlich recht«, bemerkt Duncan jetzt und mustert Jenny und Isla ernst.

»Wartet mal«, sagt meine Tochter und sieht Duncan, Skye und mich der Reihe nach an. Ihre Wangen haben sich rot verfärbt, fällt mir auf einmal auf. »Ihr redet hier aber nicht ernsthaft von Jackson Porter, oder?«

»Doch«, seufzt Duncan und reibt sich die Falte zwischen seinen Augenbrauen.

»Von DEM Jackson Porter?« Islas Stimme wird zwei Oktaven schriller. Ich merke, dass sich das nicht mit Skyes Kater verträgt, denn meine Schwester zuckt gequält zusammen.

»Ich fürchte ja«, brummt Duncan und wirft mir einen Blick zu, der fragen soll: »Was finden eigentlich alle so toll an diesem Typen?« Ich zucke als Antwort ratlos mit den Schultern und seufze.

Ein Kreischen meiner Tochter lässt uns alle zusammenzucken und Jenny fast von der Arbeitsfläche fallen.

»Aua!«, macht Skye in leidendem Tonfall und flüchtet Richtung Küchentür. »Isla, das ist Körperverletzung!«

»Oh! Mein! Gott! Jackson Porter ist hier? Auf Whale Island? In der *Cameron Lodge*?«

»Ja«, bestätige ich knapp und reiche meiner Tochter einen Teller mit zwei duftenden Blaubeerpfannkuchen darauf. »Hier. Ahornsirup ist in der Vorratskammer, du musst eine neue Flasche aufmachen.«

»Jackson Porter ist hier, und du hast dich geweigert, ihm Frühstück zu machen?« Isla ist von der Arbeitsfläche gerutscht und starrt mich mit ungläubigem Blick an.

»Ähm«, mache ich und stöhne leise auf. Irgendwie läuft dieser Morgen suboptimal. »Als der Kerl hier gestern unbedingt einchecken wollte, wurde ihm klipp und klar gesagt, dass das Restaurant vor dem Soft Opening noch nicht geöffnet ist!«

»Aber wenn der Koch hier steht und Pfannkuchen backt, könnte er unserem ersten, einzigen und noch dazu prominenten Gast ein paar verdammte Pfannkuchen anbieten!«, raunt

Duncan mir zu, bevor er sich abwendet und die Küche verlässt. Jenny springt von der Arbeitsfläche und hechtet hinter ihm her.

»Duncan? Ich muss dich dringend sprechen, wegen der Wal-Crew …«

Ich höre, wie Jenny beim Hinausgehen auf meinen Bruder einredet, und spüre ganz kurz Mitleid mit ihm. Doch ich kann mich jetzt nicht länger um Duncan kümmern, denn Isla baut sich vor mir auf, knallt den Teller zurück auf die Arbeitsplatte und faucht: »Aidan, du bist sowas von peinlich!«

Immer, wenn sie sauer auf mich ist, nennt sie mich neuerdings bei meinem Vornamen – vermutlich, weil sie weiß, wie sehr ich das hasse.

»Nenn mich bitte Dad, ja?«, grolle ich leise. Isla ignoriert meinen Einwurf komplett.

»Jackson Porter ist hier, und du … du blamierst mich vor ihm!«

Islas Stimme bebt, genau wie ihre Unterlippe. Ich weiß nicht, ob ich lachen oder bestürzt sein soll.

»Isla, wieso habe ich dich denn blamiert? Jackson weiß doch bisher gar nicht, wer du bist und …«

»Eben! Und schon bevor ich ihn kennenlernen darf, verdirbst du es dir schon mit ihm! Du bist der peinlichste Vater der Welt!«

Mit einem Schluchzer, der sich erschütternd echt anhört, dreht sich Isla um und stürmt mit wehendem feuerrotem Haar aus der Küche, wobei sie fast Raphaël und Salomé umrennt.

»Ups, was ist denn hier los?« Salomé kommt mit weit aufgerissenen Augen näher. Sie trägt ihre nagelneue Kochuniform, und man merkt, dass sie gern sofort loslegen möchte. Ich liebe diese Frau – wie eine Schwester.

»Frag nicht«, murmele ich mit einem Kopfschütteln. »Pfannkuchen?« Ich halte ihr den Teller hin, und blitzschnell schiebt sich Raphaël neben seine Verlobte.

»Oh, lecker!«, freut er sich, und Salomé fragt, an mich gewandt: »Gehst du die Frühstückskarte durch?«

»Na ja, ich bin bei den Pfannkuchen hängen geblieben«, seufze ich. »Und, ganz ehrlich, irgendwie schmecken mir die Dinger heute selbst nicht. Probiert mal und sagt mir, was besser sein könnte. Eine Spur Vanille?«

Kauend sieht mich Salomé an und rollt ihre Augen. »Hmmm! Nix Vanille, die müssen genauso bleiben, wie sie sind! Köstlich!«

Raphaël stimmt ihr mit einem Grunzen zu. Erleichtert lache ich auf. »Okay. Dann mache ich jetzt ein paar pochierte Eier. Vor denen habe ich immer noch einen Heidenrespekt. Und Salomé, könntest du bitte mal den Porridge mit Beeren kochen? Bei dem Rezept bin ich mir nicht sicher, ob wir nicht mehr Zimt nehmen sollten. Und wir müssen auch die vegane Version mit Mandelmilch ausprobieren.«

»Alles klar, Chef«, salutiert Salomé und wendet sich ab, um vermutlich in der Vorratskammer die Großpackung Haferflocken aufzustöbern, während ich noch mehr Eier aus der Kühlkammer hole.

»Und ich esse alles und sage euch, was ihr besser machen könnt«, verkündet Raphaël gut gelaunt und schwingt sich mit dem Hintern auf meine Arbeitsfläche.

In dem Moment kommt Skye wieder um die Ecke und sieht mich wütend an.

»Was habe ich jetzt wieder gemacht?«, frage ich mit einem lauten Seufzen, während ich den Karton mit den Eiern neben dem Herd abstelle.

»Du hast Mom Kaffee trinken lassen? Ernsthaft? Nach dem, worüber wir gestern gesprochen haben?«

»Hey, ich …«, beginne ich hilflos, als schon unsere Mutter neben Skye auftaucht, ihre leere Tasse in der Hand, und einwirft: »Skye, wirklich, nun lass mich erst einmal einen Arzttermin ausmachen. Ich bin überzeugt, dass mein Blutdruck gestern nur wegen dieser ganzen Aufregung etwas höher war …«

»Etwas?«, schnaubt Skye und funkelt sie wütend an. »Etwas? Ich hole das Blutdruckmessgerät, und wir messen gleich noch einmal, Mom!«

Mit einem tiefen Seufzen sieht meine Mutter mich an, während Skye nach draußen stürmt.

»Ich würde auch einen Pfannkuchen nehmen, Schatz«, murmelt sie. »Aber verrate das bloß deiner Schwester nicht. Die sind bestimmt auch schlecht bei hohem Blutdruck. Ich muss dringend in das Buch schauen, das Rae mir gegeben hat.«

»Schon okay, Mom, ein Blaubeerpfannkuchen hat noch niemandem geschadet«, versichere ich ihr und greife nach einem Teller. Wenn das so weitergeht, sehe ich für meinen eigenen Blutdruck genauso schwarz.

24

Stella

Ich bin so froh, dass ich Feli überreden konnte mitzukommen. Okay, sie zu überzeugen war zwar fast so schwierig, wie einen Streit mit Aidan zu vermeiden, aber immerhin hat sie sich murrend angezogen und unser Cottage verlassen, um mit mir im Inselladen frühstücken zu gehen. Nein, natürlich habe ich ihr nicht erzählt, dass Jackson Porter bei den Hotel-Fahrrädern auf uns warten würde – aber als sie ihn jetzt entdeckt, ist es zu spät, denn er strahlt uns bereits entgegen und ruft: »Hey, Feli, schön, dass du mitkommst!«

»Das verzeihe ich dir nie«, zischt mir meine Tochter wutentbrannt zu, aber da sie mir gefühlte zehnmal pro Tag Ähnliches an den Kopf wirft, erwidere ich lediglich gelassen: »Er ist nett. Und hat Hunger. Genau wie du und ich. Was also spricht gegen ein gemeinsames Frühstück im Inselladen?«

»Haben wir nicht ein Restaurant in der Lodge, das wesentlich näher liegt? Arbeitest du da nicht sogar?«, fragt meine Tochter genervt auf Deutsch, während wir auf Jackson zugehen. Zur Sicherheit, damit sie nicht doch plötzlich kehrtmacht und das Weite sucht, hake ich mich bei ihr unter, und ich vermute stark, dass sie mich nur deshalb nicht abschüttelt, weil Jackson uns schmunzelnd beobachtet.

»Doch, natürlich gibt es hier ein Restaurant«, gebe ich betont gut gelaunt zurück. »Aber dem Küchenchef ist heute noch nicht nach Gästebewirtung zumute.«

Und es ist mir ganz einfach zu brenzlig, mich heute Morgen weiterhin in seiner Nähe aufzuhalten, füge ich im Stillen hinzu – nach der Nacht. Bei der Erinnerung an das, was ich heute Nacht, in meinen Träumen, mit Aidan gemacht habe, spüre ich schon wieder heiße Röte in mein Gesicht kriechen – genau wie eben, in der Küche, als ich ihn am Herd habe stehen sehen, unfassbar sexy in seiner weißen Kochuniform, die so unschuldig wirkt, ganz im Gegenteil zu der Person, die sie trägt. Ich hatte das Gefühl, dass Aidan mir genau ansehen konnte, was in meinem Kopf für Bilder auftauchten, sobald ich in seine Augen geschaut habe. Nicht nur die reale Erinnerung an uns zwei gestern Abend – an das Gefühl seiner starken Schulter unter meinem Bauch, als er mich zu meinem Cottage geschleppt hat, oder seine Hand, gegen meine gepresst, nur durch das Mückennetz meiner Haustür getrennt –, sondern auch die Erinnerung an das, was sich in meinen Träumen zwischen uns abgespielt hat. Ich bin mir gar nicht sicher, wie mein Unterbewusstsein auf solche Szenen kommt. Als ob ich jemals so etwas Wildes erlebt hätte. Im Grunde genommen hatte ich in den letzten Jahren so selten Sex, dass ich das Gefühl habe, wieder bei null anfangen zu müssen. Wobei es da wohl hoffentlich ist wie beim Radfahren – man verlernt es nicht völlig. Man kann nur etwas aus der Übung sein – so wie Jackson und Feli es sind, wie ich merke, als sich die beiden auf die Hotelfahrräder schwingen und wir gemeinsam den Hof des Hotels verlassen. Dank meiner langen Radtouren auf dem Land in meiner Kindheit und Jugend fällt mir das Radfahren sehr leicht, während Jackson und meine Tochter ziemlich auf ihren Drahteseln hin und her schwanken, sodass ich froh bin, dass in Kanada Fahrradhelme verpflichtend sind und wir deshalb alle einen tragen. Natürlich hat meine Tochter mich angesehen, als wünschte sie mich nach Patagonien, als ich sie genötigt habe, einen Helm aufzusetzen – das versteht sich von selbst.

»Holy Moley«, ruft Jackson über seine Schulter und wäre fast in die Büsche links der Straße gekracht. Mit einem Lachen steigt er ab und sieht mich kopfschüttelnd an. »Ich hätte nicht gedacht, dass es so schwierig sein könnte, wieder mit dem Rad zu fahren!«

»Hmpf«, brummt Feli, die ihm einen unsicheren Blick zuwirft und dann … ja, dann huscht ein Lächeln über ihr Gesicht. Ein verschwörerisches »Ich weiß genau, was du meinst«-Lächeln, während sie sich tapfer vorankämpft.

»Ich glaube, ich war sechzehn, als ich das letzte Mal mit dem Rad gefahren bin!«, meint Jackson jetzt lachend und steigt wieder auf.

»Na ja, das ist ja nun nicht sooo lange her«, bemerke ich trocken, was Feli dazu verleitet, mir einen bitterbösen Blick zuzuwerfen, den ich mit einem Grinsen erwidere. »Los, Jackson, du schaffst es«, ermutige ich ihn. »Fahrrad fahren verlernt man nicht!«

Und ich behalte recht – zum Glück.

»Ist das nicht wunderschön?«, ruft Jackson immer wieder voller Enthusiasmus, während wir auf den hölzernen Radwegen am Meer entlangfahren, das sich in der Sonne glitzernd bis zum Horizont erstreckt.

»Jaaaa!«, brülle ich glücklich, was meine Tochter erneut zu einem winzigen Lächeln verleitet. Plötzlich muss ich an uns beide bei unserer ersten Tuk-Tuk-Fahrt auf Koh Samui denken, was Jahre zurückliegt. An die Art, wie Feli in den ersten Minuten noch ängstlich an meinem Arm hing, um dann immer ausgelassener zu werden und schließlich laut lachend ihr Gesicht in den Fahrtwind zu halten. Hoffentlich hat sie sich diesen Abenteuergeist bewahrt, denke ich nun. Hoffentlich lernt sie wieder, ihre Angst abzuschütteln und vor lauter Glück laut zu lachen.

Als wir den Inselladen betreten, um unser Frühstück zu bestellen, erblicke ich zu meiner Freude Greta, die gerade schwer damit beschäftigt ist, ihre Einkäufe im unteren Aufbewahrungsfach von James' Kinderwagen zu verstauen. Beherzt helfe ich ihr, und gemeinsam versuchen wir, sowohl die Windelpackung als auch Joghurt, Brot und Käse in das Fach zu quetschen, während Jackson an der Theke mit dem jungen Verkäufer Ronan plaudert und Feli die Gerichte auf der Tafel studiert. Nachdem sich Greta genervt über das Kinderwagenmodell und den zu geringen Stauraum ausgelassen hat, lasse ich mich mit gedämpfter Stimme über Aidan aus.

»Das gibt es doch gar nicht«, murmelt Greta ratlos. »Ich verstehe wirklich nicht, was in Aidan gefahren ist. Er ist eigentlich so ein liebenswerter Kerl!«

Ich kann mir Skyes Vermutung von gestern Abend gerade noch verkneifen – denn Aidan ist doch sicherlich nicht wirklich eifersüchtig auf Jackson, oder?

Der kleine James wacht leider auf, als Greta versucht, vorsichtig ein paar Äpfel und Birnen um seine Füße herumzulegen. Dem Kleinen scheint es nicht zu passen, sich seinen Wagen mit Obst teilen zu müssen, denn sein Brüllen ist noch zu hören, als Greta längst mit dem Kinderwagen draußen ist und im Eilschritt die Dorfstraße entlangmarschiert. Ich sehe ihr nach und muss mit einem Anflug von Wehmut an mich mit Kinderwagen denken, damals, in Offenburg. Eigentlich war ich selbst noch ein halbes Kind, das nur ein paar Jahre später mit der kleinen Feli loszog, um die Welt zu erobern.

Kurz darauf sitzen Jackson, Feli und ich an einem dieser typisch amerikanischen Holzpicknicktische auf der überdachten Veranda des Inselladens und beobachten, wie die Fähre anlegt, während wir frühstücken. Die Pfannkuchen sind ... okay. Ich versuche, nicht an Aidans Kreation zu denken, die sogar halbgar tausendmal besser geschmeckt hat. Feli scheinen die Pfannkuchen sehr gut zu schmecken, und Jackson haut rein, als hätte er seit Tagen nichts zu essen bekommen.

»Wie war denn Bangkok?«, fragt er interessiert, als er den letzten Bissen seines Omeletts mit einem großen Schluck Kaffee hinuntergespült hat. »Es muss doch superspannend gewesen sein, in so einer exotischen Mega-City zu wohnen, oder?«

Sofort sehe ich meine Tochter an, die ihre Lippen zu einer schmalen Linie zusammenpresst und konzentriert auf ihren halb gegessenen Pfannkuchen hinabsieht. Dann schlingt sie den Rest sehr schnell hinunter, legt ihre Gabel zur Seite und steht auf, um sich ans Verandageländer zu stellen und mit gefurchter Stirn auf den Pier und den tiefblauen Atlantik dahinter zu starren.

Überrascht sieht Jackson mich über den Tisch hinweg an und scheint stumm zu fragen, ob er etwas Falsches gesagt hat. Ich unterdrücke ein Seufzen und lächele ihn mit einem leichten Kopfschütteln an, bevor ich ausweichend antworte: »Bangkok war ... anstrengend. Heiß, laut, voll. Hier ist es tausendmal schöner.« Ich schiebe mir den letzten Bissen meines Pfannkuchens in den Mund, während er mein Lächeln erwidert. Seine grünen Augen sind wirklich der Hammer.

»Trägst du eigentlich farbige Kontaktlinsen?«, frage ich neugierig und lehne mich ein wenig weiter vor, um seine Augen genauer betrachten zu können.

»Mama!«, höre ich Feli am Geländer schon peinlich berührt aufstöhnen, aber Jackson legt den Kopf in den Nacken und lacht herzhaft auf. »Feli, keine Sorge, das bin ich schon so oft gefragt worden«, erwidert er amüsiert und zwinkert mir zu, bevor er seine Kaffeetasse leert. »Ich zeige dir bei Gelegenheit gern Kindheitsfotos von mir. Da waren meine Augen auch schon so grün. Ich kann nichts dafür. Vermutlich habe ich als Kleinkind im Garten meiner Eltern zu viel Gras und Moos gefuttert.«

Er zuckt mit den Schultern und grinst jungenhaft, während ich amüsiert auflache. »Also, wenn deine Theorie mit dem Gras und Moos stimmt, dann müsste ich als Kleinkind allerdings reichlich Whiskey getrunken haben«, sage ich, weil ich daran denken muss, wie Aidan meine Augenfarbe genannt hat. »Und Feli Schokolade gegessen. Wobei – hey, das stimmt sogar!«

Augenblicklich begreife ich, dass ich etwas Falsches gesagt habe. Meine Tochter erstarrt förmlich am Geländer der Veranda, bevor sie sich halb zu mir umdreht und mir einen so vernichtenden Blick zuwirft, dass ich automatisch ein wenig in mir zusammensinke.

»Schönen Dank, Mama«, zischt sie auf Deutsch, damit Jackson es nicht versteht. »Zeig ihm am besten die Fotos von mir als moppeligem Kleinkind! Vielleicht hättest du mir lieber Obst gegeben als Süßigkeiten, dann wäre ich jetzt auch nicht so fett!«

Im Schokoladenbraun ihrer wunderschönen Augen schimmern Tränen, und diese Tränen treffen mich mal wieder mitten ins Mutterherz. Ich spüre deutlich Jacksons betroffenen Blick auf mir – zumindest das Wort »fett« dürfte er verstanden haben, denn das hört sich im Englischen ja gleich an. Noch während ich überlege, wie ich meine Tochter besänftigen und vom Unvermeidbaren abhalten kann – nämlich davon, dass sie wutentbrannt zu ihrem Fahrrad stampft und zurück zur

Cameron Lodge fährt –, steht Jackson auf und fragt betont gut gelaunt: »Wollen wir mit den Rädern noch bis zum North Point Leuchtturm fahren? Oder lieber ans Südwestende der Insel, zur Deep Bay, wo das neue Whale Sanctuary entsteht?«

Er sieht nicht mich an, sondern tritt neben Feli ans Geländer und lächelt sie freundlich an. »Was meinst du? Nach Norden oder nach Süden?«

Ich bin mir sicher, dass sie eine Ausrede murmeln und sich verdrücken wird. Nicht nur, weil sie sauer auf mich ist und generell momentan nicht gern Zeit mit ihrer peinlichen Mutter zu verbringen scheint, sondern auch, weil sich meine Tochter leider nicht gern bewegt. Die ständige Hitze in Bangkok hat nicht unbedingt dazu beigetragen, ihre Trägheit abzuschütteln. Feli verkriecht sich einfach lieber in ihrem Zimmer und träumt sich in eine glücklichere Welt, als sich im hellen Sonnenschein auf einem Fahrrad abzustrampeln.

Aber hier ist der Sonnenschein nicht so unbarmherzig wie in Thailand, weil immer ein angenehmer Wind über die Insel weht. Ja, hier macht es auch mir mit einem Mal wieder richtig Spaß, mich an der frischen Luft zu bewegen – vor allem, weil die Luft hier wirklich frisch ist und nicht nach Abgasen und Smog stinkt.

»Süden hört sich gut an.«

Verdattert starre ich meine Tochter an. Hat Feli das gerade wirklich gesagt? Sie will freiwillig bis zur Südwestspitze dieser Insel radeln? Im Ernst?

Feli weicht meinem Blick trotzig aus, während sie sich gemeinsam mit Jackson den Fahrrädern zuwendet, die außen am Verandageländer lehnen. Trotzdem bin ich plötzlich so glücklich, dass ich die ganze Welt umarmen könnte. Es war doch die richtige Entscheidung, nach Whale Island zu kommen!

25

Zumindest denke ich das, solange ich im Sonnenschein über diese wunderschöne Insel radele und wir uns von außen das nagelneue Besucherinformationszentrum im Blockhausstil ansehen, das am Rande der Deep Bay entstanden ist. Hier werden die Touristen bald unter anderem viel über die zwei Belugawale erfahren können, wenn diese in der Bucht angekommen sind.

Und ich denke auch nach wie vor, dass Whale Island die richtige Entscheidung war, als wir zu dritt zurück Richtung *Cameron Lodge* fahren – ich voraus, Feli und Jackson nebeneinander hinter mir. Meine Tochter hat tatsächlich bisher schon mehr als nur zwei Worte mit dem smarten Sänger gewechselt. Ganz behutsam und so sensibel, wie ich es einem erfolgsverwöhnten Star gar nicht zugetraut hätte, hat Jackson meine verschlossene Tochter Schritt für Schritt aus ihrem Schildkrötenpanzer gelockt: Erst hat er mit ihr nur belanglos über die Belugawale geplaudert, die bald nach Whale Island kommen werden, und nach einer Weile hat er sie dann gefragt, was für Musik sie gern hört. Daraufhin hat Feli ihn angesehen, als käme er von einem anderen Stern und hat ihm verlegen klargemacht hat, dass sie am liebsten SEINE Musik hört.

»Ach, komm«, hat Jackson da gelacht. »Doch nicht nur meine, hoffe ich? Also, das wäre zwar schmeichelhaft – aber ich kann mir das bei dir nicht vorstellen. Gestern Abend zumindest hast du dir etwas von *Coldplay* gewünscht.«

Von da an hat sich ihr Gespräch ausschließlich um Musik gedreht, und ich habe lediglich hin und wieder etwas eingeworfen, die beiden aber ansonsten allein reden lassen und mich aufs Zuhören und stumme Staunen beschränkt, weil meine Tochter tatsächlich mit einem Fremden geredet hat. Mit einem Fremden, der auch noch ihr großes Idol ist!

Erst als wir an der *Cameron Lodge* ankommen, ist es vorbei mit der guten Laune, denn Aidan steht in der Lobby und sieht uns durch die offene Eingangstür auf den Hof fahren. Sein Blick hängt so finster an mir, als ob ich schon wieder seine Speisekarte geändert hätte.

»Hey, Aidan«, sage ich betont gut gelaunt, während ich vom Rad steige und meinen Helm abnehme. Da sich meine Locken so anfühlen, als würden sie recht platt an meinem Kopf kleben, fahre ich mir mit meiner freien Hand einmal durch die Haare und strahle Aidan an. »Warum siehst du denn so grummelig aus? Bei dem wunderschönen Wetter?«

Aidan verschränkt die Arme vor der Brust und lächelt kein bisschen, während ich höre, wie hinter mir Jackson und Feli auf den Hof rollen. Sie waren so in ihre Diskussion über die frühen Songs von Madonna vertieft, dass sie wesentlich langsamer als ich den Hügel hinaufgeradelt sind, auf dem die Lodge thront.

»Wir können nicht alle das wunderschöne Wetter genießen und so tun, als wären wir hier im Urlaub«, knurrt Aidan und starrt mit schmalen Augen in Jacksons Richtung, bevor er flüchtig wieder mich ansieht und sich dann umdreht. »Solltest du noch Lust haben, für das *Four Whales* zu arbeiten – du weißt ja, wo du das Restaurant findest. Natürlich nur, wenn du nichts Wichtigeres vorhast.«

Ich atme tief durch, während ich mein Fahrrad abstelle und den Helm an den Lenker hänge. Feli und Jackson sind immer noch in ihre Unterhaltung vertieft und haben Aidan gar nicht wahrgenommen. Was auch besser ist.

»Ähm, Feli ... Ich muss ins Restaurant. Die Arbeit ruft. Geh schon mal vor, ins Cottage, ja? Wenn du Hunger hast, wir haben noch Reste von gestern Abend im Kühlschrank. Ich koche uns heute Abend etwas Schönes. Jackson, du kannst gern zum Essen zu uns kommen.«

Ich merke genau, dass Feli sich nicht sicher ist, ob sie es gut oder schrecklich finden soll, dass ich diesen Superstar einfach so zum Abendessen einlade, aber zumindest ist sie sprachlos und wirft mir nicht an den Kopf, dass ich peinlich oder die schlimmste Mutter des Universums bin. Jackson nimmt ebenfalls seinen Helm ab und verwuschelt sich flüchtig die Haare, was ihn noch hinreißender aussehen lässt, um dann mit einem breiten Lächeln zu sagen: »Nichts lieber als das, Stella.«

Als ich das Restaurant betrete, schallt mir Musik entgegen. *AC/DC* röhren durch den stillen Raum, und ich gehe neugierig auf den Durchgang zur Küche zu. Aidan steht an einer der langen Arbeitsplatten, in seiner Kochuniform, einen grimmigen Zug um den Mund, und schlägt zu den E-Gitarren-Klängen energisch mit einem Fleischklopfer auf ein paar wehrlose Hühnerbrustfilets ein.

»Hey, die Hühner sind doch schon tot!«, rufe ich über die laute Musik hinweg und grinse ihn an, als er den Blick hebt. Nicht einmal die Spur eines Lächelns schleicht über sein Gesicht, und er antwortet auch nicht, sondern starrt wieder auf das Fleisch hinab. Das ist wohl besser so, sonst haut er sich am

Ende noch auf die Finger, was seine Laune nicht bessern dürfte. Da sehe ich Salomé, die Souschefin, die gemeinsam mit einem jungen Koch, an dessen Namen ich mich leider nicht erinnere, am anderen Ende der Küche an einer weiteren Arbeitsplatte steht. Die beiden sind offensichtlich dabei, irgendwelche komplizierten Formen aus einem Teig zu formen – die grüne Füllung sieht mir nach etwas Herzhaftem aus. Ah, das müssen die Gemüse-Blätterteigtaschen sein, die es als Vorspeise gibt. Salomé grinst mich schief an und schüttelt den Kopf, was mir wohl sagen soll, dass sie auch keine Ahnung hat, was mit ihrem Chef los ist. Ich grinse zurück, zucke mit den Schultern und wende mich ab. Wenn er nicht mit mir sprechen will, bitte schön, dann eben nicht.

Erst eine gute Stunde später, als ich im Restaurant sitze und in einige Listen mit unseren Bestellungen für die nächsten Wochen vertieft bin, taucht Aidan plötzlich neben mir auf, einen Teller in der Hand.

»Hunger?«, fragt er knapp und deutet mit dem Kopf in Richtung Teller, ohne eine Miene zu verziehen. Das flach geklopfte Hühnerfilet liegt dort, knusprig gebraten, in der Gesellschaft von herrlich duftenden Rosmarinkartoffeln und einem von Salomés Blätterteigteilchen.

»Oho, du redest wieder mit mir?«, erwidere ich spöttisch, während ich mir eine Notiz neben einer Bestellung mache – nie im Leben haben wir genügend Mehl für die erste Woche! Nicht wenn Aidan morgens seine Pfannkuchen backt und damit unsere Gäste verzaubert, die daraufhin nie wieder andere Pfannkuchen werden essen wollen als seine!

Oder Hühnchen mit Rosmarinkartoffeln. *Madonna*. Mir läuft das Wasser im Mund zusammen, als mich der betörende Duft des Essens einhüllt, und mein Magen laut knurrt, was Aidan natürlich deutlich hört, weil die Musik jetzt aus ist. Fast vermisse ich die E-Gitarren, an die ich mich in der letzten Stunde irgendwie gewöhnt habe.

»Okay, dein Magen hat geantwortet«, brummt Aidan, stellt den Teller ab und will sich umdrehen, doch ich halte ihn am Ärmel seiner Kochuniform fest und frage: »Was ist los, Aidan?«

»Was soll los sein?« Er ist stehen geblieben und schüttelt meine Hand mit Nachdruck ab. Ernst starrt er mich an, und ich starre zurück. Dass ich plötzlich wieder daran denken muss, wie er mich in meinem Traum letzte Nacht auf dem Tisch … Nein. Nein, Stella, nicht jetzt.

Meine Stimme klingt verräterisch belegt, als ich sage: »Du benimmst dich, als hätte ich dir was getan. Dabei bin ich nur frühstücken gegangen – mit unserem Gast, den du nicht bewirten wolltest.«

»Fang jetzt bitte nicht wieder mit diesem Kerl an«, grollt Aidan leise und verschränkt die Arme vor der Brust. »Es ist mir völlig egal, mit wem du was machst, aber ich lasse mir nicht vorwerfen, dass ich mich weigere, für einen Gast zu kochen, der VOR unserem Soft Opening unbedingt hier einziehen wollte! In ein Cottage, das zur Selbstverpflegung gedacht ist, wohlbemerkt!«

»Ist es dir wirklich egal, was ich mit wem mache?« Warum ich das frage, weiß ich auch nicht. Herausfordernd sehe ich zu Aidan hoch, während ich nach der Gabel greife, die er mitgebracht hat, und eine würfelförmige Rosmarinkartoffel aufspieße.

Aidans Blick sprüht Feuer, als er sich ein wenig zu mir hinunterbeugt und mir zuraunt: »Ja. Wir sind Kollegen. Es geht mich nichts an, mit wem du essen gehst.«

»Sehr gut. Ich wollte nur sichergehen, dass du heute Abend nicht wieder vorwurfsvoll bei mir auf der Matte stehst.«

Fragend starrt Aidan mich an, während ich mir die Kartoffel

in den Mund schiebe und wohlig seufze, als eine umwerfende Rosmarin-Meersalz-Olivenöl-Mischung auf meiner Zunge explodiert. Aidans Blick flackert flüchtig zu meinen Lippen, bevor er mir wieder in die Augen sieht und heiser nachhakt: »Warum sollte ich heute Abend vorwurfsvoll auf deiner Matte stehen, Stella?«

»Weil ich Jackson zum Essen zu uns eingeladen habe. Was dich ja nicht stören wird, richtig?«

Ich merke genau, wie Aidan tief ein- und ausatmet, während ich mir genüsslich den nächsten köstlichen Kartoffelwürfel in den Mund schiebe. Ein Glück, dass Aidan sich durchgesetzt hat und das Hühnerbrustfilet mit den Rosmarin-Kartoffeln auf der Speisekarte bleiben durfte!

Schließlich raunt er mir zu: »Nein. Das wird es nicht. Auch wenn ich dich noch einmal daran erinnern darf, dass er ein Gast ist und du die Restaurantmanagerin bist.«

»Wir werden nur essen, Aidan. Ich habe nicht etwa vor, es mit ihm auf meinem Tisch zu treiben«, gebe ich zurück, bevor mich mein Hirn daran hindern kann.

Ups. Da hat sich mein Traum schon wieder zu Wort gemeldet.

»Ich meine – nicht, dass ich das normalerweise tue …« *Mamma mia*, Stella, hör einfach auf zu reden!

Aidan sieht mich so fassungslos an, dass ich auflachen muss und mir rasch mit dem Handrücken Öl von den Lippen wische, weil er mir keine Serviette mitgebracht hat. Obwohl – halt, ich habe doch zig Servietten in Reichweite! Da meine Wangen ohnehin schon wieder sehr heiß werden, wende ich mich von Aidan ab und lange ans andere Ende des Tisches, wo sich einige der neuen Stoffservietten türmen. Ich habe vorhin, bevor ich mich in die Listen vertieft habe, mal wieder anhand von Pinterest-Ideen Servietten-Falttechniken ausprobiert.

»Was um alles in der Welt soll das sein?«, höre ich Aidan ungläubig fragen, während ich mir die Lippen abtupfe. Ratlos sehe ich ihn an und merke, dass er die Serviette anstarrt, die ich eben mühevoll gefaltet habe.

»Na, auf jeden Fall keine Bischofsmütze«, gebe ich irritiert zurück. »Kann man echt nicht erkennen, was das ist?«

»Ähm ... bin mir nicht sicher«, murmelt Aidan und reibt sich das Kinn, während er mit großen Augen die Serviette mustert.

»Das ist eine Muschel! Sieht man das nicht?«

»Ach so. Eine Muschel.« Ich merke genau, dass Aidan sich darum bemüht, ernst zu bleiben, und sehe ihn streng an.

»Aidan Cameron, raus mit der Sprache: Was dachtest du, was ich da gefaltet habe?«

»Gar nichts.« Er will sich abwenden und Richtung Küche verschwinden, aber da erhebe ich mich blitzschnell vom Stuhl und halte ihn schon wieder fest, wobei ich diesmal automatisch nach seiner Hand greife.

Großer Fehler. Seine Finger sind warm und kräftig und fühlen sich so gut an ... so, als seien sie dafür gemacht, meine Hand zu halten. Mich zu berühren. Überall.

Ich schnappe nach Luft, bevor ich eilig hervorstoße: »Los, sag schon. Was passt jetzt wieder nicht?«

Aidan sieht mich an, und in seinen hellblauen Augen kämpfen Belustigung und ... etwas anderes miteinander. Ich kann gerade nicht wirklich sagen, was das für eine andere Gefühlsregung ist, und ich will da jetzt auch nicht weiter drüber nachdenken.

»Alles passt, Stella. Mach weiter mit den Servietten«, sagt er leise, während ich immer noch seine Hand festhalte. Als mir bewusst wird, wie überflüssig das ist, ziehe ich meine Finger rasch zurück.

»Aidan! Was dachtest du, was diese Serviette darstellen soll?«

»Eine Vagina.«

Sprachlos sehe ich ihn an, und er erwidert meinen Blick gelassen. Ich starre die Serviette an. Lege den Kopf schief und betrachte sie eingehend. Und dann sehe ich es auch: Ich habe eine Vagina gefaltet.

»*Santo cielo*«, flüstere ich und schlage mir eine Hand vor den Mund, bevor sich ein Kichern aus meinem Mund stiehlt und ich lospruste. »Gut, dass wir das vor der Eröffnung geklärt haben!«

»Ja«, murmelt Aidan, und als ich ihn wieder ansehe, erkenne ich das neckende Funkeln in seinen Augen aufblitzen. »Es ist wirklich gut, dass wir das geklärt haben. Vielleicht versuchst du dich doch am Modell ›Arroganter Koch‹?«

Mit einem schiefen Grinsen wendet er sich ab, und dieses Grinsen macht mich so irrational glücklich, dass ich ihm spontan hinterherrufe: »Hey, Aidan … willst du heute Abend nicht auch dazukommen? Zum Essen?«

Sichtlich überrascht dreht er sich um und sieht mich ein paar Herzschläge lang schweigend an, bevor er langsam erwidert: »Ich kann heute Abend nicht. Isla ist vorhin zurückgekommen, und ich will den Abend mit ihr verbringen.«

»Oh, sie ist wieder hier? Wie schön! Hoffentlich lernen Feli und ich sie bald kennen!«

Aidan nickt. »Bestimmt.«

26

Den restlichen Tag brüte ich über der Schichteinteilung der Kellnerinnen und Kellner für die ersten zwei Wochen des Soft-Openings und über Servietten-Falt-Modellen, die nicht an Geschlechtsteile erinnern. Zwischendurch trinke ich einen Kaffee mit Salomé und Raphaël und unterhalte mich dann länger mit zwei unserer neu eingestellten Kellnerinnen, die heute vorbeigekommen sind, um sich mit den Räumlichkeiten vertraut zu machen. Ich trichtere ihnen ein, dass ich von ihnen erwarte, die Speisekarte und unser Weinsortiment bis zum Beginn des Soft Openings auswendig zu können, bevor ich das Restaurant am späten Nachmittag verlasse. Schon bevor ich unser Cottage erreiche, höre ich Gitarrenklänge und stutze. Feli spielt Gitarre? Nein, Moment, das ist nicht nur eine Gitarre …

Als ich die Veranda unseres Häuschens betrete, bleibt mir vor Staunen der Mund offen stehen. Jackson und Feli sitzen auf dem Sofa und spielen gemeinsam Gitarre. Und sie singen. Und zwar singt meine so schüchterne Tochter nicht etwa leise und verhalten, sondern gut hörbar. Ihr heller Sopran, in Kombination mit Jacksons vollem Tenor, klingt so wunderschön, dass mir Tränen in die Augen steigen. Still und leise bleibe ich hinter der Mückennetztür stehen und starre in unser

Wohnzimmer, beobachte die Finger meiner Tochter und die Finger von Jackson, die so mühelos über die Saiten ihrer Instrumente zu gleiten scheinen. Es ist eine Ewigkeit her, seit Feli Gitarre gespielt hat, aber sie scheint es nicht verlernt zu haben. Vermutlich ist auch das wie mit dem Fahrradfahren. Und mit dem Sex. Was jetzt hier überhaupt nicht hingehört.

Zu meinem Erstaunen spielen die zwei kein einziges Lied von Jacksons Alben, sondern *Let it be* und *Imagine*, und erst als sie Ed Sheerans *Perfect* anstimmen, entdeckt mich Jackson hinter der Tür. Er sieht mich durch das Mückennetz an und singt die Worte »Darling you look perfect tonight«, ohne seinen Blick von mir zu lösen. Ich halte den Atem an und versuche, möglichst gelassen zu lächeln, was mir mit Sicherheit nicht gelingt. Auch Feli hat mich jetzt entdeckt, und ich fürchte fast, dass sie aufhören wird zu spielen, aber das tut sie nicht. Sie singt ebenfalls weiter, beinahe trotzig, mit vorgerecktem Kinn. Mein Herz geht auf vor Glück, und ich lehne meine Stirn an den Türrahmen und lächele so breit, dass meine Gesichtsmuskeln anfangen zu schmerzen. Ist das wirklich mein Kind da drinnen?

Als ich plötzlich aus dem Augenwinkel eine Bewegung schräg hinter mir wahrnehme, drehe ich mich überrascht um. Das hübsche rothaarige Mädchen von dem Foto in Aidans Cottage steht auf der obersten Stufe unserer Verandatreppe und reckt den Hals, um an mir vorbei durch die Mückennetztür spähen zu können. Ertappt zuckt sie zurück, als ich sie ansehe, und murmelt verlegen: »Entschuldigung! Ich … Ich habe die Musik gehört, und da …«

»Hi«, sage ich freundlich, wende mich von der Tür ab und gehe auf die Verandatreppe zu. »Du musst Isla sein.«

Das Mädchen nickt und betrachtet mich eingehend. Islas Augen sind so hellblau wie die ihres Vaters, und das leuchtend rote Haar fällt ihr lang und üppig über Schultern und Rücken. Was für ein bildhübsches Wesen, fährt es mir durch den Kopf, auch wenn Isla ihre vielen Sommersprossen bestimmt hasst, wie das nun einmal ist, wenn man Sommersprossen hat – oder Locken, wie ich. Die habe ich in Islas Alter genauso gehasst. Inzwischen haben wir gelernt, miteinander auszukommen, mein Haar und ich.

»Freut mich, Isla«, sage ich jetzt und reiche ihr meine Hand. »Ich bin Stella Minetti, die neue Restaurantmanagerin im *Four Whales*.«

»Hi, freut mich auch. Mein Dad hat dich schon erwähnt«, bemerkt Isla, nachdem sie mir die Hand geschüttelt hat. Für eine Dreizehnjährige wirkt sie recht selbstbewusst. Feli an ihrer Stelle hätte sicher keine zwei zusammenhängenden Wörter herausgebracht.

Dieses Mädchen wäre eine wunderbare Freundin für meine Tochter, denke ich. Die zwei werden nach den Sommerferien gemeinsam auf die Highschool auf dem Festland gehen. Es wäre einfach fantastisch, wenn Isla Feli unter ihre Fittiche nehmen könnte. Wenn meine Tochter eine selbstbewusste Freundin an ihrer Seite hätte, wenn sie mal wieder die Neue in der Schule sein wird.

»Das da drinnen«, sagt Isla jetzt und deutet auf unser Cottage, »ist das wirklich ... *Jackson Porter?*«

»Aber ja«, sage ich mit einem Grinsen, denn sie spricht den Namen so aus, als handelte es sich um einen Halbgott. »Komm, ich stelle ihn dir vor!«

Doch in dem Moment geht die Mückennetztür bereits auf, und Jackson erscheint im Türrahmen, seine Gitarre im Arm. Isla macht ein Geräusch, das sich wie ein unterdrückter Aufschrei anhört, und greift nach dem Treppengeländer, als müsse sie Halt suchen. Jacksons Blick wandert von mir zu dem rothaarigen Mädchen, und er lächelt uns beide freundlich an.

»Ich dachte schon, du hättest das Weite gesucht, weil wir nicht deinen Musikgeschmack getroffen haben«, bemerkt er jetzt in meine Richtung, bevor er Isla zunickt und sagt: »Hi, wir kennen uns noch nicht – ich bin Jackson.«

»Hi«, fiept Isla und klingt mit einem Mal gar nicht mehr so selbstbewusst. Als ich sie ansehe, merke ich, dass ihr Gesicht unter den Sommersprossen feuerrot geworden ist. Es macht mich merkwürdig glücklich zu wissen, dass auch auf den ersten Blick selbstbewusste Teenager ihre schwachen Momente haben.

»Das hier ist Isla, die Tochter von Aidan«, erkläre ich rasch, weil ich das Gefühl habe, dass das Mädchen seinen Namen vergessen hat. Jackson nickt, und falls der Namen »Aidan« negative Assoziationen bei ihm hervorruft, so lässt er sich das nicht anmerken, was ich ihm hoch anrechne.

»Nett, dich kennenzulernen, Isla.«

»Das Lied gerade … *Perfect* … Das war … so schön gespielt!«, stammelt Isla hastig, als wolle sie klarmachen, dass sie durchaus sprechen kann.

»Danke.« Jackson lächelt sie an, bevor sein Blick zu mir wandert und er sagt: »Ich hatte eine tolle Mitmusikerin.«

»Feli, komm doch bitte mal kurz raus!«, rufe ich und wende mich der Tür zu. »Ich möchte dir jemanden vorstellen!«

Ein Seufzen ist die Antwort. Es ist offensichtlich, dass Feli zwar gern drinnen, in der Sicherheit unseres Cottages, mit Jackson Porter Musik macht, aber dass sie absolut ungern unsere vier Wände verlässt. Mit leidender Miene legt sie ihre Gitarre aufs Sofa und schlurft langsam auf die Eingangstür zu – so langsam, dass mir eine spitze Bemerkung auf den Lippen liegt, die ich mühsam hinunterschlucke. Als meine Tochter endlich auf die Veranda heraustritt, merke ich, wie Isla sie anstarrt. Ihr Blick wandert langsam von den wilden dunklen Locken und dem leicht pickeligen Gesicht meiner Tochter nach unten, über Felis füllige Figur, die sie heute durch eine schwarze Jogginghose und ein weites Schlabber-T-Shirt zu kaschieren versucht, bis hinab zu ihren ausgelatschten Converse-Sneakers in Schmutzigtürkis, die sie jeden Tag trägt und mit denen sie, glaube ich, manchmal sogar schlafen geht.

Und auch Feli mustert Isla von Kopf bis Fuß – von der flammenroten Seidenpracht ihres Haars über ihren schlanken und ranken Körper in Hotpants und knappem T-Shirt bis hinab zu den nackten Füßen mit den silbern lackierten Zehennägeln, die in ebenfalls silbrig glitzernden Sandalen stecken.

In dem Moment wird mir klar, dass das mit der Freundschaft womöglich nicht ganz so leicht wird, wie ich mir das vorgestellt habe. Dieser Gedanke wird noch einmal unterstrichen, als Isla geradezu ungläubig fragt: »DU warst das, die gerade mit Jackson Musik gemacht hat?«

Felis Gesicht verfärbt sich langsam rot, und ich muss den Impuls unterdrücken, zu ihr zu gehen und sie in die Arme zu ziehen. Da meine Tochter natürlich nichts sagt, erwidere ich rasch: »Genau, sie war das! Darf ich vorstellen, Isla, das ist Felicitas, genannt Feli, meine Tochter. Sie ist dreizehn, wie du. Ihr werdet im September gemeinsam auf die Highschool in Scott's Harbour gehen. Ist das nicht prima?«

Der Blick, den Feli mir zuwirft, soll mir wohl sagen, dass ich die peinlichste Mutter der Welt bin und sie mich nach Patagonien wünscht. Aber das weiß ich ja schon.

Allerdings ist Islas Blick um keinen Deut besser.

»Prima«, wiederholt sie und schafft es, so viel Ironie in dieses eine Wort zu packen, dass ich leicht zusammenzucke, als hätte sie mich geohrfeigt.

»Isla«, höre ich da eine Stimme, die mir inzwischen sehr vertraut vorkommt, und ich drehe mich zu Aidan um, der am Fuß unserer Verandatreppe aufgetaucht ist. Sein Blick flackert zu mir, und ich bin irritiert, wie sehr ich mich freue, ihn zu sehen.

Zumindest so lange, bis er Jackson ansieht und hörbar distanziert sagt: »Hi, Jackson.«

»Hi.« Jackson lächelt Aidan in seiner üblichen gelassenen Art an, doch Aidan lächelt nicht zurück. Stattdessen sieht er Isla an, die ihrerseits immer noch Feli mustert. Es ist ihr so deutlich anzumerken, was sie von meiner Tochter hält, dass ich sie gern an den Schultern packen und schütteln und ihr sagen möchte, dass sie nicht so oberflächlich sein soll. Dass sie sich die Mühe machen soll, hinter die Fassade zu schauen. Dass sie meiner wundervollen Tochter eine Chance geben soll, verdammt noch mal!

»Isla«, wiederholt Aidan, denn sie hat ihn gar nicht weiter beachtet, so sehr scheint diese ganze Situation sie abzulenken. Fast irritiert blickt sie ihren Dad an. »Hmm?«

»Komm bitte. Wir wollen essen.«

Ich sehe Aidan an. Warum hatte ich bloß gehofft, dass er etwas zu seiner Tochter sagen würde? Hat er nicht gehört, wie verächtlich sie »prima« gesagt hat, als ich ihr erzählt habe, dass sie mit Feli zur Schule gehen wird? Hat er das gar nicht mitbekommen? Und sieht er nicht, wie seine Tochter meine Tochter mustert? Die Verachtung in ihren Augen? Und die stumme Frage, warum um alles in der Welt ein Musiker wie Jackson Porter sich dazu herablässt, mit einem pickeligen, übergewichtigen Teenie Gitarre zu spielen?

Ich sehe all das auf jeden Fall mit einer Klarheit, die mir wie eine Faust in die Magengrube fährt. Dabei hatte ich so sehr gehofft, dass Isla ein nettes Mädchen sein würde, das sich Feli annimmt!

»Wir essen auch gleich«, sage ich matt und wende mich dem Eingang zum Cottage zu. Dabei sehe ich Jackson an und versichere mich: »Du bleibst doch?«

Er lächelt mich gelassen an und zwinkert mir leicht zu, als er erwidert: »Nichts lieber als das.«

Ich glaube zu hören, wie Aidan leise schnaubt, aber als ich ihn ansehe, erwidert er meinen Blick mit Unschuldsmiene.

»Ihr ... ihr esst zusammen?«, fragt Isla. Sie klingt dabei so ungläubig, dass ich fast lachen müsste, wenn ich nicht gerade ziemlich ernüchtert wäre.

»Ja«, erwidere ich schlicht, und als ich die Sehnsucht erkenne, mit der der Teenie abwechselnd Jackson Porter und die Tür zu unserem Cottage mustert, beschließe ich, dass noch nicht alle Hoffnung verloren ist. Vielleicht ist Jackson der Weg, um diese beiden so unterschiedlichen Fans zusammenzubringen.

»Möchtet ihr zwei mit uns essen?«, erkundige ich mich und sehe erst Isla an, dann Aidan.

Während Isla begeistert aufquietscht und einen kleinen Luftsprung macht, schaut mich Aidan an, als würde er mich gern erwürgen.

»Oh, bitte Dad, sag Ja!« Isla sieht ihren Vater so flehend an, dass mir klar ist: Aidan kann jetzt nicht Nein sagen. Auch wenn er absolut keine Lust auf ein Abendessen mit Jackson Porter hat. Und mit mir vermutlich genauso wenig.

»Von mir aus«, grollt er leise.

27

Was genau ich mir dabei gedacht habe, kann ich nicht sagen. Wirklich nicht. Die Atmosphäre in unserem gemütlichen Cottage ist so angespannt, als würden wir jeden Moment mit einem Tsunami rechnen. Jackson hat es sich zwar wieder mit seiner Gitarre auf dem Sofa bequem gemacht, aber Feli sitzt mit verschränkten Armen in einem unserer Sessel und zeigt somit sehr deutlich, dass sie ihre eigene Gitarre nicht mehr anrühren wird, solange wir Besuch haben. Isla hat sich dafür neben Jackson aufs Sofa gesetzt und himmelt ihn an, während er einen Song von Van Morrison zu spielen beginnt und ich in den Kühlschrank starre und überlege, was um alles in der Welt ich mal eben für drei Erwachsene und zwei Heranwachsende kochen könnte. Noch dazu für einen erstklassigen Koch!

»Tausend Dank für diese Einladung«, höre ich da Aidans vor Ironie triefende Stimme hinter der offenen Kühlschranktür und sehe auf. Finster starrt er mich über den oberen Rand der Tür hinweg an. Er wirkt so begeistert von diesem aufgezwungenen gemeinsamen Abendessen wie von der Aussicht auf eine Wurzelbehandlung beim Zahnarzt.

»Gern geschehen«, erwidere ich und lächele zuckersüß. »Deine Tochter scheint sich zu freuen.«

»Ja. Sie schon.« Er verschränkt die Arme vor der Brust und lehnt sich seitlich gegen die Küchenunterschränke, ohne aufzuhören, mich ernst zu fixieren.

Da reicht es mir. Ich schließe die Kühlschranktür und mache einen Schritt auf Aidan zu, sodass ich dicht vor ihm stehe. Sein Blick flackert flüchtig zu meinem Mund, dann wieder zu meinen Augen. Mein Herzschlag will sich beschleunigen, aber ich verbiete das meinem dummen Herzen mit Nachdruck.

»Aidan Cameron, du kannst gern gehen«, raune ich ihm aufgebracht zu und bin ihm dabei so nah, dass ich seine Wärme wie einen Heizkörper auf meinen nackten Armen zu spüren glaube. Warum ich dann eine Gänsehaut bekomme, ist mir ein Rätsel.

»Oh, mir ist völlig klar, dass dir das lieber wäre«, knurrt Aidan leise, und sein Blick verirrt sich schon wieder zu meinem Mund. »Damit dir Jackson wieder in Ruhe irgendwelche Schnulzlieder von Ed Sheeran vorsingen kann.«

Meine Augenbrauen wandern in die Höhe, als ich spöttisch kontere: »Schnulzlieder, ja? Weißt du, es wollen sich halt nicht alle das Trommelfell mit *AC/DC* ruinieren! Außerdem – hast du uns etwa belauscht?«

Aidan lacht leise auf, und dieses Lachen verwandelt meine Knie in Götterspeise. »Belauscht. Klar. Wenn deine Cottage-Tür geöffnet ist, dann kann ich gar nicht überhören, was der liebe Jackson für dich singt, Stella. Die Mückennetztür hält keine Geräusche ab, falls du das noch nicht gemerkt haben solltest.« Er beugt sich plötzlich weiter vor, und sein Mund ist meinem mit einem Schlag so nah, dass ich versucht bin zurückzuweichen.

Oder ihn zu küssen.

Zumindest, bis er leise grollt: »Darum vergiss bloß nicht, die richtige Haustür zu schließen, falls Jackson nicht länger nur auf der Gitarre spielt.«

Ich schnappe nach Luft und bin versucht, mich wütend abzuwenden, doch dann packt meine Hand wie von selbst Aidans T-Shirt und zieht ihn noch ein wenig näher zu mir, was er mit einem ehrlich überraschten Blick quittiert. Weil es mir einfach unendlich viel Spaß macht, ihn zu provozieren, lecke ich mir über die Lippen, bevor ich leise, aber mit Nachdruck sage: »Hör bitte auf, dir den Kopf darüber zu zerbrechen, was ich mit Jackson machen könnte und ob du das mit anhören müsstest oder nicht, okay? Und noch einmal, falls ich mich eben nicht deutlich ausgedrückt habe: Niemand zwingt dich dazu, mit uns zu essen. Du kannst deine schlechte Laune gern einpacken und gehen. Aber lass Isla bitte hier, denn SIE scheint es zu genießen, bei uns zu sein.«

Aidan starrt mich schweigend an, und die Intensität im Hellblau seiner Augen lässt mich verstohlen nach Luft schnappen.

»Oh, ich genieße es auch«, murmelt er da leise, und ich kann ehrlich nicht sagen, ob er das ironisch meint oder nicht. Mein Herz hämmert gegen meinen Brustkorb, während meine Hand Aidans T-Shirt-Stoff rasch loslässt.

»Wie schön«, gebe ich heiser zurück. Mit einem Räuspern mache ich einen Schritt rückwärts und versuche, mich zu sammeln. Gut, dass man von der Sofaecke nicht in die Küche schauen kann.

»Außerdem habe ich meine Tochter zehn Tage lang nicht gesehen«, fügt er mit rauer Stimme hinzu. »Und wenn sie heute Abend hierbleiben will, dann bleibe ich auch.«

»Okay, dann hätten wir das geklärt«, erwidere ich, öffne erneut die Kühlschranktür und starre konzentriert hinein. Die Kühle, die mir entgegenschlägt, legt sich wohltuend auf mein glühendes Gesicht.

»Hoffst du auf Inspiration fürs Abendessen?«, erkundigt sich Aidan, was mich leise schnauben lässt.

Betont gelassen erwidere ich: »Nein, gar nicht. Ich weiß schon, was ich koche.«

»Tatsächlich?« Ich merke genau, dass er mich ein wenig spöttisch mustert, als wäre ihm völlig klar, dass ich bis vor einer Minute keinen Plan hatte. Als ich nur mit Jackson zum Essen gerechnet habe, bin ich davon ausgegangen, spontan irgendetwas zu zaubern – immerhin hat er das Frühstück im Inselladen als »hervorragend« bezeichnet, also kann er nicht der Gourmet schlechthin sein. Aber jetzt steht Aidan neben mir, und auf einmal ist die Messlatte wesentlich höher gerutscht. Aber Pasta geht immer.

»Allerdings. Ein Familiengericht«, erkläre ich entschlossen und schnappe mir ein Stück Käse und die Packung mit dem Frühstücksspeck. Zum Glück habe ich es mir angewöhnt, immer die wichtigsten Vorräte im Haus zu haben – ich esse einfach zu gern, als dass ich plötzlich ohne Käse oder Speck dastehen will.

»Aus Deutschland?«, hakt Aidan nach. »Oder aus Italien?«

»Spaghetti all'Amatriciana, von meiner *nonna* aus Rom«, sage ich, während ich nach den Strauchtomaten greife, die ich gestern gekauft habe.

»Ein römisches Familienrezept? Da bin ich aber gespannt«, murmelt Aidan und klingt so ehrlich interessiert, dass ich ihn spontan breit anlächele, bevor ich mich abwende, um die Tomaten zu waschen.

»Streng genommen stammt das Rezept für die Spaghetti all'Amatriciana nicht aus Rom, sondern aus einem kleinen Bergdorf namens Amatrice«, erkläre ich, während ich versuche, nicht darüber nachzudenken, wie dicht Aidan in dieser engen Küchenecke bei mir steht. »Natürlich kann ich sie nicht so köstlich kochen wie *nonna*, denn für das Originalrezept nimmt man statt Frühstücksspeck Guanciale, das ist ein luftgetrockneter

Speck aus der Schweinebacke. Und statt dieses kanadischen Käses müsste es italienischer Pecorino aus Schafsmilch sein.« Ich seufze leise, während ich mir eine Chilischote schnappe, auf ein Brett lege und sie mit meinem Küchenmesser längs aufschlitze.

»Mir gefällt es, wie du *kanadischer Käse* sagst«, bemerkt Aidan, und als ich deutlich das Grinsen in seiner Stimme höre, sehe ich überrascht auf. In letzter Zeit hat er mich so oft finster angeguckt, dass ich schon fast vergessen habe, wie unfassbar sexy sein Lächeln ist.

»Es stimmt doch«, lache ich auf. »Ihr Kanadier könnt bestimmt viel, aber … nicht unbedingt erstklassigen Käse herstellen. Oh, wie ich Pecorino und richtig guten Parmesan vermisse! Den Taleggio aus der Lombardei und den Fontina aus dem Aosta-Tal!«

Aidan lacht leise auf und bemerkt: »Ich sehe schon, du bist eine Käse-Fetischistin.«

»Und ob!« Ich grinse auf das Schneidebrett hinab, während ich konzentriert die Kerne aus der Chilischote kratze und die Schote dann in feine Ringe schneide.

»Ähm … du machst aber nicht zu viel Chili in die Soße, oder?«, erkundigt sich Aidan mit einer Mischung aus Faszination und Besorgnis, die mich auflachen lässt.

»Warum?«, frage ich und werfe ihm einen unschuldigen Blick zu. »Magst du es nicht so scharf?«

Aidan starrt mich zwei Sekunden lang an und wirkt so, als habe er kurz den Faden verloren. Mein Grinsen wird breiter, während ich mich wieder der Chilischote widme.

»Doch, schon«, sagt er schließlich, und ich höre genau, dass seine Stimme belegt klingt. Er räuspert sich rasch. »Aber Isla nicht.«

»Klar«, nicke ich und lächele ihn beruhigend an. »Ich mache es nicht zu scharf, versprochen. Feli und ich, wir haben uns in

Bangkok tatsächlich an scharfes Essen gewöhnt, seitdem koche ich gern mit Chili. Tja, Thailand wäre zwar nicht dauerhaft etwas für mich – diese Hitze! –, aber das Essen war wirklich fantastisch. Allerdings war es auch in Bangkok schwer, guten Käse zu bekommen. Also … zumindest guten Käse, für den man keinen Kredit aufnehmen musste!«

»Womit wir wieder beim Käse wären«, schmunzelt Aidan neben mir.

»Und ob«, grinse ich zurück. »Ich LIEBE guten Käse! Darum kann ich es nie erwarten, wieder nach Europa zu kommen. Jedes Mal, wenn ich nach längerer Abwesenheit nach Italien oder Deutschland komme, ernähre ich mich tagelang hauptsächlich von Käse.« Ich stöhne leise auf und füge inbrünstig hinzu: »Ich könnte fast einen Orgasmus bekommen, wenn ich nur daran denke!«

Es ist mal wieder einer dieser Momente, in denen meine Zunge vorprescht und mein Hirn fassungslos hinterhertrottet. In der Sekunde, als ich das gesagt habe, breitet sich Stille im Cottage aus, und mir wird bewusst, dass Jackson gerade ein Lied beendet und das nächste noch nicht begonnen hat. *Porca miseria*!

Mit weit aufgerissenen Augen starre ich Aidan an, der meinen Blick konzentriert ernst erwidert, während er so aussieht, als würde er gern in hysterisches Gelächter ausbrechen. Diesen Effekt habe ich leider oft auf meine Mitmenschen.

»Sorry, es ging um Käse, Leute!«, rufe ich ins stille Wohnzimmer, und als ich es wage, um die Ecke des Kühlschranks zu schauen, merke ich, dass sowohl Feli als auch Isla hochrot im Gesicht sind, weil sie mit ziemlicher Sicherheit nicht in der Gegenwart ihres Idols mit dem Wort »Orgasmus« konfrontiert werden wollen – und Jackson stimmt seine Gitarre und wirft mir lediglich einen unschuldigen Blick mit hochgezogenen Augenbrauen zu, während ein Schmunzeln um seinen Mund zuckt.

Ich hoffe schon, dass alles einfach weiterläuft, als Feli sich aus ihrem Sessel erhebt und so würdevoll wie möglich durchs Wohnzimmer marschiert, auf ihr Zimmer zu.

»Feli …«, beginne ich, aber sie ignoriert mich und schließt mit Nachdruck ihre Tür hinter sich. Das triumphierende Lächeln, das sich auf Islas Gesicht stiehlt, entgeht mir nicht. Na toll, dieser Abend läuft völlig anders, als ich gehofft hatte – erst recht, als ich mir mit einer unüberlegten Bewegung über die Augen reibe, ohne daran zu denken, dass ich gerade eine rote Chilischote entkernt habe.

»*Porca miseria!*«, zische ich und stürze zur Spüle, um mir mein Auge auszuwaschen. Ich merke, wie Aidan neben mich tritt. Dieser Mann muss mich für völlig bekloppt halten!

»Doch etwas zu scharf, hmm?«, fragt er leise, und als ich den Kopf ein wenig drehe, erkenne ich, dass er mir ein Handtuch reicht. Mit einem schiefen Grinsen und einem »Danke«, greife ich danach und presse mir den Frotteestoff gegen die Augen.

»Soll ich einen Rotwein holen?«, fragt er ruhig.

»Oh, das wäre toll«, seufze ich und richte mich auf. »Zu den Spaghetti all'Amatriciana passt natürlich am besten ein Montepulciano aus den Abruzzen, aber heute trinke ich alles.«

Aidan grinst mit einem Kopfschütteln und wendet sich ab.

»Du kannst echt verdammt nervig sein, Stella Minetti«, murmelt er, bleibt dann stehen und sieht mich noch einmal an. Sein verschmitztes Lächeln droht, mir das letzte bisschen Verstand zu rauben. »Aber immerhin weiß ich jetzt, WIE wild dich Käse macht.«

Bevor ich wenig später die köstlich nach Tomaten und Speck duftende Soße mit den frisch abgetropften Spaghetti im großen Kochtopf mische, lege ich kurz den Kochlöffel zur Seite und gehe zu Felis Zimmertür. Natürlich hat sie abgeschlossen.

»Feli, wir können essen«, sage ich auf Deutsch gegen das Holz der Tür. Keine Reaktion. Ich klopfe und sage: »Bitte, mein Schatz. Es tut mir leid. Aber, weißt du, niemand denkt mehr daran, was ich eben gesagt habe. Das war doch echt witzig! Also, zumindest Aidan hat gelacht.«

Auf der anderen Seite der Tür ist ein gedämpftes Schnauben zu hören. »Ja, wirklich toll, Mama, dass mal wieder alle über uns lachen!«

»Wieso denn über uns?«, hake ich sanft nach. »Über mich, Feli, nicht über dich! Und mir macht das nichts aus! Ich …«

»Schön, dann mach dich ruhig weiter lächerlich, Mama, aber ich will damit nichts zu tun haben, hörst du? Mein Leben ist ohnehin schon eine Vollkatastrophe, auch ohne peinliche Mutter!«

Ich fühle mich, als hätte mir jemand in den Magen geboxt. Als ich mich von der Tür fortdrehe, merke ich, dass Aidan schräg hinter mir steht. Er hat gerade Besteck auf dem Esstisch verteilt und sieht mich an. Es ist offensichtlich, dass er Felis aufgebrachte Stimme gehört hat, auch wenn er ihre deutschen Worte nicht verstanden haben kann. Mein Blick huscht besorgt zum Sofa, aber da Jackson immer noch Gitarre spielt und Isla ihn anhimmelt, muss ich mir keine Sorgen machen, dass die beiden etwas mitbekommen haben.

Ich straffe meine Schultern und atme tief durch, während ich wieder in die Küche eile. Aidan beobachtet mich ernst, und ich rechne fest damit, dass er mir folgen wird. Dass er mich fragen wird, was mit Feli los ist.

Wenn ich ehrlich zu mir selbst bin, wünsche ich mir das. Aidan hat auch eine dreizehnjährige Tochter. Es wäre tatsächlich schön, mit jemandem zu reden, der vielleicht ähnliche Probleme mit seinem pubertären Kind hat.

Doch Aidan folgt mir nicht. Bevor ich Zeit habe, enttäuscht zu sein, stelle ich fest, dass er auch nicht mehr am Esstisch steht. Rasch schaue ich um den Kühlschrank herum Richtung Wohnzimmerecke und erkenne gerade noch, wie Feli ihre Zimmertür öffnet und Aidan hereinlässt. Er scheint ebenfalls geklopft zu haben – mit mehr Erfolg als ich. Fassungslos beobachte ich, wie sich die Tür wieder schließt, und dann fange ich Islas Blick auf, die ihrem Vater auch ungläubig hinterhergestarrt hat. Nur Jackson ist so in seine Musik vertieft, dass er nichts mitbekommt.

Es dauert ungefähr fünf Minuten – fünf Minuten, in denen ich ruhelos in der Küche hin und her tigere und mich frage, was Aidan mit meiner Tochter bespricht –, und dann kommt er plötzlich mit einem gelassenen Lächeln um die Ecke und raunt mir zu: »Okay, wir können für fünf decken.«

Verblüfft starre ich ihn an. »Wie hast du das gemacht?«, wispere ich.

Aidan zuckt mit den Schultern. »Im Grunde genommen habe ich nichts anderes gemacht, als was ich ständig bei Isla tue. Ich habe versucht, ihr klarzumachen, dass das Ende der Welt nicht kurz bevorsteht, egal, wie dramatisch sich in diesem Moment alles anfühlt. Und ich habe ihr versichert, dass wir nichts von deinem köstlichen Essen übrig lassen werden. Ich glaube, das war das ausschlaggebende Argument.«

Sein Lächeln trifft mich ohne Vorwarnung mitten ins Herz. Ich starre Aidan an, erwidere den Blick aus seinen hellblauen Augen und wünsche mir einen Moment lang alle anderen fort aus diesem Cottage. Der Wunsch, mit ihm allein zu sein, ist plötzlich so übermächtig und verwirrt mich dermaßen, dass ich mich schnell zum Herd umdrehe.

»Danke dir«, murmele ich und schlucke benommen.

»Keine Ursache. Hey, brauchen wir nicht geriebenen Käse für die Pasta?«

»Hmm?« Zerstreut sehe ich ihn an, und erst, als ich sein

eindeutig zweideutiges Schmunzeln registriere, begreife ich seine Anspielung und grinse zurück. »Und ob! Ich reibe schnell welchen. Auch wenn es wieder nur *kanadischer* Käse ist. Echten Parmesan habe ich im Inselladen nicht gefunden.«

»Nein«, lacht Aidan auf und schnappt sich die Käsereibe von einem der Regale. »Das und so einiges anderes gibt es hier auf Whale Island nicht. Komm, ich reibe den Käse.«

»Ganz viel Käse, bitte«, grinse ich und zwinkere ihm zu, bevor ich den großen Kochtopf Richtung Esstisch trage.

28

Der restliche Abend verläuft zunächst nicht so katastrophal, wie ich befürchtet hatte. Feli setzt sich tatsächlich zu uns an den Esstisch, wobei sie allerdings niemanden ansieht, sondern schweigend in ihre Nudeln starrt. Aber, immerhin, sie ist da, was mich Aidan dankbar anlächeln lässt. Isla ignoriert die Gleichaltrige am Tisch komplett, während sie Jackson Löcher in den Bauch fragt – zu seinen Konzerten, zu den Fans, zu Plattenaufnahmen, zu allem Möglichen.

Aidan und ich sagen nicht viel, während wir essen und Jackson zuhören. Hin und wieder sehe ich auf und merke, dass Aidan mich über den Tisch hinweg verstohlen beobachtet. Jedes Mal, wenn er sich ertappt fühlt, bekomme ich sein sexy Lächeln zu sehen, das mir den Atem verschlägt und dazu führt, dass ich nur sehr wenig essen kann. Und dabei ist die Amatriciana köstlich geworden, wie mir Jackson mehrfach versichert – und auch Aidan, was für mich natürlich das größere Kompliment ist. Zwar ist er nicht so überschwänglich wie der Musiker, aber mir entgeht nicht die Art, wie er sehr konzentriert kaut und dabei garantiert den verschiedenen Aromen nachspürt. Wie er genüsslich die Augen schließt, während er schluckt. Wie er mich fast erstaunt über den Tisch hinweg ansieht und mir anerkennend zunickt.

»Wirklich sehr gut«, sagt er leise, während Jackson Anekdoten von seiner letzten Konzerttour zum Besten gibt. »Auch ohne Guanciale und Pecorino.«

»Stell dir bloß mal vor, was ich MIT Guanciale und Pecorino hätte zaubern können«, raune ich ihm mit einem verschmitzten Lächeln zu, und Aidan starrt mich ernst an, bevor er schief grinst, etwas Unverständliches murmelt und einen großen Schluck Wein nimmt.

Nach dem Essen drängt Isla Jackson dazu, weiter Musik zu machen, und er hebt lachend die Hände und meint: »Nur unter einer Bedingung.«

»Und die wäre?« Isla sieht ihn in ihrer selbstbewussten Art keck an, und ich wünsche mir von Herzen, dass Feli ein wenig mehr von diesem Selbstbewusstsein haben könnte.

»Ich brauche eine Begleitung«, erklärt Jackson und schaut Feli bedeutungsschwer an.

Meine Tochter reißt ihren Blick ruckartig von ihrem Teller los und starrt den Sänger fassungslos an, bevor sie rasch sagt: »Nein.«

»Nein?«, kichert Isla. »Nein, er braucht keine Begleitung?« Die Art, wie sie Feli ansieht – von oben herab und spöttisch –, lässt mich auf meinem Stuhl erstarren. Mein Blick flackert zu Aidan, aber der hat gerade sein Telefon gezückt, da er anscheinend eine Nachricht bekommen hat, und passt nicht auf.

Felis Gesicht läuft tiefrot an. »Nein ... ich ... spiele nicht«, stößt sie hervor und starrt wieder auf ihren Teller, als gäbe es dort etwas wirklich Interessantes zu sehen.

»Das ist aber schade«, sagt Jackson ruhig, und ich sehe ihn dankbar über den Tisch hinweg an, während Aidan aufsteht und sich entschuldigt, weil er einen Anruf machen muss.

»Hey, mein Dad kann super Gitarre spielen!«, wirft Isla ein, und ich betrachte sie ehrlich überrascht. Dass Aidan auch noch

Gitarre spielt, ist wirklich zu viel des Guten. Reicht es nicht, dass er verboten sexy ist und unfassbar gut kocht?

Jackson lächelt Isla freundlich an, bevor er erwidert: »Das ist schön. Aber … ich würde jetzt wirklich gern mit Feli spielen. Sie hat nämlich großes Talent.«

Isla starrt ihn stumm an, und in ihrem Blick liegt eine Mischung aus Ungläubigkeit und stummem »Na und?«.

»Ich spiele nicht, solange SIE hier ist«, sagt Feli da, schiebt ihren Stuhl zurück und steht auf.

»Puh, da bin ich aber froh«, bemerkt Isla spitz.

»Isla, das reicht«, sage ich und erschrecke selbst bei der Schärfe, die sich in meine Stimme gedrängt hat. Diese Schärfe kommt von einem Ort tief in meinem Inneren, wo all der Schmerz der letzten Monate verschlossen liegt. Ich hatte gehofft, diesen Schmerz hier, auf Whale Island, langsam vergessen zu können. Ich hatte gehofft, dass Feli ihn würde vergessen dürfen.

Isla starrt mich sichtlich erschrocken an. Zu meiner Genugtuung registriere ich die Röte, die ihr hübsches Gesicht erneut verfärbt. So ist Feli immerhin nicht die einzige Leuchtboje hier im Raum.

»Gibt es ein Problem?« Plötzlich steht Aidan wieder neben dem Tisch. Sein fragender Blick durchbohrt mich regelrecht. Es ist offensichtlich, dass er meine Worte gehört hat. Vor allem meinen Tonfall.

Als keiner etwas sagt, erwidere ich ruhig: »Nein, ich hoffe nicht. Oder, Isla?«

Isla fixiert mich stumm, und mir ist klar, dass ich es von jetzt an schwer haben werde bei dem Mädchen. Aber umgekehrt ist das ja auch der Fall.

»Lass uns gehen, Dad«, sagt Isla mit kühler Stimme und steht ebenfalls auf. Sie sieht weder Feli an noch mich. Nur Jackson bekommt ein bemühtes Lächeln und ein »Danke für die tolle Musik!«, bevor sich das Mädchen so würdevoll wie möglich abwendet und zur Haustür stakst.

Aidan starrt mich immer noch an. »Können wir mal kurz reden?«, fragt er dann leise und macht eine Kopfbewegung Richtung Veranda. Mit einem unterdrückten Seufzen erhebe ich mich und folge ihm nach draußen.

»Isla, geh schon mal vor«, höre ich ihn zu seiner Tochter sagen, aber die ist sowieso schon fast bei seinem Cottage angekommen.

Er dreht sich zu mir und mustert mich ungläubig. »Was sollte das gerade? Warum weist du meine Tochter so zurecht?«

Ich verschränke die Arme vor der Brust und erwidere so ruhig wie möglich: »Ich glaube, du hast nicht mitbekommen, wie sich deine Tochter meiner Tochter gegenüber verhalten hat.«

Aidans Augenbrauen wandern fragend in die Höhe. »Wieso? Was hat sie deiner Meinung nach getan?«

»Nicht nur MEINER Meinung nach, Aidan!«, erwidere ich heftig, und erst als Aidan über meine Schulter sieht und schief grinst, schaue auch ich mich um und merke, dass Salomé und Raphaël auf der Veranda vor ihrem Cottage sitzen und so tun, als würden sie nichts mitbekommen.

»Hey!«, rufe ich betont fröhlich und winke ihnen zu, bevor ich mich wieder Aidan zuwende. Zum Glück ertönen aus dem Inneren des Cottages jetzt wieder Gitarrenklänge – hey, sogar die Klänge von zwei Gitarren, Halleluja! –, sodass ich nicht befürchten muss, dass Feli und Jackson unsere Unterhaltung akustisch mitbekommen.

»Aidan, deine Tochter hat sich ziemlich abfällig über Feli geäußert«, sage ich leise.

Seine hellblauen Augen werden schmaler, während er mich kritisch mustert. »Was hat sie denn so Schlimmes gesagt?«

»Sie hat ...« Ich stocke, weil ich versuche, mich an Islas genaue Worte zu erinnern. Dank der zwei Gläser des wirklich köstlichen kalifornischen Rotweins, den Aidan geholt hat, fällt mir das nicht ganz so leicht. »Sie hat klargemacht, dass sie nicht wild darauf ist, Feli Gitarre spielen zu hören.«

Aidan mustert mich schweigend, bevor er leise erwidert: »Und das gibt dir das Recht, sie vor versammelter Mannschaft so anzuherrschen, Stella? Du hättest deinen Ton gerade hören sollen!«

Oh, ich habe meinen Ton gehört, und darum weiß ich leider, wovon er spricht. Aber ich habe auch seine Tochter gehört.

»Isla hatte genauso wenig das Recht, Feli vor versammelter Mannschaft bloßzustellen«, zische ich ihm wütend zu und ärgere mich darüber, nicht so ruhig und beherrscht zu bleiben wie er. Doch da scheint auch sein Temperament mit ihm durchzugehen, denn Aidan beugt sich noch weiter vor – ich kann erneut die Hitze spüren, die er ausstrahlt und werde, trotz dieses blöden Themas, von einer Welle der Lust überrollt – und grollt mit bebender Stimme: »Der Unterschied ist, liebe Stella: Isla ist dreizehn. Mit dreizehn sagt man quasi ständig blöde Dinge. Deine Tochter sicherlich auch. DU hingegen bist Mitte dreißig. Da sollte man sich doch so weit im Griff haben, dass man nicht versucht, die Kinder anderer Leute zu erziehen, oder?«

»Wie bitte?« Verblüfft starre ich ihn an. »Ich habe gar nicht versucht, deine Tochter zu erziehen, Aidan! Das müssen Jenny und du schon allein machen!«

»Und das tun wir auch, verdammt!«

»Mag sein. Aber ich rate dir eines: Bring deinem Augenstern bitte rechtzeitig bei, andere Leute respektvoll zu behandeln. Und zwar nicht nur die Coolen dieser Welt, die Jackson Porters oder die Cheerleader in der Schule. Nein, sie sollte auch zu den Unbeliebten nett sein. Zu den … Übergewichtigen. Zu den Einsamen. Zu denen, die von den Coolen gern ignoriert werden. Oder, noch schlimmer: die von ihnen tyrannisiert werden!«

Aidan starrt mich sprachlos an. Seine Wut ist abgeebbt, spüre ich deutlich, während ich nach Luft ringe und zu meiner Erleichterung feststelle, dass von drinnen immer noch Musik zu hören ist. Felis Stimme verschmilzt mit Jacksons, und ich könnte heulen.

»Meine Tochter würde niemals jemanden … tyrannisieren«, sagt Aidan jetzt und klingt so fassungslos, dass er mir fast leidtut. »Isla gehört ganz bestimmt nicht zu denen, die auf einem Schwächeren herumhacken würden.«

»Sei dir da nicht so sicher«, entgegne ich leise. »Ich habe ihre Blicke gesehen, Aidan. Ich habe die Art gesehen, wie sie Feli angeschaut hat. Das … Verächtliche. Glaub mir … Feli und ich … wir kennen das leider nur zu gut.«

»Du spinnst!« Aidan schüttelt den Kopf und lacht leise auf, wirft wieder einen schnellen Blick zu Salomé und Raphaël hinüber, bevor er sich noch näher zu mir beugt, sodass sich unsere Lippen gefährlich nah kommen, bevor er mir zuraunt: »Wenn Feli und du schlechte Erfahrungen gemacht haben solltet, dann tut mir das leid. Aber das hat nichts, wirklich gar nichts mit meiner Tochter zu tun! Also verkneif dir bitte in Zukunft so einen Tonfall, wenn du mit Isla sprichst. Verstanden?«

Und mit diesen Worten wendet er sich ab und marschiert die Verandastufen hinab und auf sein Cottage zu.

Als ich zu dem erleuchteten Wohnzimmerfenster seines Häuschens hinübersehe, erkenne ich Islas rotes Haar, das hinter dem Glas schimmert. Ich merke, dass sie mich anstarrt, bevor der Vorhang zufällt.

29

»Willst du darüber reden?«

Jacksons Frage, eine gute Stunde später, nachdem wir gemeinsam den Abwasch erledigt haben und bei einem weiteren Glas Wein auf der Veranda sitzen, lässt mich schlucken. Möchte ich das? Ein rascher Blick Richtung Wohnzimmer beruhigt mich: Felis Zimmertür ist geschlossen. Sie ist bereits ins Bett gegangen. Ein weiterer Blick zu meinem Nachbarcottage bestätigt mir, dass Raphaël und Salomé dort nicht mehr sitzen. Niemand hört uns zu.

Ich sehe Jackson im sanften Schein der Außenlaterne meines Cottages an und seufze.

»Es ... ist kompliziert«, sage ich schließlich ausweichend, denn mir wird klar, dass ich Felis Geschichte hier nicht einfach so ausbreiten kann. Vor diesem Mann, der ihr großes Idol ist und den wir beide dennoch kaum kennen. Was weiß ich schon über Jackson Porter – abgesehen davon, dass er extrem gut aussieht, wahnsinnig charmant ist, eine Stimme zum Dahinschmelzen hat und sich eben sehr mit einem Geschirrtuch abgemüht hat (obwohl man ihm deutlich anmerkte, dass Gläser polieren sonst nicht zu seinem Alltag gehört)?

»In Bangkok, da ... da gab es einige Probleme mit Felis

Klassenkameraden«, antworte ich schließlich zögerlich. »Sie waren nicht nett zu ihr. Feli wurde … sie wurde wegen ihrer Figur sehr gemobbt.«

Diese Worte laut auszusprechen, das tut mir nach wie vor so weh, dass ich tief Luft holen muss. Als Jackson seine Hand ohne Vorwarnung auf meine legt, sehe ich überrascht auf.

»Das tut mir leid«, sagt er leise, und es klingt so ehrlich und von Herzen, dass ich ein paar Tränen wegblinzeln muss.

»Danke«, flüstere ich und grinse schief. »Kinder … oder Jugendliche … können echte Arschlöcher sein, weißt du? Grausame Arschlöcher.«

»Ich weiß.« Jackson nickt und hält meinen Blick nach wie vor fest. Du meine Güte, diese grünen Augen!

Stella. Er ist fünfundzwanzig Jahre jung!

Gerade, als ich mich frage, ob es nicht angebracht wäre, dass ICH als die Ältere und vor allem als die Restaurantmanagerin dieses Hotels meine Hand in Sicherheit bringe, nehme ich schräg hinter Jackson eine Bewegung wahr. Als ich mich vorbeuge und meine Augen leicht zusammenkneife, erkenne ich einen Schatten zwischen den Bäumen. Moment mal … war das nicht Aidan, der sich soeben abgewandt hat und jetzt mit langen Schritten auf sein eigenes Cottage zugeht? Ja, das ist ganz eindeutig seine große, breitschultrige Gestalt, die jetzt von der Dunkelheit verschluckt wird!

Was hat Aidan noch hier draußen gemacht? Hat er uns etwa belauscht?

»Erwachsene leider auch.«

Ratlos blinzele ich und sehe wieder Jackson an, hake bemüht nach: »Ähm … hmm?«

Jackson grinst leicht und legt den Kopf schief, während er mich eingehend betrachtet. Dann wiederholt er leise, wieder ernst: »Erwachsene können auch Arschlöcher sein.«

»Das stimmt.« Ich bemühe mich darum, mich von meiner Frage, wie viel Aidan gehört hat – und ob er Jacksons Hand auf meiner gesehen hat! –, zu lösen und betrachte den jungen Mann neben mir gedankenverloren, bevor ich meine Hand sanft seinem Griff entziehe und nachhake: »Jackson … was bringt dich eigentlich auf diese Insel? Ich meine … du könntest in einer Luxusvilla in der Karibik sein. Oder auf einer Privatyacht, irgendwo auf dem Atlantik, oder auch auf dem Pazifik, wenn du Ruhe vor den Paparazzi suchst. Warum nimmst du dir ausgerechnet hier eine Auszeit? Und … warum spielst du anscheinend deine eigenen Songs nicht gern?«

»Hast du echt den Eindruck, dass ich das nicht tue?«, fragt Jackson regelrecht erstaunt, und ich nicke.

»Ja. Zwar hast du gestern, als ich ausgepackt habe, ein paar deiner bekannten Lieder gespielt, aber danach nicht mehr … nicht einmal, als Isla dich vorhin darum gebeten hat. Du hast immer andere Songs gespielt, von Van Morrison, von Bruce Springsteen, aber nicht von Jackson Porter.«

Jackson starrt mich schweigend an, bevor er ernst in den Sternenhimmel über unseren Köpfen hinaufsieht, der mit Sicherheit noch viel dramatischer und schöner wäre, wenn wir das Verandalicht und die Lampen im Wohnzimmer ausmachen würden. Aber da ich dann in kompletter Dunkelheit mit einem gefährlich attraktiven Mann hier sitzen würde, lasse ich das lieber.

Schließlich sagt er leise: »Du hast mich gut durchschaut, Stella. Sowohl das mit den anderen Rückzugsoptionen als auch das mit meiner eigenen Musik.« Jetzt sieht er mich wieder an, und der jungenhafte Charme und die Leichtigkeit sind plötzlicher Ernsthaftigkeit gewichen. »Du hast vielleicht gehört, dass ich mich von Clementine getrennt habe.«

»Von deiner Freundin. Ja«, bestätige ich leise.

»Es war … keine schöne Trennung. Und die Paparazzi stürzen sich gern auf so etwas wie Löwen auf eine kranke Gazelle. Also wollte ich raus aus New York City, bevor das Ganze bekannt wurde. Aber Fliegen ist so eine Sache … selbst mit dem Privatjet wird man immer irgendwo fotografiert. Ich wollte wirklich abtauchen, ohne Spuren zu hinterlassen. Also habe ich mich erst einmal nur in mein Auto gesetzt, den Pass in der Tasche, und bin losgefahren. Tja, und irgendwann habe ich gemerkt, dass ich automatisch den Weg gen Norden eingeschlagen habe, Kanada entgegen. Warum nicht Nova Scotia, habe ich gedacht. Und dann fiel mir Whale Island ein. Abgeschieden, ganz im Norden dieser Provinz. Ich musste unterwegs nur hin und wieder an Tankstellen halten, habe nicht einmal im Motel übernachtet, sondern bin durchgefahren, bis ich hier war.«

»Wow.« Fasziniert starre ich ihn an. »Und alles, weil du an diese Insel so gute Kindheitserinnerungen hast?«

Jackson nickt mit einem wehmütigen Lächeln. »Ja. Außerdem fiel mir wieder ein, wie vernarrt ich damals, als Kind, in die Musik in dieser Gegend war. Als ich mich Cape Breton genähert habe, da habe ich einen Radiosender reinbekommen, der schottisch angehauchte Folkmusik gespielt hat. Mann, die Lieder habe ich früher geliebt! Meine Oma hat sie zu Hause gern gehört, sie hatte nämlich auch schottische Vorfahren, wie die Camerons. Und als ich mit meinen Eltern hier auf Whale Island war, da habe ich die Musik ebenfalls gehört. Es gab damals sogar einen Live-Musik-Abend in der *Cameron Lodge*, das weiß ich noch. Na ja, all das kam zurück, als ich im Auto unterwegs war, und deshalb bin ich quasi von selbst an der Fähre in Scott's Harbour gelandet und habe darauf gehofft, dass es die *Cameron Lodge* noch gibt.« Er grinst mich schief an.

»Die Musik hat dich also hergebracht«, bemerke ich nachdenklich.

»Ja.« Jackson sieht mich ernst an. »Und sie hat mich auch fortgetrieben aus New York City.«

»Ach?«, hake ich interessiert nach. »Ich dachte, das wären deine Ex-Freundin und die Paparazzi gewesen?«

»Auch.« Er lächelt schief. »Aber meine Plattenfirma war genauso ein Grund. Ich … ich soll bis Ende des Monats ein neues Album fertig haben. Und … es klappt einfach nicht.« Er seufzt tief auf. »Du hast gefragt, warum ich meine alten Songs nicht spiele.«

Jackson starrt mich ernst an. »Weil sie mich krank machen, darum. Ich hasse diese weichgespülten Popsongs! Du kannst dir gar nicht vorstellen, wie sehr ich sie hasse. Aber sie verkaufen sich unfassbar gut. Und sie sind Teil der Marke ›Jackson Porter‹. Ich habe schon mehrfach versucht, mit meiner Plattenfirma auszuhandeln, dass wir meinen Stil ändern. Dass ich andere Songs aufnehmen kann. Erwachsenere Songs. Reifere Songs. Nicht mehr diesen Teenie-Kitsch. Immerhin bin ich selbst längst kein Teenie mehr!«

Er sieht mit einem Mal so aufgewühlt aus, dass nun ich nach seiner Hand greife und sie bestätigend drücke. »Das verstehe ich«, sage ich ruhig.

Er sieht mich ernst an, nickt und starrt auf unsere Hände hinab. Dann schluckt er schwer. »Das also ist auch ein Grund, warum ich mich hier vor der Welt verstecke. Ich habe sogar mein Handy ausgemacht, bin nicht erreichbar. Niemand weiß, wo ich bin. Nicht einmal meine Agentin. Sie werden alle völlig angepisst sein – entschuldige den Ausdruck.«

»Ach, ich bitte dich, da bin ich schlimmere Ausdrücke gewohnt!«, lache ich auf und will meine Hand wegziehen, doch Jackson hält meine Finger plötzlich fest. Alarmiert sehe ich ihn an. Er sitzt so, dass das Licht der Lampe seine Augen nicht erreicht und ich den Ausdruck darin nicht erkennen kann. Trotzdem habe ich mit einem Mal das Gefühl, dass das hier tatsächlich mehr ist als nur eine harmlose Unterhaltung.

Aber, Stella, das geht nicht! Nicht nur, weil er zehn Jahre jünger ist und weil deine Tochter für ihn schwärmt und du ihr gesamtes Weltbild ins Wanken bringen würdest, wenn du etwas mit Jackson Porter anfingst! Nein, es geht auch nicht, weil er unser erster Gast ist. Und weil ich zu professionell für so etwas bin.

Und weil ich nicht aufhören kann, daran zu denken, wie mich Aidan während des Essens über den Tisch hinweg angesehen hat.

Aber dann hat er so barsch reagiert und Isla in Schutz genommen!

Klar hat er das. Ich hätte meine Tochter auch in Schutz genommen.

Mit einem unterdrückten Stöhnen ziehe ich meine Hand aus Jacksons Griff und lächele ihn dazu entschuldigend an. »Ich kann mir vorstellen, dass es sehr schwer ist, wenn andere Leute einen in eine Schublade drängen wollen«, sage ich und halte meine beiden Hände beschäftigt, indem ich mit der einen nach meinem Weinglas greife und die andere nutze, um meinen bunten Kaschmirschal enger um meine Schultern zu ziehen, denn die Nachtluft ist jetzt ziemlich kühl. Als ich einen Blick auf meine Armbanduhr werfe, sage ich ehrlich erstaunt: »Ups, schon so spät. Die nächsten Tage werden stressig, darum sollte ich wohl nicht mehr zu lange hier sitzen und Wein trinken – so nett deine Gesellschaft auch ist, Jackson.«

Jackson sieht mich ernst an, bevor er den letzten Schluck aus seinem eigenen Glas nimmt und sich dann erhebt.

»Ich fand den Abend ebenfalls wirklich schön – trotz der

schwierigen Umstände«, sagt er leise, während auch ich mich erhebe. Zögernd sehe ich ihn an, und ein paar nervöse Herzschläge lang fürchte ich mehr als dass ich hoffe, dass mich dieser junge, hyperattraktive Mann tatsächlich küssen könnte. Und wirklich – wie in Zeitlupe beugt sich Jackson vor … um mir einen zarten Kuss auf die Wange zu hauchen.

Erleichterung durchströmt mich, als ich ihn ansehe und schief grinse. »Ja, es war trotz allem ein erstaunlich netter Abend«, murmele ich.

»Du hast eine großartige Tochter«, sagt Jackson ernst. »Und ich bin mir sicher, dass ihr diese ganze schreckliche Mobbing-Sache hinter euch lassen könnt. Und dass sich das mit Isla auch einrenken wird. Bestimmt.«

»Danke«, murmele ich und schlucke gegen die Tränen an. Aber was, wenn in ihrer neuen Klasse alles wieder von vorn beginnt, will ich schreien. Doch natürlich tue ich das nicht, sondern beiße mir tapfer auf die Unterlippe.

»Und ich bin mir sicher, dass es für deine Plattenfirma und dich eine Lösung geben wird«, sage ich rasch, als sich Jackson schon abwenden will. »Vielleicht findet ihr einen Mittelweg? Ein bisschen Teenie-Pop, aber mit reiferen Elementen? Ehrliche Texte statt Weichspülung?«

Jackson grinst mich schief an und zuckt mit den Schultern. »Mal schauen«, sagt er leise, klingt dabei aber nicht sehr hoffnungsvoll. »Gute Nacht, Stella Minetti.«

»Gute Nacht, Jackson Porter«, lächele ich und sehe ihm nach, wie er in der Dunkelheit verschwindet.

30

Aidan

In den nächsten zwei Tagen sind wir alle so im Stress, weil die zwei Belugawal-Damen und somit die Wal-Crew und auch einige Presse-Heinis früher als gedacht hier eintreffen sollen, dass ich zum Glück kaum dazukomme, mir über Stella und Jackson Porter den Kopf zu zerbrechen.

Okay, wen verarsche ich hier eigentlich? Natürlich zerbreche ich mir den Kopf über die beiden, und zwar pausenlos. Seit ich an dem Abend noch einmal zurück zu Stellas Cottage gegangen bin, um erneut in Ruhe über unseren Streit zu sprechen (und von der Hoffnung getrieben, dass sie allein sein würde – so allein, wie man mit einem schlecht gelaunten Teenie eben sein kann), muss ich wieder und wieder darüber nachdenken, wie Jackson Porter seine Hand auf Stellas gelegt hat. Wie die beiden in dieser vertrauten Zweisamkeit auf ihrer Veranda gesessen haben, als wäre dies das Normalste der Welt!

Am meisten hat mich geärgert, dass ich selbst so gern dort mit ihr gesessen hätte. Und dass ich keine Chance bekam, ihr zu sagen, dass mir mein Tonfall leidtat. Ich konnte es nicht, weil ER dort saß. Und ihre Hand hielt, verdammt!

Die Chance, sich zu entschuldigen, ergab sich auch am nächsten Tag nicht, und am Tag danach genauso wenig. Im

Gegenteil – so blank, wie unsere Nerven wegen des bevorstehenden Soft Openings liegen, sind Stella und ich wieder und wieder wegen zig Kleinigkeiten aneinandergeraten, unter anderem natürlich erneut wegen der verfluchten Servietten! Ich habe ihr gesagt, dass sie einfach lauter Vaginas falten und mich in Ruhe lassen soll, was Stella mit einem wütenden »*Stronzo*« kommentiert hat. Ich musste das googeln, aber jetzt weiß ich, dass es kein netter italienischer Ausdruck ist.

Ja, wir haben es also geschafft, uns zwei Tage lang ständig anzukeifen, ohne auch nur einmal ein versöhnliches Wort miteinander zu sprechen. Dabei habe ich sie öfter im Kopf gehabt, die versöhnlichen Worte. Und nicht nur die. Ich habe unter anderem ernsthaft mit dem Gedanken gespielt, unsere Speisekarte um eine Käseplatte zu erweitern. Doch bevor sich die Chance ergab, mit Stella über den Abend bei ihr zu reden, kam entweder einer der Kollegen dazwischen – es wuselten alle nur noch wie Nervenbündel auf zwei Beinen durch die Gegend, furchtbar! – oder Stella trieb mich mal wieder mit einer spitzen Bemerkung zur Weißglut, und die versöhnlichen Worte gerieten in Vergessenheit.

Und heute ist es schon so weit. Heute sollen tatsächlich die Wale eintreffen – und das, obwohl wir nach wie vor weit davon entfernt sind, wirklich bereit für ein Soft Opening zu sein! Duncan wirkt, als wäre er einem Nervenzusammenbruch sehr nah, vor allem, weil Greta ausgerechnet jetzt eine Brustentzündung bekommen hat, was dazu führt, dass das Stillen ihres Babys zur Tortur wird, der Kleine noch mehr brüllt als ohnehin und Greta Schmerzmittel braucht. Duncan wäre am liebsten nur zu Hause bei den beiden, aber gleichzeitig wird er permanent an gefühlt einhundert Orten gleichzeitig gebraucht, und ich fürchte, dass mein Bruder irgendwann zusammenklappt. Helfen kann ich ihm allerdings auch nicht, denn ich habe mit dem Restaurant selbst alle Hände voll zu tun: Einer meiner Line-Köche ist im letzten Moment abgesprungen, weil ihm aufgegangen ist, wie weit ab vom Schuss Whale Island ist und dass er doch lieber auf dem Festland arbeiten würde. Unsere neu eingestellte Patisserie-Köchin hat sich leider als Nervenbündel entpuppt und ist in Tränen ausgebrochen, als ich es gewagt habe, bei unserem gestrigen Probekochen die Konsistenz ihrer Windbeutel zu kritisieren. (Dabei habe ich mich echt bemüht, die Kritik sachlich und freundlich rüberzubringen!) Und zu allem Überfluss warten wir immer noch auf das verfluchte Hummer-Aquarium. Allerdings ist unsere erste Hummer-Bestellung schon geliefert worden, sodass in unserer Kühlkammer vier große Bottiche mit Salzwasser und unglücklich dreinschauenden Hummern stehen, die ständig versuchen, an den glatten Plastikwänden hochzuklettern. Ich liebe zwar gekochten Hummer (immerhin ist das eine der Spezialitäten dieser Region!), aber die Tiere so eingepfercht zu sehen, tut mir jedes Mal weh. Die vorwurfsvollen Blicke, die Stella mir zugeworfen hat, als sie die Hummer in der Kühlkammer entdeckt hat, haben nichts besser gemacht. Aber sie ist Profi genug und hat sich weitere Kommentare verkniffen, denn natürlich weiß auch Stella, dass Hummer nun einmal lebend im Restaurant »gelagert« werden muss, bis er ins kochende Wasser geworfen und dann sofort serviert wird. Ich wünschte wirklich, es gäbe eine tierfreundlichere Methode. Und ich hoffe, dass wir das verfluchte Aquarium bald bekommen!

Jenny habe ich seit gestern Morgen nicht mehr zu Gesicht bekommen, so sehr rotiert sie wegen der letzten Vorbereitungen rund um das Auffangbecken für die Belugawale am Besucherinformationszentrum. Isla hat deshalb die letzten zwei Nächte bei mir geschlafen, wobei die Arme auch mich nicht groß zu Gesicht bekommen hat. Sie hat mehrfach versucht, Zeit mit diesem schleimigen Sänger zu verbringen, aber Jackson war irritierend oft in Stellas Cottage und hat mit Feli Gitarre gespielt, was Isla immer wütender gemacht hat – und mich genauso, um ehrlich zu sein, obwohl ich mir das nicht anmerken lasse (hoffe ich). Was soll das Ganze werden? Muss sich dieser Schleimer quasi als Ersatzvater aufdrängen? Als ob eine Dreizehnjährige so einen fünfundzwanzigjährigen Jungen als Daddy bräuchte! Was weiß der Typ schon vom Leben – er hat sich doch bisher nur in seinem Kokon aus Showbiz-Glamour aufgehalten!

Eigentlich wollte ich Isla längst auf das ansprechen, was beim Abendessen bei Stella und Feli vorgefallen ist. Ich kann nicht aufhören, darüber nachzudenken, was Stella zu mir gesagt hat: »Ich habe ihre Blicke gesehen, Aidan. Ich habe die Art gesehen, wie sie Feli angeschaut hat.«

Aber – verdammt, sie hat da von meinem kleinen Mädchen gesprochen! Von meiner Isla! Meine Tochter würde doch niemals einem anderen Mädchen wissentlich wehtun!

Oder?

Die anderen Worte gehen mir auch nicht mehr aus dem Kopf. Die Worte, die Stella später an dem Abend zu Jackson gesagt hat. Die Worte, die ich zufällig mitbekommen habe, als ich im Schatten der Bäume stand und mich darüber geärgert habe, dass Jacksons Hand auf Stellas lag.

Stella hat Jackson auf der Veranda erzählt, dass Feli in ihrer Schule in Bangkok gemobbt worden ist – wegen ihres Übergewichts.

Allein diese Vorstellung lässt mich vor Wut fast aus der Haut fahren! Was für Jugendliche sind das, die es fertigbringen, ein Mädchen zu hänseln und zu quälen – nein, halt, wie hat Stella das neulich Abend ausgedrückt – zu tyrannisieren! –, weil es nicht so rank und schlank ist, wie man es als Teenie gern wäre?

Doch die Vorstellung, dass Isla genauso sein könnte – dass sie jemanden hänseln würde, nur, weil derjenige Übergewicht hat – die ist einfach abwegig. Nein, das würde mein Kind niemals tun!

Trotzdem fasse ich mir endlich ein Herz, als ich mir heute Morgen, genau fünf Stunden, bevor der erste Belugawal auf Whale Island eintreffen soll, eine Tasse Kaffee einschenke und plötzlich Isla fertig angezogen vor mir steht.

»Oh?«, mache ich überrascht. »So früh schon startklar?«

»Und ob!« Isla strahlt mich an, und wie immer, wenn ich den überschwänglichen Glanz in ihren hellblauen Augen sehe, geht mein Herz auf. »Heute kommen doch Alba und Luna!«

»Ja, als ob ich das vergessen könnte«, grinse ich.

Alba und Luna, die ihren langen Flug von Shanghai nach Halifax laut Twitter schon hinter sich gebracht haben – zumindest hält mir Isla jetzt ihr Telefon unter die Nase und zeigt mir den neuesten Tweet der *Second Chance for Whales*-Organisation.

»So, sie sind also schon auf den Schleppern, ja?«, murmele ich und trinke meinen Kaffee schneller. Nicht, dass diese zwei Beluga-Damen NOCH früher hier eintreffen als gedacht!

»Mhhm«, macht Isla und scrollt über ihren Bildschirm.

»Hey, Handy weg, wir frühstücken«, sage ich streng und hole die Cornflakes und das Müsli aus dem Oberschrank. »Heute ist leider keine Zeit für Eier oder Pfannkuchen, Honey.«

»Kein Problem, Dad. Ich will eh gleich los.«

»Wohin denn um diese Zeit?« Ehrlich ratlos sehe ich meine Tochter an und reiche ihr die Milchflasche.

Isla füllt ein paar Cornflakes in ihre Schüssel und gießt einen Schwall Milch darüber, während sie betont cool erwidert: »Och, ich will Jackson fragen, ob er mit mir zum Whale Sanctuary radelt, um die Wale in Empfang zu nehmen. Ich hoffe, dass er nicht schon wieder bei Feli abhängt, sondern noch in seinem Cottage ist.«

Sie unterstreicht den Namen »Feli« mit einem Augenrollen. Ich stelle meine Kaffeetasse ab und räuspere mich.

»Isla«, beginne ich vorsichtig. Ich hasse solche Gespräche! »Wegen neulich Abend … Stimmt es, was Stella gesagt hat? Dass du … dich abfällig über Feli geäußert hast?«

Isla starrt mich kauend an. Endlich schluckt sie und wischt sich mit dem Handrücken Milch vom Mund. Ich will sie auf ihre Serviette hinweisen, aber beim Thema »Serviette« fällt mir sofort wieder Stella ein – und im nächsten Moment »Vagina« und irgendwie sind mir diese Gedankengänge heute Morgen einfach zu viel. Deshalb lasse ich das Thema sein und sehe sie nur abwartend an.

»Kann sein«, sagt Isla schließlich mit einem Achselzucken und schiebt sich den nächsten Löffel voll Cornflakes in den Mund. Mit hochgezogenen Augenbrauen starre ich sie an.

»Wie? ›Kann sein‹?«, hake ich irritiert nach.

Als Isla endlich wieder geschluckt hat (ich sollte mich ja eigentlich freuen, dass sie nicht mit vollem Mund redet, aber ich habe das Gefühl, dass sie extra langsam und gründlich kaut!), sagt sie leichthin: »Mensch, Dad, du weißt doch, wie Feli aussieht! Schlimm genug, so dick zu sein, aber dann zieht sie sich auch noch so peinlich an! Dieser olle Jogginganzug! Echt, ich weiß nicht, was Jackson so toll an ihr findet.«

Ich atme tief durch und versuche, nicht die Fassung zu verlieren. Mühsam beherrscht sage ich schließlich: »Isla. Mach nicht den Fehler und beurteile Leute nach ihrem Aussehen. Nach der perfekten Kleidergröße oder den angesagten Markenklamotten. Das ist schrecklich oberflächlich, und so haben Mom und ich dich hoffentlich nicht erzogen. Erinnerst du dich an das Buch *Der Kleine Prinz*, das wir vor ein paar Jahren zusammen gelesen haben?«

Isla sieht mich mit hochgezogenen Augenbrauen an und meint gedehnt »Jaaa …?«

»Da heißt es doch: *Man sieht nur mit dem Herzen gut. Das Wesentliche ist für das Auge unsichtbar.* Das solltest du dir merken, Isla.«

»Okaaaay, Dad.« Isla seufzt schwer auf. Unbeirrt fahre ich fort:

»Ich habe neulich Abend zufällig mitbekommen, dass Feli … an ihrer alten Schule in Bangkok gemobbt wurde. Und zwar wegen ihres Aussehens. Wegen ihrer Figur.« Ich beuge mich vor und greife nach der Hand meiner Tochter, die neben dem Cornflakes-Schälchen liegt, und sage ernst: »Ich möchte, dass du nicht nur zu den Coolen dieser Welt nett bist. Zu den … Jackson Porters und wie sie alle heißen. Nein, Isla, ich möchte, dass du auch zu den Einsamen nett bist. Zu denen, die keine Modelmaße haben. Die von den Coolen tyrannisiert werden!« Ich muss mühsam schlucken, als ich daran denke, wie Stella diese Worte zu mir gesagt hat, und als ich an den offenen, rohen Schmerz erinnert werde, den ich deutlich in ihrem Blick gesehen habe. »Ich will auf keinen Fall, dass du Leute nach ihrem Äußeren beurteilst, Isla. Bitte, mach dir die Mühe und schau hinter die Fassaden deiner Mitmenschen.«

Isla starrt mich fassungslos an.

»Ich bin gar nicht nur zu den Coolen nett!«, verteidigt sie sich empört und schiebt ihr halb volles Schälchen von sich. »Und ich muss Feli nicht mögen, nur, weil sie dick ist, oder? Soll ich mich etwa aus Mitleid mit ihr anfreunden?«

»Nein«, erwidere ich und greife mit einem tiefen Seufzer nach meiner Kaffeetasse. Verdammt, dieser Tag verspricht, weitaus anstrengender zu werden, als ich ohnehin befürchtet hatte. »Das sollst du nicht, Isla. Ich möchte nur, dass du ihr eine echte Chance gibst, unabhängig davon, wie sie aussieht.«

»Ganz toll«, faucht Isla und erhebt sich von ihrem Stuhl. »Jetzt bist du auch ›Team Feli‹, ja? Was habt ihr bloß alle für einen Narren an dieser glupschäugigen Kuh gefressen? Erst Jackson, jetzt du!«

»Isla!«, sage ich streng und stehe ebenfalls auf, aber meine Tochter ist schon wutentbrannt zur Cottagetür gestampft, reißt diese auf und verschwindet im strahlenden Sonnenschein dieses Sommermorgens, der tatsächlich so wirkt, als wäre unsere Welt ein unkomplizierter Ort.

31

Stella

Zum ersten Mal, seit ich auf der Insel bin, fühlt sich die *Cameron Lodge* tatsächlich wie ein richtiges Hotel an. Die Wal-Crew ist heute Morgen angekommen, und mit einem Mal wuseln viele Männer und Frauen durch die Gegend, von denen die meisten beim Einchecken noch dunkelblaue T-Shirts mit einem aufgestickten Walschwanz und den Worten »Second Chance for Wales« und dazu passende Baseballmützen getragen haben. Jetzt allerdings, als sich die zwei Belugawal-Damen der Insel nähern, sind die meisten Mitarbeiter der Wal-Crew in schwarze Taucheranzüge gehüllt. Sie tragen Koffer und Sporttaschen mit allem möglichen Equipment zu ihren Fahrzeugen und rufen sich aufgeregt Fragen und Anweisungen zu, während sie sich auf die Autos verteilen. Irgendjemand erwähnt, dass die Wale in einer Stunde hier sein werden, und da beschließe ich, dass es an der Zeit ist, dem Restaurant den Rücken zu kehren und mich ebenfalls auf den Weg zur Deep Bay an der Südwestspitze der Insel zu machen, wo die Belugas bald ankommen werden. Dies ist ein historischer Tag für Whale Island, und den werde ich auf keinen Fall verpassen!

Ich werfe einen letzten prüfenden Blick in die Runde. Die Tische sind fertig eingedeckt und sehen wunderschön aus –

besonders über die sauber gefalteten weißen Servietten in Wal-Form freue ich mich. Die Falt-Technik habe ich gestern Abend spät bei Pinterest entdeckt, und im Gegensatz zu einer anderen Wal-Falt-Methode, die ich vorher schon vergeblich ausprobiert hatte, hat diese endlich problemlos funktioniert. Gemeinsam mit meinen Kellnerinnen und Kellnern habe ich heute Morgen in Windeseile Servietten gefaltet und auf den Tellern verteilt, und dieses Mal erinnert nichts an Geschlechtsteile, dafür alles an Meeressäuger.

Für heute Abend erwarten wir einen wahren Ansturm an Gästen – sowohl die Wal-Crew als auch viele der Schaulustigen, die extra wegen der Ankunft der Belugas vom Festland anreisen. (Wie ich gehört habe, fährt Dottie die Fähre momentan non-stop hin und her und bringt Leute auf unsere Insel.) Aidan werkelt nach wie vor angespannt in der Küche, auch Salomé und der Rest der Küchencrew sind noch dort. Ich werfe einen flüchtigen Blick hinein und räuspere mich, als ich Aidan nahe der Tür entdecke. Er starrt konzentriert auf sein Tablet, auf dem er seine Rezepte gespeichert hat, wie ich weiß. Als er mein Räuspern hört, schaut er auf. Wie immer, seit wir neulich Abend aneinandergeraten sind, starren wir uns ernst an. Keiner von uns lächelt. Es hängt so viel Ungesagtes zwischen uns, und ich wünschte wirklich, das wäre anders. Ich wünschte, er hätte den ersten Schritt gemacht und das angesprochen, was neulich Abend zwischen Isla und Feli vorgefallen ist. Aber das hat er nicht, und darum habe ich das Thema ebenfalls stur ignoriert. Bitte, wenn er sich im Recht fühlt, soll er doch schweigen und so tun, als wäre nichts gewesen! Ich hatte in den letzten Monaten genug Stress wegen der ganzen Sache mit Feli – ich werde jetzt nicht hinter ihm herlaufen und mich dafür entschuldigen, seine arrogante Tochter zurechtgewiesen zu haben!

»Im Restaurant ist alles vorbereitet. Ich habe meiner Crew gesagt, dass sie gehen dürfen, um die Ankunft der Wale zu beobachten. Und ich werde mich jetzt auch auf den Weg machen.«

Aidan nickt und starrt mich ein paar Sekunden lang noch ernst an, bevor er wieder auf sein Tablet schaut. »Okay«, sagt er zum Gerät. »Wir kommen auch bald nach.«

»Okay.« Ich sehe zu Salomé hinüber und grinse sie schief an, bevor ich mich umdrehe und das *Four Whales* mit langen Schritten verlasse.

Auf Whale Island herrscht fast so etwas wie Volksfeststimmung, als ich mich mit dem Fahrrad der Deep Bay nähere. Zum Glück scheinen viele Leute der Aufforderung der *Second Chance for Whales*-Organisation nachgekommen zu sein, die Autos auf dem Festland zu parken und stattdessen zu Fuß oder mit Fahrrädern auf die Insel zu kommen. Noch dazu haben sowohl die *Cameron Lodge* als auch das *Whale Island Inn* jeweils einen Shuttleservice auf die Beine gestellt, um Schaulustige vom Fähranleger bis zur Deep Bay zu fahren: Das *Whale Island Inn* nutzt einen Familien-Van mit sieben Sitzen, die *Cameron Lodge* ist mit Buddy, dem Golfcart, dabei, gefahren von Graham und Johnnie Walker. Auch Skye und Heather pendeln mit ihren Autos voller Gäste hin und her. Skye hat sich heute extra freigenommen, um diesen historischen Tag nicht zu verpassen. Als ich mich der Südwestspitze der Insel nähere, höre ich ein großes Fahrzeug hinter mir und drehe mich zum gelben Bücherbus von Rae MacLaughlin um. Die Bibliothekarin kurbelt ihr Fenster runter und ruft mir fröhlich zu: »Na, auch unterwegs zu den Beluga-Damen?«

»Und ob!«, rufe ich zurück. »Bist du Teil des Shuttle-Service?«

»Leider nicht! Ich habe ja keine Sitzbänke mehr, und ich

möchte keinen Ärger mit dem Sheriff von Scott's Harbour bekommen, der heute auch schon hier gesehen wurde.«

Sie zwinkert mir zu und winkt, bevor sie mich vorsichtig überholt und der Deep Bay entgegenrumpelt.

Als ich schließlich dort angekommen bin, stelle ich mein Fahrrad vor dem neuen Besucherinformationszentrum ab und staune über die Menschentraube, die sich seitlich vom Gebäude gebildet hat – entlang des hölzernen Zauns, der verhindert, dass man zu nah an das Wasser gelangt. Zig Fotografen nesteln an ihrem Equipment herum, und da entdecke ich sogar den Van eines lokalen Fernsehsenders, dessen Reporter ein wenig abseits vom Gewühl in eine Kamera spricht und dabei immer wieder auf den Atlantik hinaus deutet.

»Hallo, Stella!« Als ich Gretas Stimme höre, drehe ich mich zu ihr um und strahle meine Freundin an. Es ist mehrere Tage her, seit ich sie zu Gesicht bekommen habe. Eigentlich wollte ich sie zwischendurch besuchen, aber Duncan meinte, dass sie tagsüber oft schlafe, weil James sie nachts so sehr wachhalte. Und wirklich, Gretas Augenringe erzählen von weiteren kurzen Nächten, aber dennoch bringt sie ein echtes Lächeln zustande, bevor sie mich fest umarmt.

»Hallo, meine Liebe! Wie geht es dir?«

»Besser«, seufzt sie und zieht eine Grimasse. »Ernsthaft, wenn mir mal jemand gesagt hätte, dass eine Brustentzündung genauso schlimm sein kann wie Wehenschmerzen – ich hätte es nicht geglaubt. Oder … vielleicht hätte ich es geglaubt und mich gegen das Stillen entschieden.« Sie lacht trocken auf.

»Ich fühle mit dir«, sage ich und schlinge einen Arm um ihre Schultern. »Zwar hatte ich damals bei Feli keine Brustentzündung, aber wenn ich daran denke, wie schmerzhaft das normale Stillen ohne Entzündung manchmal war, dann kann ich mir ungefähr vorstellen, was du durchgemacht hast. Wo ist der kleine Mann denn?«

»Duncan hat ihn im Tragetuch bei sich«, sagt Greta und gähnt ausgiebig. »Eigentlich sollte ich mich zu Hause hinlegen und Schlaf nachholen. Aber ... die Ankunft von Luna und Alba wollte ich auf keinen Fall verpassen!«

»Ich auch nicht«, bestätige ich und hake mich bei ihr unter. »Und die frische Luft und die Sonne werden dir guttun, glaub mir. Komm, lass uns einen Flecken suchen, wo wir gut gucken können!«

»Hi, Greta!«, höre ich da eine weitere Stimme, und wir bleiben stehen und drehen uns zu der drahtigen Blondine um, die schnellen Schritts auf uns zukommt. »Komm, ich kann euch mit hinter die Absperrung nehmen, dann seht ihr besser! Hi, ich bin übrigens Jenny.«

Die Frau mit den sportlichen Klamotten und dem Pferdeschwanz, der unter der blauen Baseballkappe mit dem Logo der Wal-Organisation hervorlugt, sieht mich freundlich an und schüttelt mir kurz, aber kräftig die Hand. Es ist offensichtlich, dass Jenny keine Zeit zu vergeuden hat – Unruhe und Tatendrang pulsieren quasi aus ihrem sportlichen Körper.

»Hallo, ich bin Stella«, sage ich und versuche, den Namen Jenny einzuordnen. In dem Moment jedoch, als ich erkenne, wie Jennys Gesichtsausdruck ernst wird und der Blick aus ihren wachen grünen Augen forschend über mich gleitet, wird mir klar, wer vor mir steht.

»Ach, du bist die neue Restaurantmanagerin«, sagt sie und klingt nicht mehr ganz so freundlich wie noch vor wenigen Sekunden. Einen Augenblick lang frage ich mich irritiert, ob Jenny etwa eifersüchtig sein könnte. Aber ... das ist doch lächerlich! Oder?

Dann jedoch, als ich nicke und bestätige, dass ich genau

die bin, sagt sie langsam: »Aha. Isla hat mir schon von dir erzählt.«

Da wird mir klar, warum sie mich so mustert, wie ich jemanden mustern würde, von dem ich wüsste, dass er meine Tochter zurechtgewiesen hat.

Wir betrachten uns ein paar Sekunden lang, wie sich zwei Löwinnen ansehen, die ihre Jungen zu verteidigen haben. Dann nicke ich bemüht fröhlich und sage: »Ich freue mich darauf, die Wale zu sehen! Tolle Arbeit, die ihr hier geleistet habt, Jenny!«

Jenny nickt und scheint zu überlegen, ob sie noch mehr zu mir sagen soll, doch als ihr Blick zu Greta flackert, entscheidet sie sich anscheinend dagegen. Stattdessen macht sie eine leichte Kopfbewegung Richtung Wasser und sagt: »Kommt, ich zeige euch, wo ihr euch hinstellen könnt.«

Greta und ich folgen ihr zu einem Holztor und dann eine grasbewachsene Böschung entlang, die von einigen Felsbrocken gesäumt wird. Hinter diesen Felsbrocken beginnt die Küste, zum Meer hin abzufallen. Jenny hat recht: Von hier aus können wir wunderbar den hölzernen Pier erkennen, der sich unterhalb des Besucherinformationszentrums in die Deep Bay hinauszieht. Neben diesem Pier befindet sich ein abgegrenzter Bereich im Wasser, der wie ein Nichtschwimmerbecken wirkt.

»Wofür ist denn dieser abgegrenzte Bereich?«, frage ich Jenny, die gerade geschäftig auf ihrem Smartphone herumtippt. Sie schaut mich nur flüchtig an, als sie antwortet: »Oh, das ist der sogenannte ›Med Pool‹. ›Med‹ von ›Medizinisch‹. Die Belugas werden gleich zunächst in diesen Teil gelassen, damit man sie untersuchen und eine Weile beobachten kann, bis sie sich akklimatisiert haben. Sie haben immerhin viele Jahre in einem Indoor-Pool in diesem unsäglichen Aquarium in

Shanghai verbracht. Die Mädels sind es gar nicht mehr gewohnt, im offenen Wasser zu sein, mit all der Flora und Fauna um sie herum, die wir hier im Meer haben. Sie haben kein direktes Sonnenlicht mehr auf ihrer Haut gespürt, seit sie als Jungtiere gefangen worden sind!« Ich merke, wie emotional Jenny wird, als sie dies sagt, und auch ich muss schlucken.

Dass die beiden Belugawale hier, auf Whale Island, eine neue Heimat bekommen, ist wirklich wunderschön!

»Sobald sie sich an das Wasser gewöhnt haben und unsere Veterinärmediziner ihr Okay geben, lassen wir sie raus in die Bucht schwimmen«, erklärt Jenny jetzt, bevor sie ihr Smartphone in die Gesäßtasche ihrer Cargohose schiebt und sagt: »So, ich muss los. Genießt es, ihr zwei. Wir sehen uns später.« Und schon eilt sie davon.

»Das war also Aidans Ex«, murmele ich nachdenklich.

»Ja, das ist Jenny.« Ich spüre genau Gretas forschenden Blick auf mir, und als ich sie ansehe, merke ich, dass ich recht hatte. »Warum habt ihr zwei euch so skeptisch gemustert?«

»Ach«, seufze ich und schüttele den Kopf. »Es gab da eine kleine Meinungsverschiedenheit zwischen Isla und mir.«

»Oh?«, macht Greta und sieht mich mit einer Mischung aus Neugierde und Besorgnis an. Es ist offensichtlich, dass sie möchte, dass ich mich hier, auf dieser Insel, in die sie sich Knall auf Fall verliebt hat, rundum wohlfühle, und es tut mir bereits leid, sie überhaupt mit dieser Sache zu belämmern.

»Es ist schon okay«, sage ich daher rasch. »Wirklich, es war eine dumme Kleinigkeit. Nicht der Rede wert.«

»Und … wie läuft es mit Aidan?«, hakt Greta nach, und ich höre dem Tonfall ihrer Stimme an, dass sie sich heimlich wünscht, dass aus Aidan und mir ein Paar wird.

Aber leider macht sie sich da wirklich völlig umsonst Hoffnung. Ich meine … man muss sich doch nur Jenny ansehen!

Wenn das sein Typ Frau ist … sportlich, drahtig, blond … dann bin ich es garantiert nicht. Gegensätzlicher könnten seine Ex und ich gar nicht sein. Darum glaube ich, dass ich mir diese … gewisse Stimmung zwischen uns eingebildet habe. Vielleicht ist das einfach Aidans normaler Umgang mit Frauen. Vielleicht flirtet er mit allen ein wenig. Ja, bestimmt sogar.

»Hallo? Stella?« Greta fuchtelt mit einer Hand vor meinen Augen herum, und ich lache auf.

»Zwischen Aidan und mir läuft es so, wie es zwischen zwei Kollegen laufen sollte«, sage ich mit Nachdruck. »Nicht mehr und nicht weniger.«

»Sicher?«, hakt Greta beharrlich nach. Ihre romantische Ader kann wirklich nervig sein.

»Sicher«, bestätige ich resolut, aber ich sehe genau den Zweifel in Gretas blauen Augen aufblitzen und stelle mich schon auf eine anstrengende Unterhaltung über mein nicht existentes Liebesleben ein, als mir das Schicksal zu Hilfe kommt: Ein lang gezogenes Tuten dröhnt über das Wasser zu uns herüber, und sofort richtet sich die Aufmerksamkeit aller Schaulustigen auf den Horizont: Tatsächlich, dort ist der Umriss eines Bootes zu erkennen. Und schräg dahinter ein zweites, das jetzt ebenfalls lang gezogen sein Signalhorn dröhnen lässt.

»Das sind die Schlepper! Sie kommen!«, jubelt Greta neben mir und hüpft aufgeregt auf der Stelle wie ein Kind an Weihnachten.

Plötzlich taucht Duncan neben ihr auf, er trägt den schlafenden James im Tuch vor der Brust und beugt sich von hinten über Gretas Schulter, um ihr einen Kuss zu geben, vorsichtig darauf bedacht, das Baby nicht gegen ihren Rücken zu drücken.

»Hi«, höre ich sie glücklich murmeln, und als ich dieses

verliebte Strahlen auf Gretas Gesicht sehe, werde ich von einer Welle des Neids überrollt.

Doch, natürlich gönne ich ihr dieses Glück von ganzem Herzen! Aber … ich will das auch.

Dass im nächsten Moment Aidan neben seinem Bruder auftaucht, macht nichts besser.

»Hallo«, höre ich ihn mit warmer Stimme zu Greta sagen, doch als sein Blick meinen streift, nickt er mir nur ernst zu und starrt dann stoisch auf den Horizont, wo die zwei Schlepper langsam größer werden. Greta hat natürlich genau mitbekommen, wie herzlich wir uns begrüßt haben, und sie mustert mich fragend, doch ich weiche ihrem Blick beharrlich aus.

In diesem Moment erkenne ich plötzlich Rae, die ein wenig abseits vom Geschehen auf einer Anhöhe steht und auf das Meer hinaussieht. Ihre flammenroten kurzen Haarsträhnen werden vom Wind hin und her gepeitscht, und einen Moment lang denke ich, dass Rae tatsächlich aussieht wie eine Hexe.

Wie eine sehr nette Hexe.

»Wer ist denn der Mann da bei Rae?«, frage ich neugierig, als ich die Gestalt erkenne, die jetzt neben sie tritt. Der alte Mann mit dem schlohweißen Haar läuft etwas gebückt, und jetzt merke ich, dass er eine Fotokamera mit großem Objektiv um den Hals hängen hat.

»Oh, das ist Gottlieb Müller«, erklärt Greta, und der warme Klang ihrer Stimme sagt mir, dass sie den alten Mann kennt und ihn gernhat.

»Das klingt aber sehr deutsch«, bemerke ich erstaunt.

»Ja, er kommt auch aus Deutschland, wohnt aber seit Jahrzehnten hier auf Whale Island. Er ist wegen der Liebe hergekommen.« Ich merke, wie Greta Duncan versonnen ansieht, und schaue diskret wieder zu Rae hinüber, als die beiden sich verliebt küssen.

»So, so, wegen der Liebe«, grinse ich mit einem Augenrollen.

»Ja.« Greta grinst zurück, während sich Duncan daran macht, James' Mütze vorsichtig tiefer über seine Ohren zu zupfen. »Er wohnt hier ganz in der Nähe«, fährt Greta fort. »Gottlieb gehört ein großes Stück Land, das ihm die Sommerset-Gruppe im letzten Sommer abkaufen wollte. Um einen …«

»GOLFPLATZ zu bauen«, höre ich Duncan mit vor Spott triefender Stimme sagen, und an der Art, wie Greta ihn ansieht und schmunzelt, merke ich, dass das ein Insider der beiden sein muss.

Diskret wende ich mich erneut ab, als sich Duncan einmal mehr vorbeugt und seine Liebste küsst … mit gerade so viel Leidenschaft, wie eben möglich ist, wenn man einen schlafenden Säugling vor der Brust hängen hat.

Die viele Küsserei macht mich ganz unruhig – vor allem, weil Aidan jetzt auch mit hochgezogenen Augenbrauen seinen Bruder und Greta mustert, dann flüchtig mich ansieht und schnell wieder aufs Meer hinausstarrt.

32

Zum Glück kommt in diesem Augenblick Skye dazu, die mit ihrer quirligen Art ohnehin immer alle in ihren Bann zieht – doch heute hat sie noch dazu einen Mann dabei. Verdutzt frage ich mich einen Moment lang, ob sie etwa diesen komplizierten Chefarzt mitgebracht hat. Aber dann erinnere ich mich daran, was sie mir vorgestern strahlend erzählt hat, als ich gerade in eine Excel-Tabelle mit den laufenden Kosten des Restaurants vertieft war und leider nicht viel Zeit hatte, um mich lange zu unterhalten: Sie hat bei *Scotia Singles* tatsächlich eine nette Anfrage von einem Mann aus Ingonish bekommen. Das ist ein Ort in der Nähe von Scott's Harbour, wo ich bald hoffentlich endlich meinen Mietwagen zurückgeben werde – in ein paar Tagen, wenn Graham dort einen Zahnarzttermin hat und mich auf dem Rückweg mit nach Whale Island nehmen kann.

Und mit diesem Mann will Skye sich heute die Ankunft der Wale ansehen, fällt mir wieder ein – und dann, sollte sie bei ihm ein gutes Gefühl haben, in ihrem Haus für ihn kochen.

Neugierig sehe ich den hochgewachsenen blonden Mann an, dessen Augen von einer Sonnenbrille verborgen werden. Er wirkt … groß und sportlich … und … jetzt lächelt er mich an und entblößt dabei zwei Reihen strahlend weißer Zähne. Aber, ja, er hat ein recht freundliches Lächeln, wie ich finde. Und gepflegte Zähne sind ja immer gut.

»Leute, darf ich vorstellen? Das hier ist Hunter Stuart.«

»Hi«, sagt der Mann und nickt lächelnd in die Runde.

»Hunter, voilà – meine Brüder Duncan und Aidan und ihre besseren Hälften. Also, ich meine, Greta hier ist die Freundin von Duncan – und die Mutter von diesem kleinen Schatz hier.« Sie beugt sich flüchtig zu James in seinem Tragetuch hinab und haucht ihm einen verliebten Kuss auf die Mütze, bevor sie mich ansieht und sagt: »Und das hier … also, Stella ist streng genommen nicht die bessere Hälfte von Aidan – obwohl …«

Warnend ziehe ich meine Augenbrauen in die Höhe und bitte sie stumm aufzuhören, während Aidan neben mir schon leise »Skye!« grollt.

»Was denn?«, lacht Skye unbekümmert auf. »Ist die Restaurantmanagerin nicht immer die bessere Hälfte des Küchenchefs?«

Sie zwinkert mir fröhlich zu, während Aidan mit den Augen rollt und sich dann Hunter zuwendet. »Freut mich, dich kennenzulernen«, sagt er, wobei er ziemlich ernst bleibt und den Fremden unverhohlen kritisch mustert. Offenbar ist ihm wirklich überhaupt nicht wohl bei dem Gedanken, dass sich seine jüngere Schwester mit einem Typen trifft, den sie im Internet kennengelernt hat.

»Freut mich auch«, grinst Hunter, und dann zückt er sein Telefon und beginnt, darauf herumzutippen. Für ihn scheint die Unterhaltung beendet zu sein. Aidan starrt ihn noch ein paar Sekunden lang ernst an, bevor er sich mit verschränkten Armen abwendet, wobei er Skye einen kritischen Blick zuwirft. Die streckt ihrem Bruder blitzschnell die Zunge raus, was ihm wohl bedeuten soll, dass er sich aus ihren Angelegenheiten heraushalten soll. Dann sieht sie mich an und fragt in neckendem Tonfall: »Wo ist eigentlich dein sexy Musiker?«

Aidan schnaubt leise und schaut seine Schwester so irritiert an, als habe sie ihm gerade eine neue Speisekarte vorgeschlagen. »Ach, jetzt ist es schon IHR Musiker?«, brummt er und schüttelt den Kopf, als wolle er klarmachen, dass er uns für völlig bescheuert hält.

Ich bedenke ihn mit einem amüsierten Grinsen, bevor ich leise, damit es nicht alle mitbekommen, antworte: »Jackson wollte nicht herkommen, es sind ihm zu viele Leute. Und Feli wollte bei ihm bleiben und mit ihm Musik machen. Dabei hätte ihr das hier bestimmt gefallen.« Ich seufze tief auf. »Aber Menschenansammlungen sind auch nicht so ihr Ding. Sie ... ist lieber allein.«

»Hmm«, macht Skye nachdenklich, und als ich wieder Aidan ansehe, merke ich, dass er mich ebenfalls stumm mustert, bevor er rasch aufs Meer hinaussieht.

»Hi, Dad!« Isla taucht plötzlich neben ihm auf und schlingt ihre Arme um seine Hüften. Aidan zieht sie fest an sich und küsst sie mit ein paar gemurmelten Worten auf den Scheitel. Diese selbstverständliche Geste geht mir durch und durch, und zum wiederholten Mal frage ich mich im Stillen, ob Feli wohl anders geworden wäre – selbstbewusster –, wenn sie zusätzlich einen liebenden, starken Vater an ihrer Seite gehabt hätte. Habe ich ihr als Mutter wirklich genügt?

Doch zum Glück komme ich vorerst nicht mehr dazu, mir über meine Tochter den Kopf zu zerbrechen, denn die Schlepper kommen näher und näher, und nun können wir die Kräne an Deck erkennen. Unterhalb jedes Krans baumelt eine Plane, an deren Form man erkennen kann, dass in ihr etwas Großes, Schweres hängt. Sobald die Boote dichter an der Deep Bay angekommen sind, wird deutlich, was da links und rechts aus

Öffnungen in den Planen herauslugt: helle Flossen, die wie stummelige Flügel in die Luft ragen, und als sich eines der Bündel leicht dreht, erkennt man auch die lange Schwanzflosse, die hinten heraushängt.

Der erste Schlepper nähert sich jetzt dem Pier, und die Leute rufen und klatschen und winken. Besorgt frage ich mich, ob der Krach nicht zu viel für die Belugawale ist, aber nach der ganzen Aufregung der Reise, und vor allem nach den vielen Jahren in dem Aquarium, wo sie vor Publikum Kunststücke aufführen mussten, macht dieser fröhliche Jubel hier draußen am Meer ihnen vermutlich nichts aus. Außerdem – es wird wohl der letzte Jubel, die letzte Aufregung im Leben der beiden Belugawale sein, die sie ertragen müssen. Von nun an dürfen sich die zwei ungestört in dieser wunderbaren Bucht bewegen und ein Leben genießen, das der absoluten Freiheit sehr, sehr nah kommt.

Während ich atemlos beobachte, wie der erste Schlepper am Pier anlegt, nehme ich neben mir plötzlich eine Bewegung wahr. Als ich mich zur Seite drehe, sehe ich zu meiner großen Überraschung Feli … und neben ihr Jackson. Er hat sich seine olivgrüne Baseballmütze tief in die Stirn gezogen, und seine Augen werden von einer verspiegelten Ray-Ban-Sonnenbrille verborgen, doch ich merke trotzdem, dass er mich anschaut, und lächele breit.

»Hi!«, sage ich und strahle erst ihn an, dann Feli. »Ihr seid also doch hier!«

»Ja.« Jackson grinst jungenhaft und schiebt seine Hände tief in die Taschen seiner Camouflagehose. »Wir haben das Hupen der Boote gehört und uns spontan entschieden, dass wir das nicht verpassen können. Stimmt's Feli?«

Feli nickt, ohne ihren Blick von dem Schlepper zu lösen. Dankbar sehe ich Jackson über ihren Kopf hinweg an. »Danke«, forme ich lautlos mit meinen Lippen, und er nickt und lächelt.

»Kein Problem«, formen seine Lippen stumm zurück.

Als ich mich wieder dem Pier zuwenden will, merke ich, dass sowohl Aidan als auch Isla zu uns herüberstarren. Aidans Blick hängt ernst an mir, doch jetzt sieht er rasch wieder rüber zum Schlepper. Isla hingegen starrt finster Feli an. Dann verstohlen Jackson. Wieder Feli. Erst als die Leute zu klatschen beginnen, dreht auch sie sich wieder zu dem Schlepper um.

Der Kran an Deck hat begonnen, sich zu drehen, und mit ihm bewegen sich die Seilwinde und die darunterhängende Plane auf den Pier zu. Die Leute, die dort bereitstehen, dirigieren mithilfe von Seilen dieses Bündel. Jetzt, da der Kran die Plane gedreht hat, können wir mit einem Mal vorn in die Öffnung sehen – und ich erkenne den weißen Kopf des ersten Belugawals. Vor Aufregung halte ich den Atem an. Die weißen Flossen, die links und rechts aus den Löchern in der Plane ragen, beginnen, wie aufgeregte kleine Flügel sehr schnell auf und ab zu wippen. Das Ganze wirkt so rührend, dass mir Tränen in die Augen schießen.

Während Kameras klicken und der Reporter des lokalen Fernsehsenders einige Meter neben uns gestikulierend in sein Mikrofon spricht, dirigieren die Frauen und Männer der Schlepper-Crew das Bündel mit der kostbaren Fracht über den Pier hinweg, bis es über dem Wasser des abgegrenzten Pools hängt. Dort, am Rand, stehen bereits ein paar Frauen und Männer in Tauchanzügen, mit weißen Baustellenhelmen auf den Köpfen. Zwei Männer von der Wal-Crew steigen jetzt ins Wasser und schwimmen auf die Stelle zu, wo der Kran langsam das Bündel mit dem Belugawal zur Wasseroberfläche hinabsenkt. Die kleinen Flossen links und rechts wackeln jetzt erwartungsvoll immer schneller, ganz so, als ob Luna – oder ist es Alba? – genau wüsste, dass das Meer nun zum Greifen nah ist. Auch die Schwanzflosse wippt auf und ab … und dann ist es so weit, und die Plane mit dem großen Meeressäuger berührt die dunkle Wasseroberfläche. Jetzt schlägt der Beluga wie wild mit den Flossen, während sich ein paar der Whale-Sanctuary-Leute, die auf der Umrandung des Med-Pools stehen, an den Haken der Plane zu schaffen machen. Alle Zuschauer scheinen den Atem anzuhalten, als sich ein Teil der Plane von der Halterung unterhalb des Krans löst und der Beluga ins Wasser platscht. Einen Moment lang fürchte ich, dass der weiße Koloss den Mann im Wasser zerquetschen könnte, doch der ist rechtzeitig zur Seite gehechtet. Ich frage mich noch, warum die Crew nicht sofort in Jubel ausbricht, aber da höre ich schon Skye, die Hunter erklärt, dass dies ein kritischer Moment sei: Wenn der Wal zu gestresst ist, taucht er nicht auf, um zu atmen. Jetzt wird mir klar, warum die Mitarbeiter des Whale Sanctuarys so angespannt ins dunkle Wasser starren – bis der Beluga plötzlich prustend auftaucht und endlich alle zu jubeln beginnen, sich umarmen, erlöst klatschen und lachen. Der Belugawal schwimmt währenddessen regelrecht ausgelassen ein paar Runden durch den Pool, taucht prustend auf und dann wieder ab, wackelt mit den Flossen und wirkt wie ein Kind, das nach einem endlosen Winter wieder zum Spielen nach draußen darf.

Ich merke erst, dass ich weine, als mir jemand ein Taschentuch reicht. Dankbar sehe ich Jackson an und lache verlegen auf, während ich mir die Wangen trocken tupfe. »Das ist so schön«, murmele ich gerührt.

»Ja.« Er nickt, und obwohl ich den Ausdruck in seinen Augen hinter den verspiegelten Sonnenbrillengläsern nicht erkennen kann, glaube ich, dass das Ganze auch ihn sehr berührt. Feli scheint ebenfalls mit der Fassung zu kämpfen. Sie kaut konzentriert auf ihrer Unterlippe, wie immer, wenn sie versucht, nicht in Tränen auszubrechen, und mit einem Mal muss ich wieder daran denken, wie verzweifelt sie auf ihrer Lippe herumgekaut hat, als wir zum letzten Mal in ihrer Schule waren. Der Knoten in meinem Hals beginnt, sich zuzuziehen, und ich muss mich sehr zusammenreißen, um nicht in heftiges Schluchzen auszubrechen.

»War das Luna?«, frage ich heiser, aber Jackson zuckt bedauernd mit den Schultern.

»Keine Ahnung«, murmelt er.

»Ja, die Erste war Luna, hat Jenny gesagt«, meldet sich da Skye zu Wort, die sich ihre pinkfarbene Sonnenbrille abgenommen hat und lachend das Gemisch aus Tränen und Wimperntusche von ihren Wangen tupft. Verstohlen schaut sie Hunter an – bestimmt, weil sie unsicher ist, wie er auf ihren aufgelösten Zustand reagiert –, aber ihr Date beachtet sie gar nicht, sondern starrt schon wieder auf sein Telefon. Hmm. Ich bin mir nicht sicher, ob ich das gut finde.

»Jetzt kommt Alba«, sagt Skye und klingt so, als wolle sie sich nicht die Laune verderben lassen, nur weil Hunter nicht ganz bei der Sache zu sein scheint. Andererseits – vielleicht fühlt er sich auch einfach zu beobachtet? Immerhin stehen gleich zwei von Skyes drei Brüdern in seiner unmittelbaren Nähe, noch dazu Skyes Nichte, die Mutter ihres Neffen und meine Wenigkeit – und Heather und Graham sind mit Sicherheit auch hier irgendwo, selbst wenn ich sie gerade nicht entdecken kann. Sollten wir uns vielleicht alle diskret entfernen, um Skye und Hunter mehr Zeit zu zweit zu ermöglichen?

Doch bald bin ich wieder so gebannt von der erneuten Prozedur, diesmal mit Alba, dass ich nicht weiter über Hunter und Skye nachdenke, sondern nur noch staune, wie gut bei der Mission »Belugawal« alles klappt.

»Ist das nicht einfach irre?«, fragt Isla ihren Dad betont laut und wirft sich ihr langes rotes Haar lässig über die Schulter nach hinten. »Wenn man überlegt, dass so ein ausgewachsener Beluga gute anderthalb Tonnen wiegt! Das hat Mom mir erzählt!«

Der Blick, den sie dabei Jackson verstohlen zuwirft, entgeht mir nicht, genauso wenig wie diese Mischung aus stiller Bewunderung und dem brennenden Wunsch, von ihrem Idol beachtet zu werden. Jackson bekommt davon nichts mit, denn seine Aufmerksamkeit gilt in diesem Moment nur Alba, die jetzt ebenfalls mit einem gewaltigen Platsch im dunklen Wasser des Pools landet und freudig von Luna begrüßt wird, als hätten die beiden sich jahrelang nicht gesehen.

Während noch alle begeistert zusehen, wie Luna und Alba durch den Med-Pool schwimmen und sich ganz offensichtlich ihres Lebens freuen, tritt eine Frau in Taucheranzug auf die Veranda des Besucherinformationszentrums und nimmt ein Mikrofon. Sie stellt sich als Hanna O'Callahan vor, die Leiterin der Organisation *Second Chance for Whales*.

»Als wir vor etwa einem Jahr beschlossen haben, dass das hier – die Deep Bay auf Whale Island – der ideale Ort für unser Whale Sanctuary ist, da wussten wir nicht so recht, was auf uns zukommt. Wir haben befürchtet, dass es womöglich Widerstand der lokalen Bevölkerung geben könnte. Dass wir am Bürokratismus scheitern würden oder dass sich die Verwirklichung dieses Projekts zumindest über Jahre hinziehen könnte. Niemals hätte ich damals geglaubt, dass wir bereits ein Jahr später hier stehen und diese beiden Beluga-Mädchen begrüßen würden! Als uns das Aquarium aus Shanghai kontaktiert hat, da wollte ich erst absagen, weil ich dachte, dass wir nie im Leben in der Lage sein würden, Luna und Alba schon in diesem Sommer einen Rückzugsort zu bieten – ein ›Sanctuary‹ eben. Aber da hatte ich meine Rechnung ohne Whale Island gemacht! Die Leute auf dieser Insel haben nicht nur begeistert auf die Idee vom Whale Sanctuary reagiert, sondern wir wurden unterstützt, wo es nur ging. Sei es beim Einholen der Baugenehmigung – da hat uns Graham Cameron sehr geholfen, tausend Dank dafür, Graham! – oder beim eigentlichen Bau des Besucherinformationszentrums und des Piers – Hank, der Mann der tollen Fährkapitänin Dottie, die viele sicher heute bei ihrer Überfahrt vom Festland schon kennengelernt haben, hat nicht nur fähige Schreiner vermittelt, sondern ist auch selbst einer der Besten und hat spontan mitgeholfen. Aber allen voran danken möchte ich an dieser Stelle Jenny – wo ist sie denn? Ah, da! Jenny, komm doch bitte mal her!«

Ich beobachte, wie Jenny mit glühenden Wangen über den Pier marschiert, wo sie bei einem Teil der Wal-Crew gestanden hatte, und über den Schotterweg zu den Stufen der Veranda des Besucherinformationszentrums hinaufgeht. Hanna O'Callahan sieht ihr lächelnd entgegen.

»Als mein geschätzter Kollege, Professor Granger, mir von seiner ehemaligen Studentin erzählt hat, die hier auf Whale Island ihr Herz an die Wale und an diese Insel verloren hat, da hätte ich nie gedacht, dass uns diese herausragende Meeresbiologin einmal hierherführen würde. Es war nämlich Jennys Idee, dass diese Bucht der geeignete Standort für das Whale Sanctuary sein könnte. Darum, Jenny, gilt unser Dank – und auch der Dank von Alba und Luna – heute besonders dir!«

Applaus bricht los, und als ich zu Aidan und Isla hinübersehe, erkenne ich den Stolz auf ihren Gesichtern, während sie wie wild klatschen.

»Wale sind das Gedächtnis der Erde und Hüter der Zeit. Wenn es die Wale nicht mehr gibt, sind die Tage der Menschen gezählt.« Hanna O'Callahan sieht bedeutungsschwer in die Runde und fügt hinzu: »Das ist ein indigenes Sprichwort, und ich finde, es passt heute besonders gut hierher. Wir haben es gemeinsam geschafft, diesen beiden Beluga-Damen ein natürliches Zuhause zu schenken, wo sie geschützt und versorgt sind, aber dennoch ein Leben führen, das dem Leben in der Wildnis so nah wie möglich kommt. Ich fühle mich geehrt, das Whale Sanctuary auf Whale Island für offiziell eröffnet zu erklären!«

33

»Stella, kommst du mit zurück zur Lodge? Ich bin mit dem Auto hier.« Aidan steht plötzlich neben mir und sieht mich ernst an. Ich dachte, er würde sicher erst einmal zu Jenny gehen und sie zu dieser gelungenen Eröffnung beglückwünschen. Doch sein angespannter Gesichtsausdruck macht mir klar, dass seine Gedanken um die Gäste kreisen, die hoffentlich bald ins *Four Whales* einfallen werden.

»Ich bin mit dem Rad gekommen«, erwidere ich und sehe ihn mit schief gelegtem Kopf prüfend an. »Und ich hätte nicht gedacht, dass du mich freiwillig im Auto mitnehmen würdest.«

Aidan schnaubt leise und starrt mit gefurchter Stirn über meine Schulter. Als ich mich leicht umdrehe, merke ich, dass er Jackson beobachtet. Der Sänger steht nach wie vor mit Feli an der Uferböschung und knipst ein paar Bilder von den Belugas, während Skye und Hunter sowie Greta und Duncan bereits in der Menge verschwunden sind. Klar, Duncan wird ebenfalls zusehen, so schnell wie möglich zur *Cameron Lodge* zu gelangen. Greta geht bestimmt mit dem kleinen James nach Hause – schade, ich hätte gern noch ein paar Worte mit ihr gewechselt, das ging jetzt alles wieder zu schnell! Wir müssen uns bald endlich in Ruhe zusammensetzen und bei einer

Pizza oder einem Stück Kuchen quatschen, wie wir es uns seit meiner Ankunft auf Whale Island immer wieder vorgenommen haben – aber stets haben James oder meine Arbeit dazwischengefunkt und alle Pläne zunichte gemacht.

Ob Skye tatsächlich mit Hunter zu ihrem Haus spaziert und Abendessen für ihn kocht? Oh, ich hoffe so sehr, dass aus den beiden etwas wird! Auch wenn er für meinen Geschmack zu oft auf sein Telefon gesehen hat – aber, hey, wenn frau das heutzutage zu kritisch sieht, dann kommen wohl leider um die achtzig Prozent der männlichen Bevölkerung nicht mehr als Partner infrage.

Schräg hinter Aidan entdecke ich jetzt Graham, der seinen Buddy mit Gästen belädt und dabei für seine Verhältnisse erstaunlich viel erzählt. Sicher Insel-Anekdoten der letzten Jahrzehnte. Gerade als ich mich frage, wo Aidans Mutter überhaupt war, entdecke ich zwischen all den Leuten auch das strahlende Gesicht von Heather Cameron, die sich bei Rae eingehakt hat und mit ihr auf den gelben Bücherbus zu spaziert. Der alte Herr – Gottlieb! – scheint bereits fort zu sein, zumindest kann ich ihn nirgendwo mehr sehen.

»Warum magst du Jackson eigentlich nicht?«, frage ich Aidan und sehe ihn herausfordernd an. Er erwidert meinen Blick, erst erstaunt, dann wieder finster, wie ich es von ihm gewohnt bin.

»Wer hat gesagt, dass ich ihn nicht mag?«, knurrt er leise.

Ich muss lachen. »O ja, man sieht dir an, dass du ein großer Fan von ihm bist.«

»Nein, das bin ich nicht«, erwidert Aidan ruhig. »Und zwar nicht nur in Sachen Musik. Aber das heißt noch lange nicht, dass ich ihn nicht mag. Ich kenne ihn ganz einfach nicht. Und ich frage mich, wie du ihm so blind vertrauen kannst, immerhin kennst du ihn auch kaum.«

Mit hochgezogenen Augenbrauen mustere ich Aidan amüsiert. »Wieso vertraue ich ihm denn blind?«

»Na ja, du vertraust ihm deine Tochter an.«

»Was mache ich?« Jetzt bin ich nicht länger amüsiert, sondern werde langsam wütend.

»Du lässt sie doch ständig mit ihm allein, oder etwa nicht?« Aidan sieht mich ernst an.

»Aidan – was willst du damit sagen? Dass … dass ich mir deshalb Sorgen machen müsste? Feli ist dreizehn! Und damit ist sie zwar alt genug, um tagsüber allein bei uns zu Hause sein zu dürfen, aber andererseits ist sie trotzdem noch so sehr Kind, dass ich mir nun wirklich keine Gedanken mache, wegen … Ich bitte dich!« Ich trete einen Schritt näher an Aidan heran und füge heftig hinzu: »Als wenn Jackson Porter auf ein unschuldiges dreizehnjähriges Mädchen stehen würde!«

Meine Worte scheinen Aidan regelrecht zu erschüttern, denn er starrt mich nur stumm an und sagt nichts weiter. Dafür sagt jemand anderes etwas. Leider.

»Als wenn Feli so unschuldig wäre«, höre ich Islas kühle Stimme schräg hinter Aidan und erstarre vor Schreck. Auch Aidan dreht sich hektisch zu seiner Tochter um – niemand von uns hat das Mädchen bemerkt. War die Kleine nicht eben noch am Besucherinformationszentrum, bei ihrer Mutter?

»Wie meinst du das?« Meine Stimme nimmt schon wieder wie von selbst so einen scharfen Tonfall an, dass Aidan mich angespannt mustert, das merke ich genau – doch ich fixiere nur seine Tochter.

Isla hat die Arme vor der Brust verschränkt und erwidert meinen Blick trotzig. »Also, die Bilder im Internet, die ich von Feli gesehen habe, die sind nicht wirklich harmlos, und die sehen auch nicht nach unschuldigen Dreizehn aus!«

Die Welt scheint stillzustehen. Erschüttert starre ich Isla an, während das Blut in meinen Ohren zu rauschen beginnt und ich meinen Herzschlag zu laut hämmern höre. Mit einem Mal flackert fast so etwas wie Unsicherheit im hellen Blau von Islas Augen auf. Vielleicht weil sie in meinem Blick erkennt, was gerade mit mir geschieht. Welche Erinnerungen sie losgetreten hat, einer Lawine gleich.

Obwohl – kann sie das erkennen? Kann ein dreizehnjähriges Mädchen aus Nova Scotia nachempfinden, was Feli und ich in Bangkok durchgemacht haben?

Sicherlich nicht. Und trotzdem scheint sie zu realisieren, dass das hier keine Lappalie ist, als mit einem Mal ihr Blick regelrecht erschrocken zur Seite gleitet und auch ich zu meinem absoluten Horror feststelle, dass dort Feli und Jackson stehen. In Hörweite. Jackson sieht ein wenig ratlos aus, aber Feli … Feli ist aschfahl geworden und ringt sichtlich um Fassung. Sie starrt Isla an, bevor ihr Blick zu mir fliegt, dann flüchtig zu Aidan und Jackson und wieder zu Isla.

»Wieso … Welche Bilder meinst du?«, fragt meine Tochter mit bebender Stimme und wirkt geradezu panisch. Mir zieht sich das Herz zusammen.

»Na … die von der Party«, sagt Isla und verschränkt die Arme vor der Brust, als müsse sie sich verteidigen. »Es ist ja nicht so, als wären die schwer zu finden. Ich habe nur ›Feli Minetti‹ plus ›Bangkok‹ gegoogelt, und da habe ich die Fotos gefunden. Du scheinst ja viel Spaß gehabt zu haben an deiner alten Schule!«

Felis Augen füllen sich mit Tränen, als sie mich entsetzt ansieht. »So einfach findet man die Bilder?«, fragt sie mit brüchiger Stimme und wirkt, als würde sie vor Scham am liebsten im Grasboden versinken. »Du hast doch gesagt, du würdest dafür sorgen, dass die nicht mehr zu sehen sind, Mama!«

Sie redet immer noch auf Englisch, auch mit mir. Das zeigt

mir, wie durcheinander Feli in diesem Moment ist. Bestürzt will ich auf sie zugehen und sie in meine Arme ziehen, aber Feli weicht zurück. »Du hast gesagt, dass niemand mehr sehen kann, was passiert ist!«

Jetzt schreit sie fast. Während in meinem Kopf völlige Leere herrscht und ich beim besten Willen nicht weiß, wie ich meinem Kind schonend klarmachen soll, dass diese Bilder nie wieder aus dem Internet verschwinden werden, auch wenn ich zunächst gehofft hatte, das wäre technisch machbar, räuspert sich Jackson und legt eine Hand auf Felis Schulter.

»Weißt du, Feli ... Wenn Fotos erst einmal im Internet sind, dann ist es fast unmöglich, sie zu löschen«, sagt er ruhig. »Glaube mir, ich weiß, wovon ich spreche. Es sei denn ...« Er stockt und sieht mich zögernd an. »Es sei denn, sie ... verstoßen gegen Regeln.«

»Nein, das tun sie eher nicht«, murmele ich rasch.

»Wie?«, fragt Isla geradezu erschüttert und starrt mich aus weit aufgerissenen blauen Augen an. »Und was ist mit dem ... mit dem ...« Sie macht eine hilflose Geste, und mir wird einmal mehr schmerzhaft bewusst, dass ich es hier mit zwei Dreizehnjährigen zu tun habe. Himmel, als ich dreizehn war, da habe ich noch mit meinen Barbiepuppen gespielt!

»Mit dem ... Blowjob?«

Als Isla das fragt, wirkt Aidan, als hätte er gerade eine Ohrfeige bekommen. Er zuckt regelrecht zurück und starrt seine Tochter so erschüttert an, als hätte er nicht geglaubt, dass sie diesen Begriff schon kennt. Aber, klar, ganz so behütet und nichtsahnend sind Dreizehnjährige selbst in Nova Scotia nicht. Aidans Blick flackert schockiert zu mir und schließlich zu Feli, der man deutlich ansieht, dass sie starr vor Schreck und Scham ist. Dicke Tränen beginnen, über ihre glühend roten Wangen zu rollen. Jackson mustert erst sie erschrocken, dann mich.

»Das war kein Blowjob, Isla«, beeile ich mich zu sagen – leise, damit uns die Umstehenden nicht hören können, und bemühe mich um eine ruhige Stimme. »Feli hat auf der Party bei einer Mitschülerin zu Hause zum ersten Mal Alkohol getrunken – und dann leider gleich so viel, dass sie schnell betrunken war. Dabei ist ein Teil der Bilder entstanden – ihre Mitschüler waren so nett, ihre Situation auszunutzen und peinliche Fotos von ihr zu machen.«

Felis Gesichtsfarbe wird immer dunkelroter, aber ich rede rasch weiter, weil das jetzt klargestellt werden muss, auch wenn es furchtbar ist für meine Tochter, denn das, was Isla und die anderen sonst glauben, das ist viel furchtbarer.

»Und dann musste sie sich übergeben. Dabei ist das Foto entstanden, das du meinst. Sie saß neben einem ihrer Mitschüler und hat sich so über seinen Schoß nach unten gebeugt, dass man, wenn man den richtigen Fotoausschnitt wählt, den Eindruck bekommt, den auch du bekommen hast.«

Vor allem, weil das Arschloch von Mitschüler feixend in die Kamera gegrinst und seine Hand auf Felis Hintern platziert hat. Wie immer, wenn ich an dieses entwürdigende Foto denke, das nun im Netz zirkuliert, könnte ich gleichzeitig heulen und ebenfalls kotzen.

Feli schluchzt heftig auf und schlägt sich eine Hand vor den Mund. »So viel zum ›Neuanfang auf Whale Island‹, Mama!«, stößt sie mühsam hervor, immer noch auf Englisch. »Das hat super geklappt, echt! Jetzt wird die da …«, sie zeigt auf Isla und schluchzt erneut auf, »… alles weitertratschen, und dann können in meiner neuen Schule gleich alle sehen, wie viel Spaß man mit der Dicken haben kann!«

Und mit diesen Worten dreht sie sich um und rennt davon.

Ich will sofort hinterher, doch zu allem Überfluss hören wir in diesem Moment einen schlaksigen Jungen in unserer Nähe laut lachen: »Hey, schau mal, da ist ja noch ein dritter Belugawal auf der Insel angekommen!«

Sein Freund und er sehen Feli feixend hinterher, und wegen der Art, wie meine Tochter flüchtig über ihre Schulter zu den beiden sieht und dabei ins Straucheln gerät und fast stürzt, ist klar, dass auch sie diesen bescheuerten Kerl gehört hat.

In diesem Moment brennt bei mir eine Sicherung durch. Mit einem Schrei, der sich bestimmt nicht nur in meinen Ohren irre anhört, will ich mich auf den Jungen stürzen, der sichtlich geschockt in meine Richtung starrt und einige Schritte zurückweicht. Doch jemand schlingt plötzlich von hinten einen Arm um mich und hält mich fest. Vergeblich versuche ich noch, mich aus dem eisernen Griff loszureißen und zu dem Kerl zu gelangen, als Isla den Typen anherrscht: »Halt die Klappe, Tommy! Du bist so ein Vollidiot, weißt du das?«

Noch während sie dies sagt und mein Gehirn versucht, mit allen Wendungen Schritt zu halten, höre ich Aidans Stimme dicht an meinem Ohr: »Stella, mach keinen Mist. Bitte. Es hilft niemandem, wenn du einen hirnlosen Vierzehnjährigen verprügelst, auch wenn Tommy McCain das wirklich verdient hätte.«

»Aber sie hat das nicht verdient«, schluchze ich heiser auf. »Feli hat das nicht verdient, Aidan!«

»Nein, das hat sie nicht«, bestätigt Aidan leise, und seine Stimme klingt belegt. »Trotzdem will ich nicht, dass unsere erstklassige Restaurantmanagerin Ärger mit der Polizei bekommt, weil sie auf Minderjährige losgeht. Ich werde mich später um Tommy kümmern. Er wohnt hier auf der Insel, der entkommt mir nicht. Ich verspreche es.«

»Aber du benutzt bitte nicht deinen Baseballschläger«, wispere ich und starre hinter dem Jungen her, der einen sichtlich nervösen Blick in unsere Richtung wirft und dann in der Menschenmenge untertaucht.

Aidan lacht trocken auf, klingt dabei aber nicht wirklich fröhlich. »Für so gewalttätig hältst du mich hoffentlich nicht wirklich, oder? Also … kann ich dich loslassen?«

Trotz der ganzen Situation muss ich ebenfalls kurz auflachen und nicke. Fast bedauere ich es, als Aidan seinen Griff löst und meine Arme und meinen Oberkörper freigibt. Bevor ich dazu komme, mich zu ihm umzudrehen und ihn anzuschauen, taucht Isla wieder neben uns auf. Sie hatte ein paar zornige Schritte hinter den Jungs hergemacht, dann anscheinend aufgegeben und bleibt nun neben uns stehen. Inzwischen ist sie hochrot im Gesicht und kann mir kaum in die Augen sehen.

»Isla, was sollte das gerade?«, herrscht Aidan sie an, und ich mustere ihn verblüfft. So habe ich ihn noch nie mit seinem Augenstern reden hören. »Musstest du das mit den Fotos erwähnen? Konntest du dir nicht denken, dass das unangenehm für Feli ist?«

»Schon gut, Aidan«, murmele ich beschwichtigend, weil ich genau sehe, wie erschüttert Isla wirkt. »Ich muss jetzt hinter Feli her.«

Porca miseria. Wo ist sie überhaupt hin? Ich war so auf diesen kleinen Vollidioten fixiert, dass ich Feli völlig aus den Augen verloren habe. Panisch blicke ich mich um.

»Habt ihr gesehen, wo sie hingegangen ist?«, frage ich Isla und Aidan, doch beide schütteln den Kopf.

»Jackson ist auch weg«, bemerkt Isla. »Vielleicht sind sie zusammen zurück zum Hotel?«

Ich nicke und versuche, mich zu beruhigen. Wenn Jackson bei ihr ist, ist alles gut, denke ich. Trotzdem drängen sich die Bilder ungebeten in meine Erinnerung. Ich sehe wieder das Tablettendöschen. Die Wodkaflasche. Mit einem leisen Stöhnen greife ich mir an den Kopf.

»Komm, ich fahre dich.« Aidan tritt so entschlossen neben mich, dass ich ihn überrascht ansehe. »Mit dem Auto geht es schneller. Isla, kannst du bitte Stellas Fahrrad zurück zur Lodge bringen?«

Das Mädchen nickt stumm. Ihm ist deutlich anzusehen, dass es sich für das schämt, was es ausgelöst hat. Ich würde Isla gern dafür danken, wie sie Feli gerade gegenüber diesem Tommy verteidigt hat – aber dafür fehlt mir jetzt der klare Kopf. Ich will nur noch zu meiner Kleinen. Will mit eigenen Augen sehen, dass es ihr gut geht.

Wobei »gut gehen« wohl zu viel verlangt ist. Sagen wir so: Ich will selbst sehen, dass sie unversehrt ist.

»Komm«, sagt Aidan und fasst mich am Ellbogen. Wie benommen folge ich ihm über das Gras bis zu seinem Pick-up, der abseits des Geschehens am Straßenrand geparkt steht.

34

Ich rechne es Aidan hoch an, dass er keine Fragen stellt. Er fährt mich lediglich so schnell wie möglich zurück Richtung *Cameron Lodge*, wobei wir immer wieder Grüppchen von Fußgängern oder Fahrradfahrern überholen müssen. An einer Weggabelung, wo wir eigentlich nach links müssten, sehe ich auf der nach rechts abzweigenden Straße in der Ferne zwei Radfahrer. Ich schaue noch mal genauer hin ... ja, das müssen sie sein! »Warte – da, da vorne sind sie!«

Ja, Jackson und Feli radeln den neuen Fahrradweg entlang, der zum stillgelegten South Point Leuchtturm führt, und aus dieser Entfernung sieht das Ganze trügerisch harmonisch und friedlich aus. Wobei es in meiner Tochter gerade garantiert alles andere als friedlich zugeht!

Ohne einen Kommentar setzt Aidan zurück, um in die Straße einzubiegen, aber ich sage rasch: »Nicht, Aidan, du musst doch zurück zur Lodge! Ich kann versuchen, ihnen zu Fuß zu folgen. Vielleicht hören sie mich, wenn ich rufe.« Ich lasse das Beifahrerfenster runter und schreie laut: »Feli! Jackson!«

Doch die beiden reagieren nicht.

»Keine Chance, über den Wind hören sie dich aus dieser Entfernung nicht«, sagt Aidan und biegt entschlossen in die Straße ein. »Mach dir keine Gedanken, die Gäste in der Lodge laufen nicht weg.«

Sprachlos starre ich ihn von der Seite an. Ist das wirklich der Mann, der in der letzten Zeit wie ein Irrer bis spät in die Nacht gekocht hat, damit heute alles, aber auch wirklich alles absolut perfekt ist? Er dreht seinen Kopf leicht und sieht mich flüchtig an. »Glaub mir, Stella: Was im Leben zählt, das sind die Menschen. Nicht irgendwelche tollen Gerichte im Restaurant oder begeisterte Gäste. Die sind zwar schön, aber trotzdem nebensächlich.«

Gerührt nicke ich und atme tief durch. »Danke dir, Aidan«, wispere ich heiser, woraufhin er nur leise ein »Mhm« brummt.

Als wir uns den beiden von hinten nähern, rufe ich erneut aus dem offenen Beifahrerfenster ihre Namen. Mein Kind fährt vor Schreck einen Schlenker, während Jackson sofort in die Bremsen steigt und sich zu unserem Auto umdreht.

»Ich warte hier«, sagt Aidan, als ich rasch aussteige und über Gras, niedrige Blaubeerbüsche und glatte Felsbrocken bis zu dem Holzplanken-Weg laufe, der parallel zur Straße verläuft, und wo nun auch Feli abgestiegen ist und mir mit verschlossenem Gesichtsausdruck entgegenstarrt.

»Mama, was soll das?«, herrscht sie mich an, diesmal auf Deutsch. »Ich will einfach nur meine Ruhe haben, okay?«

Ich bleibe stehen und schnappe nach Luft, während mein Blick von Feli zu Jackson flackert. Er erwidert meinen Blick gelassen und nickt leicht, als wolle er mir stumm mitteilen, dass er alles unter Kontrolle hat.

»Ähm ... Ihr fahrt also nicht zurück zur *Cameron Lodge*?«, hake ich zögernd nach, auf Englisch.

»Nein, wir wollen noch eine Radtour machen«, erwidert Feli in einem pampigen Tonfall, den ich unter normalen Umständen nicht unkommentiert gelassen hätte – aber die Umstände sind nicht normal, weshalb ich nur schlucke und nicke. »Immerhin brauche ich mehr Bewegung, sagst du immer«, fährt Feli fort, und ich höre ihr an, dass sie erneut den Tränen nah ist. »Damit ich nicht mehr so sehr nach Belugawal aussehe!«

»Feli …«, beginne ich erschüttert, aber meine Tochter hebt abwehrend eine Hand und stößt sich entschlossen mit dem Fuß vom Boden ab, sodass ihr Rad vorwärtsrollt. »Nicht, Mama, lass mich! Ich will jetzt nicht darüber reden, okay?«

»Feli!«, flehe ich, aber da fährt sie schon davon. Jackson sieht ihr nach, dann schaut er mich an.

»Mach dir keine Sorgen«, sagt er rasch. »Ich … ich habe mich eben schon ganz gut mit ihr unterhalten. Unter anderem über unvorteilhafte und sogar gemeine Fotos im Internet. Über Hass-Kommentare. Glaub mir, wenn da einer aus Erfahrung sprechen kann, dann ich.« Er lacht leise auf, klingt aber kein bisschen fröhlich. Ernst mustert er mich. »Ich passe auf sie auf«, verspricht er mit Nachdruck. »Ganz bestimmt.«

Konzentriert blinzele ich ein paar Tränen weg und nicke. »Okay«, wispere ich und wische mir rasch unter den Augen entlang. »Bitte, lass sie nicht allein, ja? Wenn du keine Zeit mehr hast, dann sag mir unbedingt Bescheid. Ich muss ins Restaurant, und heute wird es sicher spät. Feli … sie darf jetzt nicht allein sein.«

Jackson starrt mich stumm an, und ich weiß, dass er begreift, was ich ihm sagen will, auch wenn ich es nicht aussprechen kann.

»Du kannst dich auf mich verlassen«, sagt er ruhig, und als sich seine Hand nach meiner Wange ausstreckt und seine Finger leicht über meine Haut streichen, grinse ich ihn schief an.

»Danke«, wispere ich.

»Kein Problem.« Er zwinkert mir zu, schwingt sich wieder auf den Sattel seines Fahrrads und radelt Feli hinterher.

Als ich zurück zum Pick-up laufe, merke ich, dass Aidan ausgestiegen ist und mit verschränkten Armen neben der Fahrertür steht. Ernst starrt er Jackson hinterher, bevor er mir einen besorgten Blick zuwirft. »Alles okay?«

»Einigermaßen.« Mit einem tiefen Seufzer bleibe ich neben ihm stehen und schaue Feli nach, die in der Ferne kleiner und kleiner wird.

»Sollen wir ihnen weiter hinterherfahren?«

Rasch schüttele ich den Kopf. »Nein. Jackson hat versprochen, auf sie aufzupassen. Sie nicht allein zu lassen.«

»Mhm.«

»Ich weiß, Aidan, ich kenne ihn kaum. Aber … ich habe bei ihm ein gutes Gefühl.«

»Mag sein«, erwidert Aidan mit rauer Stimme. »Ich will einfach nicht, dass du glaubst, du dürftest dir nicht die Zeit für dein Kind nehmen, nur, weil wir heute Abend zum ersten Mal Gäste haben. Du hast alles wunderbar vorbereitet, Stella. Deine Crew kann die Gerichte und Weine hoch- und runterbeten. Die Tische sind fantastisch eingedeckt, die Speisekarten sind perfekt, sogar die Servietten sehen toll aus.«

Ich schlucke und starre ihn an. Er erwidert meinen Blick ernst. »Aber … Feli hat mir klar gemacht, dass sie mich jetzt gerade nicht will«, wispere ich. »Sie … sie will ihre Ruhe haben, hat sie gesagt. Und ich habe das Gefühl, dass Jackson ihr momentan tatsächlich besser helfen kann als ich. Weil er … weil er weiß, wie es sich anfühlt, wenn im Internet über einen hergezogen wird.«

Ich versuche, ihn tapfer anzulächeln, bekomme aber nur ein armseliges Grinsen zustande. Aidan runzelt die Stirn, und ehe ich weiß, wie mir geschieht, macht er einen entschlossenen Schritt auf mich zu und nimmt mich fest in die Arme. Ich kollabiere regelrecht gegen seinen Körper – es ist, als ob mein eigener Körper mit einem Mal zu erschöpft wäre, um die ganze Anspannung weiter auszuhalten. Also lasse ich mich gegen Aidan sinken, spüre seine Muskeln und seine Wärme und presse mein Gesicht dankbar gegen seinen Brustkorb. Oh, er riecht schon wieder so unfassbar gut!

»Stella«, höre ich jetzt seine heisere Stimme, erneut dicht an meinem Ohr, und sein warmer Atem auf meinem Hals führt dazu, dass sich meine Hände irgendwie verselbstständigen und sich erst auf seinen Rücken legen, um sich dann einfach so in seinem T-Shirt festzukrallen, als würden sie das jeden Tag machen.

»Hmm?«, murmele ich, ohne mein Gesicht von seinem Oberkörper zu heben. Ich würde gern bis ans Ende meiner Tage mit dem Gesicht gegen Aidans Oberkörper gepresst dastehen.

»Ich habe zwar keine Ahnung, was genau in Bangkok mit Feli passiert ist. Aber ... wenn du darüber reden willst, dann bin ich da.«

Stumm nicke ich gegen sein T-Shirt und bemühe mich sehr darum, nicht in Tränen zu zerfließen.

»Und ... bitte entschuldige. Wegen Isla. Ich ... ich hätte nicht gedacht, dass sie so ... gemein sein könnte.«

»Aber dafür hat sie Feli dann spontan verteidigt!« Nur widerwillig löse ich mich von ihm – aber jetzt muss ich ihm einfach in die Augen sehen. Aidan starrt mich ernst an und nickt dann langsam.

»Ja, das hat sie. Zum Glück! Aber ... das mit den Fotos ...«

»Ach, erwähn bloß diese schrecklichen Fotos nicht«, murmele ich gequält und vergrabe flüchtig das Gesicht zwischen meinen Händen, bevor ich tief durchatme, die Schultern straffe und mit Nachdruck sage: »Komm, Aidan. Du hast mir geholfen, mich um mein Baby zu kümmern. Jetzt braucht uns dein

Baby. Also, dein zweites Baby.« Ich grinse ihn schief an und stupse ihn leicht gegen den Unterarm. »Auf zum Restaurant, mein Lieber!«

Als ich mich einige Stunden später auf einen Stuhl an einem der inzwischen abgeräumten Restaurant-Tische sinken lasse, fühle ich mich, als wäre ich an diesem Abend ein paar Mal um ganz Whale Island gewandert. Genauso erschöpft – aber auch genauso glücklich. Mit letzter Kraft kicke ich meine Pumps von den Füßen, als mir ein »Plop« verrät, dass jemand eine Flasche Sekt aufgemacht hat. Ich drehe mich zur Bar um und sehe, wie Aidan nach einem Glas greift und es füllt, während er sich mit Raphaël unterhält. Unser Barmann ist nach wie vor in seinem Element und schenkt gerade ein großzügiges Glas Whiskey an Graham aus, der sichtlich gelöst und gut gelaunt auf einem der Barstühle sitzt. Johnnie Walker, der nicht ins Restaurant durfte, solange Gäste da waren, kommt nun, da sich die letzten feierlaunigen Mitglieder der Wal-Crew in ihre Zimmer verabschiedet haben, hechelnd hereingestürmt. Er begrüßt alle Anwesenden der Reihe nach, als hätte er uns seit Jahren nicht gesehen. Auch Heather Cameron, die gerade die letzten Gäste in die Lobby begleitet hat, betritt wieder das *Four Whales*, und Aidan drückt seiner Mutter ein volles Sektglas in die Hand. Duncan will er ebenfalls eines geben, aber sein Bruder winkt lachend ab.

»Ich muss ins Bett«, sagt er und stöhnt leise auf, als sein Blick auf die Wanduhr hinter der Bar fällt. »In vier Stunden ist James wieder wach!«

»Komm, einen Schluck Sekt, zum Anstoßen«, drängt Aidan und reicht ihm ein nicht einmal halb gefülltes Glas.

»Okay«, seufzt Duncan mit einem ergebenen Lächeln, während Aidan sich suchend umsieht. Als sein Blick auf mich fällt, wird mir klar, dass er nach mir Ausschau gehalten hat, und mir wird sehr warm im Bauch. Vor allem, weil er heute Abend noch besser aussieht als unter normalen Umständen ohnehin: Er trägt zwar nach wie vor seine weiße Kochuniform, aber die obersten Knöpfe hat er geöffnet, sodass man ein wenig Haut sieht, und das glückliche Strahlen in seinen hellblauen Augen macht ihn zum so ziemlich attraktivsten Mann, den ich je gesehen habe. *Madonna.*

»Stella, komm her!«, ruft er mir zu und hebt ein leeres Glas, in das er nun ebenfalls Sekt einschenkt.

»Ich kann nicht, meine Füße gehorchen mir nicht mehr!«, gebe ich lachend zurück und wackele zur Unterstreichung meiner Worte mit meinen nackten Zehen.

»Oh, das geht mir genauso, Kindchen!« Heather Cameron lässt sich mit einem Seufzer neben ihrem Mann auf einem der Barstühle nieder.

»Dann komme ich halt zu dir«, sagt Aidan und durchquert mit ein paar langen Schritten den Raum, zwei volle Sektgläser in den Händen. Als er mir eines reicht, berühren sich unsere Finger, und ich halte den Atem an. Aidans Blick ruht ein paar Herzschläge lang auf mir, und das leichte Lächeln, das um seine Lippen zuckt, lässt meine Innereien kribbeln, bevor ich überhaupt einen Schluck Sekt getrunken habe.

»Auf diesen erfolgreichen ersten Abend des *Four Whales*!«, ruft Aidan jetzt, löst seinen Blick von mir und sieht seine Familie, Raphaël, Salomé und die zwei noch anwesenden Kellnerinnen an. Er hebt sein Glas, und alle anderen tun es ihm gleich, rufen »Auf das *Four Whales*!« – und nehmen einen Schluck Sekt beziehungsweise, im Fall von Graham, Whiskey.

»Das war ein super Abend, Leute«, sagt nun Duncan und nickt anerkennend in die Runde. »Soweit ich das mitbekommen habe, waren alle sehr zufrieden. Und, Aidan, das, was ich zwischendurch schnell gegessen habe, das war göttlich, Mann! Ganz ehrlich … das hier wird gut. Richtig, richtig gut!«

Ich merke, dass Aidan vor Stolz förmlich glüht, als sein Bruder ihm dieses Lob ausspricht. Aber er hat ja nur recht. Gegen Ende der »Dinner-Welle«, als ich keine neuen Gäste mehr am Eingang des Restaurants in Empfang nehmen musste, nicht mehr von Tisch zu Tisch gewandert bin, um Small Talk zu halten, und nicht mehr damit beschäftigt war aufzupassen, dass meine neu eingestellte Crew die Bestellungen, die Tisch-Nummern, die Sonderwünsche der Gäste und die Rechnungen auf die Reihe bekam – da habe ich mir eine kurze Verschnaufpause gegönnt und in der Küche ein paar Löffel von Aidans Krabbencremesuppe probiert. Die war so köstlich, dass ich mich sehr zurückhalten musste, um nicht den ganzen Kochtopf zu leeren.

Stattdessen habe ich mich für zehn Minuten entschuldigt und bin zu unserem Cottage geeilt. Jackson hatte mir zwischendurch eine Nachricht geschickt, dass Feli und er im Inselladen zu Abend gegessen hätten und auf unserer Veranda noch ein wenig Musik machen würden, aber als ich bei unserem Häuschen ankam, saß nur noch Jackson dort und zupfte gedankenverloren an den Saiten seiner Gitarre herum. Feli sei schlafen gegangen, erklärte er mir, und als ich den Kopf in ihr Zimmer streckte und nach dem Rechten sah, erkannte ich zu meiner Erleichterung, dass sie tatsächlich tief und fest schlummerte. Dass sie gleichmäßig atmete.

Ich bedankte mich bei Jackson und bat ihn darum, mir morgen in Ruhe zu erzählen, wie es noch mit Feli gewesen war. Die Tatsache, dass ich zurück ins Restaurant musste, zerriss mich fast – ich hätte mich zu gern zu ihm gesetzt und hätte mit ihm über meine Tochter gesprochen. Aber Jackson versicherte mir, dass alles gut war, dass ich mir keine Sorgen machen und zu meinem Job zurückgehen sollte, was ich dann auch tat, während er zu seinem eigenen Cottage wanderte.

»Du hast das fantastisch gemacht«, höre ich jetzt Aidans Stimme und merke, dass er sich einen Stuhl herangezogen und sich neben mich gesetzt hat.

35

»Du meinst, ich habe wirklich gute Servietten gefaltet, die nicht an Geschlechtsteile erinnerten?«, frage ich grinsend und nehme einen großen Schluck Sekt. Jetzt kann ich mir wenigstens einbilden, dass das aufgeregte Kribbeln in mir mit dem Alkohol zusammenhängt.

»O ja, die Servietten waren auch umwerfend«, sagt Aidan, und das Lächeln in seiner Stimme macht mich wahnsinnig. Da kann ich noch so konzentriert Johnnie Walker anstarren, der sich auf meine nackten Füße gelegt hat und mich treuherzig anhechelt – es reicht schon, Aidans Lächeln zu hören, um mein Herz schneller schlagen zu lassen.

Nicht fair.

»Aber der ganze Rest war genauso perfekt wie deine Servietten.« Aidan hört sich mit einem Mal so ernst an, dass ich ihn nun doch ansehe.

Überrascht hake ich nach: »Machst du dich über mich lustig?«

»Nein!« Aidan hebt die Hände und fragt: »Kann ich dir kein Kompliment machen, ohne dass du misstrauisch wirst?«

Mit einem Grinsen schüttele ich den Kopf und erwidere leichthin: »Wahrscheinlich bin ich einfach nicht mehr an Komplimente gewöhnt.« Als mir klar wird, dass sich das in professioneller Hinsicht nicht positiv anhört, füge ich rasch hinzu: »Ich meine ... also, im Berufsleben habe ich natürlich schon oft zu hören bekommen, dass ich meinen Job gut mache. Klar. Ich meinte eher ... Ach, vergiss es einfach.«

Ich merke, dass mich Aidan nachdenklich mustert, und nehme schnell den nächsten Schluck Sekt, um nicht noch mehr Blödsinn von mir zu geben.

»Kinder, ich würde so gern noch den Dudelsack rausholen, aber ich fürchte, ich bin einfach zu k.o.«, dröhnt jetzt Grahams Stimme durch das Restaurant, und ich sehe Aidan mit dramatisch weit aufgerissenen Augen an.

»Ach ja, dein Dad spielt ja Dudelsack! Das würde ich so gern mal hören!«

»O ja.« Aidan grinst. »Wir machen oft zusammen Musik.«

»Du auch?« Ich sehe ihn mit schief gelegtem Kopf neugierig an.

»Ich auch.«

»*AC/DC* auf dem Dudelsack? Oder *ZZ Top*?«

Aidan legt den Kopf in den Nacken und lacht heiser auf, was mein Körper leider sehr eindeutig zur Kenntnis nimmt.

»Nein, das nicht. Ob du es glaubst oder nicht, wir spielen viele keltische Folk-Songs – genau die Art Musik, die heute hier im Restaurant lief.«

O ja, während des ganzen Abends war über das Soundsystem wunderbar schottisch angehauchte Musik zu hören gewesen – eine Tradition in der *Cameron Lodge*, wie ich erfahren habe. Deshalb wäre es mir nicht im Traum eingefallen, an der Musikauswahl etwas zu ändern – und ich hätte mir auch nichts Passenderes als Ambiente für das *Four Whales* ausmalen können.

»Meine Eltern haben diese Art Musik schon immer gern gehört, und wir Kinder sind quasi damit groß geworden«, sagt Aidan noch, und ich lächele ihn an.

»Stimmt, und du, du spielst Gitarre!« Ich erinnere mich an Islas Worte beim Abendessen mit Jackson, bevor das Thema auf Feli kam und alles den Bach runterging. Außerdem hing in seinem Cottage eine Gitarre an der Wand.

»Genau.« Aidan nickt. »Und Duncan und Skye Geige. Glenn spielt Klavier. Und mein Dad außer dem Dudelsack auch noch Akkordeon.«

»Wow«, hauche ich entzückt. »Ich würde euch wirklich gern mal zusammen spielen hören!«

»Die Gelegenheit ergibt sich ganz bestimmt bald, meine Liebe«, meldet sich da Heather zu Wort, die plötzlich neben unseren zwei Stühlen aufgetaucht ist. »Ihr solltet bald mal wieder zusammen Musik machen, Aidan. Wenn der ganze Eröffnungsstress vorbei ist.«

»Allerdings ohne Glenn«, brummt Aidan, und an der Art, wie er das sagt, wird mir mit einem Schlag klar, dass er seinen jüngeren Bruder ziemlich zu vermissen scheint.

»Isla hat noch versucht, ihn zu überreden, zur Einweihungsparty zu kommen, als sie ihn in Halifax getroffen hat«, meint er mit einem Schulterzucken. »Aber Glenn hat immer irgendetwas Wichtiges vor. Ich verstehe beim besten Willen nicht, was ihn von Whale Island fernhält. Duncan hatte damals seinen Grund. Aber Glenn?«

»Er braucht bestimmt ebenfalls seine Zeit, wie damals Duncan. Irgendwann kommt auch Glenn nach Hause«, sagt Heather mit einem zuversichtlichen Lächeln.

Misstrauisch betrachtet Aidan seine Mutter und hakt nach: »Lass mich raten – hat Rae dir was dazu geflüstert? Sie weiß doch bestimmt mal wieder mehr als wir, oder?«

Heather lacht auf und gähnt dann herzhaft. »Rae weiß immer mehr als alle anderen. Kinder, ich bin hundemüde. Graham und ich, wir müssen ins Bett.« Sie tätschelt mir liebevoll die Wange und sagt: »Ich war heute Abend wirklich stolz auf unsere Restaurantmanagerin! Du hast das alles umwerfend gut gemanagt, Stella. Man merkt, dass du deinen Beruf gern machst. Mit Leidenschaft.«

Gerührt lächele ich Heather an und nicke ihr dankbar zu. »Ihr macht es mir leicht, gern hier zu arbeiten«, erwidere ich und strahle erst sie an, dann Graham, der hinter ihr aufgetaucht ist und eine Hand auf ihre Schulter legt. »So herzlich, wie ihr meine Tochter und mich hier aufgenommen habt – wir fühlen uns wie ein Teil der Familie!«

»Und das seid ihr auch«, sagt Graham mit Nachdruck, und zu meiner Überraschung beugt er sich vor und drückt mir einen Kuss auf die Wange. »Auf einen grandiosen ersten Abend im *Four Whales* – und auf viele weitere!«

Ich merke, wie Aidan mich still lächelnd beobachtet, und, nachdem er aufgestanden ist und seine Eltern umarmt und ihnen eine gute Nacht gewünscht hat, sehen wir den beiden nach, wie sie Hand in Hand das Restaurant verlassen.

»So etwas«, sage ich leise und merke, dass meine Stimme vor Rührung bebt, und das liegt sicher nicht nur am Sekt. »So etwas habe ich mir immer gewünscht.«

»Du meinst … solche Eltern?«, hakt Aidan vorsichtig nach und lässt sich zurück auf seinen Stuhl sinken. Vehement schüttele ich den Kopf und sehe ihn an.

»Nein. Ich habe fantastische Eltern, da kann ich mich überhaupt nicht beschweren. Im Grunde genommen sind sie deinen sehr ähnlich – nur umgekehrt.«

Aidan mustert mich ratlos. »Deine Mutter trinkt Whiskey und spielt Dudelsack?«

Ich pruste los, und auch sein Lächeln wird breiter. »Nein«, kichere ich. »Nicht so. Ich meinte … vom Temperament her. Während dein Vater eher der Zurückhaltende ist …«

»... es sei denn, er trinkt einen Whiskey zu viel oder bekommt seinen Dudelsack in die Hände ...«, unterbricht mich Aidan und grinst in sein Sektglas, bevor er einen Schluck nimmt.

Ich lache auf und fahre fort: »Also, dein Vater ist *meistens* der Zurückhaltende und deine Mutter die Emotionale, und bei mir ist es genau umgekehrt. Mein Vater, der aus Rom stammt, ist der temperamentvolle, leidenschaftliche Part in der Ehe meiner Eltern, und meine Mutter – ›die Germanin‹, wie Papa sie gern neckend nennt – ist die Rationale, Vernünftige, Ruhige.«

»Dann kommst du also eher nach deinem Vater«, stellt Aidan fest, und ich sehe ihn schmunzelnd an.

»Schätzt du mich so leidenschaftlich ein, ja?«

Ich merke, dass meine Frage ihn ein wenig aus der Bahn wirft. Sein Blick gleitet flüchtig zu meinen Lippen ab, bevor er sich rasch sammelt und in sein Sektglas starrt. »Na ja, ruhig bist du wirklich nicht«, murmelt er dann. »Und eher selten rational.«

»Hey, vorsichtig, mein Lieber«, necke ich ihn, um meine eigene Verlegenheit zu überspielen. »Nein, was ich eben meinte war ... ich wollte auch immer so eine Beziehung haben«, sage ich dann und starre nachdenklich durch das leere Restaurant bis in die Lobby, wo Heather und Graham verschwunden sind. Ich spüre Aidans Blick deutlich auf mir, als ich fortfahre: »Das muss doch das größte Glück sein – so lange verheiratet zu sein, vier erwachsene Kinder zu haben und noch immer Hand in Hand zu verschwinden, wenn so ein Abend zu Ende geht.«

Ich blinzele gegen ein paar rührselige Tränen an, bevor ich rasch schlucke und hinzufüge: »Meine Eltern sind seit sechsunddreißig Jahren verheiratet, aber sie geben sich nach wie vor jeden Abend einen Gute-Nacht-Kuss. Mein Vater behauptet immer, sonst nicht einschlafen zu können.« Warum ich Aidan das erzähle, weiß ich selbst nicht, doch als ich ihn ansehe, merke ich, dass sein Blick ernst und intensiv an mir hängt.

»Deine Eltern haben also die Messlatte ziemlich hoch gehängt, was deine Vorstellung von einer glücklichen Beziehung angeht«, stellt er fest. Ich nicke.

»Ja, das haben sie. Darum … darum habe ich oft Angst, dass ich so etwas nie finden werde. Einen Partner, für den ich alles aufgeben würde. Mein Vater hat wegen seiner Liebe zu meiner Mutter sogar Italien verlassen.«

»Echt?«, hakt Aidan interessiert nach.

»Ja. Papa hat in Rom Ingenieurwissenschaft und Deutsch studiert und ist danach für ein Praktikum nach Deutschland gekommen. Nach Offenburg, wo meine Mutter aufgewachsen ist. Sie haben sich beim Bäcker kennengelernt. Er stand in der Schlange vor ihr und hätte ihr fast die letzten Laugenbrezeln vor der Nase weggekauft. Meine Mutter hat ihn gebeten, ihm eine Brezel übrig zu lassen, und er hat gesagt: ›Nur wenn ich Ihre Telefonnummer bekomme, Signorina.‹«

Ich grinse bei der Erinnerung an diese Geschichte, und als ich Aidan ansehe, merke ich, dass er mit einem leichten Schmunzeln auf den Lippen zuhört. Dann jedoch hakt er nach: »Und darauf ist sie wirklich eingegangen? Ich meine – wenn Isla so von jemandem im Supermarkt angemacht würde, dann würde ich ihm die Hölle heißmachen.«

Ich lache auf. »Na ja, meine Mutter war ja kein Teenie mehr, sondern Mitte zwanzig und hat sich bestimmt nicht alles gefallen lassen. Aber sie hat mir erzählt, dass sie in die dunklen Augen meines Vaters gesehen hat und sofort wusste, dass sie den Mann heiraten will. Und das, obwohl sie, wie gesagt, eigentlich völlig rational und vernünftig ist! Aber in dem Moment, beim Bäcker, war sogar sie einmal spontan und hat sich mit meinem Vater verabredet. Der Rest ist Geschichte.«

»Und es war gleich klar, dass dein Dad in Deutschland bleiben würde? Deine Mom wollte nicht mit ihm nach Italien ziehen?«, fragt Aidan neugierig. »Da soll es doch so tollen Rotwein geben.«

Ich lache auf und nicke. »Allerdings, den gibt es. Aber meine Mutter konnte und wollte nicht einfach so aus Deutschland wegziehen – wegen ihres Jobs. Sie ist Standesbeamtin und darf in ihrem Heimatort die Paare trauen, was ihr unheimlich viel Spaß macht. Na ja, also ist mein Vater geblieben. Als Ingenieur hatte er in Deutschland ziemlich gute Chancen. Zwar hat er seine Heimat immer sehr vermisst – vor allem das Essen, auch wenn er selbst ziemlich gut *nonnas* Rezepte kocht! –, aber er hat mir mal gesagt: ›*Cara mia*, die Liebe meines Lebens ist kein Ort. Die Liebe meines Lebens sind zwei Menschen, nämlich deine wundervolle Mutter und du. Und darum habe ich meine Entscheidung hierzubleiben nicht einen Tag bereut.‹« An diese Worte erinnere ich mich tatsächlich so deutlich, als hätte Papa sie gestern zu mir gesagt.

»Dein Vater klingt wie ein sehr weiser Mann«, sagt Aidan leise.

»Ja«, wispere ich, denn meine Stimme ist mit einem Mal belegt, und ich muss mich räuspern. Mir wird plötzlich bewusst, wie sehr ich meine Eltern vermisse. Ich muss sie dringend mal wieder anrufen, aber immer, wenn ich abends ein paar ruhige Minuten habe, ist es von der Zeitverschiebung her in Deutschland schon zu spät für ein Telefonat.

»Meine schönste Kindheitserinnerung ist, wie meine Eltern im Wohnzimmer zu *Ti Amo* von Umberto Tozzi tanzen«, erzähle ich. »Ich war ungefähr sieben, und dieses Bild hat sich für immer in mein Gedächtnis gebrannt. Ich habe meine Eltern beobachtet – Mama mit Lockenwicklern im Haar und Papa in seinem Jogginganzug, den er abends gern vorm Fernseher trägt – und hab gedacht, dass ich genau das später auch mal haben wollte: Einen Mann, der mich ansieht, als wäre ich die schönste Frau der Welt, selbst wenn mein Gesicht von riesigen pinkfarbenen Plastikrollen eingerahmt wird.« Nachdenklich starre ich in mein Sektglas.

»Das Lied kenne ich gar nicht«, bemerkt Aidan, der mich immer noch unverwandt ansieht.

»Was? Das kann nicht sein!« Der Sekt steigt mir schon ein wenig zu Kopf, merke ich, und so zücke ich rasch mein Telefon und rufe *Ti Amo* auf, das ich natürlich gespeichert habe.

Sobald die Klänge des Klassikers von meinem Telefon durch das Restaurant schallen, werde ich von einer Welle der Wehmut erfasst. Ich sehe sie wieder vor mir, meine Eltern, wie sie eng umschlungen auf dem Perserteppich in unserem Wohnzimmer stehen und sich zu diesem Song hin und her wiegen.

»Oh, ich liebe das Lied!«, höre ich da Salomé juchzen und schaue überrascht auf. Ich hatte zwischendurch ganz vergessen, dass Raphaël nach wie vor hinter der Bar herumräumt, Gläser poliert und Flaschen ordnet. Salomé sitzt auf einem der Barhocker, hält ein Glas mit klarer Flüssigkeit in der Hand und prostet mir jetzt vergnügt zu. Ich grinse sie an und will etwas sagen, aber da umrundet Raphaël mit langen Schritten die Bar, hebt Salomé vom Barhocker und fängt an, mit ihr durch das leere Restaurant zu tanzen, was diese mit einem übermütigen Quietschen kommentiert. Mir wird bewusst, dass alle anderen fort sind – die letzten Kellnerinnen und auch Duncan müssen sich verabschiedet haben, während ich völlig in meine Unterhaltung mit Aidan vertieft war. Als ich Aidan flüchtig ansehe, merke ich, dass auch er Salomé und Raphaël beobachtet, dann aber wieder mich ansieht.

Raphaël, der etwas Italienisch zu können scheint, singt aus vollem Halse mit: »Ti amo, io solo ti amo …«, und ich spüre eine verlegene Röte in mir hochsteigen, weil mir dieses Lied plötzlich zu intensiv ist. Zu … eindeutig. Na ja, zumindest, wenn man Italienisch versteht. Und die Röte könnte natürlich auch am Sekt liegen, den ich jetzt mit zwei Zügen leere. Dem Sekt verdanke ich es sicherlich ebenso, dass ich trotz meiner Verlegenheit die Lautstärke an meinem Telefon nach oben regele, damit Salomé und Raphaël das Lied beim Tanzen besser hören können. Mit einem entschlossenen Lächeln beobachte ich die beiden. Nachdem die Anspannung vor dem ersten Abend mit vollem Restaurantbetrieb von ihren Schultern gefallen ist, wirken Salomé und Raphaël so überschwänglich verliebt, wie ich sie noch gar nicht erlebt habe. Ich kann jetzt nicht Aidan ansehen, der immer noch schweigend und regungslos neben mir sitzt. Schaut er auch seiner Souschefin und unserem Barmann zu oder beobachtet er nach wie vor mich? Und, falls er Letzteres tut – wieso fragt er mich nicht, ob ich auch tanzen will? Ich meine … ich habe doch gesagt, was dieses Lied für mich bedeutet. Und … Raphaël tanzt mit Salomé. Und … wir haben etwas zu feiern. Und … ich fühle mich jetzt wirklich bescheuert, wie ich hier sitze, mit meinem eingefrorenen Lächeln, den Blick konzentriert auf die beiden Verliebten gerichtet, mein Herz bis zum Anschlag gefüllt von ungestillter Sehnsucht und bitterer Enttäuschung.

Irgendwie halte ich durch, bis Umberto Tozzi endlich das letzte verdammte *Ti Amo* gesungen hat und Salomé sich kichernd von Raphaël küssen lässt. Rasch stecke ich mein Smartphone ein, angele mit meinen Füßen meine Pumps unter dem Tisch hervor und schlüpfe hinein, bevor ich leicht schwankend aufstehe, dem blöden Sekt sei Dank.

»Also dann«, sage ich und bemühe mich darum, Aidan so locker-leicht wie eben möglich anzusehen. »Ich muss schleunigst nach Hause, nach Feli sehen.«

»Ja«, murmelt Aidan, der meinen Blick ernst erwidert. Ich werde nicht schlau aus seinem Blick und auch nicht aus ihm im Allgemeinen.

»Macht es gut, ihr zwei, bis morgen!«, rufe ich Salomé und Raphaël betont fröhlich zu, und dann wende ich mich rasch ab und eile aus dem Restaurant und hinaus in die Nacht.

36

Aidan

Ich fühle mich wie der letzte Idiot. Mir ist völlig klar, dass sie gern getanzt hätte. Aber, verdammt, ich konnte nicht. Da waren Raphaël und Salomé, die es so einfach haben erscheinen lassen – aber die beiden sind ja auch offiziell ein Paar, sogar verlobt! –, und das Lied war so offensichtlich romantisch, selbst wenn ich lediglich »Ti amo« und »Fare l'amore« verstanden habe – aber, ja, so viel Italienisch kann sogar ich. Außerdem sah Stella heute Abend so unfassbar bezaubernd aus, dass ich wie gelähmt war und nicht mehr wusste, wie ich mich ihr gegenüber verhalten sollte. Ihre schwarzen Locken hatten begonnen, sich nach den vielen Stunden auf den Beinen aus ihrer Hochsteckfrisur zu lösen und fielen lässig um ihr Gesicht. Ihre weiße Bluse war zwar diesmal sittsam zugeknöpft, aber ich konnte nicht aufhören, daran zu denken, wie ihr Ausschnitt neulich ausgesehen hatte. Ihre hochhackigen schwarzen Pumps haben ihre Beine in ihrem knielangen schwarzen Rock so sexy betont, dass ich einmal im Laufe dieses Abends, als sie in die Küche geschlichen kam, um meine Krabbencremesuppe zu probieren, fast einen Topf vom Herd gestoßen hätte. Und dann saß sie da, quasi in Reichweite neben mir auf einem der Restaurantstühle, den Blick stur auf Raphaël und

Salomé gerichtet, auf ihrem Gesicht so viele rohe Emotionen nach diesem ganzen aufwühlenden Tag, dass ich sie so gern wieder in den Arm genommen hätte. Mit ihr getanzt hätte. Mit ihr all das andere getan hätte, das mir neuerdings ständig im Kopf herumspukt, sobald ich das herausfordernde Funkeln in ihren Whiskey-Augen sehe.

Dieser italienische Sänger sang wieder und wieder von »fare l'amore«, und wenn wir allein gewesen wären, dann hätte ich am Ende noch genau das mit ihr im Restaurant gemacht.

Aber … wir waren nicht allein. Und wir sind Kollegen. Und … so einfach ist das alles nicht, verflucht!

Selbst jetzt, als wir nicht länger im Restaurant sind, ist es nicht einfach. Unschlüssig stehe ich seit mindestens fünf Minuten vor meinem dunklen Cottage und starre an dem Haus von Raphaël und Salomé vorbei (wo heute Nacht in Sachen »fare l'amore« sicherlich mehr ablaufen wird als in allen anderen Cottages, so wie die beiden sich eben angeschmachtet haben, die Glücklichen). Ich betrachte das hell erleuchtete Wohnzimmerfenster von Stella und frage mich zum tausendsten Mal, warum ich nicht einfach dorthin gehe und ihr sage, dass ich nicht aufhören kann, an sie zu denken. Dass sie, verdammt noch mal, so viel mehr Komplimente verdient als nur für ihre Arbeit. Dass sie extrem leidenschaftlich rüberkommt und dass mich das in den Wahnsinn treibt. Dass sie eine Beziehung wie die ihrer Eltern – und meiner Eltern! – verdient hat.

Aber genau das bremst mich. Was, wenn es zwischen uns doch überhaupt nicht klappen würde? Wenn ich sie einmal mehr enttäuschen würde? Man merkt ihr immerhin deutlich an, dass sie schon sehr von Männern enttäuscht worden ist. Allen voran sicherlich von Felis Erzeuger, wer auch immer das war. Ich will auf keinen Fall dazu beitragen, dass Stellas Herz einmal mehr gebrochen wird.

Und … ich will genauso wenig, dass mein Herz gebrochen wird. Denn, egal, was Skye meint, ich habe sehr wohl ein Herz. Ein Herz, das bisher tatsächlich relativ unbeschadet durchs Leben gekommen ist. Klar, ich hatte einige Freundinnen. Viele belanglose Dates. Ein paar längere Beziehungen – und eine kurze, aber trotzdem folgenreiche: Das Ergebnis ist heute bildhübsche dreizehn Jahre alt und hat mein Herz fest im Griff. Aber abgesehen von Isla hat es bisher keine Frau geschafft, mich dermaßen in ihren Bann zu ziehen wie Stella Minetti. Bei den anderen war es meistens so, dass sie Interesse an mir gezeigt haben und ich nichts dagegen hatte. Und ich mochte sie durchaus alle – erst Vicky und später Leah auf der Highschool in Scott's Harbour; Charlotte, Tricia, Bonny und … ähm, wie hieß sie noch? Laura. Ja. Das war die College-Zeit auf Prince Edward Island. Dann die sexy Tochter meiner Vermieter in Charlottetown, wo ich meine erste Stelle als Koch hatte. Leider habe ich erst gemerkt, dass Gwen mit einem Typen liiert war, der immer mehrere Wochen am Stück auf einer Ölbohrplattform arbeitete, als dieser Greg eines Tages auf meiner Matte stand und mir Prügel androhte. Und danach war es eben Jenny, die mich hier auf Whale Island einen Sommer lang in Atem gehalten hat – und noch über jenen Sommer hinaus, allerdings weniger in Sachen *»fare l'amore«*, sondern eher rund um die tausend Fragen und Probleme, die eine ungeplante Schwangerschaft mit sich bringt. Ein paar Jahre nach Islas Geburt habe ich bei einem kurzen Besuch in Halifax Eileen kennengelernt und eine Weile eine Fernbeziehung geführt. Sie wollte unbedingt, dass ich zu ihr ziehe, weshalb unsere Beziehung irgendwann scheitern musste – vor allem aber habe ich mich von ihr getrennt, weil sie keinen Hehl daraus gemacht hat, nicht wild auf eine Patchworkfamilie mit Isla zu sein. Danach gab es nur noch einen harmlosen Flirt mit einer amerikanischen Touristin auf dieser Insel – die allerdings nicht in der *Cameron Lodge* gewohnt hat. Arbeit und Vergnügen habe ich immer schon strikt getrennt – im Gegensatz zu meiner Restaurantmanagerin.

Nein, ich möchte jetzt nicht an Jacksons Hand auf Stellas denken.

Aber zu ihr gehen werde ich auch nicht. Denn, nein, ich habe die letzten Jahre bestimmt nicht in einem Kloster verbracht. Doch wenn ich ehrlich zu mir selbst bin, war ich wohl tatsächlich noch nie so richtig heftig verliebt. Habe noch nie mein Herz völlig geöffnet. Verdammt, vermutlich hat meine Schwester doch recht. Ich bin ein Fels.

Die Sache ist nur: Bisher ging es mir als Fels ganz gut. Ich habe genug mit dem Restaurant um die Ohren. Und mit Isla. Eine Beziehung mit Stella – wie würde die überhaupt aussehen? Die Frau treibt mich doch jetzt schon permanent in den Wahnsinn! Allein der Gedanke an ihre Whiskey-Augen lässt mein Herz schneller schlagen.

Doch genau das ist ja mein Problem. Denn mein Herz würde früher oder später einen richtigen Dämpfer abbekommen. Immerhin haben Stella und Feli in den letzten dreizehn Jahren nie länger als drei bis vier Jahre an einem Ort gewohnt, oder? Also. Sie werden früher oder später wieder ihre sieben Sachen packen und zum nächsten Hotel irgendwo auf dieser Welt ziehen. Spätestens nach ihrem ersten harten, endlosen Winter auf Whale Island. Ja, ich wette fast, dass sie schon im nächsten Frühjahr das Weite suchen, zurück nach Thailand oder Italien oder sonst wohin flüchten, wo es warm ist. Die beiden haben bestimmt noch nie so ein Wetter mitgemacht, wie wir es hier von November bis manchmal April oder sogar Mai haben. Ich persönlich mag die Winterstürme sehr. Aber ich kann mir Stella beim besten Willen nicht im Schneetreiben hier draußen vorstellen.

Sie wird sicherlich nicht bleiben. Und darum ist es besser, wenn ich mich von ihrem Cottage fernhalte und mich so gut es geht ablenke, um nicht doch noch schwach zu werden. Entschlossen gehe ich in mein Haus und sammele meine Dreckswäsche zusammen, die ich in den letzten Tagen, wegen all der Arbeit im Restaurant, sträflich vernachlässigt habe. Klar, ich muss morgen wieder früh im *Four Whales* sein und das Frühstück vorbereiten. Aber schlafen könnte ich jetzt ohnehin nicht.

Als ich mein Cottage mit dem Wäschekorb im Arm verlasse, merke ich, dass es anfängt zu regnen. Raschen Schritts folge ich dem Waldweg in die Richtung, wo hinter den zwei Häusern, die als Notfall-Übernachtungs-Stätten für unsere Angestellten gedacht sind, das kleine Häuschen steht, in dem zwei Waschmaschinen und zwei Trockner untergebracht sind. Natürlich könnte ich mir eine eigene Waschmaschine zulegen, aber der Platz in meinem Cottage ist sowieso schon sehr begrenzt, und darum nutze ich seit Jahren diesen kleinen Waschraum, der früher mal für unsere Gäste gedacht war. Jetzt ist er nur noch für uns Angestellte da, denn die Cottages für unsere Gäste sind neuerdings mit eigenen Waschmaschinen und Trocknern ausgestattet. Die Gäste in der Lodge können ihre Wäsche zum Waschen abgeben – Mom kümmert sich in der Waschküche des Haupthauses darum, während die Bettwäsche und die Handtücher aus den Hotelzimmern jeden Morgen von einem Transporter abgeholt und zur nächsten Wäscherei in Scott's Harbour gebracht werden sollen. Ich hoffe, das klappt. Wenn die Fähre allerdings mal wieder ausfällt, müssen unsere Zimmermädchen ran und Wäsche waschen.

Immerhin wird der Waldweg zum Wäschehaus inzwischen von einigen Solarlaternen erhellt, die endlich geliefert worden und heute Morgen von Dad und Duncan in regelmäßigen Abständen in den weichen Waldboden gerammt worden sind, sodass ich wenigstens keine Taschenlampe balancieren muss, um den Weg zu finden. Bis ich das Häuschen erreiche, bin ich so nass, dass ich mir mein T-Shirt kurz entschlossen auch noch über den Kopf streife und in die Trommel der Waschmaschine werfe – wenn schon nass, dann kann es gleich mitgewaschen werden. Gedankenverloren summe ich vor mich hin, während ich Waschpulver in die Trommel fülle, doch als mir bewusst wird, was für ein Lied ich da summe (*»Ti amo, ti aaammoo …«*), stöhne ich genervt über mich selbst auf, werfe den Deckel der Waschmaschine zu und drücke den Startknopf mit mehr Wucht, als nötig gewesen wäre.

Dann drehe ich mich um und wäre fast rückwärts in meinen leeren Wäschekorb gestolpert, denn Stella steht in der offenen Tür des Häuschens, ebenfalls einen Wäschekorb auf der Hüfte abgestützt, und starrt mich an. Verblüfft starre ich zurück, ehrlich sprachlos. Dann wird mir bewusst, dass ich obenherum nackt bin, und habe einen Moment lang den irrationalen Gedanken, dass ich die Waschmaschine wieder öffnen und mein T-Shirt rausholen könnte. Quatsch. Es wird sie nicht umbringen, meinen nackten Oberkörper zu sehen. Allerdings ist es offensichtlich, dass sie ihren Blick nicht davon abhalten kann, immer wieder von meinem Gesicht aus nach unten zu wandern.

»Sorry, ich hatte nicht damit gerechnet, dass außer mir noch jemand die Schnapsidee hat, kurz vor Mitternacht Wäsche zu waschen«, stoße ich endlich hervor und fühle mich schon wieder wie ein Vollidiot.

Ob sie gehört hat, was für ein Lied ich gerade vor mich hingesummt habe? Wie lange stand sie schon da im Türrahmen? »Darum … habe ich mein T-Shirt gerade mit zur Wäsche in die Maschine geworfen.«

Stella lacht auf und kommt endlich herein, immer noch ihren Wäschekorb umklammernd. Jetzt, da das Licht auf sie fällt, merke ich, dass sie ebenfalls nass ist. Klar. Was auch sonst? Dass ihr T-Shirt so an ihr klebt, macht die Gesamtsituation nicht unbedingt weniger brenzlig.

Ich war doch so voll guter Vorsätze, als ich zum Wäschewaschen gegangen bin!

»Immerhin trägst du deine Jeans noch«, sagt sie jetzt zu allem Überfluss, und ich merke ihr an, dass sie sich auch gerade fragt, warum sie das gesagt hat. Offensichtlich verlegen huscht ihr Blick über meine Beine, dann wieder über meinen Bauch und meinen Brustkorb, bis sie mir in die Augen sieht und ihre Gesichtsfarbe rosiger wird.

Ich muss mich sehr bemühen, um nicht auf den nassen Stoff ihres T-Shirts zu starren. Als hätte sie das genau gemerkt, sagt sie mit einem atemlosen Lachen: »Keine Sorge, ich ziehe mich nicht aus!«

Mit einem schweren Schlucken fixiere ich sie und versuche, einen klaren Kopf zu behalten. Die Luft in diesem kleinen Waschraum scheint sich um ein paar Grad erwärmt zu haben, seit Stella hereingekommen ist. Mir entgeht nicht, wie sie ebenfalls schluckt, bevor sie sich hastig der freien Waschmaschine zuwendet und beginnt, Wäschestücke in die Trommel zu werfen.

»Ich liebe Regen«, erklärt sie, ohne mich anzusehen. »Der Wald duftet so wunderbar, wenn er nass ist. Und besonders hier auf Whale Island, in unserem Cottage, ist es so wunderschön, nachts im Bett zu liegen und das Trommeln des Regens auf der Dachschrägen zu hören!«

Ich weiß nicht, warum sie mich so quält. Jetzt muss ich an sie im Bett denken, was nicht hilfreich ist … vor allem, als sie sich umdreht und weiterplaudert und offenbar überhaupt nicht merkt, dass sie gerade einen dunkelroten Spitzen-BH in der Hand hält.

»In Abu Dhabi, da war der Fahrstuhl unseres Apartmenthauses so laut, dass ich mir zum Einschlafen entweder Stöpsel in die Ohren geschoben oder auf Spotify Regengeräusche angemacht habe.« Sie grinst mich schief an. »Regen ist einfach das beste Einschlafmittel für mich. Oh, und hier, auf Whale Island, natürlich auch die Brandung. Die ist genial, die toppt den Regen noch.«

Ich starre sie an und kann es nicht verhindern, dass mein Blick erneut zum BH flackert, während ich mir vorstelle, wie Stella nachts in ihrem Bett liegt, nur in diesem BH, und zu Regengeräuschen einschläft. Und wie es wäre, neben ihr zu liegen.

In diesem Moment bemerkt sie selbst, was für ein Wäschestück sie in der Hand hält, und starrt aus weit aufgerissenen Augen ihren BH an, als sähe sie ihn zum ersten Mal.

»Der sollte doch im Wäschebeutel sein«, murmelt sie verlegen und wirkt dabei so unfassbar süß, dass ich mich an meiner eigenen, geschäftig brummenden Waschmaschine festhalten muss, um zu verhindern, dass ich zu ihr gehe und ihr das nasse T-Shirt vom Leib reiße.

»Ah, da ist er ja«, sagt sie jetzt, stopft ihren BH in einen Wäschebeutel und schmeißt diesen eilig in die Wäschetrommel.

Sobald sie ebenfalls den Startknopf gedrückt hat, mischt sich das monotone Brummen der zweiten Waschmaschine mit dem Prasseln des immer heftiger werdenden Regens auf dem Dach. Stella dreht sich zu mir um und sieht mich an. Ich habe die Arme vor der Brust verschränkt, weil ich meinen Händen nicht traue, die so gern nach Stellas Armen greifen und sie an mich ziehen würden.

»So ähnlich habe ich meinen Ex damals kennengelernt«, sagt sie jetzt, und ich sehe sie ehrlich überrascht an.

37

»Beim Wäschewaschen?«, hake ich nach und erkenne genau, dass sie mit einer Mischung aus Nostalgie und … ja, Traurigkeit auf den Holzfußboden starrt.

»Ja. Das war bei meinem ersten Job, auf der italienischen Insel Capri. Ich habe in einer winzigen Wohnung in der Nähe des Hotels gewohnt, wo ich gearbeitet habe. Und, wie viele italienische Hausfrauen, habe ich die Wäsche an Leinen aufgehängt, die quer über der schmalen Gasse zwischen den Häusern gespannt waren.« Sie grinst mich an. »Allerdings haben die anderen nicht unbedingt ihre Spitzen-BHs daran aufgehängt. Tja, ich schon, weil ich mir gar nichts dabei gedacht habe. Prompt ist einer meiner BHs von der Leine gefallen. Auf den Kopf eines Vespa-Fahrers, der gerade vorbeigefahren ist.« Sie kichert. »Er stand plötzlich vor meiner Tür, mit dem BH in der Hand, und fragte, ob der mir gehöre. Als ich das bejaht habe, hat er gefragt, ob er auch den Rest von mir kennenlernen dürfe.«

Ich lache heiser auf. »Wirklich guter Spruch. Bist du sicher, dass er den BH nicht extra von der Leine geangelt hat?«

Grinsend schüttelt Stella den Kopf. »Nein, so groß war Enzo beim besten Willen nicht.«

»Enzo, ja?« Ich sehe sie nachdenklich an. »War er …?«

»Felis Vater?« Sie erwidert meinen Blick, und der Ausdruck in ihren Whiskey-Augen ist mit einem Mal so wehmütig, dass ich sie wirklich gern in meine Arme nehmen würde. Aber sie scheint heute Nacht tatsächlich über ihre Vergangenheit reden zu wollen, und dabei werde ich sie auf keinen Fall bremsen, denn es interessiert mich brennend, was Stella bisher erlebt hat.

»Ja, das war Felis Vater«, sagt sie leise und nickt. »Enzo Cappanelli. Er war zwar nicht mein erster Freund, aber er war der erste Mann, zu dem ich ›Ich liebe dich‹ gesagt habe. Beziehungsweise ›Ti amo‹.«

Sie lächelt mich schief an, und die Hitze, die in mir zu brodeln begonnen hat, seit sie die Wäscherei betreten hat, wird fast unerträglich. Ich muss mich sehr zusammenreißen, um ihr weiterhin konzentriert zu folgen.

»Wir hatten eine sehr stürmische Romanze, und ich war wirklich hin und weg von Enzo. Er hat auch alle Register gezogen – Romantik können Italiener einfach sehr gut. Du weißt schon … Picknicks bei Vollmond, rote Rosen, das volle Programm. Aber … leider war Enzo zwar gut darin, mich zu verführen und mir den Kopf zu verdrehen, aber nicht so gut darin, Verantwortung zu übernehmen. Als ich schwanger wurde, da war es vorbei.« Sie verschränkt die Arme vor ihrer Brust, und in ihren Blick schleicht sich eine Härte, die ich dort vorher nicht gesehen habe.

Erschüttert hake ich nach: »Er … wollte euer Kind nicht?«

»Das kann man so sagen, ja«, lacht Stella bitter auf. »Er hat mich dazu gedrängt abzutreiben.«

»Wie bitte?« Ehrlich geschockt starre ich Stella an. »Was für ein Vollidiot!«

»Ja. Genau.« Sie lächelt schief. »Darum habe ich ihn auch in den Wind geschossen. Er ist dann ziemlich schnell von Capri verschwunden.«

»Habt ihr noch Kontakt?«

Stella schüttelt den Kopf und starrt auf ihre Füße hinab, die nackt in Flip-Flops sind. Sie wackelt leicht mit ihren Zehen, und auch ich starre dorthin, auf ihre rot lackierten Zehennägel, die mich einmal mehr an Kirschen erinnern.

»Nein. Enzo weiß gar nicht, dass es Feli gibt. Als er fort ist, um in einem anderen Hotel zu arbeiten, da hat er sich nicht einmal verabschiedet. Er hat sich nie wieder gemeldet. Und ich war zu stolz, um ihn über die Geburt seiner Tochter zu informieren. Dabei weiß ich, dass er auf Facebook und LinkedIn ist. Und darum weiß ich auch, dass er momentan als Food & Beverage Manager in einem New Yorker Hotel arbeitet.«

»New York, hmm?« Ich sehe sie ernst an. »Gar nicht so weit weg von hier.«

»Ich weiß.« Sie starrt mich an, und in ihren Whiskey-Augen kämpfen so viele Gefühle miteinander, dass ich erneut den dringenden Wunsch verspüre, sie in meine Arme zu reißen und nie wieder loszulassen. Dass es dieser Mistkerl fertiggebracht hat, diese wunderbare – schwangere! – Frau sitzen zu lassen, das fasse ich einfach nicht!

»Aber ich habe nicht vor, Kontakt zu Enzo aufzunehmen, nur weil wir plötzlich auf demselben Kontinent und in derselben Zeitzone wohnen.«

»Das tut ihr nicht«, murmele ich. »Nova Scotia ist eine Stunde vor New York.«

»Wie auch immer.« Sie seufzt tief. »Feli weiß noch nicht einmal, dass es Enzo gibt.«

Überrascht starre ich sie an. »Wirklich nicht?«

»Nein.«

»Hat sie nie nach ihm gefragt?«

Stella lacht bitter auf. »O doch, natürlich. Ständig. Aber was sollte ich ihr erzählen? Sollte ich ihr sagen, dass ihr Vater wollte, dass ich sie abtreibe? Dass er nie gefragt hat, ob sie gesund zur Welt gekommen ist? Himmel, er weiß noch nicht einmal, ob ich ein Mädchen oder einen Jungen bekommen habe!« Aufgewühlt sieht sie mich an. »Was hätte ich ihr erzählen sollen? Ich habe sie angelogen, Aidan. Habe ihr vorgeflunkert, sie wäre das Ergebnis eines One-Night-Stands und dass ich den Namen ihres Vaters nicht kenne.«

Ihre Augen füllen sich mit Tränen, während sie mich geradezu hilflos ansieht, und jetzt reicht es, und ich verlasse die sichere Kante meiner Waschmaschine, an der ich mich festgehalten habe, und mache einen Schritt auf sie zu, ziehe sie mal wieder in meine Arme. Genau wie heute Nachmittag, am Whale Sanctuary, kollabiert sie regelrecht gegen mich ... mit dem Unterschied, dass ich kein T-Shirt trage, was mir erst jetzt klar wird, als ich die Haut ihrer nackten Arme an meiner spüre, ihren warmen Atem auf meinem bloßen Oberkörper. Mir ist bewusst, dass sie das Hämmern meines Herzens unter ihrer Wange spüren kann, während sie ihr Gesicht gegen meine Brust presst und ich eine Träne bis zu meinem Bauchnabel hinabrollen spüre.

»Vielleicht ist sie deshalb so«, flüstert sie jetzt, und ich muss mich näher zu ihr hinabbeugen, um sie zu verstehen. »So ... labil. Weil sie keine starke, liebende Vaterfigur in ihrem Leben hatte. Sie fühlt sich bestimmt unvollständig, auch wenn sie nie darüber sprechen will.«

»Was meinst du mit labil?«, frage ich vorsichtig. Auf mich macht Feli zwar einen zurückgezogenen, schüchternen Eindruck, und natürlich wirkt sie nicht unbedingt fröhlich – zumindest momentan nicht –, aber labil?

»Sie war in Bangkok kurz davor, sich umzubringen.«

»Wie bitte?« Ich bin so entsetzt, dass ich Stella ein wenig von mir fortschiebe, um ihr ins Gesicht sehen zu können. Ihre Wärme an meinem Oberkörper fehlt mir zwar sofort, aber ich bin zu erschüttert, um jetzt näher darüber nachdenken zu können. Verdammt, ich habe auch eine dreizehnjährige Tochter, und allein der Gedanke, dass Isla sich jemals etwas antun könnte … Mir wird schlecht.

»Was … was meinst du damit – sie war kurz davor …?«

Mit einem tiefen Seufzer macht Stella einen Schritt rückwärts und hievt sich auf die Waschmaschine, die tatsächlich die einzige Sitzgelegenheit bietet. Wir sollten dringend einen Stuhl hier reinstellen!

»Du hast ja heute schon mitbekommen, dass Feli in ihrer Schule in Bangkok Schwierigkeiten hatte. Das fing an, als wir im letzten Sommer dort angekommen sind. Sie war gerade zwölf, war neu in ihrer Klasse an der Internationalen Schule, und ist vom ersten Tag an als ›die Dicke‹ gehänselt worden. Das alles führte zu einem Teufelskreis … Sie hatte keine Freunde, weshalb sie sich den ganzen Tag in unserer Wohnung verbarrikadiert hat, nie etwas mit Gleichaltrigen unternommen hat. Stattdessen hat sie sich mit Essen getröstet und ist noch dicker geworden. Weißt du, in Bangkok fühlt man sich ohnehin dick, wenn man nicht in eine Größe 36 passt, denn die meisten Thailänderinnen sind nun einmal sehr zierlich. Ich konnte dort kaum Klamotten finden, und Feli natürlich erst recht nicht, was für ein Mädchen in ihrem Alter extrem deprimierend ist, wie du dir vorstellen kannst.«

O ja, das kann ich.

»Ich war in meinem Job so gefordert, dass ich oft erst spätabends nach Hause gekommen bin und zunächst gar nicht richtig mitbekommen habe, dass es Feli nicht gut ging. Ich … ich mache mir bis heute schreckliche Vorwürfe, Aidan. Wenn ich sie vorher gefragt hätte, wie es in der Schule läuft ... ich meine, richtig gefragt hätte, nicht nur das schnelle ›Alles okay bei dir?‹ morgens beim Frühstück ... dann, dann wäre vielleicht alles anders gekommen.«

Sie schließt kurz ihre Augen und holt tief Luft. »So aber ... so ist irgendwann alles eskaliert. Feli ist im Frühjahr plötzlich gefragt worden, ob sie zur Party eines der beliebtesten Mädchen in ihrer Klasse kommen wollte. Ich weiß noch, dass sie ganz aufgeregt war, sich richtig gefreut hat. Zum Glück hatte ich ihr kurz vorher ein paar neue Kleider genäht – das zumindest war eine Option, denn in Chinatown bekam man die schönsten Stoffe.« Stella seufzt tief auf.

»Sie ging also zu dieser verdammten Party. Wie sich herausstellen sollte, war sie nur eingeladen worden, weil ihre Mitschüler, diese grausamen, perversen Schweine, sie betrunken machen und dabei Fotos von ihr machen wollten. Da war wohl eine Wette, die lief – wer traut sich, ein möglichst peinliches Foto von Feli im Internet hochzuladen?«

Als ich merke, dass Stella neue Tränen aus den Augen rinnen, trete ich näher an ihre Waschmaschine heran und lege meine Hände auf ihre Hände, die auf ihren Knien ruhen. Ruhig sehe ich sie an und warte geduldig darauf, dass sie weiterspricht. Stella wischt sich mit einem schiefen Grinsen unter den Augen entlang und wispert: »Ich hätte mein Kind nicht dahingehen lassen dürfen. Ich hätte mir denken sollen, dass ... dass das eine Falle war. Dass die coolen Kids ihrer Klasse nicht über Nacht nett zu meinem Liebling geworden waren.« Sie holt zitternd Luft, und es zerreißt mich innerlich beinahe, sie so leiden zu sehen. Mir vorzustellen, wie sehr Feli gelitten haben muss.

»Ich werde nie vergessen, wie sie mich heulend angerufen hat und gebeten hat, dass ich sie abhole. Sie war sturzbetrunken und hat sich auf dem Nachhauseweg ständig übergeben müssen. Aber das Schlimmste … das Schlimmste kam am nächsten Tag.«

Stella sieht mich an, und in ihren Augen liegt so viel Schmerz, dass ich meinen Griff um ihre Hände verstärke, weil ich will, dass sie weiß, dass ich für sie da bin. »Die Bilder … Eine Klassenkameradin von Feli hat ihr geschrieben, dass mehrere Fotos von ihr im Netz zu sehen waren. Snapchat, Instagram, Facebook, was weiß ich. Bis wir das gemerkt haben, sind die schon zigfach geteilt worden. Fotos von Feli, deren Oberteil verrutscht war, sodass man ihre Speckrollen am Bauch deutlich sehen konnte. Fotos von ihr mit zu weit hochgerutschtem Rock. Und dann das tolle ›Blowjob‹-Foto.« Sie malt mit ihren Fingern Anführungsstriche in die Luft, und ich könnte bei der Vorstellung vor Wut gegen die Waschmaschine treten.

»Die kleinen Wichser hätten mich kennengelernt«, knurre ich, und meine Stimme bebt vor Zorn. Stella sieht mich mit einem winzigen Lächeln an und nickt.

»Oh, glaub mir, ich habe den Typen auch einige Takte erzählt. Und deren Eltern. Und der Schule. Tja, nur leider waren das alles Söhne und Töchter einflussreicher thailändischer Familien beziehungsweise von Diplomaten oder ausländischen Firmenmanagern mit viel Einfluss. Die Schule hat sich da nicht groß gerührt. Es wurde betont, dass die Fotos überall gelöscht werden sollten, und der ›Verhaltenskodex‹ der Schule wurde erneut kommuniziert. ›Kein Mobbing, kein Alkohol auf Partys, kein Teilen von peinlichen Fotos in sozialen Medien‹ und so weiter.« Stella lacht voll Bitterkeit auf.

»So ein riesiger Bullshit! Hinter unserem Rücken haben sich diese Jungs kaputt gelacht! Aber ich, ich war halt nur die Food & Beverage-Tante aus einem der Hotels. Kein General

Manager oder so. Es war egal, wie sehr ich mich aufregte. Man hat nur versucht, mich zu beschwichtigen, und alles schöngeredet.«

»Ich wünschte, ich wäre dabei gewesen«, grolle ich leise, weil ich mir den Schmerz und die Scham von Feli und Stella deutlich vorstellen kann. Wenn das Isla passieren würde … Ich balle meine Hände zu Fäusten.

»Ich wünschte auch, du wärst da gewesen.« Bei Stellas Worten sehe ich sie verblüfft an. Hat sie das gerade wirklich gesagt? »Manchmal wäre es toll, nicht allein kämpfen zu müssen«, schiebt sie schnell hinterher, und ich merke, dass sie mit der Verlegenheit ringt. Mein rechter Daumen beginnt wie von selbst, leicht über ihren Handrücken zu streicheln.

Stella starrt auf meine Hand hinab und schluckt schwer, bevor sie leise wispert: »Auf jeden Fall … kam ich zwei Tage nach der Party früher als normal von der Arbeit nach Hause. Ich … ich hatte ohnehin gekündigt, weil ich ja die Stelle hier auf Whale Island bekommen hatte, und … mir war der Job in dem Moment wirklich egal. Ich wollte nur noch für mein Kind da sein. Tja, und als ich in Felis Zimmer kam, da … da lag sie schlafend auf ihrem Bett … eine Wodkaflasche – meine Wodkaflasche! – neben sich … und eine Dose Aspirin auf dem Nachttisch.«

Meine Hände umklammern Stellas Hände reflexartig so stark, dass sie zusammenzuckt und leise »Autsch« macht.

»Entschuldige«, murmele ich und ziehe meine Hände fort, fahre mir mit beiden gleichzeitig über den Kopf. »Verdammt, Stella, das … das …«

»Ich weiß.« Sie lächelt mich traurig an. »Das ist das Schlimmste, das man sich als Eltern vorstellen kann.«

Stumm nicke ich.

»Ich habe sie panisch wachgerüttelt. O Gott, Aidan, diese

Sekunden, bis sie die Augen aufgeschlagen hat, bis mir klar wurde, dass sie nicht … nicht … du weißt schon …« Stella ringt nach Luft und presst sich die Handteller gegen ihre Augen. »Das waren die schlimmsten Sekunden meines Lebens!«

»Das glaube ich dir«, wispere ich tonlos. Ich will mir gar nicht vorstellen, was sie als Mutter in diesem Moment durchgemacht haben muss.

»Aber zum Glück wurde sie wach, und … sie hat beteuert, dass sie nur ein paar Schluck Wodka getrunken hatte … er schmeckte ihr überhaupt nicht – sie ist ja noch ein Kind, das bis zu dieser verdammten Party überhaupt keinen Alkohol angerührt hatte! Und Feli hat geschworen, keine einzige Tablette genommen zu haben. Sie … sie meinte, sie wäre in so einer melodramatischen Stimmung gewesen … und sie hätte sich Gedanken darüber gemacht, wie es wäre, einfach Tabletten und Alkohol zu schlucken und dann … Dann wäre alles vorbei …«

Stella beginnt, herzzerreißend zu schluchzen, und ich ziehe sie näher an mich heran, streichele ihr beruhigend über den Rücken. O Gott, ich würde ihre schmerzhaften Erinnerungen so gern besser machen!

»Aber … obwohl sie keine einzige Tablette geschluckt hatte und immer wieder beteuert hat, dass sie es niemals wirklich getan hätte – allein die Erkenntnis, dass sie solche Gedankengänge hatte, hat mich in so eine Panik versetzt, dass ich sofort unsere Zelte in Bangkok abgebrochen habe und mit ihr nach Deutschland geflogen bin, zu meinen Eltern. Dort hat sie angefangen, eine Therapeutin zu sehen.« Stella atmet tief durch und löst sich von mir, um mich ernst anzusehen.

»Darum sind wir später gekommen, Aidan. Wir haben die paar extra Wochen in Deutschland gebraucht, damit meine Tochter ihr Trauma verarbeiten konnte. Oder … zumindest damit beginnen konnte, es zu verarbeiten. Zum Glück kann sie mit der Therapeutin auch per Skype weiter Sitzungen abhalten. Die nächste ist morgen. Noch kann ich keine große Veränderung bei Feli feststellen, aber die Therapeutin hat mir vorab gesagt, dass das Zeit braucht. Dass ich nicht innerhalb weniger Wochen Wunder erwarten darf.«

Ehrlich erschüttert starre ich sie an. »Verdammt, Stella. Warum hast du das nicht früher gesagt? Ich … ich hätte dir doch niemals Vorwürfe gemacht, dass du später als zunächst geplant gekommen bist, wenn ich das gewusst hätte!«

»Das ist mir klar.« Sie sieht mich ruhig an, und in ihren Whiskey-Augen liegt mit einem Mal eine Weichheit, in der ich versinken möchte. »Ich weiß, dass du mir dann keine Vorwürfe gemacht hättest. Aber ich wollte … ich wollte hier ganz neu anfangen. Ich wollte Feli die Chance geben, ohne diese Altlasten einen echten Neustart zu haben. Darum wusste bisher nur Greta, was passiert ist.«

»Und dann kam Isla und hat Feli gegoogelt«, seufze ich gequält auf. Verdammt, ich schäme mich dafür, dass ausgerechnet meine Tochter dafür gesorgt hat, dass der armen Feli der unbeschwerte Neustart auf dieser Insel verdorben wurde!

»Ja.« Stella greift mit einem Mal nach meiner Hand und sieht mich ernst an. »Aber es war klar, dass das früher oder später passieren würde. Feli hat mich damals inständig gebeten, dass ich die Bilder löschen lasse.«

Stella lächelt hilflos. »Und ich habe auch mit allen möglichen Institutionen telefoniert. Habe sogar einen Anwalt für Medienrecht eingeschaltet. Der hat sich die Fotos angesehen und meinte nur, die würden gegen keine Gesetze verstoßen, weil sie weder sexuell explizite Handlungen zeigen – man glaubt ja nur, dass es sich um einen Blowjob handelt, aber man sieht nichts Eindeutiges –, noch ist zu viel nackte Haut zu sehen. Ein paar Speckrollen und das perverse Grinsen eines Jungen, während sich meine Tochter übergibt, reichen nicht, um Bilder entfernen zu lassen. Und, wie gesagt, sie wurden ohnehin so oft geteilt, dass man das gar nicht mehr nachvollziehen konnte. Ich ... ich hatte es nur noch nicht über das Herz gebracht, das Feli zu verklickern. Dass sie ab jetzt für immer und ewig in unvorteilhafter Pose im Internet zu sehen sein wird.«

Als wieder Tränen über ihre Wangen rinnen, mache ich einen Schritt auf Stella zu und ziehe sie an mich. Ich würde sie so gern küssen, aber so aufgewühlt, wie sie ist, nehme ich sie einmal mehr lediglich in den Arm und lasse sie gegen meine nackte Schulter weinen.

Erst als mit einem Mal der Schleudergang der Waschmaschine loslegt, mache ich einen Schritt zurück, weil Stella plötzlich so heftig durchgeschüttelt wird, dass sie sich ihren Wangenknochen an meiner Schulter stößt. Mit einem überraschten Quietschen krallt sie sich am Rande der Waschmaschine fest, um nicht herunterzufallen, und ich ... ich kann es nicht verhindern, auf ihre Brüste zu starren, die so heftig auf- und abwippen, dass ich glaube, den Verstand zu verlieren. Natürlich merkt sie, wohin ich sehe und warum, und sie wird ernst. Wir starren uns an, und es ist, als ob das bedrückende Thema, über das wir gerade gesprochen haben, mit einem Schlag vergessen wäre. Mir wird sehr warm, und ich mache wieder einen Schritt auf die wackelnde Maschine zu, während Stella hinabgleitet und sich rücklings dagegenlehnt.

Das ist eine schlechte Idee, Aidan, sage ich mir im Stillen, aber ... ihre Brüste vibrieren immer noch, mit der schleudernden Maschine in ihrem Rücken.

Wir sind Kollegen, verdammt. Das geht nie im Leben gut! Wir streiten uns doch so schon ständig! Wenn dann auch noch

Sex dazu kommt … Dann … Ich kann den Gedanken nicht zu Ende bringen, denn Stellas Hand greift nach meinem Handgelenk und … wir hören eine Stimme hinter uns.

»Stella?«

38

Stella

Aidan und ich zucken synchron zusammen, als wir Skyes Stimme an der Tür zum Waschraum hören. Sein Blick gleitet noch einmal flüchtig über meine Brüste, bevor er sich hastig umdreht. Ich spähe an ihm vorbei und erkenne Skye, die gerade in der geöffneten Tür auftaucht und uns aus weit aufgerissenen Augen anstarrt. Das, was sie sieht, muss tatsächlich mehr als eindeutig aussehen – ihr Bruder mit nacktem Oberkörper, dicht vor mir, die rücklings an der Waschmaschine lehnt … Bei der Vorstellung, was hätte sein können, wird mir noch heißer, als mir bisher schon war. Aidans nackter Oberkörper schreit mich geradezu an, mit meinen Händen über ihn zu fahren. Und mit meinen Lippen.

Ich schüttele den Gedanken schnell ab und mache einen Schritt zur Seite. Dann sehe ich Skye genauer an.

Porca miseria. Erst jetzt erkenne ich, dass sie verweint aussieht.

»Skye! Was ist passiert?« Aidan hat auch endlich geschaltet und macht ein paar Schritte auf seine Schwester zu.

»Was …? O Mann.« Skye reibt sich über ihr Gesicht. »Sorry, ihr zwei, ich wollte euch nicht stören!«

»Du störst nicht!«, antworten wir beide synchron und starren uns kurz an, bevor wir uns wieder Skye zuwenden.

»Wir … wir hatten zufällig beide die Idee, Wäsche zu waschen«, sage ich rasch und deute zur Unterstreichung meiner Worte auf die zwei rödelnden Maschinen hinter uns.

»Um diese Zeit?« Skye sieht uns zweifelnd an. »Mit nacktem Oberkörper, Bruderherz?« Ein winziges Lächeln stiehlt sich auf ihr Gesicht, als sie von Aidans Brustkorb zu mir schaut und eine Augenbraue in die Höhe wandern lässt.

»Mein T-Shirt musste gewaschen werden«, brummt Aidan. »Skye, im Ernst – warum bist DU um diese Zeit noch unterwegs? Und warum hast du geweint?«

»Ich …« Skye seufzt tief auf und lehnt sich an die Wand neben der Tür. »Ich wollte eigentlich zu Stella. Nicht zu dir, Aidan. Nichts für ungut.«

Mit hochgezogenen Augenbrauen und verschränkten Armen starrt Aidan seine Schwester an. Nicht auf diese Arme starren. Auf diese NACKTEN Arme, die mich heute mehr als einmal gehalten haben. Die sich so gut anfühlen, wenn sie sich um meinen Oberkörper schlingen. Die …

Santo cielo. Erst jetzt dringt in mein von Lust vernebeltes Hirn die Erkenntnis vor, dass Skye ein Date hatte. »Ist es wegen Hunter?«, stoße ich atemlos hervor, und ich merke sofort, dass Skye es vermeiden wollte, das in Gegenwart von Aidan anzusprechen. Sie macht noch eine abwehrende Grimasse, aber Aidan hat natürlich sofort Lunte gerochen und hakt mit gefurchter Stirn nach: »Hast du etwa wegen IHM geheult, Skye? Was hat er getan?«

Zitternd holt Skye Luft und lacht heiser auf. »Aidan, beruhige dich. Genau deshalb wollte ich zu Stella.« Sie sieht mich an und grinst schief. »Als ich gesehen habe, dass bei dir Licht brannte, aber du nicht da warst, dachte ich erst, du wärst vielleicht bei Aidan …« Sie macht eine bedeutungsschwere Pause und murmelt: »Womit ich ja nicht so falsch lag …«

»Skye, komm zum Punkt«, grollt Aidan leise.

»Na ja, dann habe ich Licht vom Wäschehäuschen durch den Wald schimmern sehen und dachte, ich schaue mal hier nach.«

»Und nicht bei deinem Bruder, weil ...?«, fragt Aidan düster.

»Weil ich einfach mit einer anderen Frau reden wollte. Nicht mit einem älteren Bruder, der sofort austickt und mein Date zu Brei verarbeiten will.«

»Okay«, sagt Aidan, und ich merke, dass er tief durchatmet, bevor er einen Schritt auf Skye zumacht und eine Hand auf ihre Schulter legt. »Könntest du mir bitte verraten, WARUM ich dieses Arschloch zu Brei verarbeiten wollen würde?«

»Aidan«, stöhnt Skye auf und schüttelt seine Hand ab. Dann jedoch sagt sie leise: »Er ... er hatte andere Vorstellungen von unserem ersten Date als ich.«

»Soll heißen?« Aidan wirkt so mühsam beherrscht, dass ich auf ihn zugehe und ihn am Arm fasse.

»Lass sie bitte ausreden, Aidan!«, sage ich betont ruhig, während auch ich Skye besorgt mustere. »Was ist passiert, Süße?«

Skyes Augen füllen sich mit Tränen, als sie mit bebender Stimme hervorstößt: »Ich habe Spaghetti Bolognese gemacht, und er hat mir sogar geholfen, die Zwiebel klein zu schneiden. ›Wow, ein Mann, der in der Küche mit anfasst‹, hab ich noch gedacht, denn, hey, Aidan, bei Weitem nicht alle Männer kochen gern! Wir haben uns ganz nett unterhalten, zwar hauptsächlich über Sport, aber immerhin weiß ich wegen Dad und Duncan und dir so einiges über Eishockey und Baseball, also konnte ich da ganz gut mithalten.« Sie lächelt uns schief an, und ich merke, dass Aidan am liebsten ungeduldig nachhaken würde, was Hunter getan hat, aber ich verstärke meinen Griff um seinen Ellbogen, um ihn stumm um Geduld zu bitten.

»Dann ... dann haben wir gegessen und Wein getrunken ...

und …« Skye bricht kurz ab und wischt sich über die Augen. »Also, er wollte dann mehr. Und ich … ich habe ihn geküsst, aber … dann wurde es mir zu … schnell. Zu viel zu schnell. Und … ich habe ihm gesagt, dass ich beim ersten Date nie weiter gehe. Da hat er angefangen, mich zu beschimpfen.«

»Wie bitte?« Ich kann Aidan nicht länger festhalten, er reißt seinen Ellbogen los, während er aufgebracht nachhakt: »Was hat er gesagt?«

Skye macht eine hilflose Handbewegung und erwidert ausweichend: »Ach, alles Mögliche. Als Zusammenfassung kann ich wiedergeben, dass er es bereut, bis auf diese Insel am Arsch der Welt gekommen zu sein und sich die stinklangweiligen Wale angesehen zu haben – ›Pottwale‹, hat er gesagt, weil er anscheinend nicht verstanden hat, dass das Belugas waren – und dann auch noch stundenlang langweiligen Small Talk geführt zu haben, um schlussendlich mit einem lahmen Kuss abgespeist zu werden.«

»Wie bitte?«, hake ich empört nach. »Das gibt es doch nicht!«

»Doch.« Skye lächelt mich durch ihre Tränen hindurch schief an, bevor sie schluchzend hinterherschiebt: »Dann … dann hat er noch einmal versucht, mich zu küssen, und hat mir gleichzeitig zwischen die Beine gefasst.«

»Skye …«, stöhne ich auf, während Aidan eine Mischung aus Schnauben und Fluchen von sich gibt, das niemand genau verstehen kann. »Da habe ich ihn weggestoßen und ihm zwischen die Beine getreten. Ich habe nach dem Telefon gegriffen und angefangen, deine Nummer zu wählen, Aidan, aber … da ist er abgehauen. ›So viel vergeudete Zeit für so eine frigide Kuh‹ hat er noch gesagt, bevor er weggefahren ist.«

»Wann war das?«, fragt Aidan mit vor Wut bebender Stimme.

Skye schaut auf ihre Armbanduhr. »Vor einer Dreiviertelstunde.«

Aidan schnappt sich sein Telefon und wählt eine Nummer. Wir starren ihn beide wortlos an, als er heiser fragt: »Dottie? Wo bist du? Schon auf dem Rückweg? Ah. Okay. Danke dir. Nein, nein, ich brauche die Fähre nicht mehr, ist schon gut. Danke, gute Nacht.«

Er beendet das Gespräch und sieht erst mich, dann Skye an und atmet tief durch.

»Der Typ ist schon von der Fähre runter, Dottie ist auf dem Rückweg. Skye, ganz ehrlich – wenn der noch hier auf der Insel gewesen wäre, dann hätte er sein blaues Wunder erlebt.«

»Aidan, hör auf damit! Meinst du, du machst irgendetwas besser, wenn du dich hier immer wie der große Beschützer aufspielst?« Skye sieht ihren Bruder aufgebracht an.

»Was soll das denn heißen?«, fragt Aidan ungläubig. »Ich will dir helfen!«

»Das hilft aber nicht! Auch vorher, am Pier, bei den Walen – es hilft nicht, wenn du jeden, der mit mir ausgeht, finster begutachtest und so tust, als wäre er ein potenzieller Vergewaltiger!«

»Ich weise dich ungern darauf hin, Schwesterchen, aber das heute, das war ein potenzieller Vergewaltiger!«

»Mag sein! Vielleicht aber auch nicht, immerhin hat er mich dann ja doch in Ruhe gelassen. Ein Arschloch war er, das können wir festhalten.« Skye holt tief Luft.

»Und ich habe dich vorher gewarnt«, sagt Aidan betont ruhig. »Ich habe dir gleich davon abgeraten, im Internet auf die Suche nach der großen Liebe zu gehen!«

»Ganz toll, Aidan, wo soll ich hier in der Pampa denn sonst die große Liebe finden?« Jetzt schreit Skye ihren Bruder an, ihr Gesicht hat sich vor Aufregung rot verfärbt. »Es ist ja nicht so, dass hier ständig nette Single-Männer ein und aus spazieren!«

»Ach komm, du übertreibst«, knurrt Aidan ungeduldig. »Heute Abend waren im *Four Whales* Dutzende Männer, von denen sicher einige alleinstehend UND keine perversen Arschlöcher waren!«

»Ach, diese Wal-Leute, die reisen doch zum größten Teil bald wieder ab! Wer will denn schon immer hier am Ende der Welt bleiben?«

»Du übertreibst, Skye. Wirklich.« Aidan starrt seine Schwester ernst an. »Ganz ehrlich: Hör auf mit diesem Onlinedating-Mist. Vielleicht hast du beim nächsten Mann nicht so viel Glück und kommst nicht unversehrt davon.«

Skye starrt Aidan aus tränennassen Augen an. Dann wendet sie sich ab und verschwindet in die Dunkelheit hinaus. Ich will ihr hinterher, aber Aidan hält mich am Arm fest.

»Und du, hör bitte auf, ihr bei diesem Unsinn gut zuzureden!«, sagt er ruhig, aber mit leicht bebender Stimme, während es in seinen hellblauen Augen aufgewühlt funkelt. »Gerade du solltest doch vorsichtiger sein, was das Thema Internet angeht!«

»Was willst du damit sagen, Aidan Cameron?« Wutentbrannt baue ich mich vor ihm auf und recke mein Kinn, um nicht so viel kleiner zu sein als er. »Du meinst, weil Feli diese schlechte Erfahrung mit ein paar pubertären Hirnis hatte, sollte man generell Angst vor dem Internet haben? In welchem Jahrhundert lebst du eigentlich? Mag sein, dass Skye heute Pech mit ihrem Date hatte …«

»Pech nennst du das?«, grollt Aidan und kommt einen Schritt näher. »Was, wenn der Kerl ihr wirklich ernsthaft etwas angetan hätte?«

»Hat er aber nicht! Weil sie sich zu wehren wusste!«, erwidere ich heftig. »Und das heißt doch noch lange nicht, dass alle Männer, die sie beim Onlinedating kennenlernt, so sein müssten! Ich kenne einige Leute, deren glückliche Beziehungen auf diese Weise begonnen haben! Und im Übrigen kann man auch an Arschlöcher geraten, wenn man ohne Internet jemanden trifft – zum Beispiel, wenn einem der BH von der Wäscheleine fällt! Auch dann wartet nicht unbedingt das Happy End vor der Tür!«

Ich merke erst, dass mir schon wieder Tränen über die Wangen laufen, als es mir feucht in den Ausschnitt meines T-Shirts tropft. Aufgebracht wische ich mir über mein Gesicht, werfe Aidan dann einen letzten wütenden Blick zu und wende mich ab, um Skye zu folgen. Doch ich finde sie nicht mehr. Sie ist nirgendwo bei den Cottages zu sehen, und als ich die *Cameron Lodge* erreiche, die dunkel und still daliegt, ist sie auch dort nicht. Also gehe ich zurück zu meinem Cottage, und erst als ich bereits im Bett liege, fällt mir ein, dass ich meine nasse Wäsche in der Waschmaschine vergessen habe.

39

Als ich am nächsten Morgen in aller Früh mein Cottage verlasse, falle ich fast über meinen Wäschekorb. Verdutzt bücke ich mich nach dem Korb, der vor der Haustür steht und in dem sauber gefaltet meine getrockneten Wäschestücke aufgeschichtet liegen. Nur mein BH, der ist nach wie vor im Wäschebeutel, aber auch trocken, wie ich feststelle, als ich ihn prüfend herausziehe. Erstaunt schaue ich in die Richtung von Aidans Cottage, aber bevor ich erkennen kann, ob man dort etwas von ihm sieht, tritt Raphaël auf seine Veranda hinaus und streckt gähnend die Arme über den Kopf. Als er mich entdeckt, grinst er mir freundlich zu, während seine Lippen ein lautloses »Guten Morgen!« formen.

»Guten Morgen«, wispere ich zurück, um niemanden zu wecken, der nicht zu so früher Stunde bereits auf den Beinen ist wie wir. Rasch stelle ich meinen Wäschekorb im Wohnzimmer ab, bevor ich erneut mein Cottage verlasse. Feli schläft natürlich noch – ich habe ihr einen Zettel hinterlassen, dass ich zur Frühstückszeit im Restaurant sein muss, aber zu Mittag hier sein und für uns beide kochen werde. Es bedrückt mich, dass ich mein Kind momentan so selten zu Gesicht bekomme. Das muss sich endlich ändern. Sobald wir im Restaurant in eine gewisse Routine hineingefunden haben und meine Crew sich gut auskennt, werde ich mir öfter kleine Auszeiten genehmigen, um Zeit für Feli zu haben. Immerhin habe ich mir in Bangkok geschworen, dass von nun an wirklich mein Kind an erster Stelle stehen muss und nicht länger der Job.

Feuchte Dunstschleier hängen noch zwischen den Büschen und Bäumen, verwandeln den stillen Wald um mich herum in eine geheimnisvolle Zauberwelt, als ich über den Boden aus Tannennadeln und weichem Moos zu meinem Nachbarhäuschen gehe. Am Fuß der Verandatreppe plaudere ich kurz mit Raphaël und Salomé, die nun auch zu ihrem Schatz auf die Veranda hinausgekommen ist und ihm offensichtlich eine große Tasse Kaffee mitgebracht hat. Ich versuche, nicht daran zu denken, wie die beiden gestern Abend verliebt zu meinem Herzenssong getanzt haben, sondern plaudere betont ungezwungen mit ihnen über den erfolgreichen Start des *Four Whales*, über die wenigen Kleinigkeiten, die gestern schiefgelaufen sind (eine angebrannte Soße, zwei verwechselte Tischnummern und eine vergessene Nachtisch-Bestellung) und was wir heute besser machen können.

»Du gehst jetzt schon rüber ins Restaurant?«, fragt Salomé und wirft einen besorgten Blick auf ihre Armbanduhr, bevor sie schnell zwei große Züge von ihrem Kaffee trinkt.

»Ja, aber ich bin früh dran«, beruhige ich sie rasch. »Ich konnte nicht mehr schlafen.«

Natürlich erwähne ich nicht, dass mich ein erschreckend intensiver Traum von Aidan und mir in einem engen, warmen Waschsalon aus dem Schlaf gerissen hat und ich danach einfach keine Ruhe mehr finden konnte. Ein schneller Blick zu Aidans Cottage zeigt mir, dass nichts vom Küchenchef zu sehen ist.

»Gut, ich komme gleich nach«, erklärt unsere Souschefin, und ich verabschiede mich von den beiden und wandere den

Waldweg entlang. Sobald ich das Cottage von Salomé und Raphaël sowie mein eigenes hinter mir gelassen habe, passiere ich kurz darauf die Grenze zu dem Bereich mit den Blockhäuschen der Gäste. Das hinterste dieser Häuser, an dem ich nun zuerst vorbeikomme, steht still zwischen den hohen Kiefern. Jackson scheint noch zu schlafen. Nachdenklich betrachte ich seine verlassene Veranda, wo nur ein leeres Glas auf dem Boden und ein vergessenes Sweatshirt auf dem Deckchair daran erinnern, dass hier jemand wohnt. Ich bin Jackson so dankbar, dass er sich gestern um Feli gekümmert hat. Er hat mir noch ein paar Sprachnachrichten auf mein Telefon gesprochen, hat von seiner Unterhaltung mit Feli berichtet, dass er ihr erzählt hat, wie er mit peinlichen Fotos im Internet klarkommt, und dass er früher, als Kind, in seiner Klasse gehänselt wurde, weil er gestottert hat. Das Stottern habe er erst durch die Musik überwunden, hat er zunächst Feli und dann auch mir erzählt.

Mein kurzer Spaziergang hilft mir, meinen Kopf durchzulüften, denn der ist bis zum Bersten gefüllt mit wirren Gedanken. Sie kreisen nicht nur um Feli und meine nach wie vor große Sorge um sie, sondern auch um Aidan und darum, was gestern Abend fast zwischen uns passiert wäre, wenn Skye uns nicht unterbrochen hätte. Ich kann nicht aufhören, darüber nachzudenken, wie ich die schleudernde Waschmaschine hinter mir hatte, und Aidan dicht vor mir. Seinen unverschämt attraktiven nackten Oberkörper.

Und dann denke ich, natürlich, über Skye und ihr katastrophales Date nach, und über Aidans Wut und seine bitteren Vorwürfe. Dass gerade ich es doch besser wissen müsste, nach Felis und meinen schlimmen Erfahrungen mit dem Internet.

Als ich das Restaurant betrete, sehe ich durch die offen stehende Tür zur Küche, wie Aidan mit einer Tasse Kaffee an einer der Arbeitsflächen steht und gedankenverloren aus dem Fenster starrt. Offenbar hört er meine Schritte, denn er dreht den Kopf und schaut in meine Richtung. Sofort muss ich wieder an die Intimität im kleinen Wäschehäuschen denken. An das Trommeln des Regens auf dem Dach.

Aber ich muss auch daran denken, dass er gestern Abend keine Anstalten gemacht hat, mit mir zu *Ti Amo* zu tanzen. Und im Endeffekt hat er mich ja nicht geküsst, auch nicht vor der Waschmaschine. Ja, natürlich hat Skye uns unterbrochen – aber selbst, wenn sie das nicht getan hätte, kann es gut sein, dass nichts weiter passiert wäre. Dass wir uns einfach weiter über unsere dreizehnjährigen Töchter unterhalten hätten und über all die Sorgen, die das Alter mit sich bringt.

Was ich auch schön gefunden hätte, wird mir klar, während ich die Küche betrete und betont fröhlich sage: »Guten Morgen! Ist zufällig noch Kaffee übrig?«

»Klar«, murmelt Aidan. Er sieht mich nur flüchtig an, bevor er sich der Kaffeemaschine zuwendet und eine frische Tasse aus einem Oberschrank holt.

»Lass mal, einschenken kann ich mir doch selber«, sage ich rasch und trete neben ihn, aber Aidan wirft mir nur einen Blick zu, der mir wohl sagen soll, dass es keine große Sache ist, dass er meine Kaffeetasse füllt, also halte ich meinen Mund und beschränke mich aufs Lächeln. Als er mir die Tasse reicht, sagt er, ohne eine Miene zu verziehen: »Bitte schön. Schwarz und heftig.«

Ich starre ihn an und bin ehrlich verblüfft, dass er noch weiß, wie ich meinen Kaffee trinke – und vor allem, was ich neulich im Scherz zu seiner Mutter gesagt habe. Aidan erwidert meinen Blick ernst, und im hellen Morgenlicht, das durch das Küchenfenster fällt, wird mir bewusst, was für einen starken Kontrast seine dichten schwarzen Wimpern zum hellen Blau seiner Augen bilden.

»Danke«, stoße ich endlich hervor.

»Gern geschehen«, murmelt Aidan, und sein Blick flackert kurz zu meinen Lippen, was mich fast meinen Kaffee verschütten lässt. Dann sieht er mir wieder in die Augen und fügt in warnendem Tonfall hinzu: »Aber wag es bloß nicht, dich mit deinem Hintern wieder auf meine Arbeitsfläche zu schwingen. Wir haben jetzt immerhin Gäste.«

»Über meinen Hintern brauchst du dir keine Gedanken zu machen, mein Lieber«, gebe ich zuckersüß zurück und nehme einen großen Schluck Kaffee.

Aidans Blick flackert nach unten, dann wieder zu meinen Augen, und als der Hauch eines Lächelns über sein Gesicht huscht, verschlucke ich mich beinahe an meinem Kaffee. »Das hatte ich nicht vor«, bemerkt er knapp und wendet sich ab.

»Danke für die Wäsche«, sage ich rasch. »Das … war echt nett von dir.«

»Tja, manchmal kann ich nett sein«, gibt Aidan zurück, ohne mich anzusehen, und zieht sein Tablet heran, um durch seine Rezept-Listen zu scrollen.

»Wenn du möchtest, durchaus, ja«, bemerke ich spitz.

»Jetzt fang bloß nicht wieder mit gestern Abend an. Wegen Skyes Date.« Er atmet tief durch und starrt mich dann ernst an. »Ich will heute Morgen nicht darüber nachdenken, wie der gestrige Abend für Skye hätte ausgehen können.«

»Nein, ich auch nicht.« Ich nehme noch einen Schluck Kaffee und füge ruhig hinzu: »Trotzdem ist deine Schwester mit fast Mitte dreißig alt genug, um abzuschätzen, ob sie das wieder machen will.«

»Du meinst, irgendeinen x-beliebigen Scheißkerl aus dem Internet zu sich nach Hause einzuladen?« In Aidans Augen funkelt es aufgebracht. »Klar, das sollte sie unbedingt wieder versuchen, hat ja super geklappt!«

»Aidan«, seufze ich auf. »Wo sollte sie denn hier auf der Insel mit ihm ausgehen? Ins *Four Whales* etwa, wo ihr älterer Bruder angriffslustig von der Küche aus beobachtet, ob er ihrem Date Gift ins Essen rühren soll?«

»Kein Gift«, brummt Aidan. »Abführmittel würde reichen.« Ein Schmunzeln zuckt um seinen Mund, was meine Innereien nervös zur Kenntnis nehmen. »Hey, die Idee gefällt mir.«

»Die arme Skye«, sage ich mit einem Kopfschütteln. »Kein Wunder, dass sie immer noch Single ist. Bei dem Bruder!«

»Wir müssen mehr Krabben bestellen«, sagt Aidan mit Nachdruck und wendet sich entschlossen seinem Tablet zu.

»Du meinst, falls Skye jemanden mit Krustentierallergie kennenlernt?«, kontere ich und muss grinsen, obwohl ich immer noch leicht genervt von Aidans übertriebener Besorgnis bin. Aidan jedoch sieht mich nur grollend an. Ganz offensichtlich will er nicht länger über das Beziehungsleben seiner Schwester reden.

»Nein. Gestern Abend wurde bei Weitem mehr von der Krabbencremesuppe bestellt, als ich dachte, und darum brauchen wir dringend Nachschub.«

»Kein Wunder, die Suppe war göttlich und hatte auf mich fast dieselbe Auswirkung wie guter Käse«, gebe ich zurück und warte ab, ob er versteht, was ich meine. Aidan hält inne und lässt sein Tablet sinken. Der Blick, den er mir zuwirft, hat auch fast dieselbe Wirkung wie Käse und Krabbencremesuppe.

»Da bin ich ja froh, dass du nicht mitten in meiner Küche einen *Harry-und-Sally*-Moment hattest.« Er sagt dies ruhig und nüchtern, aber ich kann das Flackern in seinen Augen deutlich erkennen. »Jetzt weiß ich zumindest, dass wir keine Käseplatte auf der Speisekarte brauchen. Krabbensuppe reicht anscheinend.«

Verblüfft starre ich ihn an und will schon lachend etwas zum Thema Käse erwidern, doch ich komme nicht dazu.

»Was ist denn ein *Harry-und-Sally*-Moment?« Als wir Islas Stimme hinter uns hören, fahren Aidan und ich erschrocken herum.

»Isla! Guten Morgen«, sagt er schnell und macht einen Schritt auf seine Tochter zu, um ihr einen Kuss auf die Wange zu drücken. »Bist du aus dem Bett gefallen? Es ist nicht einmal sieben Uhr!«

»Die Eichhörnchen haben mich schon wieder geweckt. Dass die immer Tannenzapfen auf unser Dach werfen müssen!«

»O ja, das machen sie bei uns auch«, grinse ich.

Isla sieht mich an und lächelt schief zurück. »Hi, Stella.«

»Hallo, Süße.« Ich lächele Isla betont fröhlich an. Zum einen möchte ich ihr zeigen, dass ich ihr wegen gestern nicht böse bin. Und zum anderen will ich auf jeden Fall vom peinlichen *Harry-und-Sally*-Moment ablenken!

»Wie … wie geht es denn Feli?« Die Frage des Teenies überrascht und berührt mich – vor allem, weil Isla gar nicht mehr so selbstbewusst klingt wie unter normalen Umständen.

»Tja, weißt du … ich konnte leider seit dem Vorfall gestern noch gar nicht in Ruhe mit ihr sprechen«, gebe ich zögernd zu und fühle mich augenblicklich wieder wie die schlimmste Mutter der Welt. Ein Gefühl, das mir in den letzten Monaten besonders vertraut geworden ist – wohl auch, weil Feli mir das mehr als einmal an den Kopf geworfen hat, in ihrer Wut auf alles und jeden und ganz speziell mich, die ich schuld bin an unseren ewigen Umzügen.

»Gestern, da hat sie viel mit Jackson geredet. Das hat ihr gutgetan, glaube ich. Als ich nach dem Restaurant nach Hause kam, da hat sie schon geschlafen.«

Mein Blick huscht flüchtig zu Aidan, und er sieht mich

ebenfalls an. Dass wir beide in diesem Moment an den winzigen Wäscheraum denken müssen, in dem so viel hätte passieren können, ist völlig klar. Rasch räuspere ich mich und fahre fort: »Tja, und eben hat sie auch noch geschlafen, als ich zum Hotel gegangen bin. Sie scheint sich von den Eichhörnchen nicht stören zu lassen.« Ich grinse schief. »Aber ich werde gleich mal bei ihr nach dem Rechten sehen. Ich wollte nur mit deinem Dad die Bestellungen durchgehen, die wir machen müssen, bevor die ersten Frühstücksgäste auftauchen.«

Aidan sieht mich immer noch ernst an und wendet sich dann erneut seinem Tablet zu – als sei ihm beim Stichwort »Bestellungen« wieder eingefallen, womit er gerade beschäftigt war, bevor ich mit der Krabbencremesuppe dazwischengefunkt habe. Ich muss mir ein Grinsen verkneifen.

»Das mit den Fotos … Das war bestimmt sehr schlimm für Feli.« Isla steht immer noch neben mir, das sommersprossige Gesicht ernst. Ihre hellblauen Augen mustern mich nachdenklich.

»Ja.« Ich nicke und muss bei der Erinnerung schlucken. »Ja, das war es.« Kurz mache ich eine Pause und überlege, wie weit ich ins Detail gehen soll. Dann sage ich spontan: »Weißt du, du könntest sie das selbst fragen, Isla. Vielleicht würde Feli gern mit einer Gleichaltrigen über das Ganze reden.«

Isla sieht mich skeptisch an. »Ich glaube nicht, dass sie mit mir reden will«, sagt sie dann langsam.

»Meinst du? Hast du es denn schon versucht?«, hake ich sanft nach.

Isla schüttelt den Kopf. »Nee. Wie auch? Sie hängt ja nur mit Jackson ab. Die lucky bitch.«

»Hey!« Aidan lässt sein Tablet sinken und starrt seine Tochter entrüstet an. »Das möchte ich nicht noch einmal von dir hören, ist das klar?«

»Mensch, Aidan, chill mal!« Isla verschränkt die Arme vor der Brust, und ich muss mir ein Lachen verkneifen. Sie nennt ihn Aidan? »Das war überhaupt nicht böse gemeint! Das sagen wir in der Schule alle zueinander!«

Aidans Blick wandert von Isla zu mir, und ich rolle schmunzelnd mit den Augen, um ihm zu verstehen zu geben, dass ich weiß, was er durchmacht.

Oder auch nicht. Ganz ehrlich, Feli hat mir so selten etwas aus ihrer Klasse in Bangkok berichtet – ich wünschte, ich hätte mitbekommen, wie die Kids sich gegenseitig genannt haben, was für Sprüche cool waren und so weiter. Aber Feli hat mir nie viel erzählt. Im Nachhinein ist mir klar warum.

»Guten Morgen!« Salomé betritt fröhlich die Hotelküche, dicht gefolgt von Lissy, einer der Line-Köchinnen.

Aidan begrüßt seine Mitarbeiterinnen und fängt an, mit ihnen ein paar Dinge zu besprechen, während sich die Frauen an ihren Arbeitsstationen einrichten und alles bereitlegen, was sie für die ersten Frühstücksgäste im *Four Whales* brauchen werden. Ich schenke mir gerade Kaffee nach und will vorn im Restaurant nach dem Rechten sehen, bevor die ersten Gäste eintreffen, als eine weitere Person mit einem »Guten Morgen!« um die Ecke in die Küche kommt – eine Person, die so gar nicht um diese frühe Uhrzeit ins Hotel passt: Rae MacLaughlin.

40

»Rae? Was machst du denn schon so früh hier?«, fragt Aidan regelrecht alarmiert. »Ist etwas passiert?«

»Du meine Güte, kann ich nicht einfach mal früher als sonst hier vorbeikommen, ohne dass gleich etwas passiert sein muss?«, fragt Rae, wirkt dabei jedoch kein bisschen irritiert, sondern vielmehr fröhlich.

»Schön, dich zu sehen«, sage ich betont freundlich. »Kaffee?«

»Nein, danke, mein Herz, ich trinke nur Tee. Aber du, du verträgst das Koffein gut. Die italienischen Gene, hmm?« Sie zwinkert mir zu und tätschelt mir die Wange. Noch während ich mich irritiert frage, woher sie das mit den italienischen Genen weiß (okay, vielleicht reimt sie sich das wegen meines Namens und meiner schwarzen Haare zusammen?), wendet sich Rae schon an Isla und drückt ihr zwei Bücher in die Hände: »Hier, meine Liebe. Für deine Freundin und dich.«

»Meine … Freundin?« Isla starrt Rae groß an.

»Ja. Felicitas.« Rae sieht mich an und zwinkert mir flüchtig zu, bevor sie sich wieder an Isla wendet und hinzufügt: »Das hier, das ist für dich. Wird dir bestimmt gut gefallen. Sehr spannend. Und das hier … das ist für Feli. Bring es ihr am besten gleich vorbei.«

»Ähm …«, macht Isla und starrt erst Rae ratlos an, dann die Bücher und schließlich wirft sie mir einen geradezu Hilfe suchenden Blick zu, der mich zum Lachen bringt.

»Das ist wirklich nett von dir, Rae! Isla, vielleicht gehst du ein bisschen später zu unserem Cottage, denn jetzt schläft Feli noch, fürchte ich.«

»Ich glaube, sie ist wach. Aber egal.« Rae lächelt mich vergnügt an. »Später geht auch. Vielleicht um die Mittagszeit?«

Ich sehe Rae an und versuche zu verstehen, was sie mir sagen will. Um die Mittagszeit?

»Ich wollte heute Käsespätzle kochen«, sage ich dann langsam. »Ein Rezept aus meiner Heimatregion in Deutschland. Mit viel Käse.« Flüchtig schießt mein Blick zu Aidan, der mich stoisch ansieht, doch ich könnte schwören, dass der Hauch eines Grinsens um seine Lippen zuckt.

»Oh, ich liebe Käse«, seufzt Rae. »Du auch, Isla, oder?«

Isla nickt und scheint sich zu fragen, was das hier soll. Ich muss lachen. »Isla, möchtest du vielleicht mit Feli und mir zu Mittag essen?«, erkundige ich mich. »Bei der Gelegenheit könntest du Feli das Buch geben.«

»Ähm … okay …«, sagt Isla, wirkt aber immer noch ein wenig unschlüssig. »Wird Jackson auch da sein?«

Ich starre das Mädchen an und überlege, wie ich reagieren soll. Ohne Zweifel wird Feli wieder zu Jacksons Cottage gehen, um Musik zu machen (was mich ja wirklich sehr freut!), sobald sie wach ist. Aber … wenn Jackson wieder dabei ist, werden Feli und Isla garantiert nicht warm miteinander.

»Wie wäre ein reiner Mädels-Lunch?«, schlage ich rasch vor, und als ich Aidan ansehe, ist die Erleichterung auf seinem Gesicht förmlich greifbar, was ich ziemlich süß finde – ganz egal, ob er nun erleichtert ist, weil seine Tochter nicht so viel mit ihrem Idol herumhängt, oder weil ich das nicht tue. Süß ist es allemal.

»Okay.« Isla nickt, und sollte sie enttäuscht sein, verbirgt sie das gut.

»Ach, da wäre ich ja auch gern dabei, aber ich muss erst einmal bei Gottlieb nach dem Rechten sehen, und dann habe ich noch ein paar andere Dinge zu erledigen«, verkündet Rae vergnügt.

»Schade«, sage ich und lächele die merkwürdige Frau breit an. »Ein Mittagessen mit dir wäre bestimmt äußerst interessant geworden, meine Liebe.«

»Worauf du dich verlassen kannst«, grinst Aidan und mustert die Bibliothekarin mit hochgezogenen Augenbrauen.

»Sei mal nicht so vorlaut, Aidan Cameron«, bemerkt Rae spitz, und dann wird sie plötzlich ernst, tritt näher an ihn heran und sagt in geradezu strengem Tonfall: »Und, falls du deiner Schwester wirklich helfen willst: In der Coast Guard Station wird bald eine Stelle frei.«

Aidans Kinnlade klappt förmlich herunter, als er Rae ratlos mustert. »Wie …? In der Coast Guard Station? Hier, auf Whale Island?«

»Ja, der alte Harold will in den Ruhestand gehen.«

»Aber … was hat das mit Skye zu tun? Und … wieso will ich ihr helfen?«

Rae schnalzt mit der Zunge und schüttelt den Kopf. »Na, ob du ihr helfen willst oder nicht, das musst du natürlich selbst wissen, Aidan. Aber du gibst ja gern deinen Senf dazu, wenn es um ihr Liebesleben geht. Und glücklich ist sie nicht, das sieht man doch. Übrigens … sie hat doch heute ihren freien Tag, oder?«

»Ähm …« Aidan starrt Rae verwirrt an und kratzt sich am Kopf. »Vermutlich. Ja. Wenn du das sagst, wird das wohl so sein.«

Rae lächelt erst ihn breit an, dann mich. »Na, dann könntet ihr ja auch ohne mich zu viert beim Mädels-Lunch sein. So, ich muss los. Habt einen schönen Tag, ihr Lieben!«

Und sie verschwindet so schnell, wie sie gekommen ist. Verblüfft starre ich Rae hinterher, und als ich Aidan ansehe, merke ich, dass er ebenfalls verwirrt Richtung Küchentür sieht.

»Was zum Teufel …? Warum muss sie immer so kryptische Glückskekssprüche von sich geben? Kann sie nicht richtige Ratschläge geben, wenn sie schon alles weiß? Was sollte das mit der Coast Guard Station und Skye?«

Als er mich ratlos ansieht, zucke ich mit den Schultern und lache auf. »Ganz ehrlich – mich musst du nicht fragen. Mir hat sie neulich etwas von ›Das Glück ist eine Vorratskammer‹ erzählt. Darüber denke ich bis heute nach und habe keine Ahnung, was sie mir damit sagen wollte.«

Aidan grinst mich an. »So, so, zum Mittagessen gibt es also Spätzle mit viel Käse, ja?«

Ich lache leise auf. »Ja. Tut mir leid, mein Lieber, dass du beim Mädels-Lunch nicht dabei sein kannst.«

»Wirklich schade«, murmelt Aidan.

»Wobei … im Restaurant musst du ja heute gar nicht sein. Wenn du also möchtest …«

Während des Soft Openings ist das *Four Whales* zum Frühstück nur für die Hotelgäste und zum Abendessen auch für externe Gäste geöffnet, aber es gibt noch kein Mittagessen. Nach der Übergangsphase werden wir uns langsam steigern und auch einen Mittagstisch anbieten. Außerdem ist für die Sonntage ein großes Brunchbuffet geplant, das wir nächsten Monat in Angriff nehmen wollen.

»Nein, nein«, widerspricht Aidan jetzt und hebt die Hände. »Ein Mädels-Lunch ist ein Mädels-Lunch, da dränge ich mich nicht hinein. Ihr müsst ja mal ungestört über uns Kerle herziehen können.« Er grinst mich schief an, bevor er Isla ansieht, die sich gegen die Arbeitsfläche gelehnt hat und in eines der beiden Bücher vertieft ist. »Na, gute Wahl von Rae?«

»Mhhm«, murmelt Isla.

»Wovon handelt es?«

Sie sieht flüchtig auf, und ihr Blick flackert erst zu mir, dann zu ihrem Dad, bevor sie erwidert: »Von einer Mädchenclique, die eine neue Schülerin in der Klasse tyrannisiert.«

»Aha.« Aidan nickt, und als sich Isla wieder ihrem Buch widmet, wirft er mir einen bedeutungsschweren Blick zu. »Rae hat immer ein super Gespür für Bücher«, sagt er leise, während ich aus dem Staunen gar nicht mehr herauskomme. »Ich war vierzehn, als sie mir ein Kochbuch mitgebracht hat. Ich habe sie erst für bescheuert erklärt – also, im Stillen, versteht sich. Niemals laut, das hätte ich mich auf gar keinen Fall getraut.«

Er unterbricht sich und grinst. »Allerdings hat Rae das mit Sicherheit trotzdem mitbekommen. Egal. Wegen ihr habe ich auf jeden Fall angefangen, mich ins Kochen zu verlieben. Frag mich nicht, warum sie wusste, dass ich Talent dafür habe. Dass das mein Ding ist. Aber ihr war das lange klar, bevor ich zum ersten Mal ein Küchenmesser in der Hand gehalten habe.«

Fasziniert starre ich Aidan an und lasse das sacken. »Ich wünschte, ich wüsste, was sie mit der Vorratskammer gemeint hat«, murmele ich.

»Tja. Und mit der Coast Guard Station.« Aidan lacht auf und greift sich wieder sein Tablet. »Wie sieht es aus, wollen wir die Bestände durchgehen?«

»Ja, ich muss nur schnell Skye eine Nachricht schicken, damit sie weiß, dass wir ein Lunch-Date haben«, sage ich und greife nach meinem Telefon.

Natürlich muss ich Feli überreden, mittags Jacksons Cottage zu verlassen, wo sie erneut mit ihm Musik gemacht hat.

»Warum lädst du ihn nicht auch zum Essen ein?«, fragt sie mich auf Deutsch, und ich antworte, auf Englisch, mit einem betont freundlichen Lächeln in Jacksons Richtung: »Sorry, mein Lieber, aber wir haben heute ein reines Ladies-Lunch. Ich hebe dir allerdings gern eine Portion Käsespätzle auf und bringe sie dir nachher rüber, wenn du magst.«

»Das klingt hervorragend«, sagt Jackson ehrlich begeistert. »Los, Feli, das wird sicher nett.«

»Mit Isla?« Feli spricht ihren Namen aus, als würden wir Donald Trump zum Mittagessen erwarten.

»Ja. Und mit Skye«, sage ich mit Nachdruck. »Skye ist supernett. Und Isla eigentlich auch … ihr müsst euch nur erst besser kennenlernen.«

»Oh, darauf freue ich mich tierisch«, brummt Feli mit einem Augenrollen, aber immerhin erhebt sie sich endlich vom Sofa, schnappt sich ihre Gitarre und verlässt betont genervt das Cottage.

Als sie schon die Treppenstufen der Veranda hinabmarschiert, sehe ich Jackson an, der meinen Blick mit einem breiten Grübchen-Lächeln erwidert, das mir mal wieder vor Augen hält, warum Feli und Isla und Millionen anderer Teenies (und älterer weiblicher und natürlich auch männlicher Wesen) so von diesem Kerl schwärmen.

»Warum tue ich mir das mit diesem Mittagessen eigentlich an?«, seufze ich leise. »Hoffentlich reißen sich Feli und Isla nicht die Köpfe ab!«

Jacksons Lächeln vertieft sich. »Das werden sie bestimmt nicht«, beruhigt er mich. »Stella, du kannst verdammt stolz auf deine Tochter sein. Sie ist ein wirklich tolles Mädchen, und noch dazu hat sie wahnsinnig viel Talent, weißt du das?«

Mit einem glücklichen Grinsen wende ich mich der Tür zu. »Danke dir, Jackson. Ich als ihre Mutter habe ja immer schon gesagt, dass sie begabt ist, aber Mütter finden ihre Kinder grundsätzlich toll. Wenn du das sagst, ist das etwas ganz anderes.«

»Es ist auch kein Wunder, dass Feli so toll geraten ist. Bei der Mutter.«

Überrascht drehe ich mich noch einmal zu ihm um und mustere ihn mit einem Kopfschütteln. »Jetzt übertreibst du, mein Lieber.«

Jackson jedoch wird sehr ernst, als er ebenfalls den Kopf schüttelt und mit Nachdruck beharrt: »Nein. Das tue ich nicht.«

Ich schlucke, als ich in seine grünen Augen starre.

»Mama? Kann es sein, dass die Spätzle aus dem Ofen müssen?«, reißt mich Felis Stimme von draußen aus unserem Starren, und ich zucke erschrocken zusammen und wende mich rasch ab.

»*Santo cielo*, hoffentlich sind sie nicht zu dunkel geworden!«, stöhne ich auf und öffne die Fliegengittertür. »Bye, Jackson, bis später!«

Ich höre ihn hinter mir noch leise »Bye, Stella« murmeln, aber da eile ich schon die Stufen hinab und zu unserem Cottage, um die Spätzle zu retten – und um nicht weiter darüber nachzudenken, ob Jackson Porter das gerade wirklich so gemeint hat, wie ich es verstanden habe.

41

»Hmm, das riecht aber lecker!«

Kaum habe ich die Auflaufform mit den goldgelb überbackenen Käsespätzle aus dem Ofen geholt, höre ich schon Schritte auf unserer Veranda.

»Kommt rein!«, rufe ich aus der Küchenecke und trage dann die Auflaufform zum gedeckten Esstisch. »Feli, legst du mir den Untersetzer auf den Tisch? Schnell, bitte, die Form ist schwer!«

»Hättest du das nicht vorher machen können?«, murrt meine Tochter, und ich könnte schwören, dass sie sich extra langsam vom Sofa zur Kommode bewegt, auf der der Holzuntersetzer liegt, den ich neulich bei Dotties Mann Hank erstanden habe. »Feli«, zische ich aufgebracht, als sich die Fliegengittertür öffnet und Skye und Isla eintreten.

»Hi, ihr zwei!«, rufe ich betont fröhlich, während ich meine Tochter zum Mond schießen könnte. Feli hat es endlich geschafft, den Untersetzer auf den Tisch zu knallen, sodass ich die Auflaufform abstellen kann. Ich werfe ihr einen vernichtenden Blick zu, bevor ich mich unseren Gästen zuwende und sie gut gelaunt begrüße.

»Wir können auch gleich essen«, verkünde ich. »Ich hole

nur schnell die gebratenen Zwiebeln und den Salat. Setzt euch doch schon mal.«

Ich merke genau, wie sich Feli und Isla schweigend mustern und dann zögernd Platz nehmen – natürlich nicht nebeneinander. Skye grinst mich schief an, und ich bin erleichtert, als sie mir in die Küchenecke folgt. Sie sieht zum Glück wieder völlig normal aus, und wenn ich sie gestern Nacht nicht so aufgelöst erlebt hätte, würde ich nie darauf kommen, dass sie ein absolut katastrophales Date hinter sich hat.

»Wie geht es dir?«, flüstere ich ihr zu, während ich die angebratenen Zwiebelringe aus der Pfanne auf einen bereitstehenden Teller gleiten lasse.

Skye seufzt leise auf. »Ach… Ich würde gern sagen ›gut‹. Aber … Das gestern Abend, das hat mich echt erschüttert, weißt du?« Jetzt schimmern ihre blauen Augen doch wieder feucht, und rasch lege ich den Pfannenwender zur Seite und nehme sie fest in den Arm.

»Das kann ich mir vorstellen«, murmele ich. »Aber, ganz ehrlich: So sind bei Weitem nicht alle Männer, Skye. Du hattest Pech, an so ein Arschloch zu geraten.«

»Aber könnte es nicht sein, dass ich Arschlöcher anziehe?«, wispert Skye heiser, und nun löst sich eine Träne von ihren langen Wimpern und rinnt ihre Wange hinab. »Erst Simon, der untreue Idiot im College, dann Jeff und sein Psycho-Terror … und dann Hunter? Ich habe wirklich ein Händchen für Scheißkerle!«

»Mama, musst du die Zwiebeln und den Salat erst ernten?«, kommt Felis gedehnte Frage aus dem Wohnzimmer. Ich rolle mit den Augen und murmele: »Lass uns später weiterreden, okay?«

Skye nickt und wischt sich mit einem tapferen Lächeln unter den Augen entlang. Dann, als ich gerade den Teller mit den

Zwiebeln zum Tisch tragen will, greift sie mich am Arm und sagt eindringlich: »O ja, und wir müssen später nicht nur über mein desaströses Liebesleben reden, sondern auch über dein sehr viel aussichtsreicheres, Darling.«

»Wie bitte?«, frage ich sie und muss leise losprusten. »Was meinst du?«

»Na, Aidan und du, gestern Nacht im Wäschehäuschen? Ich bitte dich – wenn ich blöde Kuh euch nicht gestört hätte, dann hätte da drinnen nicht länger nur die Waschmaschine rotiert.«

Bei der Erinnerung an Aidan und mich spüre ich zu meinem Entsetzen tatsächlich heiße Röte in meinem Gesicht hochsteigen, und ich wende mich rasch ab. Doch Skye ist wie ein Bluthund, der eine Fährte aufgenommen hat, denn sie knufft mich leicht in die Seite und murmelt: »Oh, das ist fantastisch, das ist einfach fantastisch …«

»Skye«, knurre ich unterdrückt, während wir Richtung Tisch gehen. »Da ist nichts, klar?«

»Klar!«, grinst Skye süffisant und lässt sich neben Feli auf den freien Stuhl gleiten. »Na, meine Süße, wie geht es dir heute?«

Feli seufzt leise. »Den Umständen entsprechend«, murmelt sie.

Ich werfe ihr einen ernsten Blick zu und weiß mal wieder nicht, ob ich verständnisvoll oder genervt sein soll. Kann sie sich nicht in Gegenwart unserer Gäste einmal zusammenreißen?

»Sagt mal, was ist eigentlich ein *Harry-und-Sally*-Moment?«, fragt da Isla, und ich lasse die Portion Käsespätzle, die ich gerade auf Skyes Teller häufe, fast danebenfallen.

»Wie kommst du denn darauf?«, lacht Skye amüsiert auf.

Rasch greife ich nach Islas Teller und frage: »Isla, mit oder ohne Zwiebeln?«, aber so leicht lässt sich der Teenie nicht ablenken. »Gern mit. Und Dad und Stella haben eben darüber geredet, als ich in die Hotelküche kam.«

»Soo, haben sie das?« Skye grinst mich frech an. Ich rolle mit den Augen.

»Im Scherz«, murmele ich und reiche Isla ihren vollen Teller. »Feli, du nimmst auch Zwiebeln, richtig?«

»Ganz ehrlich, dass man von Erwachsenen nie eindeutige Antworten bekommt«, murrt Isla, und erst, als Skye streng sagt »Süße, dein Dad sagt immer: beim Essen keine Handys!«, sehe ich das Mädchen wieder an und merke, dass es sein Smartphone gezückt hat und darauf herumtippt.

Im nächsten Moment erfüllt das Stöhnen von Meg Ryan die Küche. Ich sehe, wie Feli und Isla synchron die Augen aufreißen und sich gegenseitig schockiert anstarren. Sie wirken, als wären sie kurz davor, zusammen aufzuspringen und in Felis Zimmer zu flüchten. Dieser Moment des gemeinsam durchlebten Teenie-Schocks überrollt mich für zwei Sekunden mit wilder Hoffnung. Isla lässt das Telefon fallen und fixiert den Bildschirm geradezu schockiert, während Feli eine Hand vor den Mund schlägt und ebenfalls auf das Display starrt, das nun für uns alle gut sichtbar auf dem Tisch liegt. Dann entweicht meiner Tochter ein unbändiges Kichern, und Isla sieht sie an, offenbar überrascht von ihrer Reaktion, bevor auch sie geradezu hysterisch zu glucksen beginnt.

»Okay, das reicht«, grinst Skye und greift nach dem Telefon, während Meg Ryan zum Höhepunkt ihres Höhepunkts kommt. Als das Stöhnen verstummt und von draußen wieder nur das Rauschen der Atlantikbrandung und das Zwitschern einiger Vögel zu hören sind, atme ich erleichtert auf.

»Ja. Das war der berühmte *Harry-und-Sally*-Moment«, erkläre ich ruhig und setze mich.

»Und warum hast du mit Islas Dad darüber gesprochen?«, hakt Feli nach und grinst jetzt nicht mehr. Ernst mustert sie mich. Auch Isla ist das Lachen vergangen, während sie mich genauso ratlos ansieht.

»Das wüsste ich auch gern«, bemerkt Skye süffisant. Wenigstens sie grinst nach wie vor.

»Guten Appetit«, sage ich mit Nachdruck und schiebe mir eine Gabel voller Spätzle in den Mund.

Die letzten Gäste machen sich an diesem Abend gerade daran, das *Four Whales* zu verlassen, als plötzlich Jackson vor mir steht. Erstaunt lasse ich mein Tablet sinken, auf dem ich mir nebenher ein paar Notizen gemacht habe – die Beleuchtung an den Tischen 14 und 15 ist um diese späte Stunde unzureichend, da muss dringend eine weitere Stehlampe oder eine andere Lösung her! –, und sehe ihn an.

»Hey, noch Hunger?«, frage ich gut gelaunt und streiche mir eine Locke hinter das Ohr. Auch der zweite Abend unseres Restaurants war äußerst erfolgreich, selbst wenn Mizzy, meine mit Abstand unsicherste Kellnerin, einem Gast ein Glas Wasser über den Schoß gekippt und sich daraufhin heulend in der Angestelltentoilette verkrochen hat. Ich werde morgen ein ernstes Wort mit Mizzy sprechen müssen – Fehler passieren, aber wer Wasser verschüttet, der muss sich auch darum kümmern und kann nicht einfach heulend weglaufen. Zum Glück hat der ältere Herr es mit Humor genommen, ein paar Inkontinenz-Witze gerissen und sich gefreut, als er gehört hat, dass er den Nachtisch aufs Haus bekommt.

»Nein, Hunger eher nicht«, erwidert Jackson jetzt, und plötzlich wird mir bewusst, wie ungewohnt ernst er wirkt. Nicht einmal die Spur eines charmanten Lächelns erhellt sein Gesicht, und von seinen Grübchen ist nicht das Geringste zu sehen. »Ähm, Stella, können wir bitte kurz reden? Oder … bist du noch mit Gästen beschäftigt?«

Besorgt mustere ich ihn und frage rasch: »Ist etwas mit Feli?«

Nach unserem Mittagessen, das dann doch noch ganz nett geworden ist – hauptsächlich Dank Skye, die Anekdoten aus ihrem Klinikalltag zum Besten gegeben hat –, habe ich versucht, mich in Ruhe mit Feli zu unterhalten. Ich wollte unbedingt endlich über die Ereignisse von gestern reden – Islas Bildersuche im Internet und die Bemerkung dieses blöden Tommy –, aber meine Tochter hat, wie immer, alles abgeblockt. Dabei hatte Isla das Thema kurz vorher auch schon angeschnitten. Ich muss sagen, ich hätte es nicht von Aidans Tochter erwartet, dass sie mit ihren dreizehn Jahren die Größe haben würde, beim Abschied auf Feli zuzugehen und sich zu entschuldigen.

»Hey, das mit gestern, das tut mir total leid«, hat Isla gesagt und ist ein wenig rot geworden, während sie verlegen an ihren langen Haarsträhnen herumgenestelt hat. »Also … ich war einfach neugierig, auf was für eine Schule du in Bangkok gegangen bist und so. Darum habe ich dich gegoogelt. Und … na ja. Das mit den Fotos war echt blöd. Ich hätte das nicht so erwähnen sollen. Das war total unpassend und so. Sorry.«

Feli war ehrlich überrascht, das konnte man ihr deutlich ansehen. Sie hat genickt und verlegen etwas von »schon gut« gemurmelt.

Den Rest des Nachmittags hat sie ausnahmsweise nicht mit Jackson verbracht – der hatte nämlich keine Zeit, wie sie meinte, als sie sichtlich enttäuscht zurück in unser Cottage kam.

»Er muss E-Mails beantworten«, hat sie gemurmelt und ist in ihr Zimmer verschwunden. Da habe ich noch einmal versucht, die Gelegenheit beim Schopf zu packen und endlich mal wieder in Ruhe mit ihr zu sprechen, doch wenn Feli etwas nicht möchte, dann gibt es kein Herankommen an sie.

»Mama, ich will jetzt einfach mal nicht über Probleme sprechen, okay? Mir geht es gut, ich habe keinen Wodka, keine Tabletten, und übrigens: Ich wollte mich nie wirklich umbringen!«

Ich habe eingesehen, dass es so keinen Sinn machte. Hoffentlich wird sich bald eine Situation ergeben, in der Feli zugänglicher sein wird. Und so habe ich sie schweren Herzens in Ruhe gelassen. Als ich mich ein wenig später ins Restaurant verabschiedet habe, lag sie auf ihrem Bett und war in das Buch versunken, das Rae Isla für meine Tochter gegeben hatte. Ich hatte schon vorher, am Esstisch, einen schnellen Blick darauf erhascht: Es ist ein Roman, der von einem schüchternen Mädchen handelt, das zuerst der Außenseiter an seiner Schule ist, bevor es als Ausnahmetalent für die Theater-AG entdeckt wird.

»Ähm, keine Ahnung, ich habe Feli den ganzen Abend nicht gesehen«, erwidert Jackson jetzt auf meine Frage und wirkt dabei ein wenig gehetzt. Ratlos sehe ich ihn an.

»Ist alles okay?«

Er erwidert meinen Blick kurz, bevor er sich unruhig umsieht und fragt: »Können wir irgendwo ungestört sprechen?«

»Klar.« Ich schaue mich prüfend im Restaurant um, aber es sind lediglich noch zwei Tische besetzt, von denen einer schon nach der Rechnung gefragt hat. Rasch gehe ich zu Jimmy, der in dieser Schicht die meiste Erfahrung hat, und sage ihm, dass ich bald zurück sein werde. Dann bedeute ich Jackson mit einer Handbewegung, dass wir uns draußen, auf der Veranda, unterhalten können.

Da es heute Abend einen Regenschauer gegeben hat, sind die Tische hier draußen nicht eingedeckt worden, und wir sind allein auf der Veranda, die von Lichterketten mit kleinen weißen Glühbirnen in ein Zauberreich verwandelt wird. Da ich es vor der Eröffnung nicht mehr in ein größeres Geschäft auf dem Festland geschafft habe, sind bisher keine kuscheligen Decken für kühlere Abende und auch keine Schaffelle auf den Stühlen verteilt worden, aber das wird kommen, habe ich mir fest vorgenommen. Noch sind die Temperaturen sommerlich, der Herbst ist in weiter Ferne.

»Also, was liegt dir auf dem Herzen, Jackson?«, frage ich, sobald wir allein sind. Seine ernste Art macht mir tatsächlich ein wenig Angst.

Jackson vergräbt seine Hände in den Taschen seiner Jeans und starrt mich ein paar Sekunden lang schweigend an. Er öffnet seinen Mund, holt tief Luft, nur, um ihn dann wieder zu schließen, ohne etwas gesagt zu haben. Mit einem tiefen Seufzer fährt er sich über das Gesicht, sieht mich erneut an und sagt: »Ich muss morgen früh zurück nach Manhattan.«

Überrascht starre ich ihn an. Ehrlich gesagt hatte ich mit etwas Schlimmerem gerechnet – aber es ist natürlich schon schade, dass er so plötzlich abreisen muss. Und Feli wird das hart treffen, wird mir klar.

»Ist etwas passiert?«, hake ich vorsichtig nach, weil ich das Gefühl habe, dass da noch etwas ist, was er mir nicht verrät.

Jackson starrt mich ein paar Herzschläge lang an, bevor er plötzlich einen Schritt auf mich zumacht und unvermittelt sagt: »Es sollte dringend etwas passieren.«

Und dann küsst er mich. Dieser Kuss überrascht mich so sehr, dass ich überhaupt nicht weiß, wie ich reagieren soll. Also reagiere ich gar nicht. Und dabei ist es kein schlechter Kuss. Aber … er reißt mich nicht so mit, wie man das von einem ersten Kuss erwarten dürfte. Weder bekomme ich weiche Knie noch sind sonst irgendwelche Körperregionen in höchster Aufregung. Nicht so, wie ich es von Enzo damals in Erinnerung habe.

Und nicht so, wie es mit Sicherheit wäre, wenn Aidan mich küssen würde. Dass ich jetzt, während Jacksons Lippen meine berühren, an Enzo Cappanelli und dann auch noch an Aidan Cameron denken muss, bringt mich endgültig aus dem Takt, und daher bin ich regelrecht erleichtert, als Jackson mich nach einer gefühlten Ewigkeit loslässt. Ich hätte ihn natürlich wegschieben können, aber irgendwie wollte ich die Gefühle dieses netten jungen Kerls nicht verletzen.

Ha, ha. Stella Minetti bricht Jackson Porter das Herz. Innerlich lache ich mich kringelig. Äußerlich sehe ich Jackson ziemlich fassungslos an und weiß nicht, wie ich reagieren soll. Jackson starrt meinen Mund an, dann sieht er mir in die Augen und sagt leise: »Stella … Ich werde auf jeden Fall wiederkommen. Sobald ich in Manhattan ein paar … Dinge geregelt habe, versuche ich, wieder nach Whale Island zu kommen.«

Stumm sehe ich ihn an und nicke. »Okay«, wispere ich schließlich und grinse schief. Ich bin immer noch viel zu platt, als dass ich viel sagen könnte. Jackson lächelt mich an und sagt leise: »Du bist umwerfend, Stella, weißt du das? Ich werde dich vermissen. Bitte grüß Feli ganz herzlich von mir. Sie soll bloß nicht aufhören, Musik zu machen!«

»Aber … nimmst du heute Abend noch die Fähre?«, frage ich und sehe ratlos auf meine Armbanduhr.

Jackson schüttelt mit einem Seufzen den Kopf. »Nein. Aber die erste morgen früh.« Er nickt mir zu und sagt: »Gute Nacht, Stella. Träum schön.« Sein Zwinkern lässt mich albern grinsen, bevor er sich umdreht und mit langen Schritten über die Verandatreppe hinab verschwindet.

Noch während ich ihm ungläubig hinterherstarre, nehme ich an einem der hell erleuchteten Fenster des Restaurants aus den Augenwinkeln eine Bewegung wahr. Als ich den Kopf drehe, erkenne ich zu meinem Schreck Aidan, der hinter der Fensterscheibe steht und mich fassungslos anstarrt. Ich starre zurück und stöhne leise auf. Ganz toll.

Natürlich kommt er jetzt raus. Mit Nachdruck schließt er die Verandatür hinter sich und geht auf mich zu, während ich ihm mit verschränkten Armen entgegensehe.

»Suchst du etwas?«, frage ich betont cool und mustere ihn mit hochgezogenen Augenbrauen.

»Ja. Deinen gesunden Menschenverstand.« Aidan bleibt vor mir stehen und starrt mich finster an. »Was sollte das gerade? Gehört das jetzt zu deinem Service als Restaurantmanagerin dazu?«

Ich schnaube auf. »Falls du es nicht gemerkt haben solltest, mein Lieber: Jackson hat nicht bei uns gegessen. Übrigens nicht nur heute nicht. Ob das wohl am Charme des Küchenchefs liegt, der ihn am ersten Morgen schon vergrault hat?«

»Oh, dafür wickelt unsere Restaurantmanagerin ihn ja mit umso mehr Charme um ihren kleinen Finger«, knurrt Aidan. »Ein echt professionelles Verhalten, liebe Stella!«

»Aidan, er hat mich geküsst, nicht umgekehrt«, fauche ich aufgebracht. »Außerdem: Es geht dich nichts an, wen ich küsse und wen nicht!«

»Doch, wenn es ein Gast ist, dann geht mich das etwas an«, gibt Aidan ungehalten zurück.

»Jackson war aber kein Gast in deinem Restaurant, sondern nur Gast im Hotel!« Wütend recke ich mein Kinn in die Höhe und zische: »Aidan, halt dich aus meinem Liebesleben raus, okay? Ich habe seit Enzo Fucking Cappanelli keine wirkliche Beziehung mehr gehabt, und wohin die Beziehung mich damals geführt hat, das sieht man ja. Dank des italienischen Vollidioten darf ich mir täglich anhören, was für eine beschissene

Mutter ich bin, während er in Manhattan im *Waldorf Astoria* Karriere macht und mit Sicherheit noch nie gegoogelt hat, wie man seine Teenager-Tochter von Selbstmordversuchen abhalten kann! Verdammt noch mal, Aidan, ich habe es verdient, einfach mal so geküsst zu werden, und wenn es ein fünfundzwanzigjähriger sexy Sänger mit umwerfenden Grübchen ist: gern! Ich bin froh, dass mich jemand begehrenswert findet! Und ich weiß überhaupt nicht, warum ich dir so viel erzähle.«

Zitternd hole ich Luft, während mich Aidan anstarrt wie vom Donner gerührt.

Für einen Moment hoffe ich, dass er sagen wird: »Ich finde dich verdammt noch mal begehrenswert, Stella.«

Aber er sagt gar nichts mehr, sondern mustert mich nur schweigend, und ich bin zu müde und zu durcheinander, um den aufgewühlten Blick in seinen hellblauen Augen zu interpretieren. Also wende ich mich nur ab und sage knapp: »Ich schaue noch einmal nach meiner Crew, und dann werde ich für heute Schluss machen. Gute Nacht.«

42

Nach einer unruhigen Nacht mit viel zu wenig Schlaf verlasse ich mein Bett, als der frühe Morgen heraufdämmert. Feli habe ich gestern Abend nicht mehr wach zu Gesicht bekommen, und auch jetzt schläft sie natürlich noch tief und fest.

Als ich an Jacksons Cottage vorbeikomme, ist dort alles dunkel. Anscheinend schläft er ebenfalls noch – und ich bin regelrecht froh darüber, ihm jetzt nicht unter die Augen treten zu müssen. Und das nicht nur, weil ich heute Morgen mit Sicherheit noch älter aussehe, als ich bin, dem wenigen Schlaf sei Dank. Während der langen wachen Phasen in der vergangenen Nacht ist mir klar geworden, dass ich für Jackson wirklich nur Freundschaft empfinde. Natürlich sollte ich ihm das eigentlich dringend klarmachen. Aber … heute Morgen fühle ich mich nicht dazu in der Lage. Ja, mag sein, dass ich feige bin.

Feige – und verliebt. Und das nicht in Jackson. Als mir Aidan gestern Abend seine Meinung gegeigt hat, ist mir bewusst geworden, dass ich so gern von ihm geküsst worden wäre. Ich habe versucht, mir auszureden, dass er eifersüchtig war. Habe versucht, mir einzureden, dass es ihm nur um die Professionalität seiner Restaurantmanagerin ging. Und um die Tatsache, dass er Jackson von Beginn an nicht gemocht hat. Aber beides ist mir nicht gelungen. Heute Nacht musste ich ständig daran denken, wie sehr ich mir die Szene gestern Abend mit vertauschten Rollen gewünscht hätte: Aidan, der mich küsst. Einfach so. Ohne an Konsequenzen zu denken.

Aber das hat er nicht getan, genauso wenig wie im Wäschehaus. Genauso wenig, wie er mit mir zu *Ti Amo* getanzt hat. Ich sollte endlich lernen, sein Verhalten richtig zu deuten.

In Gedanken versunken schlage ich den Küstenpfad ein, der auf den Pavillon zuführt. Dieser Holzpavillon ist in demselben rustikalen Stil gebaut wie die *Cameron Lodge*, und er bietet einen wunderschönen Ausblick über den Atlantik, der im ersten Tageslicht zartrosa glitzert und funkelt. Eigentlich hatte ich mir gewünscht, heute Morgen noch ein wenig allein sein zu dürfen. Umso überraschter bin ich, als ich Skyes Stimme höre, sobald ich mich auf eine der Holzbänke des Pavillons gesetzt habe, den Blick aufs Meer gerichtet.

»Guten Morgen! So früh schon auf?«

Überrascht drehe ich mich zu ihr um. Skye kommt auf mich zu, in Joggingklamotten, ihr Gesicht leuchtet rot.

»Dasselbe könnte ich dich fragen!« Erstaunt mustere ich ihr sportliches Outfit, als sie die Stufen zum Pavillon hinaufkommt und sich mit einem Ächzen neben mich auf die Bank fallen lässt. »Seit wann gehst du denn joggen?«

»Seit heute«, stöhnt Skye und nimmt ein paar große Schluck Wasser aus ihrer Trinkflasche.

»Aha«, mache ich verdutzt. Ich persönlich hasse wenige Dinge im Leben mehr als Joggen. Und Skye habe ich bisher genauso wenig als Fitnessfanatikerin eingeschätzt.

»Ich bereue es auch jetzt schon, glaub es mir.«

»Und warum tust du das dann? Passt die Lieblingsjeans nicht mehr?«

Skye seufzt leise und stellt ihre Trinkflasche neben sich auf das Holz der Bank. Dann wischt sie sich mit dem Handrücken Schweiß von der Stirn und sagt ernst: »Jeff hat mich gestern Nachmittag angerufen und … ich habe ihn spontan zum Abendessen in seiner Wohnung getroffen. Es war erstaunlich nett. Er und ich, wir versuchen es noch einmal.«

»Ach«, murmele ich und bemühe mich darum, meine Erschütterung zu verbergen. Dass mir das nicht gelingt, ist klar. Vor allem, als Skye mir einen ernsten Blick zuwirft und sagt: »Ich weiß, ich weiß. Aber … immerhin bezeichnet er mich nicht als frigide Kuh.« Sie grinst schief und starrt dann rasch auf den Ozean hinaus. Entgeistert mustere ich sie von der Seite.

»Na ja«, brumme ich schließlich und muss mich sehr zusammenreißen, um nicht zu entsetzt zu wirken. »Hoffentlich ist das nicht sein einziger Pluspunkt. Skye, ganz ehrlich: Es gibt durchaus noch andere Männer da draußen. Männer, die dich weder beleidigen noch versuchen, dich zu ändern. Denn ich vermute mal, du gehst wegen Jeff joggen?«

Skye antwortet nicht, sondern presst nur ihre Lippen fest aufeinander.

»Hat er etwa gesagt, dass du abnehmen solltest?«

Skye starrt weiterhin aufs Meer hinaus. »Vielleicht. Ja. Aber, ganz ehrlich: Natürlich sollte ich mehr Sport treiben. Joggen ist gut fürs Herz.«

»Aber du hasst joggen, oder?«

»Na und? Ich hasse auch Brokkoli, und trotzdem zwinge ich mich dazu, ihn regelmäßig zu essen. Weil er gut für mich ist.«

»Vergleichst du jetzt etwa deine Beziehung zu Jeff mit Brokkoli?« Fast muss ich lachen, doch Skye bleibt todernst.

»Lach du nur«, flüstert sie. »Ich finde das nicht komisch. Denn, nein, meine Liebe, so leicht ist es hier auf Whale Island nun einmal nicht, einen Mann zu finden, der mich nicht beleidigt, der mir nicht sagt, dass meine Speckrollen am Bauch seit unserem letzten Sex aber erheblich größer geworden sind, und der trotz allem Single ist und mich dann auch noch nett findet. Ganz ehrlich: So jemand müsste noch erfunden werden! Und darum muss ich Kompromisse eingehen, wenn ich nicht enden will wie Lorna McCarter, die immer noch mit ihrem Bruder zusammenwohnt, und das, obwohl sie auf die achtzig zugeht!«

Jetzt laufen Tränen über Skyes Wangen, und ich beuge mich vor und nehme sie in den Arm.

»Hey«, sage ich und wiege sie sanft hin und her. »Du wirst ganz bestimmt nicht enden wie Lorna McCarter. Bevor du mit Aidan zusammenziehen musst, sollten du und ich eine WG gründen. Sobald Feli aus dem Haus ist. Dann ende ich auch nicht allein und einsam.«

»Ganz ehrlich – ich würde eher vorschlagen, dass DU mit meinem Bruder zusammenziehst, nicht ich«, schluchzt Skye trocken auf und löst sich von mir, um mich anzusehen. »Und ich spreche jetzt nicht von Glenn.«

»Hach, dabei kenne ich den noch gar nicht. Vielleicht ist er genau mein Typ?«, witzele ich und versuche, die aufsteigende Hitze in meinen Wangen zu unterdrücken. Vergeblich.

Skye betrachtet mich prüfend von der Seite, und nun bin ich es, die konzentriert auf den Atlantik hinausstarrt.

»Hmm, möglich, aber ich kenne da einen anderen meiner Brüder, der auf jeden Fall dein Typ ist.«

»Duncan?«, grinse ich schief, was Skye leise schnauben lässt.

»Und du bist übrigens auf jeden Fall sein Typ«, fährt sie dann unbeirrt fort.

»Duncans?«

»Stella!« Sie sieht mich streng an.

»Schon gut«, seufze ich ergeben und streiche mir eine meiner schwarzen Locken hinter das Ohr. »Ich hab es verstanden. Aber, ganz ehrlich: Ich wäre mir da nicht so sicher, dass ich wirklich Aidans Typ bin. Umgekehrt ja, das stimmt. Doch wenn ich mir seine Ex ansehe, dann kann ich mir nicht vorstellen, dass Aidan mich auch nur annähernd attraktiv findet. Dafür müsste ich wohl ebenso anfangen, in aller Herrgottsfrühe um diese Insel zu hecheln.«

»Quatsch«, gibt Skye entrüstet von sich. »Du spinnst ja, Stella! Erstens: Es hat seinen Grund, warum Jenny und Aidan nie lange zusammen waren. Weil sie nämlich gerade nicht sein Typ ist. Jenny ist ein toller Mensch, und ich mag sie unheimlich gern, und sie hat sehr viele Interessen ... aber gutes Essen zum Beispiel gehört überhaupt nicht dazu. Jenny ist es egal, ob sie sich tagelang von trockenen Kräckern ernähren muss, solange sie Wale in der Nähe hat. Und sie kann keinen Pfifferling von einem Champignon unterscheiden. Darum haben Aidan und sie auch so gut zusammengepasst wie ... Dr. Jeff Montgomery auf diese Insel passen würde.«

Skye seufzt leise auf, und ich würde gern einwerfen, dass das doch ein weiterer Grund ist, um ihn in den Wind zu schießen, aber sie redet jetzt schnell weiter, sodass ich nicht dazukomme: »Zweitens bist du wunderschön, Stella. Selbst wenn du nicht Jennys Kleidergröße hast.«

»Dito«, murmele ich mit einem vielsagenden Blick, doch Skye ignoriert sowohl meinen Blick als auch meine Bemerkung und fährt stattdessen stur fort: »Und drittens – selbst ein Blinder kann sehen, dass mein Bruder völlig verrückt nach dir ist.«

»Duncan?«, frage ich flapsig, und da rammt mir Skye ihre Trinkflasche, aus der sie gerade einen weiteren Schluck nehmen wollte, mit einem warnenden »Stella Minetti!« in die Rippen, sodass ich überrascht aufjapse und mir die Seite halte.

»Sei froh, dass ich meine isolierte Aluminiumflasche im

Krankenhaus vergessen habe und nur dieses Plastikding finden konnte«, bemerkt Skye spitz. »Du nimmst mich und meine Liebestipps nicht ernst!«

»Nee«, seufze ich. »Weil … Ach, egal.«

»Was denn?«

»Aidan hätte schon so viele Gelegenheiten gehabt, mich zu küssen! Wenn er mich wirklich so toll fände, dann hätte er einige Male anders reagieren können. Im Wäschehäuschen, zum Beispiel.«

»Das habe ich euch doch vergeigt!«

»Quatsch.« Ich schüttele vehement den Kopf. »Hast du nicht. Es wäre garantiert nichts weiter passiert, außer, dass ich meine Wäsche selbst in den Trockner gesteckt und er das nicht für mich erledigt hätte.«

»Das hat er gemacht?« Skye sieht mich mit hochgezogenen Augenbrauen regelrecht verzückt an. »Wie süß. Aber, klar, was anderes hätte ich von ihm auch nicht erwartet. Er schmeißt seinen Haushalt immerhin seit einigen Jahren allein.«

»Ja. Und er kann kochen. Und ist ein toller Vater. Und sieht super aus. Ganz klar: Dein Bruder ist mein absoluter Traummann, Skye. Und ich wäre gestern Abend so gern von ihm geküsst worden. Aber nicht einmal da hat er entsprechend reagiert – nachdem er beobachtet hat, wie Jackson mich geküsst hat.«

»Wie bitte?« Vor Überraschung lässt Skye ihre Trinkflasche fallen, aber keine von uns beiden beachtet, wohin sie rollt. »Jackson Porter hat dich geküsst? Und das sagst du mir erst jetzt? Deshalb sitzt du in aller Früh hier draußen und starrst gedankenverloren aufs Meer hinaus!«

Ich nicke mit einem schiefen Lächeln. »Ertappt«, gebe ich zu.

»Los, erzähl mir alles!« Skye starrt mich begierig an, und ich gebe in knappen Worten die Ereignisse des gestrigen Abends wieder – auch den Streit mit Aidan.

»Da siehst du es: Er war rasend eifersüchtig!« Geradezu triumphierend sieht Skye mich an, in ihren hellblauen Augen blitzt es begeistert auf.

»Na, ich weiß nicht«, murmele ich wenig überzeugt. »Dann hätte er anders reagieren können. Er hätte mir zu verstehen geben können, dass er mich begehrenswert findet, als ich meinen peinlichen Ausbruch hatte, von wegen ›seit Enzo Cappanelli gab es in meinem Leben keinen Mann mehr, der ernsthaftes Interesse an mir hatte‹ – und Enzo hat mich ja schwanger sitzen lassen, also – wie armselig ist das eigentlich? Und, ja, ich habe mich echt geschmeichelt gefühlt, dass Jackson mich attraktiv genug findet, um mich zu küssen – aber wenn Aidan wirklich eifersüchtig gewesen wäre, dann … dann … Ach, ich weiß auch nicht.«

Mit einem Stöhnen reibe ich mir über das Gesicht. Dabei fällt mein Blick auf meine Armbanduhr. »*Santo cielo*, ich muss ins Restaurant. Gestern Morgen gab es Probleme mit dem Kaffeevollautomaten. Meine Crew hat ihn zu spät eingeschaltet, und als der erste Latte Macchiato bestellt wurde, musste das Ding erst noch ewig aufwärmen. Echt peinlich.« Mit einem Stöhnen erhebe ich mich und sehe Skye an, die meinen Blick nachdenklich erwidert. »Kommst du mit? Oder joggst du noch eine Runde?«

»Um Gottes willen, nein. Die zehn Minuten hierher haben mir fürs Erste voll und ganz genügt«, stöhnt sie auf und erhebt sich. »Bekomme ich bei euch einen normalen Filterkaffee, wenn das neue Luxus-Teil erst noch vorwärmen muss?«

»Aber immer«, grinse ich. »Komm.«

Natürlich ist auch Aidan schon in der Küche, als Skye und ich reinkommen. *AC/DC* läuft bereits voll aufgedreht, was mich gequält aufstöhnen lässt. Aidan sieht mich nur flüchtig an, und dieser Blick ist so finster, dass ich wiederum Syke mit hochgezogenen Augenbrauen ansehe, um ihr stumm mitzuteilen: »O ja, dein Bruder ist völlig verrückt nach mir!«

Skye jedoch ignoriert mich komplett, während sie sich begeistert der Kaffeemaschine zuwendet.

»Warst du etwa joggen?«, fragt Aidan seine Schwester irritiert, und Skye erwidert lediglich kurz angebunden: »Ja, und ich will nicht darüber reden.«

»Aha.«

Ich muss grinsen, weil ich genau merke, dass Aidan sich seinen Teil denkt, aber er grinst nicht zurück, sondern wendet sich düster seinem Tablet zu.

Während Skye und ich noch unsere Kaffeetassen füllen, kommt mit Salomé und Raphaël mehr Leben in die Küche. Raphaël schaut allerdings nur kurz rein, bevor er zu seiner Bar geht, wo er die Bestände kontrollieren will, da die Wal-Crew gestern Abend sehr trinkfreudig war.

»Ich komme gleich rüber«, sage ich zu ihm, als er sich der Tür zuwendet, und er nickt mir freundlich zu und verlässt dann pfeifend die Küche.

»Wenigstens einer, der gut drauf ist«, murmele ich in meinen Kaffee hinein, was Aidan dazu verleitet, von seinem Tablet aufzusehen und mich scharf zu fragen: »Wieso, bist du etwa nicht gut drauf? Keine tolle Nacht gehabt?«

Ungläubig sehe ich ihn an. »Geht so«, gebe ich dann langsam zurück. »Ich habe viel wach gelegen.«

»Klar warst du wach«, knurrt Aidan, und da muss ich trocken auflachen und will etwas hinterherschieben, aber er hat sein Tablet auf die Arbeitsfläche geknallt und geht mit einem gegrollten »Muss Mehl holen« Richtung Vorratsraum.

»Hey, ich war noch nicht fertig!« Aufgebracht stelle ich meine Kaffeetasse ab und marschiere hinter ihm her, in den

Raum hinein, der an drei Seiten Regale bis unter die Decke hat und direkt neben der Kühlkammer liegt.

»Aidan Cameron – ich war gestern Nacht allein, falls du daran Zweifel gehabt haben solltest.«

»Mhhm«, brummt Aidan, ohne mich anzusehen, und greift nach einem der Fünf-Kilogramm-Mehlsäcke im untersten Regalfach. Er will schon an mir vorbeigehen, aber gerade, als ich dazu ansetze, noch etwas zu meiner Verteidigung zu sagen, wird es plötzlich dunkel, während ein eindeutiges Geräusch den kleinen Raum erfüllt: Die Tür ist zugefallen.

43

»Skye!« Aidans Stimme ist so laut und so dicht neben mir, dass ich vor Schreck zusammenzucke.

Verdattert starre ich in die Dunkelheit. »Wieso Skye?«, frage ich ratlos.

»Ich habe genau gesehen, dass sie gerade die Tür geschlossen hat«, knurrt Aidan, und im nächsten Moment rüttelt er vergeblich am Türknauf und hämmert mit der flachen Hand von innen gegen die Tür. »Skye, hör auf mit dem Mist! Du benimmst dich kindisch, weißt du das?«

Atemlos lausche ich auf eine Reaktion von der anderen Seite, aber es kommt keine. Die einzige Veränderung in der Küche, die wir hier drinnen akustisch wahrnehmen, ist eine andere Hintergrundmusik: Statt *AC/DC* hört man plötzlich irgendeinen Countrysong, dessen Melodie bis zu uns in die Vorratskammer dringt.

»Auch das noch«, stöhnt Aidan, und da sich meine Augen langsam an die Dunkelheit gewöhnt haben, erkenne ich, dass er seine Stirn gegen den Türrahmen lehnt. »Sie will mich wirklich quälen.«

»Ja, furchtbar«, bemerke ich in spöttischem Tonfall und stemme die Hände in meine Hüften. »Countrymusik statt

Hardrock am frühen Morgen UND dann auch noch mit deiner schrecklichen Restaurantmanagerin in einer dunklen Vorratskammer eingesperrt! Was für eine Strafe, oder? Such bitte mal den Lichtschalter, statt hier herumzujammern, der muss doch irgendwo neben der Tür sein!«

Ohne auf eine Reaktion von ihm zu warten, schiebe ich ihn aufgebracht mit dem Ellbogen zur Seite und klopfe meinerseits an die Tür.

»Skye! Bitte, mach auf!«, rufe ich aus vollem Hals und hämmere so heftig gegen die Tür, dass meine Handfläche schmerzt. »Skye, ich …«

Als Aidans Hände ohne Vorwarnung nach meinen Handgelenken greifen und sie daran hindern, weiterhin gegen die Tür zu schlagen, zucke ich erschrocken zusammen. Ich habe nicht gemerkt, dass er dicht hinter mich getreten ist. So dicht, dass ich plötzlich seinen gesamten Körper an meiner Rückseite spüre.

»Hör auf«, sagt er schnell, mit belegter Stimme, und sein warmer Atem streift meinen Nacken, bevor er mich rücklings fest an sich zieht. »Es ist keine Strafe, mit dir eingesperrt zu sein. Überhaupt nicht.«

Es könnte in einem Theaterstück nicht besser inszeniert sein: Genau in diesem Augenblick, als sich Aidans Arme gerade fest um mich schlingen und ich meinen Kopf nach hinten gegen seine Brust sinken lasse, während ich fürchte, dass meine Beine nachgeben, genau in diesem Augenblick hören wir ein Klacken, und die Tür öffnet sich einen Spalt weit. Doch Aidan weicht nicht einen Zentimeter von mir zurück, als seine Schwester hereinspäht und uns unschuldig ansieht.

»Alles okay?«

»Skye, verschwinde«, knurrt Aidan hinter mir, und wäre ich nicht so aufgewühlt, müsste ich wohl über Skyes weit aufgerissene Augen kichern. So aber versuche ich lediglich, meinen hämmernden Herzschlag unter Kontrolle zu bringen. Vergeblich, klar.

»Es ist aber auch wirklich schwer, es dir recht zu machen, Bruderherz«, bemerkt Skye spitz. »Soll ich wieder abschließen?« Mit provozierend hochgezogenen Augenbrauen mustert sie uns frech. Mein Gesicht wird immer heißer.

»Gib mir den Schlüssel«, sagt Aidan, und seine Stimme klingt ein wenig belegt.

»Wie heißt das Zauberwort?« Es ist offensichtlich, dass Skye heute Morgen den Spaß ihres Lebens hat. Sehr viel mehr Spaß als beim Joggen, das steht fest.

»Bitte«, knurrt Aidan, der die ganze Zeit nicht von mir fortgerückt ist, und ich genieße es wahnsinnig, seinen warmen, kräftigen Körper hinter mir zu spüren. Aidan streckt seine Hand aus, und Skye zieht den Schlüssel außen ab und reicht ihn ihrem Bruder mit einem süffisanten Grinsen.

»Mehl!«, hören wir da Salomés Stimme aus dem Hintergrund, gefolgt von dem Kichern zweier anderer Köchinnen. Wie peinlich. Alle bekommen das hier mit. Aber Aidan scheint das gerade herzlich egal zu sein. Ohne mehr als nötig von mir abzurücken schiebt er mit einem Fuß den Mehlsack über die Schwelle und greift dann nach dem Türknauf.

Skye kann mir gerade noch vergnügt zuzwinkern, als ihr Bruder die Tür mit Nachdruck zuschiebt und die Dunkelheit uns einmal mehr einhüllt.

»Kann man die Tür von innen überhaupt abschließen?«, frage ich und höre mich ziemlich atemlos an.

»Nein.« Ich merke, dass Aidan den Schlüssel in seine Hosentasche schiebt, während ich mich zu ihm umdrehe. »Kann man nicht. Das draußen ist ein Vorhängeschloss, das wir eigentlich nie nutzen – bis auf Skye.« Er lacht kurz auf, wird dann aber wieder ernst. »Wir können zwar von innen nicht abschließen, aber immerhin jetzt selbst entscheiden, wann wir gehen wollen«, fügt er mit dunkler Stimme hinzu und kommt wieder einen Schritt näher. Im schwachen Licht, das unterhalb der Tür durchfällt, kann ich erkennen, dass er mich ansieht. »Willst du?«

»Was will ich?«, krächze ich überfordert, während seine Hände nach meinen Oberarmen greifen und mich sacht, aber bestimmt nach hinten schieben, gegen die geschlossene Tür.

Ich kann das Lächeln kaum sehen, aber ich höre es deutlich in seiner Stimme, als er ruhig erwidert: »Gehen.«

»Nein.« Meine Antwort kommt so schnell herausgeschossen, dass Aidan leise auflacht. »Du?«

»Hast du den Eindruck, dass ich gehen will?« Als er dichter an mich herantritt, gleiten meine Arme wie von selbst um seine Taille und ziehen ihn noch näher an mich heran.

»Nein«, murmele ich heiser. »So genervt bist du also doch nicht von mir, ja?«

»Und ob ich das bin«, murmelt Aidan, was mich leise auflachen lässt.

»Außerdem bist du eifersüchtig auf Jackson«, wispere ich mit einer Genugtuung, die ich mir nicht verkneifen kann.

»O bitte«, stöhnt Aidan leise, und als ich spüre, wie sich seine Hand seitlich auf meinen Oberschenkel legt, geht mein Atem schneller. »Dieser Name wird jetzt, hier, in dieser Vorratskammer, nicht erwähnt, okay?«

»Okay«, grinse ich atemlos. »Aidan, küss mich endlich, verdammt.«

Ich höre Aidan leise auflachen, während er sich so dicht zu mir herabbeugt, dass ich seinen warmen Atem auf meinem Gesicht spüren kann.

»Wie heißt das Zauberwort?« Seine Lippen sind meinen so

nah, dass ich fast glaube, sie auf meinem Mund zu spüren, als er das fragt.

»Bitte«, stoße ich heiser hervor, und dann küsse ich ihn entschlossen. Und er küsst mich. Und wie. Ich werde so fest gegen die Tür gepresst, dass mir fast die Luft wegbleibt, während sich unsere Münder hungrig gegeneinander bewegen. Ich weiß nicht mehr, wann ich zum letzten Mal so stürmisch und leidenschaftlich und so … so … unfassbar gut geküsst worden bin. Oder ob ich überhaupt schon einmal so unfassbar gut geküsst worden bin. Nein, sicher nicht. Denn wenn das schon einmal passiert wäre, dann hätte ich den Mann sicher nicht mehr gehen lassen. Meine Hände krallen sich in Aidans Kochuniform fest, während mich seine Arme halten, als wollten auch sie mich nie wieder loslassen.

»Aidan«, wispere ich, nach Atem ringend, als seine Lippen über meinen Hals hinabwandern und seine Hände ihren Weg unter mein T-Shirt finden, das ich heute Morgen eilig zu Shorts angezogen habe. Ehe ich es verhindern kann, stöhne ich auf, bevor ich mir einen Unterarm vor den Mund schlage, um nicht noch lauter zu werden.

Und dann, als Aidans Finger unter meinem T-Shirt gerade meinen BH geöffnet haben und ich kurz davor bin, endgültig den Verstand zu verlieren, kommt mir plötzlich ein Geistesblitz.

»Die Vorratskammer!«

Aidan hält inne und sieht mich ratlos an. Sein Atem geht schnell, und ich lege eine flache Hand gegen seinen Brustkorb, spüre das Hämmern seines Herzens.

»Wie bitte?«, stößt er mühsam hervor.

»Rae hat es gesagt! ›Manchmal ist das Glück eine Vorratskammer!‹«

Ihre Worte hallen so deutlich in meinem Kopf wider, dass ich auflachen muss. »Und ich habe mich die ganze Zeit gefragt, was für ein Symbol das sein soll. Dabei hat sie wirklich diese Vorratskammer gemeint!« Grinsend mache ich eine Handbewegung, die den dunklen Raum mit seinen vollgestellten Regalen umfasst. Aidan starrt mich mit einem langsamen Kopfschütteln an, und dann fragt er mit rauer Stimme: »Ernsthaft? Ich gebe hier gerade ALLES – und du denkst an Rae MacLaughlin?«

Ich lege den Kopf in den Nacken und lache ausgelassen auf, als Aidan leise »Na warte« murmelt und mich erneut küsst, noch heftiger diesmal als zuvor, und so vergeht mir das Lachen sehr schnell. Stattdessen stöhne ich schon wieder und versuche gerade, mit meinen Händen unter die Jacke seiner Kochuniform zu gelangen, als Aidan plötzlich von mir ablässt und heiser murmelt: »Ian Baker.«

Ratlos starre ich ihn an. »Wie bitte?«

Aidan schlägt sich eine Hand gegen die Stirn und sagt mit hörbarer Begeisterung in der Stimme: »Ian Baker! Mein Schulfreund! Der ist bei der Coast Guard – in Neufundland!«

»Aha …«, mache ich ratlos und will ihn fragen, ob er mich veräppeln will, als mir ein Kronleuchter aufgeht.

»Du meinst – das hat Rae dir sagen wollen? Mit der Coast-Guard-Stelle, die frei wird?«

»Ja, garantiert – jemand anderen kenne ich wirklich nicht bei der Coast Guard.« Aidan sieht mich im schwachen Licht, das unter der Tür hereinfällt, begeistert an, bevor er nachdenklich hinzufügt: »Was das allerdings mit Skye zu tun haben soll … Ich meine, sie hat mir nie gesagt, dass sie Interesse an Ian hatte oder so. Damals, als er noch hier lebte, meine ich. Und er hat umgekehrt auch nie großes Interesse an ihr gezeigt.«

»Weil er vermutlich Schiss vor Skyes drei Brüdern hatte, der arme Kerl«, scherze ich, bevor ich frage: »Ist dieser Ian denn Single?«

»Hmm, soweit ich gehört habe, steckt er gerade mitten in einer Scheidung. Das hat ein gemeinsamer Kumpel neulich mal erwähnt.«

»Oh.« Das muss ich kurz sacken lassen. »Das wäre ja … Wow. Wenn Ian zurück hierherkäme, nach Whale Island … Und wenn er vielleicht doch Interesse an Skye hätte, und sie an ihm … Das könnte ja tatsächlich endlich ein Happy End für deine Schwester bedeuten!«

Aidan sieht mich mit einem langsamen Lächeln an. »Ja, das könnte es«, sagt er leise.

»Und du denkst also an diesen Ian Baker, während ich hier ALLES gebe, ja?«, frage ich ihn dann neckend, und Aidan drückt mich grinsend erneut gegen die Tür der Vorratskammer.

»Von wegen«, murmelt er gegen meine Lippen, und dann küsst er mich erneut um den Verstand … bis es direkt hinter meinem Kopf klopft. Vor lauter Schreck gebe ich einen kleinen Aufschrei von mir, der allerdings wegen Aidans Mund sehr gedämpft ausfällt.

»Ähm … Chef?«, hören wir da Salomés Stimme, und ich merke sofort, dass etwas nicht stimmt. Auch Aidan löst sich augenblicklich von mir, jedoch nicht, ohne mir einen langen, bedauernden Blick zuzuwerfen.

»Chef, du wirst hier draußen gebraucht.«

»Ja, Moment, Salomé«, sagt Aidan, bevor er seine Stirn gegen meine sinken lässt und tief aufseufzt. »Verdammt«, murmelt er.

»Du sagst es«, wispere ich, muss aber leise kichern, selbst wenn ich vor lauter Lust gerade zerfließen könnte.

Aidan beginnt, rasch seine Uniform in Ordnung zu bringen, die durch mich ziemlich in die Höhe gewandert ist, während ich versuche, unter meinem T-Shirt meinen BH zuzumachen. Als ich das nicht sofort hinbekomme, gleiten Aidans Hände einmal mehr unter den Stoff auf meinen Rücken und schließen geschickt die Häkchen.

»Ich mache das wirklich ungern«, murmelt er an meinem Ohr, was mich erneut heftig erschaudern lässt. »Eigentlich wollte ich dich ausziehen, nicht anziehen. Aber ich fürchte, dafür müssen wir uns doch einen anderen Ort suchen als die Vorratskammer.«

»Ja«, grinse ich, bevor ich seinen Kopf festhalte und ihm einen weiteren Kuss auf die Lippen drücke. Diesmal ist er es, der gegen meinen Mund stöhnt, und ich bin kurz davor, ihm wirklich die Uniform vom Leib zu reißen, als es noch einmal hektisch klopft.

»Ja, ja, schon gut«, grollt Aidan und seufzt tief auf, während er mich sanft von sich schiebt.

Dann dreht er sich um und öffnet die Tür. Das helle Licht lässt mich blinzeln und gequält den Blick senken.

»Dad, was … Wieso …« Isla steht vor uns im Türrahmen und starrt fassungslos von Aidan zu mir und zurück.

Merda.

Instinktiv weiche ich zurück, tiefer in den Schatten der Vorratskammer, doch natürlich hat mich Isla längst deutlich gesehen. Und selbstverständlich kapiert sie genau, was wir in diesem Raum gemacht haben. Dabei haben wir ja gar nicht alles gemacht, was wir gern getan hätten, aber egal.

»Honey … Was machst du hier?« Aidan sieht seine Tochter bestürzt an, während Salomé mit schuldbewusster Miene hinter dem Teenager auftaucht und uns mit Gesten zu verstehen gibt, dass sie versucht hat, Isla fernzuhalten. *Porca miseria!*

»Die Frage ist doch eher: Was macht ihr hier, Aidan? Stella und du?«

Aidan seufzt tief auf und fährt sich mit einer Hand durch sein kurzes schwarzes Haar. Sein Blick flackert flüchtig zu mir, und die Tatsache, dass sich meine Lippen verräterisch geschwollen anfühlen, macht mich noch verlegener, als ich eh schon bin.

»Isla, das … darüber reden wir gleich noch in Ruhe, ja?« Aidan macht einen Schritt auf seine Tochter zu, doch diese weicht rückwärts von ihm fort und verschränkt die Arme vor der Brust. »Honey … Warum hattest du mich denn gesucht?«

Sie starrt noch einen Moment lang ernst ihren Vater an, dann mich, dann wieder Aidan. Schließlich scheint sich das Mädchen tatsächlich wieder dessen bewusst zu werden, was es zu so früher Stunde in die Küche des Restaurants getrieben hat. Dass es diesmal keine Eichhörnchen waren, ist offensichtlich. Islas Lippen beginnen plötzlich zu zittern, und zu meiner Bestürzung bricht Aidans Tochter in Tränen aus.

»Isla!«, sage ich alarmiert und verlasse nun ebenfalls die Vorratskammer. »Was ist denn passiert?«

Aidan zieht seine Tochter in seine Arme, als Isla schluchzend hervorstößt: »Ich habe gerade etwas Schreckliches über Jackson Porter erfahren.«

44

Erschrocken starre ich Isla an. Aidans Blick schießt augenblicklich zu mir. Fragend sieht er mich über Islas roten Haarschopf hinweg an, doch ich kann nur verständnislos mit den Schultern zucken.

»Was meinst du, Honey?«, hakt Aidan sanft nach.

Sie wird doch nicht etwa den Kuss gestern Nacht meinen, oder? Ratlos starre ich das Mädchen an. Nein, so sehr würde das Isla sicher nicht aus dem Konzept bringen. Derartig aufgelöst habe ich die sonst so coole Isla noch überhaupt nicht erlebt!

»Ich … ich habe heute Morgen im Internet etwas über ihn gelesen«, stößt Isla hervor, und ich merke, dass sich ihre Wangen mit hektischen roten Flecken überziehen. Der Blick, den sie mir zuwirft, macht mir mit einem Mal Angst.

»Was hast du gelesen, Isla?«, hake ich besorgt nach und trete näher an Aidan und sie heran.

»Dass … dass seine Ex-Freundin, dieses Model …« Isla schluchzt leise auf. »Diese Clementine La Sierra?«

»Ja, was ist mit ihr?«, fragt Aidan hörbar ungeduldig. Auch er macht sich Sorgen, wird mir klar. Mit einem flüchtigen Blick durch die Küche frage ich mich, wo Skye eigentlich geblieben ist – aber vermutlich hat sie sich nach ihrer Joggingrunde zum Duschen in ihr Haus verkrümelt.

»Sie hat im *People*-Magazin ein Interview zu der Trennung von Jackson gegeben«, sagt Isla. Sie spricht mit einem Mal so leise, dass ich mich weiter vorbeugen muss, um sie zu verstehen. »Und … da hat sie behauptet, ein Grund für die Trennung war, dass … dass Jackson … ihrer Tochter zu nahe gekommen sei.«

Ich merke, dass Aidan scharf die Luft einsaugt und mir einen fassungslosen Blick zuwirft, während Isla ihr Gesicht in seine Kochuniform presst. Mein Herz beginnt zu rasen, meine Handflächen werden feucht. Dafür ist mein Mund umso trockener, als ich heiser nachhake: »Wie … wie alt ist denn die Tochter?«

»Dreizehn!«, schluchzt Isla in Aidans Kochuniform hinein.

Ich muss mich an der nächstbesten Arbeitsplatte abstützen. »Das … das kann nicht sein«, murmele ich ungläubig und schüttele mit Nachdruck den Kopf. »Das kann nicht sein!«

Aidans Blick durchbohrt mich geradezu, während Isla leise vor sich hin weint.

»Und warum kann das nicht sein?« Seine Stimme ist sehr ruhig und klingt dabei doch fast gefährlich. »Kennst du den Kerl wirklich, Stella?«

Ich erwidere Aidans Blick und versuche, einen klaren Gedanken zu fassen. »Ich kenne ihn zwar nicht gut, nein, aber … aber … er … er war wirklich nett! Und vertrauenswürdig! Das kann einfach nicht sein!«

Aidans Schnauben hilft, um mein rasendes Herz unter Kontrolle zu bringen. Aufgebracht mache ich einen Schritt auf ihn zu und zische: »Aidan, du kennst ihn noch weniger als ich!«

»Stimmt«, knurrt Aidan, und der Blick, den er mir zuwirft, sagt mir deutlich, dass er gedanklich beim gestrigen Kuss auf der Veranda ist. Stumm gebe ich ihm zu verstehen, dass er sich auf sehr dünnem Eis bewegt. Isla löst sich aus seiner Uniform und unterbricht unsere wortlose Auseinandersetzung.

»Ich wollte das gerade Feli erzählen«, sagt sie und wischt sich Tränen von den Wangen, während sie mich ansieht. »Ich wollte …« Sie bricht ab und starrt verlegen auf ihre Füße, und da wird mir klar, dass Isla sie fragen wollte, ob etwas passiert ist. Mir wird schlecht.

Bitte, so etwas kann doch nicht passiert sein, oder? So sehr kann mich mein Mutter-Instinkt doch nicht im Stich gelassen haben? Mein Gott, Feli hat in den letzten Tagen so viel Zeit mit Jackson verbracht! Allein!

»Aber Feli … sie war nicht da.« Islas Worte reißen mich aus meinen wirren Ängsten. Ratlos starre ich das Mädchen an.

»Sie war nicht im Cottage?«

Isla schüttelt den Kopf. Ernst sieht sie mich an. »Ich bin reingegangen, weil ich dachte, sie schläft und hört mich deshalb nicht. Aber sie war nicht in ihrem Zimmer. Und … ihr Kleiderschrank stand offen. Er war … ziemlich leer.«

Ich renne so schnell, wie ich noch nie gerannt bin. Hinter mir höre ich Aidans Schritte, gefolgt von Islas. Wir laufen an Jacksons Cottage vorbei, aber ich muss gar nicht erst nachsehen, ob er noch da ist – Heather hat mir eben an der Rezeption bestätigt, dass er ausgecheckt hat. Während Aidan und ich in der Vorratskammer beschäftigt waren!

Als wir unser Cottage erreichen, rase ich hinein, immer wieder Felis Namen rufend. Aber natürlich hatte Isla recht: Sie ist nicht da. Und, nicht nur das: Tatsächlich hat sie Klamotten eingepackt. Ihr Rucksack fehlt. Und ihr Gitarrenkoffer. Mit rasendem Herzen reiße ich die Kommodenschublade neben dem Eingang auf.

»Ihr Pass ist weg«, stoße ich nach Luft ringend hervor. »Und mein Portemonnaie.«

»Los, zur Fähre«, sagt Aidan und greift nach meiner Hand. »Wenn wir Glück haben, hat sie noch nicht abgelegt.«

Doch wir haben kein Glück. Dabei versucht Aidan von seinem Pick-up aus immer wieder, abwechselnd die Fährkapitänin Dottie und ihren Mann Hank auf ihren Handys zu erreichen, doch zuerst hat Aidan nie Empfang und kommt deshalb nicht durch, und dann, als es endlich geht, heben weder Dottie noch Hank ab. Es ist zum Wahnsinnigwerden! Während der Pick-up der gewundenen Straße Richtung Fähranleger folgt, wählt Aidan noch eine Nummer, diesmal die vom Inselladen.

»Ronan? Ja, Aidan hier. Ist die Fähre schon weg? Kannst du … Was? Ah. Okay. Nein, schon gut. Danke dir.«

Als er das Gespräch beendet hat, nimmt Aidan den Fuß ein wenig vom Gas und wirft mir einen finsteren Blick zu.

»Die Fähre hat vor zehn Minuten abgelegt.«

»Oh, verdammt!« Verzweifelt vergrabe ich mein Gesicht in beiden Händen. »Was machen wir denn jetzt?«

»Wir rufen den Sheriff in Scott's Harbor an«, sagt Aidan entschlossen. »Er wird Feli in Empfang nehmen und zurückbringen.«

Erleichterung durchströmt mich. Natürlich. Das ist der Vorteil an Inseln: So leicht kann man nicht unbemerkt von ihnen verschwinden.

Doch noch bevor Aidan das nächste Telefonat beginnen kann, klingelt sein Telefon plötzlich. Da wir gerade den Ortskern von Whale Island erreicht haben, lenkt er den Pick-up an den Straßenrand und nimmt das Gespräch an.

»Hi, Hank! Danke, dass du zurückrufst! Sag mal, könntest du bitte Dottie anfunken? Es ist wichtig. Wir suchen Feli Minetti. Ja, genau, die Tochter von Stella.«

Bei der Erwähnung ihres Namens füllen sich meine Augen mit heißen Tränen, und ich schlage mir eine Hand vor den Mund, um nicht aufzuschluchzen. Da reicht mir jemand ein Taschentuch. Es ist Isla, die auf der hinteren Bank in der Pick-up-Kabine sitzt und mich ernst über die Rückenlehne hinweg mustert.

»Danke dir«, flüstere ich mit einem schiefen Lächeln.

»Ist doch klar«, murmelt das Mädchen.

Eine Weile sitzen wir drei schweigend in Aidans Pick-up, den er nahe des Fähranlegers geparkt hat, direkt neben der ehemaligen Telefonzelle, die mit einem überquellenden Bücherregal und zwei Hockern in ein charmantes Mini-Wartezimmer für Fährgäste verwandelt worden ist. Nachdenklich starren wir auf das Meer hinaus, das unschuldig in der Sonne glitzert, als wäre dies ein harmloser Sommertag. In der Nähe des Fähranlegers tanzen ein paar Fischerboote auf den Wellen, bunte Bojen schaukeln hier und da auf dem Dunkelblau des Wassers.

Irgendwann halte ich es nicht mehr aus und verlasse den Wagen. Als ich hinter dem Pick-up vorbeigehe, fällt mein Blick flüchtig auf die zerbeulte Stoßstange, und ich muss an Feli und mich auf der Fähre denken. Meine erste Begegnung mit Aidan. Unsere Ankunft auf Whale Island.

Unruhig laufe ich den Grasstreifen am Straßenrand hinauf und hinab, die Hände in den Taschen meiner Shorts vergraben und versuche, meine sorgenvollen Gedanken in Schach zu halten. Hank hat Aidan zum Glück recht schnell mit der positiven Nachricht zurückgerufen, dass Dottie bestätigt hätte, Feli auf der Fähre zu haben. Sie habe sich schon gewundert und sie gefragt, wohin sie allein unterwegs sei, und Feli habe behauptet, in Scott's Harbor bei einer Freundin zu übernachten.

Schön wäre es, denke ich und versuche verzweifelt, die Tränen zurückzuhalten. Schön wäre es, wenn meine Tochter eine Freundin in Scott's Harbour hätte, bei der sie übernachten würde!

Als ich Schritte hinter mir höre, drehe ich mich um und sehe Aidan auf mich zukommen. Trotz meines aufgewühlten Zustands muss ich flüchtig an uns beide in der Vorratskammer denken, und mein Herz macht einen aufgeregten Hüpfer, bevor es erneut von Kummer zusammengeschnürt wird.

»Hey«, sagt Aidan leise und sieht mich ernst an.

»Hey«, wispere ich, und jetzt rollen mir doch ein paar Tränen über die Wangen, die ich ärgerlich fortwische.

»Die Fähre kommt«, sagt er und deutet aufs Meer hinaus, wo man jetzt tatsächlich das Schiff sieht. Erleichtert schluchze ich auf. Ohne Umschweife zieht mich Aidan in seine Arme und hält mich fest, während wir gemeinsam der Fähre entgegensehen.

»Ich ertrage den Gedanken nicht, dass er … dass er Feli wirklich … zu nah gekommen sein könnte«, sage ich heiser, in Aidans T-Shirt hinein.

»Nein«, grollt Aidan leise, und ich spüre seine tiefe Stimme in seinem Brustkorb vibrieren. »Den Gedanken ertrage ich auch nicht.«

»Allerdings … Allerdings kann ich nicht glauben, dass er zu so etwas in der Lage sein sollte«, füge ich dann hinzu, mit etwas festerer Stimme, und ich löse mich von Aidan und wische mir die Tränen von den Wangen. »Wirklich. Jackson war immer nur nett zu Feli und mir.«

Aidan sieht mich mit hochgezogenen Augenbrauen an, bevor er langsam »Mhhm« murmelt.

»Und damit meine ich nicht den Kuss gestern Abend!« Ich verschränke die Arme vor meiner Brust und füge mit Nachdruck hinzu: »Außerdem – denk doch mal nach, Aidan! Ich meine, wenn er Interesse an mir hat, an einer Frau, die zehn Jahre älter ist als er, dann kann er doch kein Perverser sein, der auf junge Mädchen steht, oder? Ich bin nun wirklich weit davon entfernt, ein junges Mädchen zu sein!«

»Schon mal was davon gehört, dass sich diese Typen über die Mütter an die Opfer heranmachen?« Aidan starrt mich ernst an, nun auch mit verschränkten Armen, und einen Moment lang glaube ich, dass ich vor Entsetzen in mir zusammensacken werde.

»Das … das kann nicht sein«, stammele ich und fasse mir an die Stirn, während ich sämtliche Treffen mit Jackson in meinem Kopf Revue passieren lasse. Hat er sich deshalb mir gegenüber so charmant verhalten? War es von vornherein sein Plan, mein Vertrauen zu gewinnen, um Zugang zu Feli zu bekommen?

»Und, was das Nettsein angeht«, sagt Aidan jetzt ernst, den Blick auf die Fähre geheftet, die den Pier fast erreicht hat. »Du fandest Skyes tolles Date neulich Abend doch bestimmt auch nett, oder?«

Ich schlucke, als ich an Skye und diesen Hunter denke. Zitternd hole ich Luft, dann wende ich mich ab und gehe mit langen Schritten auf den Pier hinaus, wo schon ein paar Leute warten, die die Fähre nehmen wollen. Aidan folgt mir, und auch Isla hat jetzt den Pick-up verlassen.

Es fühlt sich an wie eine Ewigkeit, bis die Fähre endlich am Pier festgemacht hat, bis die Rampe hinabgelassen worden ist und zunächst ein großer Kühltruck von Deck rollt, der vermutlich den frischen Fang der Whale-Island-Fischer aufladen und ans Festland bringen wird. Hinter ihm kommen ein paar Autos über die Rampe.

Atemlos halte ich nach einem Mädchen Ausschau, das zu Fuß

unterwegs ist, mit Rucksack und Gitarrenkoffer, doch es kommen keine Fußgänger von der Fähre. Mein Herz schlägt panisch schneller, und als ich Dottie oben an Deck erkenne, eile ich näher an die Fähre heran und rufe ihr zu: »Dottie! Wo ist Feli?«

»Oh, hi!«, ruft Dottie und beugt sich über die Reling. »Sie ist da hinten, im Auto von Jackson Porter! O mein Gott, ich sage dir, ich wäre fast in Ohnmacht gefallen, als ich gemerkt habe, wer er ist! Auf dem Hinweg habe ich ihn gar nicht erkannt! Seit wann war er denn auf der Insel?«

Ungläubig starre ich zu ihr hoch. »Feli ist … im Auto von Jackson Porter?«

Ich höre Dottie nicht weiter zu, sondern wende mich hektisch ab und renne in die Richtung, wo die Autos gerade hinter dem Kühltruck über den Pier und auf die Dorfstraße rollen.

»Wo ist sie?«, fragt Aidan, als ich an ihm vorbeihaste, und ich gebe nach Luft ringend zurück: »In Jacksons Auto.«

Warum ist sie in Jacksons Auto? Okay, klar, er wollte die erste Fähre nehmen. Aber … Mit einem Mal steigt eine böse Ahnung in mir auf. Ist Feli nur deshalb verschwunden? Weil sie mit Jackson abgehauen ist? Hat der Kerl tatsächlich meine unschuldige dreizehnjährige Tochter dazu überredet, mit ihm die Insel zu verlassen? Blinde Wut überrollt mich, als ich mir ausmale, wie Jackson meine verletzliche, leicht zu beeinflussende, nach Anerkennung suchende Feli davon überzeugt haben könnte, mit ihm abzuhauen. Oh, dieser Mistkerl! Zorn und Fassungslosigkeit verhelfen mir dazu, noch schneller zu rennen.

»Da, das ist sein Auto«, höre ich Aidan rufen, der neben mir herläuft, und gemeinsam eilen wir auf den Wagen zu, der gerade auf den Parkplatz des Inselladens biegt. Noch ehe das Auto richtig gehalten hat, bin ich schon an der Beifahrertür und reiße diese auf. Feli starrt mich erschrocken an.

»Mama!«, sagt sie auf Deutsch. »Was machst du hier?«

»Was ich hier mache? Was ich hier mache?«, schreie ich sie an. »Ich suche dich, *dio mio*! Felicitas, was hast du dir dabei gedacht?« Mein Blick wandert zu Jackson, der am Steuer sitzt und mich ernst ansieht. »Und du«, schreie ich ihn an, jetzt auf Englisch. »Was hast du mit meiner Tochter gemacht?«

Ich sehe genau die Überraschung und den Schock auf Jacksons Gesicht, doch er kommt nicht mehr dazu zu reagieren, weil in diesem Moment die Fahrertür aufgerissen wird und Aidan Jackson packt und aus dem Wagen zerrt. Jackson schreit auf und fragt, was das soll, doch Aidan drückt ihn rücklings gegen das Auto und fährt ihn so aufgebracht, wie ich ihn noch nie erlebt habe, an: »Wenn du dem Mädchen auch nur ein Haar gekrümmt haben solltest, du Schwein, dann werde ich dich zu Brei verarbeiten, das schwöre ich dir, Freundchen!«

»Ich ... warum ... ich habe Feli nichts getan!«, höre ich Jackson stammeln, und da schiebt mich meine Tochter empört zur Seite und steigt nun auch aus dem Auto.

»Lass ihn los, Aidan!«, schreit sie aufgebracht und umrundet schnellen Schritts die Motorhaube. Sie packt Aidan am Arm und brüllt: »Lass Jackson los! Spinnt ihr denn alle? Was sollte er mir denn getan haben?«

»Feli, hat Jackson dich überredet, mit ihm abzuhauen?«, frage ich sie aufgeregt. Meine Tochter sieht mich fassungslos an.

»Was? Nein! Warum sollte er das?«

»Na, immerhin wart ihr beide heute Morgen auf der ersten Fähre!«

Feli schüttelt ungeduldig den Kopf. »Das war Zufall, Mama! Ich bin zu Fuß auf die Fähre, da war Jackson schon mit seinem Auto an Deck. Er hatte keine Ahnung, dass ich auch mitfahren würde!«

»Du bist also … nicht zusammen mit Jackson abgehauen?«, hake ich mit bebender Stimme nach und werfe Jackson einen flüchtigen Blick zu. Ich merke, dass Aidans Griff sich lockert, doch er sieht Jackson nach wie vor zornig an, während sich sein Brustkorb heftig hebt und senkt. Jackson ist kreidebleich geworden.

»Nein!«, ruft Feli mit Nachdruck. »O Mann, denkt doch mal nach! Wenn Jackson mit mir hätte abhauen wollen, dann … dann wäre er doch wirklich in Scott's Harbour von der Fähre gefahren und hätte nicht darauf bestanden, mich zurück nach Whale Island zu begleiten! Er wollte sichergehen, dass ich tatsächlich in die *Cameron Lodge* zurückgehe, hat er gesagt, und darum ist er mit mir auf der Fähre geblieben! Aidan, lass Jackson endlich los!«

Und das tut Aidan tatsächlich, jedoch ohne aufzuhören, ihn finster anzustarren. Fassungslos sehe ich meine Tochter an, dann wieder Jackson. Feli hat ja recht, wird mir klar. Logisch wäre das nicht, dass Jackson mit ihr auf der Fähre geblieben ist, noch einmal nach Whale Island zurückgekommen ist. Das spricht schon für seine Unschuld. Zumindest … in Sachen Fluchtversuch. Aber der Rest der bösen Anschuldigungen wird dadurch kein bisschen harmloser.

Jackson sieht von Aidan zu mir, die Lippen zu einer schmalen Linie zusammengepresst, und schließlich stößt er gequält hervor: »Ihr habt es im Internet gelesen.«

»Allerdings«, erwidere ich heiser und trete näher an ihn heran, mustere ihn ernst.

Da bricht Jackson Porter, Schwarm aller Teenies, tatsächlich in Tränen aus.

45

Erschüttert starre ich ihn an. Jackson schlägt sich die Hände vors Gesicht, während sein ganzer Körper von Schluchzern geschüttelt wird. Aidan wirft mir einen ratlosen Blick zu, den ich ebenso ratlos erwidere.

»Jackson!«, sagt Feli und macht einen Schritt auf ihn zu, will ihre Arme um ihn legen, doch ich halte sie fest. »Mama! Was habt ihr denn bloß alle?«

Aidan räuspert sich und sagt: »Ich würde vorschlagen, wir Erwachsenen unterhalten uns in Ruhe mit Jackson. Isla, warum gehst du nicht mit Feli ein Eis essen?«

»Ein Eis? Es ist nicht einmal acht Uhr morgens!« Isla starrt ihren Vater an, als wäre er von allen guten Geistern verlassen, aber Aidan erwidert nur knapp: »Ganz egal, ihr könnt auch einen Kakao trinken oder euch Pfannkuchen bestellen oder was es sonst gibt. Warte, ich gebe euch Geld.«

»Oh, Feli müsste noch Geld haben. Mein Geld«, sage ich und sehe meine Tochter ernst an. »Darüber reden wir gleich noch, meine Liebe«, füge ich leise hinzu, auf Deutsch. Feli starrt mich düster an, und ich habe das Gefühl, dass sie etwas sagen will, doch da kommt Isla auf sie zu und hakt sich entschlossen bei ihr unter. Dankbar sehe ich Aidans Tochter an. Da sie sehr wohl weiß, warum ihr Vater und ich uns so besorgt verhalten, bemüht sie sich ohne langes Wenn und Aber, Feli abzulenken.

»Hast du schon Birdies hausgemachtes Blaubeereis probiert?«, höre ich sie fragen, während sie Feli mit sich zieht. »Das kann man tatsächlich schon so früh am Morgen essen!«

Erleichtert seufze ich auf – bis ich wieder Jackson ansehe, der sich ein wenig beruhigt hat und verlegen mit seinem Sweatshirtärmel über sein Gesicht wischt.

»Komm, wir setzen uns in meinen Pick-up, da hört uns niemand«, brummt Aidan und deutet mit dem Kopf in die Richtung seines geparkten Wagens. Ein Blick auf die Rückbank von Jacksons Auto zeigt mir, dass dort zwei Gitarrenkoffer verhindern, dass sich jemand setzen könnte.

Felis und sein Gitarrenkoffer. Ich schlucke und bete mir vor, Ruhe zu bewahren.

Jackson nickt, und ich folge den beiden Männern zum Pick-up. Aidan und ich steigen vorn ein, Jackson schiebt sich in die hintere Bank, wo eben noch Isla saß.

»Stimmt das, was deine Ex in der *People* behauptet?«, frage ich ohne Umschweife, sobald Aidan die Fahrertür zugezogen hat. Jackson sieht mich aus seinen grünen Augen geradezu erschüttert an.

»Glaubst du wirklich, dass ich dazu in der Lage wäre?«, fragt er mit bebender Stimme.

»Was weiß ich, Jackson!«, rufe ich aus und raufe mir mit beiden Händen meine Locken. »Ich habe keine Ahnung, was ich noch glauben soll!«

Jackson holt tief Luft, und dann erklärt er leise: »Clementine war während unserer ganzen Beziehung eifersüchtig … auf ihre Tochter und mich. Ich hatte von Beginn an einen guten Draht zu Ruby. Sie war zehn, als Clementine und ich zusammenkamen. Zehn! Ich meine … ja, natürlich gibt es da draußen perverse Arschlöcher, aber ich … ich wäre im Traum nicht darauf gekommen, mich Ruby gegenüber irgendwie unpassend zu verhalten! Ja, klar, wir hatten ein enges Verhältnis. Das lag vor allem daran, dass Clementine sich überhaupt nicht um ihre Kleine kümmert. Sie ist so mit ihrem Aussehen und ihrem Glamour-Leben beschäftigt, dass sie Ruby nur der Nanny überlässt. Aber ich … ich habe die Kleine sehr ins Herz geschlossen. Und sie mich. Wir haben immer mehr Zeit miteinander verbracht – und das hat Clementine immer mehr gestört. Ehrlich gesagt habe ich mich überhaupt erst jetzt von Clementine getrennt, weil ich Ruby nicht verlieren wollte. Ohne das Mädchen hätte ich unsere Beziehung schon nach den ersten paar Monaten beendet. Aber … ich wollte die Kleine nicht im Stich lassen. Sie hing so sehr an mir.«

Jackson schluchzt trocken auf und starrt auf seine Hände hinab. »Bitte, ihr müsst mir das glauben – ich habe für das Mädchen Gefühle, ja, aber doch nur, als wäre sie meine jüngere Schwester oder meine eigene Tochter! Ich habe sie getröstet, wenn sie geweint hat, ich habe sie gehalten, wenn sie nicht einschlafen konnte, ich habe ihr Lieder vorgespielt und mit ihr herumgealbert. Sie und ich, wir waren ein eingeschworenes Team. Und als ich mich von Clementine getrennt habe, da habe ich sie gebeten, dass sie mir weiterhin erlaubt, Kontakt zu ihrer Tochter zu haben.«

Er holt tief Luft. »Sie hat mich ausgelacht, hat gesagt, dass ich Ruby nie wiedersehen werde. Und … und dann hat sie mir damit gedroht, dass sie mich zerstören wird. Dass sie meine Karriere kaputt machen wird. Allerdings war mir nicht klar, WIE sie das anstellen wollte.«

Er sieht mich an, und in seinem Blick liegt so viel Verzweiflung, dass ich meine Hand ausstrecke und sie auf seine lege, die auf der Rückenlehne unserer Vorderbank ruht. Aidan räuspert sich leise. Ich sehe ihn an, aber er wendet den Blick ab und starrt aus dem Fahrerfenster.

»Und sie ist auf einem guten Weg, das tatsächlich zu schaffen«, sagt Jackson jetzt und lacht leise auf. »Ein Teenie-Schwarm, dem Kindesmissbrauch vorgeworfen wird? Wenn ich das nicht glaubhaft entkräften kann, dann ist alles vorbei. Dann bin ich nur noch der Perverse, und kein Radiosender wird jemals wieder eines meiner Lieder spielen.«

»Aber … was sagt Ruby zu dem Ganzen?«, hake ich sacht nach. Jackson seufzt gequält auf.

»Keine Ahnung. Ich habe mein Telefon vorhin wieder ausgestellt, weil ich nonstop Anrufe und Nachrichten von Dutzenden Leuten bekommen habe. Ich hatte das Telefon vorher ja tagelang aus, und als ich es gestern zum ersten Mal seit meiner Ankunft auf Whale Island eingeschaltet habe, hatte ich unzählige Nachrichten meiner Agentin drauf. Nicht nur wegen meines Verschwindens und meiner Deadline in Sachen Album, sondern auch, weil sie von dem Interview erfahren hatte, das heute erschienen ist. Ich habe gestern noch mit ihr gesprochen, und wir haben ausgemacht, dass ich heute so schnell wie möglich zurück nach Manhattan fahren würde – sie hat mir geraten, mich nicht länger vor der Presse zu verstecken, sondern Stellung zur Trennung von Clementine zu beziehen.« Jackson holt zittrig Luft und reibt sich mit einer Hand über das Gesicht. »Allerdings … allerdings wusste meine Agentin gestern noch nichts von den Missbrauchsvorwürfen. Sie hatte nur gehört, dass Clementine aus dem Nähkästchen geplaudert hatte und dass das Interview kein gutes Licht auf mich werfen würde. Tja. Über Nacht ist das alles sehr viel dramatischer geworden.«

Jackson lacht bitter auf. »Ich weiß überhaupt nicht, was jetzt passiert. Ob ich womöglich sogar verhaftet werde.«

Entsetzt starre ich ihn an. »Das darf doch nicht wahr sein!«, wispere ich. »Nur weil deine Ex irgendwelche Behauptungen in die Welt setzt? Das ist doch Rufmord!«

Jackson lächelt mich traurig an. »Auf jeden Fall will ich, dass du weißt, dass ich Feli niemals … angefasst habe oder sonst etwas getan habe, was irgendwie unangebracht gewesen wäre«, sagt er mit Nachdruck. »Wirklich, Stella – ich mag deine Tochter. Und dich. Sehr. Und ich hätte niemals … ich hätte euch beiden niemals so wehtun können.«

Aidan öffnet die Fahrertür und steigt aus. Ich sehe, wie er sich draußen gegen den Pick-up lehnt, die Tür wieder zufallen lässt. Dass er Jackson und mir einen Moment der Zweisamkeit gibt, rührt mich sehr. Gleichzeitig vermisse ich Aidans beruhigende Anwesenheit sofort.

»Jackson, ich mag dich auch«, sage ich heiser und sehe ihn ruhig an. »Aber … nicht so, dass ich das von gestern Abend wiederholen möchte. So geschmeichelt ich auch bin, dass du mich geküsst hast … Ich habe rein freundschaftliche Gefühle für dich.«

Jackson starrt mich ernst an. Sein Blick flackert flüchtig zu meinem Mund, dann sieht er mir wieder in die Augen und nickt langsam. »Okay«, wispert er und schluckt. »Dann muss ich das wohl so akzeptieren. Du bist eine wunderbare Frau, Stella. Und ich werde dich nicht vergessen.«

Ich lächele ihn schief an. »Oh, ich dich auch nicht, das kannst du mir glauben! Und Feli … sie wird dich sehr vermissen. Dass du ihr geholfen hast, ihre Liebe zur Musik wiederzuentdecken, das … das rechne ich dir hoch an, Jackson.«

Er grinst mich flüchtig an, bevor er wieder sehr ernst wird und schweigend aus der Windschutzscheibe nach vorne starrt. »Ich sollte versuchen, diese Fähre zu bekommen«, sagt er jetzt und fährt sich erneut mit einer Hand über das Gesicht. »Es wird höchste Zeit, dass ich mich meinen Problemen in Manhattan stelle. Clementine. Den bösen Gerüchten. Und meiner Plattenfirma.«

»Du wirst das alles schaffen, Jackson, da bin ich mir ganz sicher.« Rasch beuge ich mich vor und drücke ihm einen Kuss auf die Wange. Er lächelt mich schief an, dann deutet er nach draußen, wo Aidan immer noch an der Fahrertür lehnt, mit dem Rücken zu uns.

»Lass dir den nicht entgehen«, sagt er leise. »Wenn du mich schon nicht willst.« Er zwinkert mir flüchtig zu, bevor er die hintere Wagentür öffnet und aussteigt. Ich lache leise auf, folge ihm dann nach draußen.

Gemeinsam holen Aidan und ich Felis Rucksack und ihren Gitarrenkoffer aus Jacksons Wagen. Jackson nickt Aidan flüchtig zu, der ein knappes »Bye« murmelt, dann lächelt er mich noch einmal schnell an und steigt in seinen Wagen. Nachdenklich sehen Aidan und ich ihm nach, wie er das Auto auf die Fähre fährt.

»Glaubst du ihm?«, fragt Aidan mich schließlich leise.

»Ja«, sage ich mit Nachdruck. »Absolut.«

»Hmm.« Aidan seufzt tief auf. »Unsere Töchter kommen«, stellt er dann fest, als er zum Inselladen hinübersieht. Ich schaue ebenfalls in die Richtung und erkenne Isla und Feli, die nebeneinanderher an der Bank vorbeilaufen, auf der schon um diese frühe Stunde die zwei alten Herren sitzen, die dort fast immer zu sehen sind, beide einen Becher mit Kaffee aus dem Inselladen in der Hand. Unsere Töchter hingegen tragen jeweils eine Waffel mit viel blau-violettem Eis.

»Ist er weg?« Feli starrt mich ernst an.

»Ja«, erwidere ich. »Hat Isla … Hat sie dir erzählt, warum wir uns solche Sorgen gemacht haben?«

Isla nickt leicht, während Feli murmelt: »Ja, hat sie.« Dann atmet sie tief durch und sagt mit Nachdruck: »Ganz ehrlich, das ist doch totaler Bullshit! Jackson würde so etwas niemals tun! Isla und ich, wir haben uns gerade bei Instagram alte Beiträge von Ruby angesehen. Und da sind überall Bilder von Jackson und ihr, aber immer nur völlig harmlos – die beiden beim Schlittschuhlaufen, beim Kochen, beim Tischtennisspielen, sogar beim Mathelernen!«

»Genau«, bestätigt Isla eifrig, zückt ihr Telefon und hält mir ein Foto von Jackson und Ruby unter die Nase – Jackson liest dem Mädchen auf dem Sofa aus Harry Potter vor.

»Und hier, schaut mal, was sie unter das Bild mit Jackson beim Weihnachtsplätzchenbacken geschrieben hat: ›Bestes Elternteil, das ich mir wünschen kann‹.« Isla sieht ihren Vater und mich bedeutungsschwer an.

»Tja, die gute Clementine hat es anscheinend nicht so mit Plätzchenbacken«, murmele ich und muss an Feli und mich denken, wie wir Jahr für Jahr in der Vorweihnachtszeit unsere Küche in ein wahres Schlachtfeld mit vielen Streuseln und Schokoglasur verwandeln. Als meine Tochter mich ansieht, glaube ich fast, dass sie ähnliche Gedankengänge hat. Ich lächele sie sacht an und hake vorsichtig nach: »Das heißt, Jackson hat … er hat dich nie irgendwie komisch angefasst oder so?«

Feli schnaubt empört. »Nein!« Dann lacht sie auf. »Ganz ehrlich, Mama: Niemand würde mich jemals freiwillig anfassen!«

»Felicitas!« Entgeistert stemme ich meine Hände in die Hüften. »Sag so etwas nie wieder, hörst du? Du bist wunderschön, mein Schatz, und ich will nicht, dass du dir jemals etwas anderes einreden lässt!«

Meine Stimme bricht, und ich ringe um Fassung.

»Ja, klar. Das sagst du, weil du meine Mutter bist«, murrt Feli und starrt auf ihr Eis, das blaue Schlieren über die Eiswaffel hinab zieht.

»O ja, und ob ich das bin. Und deshalb möchte ich jetzt wissen, warum du einfach so abhauen wolltest, Fräulein!« Ich habe meine Fassung wiedergefunden und sehe Feli aufgebracht an. »Was sollte das? Weißt du eigentlich, was du mir für einen Schrecken eingejagt hast? Und wohin wolltest du überhaupt?«

Aidan winkt Isla zu sich, und die zwei wollen sich gerade abwenden, um meiner Tochter und mir die nötige Privatsphäre zu geben, doch da bricht es so heftig aus Feli hervor, dass beide sichtlich schockiert auf der Stelle verharren: »Wohin ich wollte, Mama? Das kann ich dir sagen! Ich wollte zu meinem Vater, der offenbar in New York City arbeitet! Und von dem du mir bisher kein Sterbenswörtchen erzählt hast!«

Meine Tochter schleudert ihre Eiswaffel auf den Boden und sieht mich aufgelöst an.

Erschüttert erwidere ich ihren Blick. »Wie bitte? Woher …?«

»Woher ich das weiß?« Feli lacht auf und verschränkt die Arme vor der Brust. Sie redet auf Englisch, sodass auch Isla und Aidan alles verstehen. Ob sie das bewusst oder unbewusst macht, kann ich nicht sagen.

»Ich habe gestern Abend so einiges gesehen und gehört, Mama! Ich war auf der Suche nach Jackson, der mir die Akkorde für ein Lied aufgeschrieben haben wollte. Als er nicht in seinem Cottage war, bin ich zum Restaurant gelaufen, weil ich dachte, er isst bestimmt was. Aber, nein, stattdessen hat er mit meiner Mutter geknutscht!«

»Bitte was?«, entfährt es Isla entgeistert. Das Mädchen starrt mich ungläubig an. »Du hast mit Jackson Porter geknutscht?«

»Ähm, also, geknutscht ist echt das falsche Wort«, sage ich rasch und merke, dass meine Wangen zu glühen beginnen. Aidan räuspert sich. »Er hat mich geküsst. Und es war … kurz.«

»Und heute hast du dann mit meinem Dad in der Vorratskammer geknutscht? Nachdem du erst gestern Abend mit Jackson Porter geknutscht hast?« Ich kann nicht sagen, ob Isla ungläubig oder angeekelt oder beeindruckt klingt. Es ist wohl eine Mischung aus allem.

»Wie bitte? Du hast mit Islas Dad geknutscht?« Feli starrt mich fassungslos an, dann wechselt sie einen Blick mit Isla, die mit einem dramatischen Augenrollen nickt. Die beiden scheinen sich einig zu sein, dass ich höchst peinlich bin.

»Hey, hey, das gehört jetzt gerade überhaupt nicht hierher«, werfe ich rasch ein und versuche, einen klaren Kopf zu bewahren. »Feli, was du da gerade gesagt hast … wegen deines Vaters …«

»Ja, genau«, faucht Feli ungeduldig. »Erst durfte ich beobachten, wie meine Mutter mit einem viel jüngeren Mann herumknutscht …«

»Er. Hat. Mich. Geküsst!« Ich ringe mit den Händen und stöhne entnervt auf. »Bitte! Wir haben nicht *herumgeknutscht*!«

»Okay, wie auch immer.« Feli schnaubt auf. »Und dann hast du mit Aidan diskutiert. Und du hast meinen Dad erwähnt. Enzo Cappanelli, der im *Waldorf Astoria* in Manhattan arbeitet.«

Schweigend starre ich Feli an. *Porca miseria*. Das habe ich gestern Abend, in meiner wütenden Tirade tatsächlich von mir gegeben. Mit einem leisen Stöhnen fasse ich mir an die Stirn. Dass meine Tochter das alles mitbekommen musste! Dass sie auf diese Weise die Wahrheit erfahren musste!

»Feli«, sage ich leise und mache einen Schritt auf sie zu, aber mein Kind weicht vor mir zurück, während Tränen aus seinen wunderschönen braunen Augen strömen, die mich jeden Tag an Enzo erinnern.

»Du hast immer gesagt, du wüsstest nicht, wie mein Vater heißt«, schluchzt Feli wütend auf. »Du hast gesagt, er war ein

One-Night-Stand, und du hättest keine Ahnung, wo er jetzt sei! Das war alles eine riesige Lüge, Mama!«

Sie will sich abwenden, aber da steht Aidan plötzlich hinter ihr und hält sie sanft an den Schultern fest. »Hey, nicht weglaufen«, höre ich ihn leise sagen. »Bitte. Tu das deiner Mutter nicht an. Gib ihr die Chance, dir alles in Ruhe zu erklären. Ich bin mir sicher, es gibt eine gute Erklärung, Feli.«

Er sieht mich an, und vor lauter Dankbarkeit könnte ich Aidan schon wieder küssen. Aber ich will unsere Töchter nicht noch fassungsloser machen, als sie ohnehin bereits sind.

Feli starrt mich finster an, während sie trocken aufschluchzt. Zu meiner Überraschung schüttelt sie Aidan nicht ab, und sie gibt auch keine patzige Antwort. Stattdessen sieht sie ein wenig unschlüssig auf den Rasen hinab, wo die zerbrochene Waffel in einem Meer aus blauvioletter Eiscreme liegt, und sagt schließlich leise: »Okay.«

46

Eine Stunde später radeln Feli und ich auf zwei Hotel-Fahrrädern an der Küste entlang. Der Wind lässt unsere Haare durcheinanderwirbeln und ist angenehm erfrischend, denn die Sonne scheint heute heiß und intensiv von einem strahlend blauen Himmel auf Whale Island hinab. Genüsslich inhaliere ich den Duft nach Salzwasser und Seetang, der uns einhüllt und mich für eine kurze Zeit alle Sorgen vergessen lässt.

Ohne dass wir abgesprochen hätten, wohin genau wir wollen, ist irgendwie klar, dass wir zum Whale Sanctuary fahren. Als wir dort ankommen, stelle ich erstaunt fest, dass wir nicht die einzigen Besucher sind: Einige Touristen sind offenbar zu Fuß von der Fähre aus dorthin gewandert, andere haben ebenfalls ihre Räder dabei, und nur wenige sind mit dem Auto gekommen. Das Konzept der »autofreien Insel«, das die Camerons auch bei ihrer Lodge angepriesen haben, scheint aufzugehen, was mich wirklich glücklich macht.

Wir stellen unsere Fahrräder neben dem Besucherinformationszentrum ab, das gerade von einem Paar mit drei lauten Kindern verlassen wird. Lächelnd beobachte ich die Familie, bevor ich Feli ansehe.

»Willst du dir das Informationszentrum ansehen?«

Sie starrt einen Augenblick lang unschlüssig das Blockhaus an, doch dann schüttelt sie den Kopf. »Ein anderes Mal«, sagt sie ernst, und ich nicke. Klar. Heute haben wir Wichtigeres vor.

»Komm, gehen wir hier entlang«, sage ich und schlage einen Pfad ein, der am Rand der Klippen entlangführt, gut abgesichert durch ein hölzernes Geländer. Wir folgen dem Verlauf der Bucht und sehen dabei immer wieder neugierig ins dunkle Wasser hinab. Die Belugawale sind gestern aus ihrem Med Pool entlassen worden, hat Isla erzählt. Alles soll wunderbar geklappt haben. Nachdem die zwei nun mehr oder weniger frei durch die Meeresbucht schwimmen, reist heute ein großer Teil der Crew, die sich um Transport und erste Versorgung der Wale hier vor Ort gekümmert hat, ab. Dafür wird heute ein Schwung neuer Gäste in der *Cameron Lodge* einchecken. Verstohlen werfe ich einen Blick auf meine Armbanduhr. Okay, noch ist das Frühstück nicht vorbei. Ich habe genug Zeit, um mich ganz in Ruhe mit meiner Tochter zu unterhalten, bevor ich später in der Lodge wieder gebraucht werde.

»Schau mal«, sage ich schließlich und deute auf eine hölzerne Bank, die an einer breiteren Stelle des Pfades so aufgestellt wurde, dass man mit dem Rücken zum Weg sitzt, dafür vor sich das Geländer und direkt dahinter einen überwältigenden Ausblick über die Bucht hat. Noch dazu spendet ein großer Ahornbaum wohltuenden Schatten, den wir wirklich brauchen, denn inzwischen läuft mir der Schweiß runter, und auch Felis Gesicht ist ziemlich rot. »Lass uns hier hinsetzen, *cara mia.*«

Als wir uns auf der Bank niedergelassen haben, sehen wir beide eine Weile schweigend aufs Wasser hinaus.

»Wie es Alba und Luna in ihrer neuen Umgebung wohl geht?«, fragt Feli schließlich leise.

»Oh, ich bin mir sicher, dass es ihnen hier gefällt«, antworte ich.

»Ja, klar. Das sagst du mir auch bei jedem Umzug.«

Erstaunt drehe ich den Kopf und starre meine Tochter an. Feli erwidert meinen Blick und zuckt mit den Schultern. »Ist so. Du hast mir immer gesagt, wie toll an einem neuen Ort alles werden würde. Aber … meistens wollte ich nicht umziehen. DU wolltest das immer. Und meistens wurde es auch nicht besser, sondern eher schlimmer. Eigentlich hat es mir an keinem neuen Ort besser gefallen als am alten.«

Ich hole tief Luft. »Feli, es ist nicht so, dass ich unbedingt immer umziehen WOLLTE«, sage ich ruhig. »Sondern dass wir wegen meines Jobs umziehen MUSSTEN.«

»Ja. Darum hasse ich deinen Job auch so.« Feli verschränkt die Arme und starrt aufs Meer hinaus, während ich sie weiterhin von der Seite mustere.

»Mir war nicht klar, dass … dass du so sehr unter meinem Beruf und den Umzügen, die er mit sich bringt, gelitten hast«, sage ich schließlich und bemühe mich, meine Stimme unter Kontrolle zu halten. »Glaub mir, für mich ist es auch nicht immer leicht, neu anzufangen.«

»Warum machen wir das dann?«, fährt mich Feli heftig an. »Warum bleiben wir nicht irgendwo und führen ein normales Leben, wie normale Leute?«

»Verträge sind in der Hotelbranche nun einmal in den meisten Fällen zeitlich begrenzt, darum wechselt man öfter den Wohnort«, erwidere ich hilflos. »Das bringt mein Beruf leider so mit sich. Aber … das hat ja auch etwas Schönes, findest du nicht? Es war doch auch oft spannend, neu anzufangen? Und … manchmal ist so ein Umzug eine sehr gute Chance auf einen Neuanfang. Du wärst doch nicht wirklich gern in Bangkok geblieben, oder?« Ernst mustere ich meine Tochter.

Feli presst ihre Lippen zu einer schmalen Linie zusammen und schüttelt schließlich den Kopf.

»Nein«, sagt sie leise. »Da nicht.«

»Und vorher, in Abu Dhabi? Wärst du gern dort geblieben?« Ich mustere Feli nachdenklich, bis diese erneut verneint.

»Aber auf Koh Samui wäre ich gern geblieben«, sagt sie schließlich leise. »Weißt du noch, die Schaukel am Strand?«

»Ja.« Ich muss lächeln, als ich an unseren winzigen Bungalow denke, der direkten Strandzugang hatte. Ja, so schön wie auf Koh Samui haben wir nie wieder gewohnt. Nein, halt, das stimmt nicht – hier wohnen wir mindestens genauso schön. Finde ich zumindest.

»Und ich vermisse immer noch Kuala Lumpur. Und Nunu.«

»Nunu war toll«, bestätige ich leise. »Die beste Nanny, die man sich wünschen konnte.«

»Sie hat sich tolle Spiele ausgedacht. Wir haben immer im Wohnzimmer Burgen aus Stühlen und Decken gebaut.« Feli lächelt versonnen, den Blick immer noch auf die Bucht gerichtet.

»Manchmal habe ich das übrigens auch mit dir gemacht«, werfe ich zaghaft ein. »Burgen aus Stühlen und Decken gebaut. Weißt du noch?«

Feli nickt langsam, und ich atme verstohlen auf. Der Gedanke, dass meine Tochter nur schöne Kindheitserinnerungen in Zusammenhang mit ihrer Nanny haben könnte, hat mir einen Moment lang richtige Angst gemacht. Als ob Feli das genau wüsste, sieht sie mich an und sagt leise: »Keine Sorge, Mama. Es ist nicht so, dass ich Kuala Lumpur nur wegen Nunu vermisse. Ich hab mich da einfach wohl gefühlt. Und ich habe schöne Erinnerungen an uns beide. Wir im Pool unseres Apartmenthauses, zum Beispiel.«

»Stimmt!« Ich blinzele lächelnd ein paar Tränen weg. »Damals hast du schwimmen gelernt.«

»Ja.« Feli zieht die Stirn kraus. »Du … du warst zwar oft bei der Arbeit, Mama, aber … ich weiß schon, dass du dich bemüht hast, immer für mich da zu sein. Und wir haben immer so tolle Urlaube gemacht. Weißt du noch, als wir zum ersten Mal in Thailand schnorcheln gegangen sind?«

»Na klar!« Ich lächele Feli breit an, und sie grinst schief. »Ich hatte eine ganz schöne Angst. Aber du … du hast mir Mut gemacht und mir gut zugeredet, und dann haben wir diese unglaublich schönen bunten Fischschwärme gesehen. Das werde ich niemals vergessen. Du … du kamst mir immer wie die mutigste Frau der Welt vor, weißt du das eigentlich?«

Das ist zu viel. Beschämt drehe ich mich ein wenig zur Seite, damit Feli meine Tränen nicht sieht, und wische mir rasch mit beiden Händen über die Wangen. Felis Hand legt sich auf meinen Arm, drückt ihn sanft.

»Ach, *cara mia*«, seufze ich, und dann ziehe ich mein Kind in die Arme, ohne Angst davor zu haben, dass es mich wegstoßen wird. Wir halten uns eine Weile, und ich atme tief den vertrauten Duft nach Feli ein. Irgendwann fragt meine Tochter leise, gegen meine Schulter: »Erzählst du mir von ihm, Mama?«

Und das tue ich. Ich erzähle Feli von Enzo Cappanelli. Wie ich ihn kennengelernt habe (natürlich windet sie sich vor Verlegenheit, als sie das mit dem BH hört, der von der Wäscheleine gefallen ist), wie ich mich hoffnungslos in ihn verliebt habe. Und ich erzähle ihr, in möglichst schonenden Worten, dass er noch nicht bereit war für ein Baby.

»Vermutlich hätten wir uns ohnehin früher oder später getrennt«, sage ich und drücke Felis Hand. »Unsere Beziehung wäre wohl auch gescheitert, wenn ich nicht mit dir schwanger geworden wäre. Natürlich war es erst einmal hart. Ich war immerhin sehr in ihn verliebt, und dann war ich schwanger und überfordert und … sehr allein. Aber zum Glück hatte ich deine Großeltern, die wunderbar waren und mich aufgefangen haben.«

»Hat er … je nach mir gefragt?« Feli starrt mich aus ihren großen braunen Enzo-Augen an, und ich würde sie gern einmal mehr anlügen. Würde ihr gern sagen, dass er sich erkundigt habe, ob er eine Tochter oder einen Sohn bekommen habe, und dass er uns beiden alles Glück dieser Erde gewünscht und zum Abschied einen ordentlichen Geldbetrag hinterlassen habe, damit es uns an nichts fehlte.

Aber da wir in keinem Märchen leben und da meine Tochter von nun an die Wahrheit verdient, sage ich sanft: »Nein, *cara mia*. Wir hatten nie wieder Kontakt.«

»Hätte er dich denn erreichen können?«, fragt Feli ungläubig. »Ich meine … hattest du noch dieselbe Handynummer?«

»Ja. Und dieselbe E-Mail-Adresse. Dein Vater hätte sich erkundigen können, meine Süße. Und genau deshalb habe ich damals beschlossen, dass es besser für dich wäre, keinen Namen zu kennen. Ich dachte, das würde es nur noch schwerer machen, es zu begreifen.«

Feli wendet den Blick ab und starrt eine Weile schweigend in die Bucht hinaus. Schließlich fragt sie leise: »Woher weißt du, dass er im *Waldorf Astoria* arbeitet?«

Ich seufze leise. »Tja, weil ich hin und wieder schwach werde und ihn googele.« Dann grinse ich meine Tochter schief an. »Blöd, ich weiß. Aber … ganz los komme ich doch nicht von ihm. Natürlich weil ein Teil von ihm stets bei mir ist. Vermutlich wollte ich darum immer das Gefühl haben, ihn kontaktieren zu können, falls es wirklich wichtig wäre.«

»Du meinst, falls ich eine Organtransplantation brauche oder so?«

»*Dio mio*, Kind«, murmele ich und hole zitternd Luft – dabei ist genau das einer der Gründe, warum ich Enzo heimlich immer verfolgt habe. Wegen Organtransplantationen, Knochenmarkspenden oder dem furchtbaren Szenario, dass mir etwas zustoßen könnte, und meinen Eltern auch, und dann wäre mein Kind allein auf dieser Welt. Darum habe ich bei meinen Eltern einen verschlossenen Umschlag deponiert, auf dem steht, dass man ihn im Falle meines und ihres Todes öffnen solle. Darin sind die Daten von Enzo hinterlegt.

»Ich habe ihn gestern Nacht auch gegoogelt«, sagt Feli jetzt, und ich sehe sie überrascht an. Aber – klar. Das ist ja wohl mehr als verständlich.

»Du hast dir Fotos von ihm angeschaut?«

Feli nickt und mustert mich mit schief gelegtem Kopf. »Er sieht ziemlich gut aus.«

»Ja.« Ich muss grinsen. »Ja, dein Vater ist ein verdammt attraktiver Mann. Du siehst ihm sehr ähnlich.«

»Ha, ha! Ich und attraktiv!« Feli lacht trocken auf, und ehe ich darauf entrüstet etwas erwidern kann, fügt sie hinzu: »Ich war überrascht, wie schlank er ist. Eigentlich dachte ich immer ... dass mein Vater auch dick ist. Wie ich.«

Ungläubig starre ich mein Kind an, bevor ich leise sage: »Feli ... deinen Hang zur Sanduhrfigur, den hast du ganz und gar von mir. Und ich bin stolz darauf.«

Da schluchzt meine Tochter leise auf und stößt hervor: »Aber ... aber du siehst ja auch total super aus, Mama! Du bist nicht unförmig! Aber ich bin es! An mir ist nichts, auf das man stolz sein könnte!«

Erschüttert ringe ich nach Luft, bevor ich sie erneut in meine Arme ziehe und mich sehr beherrschen muss, um nicht verzweifelt loszuschluchzen vor lauter Herzschmerz, während meine Tochter ihren Kummer aus sich herausheult. Als sie sich ein wenig beruhigt hat und ich davon ausgehen kann, dass sie mich hört, sage ich mit Nachdruck: »Erstens, meine

Kleine: Es gibt zig Dinge an dir, auf die du stolz sein kannst. Du hast wunderschöne braune Augen, genau wie dein Vater. Du hast dichte schwarze Haare, auf die viele Leute neidisch sind. Und du hast eine wunderschöne Stimme, Feli. Und das sage nicht nur ich – nein, das sagt auch ein Profi wie Jackson Porter!«

Feli schnieft leise, aber sie gibt keine patzige Antwort, sodass ich rasch fortfahre: »Und, ganz ehrlich – in deinem Alter habe ich auch sehr unter meiner fülligen Figur gelitten. Doch irgendwann habe ich gelernt, damit zu leben … und vor allem habe ich gemerkt, dass man damit sehr attraktiv und begehrenswert sein kann.«

»Bitte, fang nicht von begehrenswert an, mir wird schlecht«, brummt Feli gegen meinen Oberarm, und ich muss leise lachen.

»Okay, entschuldige.«

»Außerdem … ich kenne doch die Fotos von dir als Teenager, Mama. Du warst nie so dick wie ich!«

Sanft löse ich mich von meiner Tochter und sehe sie ernst an. »Mag sein, dass ich ein paar Kilo leichter war. Aber, weißt du, woran das vermutlich lag? Ich bin in meinem Heimatort ständig mit dem Fahrrad überall hingefahren. Glaub mir, ich habe nie groß Sport gemacht, habe mich immer vor jeder zu anstrengenden Betätigung gedrückt – aber Rad fahren musste ich, um von A nach B zu kommen, weil der Bus nicht so oft fuhr. Und es hat mir auch Spaß gemacht. Ohne diese Bewegung wäre ich vermutlich erheblich runder gewesen, als ich in deinem Alter war. Denn sehr gern gegessen, das habe ich immer schon.«

Ich sehe mein Kind liebevoll an und streiche ihm eine feuchte Locke aus der Stirn. »Bangkok war nun einmal so heiß und anstrengend, dass man am liebsten nur in der klimatisierten Wohnung hocken wollte. Und … ich weiß, dass du dort zu einsam warst. Und dass du – genau wie ich, übrigens! – bei Frust und Kummer gern zu viel isst. Und nicht unbedingt gesunde Sachen isst. Glaub mir, ich habe das selbst schon erlebt. Als ich mit dir schwanger war, frisch verlassen von Enzo, da habe ich mich tagelang mit italienischem Käse und Haselnuss-Schokoladen-Kuchen vollgestopft. Und zwar als Kombination.«

»Igitt!« Feli sieht mich entsetzt an.

»Die Schwangerschaftshormone lassen einen merkwürdige Dinge tun«, murmele ich, was meine Tochter mit einem Lachen quittiert, während sie sich Tränen von den Wangen wischt.

»Meine Gynäkologin hat einen richtigen Schrecken bekommen, weil ich so schnell so viel zugenommen habe.« Bei der Erinnerung muss ich grinsen, bevor ich meine Tochter ernst ansehe und frage: »Du warst also wirklich auf dem Weg nach Manhattan, um deinen Vater kennenzulernen, hmm?«

Feli erwidert meinen Blick und nickt dann langsam. »Ja. Ich … ich hatte gestern Abend mitbekommen, wie Jackson zu dir gesagt hat, dass er heute die erste Fähre nehmen und nach Manhattan zurückkehren würde.« Sie seufzt leise. »Ich hatte gehofft, dass er … dass er mich im Auto mitnehmen würde. Beim Betreten der Fähre habe ich darauf geachtet, dass er mich nicht sah, weil ich wusste, dass er mich sonst zurück zu dir gebracht hätte. Erst als wir fast auf dem Festland waren, bin ich zu ihm gegangen. Na ja, … er war natürlich nicht einverstanden mit meinem Plan. Hat mir gesagt, dass er mich wieder zurückbringen würde.«

»Hmm«, mache ich und denke, dass Jackson tatsächlich ein guter Kerl ist. »Ich bin wirklich froh, dass Jackson so besonnen gehandelt hat.«

»Und Dottie! Sie ist sofort zu mir gekommen, als wir in Scott's Harbor angelegt haben und hat mir klargemacht, dass ich es nicht wagen sollte, die Fähre zu verlassen, weil sie sonst dir erklären müsste, wo ich abgeblieben bin.«

»Sehr gut. Auf die Insulaner hier ist Verlass.« Ich grinse Feli an, füge dann aber ernst hinzu: »Ganz ehrlich, Feli, wolltest du mir das wirklich antun? Ich meine – ich verstehe, dass du deinen Vater kennenlernen möchtest. Das verstehe ich absolut. Und es tut mir von Herzen leid, dass du die Wahrheit auf diese Weise erfahren musstest. Mir ist klar, dass ich es dir vorher hätte sagen sollen. Aber ... ich hoffe sehr, dass du nicht noch einmal einfach so abhaust. Ich habe schon wieder drei graue Haare mehr. Schau mal, hier!« Ich neige meinen Kopf ein wenig, und Feli sieht mich kritisch an und meint dann: »Ich sehe zwar keine grauen Haare, aber ... sorry, Mama. Ehrlich gesagt glaube ich nicht, dass ich es durchgezogen hätte.« Nachdenklich kaut sie auf ihrer Unterlippe. »Und was hätte ich überhaupt zu meinem Vater sagen sollen? ›Hi, Dad, hier bin ich! Du wolltest mich doch bestimmt endlich kennenlernen?‹« Sie schnaubt leise auf. »Ganz offensichtlich wollte er genau das ja nicht. Also, was soll es? Dann hat er es nicht verdient, uns beide in seinem Leben zu haben, oder, Mama?«

Mühsam um Fassung ringend sehe ich meine wunderbare Tochter an, bevor ich mit Nachdruck nicke und bestätige: »Ganz genau. So ist es. Enzo weiß gar nicht, was er verpasst. Was für eine fantastische Tochter er hat.«

Ich mache eine kurze Pause, bevor ich hinzufüge: »Weißt du was, *cara mia*? Hier, auf Whale Island, hier können wir uns bewegen, ohne ständig einen halben Hitzschlag zu bekommen wie in Bangkok. Wie wäre es, wenn wir zwei uns vornehmen, das hier ab jetzt regelmäßig zu machen?«

»Du meinst, ernste Aussprachen auf dieser Bank führen?« Feli sieht mich mit schief gelegtem Kopf abwartend an, aber um ihren Mund zuckt ein Schmunzeln von der Art, wie ich es bei ihr schon sehr, sehr lang nicht mehr gesehen habe. Glücklich lächele ich mein Kind an.

»Nei-hein! Also – klar, das können wir natürlich auch gern machen. Sehr gern sogar. Aber eigentlich meinte ich, dass wir versuchen, einmal am Tag hierherzuradeln und die Belugas zu besuchen.«

Feli sieht mich nachdenklich an, bevor sie flüchtig zur Bucht schaut und sich mit einem Mal aufrechter hinsetzt. »Guck mal, da!«

Ich sehe in die Richtung, in die sie zeigt, und, tatsächlich: Alba und Luna schwimmen in trauter Zweisamkeit nahe am Ufer vorbei. Man erkennt ihre weißen Körper deutlich im dunklen Wasser.

»Wow«, flüstere ich gerührt. »Hallo, Mädels. Schön, euch zu sehen!«

Ein paar Herzschläge lang beobachten wir in ehrfürchtigem Schweigen die beiden Tiere, bis Feli schließlich sagt: »So machen wir es, Mama. Einmal am Tag besuchen wir die Wale. Und wenn du mal nicht kannst – also –, dann frage ich vielleicht Isla.«

Ich sehe meine Tochter an und könnte schon wieder heulen vor Erleichterung. »Klingt gut«, wispere ich.

»Finde ich auch«, sagt Feli, und dann grinst sie mich ohne Vorwarnung breit an und meint: »Wir sind schließlich die fabelhaften Minetti-Girls!«

47

Feli und ich sind noch stundenlang mit den Fahrrädern unterwegs, und erst, als unsere Mägen heftig protestieren, machen wir uns schleunigst auf den Weg zum Inselladen, wo wir uns von Birdie zwei Bagel mit Räucherlachs und Frischkäse belegen lassen. Diese Bagel essen wir am Picknicktisch mit Blick auf den Fähranleger, und während wir die Möwen verscheuchen, die sich immer wieder hoffnungsvoll nähern, reden und lachen meine Tochter und ich, wie wir es seit einer halben Ewigkeit nicht getan haben. Es ist schon früher Nachmittag, als ich Feli schließlich an unserem Cottage abliefere, ihr das Versprechen abnehme, nicht wieder abzuhauen (was sie mit einem Augenrollen kommentiert) und mich auf den Weg zur *Cameron Lodge* mache, um vor der Dinner-Zeit noch ein paar Dinge zu erledigen. Die Küche ist still und leer, von Aidan nichts zu sehen. Dafür unterhalte ich mich gut mit der jungen Charlotte an der Rezeption, die auch neu auf Whale Island ist. Sie ist erst einmal nur mit einem befristeten Vertrag eingestellt, bis Greta wieder arbeiten kann (und will). Nach ein wenig Small Talk verziehe ich mich in das Büro hinter der Rezeption, das zum Glück im Rahmen der Umbauarbeiten vergrößert worden ist, denn Greta hat mir erzählt, dass es vorher ein vollgestopfter winziger Raum war. Jetzt ist das Zimmer angenehm groß und hell, mit einer durchgängigen Fensterfront, und durch Raumteiler, die gleichzeitig als Aktenregale dienen, ist es in verschiedene Bereiche eingeteilt: Duncan hat in einer Ecke seinen Schreibtisch, es gibt einen Kopierer, eine winzige Teeküche, ein Sofa mit Couchtisch und außerdem einen Schreibtisch für mich, die Restaurantmanagerin. Momentan ist Duncan nicht hier, sodass ich das Büro ganz für mich habe und am Laptop konzentriert meine E-Mails durcharbeiten kann. Wir haben tatsächlich die ersten Anfragen für größere Veranstaltungen in der *Cameron Lodge* bekommen! Eine Familie sucht ein Restaurant für die 80. Geburtstagsparty der Großmutter – und das schon für Mitte September. Und ein Paar schreibt, dass es seine Hochzeit im Dezember gern auf Whale Island feiern würde, weil es sich vor zwei Jahren beim Urlaub hier in der *Cameron Lodge* kennengelernt hat (oohhh, wie schrecklich romantisch – und ich kann mir die winterliche Dekoration im *Four Whales* bildlich vorstellen, ein Traum!). Voll Feuereifer blockiere ich die gewünschten Termine im Kalender und schicke beiden Interessenten eine erste Antwort, bevor ich mich sofort daranmache, Entwürfe für zwei Angebote auszuarbeiten. Natürlich muss Aidan die Menüvorschläge machen, aber ich schreibe schon einmal das ganze Drumherum wie Anzahl der Tische, Dekoration des Saals und so weiter auf.

Ich bin so vertieft in meine Arbeit, dass ich kaum merke, wie die Zeit vergeht, sodass ich um 16 Uhr förmlich aus der Lodge renne, um vor dem Dinner-Business noch ein wenig Zeit mit Feli verbringen zu können. Für heute Abend haben wir einige Reservierungen. Ganz ehrlich, ich hätte nicht gedacht, dass das Restaurant schon beim Soft Opening gleich so erfolgreich sein würde!

Als ich durch den Wald gehe und an Jacksons ehemaligem Cottage vorbeikomme, das still und verlassen daliegt, frage ich mich sofort, wie es ihm jetzt wohl geht. Ob er schon in Manhattan ist? Aber, nein, die Fahrt dauert gute sechzehn Stunden, hat er erwähnt. Mir wird noch immer ein wenig übel, als ich an die ganze Aufregung heute Morgen denke, doch die Erleichterung, dass Jackson meinem kleinen Mädchen nicht zu nah gekommen ist, durchflutet mich einmal mehr und lässt mich geradezu beschwingt weitergehen.

Sobald ich mich unserem Cottage nähere, sehe ich, wie Feli auf der Veranda sitzt und liest. Der Anblick macht mich so glücklich, dass ich ihr fröhlich zurufe: »Hey, wie schön! Ich setze mich gleich zu dir. Soll ich uns einen Eistee machen?«

Feli hebt den Blick von ihrem Buch und grinst mir leicht entgegen. Mein Herz geht auf, denn, ja, meine Tochter lächelt mich tatsächlich an! Das ist in den letzten Monaten so verdammt selten vorgekommen, dass ich das einfach nicht mehr gewöhnt bin. Am liebsten würde ich mein Telefon zücken und ein Foto von ihr knipsen, aber da ich mir ihren genervten Kommentar genau vorstellen kann, lasse ich das lieber.

»Klingt gut«, sagt sie und vertieft sich dann wieder in ihr Buch. Es ist der Roman, den Rae ihr mitgebracht hat, und ich erkenne, dass sie fast damit durch ist. Zufrieden will ich die Verandastufen hinaufgehen, als ich etwas höre, das mich innehalten lässt: Gitarrenklänge. Einen Moment lang glaube ich, dass ich Halluzinationen habe, doch dann wird mir klar, dass die Musik aus der Richtung von Aidans Cottage kommt.

Feli, das kluge Kind, hat sofort gemerkt, warum ich gestutzt habe. »Aidan spielt Gitarre«, sagt sie schlicht. »Und zwar gar nicht schlecht.«

Mein Herz schlägt schneller, denn natürlich muss ich sofort wieder an Aidan und mich in der Vorratskammer denken.

Wegen der ganzen Sache mit Feli und Jackson sind wir gar nicht mehr dazugekommen, darüber zu sprechen. Oder … uns noch einmal zu küssen. Meine Knie werden weich, als ich daran denke, WIE er mich geküsst hat.

»Du wirst rot, Mama«, sagt Feli trocken.

»Ähm … ja, findest du es nicht auch schrecklich warm heute?« Ich fächele mir Luft zu.

»Nicht so warm wie in Thailand«, bemerkt Feli und hört sich dabei regelrecht amüsiert an.

»Ich … ich muss kurz mit Aidan reden«, sage ich, bevor ich mich selbst bremsen kann. *Madonna!* Was wird das, Stella? »Weil … also, wir haben heute tatsächlich zwei Anfragen für größere Veranstaltungen im *Four Whales* bekommen. Ist das nicht fabelhaft?«

»Fabelhaft«, grinst Feli. »Geh schon, Mama.«

»Okay. Bin gleich wieder da, versprochen«, sage ich und wende mich schon dem Weg zu, der an Salomés und Raphaëls Haus vorbei und zu Aidans Cottage führt.

Als ich mich nähere, merke ich, dass er nicht auf der Veranda sitzt, sondern im Wohnzimmer Gitarre spielt. Leise gehe ich die Stufen hinauf und bleibe vor der Mückennetztür des seitlichen Verandaeingangs stehen. Ja, er sitzt auf dem Sofa und beugt sich ein wenig über seine akustische Gitarre. Dabei wirkt er so verdammt sexy, dass ich mich am Rahmen der Mückennetztür festhalten muss – erst recht, als ich plötzlich begreife, was er da spielt und leise, mit dieser dunklen, kratzigen Stimme, singt: *Time After Time*. Eines meiner absoluten Lieblingslieder. Das Lied, das Jackson an seinem ersten Abend hier für mich gespielt hat – als wir gerade unser unbegleitetes Fluggepäck bekommen hatten.

»If you're lost you can look and you will find me, time after time …«

Die Mückennetztür gibt mit einem Quietschen nach und rutscht zur Seite, weil ich mich unbewusst zu sehr dagegengelehnt habe. Aidan hört sofort auf zu spielen und sieht überrascht auf. Verlegen grinse ich ihn an.

»Sorry, ich wollte dich nicht unterbrechen«, sage ich hastig und betrete das Cottage.

»Solange du nicht wieder meine Mückennetztür kaputt machst, ist alles okay«, erwidert Aidan trocken und legt seine Gitarre zur Seite.

»Bitte, nicht aufhören, das war so schön! Ich … liebe das Lied.«

Ob er das weiß? Hat er damals mitbekommen, dass Jackson den Song für mich gespielt hat? Hat er ihn deshalb gerade gesungen – oder war das Zufall?

»Mhhm«, murmelt Aidan und räuspert sich, bevor er aufsteht und mich ansieht, die Hände in den Taschen seiner Jeans vergraben. »Wie war deine Aussprache mit Feli?«

»Gut«, sage ich inbrünstig und strahle ihn an. »Richtig gut. Wir haben uns zum ersten Mal seit einer gefühlten Ewigkeit wieder ohne Probleme unterhalten können. Ich habe ihr von Enzo erzählt und … sie hat es verstanden, glaube ich.«

»Das freut mich, Stella. Das freut mich sehr.« Aidan steht immer noch neben dem Sofa und sieht mich mit diesem langsamen Lächeln an, das mich immer schon in den Wahnsinn getrieben hat.

Dio mio, ich möchte ihn wieder küssen, jetzt gleich!

Es ist, als ob Aidan meine Gedanken lesen könnte. Während ich ein paar Schritte in seine Richtung mache, sagt er ruhig: »Stella … das, was heute in der Vorratskammer passiert ist …«

Als ich den ernsten Ton seiner Stimme höre, halte ich irritiert inne. »Ja?«

»Das … Also …« Aidan starrt mich zögernd an, bevor er an

mir vorbeisieht. Sofort merke ich, dass da jemand ist, und als ich mich umdrehe, erkenne ich Isla, die gerade aus dem Zimmer gekommen ist, in dem sie anscheinend wohnt, wenn sie hier bei ihrem Dad ist. Das Mädchen mustert mich, sagt kurz angebunden »Hi« und verschwindet in die Küchenecke.

»Komm, lass uns draußen weiterreden«, murmelt Aidan, und im Vorbeigehen berührt er mich leicht am Ellbogen. Allein diese winzige Berührung reicht, um meine Knie schon wieder in Wackelpudding zu verwandeln. Rasch folge ich ihm auf die Veranda, während mein Herz wie wahnsinnig gegen meinen Brustkorb hämmert.

»Was ist los, Aidan?«, frage ich leise, als wir auf der Veranda stehen. Er ist dicht vor mir stehen geblieben und sieht mich schweigend an. Jetzt ist er mir so nah, dass mir sein Duft in die Nase steigt und mich schwindelig vor Verlangen macht. Er muss vor Kurzem geduscht haben – vielleicht hat er vorher mal wieder auf seinen Sandsack eingeschlagen, der direkt hinter ihm hängt? Aus dieser Nähe kann ich erkennen, dass sein dunkles Haar noch ein wenig feucht ist, und er riecht wunderbar nach seinem Duschgel. Ich würde jetzt so gern wieder meine Arme um seinen Hals schlingen und da weitermachen, wo wir vorhin aufgehört haben, aber leider sind unsere beiden Töchter nicht weit. Isla hantiert gerade lautstark in der Küche mit irgendetwas herum, und Feli … Ich drehe leicht meinen Kopf und sehe in die Richtung unseres Cottages, aber statt meiner Tochter sehe ich nur Salomé, die gerade auf ihre Veranda hinausgetreten ist und ein Geschirrtuch zum Trocknen an die Leine hängt, die dort gespannt ist.

Ich kann inzwischen wirklich verstehen, dass Duncan und Greta in ihr eigenes Haus abseits vom Hotelgelände umgezogen sind! So malerisch schön diese Cottages inmitten des Wäldchens unweit des rauen Atlantiks auch sind – Privatsphäre hat man hier kaum. Manchmal fühle ich mich fast wie in einem Ferienlager – nur älter.

»Was wolltest du sagen?«, frage ich zaghaft, als Aidan mich nur schweigend mustert. Mit einem tiefen Seufzen schiebt er seine Hände erneut in die Taschen seiner Jeans und sagt dann mit rauer Stimme: »Das war alles ziemlich viel, gestern und heute. Erst küsst dich Jackson gestern Abend, dann unser Streit, und dann … das heute Morgen in der Vorratskammer.« Als er das sagt, flackert in seinem Blick etwas auf, das mir für einen winzigen Moment Hoffnung schenkt. Doch nur so lange, bis er weiterredet.

»Dann das ganze Chaos mit Feli und Jackson. Deine Sorge um sie. Die Aufregung darum, wer ihr Vater ist. Stella … ihr macht gerade ganz schön viel durch. Und … deine Tochter hat dich erst gestern mit Jackson beobachtet. Dann hat meine Tochter uns heute Morgen in der Vorratskammer gesehen. Ganz ehrlich …« Er unterbricht sich und fährt sich kurz mit einer Hand durch sein Haar, bevor er leise sagt: »Ich meine nicht, dass ich … dass ich das heute Morgen bereue. Das tue ich nicht.«

Mir wird ein wenig schlecht, denn ich ahne, was jetzt kommt. Oh bitte, nein! Ich will das nicht hören!

»Ich auch nicht«, wispere ich tonlos und wende meinen Blick ab, weil ich fürchte, dass ich sonst losheule, wenn ich weiterhin in seine hellblauen Augen sehe, in denen ich das Bedauern so deutlich lesen kann.

»Es ist nur so … dass mir das alles zu schnell geht. Und es ist mir momentan ehrlich gesagt zu viel. Das neue Restaurant verlangt mir all meine Energie ab, und du und ich, wir müssen zusammenarbeiten. Wir müssen professionell miteinander umgehen. Wenn wir anfangen … Dinge in der Vorratskammer zu tun, die wir dort nicht tun sollten, dann entgleitet uns irgendwann alles. Dann fangen wir an, Fehler zu machen. Und ich will beim *Four Whales* auf gar keinen Fall Fehler machen, verstehst du? Dieses Restaurant ist meine große Chance, endlich als Koch arbeiten zu können. Das darf ich nicht aufs Spiel setzen, weil ich ... mit meinem Kopf woanders bin als am Herd.«

Nun sehe ich ihn doch wieder an, will etwas einwenden, aber mir fehlen irgendwie die Worte. Im Grunde meines Herzens weiß ich, dass er recht hat. Dass es schwer sein würde, sich mit klarem Kopf auf die Arbeit zu konzentrieren, wenn man ständig nur an diesen einen Menschen denken kann. Aber ... Himmel, es ist ja nicht so, dass ich nicht mehr an Aidan denken werde, nur weil wir uns nicht noch einmal küssen!

»Außerdem glaube ich, dass du dich erst einmal voll und ganz auf deine Beziehung zu Feli konzentrieren solltest«, sagt Aidan jetzt und klingt dabei so sanft, dass sich meine Augen nun doch mit Tränen füllen. Obwohl mir auch in dieser Sache klar ist, dass er es gut meint und dass er erneut recht hat, so fühle ich mich jetzt doch auch gemaßregelt. Hallo, darf ich mich nicht verlieben, weil ich eine Tochter habe? Fast trotzig schlucke ich die Tränen hinunter und mache einen kleinen Schritt rückwärts. Okay, wenn er das so will ... dann soll er das so haben! Ich verschränke meine Arme vor der Brust und sage betont ruhig: »Gut. Nachdem wir das geklärt hätten – darf ich vielleicht das loswerden, weshalb ich dich sehen wollte?«

Die Überraschung, die in Aidans blauen Augen aufblitzt, ist nicht zu übersehen. Ich bilde mir ein, sogar eine winzige Spur Kränkung dort zu erkennen. Ha, bitte, soll er ruhig gekränkt sein! Wenn er wirklich glaubt, dass ich ihm hinterherrenne und darum bettele, wieder geküsst zu werden, hat er sich gründlich geschnitten! Und dass Feli absolute Priorität in meinem

Leben hat, daran muss ich auch nicht von Mr. Supervater erinnert werden, schönen Dank!

»Ja?« Aidan sieht mich abwartend an, und so hole ich entschlossen Luft und erzähle ihm in knappen Worten von den zwei Event-Anfragen, die wir bekommen haben und zu denen ich so bald wie möglich Menüvorschläge von ihm benötige.

»Klar, bekommst du bis morgen«, sagt Aidan. »Sehr gut, das läuft doch super an.«

»Ja, finde ich auch. Also, dann sehen wir uns nachher im Restaurant.« Ich nicke ihm zu und will mich abwenden, als Aidan nach meinem Handgelenk greift. Seine Berührung geht mir mal wieder durch und durch, und ich muss mich sehr zusammenreißen, um nicht zu erschaudern. Nein, auf gar keinen Fall werde ich ihm diesen Gefallen tun!

»Stella«, sagt Aidan leise. »Ich möchte nicht, dass du … sauer bist oder so.«

»Sauer?« Ich sehe ihn so kühl wie möglich an und lache dann leise auf, ganz so, als halte ich ihn für völlig verrückt. »Warum sollte ich sauer sein? Du hast ja völlig recht. Du und ich, wir sind Kollegen. Und Hüttennachbarn. Also, bis später, Kollege.«

Würdevoll löse ich mein Handgelenk aus seinem Griff und gehe seine Verandastufen hinab, zurück zu meinem Cottage. Ich merke genau, dass Salomé in ihrem Wohnzimmer um den Fensterrahmen herum nach draußen späht, und mir ist völlig klar, dass sie vermutlich Skye brühwarm erzählen wird, dass das auf der Veranda ihres Bruders nicht wirklich nach Happy End aussah. Aber, bitte schön, soll sie doch. Mir ist das egal. Und Aidan ist mir egal. Alles, was zählt, ist meine Tochter, die auf unserer Veranda auf mich wartet, und mit der ich jetzt einen verdammt köstlichen Eistee trinken werde!

48

Zum Glück sind die folgenden Tage so ausgefüllt, dass ich kaum dazukomme, mir weiter Gedanken über Aidan und mich zu machen. Das Soft Opening läuft grandios – die Zimmer und Cottages, die wir in dieser ersten Eröffnungsphase vermieten, sind durchgehend ausgebucht, und die Tische im *Four Whales* sind abends immer voll belegt. Allerdings gehen auch ein paar Dinge schief, wie man es in der Soft-Opening-Phase erwarten muss. Leider schmeißt eine meiner Kellnerinnen (Mizzy, die dem älteren Herrn das Wasser über den Schoß gekippt hatte) nach der ersten Woche das Handtuch, und so müssen wir in Windeseile eine Nachfolgerin suchen, damit wir bis zur richtigen Eröffnung genug Leute in meiner Restaurant-Crew haben.

Ich bin also tatsächlich voll eingespannt und habe während der Stunden im Restaurant kaum einen Moment, in dem ich Aidan sehnsüchtig anschmachten könnte (was ich mir ohnehin strikt verbiete, selbst in den seltenen Augenblicken, wenn keine rege Betriebsamkeit herrscht). Nur nachts, da entkomme ich der Sehnsucht nicht. Nein, nachts starre ich immer wieder schlaflos an die Dachschräge über meinem Bett. Wälze mich ruhelos herum, spiele wieder und wieder die

Erinnerung an unseren Kuss in der Vorratskammer ab. Mal um Mal gebe ich schließlich auf und verlasse das Bett, spähe aus dem Fenster nach draußen, in die Dunkelheit, und frage mich, was Aidan wohl macht. Schläft er? Oder liegt er auch wach und denkt an mich?

Bei Tageslicht kommt regelmäßig die Wut auf mich selbst, wenn ich mal wieder übernächtigt ins Restaurant hetze, wo Aidan mich mit betont neutralem Gesichtsausdruck begrüßt und mir klarmacht, dass außer mir niemand nachts mit lästigen Fantasien und romantischen Träumereien beschäftigt ist. Und daher nehme ich mir wieder und wieder vor, mich zu bessern. Nicht mehr an Aidan zu denken.

Vergeblich.

Glücklicherweise bin ich tagsüber nicht nur im Restaurant sehr beschäftigt, sondern auch in meiner Freizeit, denn Feli und ich setzen unser Vorhaben tatsächlich in die Tat um und radeln fast jeden Tag zur Deep Bay. Sogar bei Regen – nur bei dichtem Nebel ziehe ich einmal die Mütter-Vorsichts-Veto-Karte und bestehe darauf, dass wir die Radtour ausfallen lassen. Aber abgesehen von diesem einen Nebeltag bekommen Feli und ich täglich unsere Portion Bewegung und frische Luft. Manchmal setzen wir uns auf die Bank an der Bucht und halten nach Alba und Luna Ausschau, die uns auch den Gefallen tun und sich regelmäßig zeigen. Manchmal spazieren wir am Rande der Deep Bay entlang und treffen dabei eines Nachmittags Gottlieb Müller, den alten Mann, der allein in seinem Haus auf der Landzunge in der Nähe des Whale Sanctuarys lebt und dessen Bilder im Restaurant der *Cameron Lodge* hängen. Als ich ihm sage, dass wir aus Deutschland kommen, freut er sich ganz offensichtlich.

»Dann können wir uns ja tatsächlich in meiner Muttersprache unterhalten!« In seinen hellblauen Augen blitzt es fröhlich auf. »Erst Greta, und jetzt ihr – wo kommen denn mit einem Mal all die netten deutschen Damen her? Gibt es da irgendwo ein Nest?«

Feli und ich lachen auf.

»Das muss es sein«, grinse ich. »Übrigens habe ich schon Ihre wunderschönen Fotografien im *Four Whales* bewundert, Herr Müller.«

»Bitte, nenn mich Gottlieb, liebe Stella. Du bist doch die neue Restaurantmanagerin, nicht wahr?«

»Die bin ich, Gottlieb.« Ich lächele ihn breit an und hake nach: »Und deshalb freue ich mich besonders, dich hier zu treffen, denn Skye hat mir erzählt, dass du nicht zur Einweihungsparty des Restaurants nächste Woche kommen möchtest. Ich hoffe doch sehr, dass du deine Meinung noch einmal änderst! Immerhin werden alle Gäste wissen wollen, wer der begnadete Fotograf ist, der die Wale für die Ewigkeit festgehalten hat.«

Mit einem fast ungeduldigen Brummen schüttelt Gottlieb den Kopf. Ich muss ein Grinsen unterdrücken, denn Skye und Greta haben mich vorgewarnt. Darum weiß ich schon, dass Gottlieb ein harter Brocken ist. Aber an harte Brocken bin ich in meinem Beruf gewöhnt. Und auch meine Tochter kann ein stures Persönchen sein – deshalb lasse ich mich von seinem Verhalten nicht so schnell einschüchtern.

»Nee, meine liebe Stella, lass mal gut sein. Solche Menschenansammlungen sind wirklich nichts für mich. Die Bilder habt ihr ja, den Fotografen dazu braucht niemand. Schon gar nicht so einen alten Knacker wie mich.«

Mit meinem charmantesten Lächeln erwidere ich: »Weißt du, Gottlieb, ich habe schon gehört, dass du ziemlich eigensinnig sein kannst.«

Feli starrt mich überrascht an, und auch Gottlieb reißt seine hellblauen Augen auf und fragt amüsiert: »Ach ja?« Mit einem leichten Kopfschütteln hakt er nach: »Wer hat das gesagt? Die penetrante Greta? Oder Skye, diese sture Person?«

Sein Tonfall ist so warm, als er das fragt, dass völlig klar ist, wie gern er die beiden besagten Frauen hat. Ich muss lachen.

»Sowohl als auch, Gottlieb. Und eines kann ich dir sagen: Ich bin genauso störrisch wie Greta, Skye und wie du selbst. Frag meine Tochter, die kann ein Lied davon singen.«

»O ja«, grinst Feli, was Gottlieb trocken auflachen lässt.

»Willst du mir Angst machen, Stella?«, erkundigt er sich mit einem geradezu vergnügten Funkeln in den Augen.

»Überhaupt nicht, Gottlieb«, erwidere ich keck. »Ich möchte dich nur vorwarnen, dass ich nicht so leicht aufgebe. Und dass mir die Eröffnung des *Four Whales* wirklich am Herzen liegt.«

Genau in diesem Moment lässt ein Prusten Feli und mich überrascht herumfahren. Wir stehen nahe der Spitze einer der Landzungen, die die Deep Bay abgrenzen, und so können wir im offenen Wasser des Atlantiks, nur rund zwanzig Meter von der Küste entfernt, einen gigantischen Wal erkennen, der gerade mit eben diesem lauten Prusten aufgetaucht ist. Er dreht sich seitlich, sodass man seine helle Unterseite mit länglichen Rillen sieht, scheint uns mit einer der Seitenflossen zuzuwinken und taucht schließlich wieder ab. Als der charakteristische Walschwanz zum Abschied aus dem dunklen Meereswasser herausragt, bevor der Koloss ganz untertaucht, fragt Feli aufgeregt: »War das ein Buckelwal?«

»Allerdings«, sagt Gottlieb, den Blick fest auf die Stelle des Meeres gerichtet, wo der Wal abgetaucht ist. Ich erinnere mich an das, was Greta mir von Gottlieb erzählt hat, und frage zaghaft: »Das war Dorothy, richtig?«

Der alte Mann sieht mich ernst an, und einen Moment lang frage ich mich, ob ich ihm zu nahegetreten bin. Macht es ihm etwas aus, dass Greta mir von seiner verstorbenen Frau erzählt hat, die vor vielen Jahren hier, vor Whale Island, im Meer ertrunken ist? Man munkelt, dass sie absichtlich ins Wasser gegangen ist – vor lauter Kummer, weil ihr einziger Sohn Peter einige Monate zuvor mit dem Containerschiff, auf dem er gearbeitet hatte, vor den Philippinen untergegangen war. Greta meinte, dass Gottlieb auch deshalb so sehr an seinem schönen Haus direkt am Meer hängt: Von seinem Wohnzimmerfenster aus sieht er regelmäßig die Buckelwale vorbeiziehen. Und er ist überzeugt davon, dass einer von ihnen seine verstorbene Frau ist.

»Genau«, sagt Gottlieb nun leise und mustert mich weiterhin eingehend. »Das war Dorothy.« Ein winziges Lächeln huscht über sein faltiges Gesicht, bevor er sich abwendet. »Hat mich sehr gefreut, Stella und Feli Minetti. Dann bis zum nächsten Mal!«

»Bis zum nächsten Mal, Gottlieb«, erwidere ich und nehme mir fest vor, nicht locker zu lassen. Ich möchte den alten Herrn unbedingt bei der Eröffnung des *Four Whales* dabeihaben!

Als ich mit meiner Tochter weitergehe, am Rande der Deep Bay entlang, schweigen wir eine Weile, was sich in der Gesellschaft von Feli allerdings sehr gut anfühlt – es ist kein negatives »Wir haben uns nichts zu sagen«-Schweigen, sondern ein »Wir müssen nicht ständig die Stille mit Worten füllen«-Schweigen.

Denn reden können wir durchaus miteinander, das haben wir in den letzten Tagen festgestellt. Endlich haben Feli und ich über all das gesprochen, was vorher immer ungesagt geblieben ist. Sie hat mir erzählt, was in Bangkok vorgefallen ist – von all den fiesen kleinen Demütigungen in der Schule, von ihrer verzweifelten Suche nach wenigstens einer guten

Freundin, die sie nicht fand. Von ihrer Unfähigkeit, zu Hause mit mir darüber zu sprechen, weil ich immer so im Stress war mit meinem Job – und weil sie nicht wollte, dass ich wegen ihr die Stelle wieder würde aufgeben müssen.

»Ich habe gemerkt, dass dir der Job Spaß gemacht hat«, meinte Feli, als wir vor wenigen Tagen Seite an Seite am Rande der Bucht entlangwanderten, unsere Blicke auf Alba und Luna geheftet, die im dunklen Wasser schwammen, ebenfalls Seite an Seite. »Und darum wollte ich nicht, dass du das Gefühl hattest, dich wegen mir woanders bewerben zu müssen. Schon wieder.«

Sie hielt inne und sah mich an, und für einen Augenblick hatte ich das Gefühl, dass unsere Rollen vertauscht waren – dass ich die Tochter war und sie die vernünftige Mutter. »Ich weiß, dass dir die Umzüge auch nicht leichtfallen, Mama. Auch wenn du immer sagst, dass es dir Spaß macht, viel von der Welt zu sehen. Ich bekomme das mit, wenn du vor Erschöpfung weinst, weil du nicht schon wieder nach Feierabend nebenher Kisten und Koffer packen willst.«

Erschüttert habe ich sie angestarrt und an unseren letzten Abend in Bangkok zurückgedacht. »Na ja, also, beim letzten Mal, da habe ich nicht vor lauter Packstress geweint«, habe ich ernst eingeworfen.

Feli hat mich angesehen und nach zwei Sekunden ebenso ernst genickt. »Ich weiß«, hat sie gemurmelt. »Es tut mir leid, dass ich dir so einen Schrecken eingejagt habe, Mama.«

Ich habe Feli in den Arm genommen, sie gehalten und einfach weinen lassen.

»Ich wollte mich wirklich nicht umbringen«, hat sie mir irgendwann zwischen mehreren Schluchzern zugeflüstert. »Das musst du mir glauben, Mama. Ich ... ich dachte, der Alkohol, der hilft mir, das Ganze zu vergessen. Und die Packung

Aspirin – die habe ich nur rausgeholt und angestarrt und darüber nachgedacht, was in meinem Körper passieren würde, wenn ich sie zusammen mit dem Wodka nehmen würde. Ich hätte die Tabletten nicht wirklich geschluckt, Mama.«

»Jag mir bitte nie wieder so einen Schrecken ein, hörst du, Felicitas?«

Feli nickte und ließ sich bereitwillig erneut in den Arm nehmen. Allein das war schon ein riesiger Erfolg. Sie schob mich nicht weg, nein, sie erwiderte meine Umarmung sogar. Ich hätte die ganze Welt umarmen können, aber es reichte mir in dem Moment, mein kleines Mädchen fest an mich zu drücken.

»Wenn dir wieder so etwas passiert, dann erzählst du mir das«, habe ich eindringlich gesagt. »Selbst wenn ich im Stress bin, Feli: Kein Job der Welt ist wichtiger, als du es bist. Für deine Sorgen habe ich immer ein offenes Ohr. Versprochen.«

Heute jedoch, als wir uns nach unserem Gespräch mit Gottlieb auf den Rückweg zum Hotel machen, führen wir keine ernste Aussprache, sondern genießen einfach gemeinsam die Sonne auf unseren Gesichtern, den Wind in unserem Haar und den herrlichen Ausblick auf den blau glitzernden Atlantik. Wir haben mit unseren Rädern fast wieder den Hof der *Cameron Lodge* erreicht, als wir auf dem Parkplatz einen Mann aus einem Geländewagen steigen sehen. Blondes Haar schimmert in der tief stehenden Augustsonne. Moment mal, das ist doch …

»Jackson!«, schreit Feli entzückt auf und tritt stärker in die Pedale, schießt regelrecht davon. Verdattert starre ich den Mann an, der jetzt einen Gitarrenkoffer auf dem Kies des Parkplatzes absetzt und meiner Tochter entgegenstrahlt.

Jackson und ich haben in den letzten Tagen, seit er die Insel verlassen hat, regelmäßig telefoniert. Zum Glück hat seine

Karriere wegen der Sache mit Clementine und Ruby nicht den Todesstoß verpasst bekommen: Clementines Tochter wollte das böse Gerücht nicht auf sich und vor allem nicht auf Jackson sitzen lassen und hat sich in einem Video selbst an die Öffentlichkeit gewandt. In dem Clip, der inzwischen millionenfach auf TikTok und YouTube angeklickt worden ist, beschreibt Ruby die wunderbare Beziehung, die sie zu Jackson hatte, und betont, dass er wie ein Stiefvater für sie war. Am Schluss kommen ihr die Tränen, und sie wendet sich direkt an Jackson, mit der Bitte, wieder Kontakt zu ihr aufzunehmen. Natürlich war das Medien-Echo enorm – vor allem, als Clementine sich genötigt sah, ein kurzes Statement abzugeben, in dem sie eingeräumt hat, die Situation »ein wenig übertrieben dargestellt zu haben«.

»Meine Agentin war völlig aus dem Häuschen«, hat Jackson mir am Telefon erzählt. »Meine Plattenfirma, die mir gerade die Zusammenarbeit gekündigt hatte, kam direkt wieder an und wollte einen neuen Vertrag aufsetzen.«

»Wow, das ist doch super!«, habe ich enthusiastisch gesagt.

»Ja, eigentlich schon. Aber … ich will das nicht mehr. Popsongs für Teenies. Also, so gern ich Ruby und Feli auch habe … ich finde, es ist an der Zeit, dass ich meine Zielgruppe erweitere und mich zu neuen musikalischen Horizonten aufmache. Darum habe ich meiner Plattenfirma und auch gleich meiner Agentin gesagt, dass sie sich einen neuen Goldesel suchen können. Und ich versuche, so bald wie möglich wieder nach Whale Island zu kommen, um mehr Songs zu schreiben, denn so viel Inspiration wie dort hatte ich ewig nicht!«

Anscheinend hat er sein Vorhaben also tatsächlich wahr gemacht. Ich hätte nicht damit gerechnet, Jackson so bald wiederzusehen.

Mit einem Lächeln beobachte ich, wie Feli von ihrem Rad

steigt und Jackson enthusiastisch umarmt. Es ist schön, zu sehen, wie sehr meine Tochter sich über dieses Wiedersehen freut. Und ich freue mich auch.

»Hi, Jackson«, sage ich, als ich ebenfalls den Parkplatz erreiche, und grinse ihn breit an, während ich absteige und meinen Fahrradständer ausklappe. »Welcome back!«

»Danke dir«, sagt Jackson, und dann zieht er mich fest in seine Arme. Und während er mich noch umarmt, wird mir einmal mehr bewusst, was ich schon bei unserem Kuss an jenem schicksalhaften Abend vor dem *Four Whales* gemerkt habe: Mein Herz schlägt nicht schneller. So gut er aussieht, und so nett er auch ist – er ist nicht der Mann, der mir schlaflose Nächte bereitet.

Nein, der Mann, der mir schlaflose Nächte bereitet, der kommt gerade um die Ecke der *Cameron Lodge* und bleibt wie angewurzelt stehen, erkenne ich, als ich mich aus Jacksons Umarmung löse. Aidan starrt uns finster an, und in seinem Blick toben so viele Gefühle, dass ich schlucken muss.

Aber warum musst du es dir und mir denn auch so schwer machen, *mamma mia*? Das würde ich ihm am liebsten zurufen. Wieso starrt er Jackson an, als würde er ihn gern in die Antarktis katapultieren, wenn er doch gleichzeitig mir gegenüber betont, dass wir nur Kollegen sind?

»Es ist so schön, dass du wieder hier bist, Jackson«, sage ich und wende meinen Blick rigoros von Aidan ab.

»Finde ich auch«, grinst Jackson. »Wie sieht es aus – habt ihr überhaupt ein Cottage frei? Oder muss ich ins *Whale Island Inn* ziehen?«

»Nein, nein, kommt gar nicht infrage«, beeile ich mich, ihm zu versichern. »Wir sind zwar tatsächlich ausgebucht, fürchte ich – aber ich spreche gleich mal mit Duncan. Denn wir haben ja noch zwei Cottages im Angestelltenbereich, die leer stehen.

Bestimmt kannst du dort unterkommen, wenn es dir nichts ausmacht, nicht im Gästebereich zu wohnen.«

»Das ist mir sogar tausendmal lieber«, grinst Jackson und legt einen Arm um Felis Schultern. »Es ist so schön, euch wiederzusehen, ihr fabelhaften Minetti-Girls!«

Überrascht sehe ich ihn an. Er kennt unseren Spitznamen? Als Jackson meinen fragenden Blick auffängt, schiebt er hinterher: »Feli hat mal erwähnt, dass ihr euch so nennt. Oder ... habe ich das falsch in Erinnerung?«

Gerührt sehe ich meine Tochter an, die mir zugrinst. »Nein«, sage ich dann mit fester Stimme zu Jackson. »Das hast du nicht falsch in Erinnerung. Und ob wir die fabelhaften Minetti-Girls sind!«

49

»Na, bereit für den großen Abend?«

Erstaunt lasse ich meinen Lippenstift sinken und wende mich von dem Spiegel ab, der neben unserer Eingangstür hängt. Vor meiner Mückennetztür steht Greta und sieht mich erwartungsvoll an. Schräg hinter ihr, am Fuß der Verandatreppe, kann ich den Kinderwagen erkennen, in dem James vermutlich schläft.

»Ja, ich denke schon.«

Ich lächele meine Freundin breit an, bevor ich mich einmal mehr meinem Spiegelbild zuwende und auf das Kosmetiktuch beiße, das ich in den Händen halte, damit ich nicht ausgerechnet bei der offiziellen Einweihungsparty der *Cameron Lodge* leuchtend rote Farbe auf den Schneidezähnen habe.

»Stellina, du siehst fantastisch aus«, sagt Greta hinter der Mückennetztür und seufzt sehnsüchtig auf. »Ich wünschte, ich würde schon wieder in meine Sommerkleider passen! Die Schwangerschaftskleider sind mir inzwischen zwar doch zu groß, aber von meinen früheren Klamotten bin ich noch sehr weit entfernt.« Mit gequältem Gesichtsausdruck kneift sie sich in ihre wohlkaschierten Röllchen an der Taille und rollt mit den Augen.

»Hey, Geduld, meine Liebe«, sage ich lachend, schnappe mir meine Handtasche und öffne die Tür, um zu meiner Freundin in den warmen Augustnachmittag hinauszutreten. »Dein kleiner Prinz ist gerade mal zweieinhalb Monate alt! Weißt du, wie lange es nach Felis Geburt gedauert hat, bis ich meine alten Jeans wieder anziehen konnte?«

»Ich glaube, ich will es gar nicht wissen«, brummt Greta.

Nachdenklich starre ich in das satte Grün der Baumkronen über unseren Köpfen und muss dann auflachen. »Du, wenn ich richtig darüber nachdenke – ich passe bis heute nicht in die Jeans von vor meiner Schwangerschaft.«

»Hör auf!« Greta sieht mich so ehrlich entsetzt an, dass ich wild loskichern muss. »Na ja, ich habe besagte Jeans auch längst nicht mehr, also, wer weiß das schon so genau? Aber du bist doch sowieso ganz anders gebaut als ich, Gretalein. Ich bin mir sicher, wenn du weiterhin so ausdauernd den Kinderwagen über diese Insel schiebst und deine Runden mit dem Fahrrad drehst, dann passt du bis Weihnachten wieder in deine Lieblingsklamotten. Manche von uns sind nun einmal mit guten Genen gesegnet, und du gehörst eindeutig dazu. Andere essen gern Schokolade – das bin ich.«

Greta stimmt herzhaft in mein Lachen ein und gibt mir einen liebevollen Knuff gegen den Oberarm. »Schokolade hin oder her: Du siehst großartig aus, meine Liebe. Dieses Rot lässt dich richtig strahlen. Du siehst aus wie eine waschechte Italienerin, *Bella*!«

»Danke dir«, grinse ich und hake mich bei ihr unter. »Gehst du mit mir bis zum Hotel? Ich muss dringend zurück ins Restaurant. Die ersten Gäste dürften in einer Stunde eintreffen.«

»Ja, klar, ich muss ja eh in die Richtung.« Greta löst die Bremse des Kinderwagens, während ich einen Blick hineinwerfe und den schlafenden James bewundere.

»*Mamma mia*, ist der süß. Und schon so groß!«

»Ja, oder? Ich könnte schwören, dass er allein seit gestern zwei Zentimeter gewachsen ist«, sagt Greta mit einem wehmütigen Kopfschütteln. »Wenn das so weitergeht, ist er bald aus dem Haus!«

»Hör bloß auf«, brumme ich. »Was soll ich denn sagen? Wenn ich mir Feli so ansehe, dann habe ich das Gefühl, es mit einer halben Erwachsenen zu tun zu haben. Na ja. Bis sie dann einen Wutanfall bekommt und heulend aus dem Zimmer stürmt. Oder plötzlich wieder ihre Bibi-Blocksberg-CDs hört. Heimlich natürlich.«

»Ach, Bibi Blocksberg, die kleine Hexe!« Greta grinst mich von der Seite an, bevor sie den Kinderwagen vorsichtig um eine besonders große Wurzel herumlenkt. »Die habe ich früher auch immer zum Einschlafen gehört. Meine Großeltern hatten mir mal zu Weihnachten eine Kassette geschickt. Mensch, das hatte ich ganz vergessen.«

Dass Greta selbst in die Hotelbranche gegangen ist, obwohl sie ihre Kindheit fernab von Deutschland verbracht hat, immer wieder zwischen Umzugskartons, so wie Feli, finde ich nach wie vor verwunderlich. Aber immerhin hat sie ja nun einen Heimathafen gefunden. Bei dem Gedanken werde ich schlagartig traurig, ohne es verhindern zu können. Als habe sie das genau gespürt, sieht mich meine Freundin prüfend von der Seite an und fragt vorsichtig: »Wie geht es euch denn jetzt? Feli und dir?«

»Ganz gut«, sage ich und versuche, so positiv wie möglich zu klingen – denn im Grunde genommen stimmt es ja.

»Hey«, sagt Greta aufmerksam. »Was ist los? Komm, spuck es aus. Du kannst mir nichts vormachen, Stellina.«

Ich seufze tief auf. So war es tatsächlich schon, als Greta und ich in München geübt haben, wie man ein Bett ordentlich macht – auch damals hat mir meine kluge Freundin sofort angemerkt, wenn etwas nicht stimmte.

»Feli gefällt es hier auf Whale Island immer besser«, erkläre ich leise. »Sie hat vor ein paar Tagen sogar zum ersten Mal etwas mit Isla unternommen. Die beiden sind gemeinsam an den Strand gefahren. An den Strand! Meine Tochter hat sich getraut, von Isla in einem Badeanzug gesehen zu werden! Und sie hat mir hinterher gesagt, Isla hätte ihr ein sehr nettes Kompliment gemacht – sie habe so tolle schwarze Wimpern und müsse sich gar nicht um Mascara kümmern.«

»Da hat Isla absolut recht«, bestätigt Greta mit Nachdruck. »Blondinen wie ich können das nur unterstreichen. Was gäbe ich um von Natur aus schwarze Wimpern!«

Ich grinse meine Freundin an, bevor ich hinzufüge: »Außerdem hat Feli vorgestern Abend mit Aidan und Isla Baseball gespielt – auf der Wiese der *Cameron Lodge*. Ich dachte, ich sehe nicht richtig. Feli hat noch nie freiwillig Sport gemacht, aber Baseball scheint ihr tatsächlich Spaß zu machen!«

Bei der Erinnerung lache ich leise auf.

»Aber – das ist doch fantastisch!« Greta ist stehen geblieben und mustert mich ratlos. »Wo ist das Problem?«

Ich seufze tief auf und sehe an ihr vorbei, Richtung *Cameron Lodge*. Auf dem Rasen vor dem Hotel, wo Aidan meiner Tochter vorgestern noch gezeigt hat, wie sie den Baseballschläger halten soll, spielt ein junger Vater mit seiner Tochter Frisbee. Sie gehören zu einer der Familien, die momentan in den Cottages wohnen. Wir sind weiterhin ausgebucht, und das merkt man dem Treiben rund ums Hotel an. Zum Glück nutzen tatsächlich viele Gäste das »Ohne-Auto-auf-die-Insel«-Angebot der *Cameron Lodge*: Sie parken am Fähranleger von Scott's Harbour, gehen mit ihrem Gepäck zu Fuß auf die Fähre und werden auf Whale Island von Graham und Buddy abgeholt. Wenn es zu viele Gäste sind, die gleichzeitig ankommen, holt auch Heather ein paar mit ihrem Auto ab, und Duncan selbst springt ebenso oft ein. Dafür bekommen die Gäste für die Dauer ihres Aufenthalts das Frühstück zu einem günstigeren Preis und dürfen die Hotelfahrräder umsonst nutzen. Ich finde die Idee wunderbar – so wird vermieden, dass durch die größere Anzahl an Gästen in der renovierten Lodge die Umwelt hier auf Whale Island leidet.

Freundlich begrüße ich das ältere Ehepaar, das uns auf der Rasenfläche zwischen Wäldchen und Hotel entgegenkommt, und wende mich dann wieder Greta zu.

»Das Problem ist … Aidan.«

»Aidan?« Greta starrt mich ratlos an. »Warum ist er das Problem?«

»Er … er …« Hilflos breche ich ab und will weitergehen, aber meine Freundin hält mich resolut am Arm fest.

»Momentchen, nicht so schnell, meine Liebe.«

»Greta, die Feier wartet nicht …«, erinnere ich sie besorgt, aber Greta winkt energisch ab.

»Wir müssen darüber reden, Stella«, sagt sie streng. »Also. Du und Aidan. Ihr habt euch doch in der Vorratskammer geküsst, hast du erzählt.«

»Ja.« Bei der Erinnerung wird mir mal wieder warm, und ich fächele mir verstohlen Luft zu.

»Und … es hat dir gefallen. Sonst würde sich deine Gesichtsfarbe nicht deinem Kleid anpassen«, grinst Greta frech. Ich gebe ihr einen leichten Schlag gegen den Arm.

»Okay. Gut. Und … seitdem? Habt ihr euch gar nicht mehr geküsst? Oder … sogar mehr gemacht? Mensch, ich war viel zu sehr mit James beschäftigt! Warum habe ich das nicht früher gefragt? Himmel, Stella, hattest du etwa Sex mit Aidan?«

Da gerade ein weiterer Hotel-Gast in Hörweite vorbeigeht, stöhne ich gequält auf. »Greta – nicht so laut!«

»Wieso? Wir reden doch auf Deutsch!«

»Aber S – E – X versteht auch der Durchschnittskanadier, glaub mir!«

Greta prustet leise los, dann wird sie jedoch schnell wieder ernst und mustert mich eingehend. »Im Ernst, Stellina. Ich hatte wegen der ganzen Brustentzündung, der schlaflosen Nächte und so weiter gar keinen Kopf für dein Liebesleben. Dabei will ich doch eigentlich alles wissen! Alles! Also, was ist zwischen euch passiert?«

»Nichts«, erwidere ich trocken und seufze tief auf. »Das ist ja das Problem. Aidan hat mir noch am selben Tag, als wir uns morgens in der Vorratskammer geküsst hatten, gesagt, dass ihm das alles zu viel sei. Dass er sich auf das Restaurant konzentrieren müsse. Und ich mich auf Feli und unsere Beziehung. Und damit hatte er ja auch recht! Wer weiß … wenn ich glücklich verliebt nur noch daran hätte denken können, wann wir endlich wieder im Bett landen, dann … dann hätte ich womöglich nicht so oft und intensiv mit Feli reden können, wie wir es in den letzten Tagen getan haben! Verliebte sind nun einmal nicht ganz zurechnungsfähig. Von daher war das schon klug von Aidan.«

»Aber … du bist doch trotzdem noch in ihn verliebt. Auch ohne S-E-X. Oder?« Greta sieht mich ernst an, und ich kann im Blaubeerblau ihrer Augen genau erkennen, dass sie mich durchschaut.

»Ja«, wispere ich schließlich und blinzele rasch eine ungebetene Träne weg. »Das bin ich. Und wie.«

»Nicht in Jackson Porter?«

Fast schockiert starre ich sie an. »In Jackson? Ich bitte dich!« Lachend lege ich den Kopf in den Nacken. »Nein. Ich habe beinahe mütterliche Gefühle für ihn. Oder, sagen wir so: Ich fühle mich wie seine ältere Schwester.«

»Okay. Sehr gut. Also schwesterliche Gefühle für Jackson, aber verknallt bist du in Aidan. Damit lässt sich doch arbeiten«, stellt Greta sachlich fest, doch ich schüttele mit Nachdruck den Kopf.

»Eben nicht! Ich habe dir doch gesagt, was Aidan außer der Sache mit Feli meinte: Dass er sich voll und ganz auf sein Restaurant konzentrieren muss. Er will keine Beziehung, wollte er mir damit klarmachen. Und ich ... ich will nicht schon wieder eine belanglose Bettgeschichte. Nein, ich will endlich die ganz große Lovestory, Greta. Mit Feuerwerk und Happy End. Mit Aidan ... mit Aidan hätte ich mir das vorstellen können. Aber er will nicht. Sonst hätte er doch in den letzten Tagen mal etwas unternommen! Wir wohnen immerhin fast Cottage an Cottage! Okay, auch wenn wir beide so gut wie nie allein sind, weil wir ständig einen Teenie um uns herum haben, aber trotzdem – wir hätten schon allein sein können, wenn er denn gewollt hätte. Aber er wollte nicht. Und ich ... ich merke immer mehr, wie sehr ich mich zu ihm hingezogen fühle, Greta. Und ich weiß nicht, ob ich das auf Dauer aushalte: Mit Aidan zusammenzuarbeiten und so zu tun, als wäre zwischen uns alles rein platonisch. Mir ... mir fällt das immer schwerer. Und darum ... darum fürchte ich, dass ich es hier vielleicht doch nicht so lange aushalten werde. Ausgerechnet jetzt, wo es Feli so gut gefällt.«

Meine Freundin sieht mich bestürzt an, und ich merke, dass sie etwas sagen will, aber in dem Moment sehe ich Raphaël hinter ihr den Pfad entlanghetzen. Im Gehen zupft er seinen Hemdkragen zurecht und glättet sein Haar. Als er mich erblickt, entspannt er sich deutlich. »Ah, ich dachte schon, ich wäre der Letzte, der eintrifft!«, ruft er mir zu, und ich werfe einen besorgten Blick auf meine Armbanduhr.

»*Dio mio*, wir müssen los! Greta, sehe ich dich gleich?«

»Na klar, wir legen James oben in der Wohnung von Heather und Graham zum Schlafen, ich nehme das Babyphon mit. Aber pünktlich werde ich garantiert nicht sein! Duncan ist allerdings längst im Hotel. Den habe ich in den letzten Tagen kaum zu Gesicht bekommen.« Sie sagt das nicht etwa vorwurfsvoll, sondern mit einem stolzen Strahlen. Immerhin ist es fabelhaft, dass die *Cameron Lodge* so gut zurück ins Hotelbusiness gefunden hat.

»Also dann, bis gleich, *Bella*!«, ruft Greta mir noch nach, und ich hauche ihr über meine Schulter einen Luftkuss zu, während ich mit Raphaël auf die Lodge zueile.

50

Aidan

»Mann, Aidan, das Essen war fantastisch!«

Duncan tritt neben mich und reicht mir mit einem anerkennenden Grinsen ein volles Glas Rotwein.

»Danke dir«, sage ich und seufze zufrieden auf. Langsam beginnt die Last dieses Tages von meinen Schultern zu gleiten. Wir haben es geschafft! Das Buffet zur Eröffnungsparty der *Cameron Lodge* war tatsächlich ein voller Erfolg! Das *Four Whales* ist heute Abend komplett ausgebucht, alle Tische drinnen und draußen auf der Veranda sind reserviert. Kein Wunder – immerhin sind die Zimmer und Cottages der Lodge auch alle voll belegt. Und dann haben wir heute Abend noch zusätzlich einige Gäste hier, die nur zur Feier gekommen sind. Rae zum Beispiel, die an einem Tisch mit Gottlieb, Jenny, Isla, Skye, Greta und Feli sitzt. Von diesem Tisch war im Laufe des Abends regelmäßig fröhliches Gelächter zu hören, das bis zu mir in die Küche gedrungen ist. Es war offenbar Gottlieb, der seine Tischnachbarinnen bestens mit Anekdoten unterhalten hat. Kaum zu glauben, dass das der alte Einsiedler sein sollte! Ich hätte ja nie geglaubt, dass er heute Abend wirklich kommen würde. Es war Stella, die ihn bei der Einweihungsfeier unbedingt dabeihaben wollte, und wenn sich unsere sture Restaurantmanagerin etwas in den Kopf gesetzt hat, hat offenbar selbst ein eingefleischter Eigenbrötler wie Gottlieb keine Chance. Stella soll Gottlieb in den letzten Tagen ein paar Mal »zufällig« beim Spazierengehen an der Deep Bay getroffen haben, meinte Isla. Tja, und heute Abend ist er tatsächlich hier aufgetaucht – in einem Anzug, der ihn aussehen lässt wie einen smarten Gentleman alter Schule. Es hat ihm sichtlich Freude bereitet, seine neu gerahmten Fotografien an den Wänden des Restaurants hängen zu sehen. Die Aufnahmen sind ja auch einfach unfassbar schön, und das *Four Whales* ist genau der richtige Ort, um diese eindrucksvollen Bilder von Buckelwalen, Finnwalen und Zwergwalen zu bestaunen.

Sobald ich nach dem Weinglas gegriffen habe und Duncan eine Hand frei hat, klopft er mir anerkennend auf die Schulter und hebt dann sein eigenes Glas, um mit mir anzustoßen.

»Auf unser Hotel«, sagt er und sieht mir mit einem gut gelaunten Strahlen in die Augen. »Und auf dein Restaurant.«

»Unser Restaurant«, verbessere ich, denn, hey, das hier ist ein Familienbetrieb, auch wenn ich der Küchenchef bin.

»Unser Restaurant.« Duncan grinst breit und nimmt einen Schluck Wein. »Nur schade, dass Glenn nicht kommen konnte.«

»Ja.« Ich seufze, als ich an unseren jüngeren Bruder denke, der mal wieder einen seiner Kurse im kreativen Schreiben vorgeschoben hat, die er während der Semesterferien an der Uni gibt. »Irgendetwas ist doch immer wichtiger.«

»Na ja. Immerhin war er nach der Geburt von James hier«, gibt Duncan gutmütig zu bedenken. Da er selbst jahrelang fort war, kann er sich auch wirklich am wenigsten über Glenns Abwesenheit beschweren.

»Ja, sonst hätte ich ihn persönlich abgeholt«, knurre ich, was Duncan kurz auflachen lässt, bevor er seinen Blick suchend durch das volle Restaurant wandern lässt. Dass er nach seiner Greta Ausschau hält, ist völlig klar. So glücklich wie momentan habe ich meinen älteren Bruder seit einer Ewigkeit nicht mehr gesehen. Wenn ich es mir recht überlege, war er wohl als Teenager zum letzten Mal so ausgeglichen und euphorisch. Danach … danach war da immer diese Unruhe in ihm. Dieser Drang, Whale Island zu verlassen und die Welt zu erobern. Aber nun ist er wieder hier, und der Erfolg des heutigen Abends ist zum großen Teil sein Verdienst.

Aber auch der Verdienst von meinem Team und mir, denn für das Essen sind wir schon von allen Seiten gelobt worden. Und genauso viel zum Erfolg dieses Abends hat unsere hervorragende Restaurantmanagerin beigetragen, das ist ganz klar. Wegen Stella sieht das *Four Whales* heute Abend aus, als wäre man mitten in einem Sommernachtstraum am Meer gelandet: Dutzende Ketten mit vielen kleinen goldenen Lichtern sind auf dem langen Buffettisch verteilt und kreuz und quer unter der Decke gespannt, sodass man das Gefühl hat, über sich einen Sternenhimmel zu haben. In hohen Glasvasen auf den Tischen im Raum flackern Kerzen, andere Glasgefäße, die zwischen den einzelnen Platten des Buffets aufgestellt worden sind, wurden mit Muscheln, schönen Treibholzstücken und von der Brandung rund geschliffenen Steinen gefüllt. Gesäuberte Hummerkörbe – die alte Sorte, die noch halbrund und aus Holz gefertigt waren – sind hier und da an den Wänden aufeinandergestapelt, und hölzerne Bojen mit den typischen Blockstreifen in verschiedenen knalligen Farben hängen vor den Fenstern und in dekorativen Bündeln an den Wänden. Aufgerollte Taue, wie man sie auf Fischerbooten findet, und große Blockkerzen in rustikalen Schiffslaternen runden die gelungene Atmosphäre ab. Man fühlt sich tatsächlich ein wenig wie in einem urigen, aber dennoch edlen Hafen-Pub und könnte glauben, dass gleich ein Schwung Fischer in Ölzeug hereinkommt. Dazu passt die übliche schottisch angehauchte Folkmusik sehr gut, die hier in der *Cameron Lodge* schon immer lief. Jetzt allerdings kommt sie aus dem ganz neu installierten Soundsystem und klingt tausendmal besser als früher, als wir noch die in die Jahre gekommenen Lautsprecherboxen hatten. Die Musik ist diskret, aber dennoch mitreißend, und ich sehe genau, dass hier und da unter den Tischen Füße im Takt wippen. Ich selbst liebe diese Musik auch. Sofort muss ich an Stella und ihre spitzen Bemerkungen denken, wenn ich in der Küche mal wieder laut *AC/DC* höre. Als würde ich immer nur Hardrock hören!

Überhaupt muss ich schon den ganzen Abend immer wieder an Stella denken. Ach was – seit Tagen. Seit unserem Kuss in der Vorratskammer, der meinen Seelenfrieden endgültig gekillt hat.

Zum x-ten Mal heute Abend suche ich sie in der Menge aus Gästen, die immer noch zwischen Tischen und Buffet hin und her schlendern, um sich einmal mehr Nachtisch zu holen. Salomés Kürbis-Crème-Brulée war der Renner des Abends, das muss ich neidlos eingestehen – aber auch mein Blueberry-Macadamia-Pie mit warmer Bourbon-Vanille-Soße kam sehr gut an.

Als ich Stella entdecke, muss ich einmal mehr den Atem anhalten. Sie sieht heute Abend einfach so unfassbar bezaubernd aus, dass es mir körperlich quasi wehtut, sie zu sehen. Verdammt, verdammt, verdammt! Musste sie wieder dieses rote Kleid mit den kleinen Tupfen anziehen, in dem sie aussieht wie eine köstliche Kirsche? Diese Frau macht mich wahnsinnig!

»Hey, alles okay?« Ich merke, dass Duncan mich beinahe besorgt von der Seite mustert, und beeile mich, meinen Blick von Stella zu lösen und einen großen Schluck Wein zu trinken.

Es hilft nichts – natürlich hat mein Bruder gemerkt, wen ich angestarrt habe. Und dass ich nicht unbedingt glücklich aussehe, entgeht ihm garantiert auch nicht. Er konnte schon in unserer Kindheit genau sehen, wenn es mir nicht gut ging.

»Du weißt schon, dass du ihr einfach sagen könntest, dass du ein Vollidiot warst?« Duncans sachliche Frage lässt mich kurz trocken auflachen.

»Mhhm. Klar«, murmele ich. »Und dann?«

»Was, und dann?« Mein Bruder sieht mich ehrlich ratlos an. »Und dann könntest du endlich das mit ihr machen, was du seit einer gefühlten Ewigkeit mit Stella machen willst, verdammt noch mal!«

»Duncan, das …«

»Es ist nämlich garantiert nicht so, dass sie das nicht will«, fügt er hinzu und sieht mich bedeutungsschwer an. »Ich meine … dafür braucht man nun echt nicht unsere weise Bibliothekarin, um das zu kapieren. Aber wenn du mir nicht glaubst, kannst du Rae natürlich noch einmal zur Sicherheit fragen. Sie sieht so aus, als würde sie ohnehin gern ein ernstes Wörtchen mit dir reden.«

Sofort schnellt mein Blick zum Tisch von Gottlieb und Co. hinüber, und ich merke, dass Duncan recht hat: Rae sieht mich ernst an. Womit um alles in der Welt habe ich das eigentlich verdient?

»Nein, bitte, keine Beziehungstipps von unserer Inselhexe«, grolle ich leise und drehe mich so, dass mich Rae nicht länger bedeutungsschwer anstarren kann. »Soll sie sich doch bitte in das Liebesleben anderer Leute einmischen!«

Duncan lacht heiser auf. »Yep. So, wie bei Greta und mir. Hat aber funktioniert, das muss ich ihr lassen.«

»Meinst du, du wärst jetzt nicht hier, wenn sie dich letzten Sommer nicht in Manhattan abgeholt hätte?« Ich sehe meinen

Bruder kritisch an, froh darüber, nicht über Stella und mich reden zu müssen. Natürlich ist Duncan zu clever, um auf mein Ablenkungsmanöver reinzufallen.

»Doch, vermutlich schon. Irgendwann wäre bei mir hoffentlich sogar ohne Rae der Groschen gefallen. Aber es hätte sicher länger gedauert. Und bei dir, mein Lieber, dauert es auch schon lange genug. Wovor genau hast du nochmal Angst? Dass du dich nicht mehr ganz und gar auf deinen Job als Koch konzentrieren kannst, wenn du endlich einsiehst, dass du dich nicht vor deinen Gefühlen für Stella verstecken kannst? Ganz ehrlich, Aidan: Das Essen heute Abend, das war köstlich. Und das, obwohl du permanent nach Stella schielst wie ein verzweifelt verknallter Schuljunge. Was also könnte schlimmer werden, wenn du endlich aufhörst, so ein sturer Idiot zu sein? Hmm?«

»Schönen Dank, ein Gespräch mit dir baut mich immer wieder auf«, knurre ich und leere mein Glas Wein. »Was, wenn sie wieder geht?«

Duncan starrt mich ernst an, und ich erwidere seinen Blick, sehr um Fassung bemüht. Warum ich mich mit einem Mal so leer und unsicher fühle, kann ich selbst nicht sagen. Es lief heute Abend doch alles perfekt! Wieso musste Duncan denn bloß von Stella anfangen?

»Warum sollte sie gehen wollen?«

Unwirsch zucke ich mit den Schultern und stelle mein leeres Glas auf ein Sideboard. »Keine Ahnung. Weil im Hotelbusiness doch ständig alle ihre Zelte wieder abbrechen, um durch die Welt zur nächsten beruflichen Station zu ziehen. Hat Greta doch auch jahrelang gemacht.«

»Ja. Bis sie mich getroffen hat. Ich hoffe doch, dass sie jetzt hierbleiben wird«, bemerkt Duncan. »Ganz ehrlich, Aidan: Hält dich das davon ab, dein Glück bei Stella zu versuchen? Die Angst, dass du sie wieder verlieren könntest?«

Düster erwidere ich seinen Blick, bevor ich mit einem ungeduldigen Seufzer auf meine Schuhe hinabstarre. »Keine Ahnung«, brumme ich und schiebe meine Hände tief in die Taschen meiner Hose. »Vielleicht, ja«, gebe ich dann zu. »Das … und die Tatsache, dass Stella gerade alle Hände voll mit ihrer Tochter zu tun hat.«

Mein Blick wandert zu Feli, die in diesem Moment ausgelassen über etwas lacht, das Gottlieb gesagt zu haben scheint. Der alte Mann grinst sie geradezu jungenhaft an. Okay, heute Abend wirkt es gar nicht so, als würde Feli ihrer Mutter so viel Kummer bereiten.

»Und das schreckt dich ab?«

»Hmm?« Ratlos sehe ich Duncan an, bis ich kapiere. »Nein, natürlich schreckt mich das nicht ab! Ich habe immerhin selbst eine Dreizehnjährige, ich kann echt ein Lied davon singen, was es heißt, mit einem hormonellen Ausnahmezustand zusammenzuleben!« Bei meinen eigenen Worten muss ich lachen. Duncan grinst mich ebenfalls breit an, bevor er nachhakt: »Und wo ist dann das Problem? Es würde doch sogar besonders gut passen, wenn ihr euch über die Probleme mit euren Töchtern austauschen könntet. Und immerhin scheinen sich Feli und Isla neuerdings auch ziemlich gut zu verstehen.«

Das stimmt. Mein Blick wandert wieder zu Stellas Tochter und dann weiter zu Isla, die sich gerade zu ihr beugt und ihr etwas ins Ohr flüstert, was Feli ausgelassen kichern lässt. So fröhlich wie heute Abend habe ich das hübsche, dunkelgelockte Mädchen bisher noch überhaupt nicht erlebt. Oder, doch – vorgestern, als Isla, sie und ich hinter dem Hotel Baseball gespielt haben. Meine Tochter hat sonst selten freiwillig mit mir Schlagübungen gemacht oder sich den Ball zugeworfen – aber Feli wollte gern ein wenig ausprobieren, wie

Baseball geht, und plötzlich war auch Isla Feuer und Flamme. Ich selbst habe vorgestern zum ersten Mal seit einigen Jahren wieder den Baseballschläger in den Händen gehalten und gemerkt, wie sehr mir der Sport gefehlt hat. Bei der Erinnerung an das Gelächter der beiden Mädchen, die sehr oft mit dem Schläger ins Leere geschwungen haben, dafür aber reichlich Spaß hatten, muss ich leicht schmunzeln.

»Eigentlich meinte ich, dass Stella so viel mit Feli um die Ohren hat, dass ich nicht auch noch ihr Leben durcheinanderbringen will«, erkläre ich leise.

»Dann bring es nicht durcheinander, sondern bereichere es.«

»O Mann, Duncan, du klingst schon so nach Kalenderweisheiten wie Rae! Ganz ehrlich – ich weiß gar nicht mehr, was ich denken soll.«

»Denk einfach mal gar nicht«, bemerkt Duncan schlicht. »Es reicht, wenn du auf deine Gefühle hörst. Glaub mir. Schalt einfach mal den Kopf aus und lass alles auf dich zukommen. Du kannst nämlich in der Liebe nicht alles von vornherein durchplanen, Aidan. Stella ist kein Restaurant, wo du auf alle Eventualitäten durch gute Organisation vorbereitet sein kannst. Stella ist eine Frau, und sie ist bestimmt genauso wenig vorhersehbar, wie Greta es ist. Aber, ganz ehrlich: Sonst wäre es auch langweilig.«

Duncan knufft mich leicht in die Seite und grinst mich schief an. Ich muss trocken auflachen und will etwas erwidern, als wir Greta durch den Raum auf uns zukommen sehen. Sie hat ihr Haar heute Abend zu zwei Zöpfen geflochten – wie an dem Abend im letzten Sommer, als wir ihren Geburtstag gefeiert haben und Duncan sie zum ersten Mal geküsst hat. Wobei wir alle damals natürlich nicht wussten, dass das ihr erster Kuss war – wir dachten ja, sie wären verheiratet. Egal. So, wie mein Bruder sie jetzt ansieht, könnte man wirklich meinen, er würde sie heute zum ersten Mal sehen. Verstohlen starre ich ihn von der Seite an und denke einmal mehr, dass ich das auch will. So eine glückliche Beziehung.

»Ist sie nicht einfach wunderschön?«, murmelt mein Bruder und drückt mir sein halb volles Glas in die Hand. Ich räuspere mich.

»Ähm … ja.«

»Und sie wird irgendwie immer schöner. Mit zu wenig Schlaf, und obwohl sie ständig jammert, dass ihr nichts von ihren alten Sachen passt – sie sah nie besser aus. Verdammt, ich liebe diese Frau.«

»Schön«, seufze ich und nicke Greta mit einem schiefen Lächeln zu, als sie bei uns ankommt und gerade etwas sagen will, aber Duncan lässt sie gar nicht zu Wort kommen, sondern zieht sie in seine Arme und küsst sie.

Diskret wende ich mich ab und laufe fast in Rae hinein, die plötzlich hinter mir aufgetaucht ist. Überrascht hole ich Luft und murmele fassungslos: »Mann, hast du mich erschreckt!«

»Du könntest genau das auch haben«, sagt sie und sieht mich seelenruhig aus ihren bernsteinfarbenen Augen an.

»Du meinst Greta?« Ich lache trocken auf. »Ich bin mir nicht sicher, ob Duncan damit einverstanden wäre, Rae.«

»Aidan Cameron, du warst schon mal witziger.«

»Danke. Dafür kann ich kochen. Wäre doch unfair, wenn ich in allen Bereichen unschlagbar wäre, oder?« Ich zwinkere Rae zu, als mir noch etwas einfällt.

»Übrigens, Rae … Wegen der Stelle in der Coast Guard Station.« Ich räuspere mich, weil mir das Ganze immer noch ein wenig absurd erscheint, aber, hey, immerhin habe ich tagelang darüber nachgedacht, was sie gemeint haben könnte, und da ich tatsächlich glaube, es begriffen zu haben, werde ich ihr das jetzt auch erzählen. Wobei sie das mit Sicherheit ohnehin schon weiß. Oder? Oh Mann, diese Frau ist mir manchmal so was von unheimlich!

»Ja?« Jetzt sieht sie mich so unschuldig an, als habe sie keinen Schimmer, worauf ich hinauswill. Ich lächele sie betont freundlich an. »Mir ist da mein Schulfreund Ian Baker eingefallen«, sage ich langsam. »Ian ist der Einzige, den ich bei der Coast Guard kenne – also, mal abgesehen von unseren Jungs hier auf Whale Island. Er ist damals, nach dem College, nach Neufundland gezogen und hat dort geheiratet. Na ja, wir hatten schon länger keinen direkten Kontakt mehr, aber immerhin sind wir auf Facebook befreundet. Also habe ich ihn kontaktiert.«

»Und?« Rae sieht mich erwartungsvoll an, und ich grinse.

»Er steckt gerade in einer ziemlich blöden Scheidung und war echt positiv überrascht, als ich ihm von der frei werdenden Stelle hier auf Whale Island erzählt habe. Wie es scheint, würde er gern in seine Heimat zurückkehren.«

»So, so.« Rae lächelt mich zufrieden an.

»Aber, Rae … Was hat das mit Skye zu tun? Ich meine … hatte sie etwa früher mal Interesse an Ian?«

Da lacht Rae mit einem Kopfschütteln auf und seufzt: »Ihr Männer könnt manchmal so blind sein.« Sie tätschelt nachsichtig meine Wange, als wäre ich immer noch der kleine Junge, der damals von ihr beim Lutscher-Klauen erwischt worden ist. Wobei »erwischt worden« der falsche Ausdruck ist, denn Rae hat mich nicht einmal im Inselladen beobachtet, sondern nur streng zu mir gesagt, als ich auf dem Weg nach draußen war: »Aidan Cameron, ich weiß, was du getan hast!« Das hat gereicht, um mich panisch wieder hineinrennen zu lassen, um den Lolli zurückzugeben.

Ich will mich gerade mit einem Kopfschütteln abwenden, als sie mich am Handgelenk festhält und ernst ansieht.

»Aidan.« Jetzt klingt sie fast wie eine besorgte Mutter. Ich schlucke und erwidere ihren Blick beklommen. »Weißt du, in deinem Alter denkt man noch, dass das Leben endlos ist. Dass man so viel Zeit hat. Aber … plötzlich geht alles ganz schnell, und eines Morgens wacht man auf und stellt fest, dass man wichtige Chancen hat verstreichen lassen. Und dass diese Chancen nicht zurückkommen.«

Schweigend starre ich Rae an. »Warte nicht zu lange«, sagt sie leise. »Es wäre schade drum, mein Lieber. Übrigens, der Blueberry Macadamia Pie war hervorragend.« Sie zwinkert mir zu und fügt dann noch hinzu: »Es wäre allerdings schön, wenn heute noch getanzt würde, findest du nicht?«

Dann wendet sie sich ab. Fassungslos starre ich der rothaarigen Frau hinterher und sehe mich dann einmal mehr nach Stella um. Da merke ich, dass Duncan aufgehört hat, mit Greta zu knutschen und dafür zu der provisorischen Bühne gegangen ist, die Dotties Mann Hank in den vergangenen Tagen neben der Bar aufgebaut hat. Auf dieser Bühne stehen bereits Lautsprecherboxen und Gitarrenständer. Raphaël hilft meinem Bruder gerade, die Kabel von zwei Mikrofonen zu entwirren. Da entdecke ich auch Stella, die jetzt auf diese Bühne zugeht – in der Gesellschaft eines Mannes, den ich nicht unbedingt vermisst habe. Jackson ist seit Kurzem wieder auf Whale Island, sehr zum Entzücken von Isla. Ganz ehrlich, was die Mädchen alle an diesem blonden Schönling finden, ist mir ein Rätsel, aber egal. Ich muss ihm zugutehalten, dass er sich völlig unprätentiös in eines der Cottages im Angestelltenbereich zurückgezogen hat und seitdem einfach nur entspannt und sichtlich zufrieden auf seiner Veranda saß, meistens gemeinsam mit Feli und Isla, um Musik zu machen. Starallüren hat der Junge wirklich nicht. Auch heute Abend wollte er auf keinen Fall schon beim Essen anwesend sein, um nicht so viel

Aufmerksamkeit zu erregen. Er hat darum gebeten, dass wir ihm ein wenig Essen für später aufheben. Dass er heute Abend bei der Einweihungsparty Musik machen wird, das ist eine Überraschung. Bisher wurde nur von Live-Musik gesprochen – aber kein Bandname genannt. Ich hoffe sehr, dass dieser Auftritt heute Abend nicht zur Folge hat, dass Whale Island in den nächsten Tagen von Jackson-Cameron-Fans überschwemmt wird. Aber zum Glück sind seine Fans ja größtenteils in einem Alter, in dem sie nicht einfach allein auf eine Insel in Nova Scotia reisen dürfen – also besteht Hoffnung, dass sich das Ganze in Grenzen hält.

Mein Dad tritt auf die Bühne und stellt ächzend sein Akkordeon ab, sein Dudelsack liegt bereits griffbereit in der Ecke. Natürlich hat er es sich nicht nehmen lassen, heute, bei der offiziellen Wiedereröffnung seines Lebenswerks, selbst ebenfalls Musik zu machen. Jackson war ehrlich begeistert, als er meinen Vater Dudelsack spielen gehört hat, hat Isla mir stolz erzählt. Auch Duncan wird heute Abend selbst Geige spielen, genau wie Skye. Nur ich habe mich geweigert mitzumachen. Weil ich nicht mit Jackson Porter auf einer Bühne stehen will. Ich meine, ganz ehrlich, der Kerl ist zwölf Jahre jünger als ich und spielt wesentlich besser Gitarre. Nein, danke. Da verschanze ich mich lieber in der Küche.

Die ersten Gäste scheinen Jackson erkannt zu haben, merke ich, denn ein Raunen beginnt, von Tisch zu Tisch zu wandern. Ich seufze leise, als ich merke, dass Stella mich ansieht. Sogar aus dieser Entfernung haut mich der Blick aus ihren wunderschönen Whiskey-Augen mal wieder um. O Mann. Ich bin so was von verloren.

Zum Glück tritt in diesem Moment Duncan ans Mikrofon, das eines dieser furchtbaren schrillen Quietschgeräusche von sich gibt, das alle im Saal zusammenzucken lässt.

»Sorry«, grinst mein Bruder souverän. Dann räuspert er sich und sagt in seiner ruhigen, selbstsicheren Art, um die ich ihn schon immer beneidet habe: »So, ich hoffe, dass es Ihnen allen geschmeckt hat oder auch nach wie vor schmeckt … nur zu, noch gibt es Nachtisch, halten Sie sich bloß nicht zurück!« Ein Lachen geht durch den Raum, und tatsächlich springt eine ältere Dame mit einem vergnügten Grinsen auf und hastet einmal mehr zum Buffet. »An dieser Stelle ein großes Kompliment an meinen Bruder Aidan und sein Küchenteam – ihr habt heute Abend ganze Arbeit geleistet!«

Applaus brandet auf, begleitet von begeistertem Johlen. Jemand ruft: »Schönen Dank, dass das mit der Diät wieder nicht geklappt hat!« Lachend deute ich eine kleine Verbeugung an und lächele in die Runde, bevor ich mich zu Salomé und den anderen umdrehe, die nun nach und nach durch die Schwingtüren der Küche kommen, lächeln und winken.

»Es freut mich wirklich, dass wir heute Abend in der Gesellschaft von Ihnen allen die *Cameron Lodge* offiziell für wiedereröffnet erklären dürfen«, fährt Duncan fort. Er dreht sich jetzt zu unserem Vater um, neben den sich Mom gestellt hat. Als ich sehe, dass ihre Augen feucht glänzen, muss ich gegen einen aufsteigenden Knoten in meinem Hals anschlucken.

»Diese Lodge ist das Lebenswerk meiner Eltern, Heather und Graham Cameron. Dass wir dieses Hotel heute in neuem Glanz wiedereröffnen dürfen, das macht uns alle wahnsinnig glücklich. Mom, Dad, ohne euch gäbe es das hier nicht. Wir sind so froh, dass ihr das alles möglich gemacht habt!«

Mein Vater wischt sich über die Augen und macht einen Schritt vor, um Duncan zu umarmen, während Mom von Skye gedrückt wird. Natürlich weint meine Schwester auch. Sie ist wirklich nah am Wasser gebaut. Einmal habe ich sie sogar dabei überrascht, wie sie bei *Friends* geweint hat.

Mit einem stolzen Lächeln klatsche ich, was das Zeug hält, gemeinsam mit dem Rest des Saals.

»Und jetzt zum musikalischen Teil des Abends«, fährt Duncan fort, als der Applaus nachlässt und Dad sich abwendet, um sich geräuschvoll die Nase zu schnäuzen. »Wir haben nämlich noch eine besondere Überraschung für Sie alle. Nein, heute Abend spielen hier nicht nur die üblichen Verdächtigen mit dem Nachnamen Cameron.« Er grinst in die Runde, und ich merke, dass alle im Saal gespannt zur Bühne starren. Jackson hat sich während der Ansprache in eine Ecke hinter der Bar gestellt und sich leise mit Raphaël unterhalten. Erst jetzt, als mein Bruder verkündet, dass Jackson Porter heute Abend ein paar Lieder spielen wird, betritt er die Bühne und wird, natürlich, von lautem Applaus und Jubel begrüßt. Die Leute scheinen also tatsächlich von seiner Unschuld überzeugt zu sein, fährt es mir durch den Kopf, als ich ihn beobachte, wie er mit einem charmanten Lächeln nach seiner Gitarre greift. Und, ja, auch ich muss sagen, dass ich die bösen Unterstellungen seiner Ex nicht glauben kann.

Jackson tritt näher an den Mikrofonständer heran, und ich merke, dass er Stella ansieht, die an der Bühne vorbeigeht. Der Blick, den er ihr zuwirft, ist absolut eindeutig. Ich schlucke und wende mich der Küche zu. Ganz ehrlich: Ich habe wirklich keine Lust, mit einem fünfundzwanzigjährigen Popstar um eine Frau zu konkurrieren.

51

Stella

Dieser Abend könnte so schön sein – wenn ich nicht ständig nach Aidan Ausschau halten würde. Warum mache ich das? Warum quäle ich mich so?

Ich atme tief durch und nehme einen großen Schluck Wein. Auf der Bühne hat Jackson gerade einen Song beendet, und der Saal bricht in kollektive Begeisterung aus. Es sind neue Lieder, hat Jackson angekündigt – er wird heute keinen seiner großen Hits spielen.

»Ich habe in diesem Sommer bereits einige wunderbare Tage hier auf Whale Island verbringen dürfen, und diese neuen Songs sind hier entstanden. Darum finde ich es besonders passend, sie heute Abend hier, im *Four Whales*, zum ersten Mal vor Publikum zu spielen. Tut mir den Gefallen und werft nicht gleich mit Eiern nach mir.«

Allgemeines Gelächter war die Antwort – und dann, nach dem ersten Lied, das wunderbar melancholisch und nachdenklich war, brandete begeisterter Applaus auf. Die neuen Songs von Jackson klingen erwachsener, haben mehr Tiefgang. Es sind eindeutig keine Teenie-Popsongs mehr. Ich liebe seine Musik und kann gar nicht aufhören, hingerissen zuzuhören.

Gerade, als ich mich der Bar zuwenden will, weil mein Weinglas leer ist, entdecke ich mit einem Mal Feli, die neben der Bühne steht und nervös an ihrer Frisur herumzupft. Ich habe ihre Haare heute Abend zu einer Hochsteckfrisur gesteckt, aus der sich ein paar Locken gelöst haben, die ihr Gesicht umrahmen. Meine Tochter sieht so hübsch aus, und mir geht das Herz auf vor lauter Stolz. Da wir in den letzten Tagen so viel mit dem Fahrrad auf der Insel unterwegs waren, sind wir beide recht braun geworden, unseren italienischen Genen sei Dank. Mein Kind ist bei all der Bewegung an der frischen Luft regelrecht aufgeblüht und wirkt insgesamt viel gesünder und stärker im Reinen mit sich selbst, als es im vergangenen Jahr je der Fall war. Sogar ihre Therapeutin hat mir vorgestern eine kurze Nachricht geschickt, um mir mitzuteilen, dass Feli in den letzten Tagen mit einem Mal erhebliche Fortschritte gemacht hat.

Ich will gerade zu Feli gehen, als ich plötzlich stutze. Hält sie etwa ihre Gitarre in der Hand? Und … warum steht sie überhaupt an der Stufe zur provisorischen Bühne? Verblüfft will ich sie fragen, aber da höre ich schon, wie Jackson um Applaus für einen ganz besonderen Gast bittet. Felis Gesicht wird rot vor Aufregung, sie wirft mir einen flüchtigen Blick zu, grinst schief – und schon geht sie zu Jackson auf die Bühne hinauf.

Ungläubig beobachte ich, wie sich meine Tochter, die sonst so schüchtern sein kann, neben einen der bekanntesten Popstars dieses Planeten stellt und freundlich in die Runde lächelt, während sie sich ihre Gitarre an einem Gurt um die Schultern hängt. Jackson hilft ihr, das Mikrofon auf ihre Höhe einzustellen, und dann wendet er sich seinem eigenen Mikro zu und sagt: »Das hier, Ladies & Gentlemen, ist Felicitas Minetti. Ich hatte die Ehre, diesen Sommer öfters Musik mit ihr zu machen, und heute Abend möchte Feli für Sie singen. Und zwar ein spezielles Lied, habe ich recht?«

»Genau.« Ungläubig mustere ich meine Tochter, die sich jetzt räuspert, Jackson schief angrinst und dann ihren Blick durch den Raum wandern lässt, zu mir. Ungläubig starre ich sie an, während Feli tief Luft holt und mit erstaunlich fester Stimme sagt: »Das Lied, das ich heute Abend spielen möchte, ist ein Lied, das meiner Mutter sehr viel bedeutet, denn es ist das Lieblingslied ihrer eigenen Eltern, meiner Großeltern. Ich bin mit diesem Lied aufgewachsen. Eine meiner liebsten Kindheitserinnerungen ist, wie Mama und ich durch unsere Küche tanzen und diesen Text von Umberto Tozzi singen.«

Meine Augen füllen sich mit Tränen, aber ich erkenne trotzdem, wie Feli mir zulächelt.

Auch Skye und Duncan haben jetzt die Bühne betreten und halten ihre Geigen bereit. Skyes Blick flackert zu mir, und sie zwinkert mir zu. Ich kann nur schwach lächeln, während ich mich bemühe, nicht loszuschluchzen vor lauter Rührung. Allerdings hält meine Fassung nur so lange, bis Feli mit leicht zitternder Stimme hinzufügt: »Dieses Lied ist für dich, Mama. Du bist die beste Mama der Welt.«

Applaus brandet auf, alle Blicke im Raum richten sich auf mich, und ich heule los, natürlich. Skye und Duncan lächeln mich breit an, bevor sie sich ansehen und gemeinsam beginnen, auf ihren Geigen zu spielen. Jackson sagt noch ins Mikro: »Das Singen überlasse ich übrigens ganz Feli, denn mein Italienisch ist zum Weglaufen«, bevor er beginnt, seine Finger über die Saiten seiner Gitarre gleiten zu lassen.

Und so beginnt Feli zu singen. Ich habe das Gefühl, dass alle im Raum die Luft anhalten, weil ihre Stimme so rein und klar und voll klingt. Meine Arme werden von einer Gänsehaut überzogen, während ich ungläubig an ihren Lippen hänge. Sie sieht mich an, meine Tochter, und sie singt mit einem leichten Lächeln, das mich zum glücklichsten Menschen der Welt macht.

»Ti amo, io solo ti amo …«

Feli spricht wenig Italienisch, weil ich immer nur Deutsch mit ihr rede, aber von ihrem Opa hat sie einige Brocken gelernt, und ihre Aussprache ist tadellos, wie ich zu meiner Verblüffung feststelle. Ich bin so unfassbar stolz auf mein Kind. Rasch presse ich mir eine Hand vor meinen Mund und bemühe mich darum, nicht laut aufzuschluchzen.

»Hier«, sagt da plötzlich jemand dicht neben mir, und als ich aufsehe, erkenne ich Aidan, der mir ein Taschentuch reicht.

»Danke«, wispere ich und presse kurz mein Gesicht in das Tuch, bevor ich es sinken lasse und mich wieder der Bühne zuwenden will, aber da greift Aidan sacht nach meiner Hand und hält mich fest. Fragend sehe ich ihn an, mein Herz hämmert plötzlich gegen meinen Brustkorb.

»Ich würde gern mit dir tanzen«, sagt er leise, und fast glaube ich, dass ich mich verhört habe. Erstaunt starre ich ihn an. Noch bevor ich zu einer Reaktion fähig bin, zieht er mich an sich, legt eine Hand fest auf meinen unteren Rücken und beginnt, an Ort und Stelle, neben der Bar, mit mir zu tanzen. So, wie mein Vater schon so oft zu diesem Lied mit meiner Mutter getanzt hat – nur ist dieses Szenario noch viel unglaublicher, denn wir tanzen nicht zu Umberto Tozzis Version, sondern zu der von Feli Minetti.

Ich kann mich gar nicht mehr beruhigen. Leise Schluchzer schütteln mich regelrecht, als ich mein Gesicht gegen Aidans Hemd presse, das er irgendwann in der letzten halben Stunde gegen seine Kochuniform getauscht haben muss. Der Griff seiner Hand auf meinem Rücken verstärkt sich, während seine andere Hand sanft meinen Arm hinauf und hinab streichelt.

»Ich hoffe sehr, dass du nicht weinst, weil ich so schlecht tanze«, flüstert er mir ins Ohr, und da mischt sich ein Lachen in meine Schluchzer und bringt mich endgültig aus dem Konzept. Er lächelt mich geradezu zärtlich an, und ich könnte in diesem Lächeln versinken.

Dann beginnen plötzlich mehrere Leute, den Refrain des Liedes mit Feli im Chor zu singen, und als ich erstaunt den Kopf hebe und zur Bühne sehe, erkenne ich Heather, Isla, Salomé und sogar Greta, die sich neben Skye an eines der Mikrofone gestellt haben und aus vollem Halse »Ti amo!« mitschmettern. Dass sie dabei Aidan und mich ansehen, entgeht bestimmt niemandem im Saal, und ich spüre heiße Röte in mir hochsteigen, als mir klar wird, dass uns alle beobachten.

»Wusstest du, dass Feli das singen würde?«, frage ich Aidan leise und sehe ihn an. Er erwidert meinen Blick und schüttelt den Kopf.

»Nein. Aber ich bin froh, dass ich in Hörweite war. Immerhin hat mir Rae eben noch gesagt, dass es schön wäre, wenn heute noch getanzt würde. Was ich erst kapiert habe, als Feli angefangen hat zu singen.«

Er grinst mich flüchtig an, und noch bevor ich reagieren kann, fügt er ernst hinzu: »Und schließlich habe ich mich die ganze Zeit geärgert, dass ich nicht schon damals hier im *Four Whales* mit dir zu diesem Song getanzt habe.«

Ich schüttele leicht den Kopf und muss lachen. »Das war wohl auch zu viel verlangt. Vor Publikum und so. Wobei …« Mein Blick wandert zu den vielen Leuten an den Tischen, und ich kichere, während Aidan ebenfalls heiser auflacht.

»Ja, es ist nicht besser geworden.«

»Du tanzt aber wirklich gut, dafür musst du dich nicht schämen.«

»Das liegt daran, dass du dich so gut führen lässt, Stella.

Erstaunlich für jemanden, der sonst immer alles besser weiß und sich nichts sagen lässt.«

Ich sehe Aidan mit hochgezogenen Augenbrauen an und lege den Kopf schief. »Also, eines weiß ich tatsächlich besser«, erwidere ich ruhig, während mein Blick wieder zu Feli auf der Bühne gleitet.

»Hmm?«, murmelt Aidan dicht an meinem Ohr, denn er hat mich wieder enger an sich gezogen.

»Dein Vorhaben war zum Scheitern verurteilt.«

»Welches Vorhaben?«

»Ach, Aidan. Du weißt genau, was ich meine. Und es hat nicht funktioniert. Wenn du also nach wie vor der Meinung bist, dass das mit dir und mir schlecht fürs Restaurant ist, dann … dann muss ich wohl die Insel verlassen.«

Ich merke, dass Aidans Griff um meine Taille fester wird, aber er kommt nicht mehr dazu zu antworten, denn das letzte »Ti amo!« ist verklungen, und tosender Applaus brandet auf. Ich löse mich von Aidan und beginne ebenfalls, wie verrückt zu klatschen. Feli verbeugt sich sichtlich stolz, bevor sie ihre Gitarre abnimmt, sie Jackson in die Hand drückt und dann von der Bühne springt, um ihre Arme um mich zu schlingen.

»Ich bin so stolz auf dich, *cara mia*«, wispere ich in ihre Locken und umarme sie so fest, dass Feli leise ächzt: »Nicht zerquetschen, Mama!«

»Entschuldige«, lache ich auf, schiebe sie ein Stück von mir fort und sehe sie überwältigt an. »Dass du dich das getraut hast! Vor all diesen Leuten!«

»War es okay?« Plötzlich doch wieder eine Spur unsicher, wirft Feli einen Blick in die Runde. Die Leute klatschen und jubeln immer noch.

»Mehr als okay«, meldet sich Aidan mit Nachdruck zu Wort. Er streckt seine Hand aus und berührt Feli leicht an der

Wange – eine Geste, die mein Herz endgültig zum Schmelzen bringt. »Das war ganz fantastisch, Feli. Ehrlich.«

»Danke dir«, sagt meine Tochter und grinst Aidan schief an. »Und ich … ich freue mich, dass du mit Mama getanzt hast. Das hatte ich gehofft. Weil du … weil du doch immer davon erzählst, wie Oma und Opa zu diesem Lied in eurem Wohnzimmer getanzt haben, Mama.«

Die Hitze kriecht unbarmherzig meinen Hals hinauf Richtung Kopf, und ich werfe Aidan einen flüchtigen Blick zu. Er sieht mich ruhig an, und um seine Mundwinkel zuckt ein Lächeln, das so sexy ist, dass es mir die Sprache verschlägt.

»Nach dieser wunderbaren Einlage traue ich mich kaum noch weiterzumachen«, meldet sich jetzt Jackson auf der Bühne zu Wort, was zu noch mehr Applaus führt. »Feli, ich glaube, die Leute möchten, dass du noch etwas singst.«

Feli starrt mit weit aufgerissenen Augen zu Jackson hinauf, und als der Saal anfängt, im Rhythmus zu klatschen und »Zugabe!« zu rufen, wird sie tiefrot. Dann allerdings lächelt sie mich glücklich an, und ich gebe ihr einen aufmunternden Klaps auf den Po.

»Los, auf die Bühne mit dir«, sage ich mit Nachdruck, und schon steigt sie erneut auf das Holzgebilde, das Hank gezimmert hat.

»Der Background-Chor sollte auch unbedingt bleiben, ihr wart hervorragend«, sagt Jackson jetzt und nickt dem Grüppchen um Skye lächelnd zu, was zu allgemeinem Gekicher führt.

»Dabei kann Isla wirklich nicht singen«, murmelt Aidan neben mir amüsiert. »Aber Hauptsache, sie hat Spaß.«

»Eben. Und sie macht das doch gut«, wispere ich angetan, während Jackson und meine Tochter beginnen, *Brown Eyed Girl* von Van Morrison zu spielen. Da die beiden in den letzten

Tagen wieder so oft gemeinsam Musik gemacht haben, wirken sie absolut eingespielt, und als Graham auch noch nach seinem Akkordeon greift und mitmacht, hält es die Leute im Saal endgültig nicht mehr auf ihren Stühlen. Es wird geklatscht und mitgesungen, und immer mehr Paare tanzen. Aidan hat seinen Arm locker über meinen unteren Rücken gelegt, sodass seine Hand auf meiner Taille ruht, während ich meinen Kopf gegen seine Schulter sinken lasse. Das fühlt sich wunderbar natürlich an, und mein Herz macht einen aufgeregten Purzelbaum.

»Sie macht das unglaublich gut«, murmelt Aidan an meinem Ohr, als Feli beginnt, eine Version von *Whiter Shade of Pale* zu singen, die mich sehr an die wunderbare Version von Annie Lennox erinnert. »Du kannst so stolz auf deine Tochter sein.«

»Oh, das bin ich auch«, seufze ich glücklich und lehne mein Gesicht seitlich gegen seinen Hals, spüre seinen Pulsschlag an meiner Schläfe und glaube, vor lauter Glück zu platzen.

»Was du eben gesagt hast«, sagt Aidan heiser. »Von wegen Insel verlassen …«

»Hmm?« Atemlos warte ich ab, ohne meinen Blick zu heben.

»Das kannst du so was von vergessen. Lass es dir bloß nicht einfallen zu gehen – sonst muss ich am Ende los, um dich zu suchen und zu überreden, wieder zurückzukommen. Nicht nur, weil ich dich als Restaurantmanagerin brauche, denn du bist wirklich die Beste, die ich mir für das *Four Whales* wünschen könnte.«

»Wegen der umwerfenden Servietten?«, versuche ich ein wenig atemlos einen Witz, was Aidan mit einem leisen Lachen quittiert.

»Nicht nur deshalb, wobei ich bei Trip Advisor schon Fotos von den toll eingedeckten Tischen mit den Wal-Servietten entdeckt habe«, murmelt er leise.

»Ja, die habe ich auch gesehen«, bestätige ich und grinse mit einer Mischung aus Stolz und Nervosität.

Aidan räuspert sich. »Es geht mir aber nicht nur ums Restaurant, Stella. Ich … ich kann mir diese verdammte Insel überhaupt nicht mehr ohne dich vorstellen. In den letzten Wochen, da habe ich ständig an dich denken müssen. Tagsüber … und auch nachts. Du glaubst nicht, wie oft ich schlaflos im Dunkeln auf meiner Veranda gesessen, zu eurem Cottage hinübergestarrt und mir gewünscht habe, dass … dass ich bei dir sein könnte.«

Natürlich kommen mir da schon wieder die Tränen – wohl auch, weil dieses wunderbare Geständnis, auf das ich kaum zu hoffen gewagt hatte, von einem herzzerreißend schönen Soundtrack untermalt wird: Jackson und Feli singen *Time after Time*.

Aidan legt einen Finger unter mein Kinn und hebt mein Gesicht leicht an, sodass ich ihm in die Augen sehe.

»Ich wollte dich eigentlich heute nicht traurig machen«, sagt er leise und sieht mich ernst an.

»Machst du auch nicht. Ich kann nur irgendwie nicht mehr mit dem Vor-Glück-Heulen aufhören«, stoße ich zwischen zwei Schluchzern hervor, was Aidan mit einem langsamen Lächeln quittiert.

»Weißt du eigentlich, dass ich mir neulich wegen dir den Text von diesem Lied aus dem Internet herausgesucht habe? Weil du Jackson gebeten hattest, den Song für dich zu spielen? Wegen dir habe ich angefangen, nachts, wenn ich nicht schlafen konnte, das Lied auf der Gitarre zu spielen.«

»Im Ernst?«, flüstere ich und sehe ihn gerührt an. »Das … das ist so süß, Aidan.«

Aidan lacht heiser auf. »Ein bisschen irre trifft es besser, finde ich«, sagt er und wirft einen Blick zur Bühne hinauf.

»Ich … ich fand die ganze Zeit über den Gedanken unerträglich, dass du dich doch noch für Jackson entscheiden könntest. Als ich euch vor ein paar Tagen gesehen habe, wie ihr euch auf dem Parkplatz umarmt habt, da … da war ich so unfassbar wütend auf mich selbst, weil ich dir gesagt hatte, dass das mit uns nichts wird. Ich meine … was für ein Idiot war ich eigentlich?«

»Oh, keine Sorge, wir sind alle mal Idioten«, sage ich und berühre ihn leicht an der Wange.

»Ich hatte einfach Angst«, gibt Aidan zu und klingt mit einem Mal sehr heiser. »Angst, dass das mit uns schiefgeht. Angst, dass du … dass du wieder verschwindest. Und dass ich dann bis in alle Ewigkeit einsam hier sitzen und Liebeslieder auf der Gitarre spielen und dir hinterhertrauern würde.«

Ungläubig starre ich ihn an, weil ich es nicht fassen kann, was er da sagt. Er hatte ernsthaft Angst, mich zu verlieren?

Aidan lacht leise auf und sagt mit einem Kopfschütteln: »Glaub mir, ich hätte auch noch angefangen, *Ti amo* einzustudieren, wenn ich den italienischen Text hätte aussprechen können. Aber bei ›fare l'amore‹ hören meine Italienisch-Kenntnisse leider auf.«

»Das reicht doch völlig«, flüstere ich, und Aidan wird wieder ernst, als er nach meinen beiden Händen greift. Ich grinse ihn schief an und will eine lockerleichte Bemerkung machen, um die Intensität zwischen uns ein wenig abzuschwächen, aber noch während Jackson und Feli auf der Bühne das nächste Stück anstimmen, wird sein Griff um meine Hände stärker. Sein Blick senkt sich auf meinen Mund, und er sagt heiser: »Stella, ich weiß, du möchtest deiner Tochter weiter zuhören. Aber … wenn wir jetzt nicht schnell irgendwohin verschwinden, wo wir ungestört sind, dann … dann muss ich dich vor all diesen Leuten küssen.«

52

Ich ringe nach Atem, weil ich mich plötzlich fühle, als hätte ich einen Marathon hinter mir. Mit heftig hämmerndem Herzen nicke ich und stoße hervor: »Ich … Also … ich werde hoffentlich noch mehr Gelegenheiten haben, um Jackson und Feli zuzuhören. Und …«

Das scheint Aidan als Antwort zu genügen, denn er wendet sich ab und zieht mich entschlossen hinter sich her, auf den Eingang zur Küche zu. Im Vorbeieilen nicke und lächele ich in alle Richtungen und hoffe sehr, dass sich mein Gesicht farblich nicht allzu sehr meinem kirschroten Kleid angepasst hat.

»Meint ihr nicht, dass wir unsere dreizehnjährigen Töchter langsam von der Showbühne holen sollten?« Jennys Stimme lässt Aidan und mich nahe der Küchentür innehalten. Aidans Ex kommt auf uns zu und sieht uns erwartungsvoll an. Eine Welle des schlechten Gewissens überrollt mich. Immerhin hält der Vater ihrer Tochter meine Hand fest umschlungen, und ganz sicher ist völlig offensichtlich, warum wir beide so eilig versuchen, das Restaurant zu verlassen. Doch Jenny überrascht mich einmal mehr, denn jetzt erhellt ein breites Lächeln ihr sommersprossiges Gesicht, und sie stemmt die Hände in die Hüften und sagt, ohne unsere Reaktion abzuwarten:

»Okay, ihr zwei, ich schlage Folgendes vor: Es gibt heute eine Pyjamaparty in meinem Haus. Isla, Feli und ich. Bis morgen Mittag. Ja?«

»Ähm …«, mache ich lahm und versuche zu begreifen, was sie da vorschlägt.

»Na ja, ihr könnt es ja nicht immer in Vorratskammern treiben«, grinst sie jetzt, haut Aidan auf den Rücken und wendet sich dann mit einem zufriedenen Lächeln ab.

»Wir haben es nicht …«, will ich beginnen, uns zu verteidigen, aber Aidan legt nur eine Hand auf meinen Arm und sagt mit einem schiefen Grinsen: »Lass gut sein. Ich habe immerhin auch einen Ruf zu verlieren.«

»Wie bitte?« Empört sehe ich ihn an und werde von seinem neckenden Schmunzeln überwältigt. *Madonna*, ich möchte jetzt unbedingt mit diesem Mann allein sein, ganz egal, ob in einer Vorratskammer oder sonst irgendwo! Aidan scheint ähnliche Gedankengänge zu haben, denn er wird sofort wieder ernst und wispert: »Ich finde Jennys Vorschlag hervorragend.«

»Ich auch«, flüstere ich. »Unfassbar, dass der ausgerechnet von IHR kommt! Ich meine … sie ist deine Ex!«

Aidan zuckt mit den Schultern und lächelt nachdenklich in die Richtung, wo Jenny jetzt neben der Bühne steht und zu Feli hinaufsieht, die mit Jackson gerade die letzten Worte von *American Pie* singt. »Ach, bei uns ist doch schon seit mehr als dreizehn Jahren klar, dass wir uns mögen, aber nicht … verrückt nacheinander sind.« Er macht eine bedeutungsschwere Pause und sieht mich an. »Ganz anders als bei uns.«

»Ja«, hauche ich, und Aidans Blick wandert erneut zu meinem Mund. Er macht ein paar Schritte rückwärts und zieht mich mit, schiebt mit seiner Schulter schon die Tür zur Küche auf, als uns eine weitere Stimme auseinanderfahren lässt.

»Dad?« Isla ist hinter mir aufgetaucht und sieht uns an. Ich erwarte, dass Aidan meine Hand loslässt, doch er verstärkt seinen Griff um meine Finger noch, als er fragt: »Ja, Isla?«

»Mom hat gesagt, dass Feli und ich bei ihr eine Pyjamaparty machen dürfen! Wie cool ist das denn?«

»Super-cool«, grinst Aidan. »Dann wünsche ich euch viel Spaß!«

»Danke.« Isla streicht sich ein paar Haarsträhnen aus dem erhitzten Gesicht und sieht dann von ihrem Vater zu mir und wieder zu Aidan. Unruhig will ich meine Hand aus Aidans Griff lösen, als das Mädchen sagt: »Ich wünsche euch auch viel Spaß.«

Erstaunt sehe ich Isla an.

»Im Ernst.« Das Mädchen lacht auf. »Ich bin kein Baby mehr, und ich weiß, wie das mit den Bienchen und Blümchen funktioniert. Darum ist mir auch völlig klar, warum Mom die Pyjamaparty bei sich vorgeschlagen hat. Und ich finde es cool, keine Sorge. Und zwar nicht nur, damit ihr freie Bahn habt, sondern auch weil Feli echt in Ordnung ist.« Isla sieht mich direkt an und fügt hinzu: »Und du bist genauso in Ordnung, Stella!«

Und sie wendet sich ab und geht auf ihre Mutter zu, die in einiger Entfernung steht und mit Jackson plaudert. Die Musiker haben eine Pause eingelegt, alle besorgen sich gerade etwas zu trinken oder reden mit Gästen. Da kommt auch Feli auf mich zu. Ihre Augen leuchten.

»Mama! Jenny und Isla haben gefragt, ob ich bei ihnen übernachten will!«

Ich strahle meine Tochter an. »Das ist toll, mein Schatz. Sollen wir dir zu Hause schnell ein paar Sachen packen?«

»Nicht nötig, Jenny hat ein Big Shirt als Nachthemd und eine neue Zahnbürste für mich. Also, ich sehe dich morgen, okay?«

»Okay«, sage ich erstaunt. »Dann sehe ich dich morgen, *cara mia*. Hey, ich bin so stolz auf dich.«

»Ich weiß, Mama.« Feli drückt mir einen Kuss auf die Wange und lacht mich ausgelassen an. »Ich bin auch stolz auf dich. Und … ich wünsche euch eine gute Nacht.« Ihr Blick huscht zu Aidan, dann wieder zu mir, und sie blinzelt mir blitzschnell zu, bevor sie sich abwendet und zu Isla und Jenny eilt, die auf sie warten. Jackson umarmt sie zum Abschied noch schnell, dann unterhält er sich weiter mit Graham, der ihm gerade seinen Dudelsack zu erklären scheint.

Ich sehe Aidan an, der meine Hand immer noch festhält, als habe er Angst, dass ich es mir plötzlich anders überlegen und abhauen könnte. Dabei würde ich niemals auf diese Idee kommen. Mit leicht schief gelegtem Kopf und langsamem Lächeln mustere ich ihn.

»Wollen wir immer noch in die Küche?«, frage ich leise. »Oder doch lieber gleich zu den Cottages? Jetzt, da unsere Mädels versorgt sind?«

»Cottages!« Seine Antwort kommt so schnell herausgeschossen, dass ich auflachen muss. Dann wird sein Blick ein wenig dunkler, als er mich an sich zieht. Er küsst mich kurz und hart auf die Lippen und murmelt: »Los, lass uns endlich von hier verschwinden. Schnell.«

Und so eilen wir in die andere Richtung los, wieder Hand in Hand, quer durch den Raum, an den Tischen vorbei, wo uns hier und da fröhliche Gäste grüßen. Im Vorbeigehen fange ich Jacksons Blick auf. Er starrt kurz auf Aidans und meine Hände, die einander fest umschlungen halten, dann schaut er mir in die Augen und nickt mir freundlich zu. Ich lächele zurück und sage ein lautloses »Thank you!« in seine Richtung, denn dass Feli heute Abend ihre Scheu überwunden hat, das verdanke ich wirklich nur ihm. Er nickt noch einmal, bevor er wieder Graham seine Aufmerksamkeit schenkt.

»Gute Nacht, ihr zwei«, höre ich Skyes Stimme, als wir fast

den Ausgang des *Four Whales* erreicht haben. Sie steht mit Salomé, Heather und Rae zusammen.

»Gute Nacht«, sage ich und lasse Skyes anzügliches Grinsen und ihr Zwinkern gutmütig über mich ergehen. Dass sie sich wahnsinnig für uns freut, ist offensichtlich.

»Ich werde Greta gleich eine SMS schreiben«, gibt sie mir noch gut gelaunt mit auf den Weg. »Sie ist eben nach oben gegangen, weil James geweint hat, aber ich musste ihr hoch und heilig versprechen, keinen von euch beiden heute Abend allein nach Hause gehen zu lassen. Sieht so aus, als hätte das geklappt.«

»Schöne Grüße an Greta«, sagt Aidan mit einem trockenen Lachen. »Gute Nacht, Schwesterherz.«

»Gute Nacht, ihr zwei!«, ruft uns Heather hinterher und wirkt dabei nicht weniger vergnügt als ihre Tochter.

»Gute Na-hacht!«, echot Salomé ausgelassen, während Rae uns nur in ihrer üblichen wissenden Art anlächelt. Ich lächele zurück, bevor ich mit Aidan hinaus in die kühle Nacht verschwinde.

Sobald wir den schützenden Schatten der ersten Bäume erreicht haben, schiebt mich Aidan rücklings gegen einen Baumstamm und küsst mich mit einer wilden Entschlossenheit, die mich überwältigt meine Hände in seinem Hemd vergraben lässt. Endlich darf ich mich wieder gegen seinen Körper drängen, endlich darf ich ihn wieder schmecken, fühlen, riechen und hören, wie schnell sein Atem geht – genauso schnell wie meiner. Ich kann nicht sagen, wie lange wir eng umschlungen unter der Kiefer mit den ausladenden Ästen stehen und uns küssen, als gäbe es kein Morgen – zehn Minuten? Zwanzig? Dreißig? Alles, was ich weiß, ist, dass ich nie mehr damit aufhören will. Aber da wir schlecht hier, an Ort und Stelle, mehr machen können als hemmungslos herumzuknutschen wie zwei frisch verknallte Teenager, zieht mich Aidan schließlich erneut mit sich, an den sanft leuchtenden Solarlaternen vorbei, den Pfad durch den Wald entlang. Dieser Pfad kommt mir heute Nacht länger vor als unter normalen Umständen. Ich glaube, wir schaffen es nur deshalb vollständig angezogen bis ins Cottage, weil so viele Familien mit Kindern in den ersten Hütten wohnen – wir würden also wirklich negativ auffallen, wenn wir uns schon zwischen den Bäumen die Klamotten vom Leib reißen würden. Aber ich bin kurz davor, Aidan das Hemd, das ich ihm schon zur Hälfte aufgeknöpft habe, von den Schultern zu schieben, noch bevor wir überhaupt den Angestellten-Bereich erreicht haben, und er hat es auch bereits wieder geschafft, unter meinem Kleid meinen BH zu öffnen. Einerseits haben wir es so eilig, endlich in den Schutz des Cottages eintauchen zu dürfen, aber andererseits können wir uns keine zwei Meter vorwärtsbewegen, ohne uns wie wild zu küssen. Nach Luft ringend erreichen wir endlich mein Haus, und ich will Aidan schon hineinziehen, als er innehält und mich heftig atmend fragt: »Hast du ein Kondom?«

»Ähm … nein«, stoße ich hervor, und schon greift er nach meiner Hand und zieht mich mit sich, an Raphaëls und Salomés Häuschen vorbei, auf seine Veranda. Die Fliegengittertür wird unsanft aufgestoßen, und ich will noch einen Witz machen, dass er aber selbst nicht gerade zimperlich mit seinem Mückennetz umgeht, als Aidan schon die richtige Haustür von innen zuschiebt, mich gegen das Holz drückt und küsst, bis ich mich nicht mehr in der Lage sehe, irgendeinen vernünftigen Gedanken zu fassen.

»Verdammt, Stella«, keucht Aidan und löst sich ein wenig von mir, um mich aus dunklen Augen anzusehen. Wir ringen beide nach Luft, als wären wir gerade vom Hotel hierhergerannt und hätten uns nicht im Schneckentempo knutschend vorwärtsbewegt. »Wenn das Kondom nicht oben im Nachttisch wäre, würde ich dich hier an Ort und Stelle vernaschen. Aber so … müssen wir leider noch die Treppe hoch.«

»Ich weiß nicht, ob ich das schaffe, meine Knie sind wie Wackelpudding«, flüstere ich und quietsche dann überrascht auf, als Aidan mich packt und schultert, wie er es schon gemacht hat, als ich betrunken versucht habe, den Weg zurück zu meinem Cottage zu finden.

»Das habe ich mir damals schon gewünscht«, sage ich, als ich kopfüber von Aidan die Treppe in sein Loft hinaufgeschleppt werde.

»Wann, damals?«, fragt Aidan mit rauer Stimme und wirft mich so plötzlich auf sein Bett, dass ich erst erschrocken aufschreie und im nächsten Moment leise stöhne, als er sich über mich beugt und seine Finger ungeduldig beginnen, die Knöpfe vorn an meinem Kleid zu öffnen.

»Als du mich nach Hause getragen hast. Da habe ich … mir gewünscht … dass du … genau das hier mit mir machst.«

»Was meinst du, was ich mir in den letzten Wochen alles gewünscht habe«, knurrt Aidan und schiebt entschlossen den roten Stoff über meiner Brust auseinander. »Dieses verdammte Kleid zum Beispiel hat mich schon vor Wochen so wahnsinnig gemacht, dass ich keine Kirschen mehr ansehen und erst recht nicht essen konnte, ohne … in die Kühlkammer zu flüchten.« Er hebt den Blick und grinst mich flüchtig an, während mein von Lust vernebeltes Hirn versucht zu begreifen, was er meint.

»Oh«, mache ich schließlich, als ich verstehe, und Aidan lacht leise gegen die Haut an meinem Dekolleté, bevor sich seine Lippen zu meinem BH vorarbeiten, der widerstandslos ergeben darauf wartet, endgültig ausgezogen zu werden.

»Den kenne ich irgendwoher«, sagt er heiser, während er mir das Kleid von den Schultern schiebt und mich vom BH befreit, dessen rote Spitze er noch kurz betrachtet, bevor er ihn mit einem schiefen Lächeln hinter sich wirft. Dann wird er ein wenig ernster, beugt sich über mich und murmelt: »Ich hatte so gehofft, ihn wiederzusehen.«

»Den BH?«

»Ja.« Sein Lächeln wird breiter. »Und damit meine ich nicht, dass ich wieder deine Wäsche falten wollte.«

»Oh, du darfst meine Wäsche jederzeit falten«, erwidere ich mit einem Grinsen, lege meine Hand um seinen Nacken und ziehe ihn entschlossen zu mir runter. »Aber erst, wenn du hier fertig bist.«

Aidan lacht auf und raunt dann gegen meine Lippen: »Tja, dann sehe ich schwarz für deine Wäsche, Stella. Ich glaube nämlich nicht, dass ich irgendwann in der nahen Zukunft hier fertig sein werde.«

53

»Mann, wie ich diesen Tag früher immer gehasst habe«, murmelt Aidan, der dicht hinter mir steht und mich mit beiden Armen umschlungen hält, was mich wunderbar wärmt. Der Wind bringt an diesem klaren, aber kühlen Septembermorgen schon einen Hauch von Herbst mit sich.

»Weil du die Schule so gehasst hast?«, frage ich belustigt, während wir beobachten, wie die Fähre am Pier von Whale Island anlegt.

»Das auch. Manchmal. Aber hauptsächlich habe ich diesen ersten Schultag im September gehasst, weil er das Ende des Sommers bedeutet hat. Und bevor Jenny und Isla hier auf Whale Island gewohnt haben, hieß es Anfang September immer Abschied nehmen. Meistens haben wir uns dann erst für ein Wochenende im Oktober wiedergesehen.«

Ich drehe mich zu ihm um und drücke ihm einen Kuss auf die Lippen. »Umso schöner, dass die beiden jetzt immer hier auf der Insel sind!«

»Und Feli und du«, erinnert mich Aidan mit einem bedeutungsschweren Blick, bevor er mich energisch enger an sich zieht und meinen Kuss erwidert.

»O Mann, ihr zwei, könnt ihr euch in der Öffentlichkeit

nicht mal zusammenreißen?« Islas Stimme lässt uns grinsend auseinanderfahren.

»Echt. Voll peinlich«, stöhnt Feli, lacht dabei jedoch so breit, wie ich es an diesem ersten Schultag nach den langen Sommerferien nie bei meiner Tochter für möglich gehalten hätte.

»So, dann seht mal zu, dass ihr auf die Fähre kommt und lasst uns peinliche Erwachsene hier auf der Insel zurück.« Ich ziehe Feli an mich und drücke auch ihr einen festen Kuss auf die Wange. »Ich wünsche dir einen wunderbaren ersten Schultag, *cara mia*«, sage ich leise und sehe meiner Tochter in die Augen. »Du wirst sie alle bezaubern, das weiß ich genau.«

Feli schneidet eine leichte Grimasse, aber dann grinst sie und drückt mich kurz an sich. »Danke dir, Mama. Wir sehen uns heute Nachmittag.«

»Komm, Feli«, hören wir Isla drängeln. »Sonst nehmen uns die anderen die besten Plätze an der Reling weg!«

Sie hakt sich bei Feli unter, wirft ihrem Dad und Jenny einen Luftkuss zu und marschiert mit meiner Tochter auf den Pier zu, über den momentan noch zwei Autos rollen, die auf der Fähre waren – oh, und Raes Bücherbus! Ich beobachte, wie Isla und Feli sich der Gruppe von Schülern anschließen, die bereits auf dem Pier darauf warten, die Rampe zur Fähre hinaufgehen zu dürfen. Auch Tommy ist dabei, der Feli bei der Eröffnung des Whale Sanctuarys als Beluga bezeichnet hat. Ich merke genau, dass er sichtlich nervös zu Aidan herübersieht, und da wird mir klar, dass Aidan ihn mit finsterem Blick fixiert. Der Blick scheint zu wirken, denn Tommy grüßt die Mädchen nur kurz und bringt dann rasch ein wenig Sicherheitsabstand zwischen die beiden und sich selbst. Aidan hat mir erzählt, dass er den Jungen nach dem Vorfall am Whale Sanctuary abgepasst und ihm die Meinung gegeigt hat.

»Der wird so schnell keine Mädchen mehr beleidigen«, hat er gemeint, und ich habe ihn amüsiert angesehen.

»Du bist aber nicht etwa doch handgreiflich geworden, oder? Nachdem du mich davon abgehalten hast, dem Bürschchen die Ohren langzuziehen?«

»Ich habe ihm kein Haar gekrümmt«, hat Aidan mit einem selbstzufriedenen Lächeln geantwortet. »Aber seine Lektion hat er trotzdem gelernt. Wie, das bleibt mein Geheimnis.«

Jenny kommt auf uns zu, gefolgt von Skye, die gleich ihr Auto auf die Fähre fahren wird, sobald Raes Bücherbus vom Pier gerollt ist.

»Da ziehen sie los, die beiden«, seufzt Jenny und sieht mit einem wehmütigen Lächeln zum Pier. »Unglaublich, wie schnell der Sommer vergangen ist, oder?«

»Ja«, bestätige ich und sehe zum tiefblauen Himmel hinauf, der sich heute wolkenlos über Whale Island spannt. »Aber ich glaube, mir wird der Herbst hier gefallen. Auf die vielen bunten Blätter freue ich mich schon richtig.«

»Oh, dein erster Indian Summer! Ja, darauf kannst du dich auch freuen«, bestätigt Jenny und grinst mich an. »Und ich freue mich übrigens sehr, dass Feli und du auf diese Insel am Ende der Welt gekommen seid. Mein Ex ist plötzlich viel genießbarer als vorher.« Neckend stupst sie Aidan in die Seite und grinst ihn breit an. Aidan lacht nur auf und schüttelt leicht den Kopf, verteidigt sich aber nicht. Das Glänzen in seinen Augen ist unübersehbar, als er mich ansieht, und mein Herz quillt förmlich über.

»Und ich finde es super, dass Isla jetzt eine so tolle Freundin hat wie Feli«, fährt Jenny fort, und wir beobachten gemeinsam, wie die Gruppe aus Schülern sich in Bewegung setzt und auf die Rampe zuläuft. »Wirklich, dass die beiden so ein eingeschworenes Team geworden sind, das ist doch einfach fantastisch, oder? So eine nette Freundin wie Feli hatte sie noch nie. Echt.«

»Und vor allem denkt Isla wegen Feli endlich ernsthaft darüber nach, mit dem blöden Cheerleading aufzuhören und dafür gemeinsam mit ihr beim Softball-Team der Schule mitzumachen«, bemerkt Aidan in zufriedenem Tonfall.

Dass Softball eine Variante von Baseball ist, die hauptsächlich von Mädchen und Frauen gespielt wird, weiß ich, seit sich Feli tatsächlich mehr und mehr für diesen Sport begeistert. Vor einigen Tagen hat Feli Aidan sogar gefragt, ob sie sich mit ihm zusammen das Spiel seiner Lieblingsmannschaft, der Toronto Blue Jays, gegen die New York Yankees im Fernsehen ansehen dürfte, um die Baseball-Regeln besser zu verstehen. Es wurde ein wirklich lustiger Nachmittag in unserem Cottage. Während Aidan und Feli begeistert bei der Sache waren, haben Isla und ich uns nebenher über andere Dinge unterhalten, was uns regelmäßige strenge Kommentare der zwei eingefleischten Fans einbrachte. Dabei weiß ich, wie sehr sich Aidan darüber freut, dass Isla und ich uns inzwischen richtig gut verstehen – wir sind tatsächlich auf dem Weg, so etwas wie Freundinnen zu werden. Eine zweite Mutter braucht sie ja nicht, weil Jenny schließlich selbst auf Whale Island wohnt, aber wir sind im Begriff, eine ganz besondere Beziehung zueinander aufzubauen. Isla war ganz begeistert, als sie vor Kurzem meine Nähmaschine entdeckt hat, und ich habe begonnen, mit ihr gemeinsam ein paar einfache Klamotten für sie zu entwerfen und zu nähen. Seitdem hat sie ihren bisherigen Traum, Model zu werden, ein wenig korrigiert, und möchte stattdessen lieber Modedesign studieren, wofür Aidan im Stillen dem Himmel dankt, wie ich weiß.

An unserem Baseballnachmittag habe ich Jackson eine Nachricht mit einem Foto von uns geschickt, woraufhin er zurückgeschrieben hat, dass er gerade im Stadion in New York war und als Kanadier natürlich ebenfalls mit den Blue Jays fieberte. Er ließ uns alle herzlich grüßen, besonders Feli. Seit er eine Woche nach der offiziellen Eröffnungsfeier der *Cameron Lodge* wieder abgereist ist, um sich in Manhattan mit einem potenziellen neuen Agenten zu treffen, hat er sich regelmäßig gemeldet – hauptsächlich, um mit Feli zu sprechen. Die beiden haben sogar schon gemeinsam über Skype Musik gemacht, was allerdings wegen der nicht immer stabilen Internetverbindung hier auf der Insel schwierig war. Er hat mich gefragt, ob er Feli mal nach New York einladen dürfe. Noch zögere ich. Wohl auch, weil in Manhattan immerhin noch ein anderer Mann ist, von dessen Existenz Feli nun weiß. Was, wenn sie den Besuch bei Jackson zum Anlass nimmt und versucht, ihren Vater kennenzulernen? Wenn überhaupt, dann würde ich mit Feli nach New York fliegen. Mal sehen. Erst einmal beginnt das Schuljahr. Und als wir letzte Woche zum ersten Mal in der Highschool waren, um vorab die Lehrer kennenzulernen, hat Feli erfahren, dass es eine Schulband gibt, die immer auf der Suche nach neuen Mitgliedern ist. Ich glaube, sie wird sich dort vorstellen. Ja, ihr Selbstbewusstsein, vor allem, was ihre musikalischen Fähigkeiten angeht, ist in den letzten Wochen eindeutig größer geworden.

»Ich finde die Idee einfach super, dass Isla lernt, mit einem Baseballschläger umzugehen, anstatt blöde Pompoms zu wedeln«, brummt Aidan nun, und ich stoße ihn lachend in die Seite.

»Softball hin oder her«, sage ich, »Isla ist die beste Freundin, die ich mir für Feli hätte wünschen können. Mit ihr zusammen kann heute bestimmt nichts schiefgehen. Also … hoffe ich.«

»Nichts wird schiefgehen, du wirst sehen!«, sagt Jenny in

ihrer üblichen fröhlichen Art. »So, ich muss los, die Arbeit ruft. Macht es gut, Leute!«

»Du auch«, sage ich lächelnd und sehe Jenny nach, die mit langen Schritten auf ihren klapprigen Ford zugeht. Mir fällt auf, dass Rae den Bücherbus neben dem Inselladen geparkt hat. Was sie so früh an diesem Morgen wohl schon hier will?

»Na, wird auch Zeit, dass die Mädels zurück zur Schule gehen, oder?« Skye hat sich neben uns gestellt und sieht Aidan und mich mit einem frechen Grinsen an. »Damit ihr es nicht mehr ständig in der Vorratskammer machen müsst.«

»Skye!« Empört sehe ich Aidans Schwester an. »Weißt du, dein Bruder und ich ARBEITEN tagsüber! Nur weil wir nicht ständig in der Notaufnahme Leben retten, bedeutet das nicht, dass wir Zeit haben, um … um … unanständige Dinge zu tun.«

Aidan lacht leise auf und wirft mir einen bedeutungsschweren Blick zu. Es ist nämlich erst zwei Tage her, seit wir die Vorratskammer tatsächlich zweckentfremden mussten. Es ging einfach nicht anders. Bei der Erinnerung wird mir heiß. So viel zu Hygieneprotokollen. Das darf auf gar keinen Fall noch einmal passieren! Vielleicht ist es wirklich gut, wenn wir ab jetzt tagsüber mal eines der Cottages für uns haben.

»Wir sollten schnell nach Hause fahren«, murmelt da Aidan an meinem Ohr, als hätte er meine Gedanken lesen können, und ich bekomme eine Gänsehaut.

»Mhhm«, mache ich leise und will schon nach seiner Hand greifen und ihn mit mir ziehen, zurück zu meinem oder seinem Cottage, als ein Auto neben uns hält. Erstaunt betrachte ich das Nummernschild, auf dem »Newfoundland & Labrador« steht. Ein neuer Gast der *Cameron Lodge*? Da geht die Fahrertür auf, und ein Riese von einem Kerl mit weißblondem Haar und Vollbart steigt aus. Sein gebräuntes Gesicht lässt das helle Blau seiner Augen leuchten.

»Ian?« Aidan löst sich von mir und macht einen Schritt auf das Auto zu. »Ian Baker! Ich hatte keine Ahnung, dass du heute schon ankommst!«

»Hi, Aidan!« Der blonde Hüne lacht dröhnend auf und kommt auf Aidan zu. Die beiden umarmen sich und schlagen sich gegenseitig auf den Rücken, wie es zu einer Begrüßung zwischen Männern irgendwie dazugehört, und dann erklärt Ian: »Ich habe es keinen Tag länger in Neufundland ausgehalten. Ich meine, hey, die Landschaft da oben ist atemberaubend, und die Leute sind nett. Aber meine Ex raubt mir den letzten Nerv. Es war echt an der Zeit, möglichst viele Kilometer zwischen sie und mich und unser Scheidungsdrama zu bringen. Es ist super, wieder hier zu sein!«

»Ian Baker?« Skye haucht seinen Namen so leise, dass nur ich sie höre. Erstaunt sehe ich sie von der Seite an und merke, dass Skye neben mir wie erstarrt auf der Stelle verharrt und den blonden Mann aus weit aufgerissenen Augen ansieht. Erst jetzt scheint dieser Ian sie und mich zu bemerken.

»Hi!« Er kommt zuerst auf mich zu und schüttelt mir die Hand. »Du musst Stella sein. Aidan hat bei Skype stundenlang von dir erzählt.«

Aidan hustet und grinst mich dann verlegen an. »Na ja, Stunden würde ich nicht sagen …«

»Oh, ich schon!« Ian lacht Aidan gut gelaunt an, bevor er sich Skye zuwendet. »Na, da brat mir doch einer einen Elch! Du bist aber nicht Skye, oder?«

»Doch, allerdings. Hi, Ian.« Als ich Skyes verlegenes Lächeln sehe, ist mir sofort klar, warum Rae wollte, dass Aidan seinem Schulfreund von der Stelle bei der Coast Guard erzählt. Innerlich jubele ich laut auf – vor allem, als ich merke, wie Ian Skye sichtlich erstaunt mustert. »Unfassbar, ich hätte dich kaum wiedererkannt.«

»Na ja, süße sechzehn bin ich wirklich nicht mehr«, bemerkt Skye und bemüht sich offenbar sehr darum, locker zu klingen.

»Manche Dinge werden mit dem Alter immer besser«, bemerkt Ian und lächelt sie an, jetzt ebenfalls beinahe verlegen, was ich so süß finde, dass ich mir auf die Unterlippe beißen muss, um nicht zu quietschen vor Aufregung. Neben mir räuspert sich Aidan, und ich merke, dass er nicht so recht weiß, ob er sich darüber freuen soll, wie Ian auf seine Schwester reagiert oder nicht. Sacht ramme ich ihm einen Ellbogen in die Seite und grinse ihn breit an. Da lächelt auch er schief und nickt, um mir wohl zu signalisieren, dass er sich zusammenreißen und aufhören wird, sich als der Beschützer seiner jüngeren Schwester aufzuspielen.

»So, dann werde ich jetzt erst einmal zur Coast Guard Station fahren und mit Harold und den anderen Jungs sprechen«, sagt Ian und kratzt sich nachdenklich am Kopf, ohne seinen Blick von Skye zu lösen.

»Wann fängst du denn offiziell dort an?«, erkundigt sich Aidan.

»Nächste Woche. Harold und ich überschneiden uns noch einen Monat lang, bevor er in den Ruhestand geht.«

»Und weißt du überhaupt schon, wo du unterkommen kannst?«

»Nee, noch nicht. Meine Eltern wohnen ja schon lange auf dem Festland. Habt ihr in der *Cameron Lodge* zufällig für ein paar Nächte was frei, bis ich was Richtiges gefunden habe?«

»Du hast Glück, die Nebensaison hat offiziell angefangen«, lache ich auf. »Da lässt sich bestimmt etwas machen.«

»Hervorragend.« Ian lächelt mich an, bevor sein Blick wieder zu Skye schnellt. »Dann … sehen wir uns bestimmt bald«, sagt er, und Skye nickt und meint: »Ja, auf jeden Fall!«

Als Ian wieder in seinen Wagen gestiegen ist und weiterfährt, sehe ich Skye mit einem wissenden Grinsen an. »Na, da hat sich aber jemand gefreut, dich wiederzusehen, meine Liebe!«

»Ja, ich kann es kaum fassen«, haucht Skye sichtlich überwältigt. »Da dachte ich immer, Ian säße glücklich verheiratet mit fünf Kindern in Neufundland, und dabei hat er gerade eine Scheidung hinter sich! Ist es denn zu fassen? Und ... er hatte früher nie Interesse an mir! Aber jetzt ...« Sie holt tief Luft und sagt dann mit Nachdruck: »Wisst ihr, worüber ich unendlich froh bin? Dass ich Dr. Jeff Montgomery gestern endgültig in den Wind geschossen habe!«

»Hast du?«, frage ich und sehe sie überrascht an.

»Allerdings«, bestätigt Skye mit einem zufriedenen Grinsen. »Ich bin noch nicht dazugekommen, euch das zu erzählen. Er hat mich gefragt, ob ich mir eine Brustvergrößerung vorstellen könnte. Er würde auch dafür zahlen. Ich habe ihm gesagt, dass er sein Geld in eine Hirnvergrößerung stecken und mich endgültig in Ruhe lassen soll.«

»Oh, Skye, ich bin ja so froh!«, grinse ich erleichtert.

»Halleluja«, sagt Aidan und beugt sich vor, um seiner Schwester einen Kuss auf die Wange zu drücken.

Da hören wir mit einem Mal Dottie aus Leibeskräften vom Deck der Fähre brüllen: »Skye Cameron, wenn du noch mitkommen möchtest, dann fahr dein Auto jetzt bitte auf die Fähre, hier sind ein paar Kids, die sonst gleich am ersten Tag nach den Ferien zu spät zur Schule kommen!«

»Ups«, macht Skye vergnügt und wendet sich ab. »Dann fahr ich mal schnell. Also, ihr zwei, bleibt unanständig.« Sie lacht über ihren Witz, während sie auf ihren Wagen zueilt.

»Unanständig klingt hervorragend«, murmelt Aidan neben mir, und ich spüre, wie seine Hände sich hinten unter meine

Strickjacke schieben und meinen Hintern umfassen. »Zu mir oder zu dir?«

Ich muss auflachen, denn diese Auswahl hatten wir um diese Tageszeit tatsächlich noch nie. Aber jetzt, da die Fähre wirklich ablegt und Feli und Isla uns von Deck aus zuwinken, da liegt dieser Vormittag plötzlich vielversprechend vor uns. »Meinst du, Salomé schafft das Frühstück ganz allein?«

»Und ob«, murmelt Aidan an meinem Hals.

»Entschuldigt bitte, ihr zwei.« Raes Stimme lässt mich erschrocken herumfahren, und Aidans Hände rutschen sofort von meinem Hintern. Regelrecht ertappt starren wir die Bibliothekarin an.

»Rae, hallo!«, stoße ich verlegen hervor.

»Ähm, guten Morgen«, sagt Aidan mit leicht kratziger Stimme und räuspert sich.

»Guten Morgen«, erwidert Rae, und an der Art, wie sie das sagt, merke ich sofort, dass etwas nicht stimmt. Auch Aidan begreift das augenblicklich – klar, er kennt diese sonderbare Frau ja schon etwas länger als ich. »Rae, was ist los?«

Rae sieht Aidan ernst an. Dann holt sie tief Luft und sagt langsam: »Mein Junge, ich muss dich um etwas bitten. Um etwas sehr Wichtiges. Aber ich möchte, dass du die Ruhe bewahrst. Und ich weiß, dass du das kannst. Darum frage ich nicht Duncan, der mal wieder zu wenig Schlaf wegen James bekommen hat, und ich frage nicht Skye, die sich zu sehr aufregen würde, auch wenn sie Krankenschwester ist.«

»Rae«, sagt Aidan hastig. »Du machst mir Angst. Was ist passiert?«

»Noch nichts«, erwidert Rae ruhig. »Aber ich fürchte, es wird etwas passieren.«

Mir läuft ein kalter Schauer über den Rücken, und mit einem Mal drehe ich mich panisch zur Fähre um. »Ist es …?«, beginne ich, aber Rae legt mir eine Hand auf den Unterarm und sagt hastig: »Nein, nein, Stella, mit euren Mädchen ist alles in Ordnung.«

Während ich verstohlen aufatme, wendet sie sich wieder Aidan zu und sagt: »Ich glaube, du solltest mit deiner Mutter eine Einkaufstour in Scott's Harbor machen.«

Aidan starrt Rae wortlos an. Er ist ziemlich blass geworden. Spontan greife ich nach seiner Hand.

»Sag Heather, dass du heute ein paar Erledigungen machen möchtest, und bitte sie mitzukommen. Fahr du auch mit, Stella. Sagt Heather, dass ihr ein nettes Restaurant kennt, das ihr ihr zeigen wollt. Für ein zweites Frühstück. Das McKenna's.«

Aidan schnaubt leise auf. »Das McKenna's? Hast du da schon einmal gegessen, Rae? Das …« Er hält inne und wird noch blasser. »Das Restaurant liegt neben dem Krankenhaus«, sagt er dann tonlos.

Rae nickt ernst. »Ja. Wie schon gesagt: Bleibt ruhig. Kein Wort zu Heather, dass ich das gesagt habe. Sie darf sich nicht aufregen. Und jetzt los, nehmt die nächste Fähre.« Sie lächelt uns an und sagt mit Nachdruck: »Alles wird gut.«

54

»Aidan! Stella!«

Skye laufen Tränen über die Wangen, als sie in ihrem blauen Schwesternoutfit auf uns zu kommt. Aidan und ich haben gefühlte Stunden nebeneinander im Wartebereich der Notaufnahme gesessen. Jetzt springen wir beide auf und gehen Skye sorgenvoll entgegen.

»Was ist mit Mom?«, fragt Aidan panisch, als Skye ihm schon in die Arme fällt. »Ist sie …? Skye, was …?«

»Sie ist bei Bewusstsein«, schluchzt Skye gegen Aidans Brust, und bei ihren Worten wird mir vor Erleichterung ganz schwindelig. Seit Heather noch im Auto, auf dem Weg zu dem Restaurant, das Rae empfohlen hatte, mit einem Stöhnen in sich zusammengesackt ist, kam ich mir vor wie in einem schlechten Film. Aidan ist wie der Teufel zum Eingang der Notaufnahme gerast, wo man Heather auf eine Trage verfrachtet und eilig fortgebracht hat. Seitdem habe ich Aidans Hand gehalten und versucht, ihn zu beruhigen, obwohl ich selbst vor lauter Angst kaum noch einen klaren Gedanken fassen konnte. Die herzliche Heather, die Seele der *Cameron Lodge*, durfte doch nicht von uns gehen!

»Verdammt, Leute, wenn ihr nicht so nah am Krankenhaus

gewesen wärt, als Mom den Herzinfarkt gehabt hat, dann … Der Arzt hat gerade gesagt, dass sie das niemals überlebt hätte, wenn sie auf Whale Island gewesen wäre!« Skye rauft sich zitternd die Haare.

»Wahnsinn«, murmele ich fassungslos.

»Du sagst es«, schluchzt Skye. »Ich mache mir solche Vorwürfe! Rae hat uns doch vorgewarnt, sie hat Mom den Ratgeber gegeben, von wegen Ernährung bei Bluthochdruck – ich hätte mehr auf sie achten müssen!«

»Sie hat zu lange auf ihren Arzttermin warten müssen«, sagt Aidan bitter. Es stimmt – nachdem Skye bei ihrer Mutter den zu hohen Blutdruck festgestellt hatte, hat sie sich gleich ans Telefon geklemmt, um einen Termin für Heather beim Arzt in Scott's Harbour auszumachen, aber wegen der Urlaubszeit hat sie erst für Mitte September einen Termin bekommen – für nächste Woche, soweit ich mich erinnere.

»Und jetzt?«, fragt Aidan, und seine Stimme klingt belegt. »Was passiert jetzt?«

»So genau weiß man das noch nicht«, sagt Skye ernst. »Noch werden Untersuchungen gemacht. Aber ich habe eben meine Kollegin in der Kardiologie sprechen können, und …« Skye wischt sich zittrig unter den Augen entlang. »Sie ist zuversichtlich, dass Mom es schaffen wird, weil sie so schnell hier war und behandelt werden konnte.«

Aidan streicht Skye zärtlich eine nasse Strähne von der Wange und lächelt schief, während er immer noch sehr blass ist. »Was würden wir nur ohne Rae machen, hmm?«

Skye holt zitternd Luft, dann nickt sie und sieht mich an. »O Mann, Stella«, murmelt sie und schlingt ihre Arme auch um mich. »Was für ein Tag! Heute ist hier eh die Hölle los …«

»Das habe ich gemerkt«, sage ich leise. »Ich bin ja froh zu hören, dass das heute nicht euer Normalbetrieb ist.«

»Nein, heute ist es wirklich extrem.« Skye löst sich von mir und wischt sich mit dem Handrücken über ihre nasse Wange. »Frag mich nicht, warum. Ein Kind, das vom Baum gefallen ist – und das am ersten Schultag! –, ein Mann, der sich eine Axt in seinen Fuß gerammt hat …«

»Den habe ich gesehen«, stöhne ich leise auf.

»Zwei Autounfälle – ach ja, und letzte Nacht auch schon einer, kurz vor meinem Feierabend.« Skye sieht mich ernst an. »Eine deutsche Touristin, so alt wie wir. Sie wäre fast mit einem Elch zusammengestoßen, ist beim Ausweichmanöver ins Unterholz gerast.«

»Ach du Schande«, murmele ich. »Hat sie … überlebt?«

»Ja, hat sie. Ich wollte dir schon heute Morgen an der Fähre von ihr erzählt haben, aber dann kam Ian Baker dazwischen und …« Sie bricht ab und lächelt versonnen, bevor sie rasch wieder ernst wird und uns fragt: »Ihr glaubt nicht, wer diese Deutsche im Wrack an der Unfallstelle gefunden hat?«

»Jetzt sag nicht ›Rae‹«, brummt Aidan, aber als Skye nickt, reißt er seine Augen auf und hakt ungläubig nach: »Wie bitte? Sie kann doch nicht überall sein, oder? Fliegt sie heimlich auf einem Besen, oder was?«

Ich muss lachen, trotz der ganzen ernsten Umstände.

»Wie heißt die Deutsche?«, frage ich, warum auch immer. Als ob ich alle Deutschen dieser Erde kennen würde!

»Viola. So ein schöner Name. Den Nachnamen habe ich ehrlich gesagt vergessen.« Skye lächelt mich flüchtig an, bevor sie wieder ernst wird und tief seufzt.

»Wann können wir zu Mom?« Aidan sieht Skye unruhig an. Er hat gerade auf seinem Handy herumgetippt. Duncan und Greta wissen schon Bescheid und nehmen gemeinsam mit dem völlig aufgelösten Graham die nächste Fähre.

»Geduldet euch noch ein bisschen, bitte«, sagt Skye und legt einen Arm um Aidans Hüfte. »Aber ich kann euch zumindest schon einmal in den Wartebereich der Kardiologie bringen. Kommt mit.«

Wir folgen ihr gerade einen langen Flur entlang, als plötzlich Aidans Telefon zu klingeln beginnt. »Oh, das ist Glenn«, murmelt er und bleibt stehen. »Ich hatte ihn eben nicht erreicht.«

Schon nimmt er das Gespräch an. Als ich merke, dass es ein Videocall ist, rücke ich neugierig näher an Aidan heran. Zwar habe ich schon Fotos von Glenn gesehen, aber live habe ich ihn bisher nicht erlebt.

»Hi, gut, dass du zurückrufst«, sagt Aidan und hält das Telefon so, dass ich das Display sehen kann.

»Ist etwas passiert?«, fragt Glenn und klingt ziemlich alarmiert. Es ist offensichtlich, dass er nicht an Anrufe seines Bruders um diese Tageszeit gewöhnt ist.

Aufmerksam mustere ich den Bildschirm. Während sich Duncan, Aidan und Skye mit ihren pechschwarzen Haaren und hellblauen beziehungsweise grauen Augen recht ähnlich sehen, so schlägt Glenn irgendwie aus der Art. Sein Haar ist dunkelbraun, und wenn das Licht darauffällt, schimmert es beinahe ein wenig rötlich. Es ist länger und unbändiger als Aidans, und einzelne Strähnen fallen ihm lässig ins Gesicht. Seine Augen sind, soweit ich das auf dem Telefon-Display erkennen kann, von einem ungewöhnlich hellen Graugrün.

»Glenn, Mom hatte einen Herzinfarkt.«

Glenns Augen weiten sich entsetzt. Ja, sie sind eindeutig graugrün. »Fuck!«, stößt er hervor und reibt sich mit einer Hand über das Gesicht – eine Geste, die ich von Aidan gut kenne. »Was …? Ist sie …?«

»Sie ist bei Bewusstsein, Süßer«, mischt sich Skye ein und tritt dicht neben mich, sodass sie Glenn sehen kann. »Zum Glück waren Aidan und Stella mit Mom in der Nähe vom Krankenhaus, als es passiert ist. Sonst … sonst wäre es wohl anders ausgegangen.«

»Wow, das … das ist ja unfassbar.« Glenn starrt Skye ungläubig an, bevor sein Blick zu mir gleitet. »Du bist Stella?«

»Ja. Hi, Glenn.« Ich lächele in die Kamera.

»Hi. Ich hab schon viel von dir gehört.« Auch Glenn lächelt flüchtig, und ich kann mir nicht verkneifen zu denken, dass alle drei Cameron-Brüder wirklich unverschämt attraktiv sind. Und ihre Schwester natürlich genauso.

»Also, ist Mom ansprechbar? Kann ich mit ihr reden?«

»Noch nicht, aber wir sind gerade auf dem Weg in die Kardiologie«, sagt Aidan, und wie auf Kommando setzen wir uns alle wieder in Bewegung. »Sie wird noch untersucht.«

»Und … was passiert jetzt? Muss sie operiert werden? Verdammt, was macht man nach so einem Herzinfarkt? Stents? Bypass?«

»Glenny, dafür ist es zu früh, wir konnten den Arzt noch gar nicht sprechen«, wirft Skye in sanftem Tonfall ein, und ich merke, dass sie ihrem jüngsten Bruder sehr nahesteht.

Glenn wirkt ehrlich erschüttert. »Hatte sie schon länger Probleme? Ich meine, wo kommt der Infarkt so plötzlich her?«

»Ihr Blutdruck war zu hoch«, sagt Skye leise. »Sie muss besser auf sich aufpassen. Vielleicht waren die letzten Wochen, mit der ständig ausgebuchten Cameron-Lodge, einfach zu viel für sie.«

»Aber es hat ihr doch so viel Spaß gemacht, das Hotel wieder voll zu erleben«, wirft Aidan ernst ein. »Meinst du, wir haben ihr zu viel zugemutet?«

»Nein, Quatsch«, meldet sich da Glenn zu Wort, und alle sehen wieder aufs Display. »Sie war immer völlig euphorisch, wenn sie mir am Telefon von den Gästen erzählt hat. Und von dir, Stella.« Glenn zwinkert mir flüchtig zu, und ich muss lachen.

»Von mir?«

»Na klar. Sie hört schon die Hochzeitsglocken über Whale Island schallen.«

»Entschuldigung? Telefonieren ist hier nicht erlaubt«, unterbricht uns eine streng aussehende Krankenschwester und wirft Skye einen tadelnden Blick zu, bevor sie auf quietschenden Gummisohlen weiter den langen Flur entlangmarschiert.

»Sorry«, murmelt Aidan und sieht Skye mit hochgezogenen Augenbrauen an. Sie zuckt mit den Schultern und grinst schief.

»Ich bin eine von den netten«, wispert sie.

»Glenn, wir müssen Schluss machen«, sagt Aidan. »Ich habe Angst, dass Skyes rabiate Kollegin zurückkommt. Und wir müssen darauf warten, dass der Arzt mit uns spricht. Sobald es Neues von Mom gibt, melde ich mich sofort, versprochen. Hoffentlich kannst du sie dann auch sprechen.«

»Okay, danke dir«, sagt Glenn. Dann räuspert er sich und fragt: »Sag mal, Skye, dein Gästezimmer ist momentan hoffentlich frei? Es ist höchste Zeit, dass ich nach Hause komme.«

ENDE

PLAYLIST

Rough Boy – ZZ Top
Fix You – Coldplay
Time After Time – Megan Davies
Lover – Taylor Swift
Perfect – Ed Sheeran
Thunderstruck – AC/DC
Ti Amo – Umberto Tozzi
A Whiter Shade of Pale – Annie Lennox
Brown Eyed Girl – Van Morrison

https://open.spotify.com/playlist/
1mvdPm5qoB5ECAuAMlyEVS?si=2f005ddd69304c59

DANKE

Wie immer möchte ich an dieser Stelle von Herzen DANKE sagen.

Ein großes Dankeschön geht an all die wunderbaren Menschen, die meine Familie und ich während unserer viereinhalb Jahre in Bangkok kennenlernen durften und die dafür gesorgt haben, dass wir der Zeit dort immer noch hinterhertrauern, weil wir zum Glück keine so negativen Erfahrungen gemacht haben wie Stella und Feli. Ganz besonders möchte ich an dieser Stelle einige Expat-Mütter grüßen, mit denen es immer eine Freude war, sich bei einem Kaffee (oder einem Gin Tonic ...) über Gott und die Welt auszutauschen: Silvia & Silvia, Anna, Kate, Shannon, Rachel, Nuria, Isabel, Manja, Jeannette, Anja, Andrea, Caroline, Christine und so viele andere. Danke für die Unterstützung in schwierigen Phasen – und für die wunderbaren Erinnerungen!

Silvia und Nico, euch möchte ich für eure Erfahrungsberichte aus der Hotellerie danken – alles, was in dieser Geschichte dennoch unrealistisch geworden ist, ist auf meinem Mist gewachsen! Und Kate, auch wenn du dies auf Deutsch nicht lesen kannst, so verdanke ich Stellas Vorliebe, bei Regengeräuschen von Spotify einzuschlafen, ganz und gar dir. Danke für diese Inspiration und liebe Grüße nach Australien!

Danken möchte ich außerdem von ganzem Herzen den zwei Leserinnen, die nach meinem Aufruf bei Facebook und Instagram so schöne Namensvorschläge für die zwei Beluga-Damen gemacht haben: Alba verdankt Bianca Kosman ihren Namen, und Luna wurde von Verena Demel getauft. Ich habe mich sofort in die Namen verliebt und hoffe, euch Leser*innen ging es auch so!

In Nova Scotia ist für 2023 tatsächlich die Eröffnung eines Whale Sanctuarys geplant – wer sich dafür interessiert, dem kann ich die Webseite www.whalesanctuaryproject.org empfehlen. Die Reise von Alba und Luna wurde von den realen Beluga-Walen Little White und Little Grey inspiriert, die in einem Aquarium in Shanghai gelebt haben, bis sie 2020 vom britischen Schauspieler John Bishop und einem Team in eine Auffangstation auf der isländischen Insel Heimaey in der Bucht Klettsvík gebracht worden sind.

Wie immer geht ein großes Dankeschön an euch Leser*innen – eure begeisterten Rückmeldungen zu meinen Büchern versüßen mir immer wieder den Alltag und tragen dazu bei, dass ich weiterschreiben möchte, denn ich habe einfach den besten Job der Welt ☺

Natürlich danke ich wie immer meinem grandiosen Heyne-Team rund um Janina Dyballa und meiner wunderbaren Redakteurin Dr. Diana Mantel, mit der die Arbeit auch im größten Abgabestress noch Spaß macht. Meine Agentin Cornelia Heindl von der Agentur Gerald Drews muss natürlich ebenso wieder erwähnt werden – liebe Conny, tausend Dank für deine unermüdliche Unterstützung!

Und, wie am Ende jedes meiner Bücher, so darf auch hier nicht der große Dank an meine Herzensmenschen fehlen: Mama und Papa, ihr wart immer meine Vorbilder, was eine glückliche Ehe angeht, genau wie Stellas und Aidans Eltern! Und Marco, ich hoffe, wir können unseren Mädchen das Gleiche vorleben. Ich liebe dich – und unsere rebellischen Töchter, die uns jetzt schon oft peinlich finden, wobei sie doch eigentlich noch weit vom Teenager-Alter entfernt sind.

Vi amo di tutto cuore.